D1728726

MIRA®

Gena Showalter

Angels of the Dark: Verruchte Nächte

Roman

Aus dem Amerikanischen von
Freya Gehrke

MIRA® TASCHENBUCH
Band 65078
1. Auflage: August 2013

MIRA® TASCHENBÜCHER
erscheinen in der Harlequin Enterprises GmbH,
Valentinskamp 24, 20354 Hamburg
Geschäftsführer: Thomas Beckmann

Titel der nordamerikanischen Originalausgabe:
Wicked Nights
erschienen bei: HQN Books, Toronto

Published by arrangement with
HARLEQUIN ENTERPRISES II B.V./S.àr.l

Konzeption/Reihengestaltung: fredebold&partner gmbh, Köln
Umschlaggestaltung: pecher und soiron, Köln
Redaktion: Daniela Peter
Titelabbildung: Harlequin Enterprises S.A., Schweiz;
Thinkstock/Getty Images, München
Autorenfoto: © Harlequin Enterprises S.A., Schweiz
Satz: GGP Media GmbH, Pößneck
Druck und Bindearbeiten: CPI – Ebner & Spiegel, Ulm
Printed in Germany
Dieses Buch wurde auf FSC®-zertifiziertem Papier gedruckt.
ISBN 978-3-86278-747-0

www.mira-taschenbuch.de

Werden Sie Fan von MIRA Taschenbuch auf Facebook!

Liebe Leserin,

vom ersten Moment an, als er in *Schwarzes Geheimnis* auf den Seiten meiner Reihe über die Herren der Unterwelt auftauchte, war ich fasziniert von dem eiskalten Engel Zacharel. Ich meine, mal im Ernst: ein unsterblicher Krieger, dem es leichter fällt, einen Feind zu töten, als einem Freund ein Lächeln zu schenken? Oh ja, ich musste seine Geheimnisse ergründen.

Außerdem musste ich seine gesamte Welt auf den Kopf stellen – und was hatte ich dabei für einen Spaß! Er hat den Auftrag, die gemeingefährlichsten Wesen zu befehligen, die je geschaffen wurden – eine Armee von Engeln, die kurz davor stehen, für immer aus dem Himmel geworfen zu werden. Er begegnet der ersten Frau, die je sein Blut in Flammen gesetzt hat. Und er läuft Gefahr, seinen wertvollsten Besitz zu verlieren (und nein, ich rede nicht bloß von seiner Jungfräulichkeit).

Wie hätte ich meine neue Serie *Angels of the Dark* besser beginnen können?

Es müssen Opfer gebracht und Schlachten zwischen Gut und Böse ausgetragen werden (Vorwärts, Team Gut!). Zacharel hat genau eine Chance, das hinzubekommen. Nur eine – und zwar seine letzte. Wenn er versagt, wird ihm alles genommen, was ihm wichtig ist. Sein Status, seine Macht … und sogar seine Liebe.

Ich hoffe, Sie genießen diese Reise genauso sehr, wie ich es genossen habe, sie zu schreiben. Immerhin werden Sie in den Armen eines auserlesenen geflügelten Kriegers reisen …

Alles Gute!
Gena Showalter

Für Jill Monroe,
für ermutigende Anrufe und E-Mails
und dafür, dass wir so oft zusammen gelacht haben!
(Und beachte, dass du an erster Stelle genannt wirst.)

Für Sheila Fields und Betty Sanders,
für die Freundschaft, die Brainstormings
und dafür, dass wir so oft zusammen gelacht haben!

Für Joyce und Emmett Harrison, Leigh Heldermon
und Sony Harrison, für die Unterstützung, die Liebe
und dafür, dass wir so oft zusammen gelacht haben!
(Ja, mit dem Lachen hab ich's.)

Für Mickey Dowling und Anita Baldwin,
fantastische Ladys, die ich einfach vergöttere!

Für Kresley Cole und Beth Kendrick –
Tausend Dank, Ladys.
Ach was, das ist noch zu wenig. Millionenfacher Dank,
Ladys!

Und für Kathleen Oudit und Tara Scarcello,
weil ihr euch mit dem hier wirklich selbst übertroffen
habt!
Unfassbar bezaubernd!

PROLOG

Am Morgen nach ihrem achtzehnten Geburtstag erwachte Annabelle Miller aus einem wundervollen Traum – und unter grauenhaften Schmerzen. Als wären ihr die Augen herausgerissen, in Säure getaucht und dann zurück in den Schädel gedrückt worden. Das Gefühl sickerte nur ganz langsam in ihr schlafumnebeltes Gehirn. Doch als sie schließlich voll bei Bewusstsein war, verkrampfte sie sich am ganzen Körper, ihr Rücken bog sich durch, ein schriller Schrei drang aus ihrer Kehle.

Mühsam zwang sie ihre Augenlider auf, doch … da war keine Morgendämmerung. Sie war umgeben von nichts als Dunkelheit.

Der Schmerz breitete sich aus, schoss viel zu schnell durch ihre Adern und drohte sich durch ihre Haut den Weg nach außen zu bahnen. Hektisch rieb sie sich die Augen, in der Hoffnung, wegzuwischen, was immer für das Problem verantwortlich sein mochte. Als das nicht half, begann sie zu kratzen. Bald waren ihre Hände von einer warmen Flüssigkeit überzogen.

Blut?

Ein weiterer Schrei entrang sich ihrer Kehle, und noch einer und noch einer, und jeder schien ihr den Hals aufzureißen wie eine scharfe Glasscherbe. Innerhalb von Sekunden hatte die Panik sie vollkommen in ihren Klauen. Sie blutete, war blind und … lag im Sterben?

Das Quietschen von Scharnieren, dann Stöckelschuhe auf Holzfußboden. „Annabelle? Alles in Ordnung?" Eine Pause, dann ein zischendes Luftholen. „Oh, Kleines, deine Augen. Was ist mit deinen Augen passiert? Rick! Rick! Komm schnell!"

Ihre Mutter war hier. Jetzt würde alles gut werden.

Harte, schnelle Schritte ertönten wie von weither, dann hörte sie ein weiteres entsetztes Aufkeuchen. „Was ist mit ihrem Gesicht passiert?", rief ihr Vater.

„Ich weiß es nicht, ich weiß es nicht. Sie sah schon so aus, als ich reingekommen bin."

„Annabelle, Liebes." Ihr Vater, jetzt ganz sanft, so besorgt.

„Kannst du mich hören? Kannst du mir sagen, was mit dir passiert ist?"

Annabelle versuchte zu sprechen – Daddy, hilf mir, bitte hilf mir –, doch die Worte verstopften ihr die Kehle, saßen fest wie diamanthart Splitter, die sie nicht herausbekam. Und, oh gütiger Himmel, jetzt fraß sich das Brennen bis in ihre Brust, loderte mit jedem Herzschlag auf.

Starke Arme schoben sich unter sie, einer an den Schultern, der andere an den Knien, und hoben sie vom Bett. So sanft die Bewegung auch war, schüttelte sie sie doch durch und vervielfachte ihre Qualen. Jeder Muskel ihres Körpers zog sich zusammen in dem Versuch, die unerträglich schmerzhaften Stöße zu stoppen, doch das machte alles nur noch schlimmer.

„Ich bin bei dir, Liebes", sagte ihr Dad, immer noch im selben liebevollen Ton. „Wir bringen dich ins Krankenhaus und alles wird wieder gut. Versprochen."

Sie glaubte ihm und spürte, wie die Panik ein wenig nachließ. Noch nie hatte er ihr etwas versprochen, das er nicht halten konnte. Wenn er glaubte, alles würde wieder gut, dann würde es auch so sein.

Anscheinend hatte er sie bis zu seinem Geländewagen in der Garage getragen. Sie hörte, wie er die Tür öffnete, dann legte er sie sanft auf die breite Rückbank. Den ganzen Weg über war ihnen das Schluchzen ihrer Mutter gefolgt. Ihr Vater machte sich nicht erst die Mühe, sie anzuschnallen, sondern schloss nur die Tür. Annabelle war allein im Wagen. Jeden Moment rechnete sie damit, dass die Fahrertür aufginge, dann die Tür ihrer Mutter auf der Beifahrerseite. Wartete darauf, dass ihre Eltern ins Auto steigen und sie ins Krankenhaus fahren würden. Wie versprochen. Doch … nichts geschah.

Annabelle wartete … und wartete … Quälend langsam verstrichen die Sekunden. Trotz ihres abgehackten Atmens nahm sie auf einmal den Gestank von fauligen Eiern wahr, übelriechend und so scharf, dass er ihr in der Nase brannte. Annabelle fuhr zusammen, verwirrt und verängstigt von der Veränderung – und immer noch allein in ihrer ganz persönlichen Dunkelheit.

„Daddy?", fragte sie. Sie spürte ihre Ohren zucken, als sie angestrengt auf eine Antwort lauschte, doch sie hörte nur …

Durch die Fensterscheiben gedämpfte Stimmen.

Das schrille Kreischen von Metall, das über Metall kratzte.

Ein unheimliches Lachen …

… ein schmerzerfülltes Grunzen.

„Lauf ins Haus, Saki", rief ihr Vater, und in seiner Stimme lag ein Grauen, wie Annabelle es noch nie bei ihm vernommen hatte. „Jetzt!"

Saki, ihre jetzt kreischende Mutter.

Mit schmerzverzerrtem Gesicht kämpfte Annabelle sich hoch, bis sie aufrecht saß. Wieder rieb sie sich die Augen. Wie durch ein Wunder ließ das unerträgliche Brennen nach, und als sie das Blut wegwischte, erschienen winzige Lichtstrahlen in ihrem Sichtfeld. Eine Sekunde verstrich, dann zwei, und das Licht breitete sich aus, Farben erschienen, hier Blau, dort Gelb, bis sie die gesamte Garage im Blick hatte.

„Ich bin nicht blind!", rief sie aus, doch die Erleichterung war nur von kurzer Dauer.

Schock mischte sich mit Entsetzen und donnerte wie eine unaufhaltsame Lawine durch ihren Leib. Denn sie hatte ihren Vater entdeckt, der sich an der gegenüberliegenden Wand schützend vor ihre Mutter gestellt hatte. Panisch flackerte sein Blick umher, schien nie etwas Bestimmtes zu erfassen. Seine Wangen zeichneten grausige Schnitte, aus denen langsam Blut tropfte.

Was war mit ihm geschehen? In der Garage war niemand sonst und …

Als wäre es ein 3-D-Film, erschien aus dem Nichts ein Mann vor ihren Eltern.

Nein, kein Mann, ein … ein … was war das?

Panisch krabbelte Annabelle rückwärts und stieß an die andere Seitentür des Wagens. Der Neuankömmling war kein Mensch, sondern eine Kreatur direkt aus den Tiefen ihrer schlimmsten Albträume. Wieder stieg ein Schrei in ihr empor, doch er blieb in ihrer zerfetzten Kehle stecken. Plötzlich konnte sie nicht mehr atmen, konnte nur voller Ekel starren.

Das … Ding war unnatürlich groß, es stieß mit dem Kopf fast an die Decke. Es hatte einen Körperbau wie ein Barbarenkrieger und Fangzähne, wie sie sie höchstens aus Vampirromanen kannte. Seine Haut war tiefdunkelrot und spiegelglatt. Von seinen krallenbewehrten Fingern tropfte Blut. Über seinen Schultern erhoben sich knorrige Flügel in tiefstem Schwarz und aus seinem Rückgrat trat eine Reihe von kleinen Hörnern hervor. Am unteren Ende wuchs ein langer, dünner Schwanz, dessen blutige pfeilförmige Spitze metallisch über den Boden klirrte, während er bedrohlich hin und her fuhr, hin und her.

Was auch immer das war, sie wusste, es war verantwortlich für die Wunden ihres Vaters – und es würde ihm noch mehr zufügen.

Angst übertönte jede andere Empfindung in ihr, und trotzdem schoss sie nach vorn, hieb mit den Fäusten gegen die Scheibe und fand ihre Stimme wieder. „Lass meine Eltern in Ruhe!"

Das Ungeheuer sah sich zu ihr um – mit schockierend schönen Augen, die sie an frisch geschliffene Rubine erinnerten – und fletschte rasiermesserscharfe Zähne zur Parodie eines Grinsens. Und dann hieb es mit den Klauen durch die Kehle ihres Vaters.

Im nächsten Augenblick klatschten Blut und Fleischstücke auf das Fenster des Wagens und versperrten Annabelle die Sicht. Aber nicht genug, um zu verbergen, wie ihr Vater zusammenbrach. Er schlug auf dem Boden auf, die Hände um den triefenden Hals geklammert, den Mund aufgerissen im Ringen nach Luft, die er nicht bekommen konnte, nicht bekommen würde.

Aus ihrer Kehle drang ein Schluchzen, entstanden aus Ungläubigkeit und verschärft durch Wut.

Ihre Mutter schrie, als sie wie ihr Vater zuvor mit weit aufgerissenen Augen in der Garage umherblickte, als hätte sie keinen Schimmer, woher die Bedrohung kam, aber genau wüsste, dass sie dort war. Die rot gesprenkelten Hände hatte sie über dem Mund zusammengeschlagen, während ihr Tränen über die Wangen liefen und das Blut verschmierten, das dort gelandet war.

„T-tu uns nichts", schluchzte sie. „Bitte nicht."

Eine gespaltene Zunge schoss hervor, als wollte das Wesen ihre Angst schmecken. „Ich mag es, wie du bettelst, Weib."

„Stopp!", schrie Annabelle. *Ich muss ihr helfen, muss ihr helfen.* Sie riss die Tür auf, rutschte aus in … Nein. Nein, nein, nein. Würgend kämpfte sie sich hoch. „Du musst aufhören!"

„Lauf, Annabelle. Lauf!"

Und wieder das unheimliche Gelächter. Dann schlugen die Klauen erneut zu und schnitten ihrer Mutter das Wort ab. Sie brach zusammen.

Vor Schock bewegungsunfähig, sackten Annabelle die Knie weg. Noch ein Körper am Boden, zuckend … dann still.

„Das kann nicht sein", brabbelte sie. „Das passiert nicht wirklich."

„Oh doch", sagte die Kreatur mit tiefer, rauer Stimme. Es schwang ein amüsierter Unterton mit, als sei der Mord an ihren Eltern nichts als ein Spiel.

Mord.

Mord.

Nein. Nicht Mord. Dieses Wort konnte sie nicht akzeptieren. Dieses … Ungeheuer hatte sie angegriffen, aber sie würden es schaffen. Sie mussten es schaffen. Hart hämmerte ihr Herz gegen die Rippen und brennend stieg Galle in ihrer Brust empor, an ihrem Kehlkopf vorbei. Sie würgte. Das hier war nicht echt. Es konnte nicht echt sein. „D-die Polizei ist unterwegs", log sie. Rieten die Experten in den Reality-Shows im Fernsehen nicht immer, das solle man tun, um sich zu retten? Behaupten, dass Hilfe auf dem Weg sei? „Geh. Verschwinde. Du willst doch nicht noch m-mehr Ärger kriegen, o-oder?"

„Mmh, mehr Ärger hört sich großartig an." Das Monster wandte sich um, blickte sie geradeheraus an und grinste noch breiter. „Ich werde es dir beweisen." Und dann begann es, die am Boden liegenden Körper zu zerfetz…fetz…fetzen … Kleider und Haut rissen, Knochen krachten, Gewebematsch flog.

Ich kann nicht denken.

Kann nicht … Oh, und wie sie das konnte. Sie wusste es. Wenn ihre Eltern überhaupt eine Chance gehabt hatten, durchzukommen, zerfiel sie gerade zu Asche.

Beweg dich! Du hast zugelassen, dass dieses Ding *die Men-*

schen verstümmelt, die du liebst. Wirst du ihm auch erlauben, dich zu verstümmeln? Und was ist mit deinem Bruder, oben in seinem Zimmer – wahrscheinlich schlafend, allein und vollkommen ahnungslos?

Nein. NEIN! Mit einem Schrei aus den Tiefen ihrer schmerzzerrissenen Seele warf sie sich gegen die breite, harte Brust und schlug auf diese hässliche Visage ein. Das Monster stolperte zurück, erholte sich jedoch schnell, warf sie zu Boden und drückte sie mit seinem Körpergewicht nach unten. Seine ausgebreiteten Flügel verdeckten den Rest der Welt, als würden nur sie beide existieren.

Sie schlug und schlug und schlug, doch die Kreatur versuchte nicht einmal, die Klauen in sie zu rammen. Stattdessen wehrte es ihre Hände abwesend ab und versuchte sie zu … küssen? Lachend, lachend, ohne je mit dem Gelächter aufzuhören, presste es die Lippen auf ihre, blies ihr seinen stinkenden Atem in den Mund und bebte vor offensichtlich überwältigender Lust.

„Hör auf", schrie sie, doch das Monster stieß ihr die Zunge so tief in den Hals, dass sie aufs Neue würgen musste.

Als es den Kopf hob, blieb ein glühend heißer Schleim zurück, der ihre untere Gesichtshälfte bedeckte. Ekstatisch leuchteten seine Augen. „Oh ja, das wird ein Spaß", sagte es – und dann war es fort, verschwunden in einer Wolke Übelkeit erregenden Rauchs.

Eine lange Zeit war Annabelle körperlich und seelisch wie gelähmt von ihren außer Kontrolle geratenen Emotionen. Angst … Schock … Trauer … Unentrinnbar senkten sie sich schwer auf ihre Brust, erstickten sie.

Mach was! Endlich, ein aufflackernder Gedanke. *Es könnte jeden Moment zurückkommen.*

Diese Erkenntnis befreite sie aus ihrer Lähmung und setzte sie schließlich in Bewegung. „Brax!", schrie sie. Ihr großer Bruder konnte ihr helfen, die Überreste ihrer Eltern in Sicherheit zu bringen. „Brax!" Rutschend und schlitternd krabbelte Annabelle zu den Leichen ihrer Eltern. Leichen, die sie nicht wieder zusammensetzen konnte, sosehr sie sich auch bemühen mochte.

Stolpernd schleppte sie sich ins Haus und wählte den Notruf. Nach einer hastigen Erklärung ließ sie den Hörer fallen und rannte panisch nach ihrem Bruder rufend die Treppe hinauf. Sie fand ihn seelenruhig schlafend in seinem Zimmer.

„Brax. Wach auf. Du musst aufwachen." Egal wie grob sie ihn schüttelte, er murmelte bloß vor sich hin, dass er noch ein paar Minuten liegen bleiben wollte.

Sie blieb bei ihm, beschützte ihn, bis schließlich die ersten Einsatzkräfte eintrafen. Doch auch sie konnten ihre Eltern nicht wieder zusammensetzen. Bald darauf kam auch die Polizei – und binnen einer Stunde wurde Annabelle des Mordes an ihren Eltern beschuldigt.

1. KAPITEL

Vier Jahre später

W ie fühlen Sie sich dabei, Annabelle?" Die Betonung der Männerstimme lag auf dem Wort „fühlen" und verlieh dem Satz einen ekelhaft schmierigen Anstrich.

Annabelle neigte den Kopf zur Seite, den Blick auf Dr. Fitzherbert fixiert, während sie die anderen Patienten in ihrem „Kreis des Vertrauens" aus dem Augenwinkel ebenfalls beobachtete. Der Arzt, Anfang vierzig, hatte langsam dünner werdendes, aber gepflegt ergrauendes Haar, dunkelbraune Augen und perfekt gebräunte Haut – wenn auch ein paar kleine Falten. Mit seinen eins fünfundfünfzig war er kaum größer als sie, eher schmächtig und, wenn man von seiner rabenschwarzen Seele absah, einigermaßen attraktiv.

Je länger sie ihn schweigend anstarrte, desto mehr wanderten seine Mundwinkel nach oben. Wie sehr diese Selbstzufriedenheit an ihr nagte – was sie sich jedoch niemals würde anmerken lassen. Niemals würde sie willentlich etwas tun, das ihm gefallen würde, und genauso wenig würde sie ihm gegenüber den Schwanz einziehen. Ja, er war ein abscheuliches Monster, machtgierig, selbstsüchtig und mit dem Konzept der Wahrheit nur flüchtig vertraut, und ja, er konnte ihr wehtun. Er *würde* ihr wehtun.

Hatte es bereits getan. Letzte Nacht hatte er sie unter Drogen gesetzt. Na ja, unter Drogen gesetzt hatte er sie jeden Tag seit seiner Einstellung bei der Einrichtung für geistesgestörte Straftäter des Moffat County vor zwei Monaten. Aber letzte Nacht hatte er sie sediert, um sie auszuziehen, sie auf eine Art anzufassen, wie er es niemals hätte tun dürfen, und Fotos von ihr zu machen.

So ein hübsches Mädchen, hatte er gesagt. *Da draußen in der realen Welt würde mich eine Sexbombe wie du selbst für ein einfaches Date zum Abendessen auf Knien betteln lassen. Und hier bist du mir vollkommen ausgeliefert. Ich kann mit dir machen, was ich will. Und ich will vieles.*

Noch immer glühte die Erniedrigung in ihr, ein Feuer in ihren Adern, doch sie würde keine Schwäche zeigen. Sie wusste es besser.

In den letzten vier Jahren hatten die Ärzte und Pfleger, die für sie zuständig waren, öfter gewechselt als ihre Zellengenossen. Manche waren echte Koryphäen ihrer Zunft gewesen, andere hatten bloß ihren Job gemacht und getan, was getan werden musste. Einige wenige jedoch waren schlimmer als die verurteilten Kriminellen, die sie behandeln sollten. Je mehr sie nachgab, desto schlimmer misshandelten diese Angestellten sie. Also blieb sie immer wachsam.

Wenn sie in den vergangenen Jahren eins gelernt hatte, dann, dass sie sich auf niemanden als sich selbst verlassen konnte. Ihre Beschwerden über Misshandlungen durch das Personal verliefen jedes Mal im Sand, denn die meisten der Institutsleiter schienen zu finden, sie verdiente, was sie bekam. Sofern sie ihr überhaupt glaubten.

„Annabelle", tadelte Fitzpervers. „Schweigen wird hier nicht geduldet."

Na dann. „Ich fühle mich zu hundert Prozent geheilt. Ich schätze, Sie sollten mich entlassen."

Verärgert runzelte er die Stirn, ganz nach dem Motto *Ich bin so ein guter Arzt, ich könnte dich retten, wenn du mich nur lassen würdest*. „Sie wissen es doch besser, als meine Fragen so schnippisch zu beantworten. Das hilft Ihnen nicht, mit Ihren Emotionen oder Ihren Problemen zurechtzukommen. Das hilft niemandem hier, mit seinen Emotionen oder Problemen zurechtzukommen."

„Ah, dann bin ich ja ganz ähnlich wie Sie." Als würde er sich darum scheren, irgendjemandem zu helfen außer sich selbst.

Einige der anderen Patienten kicherten hämisch. Andere sabberten unbeeindruckt weiter, sammelten schaumige Bläschen aus brabbelnden Mundwinkeln auf den Schultern ihrer Zwangsjacken.

Da verwandelte sich der Tadel auf Fitzpervers' Gesicht in Ärger, und der Arzt gab sich nicht einmal mehr den Anschein von

Hilfsbereitschaft. Er genoss seine Macht, und er würde nicht zögern, sie für ihre Herausforderung zu bestrafen. „Diese große Klappe wird Sie in Schwierigkeiten bringen."

Keine Drohung. Ein Versprechen. *Egal.* Sie lebte in ständiger Angst vor knarrenden Türen, Schatten und dem Geräusch von Schritten. Vor Medikamenten und Menschen und … Dingen. Vor sich selbst. Was machte da eine weitere Bedrohung aus? Obwohl … Wenn sie so weitermachte, würden ihre Emotionen sie noch ins Grab bringen.

„Ich würde Ihnen sehr gern erzählen, wie ich mich fühle, Dr. Fitzherbert", schaltete sich der Mann neben ihr ein.

Fitzpervers fuhr sich mit der Zunge über die Zähne, bevor er die Aufmerksamkeit auf den Serien-Brandstifter richtete, der ein Apartmentgebäude angesteckt hatte. Samt den Männern, Frauen und Kindern, die darin gewohnt hatten.

Während die Gruppe über Gefühle und Zwänge sprach und über Wege, beides zu kontrollieren, klinkte Annabelle sich aus. Jedenfalls größtenteils. Wo auch immer sie war, mit wem es auch sein mochte, ein Teil von ihr war jederzeit in Alarmbereitschaft. Man konnte nie wissen, wann eine Bedrohung auftauchen würde, sei sie menschlich oder … etwas anderes.

Aus Gewohnheit unterzog sie ihre Umgebung einem prüfenden Blick. Der Raum war genauso trist wie ihr Leben. An den geweißten Deckenpaneelen breiteten sich hässliche gelbe Wasserflecken aus, von den Wänden löste sich die graue Tapete ab und der braune Wollteppich am Boden war zerschlissen. Die einzigen Möbel im Raum waren die unbequemen Metallstühle, auf denen die Anwesenden saßen. Fitzpervers thronte natürlich auf einem eigens für ihn bereitgelegten Kissen.

Dagegen waren Annabelle die Hände mit Handschellen hinter dem Rücken gefesselt, sodass ihre sowieso schon überbeanspruchten Muskeln und Sehnen unangenehm gespannt waren. Wenn man sich überlegte, wie viel Betäubungsmittel durch ihre Blutbahn rauschte, waren die Handschellen eigentlich überflüssig. Aber vor vier Wochen hatte sie sich mit zwei Mitinsassen bis aufs Blut geschlagen und zwei Wochen danach mit einem ihrer

Pfleger. Also wurde sie als zu gefährlich eingestuft, um sich ohne Fesseln bewegen zu dürfen – dabei interessierte es niemanden, dass sie sich nur verteidigt hatte.

Die letzten dreizehn Tage über war sie im „Loch" eingesperrt gewesen, einer dunklen Gummizelle, in der das Fehlen von Sinnesreizen den Insassen langsam in den (echten) Wahnsinn trieb. Ihr Hunger nach menschlichem Kontakt war so übermächtig gewesen, dass sie geglaubt hatte, jede Art von Interaktion wäre ihr recht – bis Fitzpervers sie betäubt und fotografiert hatte.

Heute früh hatte er sie dann aus der Isolationshaft geholt und diesen Ausflug für sie arrangiert. Ein Bestechungsversuch à la *Sei nett zu mir und ich bin nett zu dir.*

Wenn Mom und Dad mich jetzt sehen könnten … Mühsam unterdrückte sie ein plötzliches Schluchzen. Das unschuldige, naive Mädchen, das sie einst gewesen war, gab es nicht mehr. Es war am selben Tag gestorben wie ihre Eltern, doch sein Geist lebte in ihr fort, verfolgte sie. In den schlimmsten Momenten erinnerte es sich an Dinge, an die Annabelle sich niemals erinnern sollte.

Probier mal, Liebes. Das ist das Beste, was du je essen wirst!

Was für eine furchtbare Köchin ihre Mutter gewesen war. Sakis Lieblingsbeschäftigung war es gewesen, Rezepte zu frisieren, um sie zu „verbessern".

Hast du das gesehen? Noch ein Touchdown für die Sooners!

Ihr Dad, ein begeisterter Footballfan. Drei Semester lang war er an der Universität von Oklahoma eingeschrieben gewesen, und noch Jahrzehnte später hatte er gebannt verfolgt, wie sich das Footballteam schlug.

Sie durfte nicht an sie denken, an ihre Mutter, ihren Vater, wie wundervoll sie beide gewesen waren … und … Oh, sie konnte es nicht aufhalten … Vor ihren Augen nahm das Bild ihrer Mutter Gestalt an. Ein Wasserfall von Haar, das so schwarz gewesen war, dass es fast blau ausgesehen hatte, ganz ähnlich wie bei Annabelle. Schrägstehende goldene Mandelaugen, wie früher bei Annabelle. Samtige Haut in einer Farbe zwischen Honig und Zimt ohne den kleinsten Makel. Saki Miller – geboren als Saki

Tanaka – war in Japan zur Welt gekommen, aber in Georgetown, Colorado, aufgewachsen.

Als traditionsbewusste Japaner waren Sakis Eltern fast durchgedreht, als sie sich Hals über Kopf in Rick Miller – einen Weißen, wie er im Buche stand – verliebt und ihn geheiratet hatte. Er war für die Ferien vom College nach Hause gekommen, ihr begegnet und wieder in die Heimat gezogen, um mit ihr zusammen sein zu können.

Sowohl Annabelle als auch ihr großer Bruder hatten Züge von beiden Eltern geerbt. Haare und Hautfarbe kamen von ihrer Mutter, genau wie die Gesichtsform. Doch den großen, schlanken – in Brax' Fall trotzdem muskulösen – Körperbau hatten sie von ihrem Vater.

Doch Annabelles Augen hatten nichts mehr mit Saki oder Rick zu tun.

Nach jenem grauenvollen Morgen in der Garage, nachdem man sie für die Morde festgenommen hatte, nach ihrer Verurteilung zu lebenslanger Sicherheitsverwahrung in dieser Einrichtung für geistesgestörte Straftäter hatte sie endlich den Mut gefunden, in einen Spiegel zu sehen. Was sie erblickt hatte, war ein Schock gewesen. Eisfarbene Augen, kalt wie das Zentrum eines Schneesturms in der Arktis, unheimlich und kristallen, mit dem winzigsten Hauch von Blau – und keinem Schimmer von Menschlichkeit. Doch was viel schlimmer war: Mit diesen Augen konnte sie Dinge sehen, die niemand jemals sehen sollte.

Und oh nein, nein, nein. Während der „Kreis des Vertrauens" weiterjammerte, schritten zwei Kreaturen durch die Wand am anderen Ende des Raums und hielten an, um sich zu orientieren. Erwartungsvoll blickte sie zu ihren Mitpatienten, rechnete mit panischen Schreien. Doch außer ihr schien niemand die Besucher zu bemerken.

Wie war das möglich? Eine der Kreaturen hatte den Körper eines Pferdes und den Oberkörper eines Mannes. Anstelle von Haut war sein Körper überzogen mit silbern glitzerndem … Metall? Seine Hufe hatten die Farbe von Rost und waren vermutlich auch aus einer Art Metall – und zu tödlichen Spitzen zurechtgefeilt.

Sein Begleiter war kleiner und hatte hängende Schultern, aus denen gefährlich aussehende Hörner hervorragten, und seine Beine schienen auf unnatürliche Weise verdreht. Als einziges Kleidungsstück trug er einen Lendenschurz. Seine Brust war fellüberzogen, muskulös und vernarbt.

Vertraut und entsetzlich zugleich, erfüllte der Gestank fauliger Eier den Raum. Panik und Zorn durchfluteten sie, eine gefährliche Mischung, von der sie sich nicht überwältigen lassen durfte. Das würde sie nur ihre Konzentration kosten und ihre Reflexe verlangsamen – ihre einzigen Waffen.

Und sie brauchte Waffen.

Sie erschienen in allen Formen und Größen, sämtlichen Farben, beiden Geschlechtern – und vielleicht auch etwas dazwischen –, aber eins hatten sie gemeinsam: Immer hatten sie es auf Annabelle abgesehen.

Jeder Arzt, in dessen Behandlung sie gewesen war, hatte versucht, sie zu überzeugen, diese Wesen wären bloße Ausgeburten ihrer Fantasie. Komplexe Halluzinationen, hatten sie behauptet. Trotz der Wunden, die immer zurückblieben – Wunden, von denen die Ärzte behaupteten, sie würde sie sich irgendwie selbst zufügen –, glaubte sie ihnen manchmal. Doch das hielt sie nicht davon ab, sich zu wehren. Nichts würde das je können.

Rot glühende Blicke schwenkten durch den Raum und blieben schließlich an ihr hängen. Beide Ungeheuer lächelten und entblößten dabei ihre scharfen, tropfenden Fangzähne.

„Meins", sagte Pferdefresse.

„Nein. Meins!", fauchte Hörnchen.

„Gibt nur einen Weg, das zu klären." Pferdefresse leckte sich voller Vorfreude die Lippen.

„Auf die spaßige Art", stimmte Hörnchen zu.

Spaß. Das war Monstersprache für „Annabelle die Seele aus dem Leib prügeln". Wenigstens würden sie nicht versuchen, sie zu vergewaltigen.

Verstehen Sie denn nicht, Annabelle? hatte einer der Ärzte einmal gefragt. *Die Tatsache, dass diese Kreaturen Sie nicht vergewaltigen, beweist, dass sie nur Halluzinationen sind. Ihr Geist hindert sie daran, etwas zu tun, womit Sie nicht umgehen könnten.*

Als könnte sie mit dem Rest umgehen. *Wie erklären Sie sich denn die Verletzungen, die mir zugefügt werden, während ich gefesselt bin?*

Wir haben die Waffen gefunden, die Sie in Ihrer Zelle versteckt hatten, Annabelle. Stichwaffen, einen Hammer, von dem wir immer noch nicht wissen, woher Sie ihn haben, Glasscherben. Soll ich weitermachen?

„Wer ist zuerst dran?", fragte Pferdefresse und holte sie aus der deprimierenden Erinnerung zurück in die Gegenwart.

„Ich."

„Nein, ich."

Sie stritten sich weiter, aber der Aufschub würde nicht von Dauer sein. Das war er niemals. Adrenalin rauschte durch ihre Adern, brachte sie zum Frösteln. *Keine Sorge. Du schaffst das.*

Auch wenn keiner der anderen Patienten mitbekam, was geschah, nahmen sie doch alle Annabelles veränderte Stimmung wahr. Grunzen und Stöhnen ertönte um sie herum. Männer und Frauen, Jung und Alt wanden sich auf ihren Stühlen, wären am liebsten weggelaufen.

Die Wachen, die am einzigen Ausgang bereitstanden, versteiften sich, gingen in Alarmbereitschaft, waren sich aber nicht sicher, woher die Gefahr drohte.

Fitzpervers wusste es und durchbohrte Annabelle mit seinem patentierten Ich-bin-der-König-der-Welt-Blick. „Sie sehen beunruhigt aus, Annabelle. Warum erzählen Sie uns nicht, was Sie bedrückt, hm? Bereuen Sie Ihren Ausbruch von vorhin?"

„Fick dich, Fitzpervers." Augenblicklich wandte sie ihre Aufmerksamkeit wieder ihren Gegnern zu. Die waren die größere Bedrohung. „Du bist auch noch dran."

Scharf atmete er ein. „Es ist Ihnen nicht gestattet, so mit mir zu reden, Miss Miller."

„Sie haben recht. Entschuldigung. Ich wollte sagen: Ficken Sie sich, *Doktor* Fitzpervers." Unbewaffnet ist nicht gleich hilflos, rief sie sich in Erinnerung. Genauso wenig wie gefesselt.

Das würde sie den Kreaturen und Fitzpervers heute beweisen.

„Feurig", freute sich Pferdefresse mit einem entzückten Nicken.

„Die mach ich am liebsten fertig", gackerte Hörnchen.

„Solange *ich* sie fertigmachen darf!"

Aus dem Augenwinkel sah sie den guten Doktor eine der Wachen heranwinken. Sie wusste, gleich würde der Kerl ihren Kiefer wie mit einem Schraubstock packen und ihre Wange gegen seinen Bauch pressen, um sie bewegungsunfähig zu machen. Eine degradierende und anzügliche Haltung, die genauso sehr erniedrigte, wie sie einschüchterte, und sie daran hinderte, zu beißen, damit Fitzherbert ihr ein Betäubungsmittel spritzen konnte.

Ich muss sofort handeln. Keine Zeit mehr. In einer fließenden Bewegung zog sie die Knie an die Brust, schob die gefesselten Hände unter ihrem Hintern durch und zog sie über die Füße. War der Gymnastikunterricht also doch für etwas gut gewesen. Jetzt, mit den Händen vor dem Körper, wirbelte sie herum, packte den Stuhl und klappte ihn zusammen, sodass sie ihn wie einen Schild vor sich halten konnte.

Perfektes Timing. Die Wache hatte sie erreicht.

Kraftvoll schwang sie ihren Schild – und ihre einzige Waffe – genau in die Magengrube des Mannes. Zischend rauschte die Luft aus seinem Mund, als er vorneüberklappte. Ein weiterer Schwinger, und sie traf ihn an der Schläfe, schickte ihn als bewusstloses Häuflein zu Boden.

Ein paar der Patienten schrien aufgeregt durcheinander, andere feuerten sie an. Die Sabbermäuler sabberten weiter. Fitzpervers stürzte zur Tür, um die zweite Wache zu zwingen, als sein Schutzschild zu fungieren, und zugleich mit einem Knopfdruck Verstärkung zu rufen. Eine Alarmsirene hob an und peitschte die ohnehin schon aufgewühlten Patienten noch weiter auf.

Währenddessen waren die unheimlichen Besucher es offensichtlich leid geworden, sich anzukeifen, und schlichen auf sie zu, langsam, aber unaufhaltsam, höhnisch auf sie einredend.

„Oh, was ich mit dir anstellen werde, kleines Mädchen."

„Oh, wie du schreien wirst!"

Näher ... näher ... fast in Reichweite ... voll in Reichweite ...
Sie holte mit dem Stuhl aus. Verfehlte sie. Die beiden lachten, wichen auseinander und griffen gleichzeitig nach ihr.

Mit dem Stuhl schlug sie ein Paar Hände weg, doch sie konnte nicht beide gleichzeitig abwehren, und der andere kratzte ihre Schulter auf. Sie zuckte zusammen, schenkte dem Schmerz jedoch keine weitere Beachtung, wirbelte herum, um – ins Leere zu treffen, immer nur ins Leere.

Ich schaff das. Als Pferdefresse vor ihr war, rammte sie ihm die Stuhllehne so hart unters Kinn, dass ihm die Zähne zusammenschlugen – und das Gehirn, falls er eins hatte, an die Schädeldecke klatschte. Gleichzeitig trat sie nach hinten aus und traf Hörnchen am Solarplexus. Beide Kreaturen stolperten zurück und das Grinsen verschwand von ihren Gesichtern.

„Ist das alles, was ihr draufhabt, Mädels?", spottete sie. Noch zwei Minuten, länger hatte sie nicht, bevor die Verstärkung käme und sie zu Boden werfen und fesseln würde. Dann wären Fitzpervers und seine Nadel wieder am Drücker. Vorher wollte sie diese Kreaturen erledigen.

„Das wirst du gleich sehen", zischte Pferdefresse und stieß den Brandstifter in Annabelles Richtung.

Für alle anderen sah es vermutlich aus, als wäre der Kerl aus eigenem Antrieb auf sie losgestürmt, um sie zurückzuhalten. Wieder schwang sie den Stuhl und der Feuerteufel flog geradewegs durch Pferdefresses Körper hindurch, als bestünde das Wesen aus nichts als Nebel. Und was den unfreiwilligen Möchtegern-Helden anging, war es auch so. Immer war sie die Einzige, die die Kreaturen sehen und berühren konnte – mit den Händen und allem, was sie darin hielt.

Irgendwann während dieser Attacke hatte Hörnchen sich aus ihrem Blickfeld geschlichen. Jetzt gelang es ihm, sie von hinten anzuspringen und die Klauen in ihre ohnehin schon blutige Schulter zu schlagen. Als sie sich umdrehte, folgte er ihrer Bewegung und fetzte noch einmal durch ihr Fleisch.

Diese Schmerzen ... Oh, diese Schmerzen. Jetzt *musste* sie ihnen Beachtung schenken.

Sterne blühten in ihrem Blickfeld auf. Hinter sich hörte sie Gelächter, und sie wusste, dass Hörnchen dort sein musste, die Klauen bereit zum nächsten Schlag. Hastig wich sie aus – und stolperte.

Pferdefresse packte sie bei den Schultern, hielt sie aufrecht – und rammte ihr die Faust ins Gesicht. Lächelnd hob er den Arm, um sie noch einmal zu schlagen – doch diesmal war sie bereit. Sie riss den Stuhl nach oben und erwischte ihn voll unterm Kinn. Dabei drehte sie sich weg, sodass er sich die Knöchel an der Sitzfläche des Stuhls brach, statt ihr das Gesicht zu zermalmen. Durchdringend heulte er auf.

Als sie mit dem nächsten Tritt nach hinten wieder Hörnchen traf, vibrierten ihre Knochen vom Aufprall. Bevor ihr Fuß wieder am Boden war, wirbelte sie herum und trat mit dem anderen nach ihm, machte eine Scherenbewegung mit den Fußknöcheln, um ihm zwei schnelle Tritte in die Magengrube zu verpassen. Als er nach Luft ringend zusammenbrach, drehte sie den Stuhl um und schickte Hörnchen über den Jordan, indem sie mit der Metallkante seine Luftröhre zerquetschte.

Schwarzes Blut breitete sich Blasen werfend um ihn herum aus, schäumte und zischte, während es sich durch den Teppich in den Betonboden fraß. Rauch stieg auf und wogte durch die Luft.

Noch eine Minute.

Mach ihn zu Hackfleisch, befahl sie sich.

Pferdefresse beleidigte sie auf sehr unfeine Weise, während er am ganzen Körper vor Wut bebte. Rasend stampfte er auf sie zu und schlug mit diesen muskelbepackten Armen nach ihr. Immer wieder blockte sie ihn ab, duckte sich, wand sich, beugte sich nach hinten, sodass seine fleischigen Fäuste höchstens den Stuhl trafen. Währenddessen prügelte sie mit dem verbeulten Metall auf ihn ein und traf ihn mehrmals empfindlich.

„Warum hast du's auf mich abgesehen?", fragte sie. „Warum?"

Blutverschmierte Zähne blitzten auf. „Nur so aus Spaß. Warum sonst?"

Jedes Mal fragte sie, und jedes Mal erhielt sie dieselbe Antwort, so unterschiedlich ihre Angreifer auch waren. Jede der Kreaturen kam nur ein einziges Mal, und wenn sie alles in Schutt und Asche gelegt und so richtig schön Chaos verbreitet hatten, verschwanden sie für immer. Sofern sie überlebten.

Als sie das erste Mal eine der Kreaturen getötet hatte, war sie in Tränen ausgebrochen – auch beim zweiten und dritten Mal –, obwohl die Ungeheuer aus dem einzigen Grund kamen, sie zu quälen. Es war einfach so furchtbar, ein Leben zu nehmen. Egal was der Grund dafür war. Den letzten röchelnden Atemzug zu hören … das Licht in jemandes Augen erlöschen zu sehen … und zu wissen, dass man dafür verantwortlich war. Jedes Mal musste sie an ihre Eltern denken. Irgendwann hatte ihr Herz sich zu einem Block aus Stein verhärtet und sie hatte aufgehört, zu weinen.

Schließlich mussten die zusätzlichen Wachen eingetroffen sein, denn drei harte Leiber warfen sich von hinten auf sie und zwangen sie zu Boden. Hart schlug sie auf dem Boden auf, hörte und spürte ihre verletzte Wange krachend auf den Beton treffen. Ein Pfeil aus Schmerz schoss durch ihren Schädel, während sich in ihrem Mund der Geschmack alter Kupfermünzen ausbreitete. Noch mehr von diesen viel zu hellen Sternen leuchteten vor ihren Augen auf, fraßen sich immer weiter, wuchsen … blendeten sie.

Bei dieser Blindheit geriet sie in Panik, wurde zurückversetzt zu diesem grausigen, schicksalhaften Morgen vor so langer Zeit. „Lasst mich los! Ich mein's ernst!"

Unnachgiebig drückten sich Knie auf ihre Schulterblätter, ihren Rücken und ihre Beine, und rücksichtslos pressten sich harte Finger bis auf die Knochen in ihr Fleisch. „Halt still."

„Ich hab gesagt, lasst mich los!"

Pferdefresse musste sich vom Acker gemacht haben, denn an die Stelle des Fäulnisgestanks trat plötzlich der Geruch von Frühstücksspeck und Aftershave. Warmer Atem strich über ihre Wange. Sie gestattete sich nicht, zurückzuweichen, gestattete sich nicht, ihre entsetzliche Abscheu vor dem Arzt preiszugeben, der sich jetzt über sie beugte.

„Das war genug für heute, Annabelle", befand Fitzpervers in seinem alten tadelnden Ton.

„Es ist niemals genug", erwiderte sie und zwang sich, zur Ruhe zu kommen. Tief einatmen, tief ausatmen. Je aufgewühlter sie sich zeigte, desto mehr Betäubungsmittel würde er ihr spritzen.

„Tz, tz. Du hättest brav sein sollen, Annabelle. Ich hätte dir helfen können. Jetzt schlaf", säuselte er.

„Wagen Sie es ja …" Eine Sekunde nach dem Stich in ihren Hals, auf den sie gewartet hatte, erschlaffte ihr Kiefer. Ein elektrisches Gleißen in ihrer Vene, das sich genauso schnell ausdehnte wie die Sterne und sie schließlich überwältigte.

Obwohl sie dieses Gefühl der Hilflosigkeit hasste, obwohl sie wusste, dass Fitzpervers ihr später einen Besuch abstatten würde, obwohl sie mit all ihrer verbleibenden Kraft dagegen ankämpfte, sank Annabelle in die wartende Dunkelheit.

2. KAPITEL

Sieh nur, Zacharel! Sieh, wie hoch ich fliege."

„Du machst das so gut, Hadrenial. Ich bin stolz auf dich."

„Glaubst du, ich kann einen Salto machen, ohne runterzufallen?"

„Natürlich kannst du das. Du kannst alles."

Ein Lachen wie süßer Glockenklang, das über den Himmel hallt. „Aber ich bin schon dreimal gefallen."

„Was bedeutet, dass du jetzt weißt, was du nicht tun solltest."

„Sir? Eure große und mächtige Hoheit? Hört Ihr mir zu?"

Die männliche Stimme holte Zacharel aus der Vergangenheit, fort von dem einzigen strahlenden Licht in seinem ansonsten düsteren Leben, katapultierte ihn direkt zurück in die Gegenwart. Mit einem kurzen Blick erkannte er Thane, den selbsternannten Vizebefehlshaber seiner Armee von Engeln. Eine Ernennung, der er nicht widersprochen hatte, trotz des Benehmens, das der Krieger an den Tag legte. Denn Tatsache war: Thane war noch der Beste aus dem Haufen.

Was nicht viel hieß. Jeder Engel in dieser Armee hatte die Gottheit, ihren obersten Herrscher, über die Grenzen ihrer Geduld getrieben. Jeder von ihnen hatte so viele Regeln gebrochen, so viele Gesetze der Gottheit umgangen – es war ein Wunder, dass sie immer noch ihre Flügel hatten. Und ein noch größeres Wunder, dass Zacharel es schon so lange schaffte, sie zu tolerieren.

Er räusperte sich. „Ich höre zu, ja." Jetzt.

„Ich bitte untertänigst um Verzeihung, sollte ich Euch gelangweilt haben", erklang die schnippische Entgegnung.

„Akzeptiert."

Ein Knacken mit dem Kiefer, als der Engel begriff, dass die Beleidigung an Zacharel abgeprallt war. „Ich habe gefragt, ob Ihr bereit seid, den Angriff zu befehlen."

„Noch nicht."

Thane schwebte neben ihm, beide mit weit ausgestreckten, riesigen Flügeln, doch ohne einander zu berühren. Keiner von ihnen mochte es, berührt zu werden. Thane machte natürlich ständig Ausnahmen für all die Frauen, mit denen er schlief, doch bei Zacharel gab es solche Ausnahmen für niemanden.

„Ich bin kampfbegierig, Majestät. Das sind wir alle."

„Ich habe dir schon einmal befohlen, mich nicht mit diesem Titel anzusprechen. Was deine Frage angeht: Ihr werdet wie befohlen warten. Ihr alle." Ungehorsam bedeutete Strafe – ein Konzept, mit dem Zacharel mittlerweile eng vertraut war.

Begonnen hatte es ein paar kurze Monate zuvor, als er in den Tempel der Gottheit gerufen worden war, diese heilige Zuflucht, die nur so wenige Engel besuchen durften. Seit dieser unerwarteten Begegnung rieselten Schneeflocken aus dem Gefieder seiner Flügel, ein unaufhörlicher Blizzard und Zeichen des kalten Missfallens seiner Gottheit. Und die Worte der Gottheit, so sanft sie auch gesprochen worden waren, hatten ebenso beißende Kälte ausgestrahlt wie der Schnee. Augenscheinlich hatte Zacharels „schwerwiegende Emotionslosigkeit" dafür gesorgt, dass er „Kollateralschäden" während seiner Kämpfe mit Dämonen ignoriert hatte. In mehreren Fällen, so hatte ihm die Gottheit vorgeworfen, hatte Zacharel zugelassen, dass Menschen – die Wesen, für deren Schutz Engel um jeden Preis kämpfen sollten – verletzt oder sogar getötet wurden. Hatte sich entschieden, das Leben seines Gegners zu beenden, statt die angeblich Unschuldigen um ihn herum zu beschützen. Und natürlich war ein solches Verhalten „inakzeptabel".

Er hatte sich entschuldigt, obwohl er keine Reue über sein Handeln empfand – nur darüber, dass er das eine Wesen erzürnt hatte, das die Macht besaß, sein Dasein zu beenden. Wenn er es ehrlich betrachtete, verstand er nicht, welchen Reiz – oder Nutzen – Menschen haben sollten. Sie waren schwach und hinfällig und behaupteten, alles, was sie täten, geschähe aus Liebe.

„Liebe." Zacharel zog abfällig die Mundwinkel nach unten. Als hätten bloße Sterbliche auch nur die geringste Ahnung von selbstloser, lebensspendender Liebe. Damit kannte sich nicht einmal Zacharel aus. *Hadrenial* hatte sie verstanden – aber über ihn würde Zacharel nicht weiter nachdenken.

Seine Entschuldigung war bedeutungslos, hatte ihm die Gottheit beschieden. Tatsächlich sogar weniger als bedeutungslos, denn seine Gottheit konnte in den schwarzen Morast in seiner Brust sehen, wo sein Herz voller Emotionen schlagen sollte – es aber nicht tat.

Ich sollte dir die Flügel und die Unsterblichkeit nehmen und dich auf die Erde verbannen, wo du die Dämonen, die unter uns leben, nicht sehen könntest. Wenn du sie nicht sehen kannst, kannst du sie auch nicht bekämpfen, wie du es gewohnt bist. Wenn du sie nicht bekämpfen kannst, kannst du auch die Menschen um sie herum nicht töten. Ist es das, was du willst, Zacharel? Unter den Gefallenen leben und das Leben betrauern, das du einst besessen hast?

Nein, das wollte er ganz und gar nicht. Zacharel lebte dafür, Dämonen zu töten. Wenn er sie nicht sehen und gegen sie kämpfen könnte, wäre er tot besser dran. Wieder hatte er seiner Reue Ausdruck verliehen.

Für dieses Verbrechen hast du dich bereits viele Male in der Vergangenheit vor dem Himmlischen Hohen Rat entschuldigt, Zacharel, und doch hast du dein Verhalten nie geändert. Trotz deiner vielen Missetaten haben meine getreuen Ratgeber lange Zeit empfohlen, Milde walten zu lassen. Sie glaubten – hofften –, nach allem, was du durchlitten hast, würdest du mit der Zeit deinen Weg finden. Doch wieder und wieder hast du es unterlassen, dem Rat Gehör zu schenken, und nun kann ich deine Verfehlungen nicht länger ignorieren. Als Oberhaupt des Rats muss ich eingreifen, denn auch ich muss mich vor einer höheren Macht verantworten – und deine Taten werfen ein schlechtes Licht auf mich.

In diesem Augenblick hatte Zacharel gewusst, dass er sich diesmal nicht würde herausreden können. Und er hatte recht gehabt.

Worte kommen so leicht über die Lippen, wie du bewiesen hast, hatte seine Gottheit ausgeführt, *aber so selten folgen ihnen die entsprechenden Taten. Von jetzt an wirst du die Manifestation meiner Unzufriedenheit mit dir tragen und diesen Tag niemals vergessen.*

„Wie du wünschst", hatte er erwidert.

Und Zacharel … Zweifle nicht daran, dass dich Schlimmeres

erwartet, solltest du mir noch einmal den Gehorsam verweigern.

Er hatte seiner Gottheit gedankt für diese Chance, es besser zu machen, und er hatte es auch so gemeint – bis zu seiner nächsten Schlacht. Gnadenlos, ohne auch nur darüber nachzudenken, hatte er zahllose Menschen verletzt und getötet – denn sie hatten Ivar verletzt und getötet, ein Mitglied der Elite der Sieben seiner Gottheit. Einen unvorstellbar starken und fähigen Krieger.

Dass Zacharel im Namen der Rache gehandelt hatte, war irrelevant gewesen – es hatte ihm sogar mehr geschadet. In einer solchen Situation lag die Entscheidung beim Höchsten, und da Er die höhere Macht war, vor der seine Gottheit sich zu verantworten hatte, war Sein Wort Gesetz. Zacharel hätte Geduld wahren müssen.

Am folgenden Tag hatte die Gottheit ihn erneut zu sich gerufen.

Er hatte gehofft, er würde trotz seiner Taten als neuer Elitekrieger berufen, doch stattdessen hatte er erfahren, dass eine weitere Strafe auf ihn wartete. „Schlimmeres", hatte er begriffen, war genau das.

Ein Jahr lang würde Zacharel eine Armee von Engeln befehligen, die genau wie er waren. Diejenigen, die niemand sonst unter seinem Kommando haben wollte. Die Rebellischen. Die Gefolterten. Seine Aufgabe: Ihnen den Respekt beizubringen – ihrer Gottheit gegenüber, der Heiligkeit menschlichen Lebens gegenüber –, den er selbst vermissen ließ. Und er allein würde die Konsequenzen für ihr Handeln tragen.

Wenn einer seiner Engel einen Menschen tötete, würde Zacharel ausgepeitscht.

Das war bereits achtmal geschehen.

Wenn am Ende dieses Jahres Zacharels gute Taten die schlechten überwögen, dürften er und all seine Engel im Himmel bleiben. Überwögen hingegen die schlechten Taten, würden er und all seine Engel ihre Flügel verlieren.

Offensichtlich wollte Zacharels Gottheit Klarschiff machen. Auf diese Weise konnte sie das Himmelreich auf einen Schlag von allen befreien, die ihr ein Stachel im Fleisch waren, und niemand aus dem Hohen Rat könnte sie grausam oder unfair nennen. Schließlich war den Engeln ein ganzes Jahr voller Chancen gewährt worden, sich von ihren Sünden reinzuwaschen.

Hier waren sie nun also, Zacharel und seine Armee, und mussten Aufgaben weit unter ihren Fähigkeiten erledigen. Zum größten Teil bedeutete das, besessene Menschen irgendwie von ihren Dämonen zu befreien oder anderen zu helfen, die unter deren moralischem Einfluss standen. Ab und zu kam noch die eine oder andere unbedeutende Schlacht hinzu.

Heute Abend traten sie ihre neunzehnte Mission an – aber erst ihre dritte Schlacht. Bisher hatte jede schlimmer geendet als die davor. Egal womit er drohte, die Engel schienen größtes Vergnügen daran zu haben, seine Befehle zu ignorieren. Sie zeigten ihm den Mittelfinger. Sie beschimpften ihn. Sie lachten ihm ins Gesicht.

Er verstand sie nicht. Für sie war dieses Jahr genauso die letzte Chance wie für ihn. Sie hatten ebenso viel zu verlieren. Sollten sie nicht brav mitspielen?

„Jetzt?", fragte Thane ungeduldig mit seiner Stimme aus mehr Rauch als Substanz. Vor langer, langer Zeit war ihm die Kehle durchgeschnitten worden – und dann wieder und wieder, bis sich ein Halsband aus Narben gebildet hatte, das er bis in alle Ewigkeit tragen würde.

„Noch nicht. Ich meine es ernst."

„Wenn Ihr nicht bald zum Angriff ruft …"

Würden sie auch ohne seinen Befehl losstürmen.

„Interessiert es denn niemanden, dass Ungehorsam bedeutet, meinen Zorn auf sich zu ziehen?", knurrte er. Konzentriert blickte er hinab auf die Einrichtung für geistesgestörte Straftäter des Moffat County, die tief in den Bergen von Colorado versteckt lag. Das Gebäude war hoch und breit, umzäunt von unter Hochspannung stehendem Stacheldraht und bewacht von Bewaffneten, die sowohl am Zaun als auch über das Gelände patrouillierten. Flutlichter erhellten auch den letzten Winkel, löschten jeden Schatten aus.

Was die Wächter jedoch nicht sehen konnten, so grell die Beleuchtung auch sein mochte, waren die niederen Dämonen, die wie die Ameisen überall auf den Wänden herumkrabbelten und verzweifelt versuchten, ins Innere des Gebäudes zu gelangen.

Wie die menschlichen Wachen waren auch die Dämonen nicht in der Lage, die Bedrohung wahrzunehmen, die sie umzingelte. Die zwanzig Soldaten unter Zacharels Kommando blieben ihnen verborgen. Ihre Flügel, normalerweise weiß mit Gold durchwirkt, waren im Augenblick von einem sterngespickten tiefen Schwarz, ein Spiegelbild des Nachthimmels. Für diese mühelose Verwandlung brauchte es nur einen schlichten geistigen Befehl. Zudem hatten ihre Engelsgewänder die Form von Hemden und Hosen angenommen, die sich wie angegossen um ihre muskulösen Leiber schmiegten, schwarz und perfekt für den Kampf.

„Warum sollten Dämonen gerade diesen Ort heimsuchen?", fragte Zacharel laut. Offenbar taten sie das schon seit Jahren. Mehrere andere Armeen waren bereits gegen sie ausgesandt worden, aber ohne echten Erfolg. Sobald eine Horde Dämonen ausgelöscht war, tauchte gleich die nächste auf.

Es gab nur zwei Gründe, aus denen keine andere Armee den Grund herauszufinden versucht hatte. Entweder es war ihnen nicht in den Sinn gekommen, den Menschen im Inneren dieses Gebäudes zu helfen. Oder ihr Job war einfach mit der Schlacht zu Ende gewesen. So oder so – Zacharel würde nicht denselben Fehler begehen. Das konnte er nicht.

Thane mit seinem goldenen Haar, das sich unschuldig um ein auf seltsame Weise mehr teuflisches als engelhaftes Antlitz lockte, warf ihm einen frevlerischen Blick aus seinen saphirfarbenen Augen zu. Dieser Kontrast zwischen Unschuld und Fleischeslust konnte hypnotisierend sein. Hatte Zacharel jedenfalls gehört. Menschliche wie unsterbliche Frauen warfen sich Thane ohne Unterlass an den Hals – und er machte kein Geheimnis um seine sexuellen Begierden, wenn er sich denen offenbarte, die nicht wissen sollten, dass er da war. Vor allem, weil seine Begierden mit der Gefahr spielten … mit den äußersten Grenzen dessen, was akzeptabel war.

Die meisten Engel der Gottheit, seien es Krieger oder Glücksboten, waren fleischlichen Gelüsten gegenüber so immun wie Zacharel. Allerdings waren die meisten von ihnen auch nicht von einer Horde Dämonen gefangen genommen worden, eingesperrt und wochenlang gefoltert, so wie es Thane geschehen war.

Wenn man so lange lebte wie die Engel, vor allem, wenn man diese Jahre im Krieg verbrachte, dann lernte man die wahre Bedeutung von Schmerz kennen. Ebenso lernte man, in jedem Vergnügen Zuflucht zu suchen, das man finden konnte.

Xerxes und Björn, genauso stark und gerissen wie Thane, waren ebenfalls gefangen und gefoltert worden. Seitdem waren die drei unzertrennlich, verbunden durch die Qual und das Entsetzen des gemeinsam Erlebten. Seelisch entstellt, ja, auch das – wie ihr Platz in den Reihen von Zacharels Armee bewies –, aber eben trotzdem verbunden.

„Das Böse sucht die Nähe zum Bösen, immer auf der Jagd nach Zerstörung", meinte Thane in einem Anflug von Weisheit anstelle seiner vorherigen Respektlosigkeit. „Vielleicht hat sie jemand im Inneren gerufen."

Vielleicht. Wenn das stimmte, brachte ihn dieser Auftrag in ein Dilemma. Das Rufen von Dämonen war streng verboten, ein Verbrechen, das ausschließlich mit dem Tod bestraft wurde. Und dieser Tod wäre kein Kollateralschaden, sondern Absicht. Trotzdem war Zacharel sich nicht sicher, wie seine Gottheit auf eine solche Hinrichtung reagieren würde.

Menschen, dachte er und schüttelte angewidert den Kopf. Nichts als Ärger. Sie hatten keine Ahnung von den dunklen Mächten, mit denen sie spielten. Mächte, die anfangs aufregend scheinen mochten, letzten Endes aber ihre Menschlichkeit bis auf die Grundfesten niederbrennen würden.

„Keiner der Dämonen ist tatsächlich in das Gebäude eingedrungen", sinnierte er. „Ich frage mich, aus welchem Grund."

Thane neigte den Kopf zur Seite und betrachtete die Dämonen noch intensiver. „Das hatte ich noch nicht bemerkt, aber jetzt sehe ich es auch. *Majestät.*"

Keine Reaktion. „Nimm einen der Dämonen gefangen und bring ihn zu meiner Wolke, damit ich ihn verhören kann."

„Es wird mir ein Vergnügen sein." Sosehr Thane auch die verdorbenen Praktiken mit seinen Liebhaberinnen genoss, liebte er es doch noch mehr, Dämonen Schmerzen zuzufügen. Verständlicherweise. „Noch was, Unser Aller Herr?"

Keine Reaktion. „Ja. Auf mein Signal hin darf die Armee angreifen. Aber sorg dafür, dass Björn den wildesten Dämon, den er finden kann, auf das Dach der Einrichtung bringt. Schnell." Er hätte den Befehl direkt in die Köpfe seiner Soldaten projizieren können – hätte es tun *sollen* –, wie alle Befehlshaber es konnten. Doch auf diese Weise hätte er auch *ihre* Stimmen in *seinem* Kopf willkommen geheißen, und das war eine Intimität, die er nicht gestatten würde.

Mit einem genießerischen Lächeln enthüllte Thane zwei Reihen gerader, weißer Zähne. „Schon erledigt."

Bevor Thane verschwinden konnte, fügte Zacharel hinzu: „Ich bin mir sicher, ich muss dich nicht daran erinnern, dass bei dieser Schlacht keinem Menschen Schaden zugefügt werden darf. Wenn du einen Dämon am Leben lassen musst, um ein menschliches Leben zu retten, tu es. Sorg dafür, dass die anderen das ebenfalls wissen."

Anfangs war es ihm egal gewesen, wenn seine Männer sich entschieden hatten, einen Menschen zu töten, um an einen Dämon heranzukommen. Nach seiner dritten Auspeitschung für ein Verbrechen, das er nicht begangen hatte, war es ihm nicht mehr ganz so egal.

Eine Sekunde Stille, zwei. Dann: „Ja, natürlich, Anführer der Überaus Unwürdigen." Mit diesem letzten Seitenhieb verschwand Thane in einem Wirbelwind von Bewegung, um die anderen zu informieren, die um das Gebäude kreisten.

Keine Minute später erschien ein Schwert aus Flammen in der Hand eines jeden Engels. Dieses Feuer war stärker und um ein Vielfaches reiner als jedes, das in der Hölle zu finden war. Bedrohliche Reflexionen aus bernsteinfarbenem Licht huschten über entschlossene Gesichter und hart erarbeitete Muskeln. In präzisen Bögen schossen diese Lichter kurz darauf herab, und schon bald ertönten Schmerzensschreie – und letzte Atemzüge –

aus allen Richtungen. Schuppige, verdrehte – und jetzt kopflose – Leiber regneten von den Wänden herab.

So viel zum Thema Warten auf Zacharels Signal. Damit würde er sich später befassen müssen.

Auch wenn er es genossen hätte, an der Seite seiner Männer die Dämonen zu vernichten, wartete er ab. Heute Nacht suchte er nach fetterer Beute. Bald entdeckte er einen Durchlass im Schlachtengetümmel und glitt hinab ... hinab ... und landete anmutig auf dem flachen Dach.

„Der wilde Dämon, wie verlangt, oh prächtiger König", ertönte neben ihm eine vertraute Stimme. „Schnell."

Ein riesiges Ungeheuer plumpste Zacharel leblos vor die Füße. Gifttropfen geronnen an den Spitzen seiner Krallen. Riesige Hörner traten aus seinen Schultern hervor und Streifen von Fell und Schuppen formten ein spiralförmiges Muster um seine Beine.

Es gab nur ein Problem. Der Dämon hatte keinen Kopf.

„Dieser Dämon ist dahingeschieden", bemerkte er.

Nur eine winzige Pause, dann erwiderte Björn: „Was das angeht, wart Ihr nicht weise genug, eine Präferenz anzugeben."

„Wohl wahr." Er hätte es definitiv besser wissen müssen.

Björn schwebte auf Augenhöhe mit Zacharel neben dem Gebäude. „Soll ich Euch einen anderen bringen oder gedenkt Ihr, mich für Euren Fehler zu maßregeln, glorreicher König?" In den Worten schwang ein bitterer Klang mit.

Björn war ein Tier von einem Mann mit tiefbrauner, golddurchzogener Haut und Augen, die in allen Schattierungen von Lila, Pink, Blau und Grün glitzerten. Ein überraschender Kontrast.

Kurz nach seiner Rettung aus den brutalen Fängen der Dämonen – und seinem nachfolgenden Amoklauf durch das Himmelreich, bei dem niemand vor seinem alles vernichtenden Zorn sicher gewesen war – hatte der Himmlische Hohe Rat Björn für instabil und dienstunfähig befunden. Ein Sündenfall war ihnen als zu leichte Strafe erschienen. Stattdessen war er zu einem Wahrhaftigen Tod verurteilt worden, bei dem sein Geist – seine Lebenskraft, seine Seele, die Verkörperung all seiner Emotionen – und sein Leib vollkommen ausgelöscht werden sollten.

Thane und Xerxes hatten protestiert und verlangt, den Krieger wieder einzusetzen. Im Gegenzug hatten sie versprochen, die volle Verantwortung – und Strafe – auf sich zu nehmen, sollten noch einmal Probleme entstehen. Ebenso hatten sie geschworen, sie würden ebenfalls den Wahrhaftigen Tod sterben, sollten sie von ihrem Freund getrennt werden.

Widerwillig hatte der Rat sich einverstanden erklärt. Bei der Masse von Dämonen, die in diesen Tagen die Welt plagten, waren Krieger von ihrem Kaliber heiß gefragt. Trotzdem bezweifelte Zacharel, dass eine solche Drohung auch ein zweites Mal Wirkung zeigen würde.

„Es wird keine Maßregelung geben", sagte er, und Björn blinzelte überrascht.

In diesem Moment erspähte Zacharel den Naga-Dämon, der gerade versuchte, sich unbemerkt über die Brüstung zu schlängeln. Nagas besaßen den Oberkörper eines Menschen und den Rumpf einer Klapperschlange und waren gefährlicher als beides zusammen.

Zacharel beugte sich vor, packte den dicken, rasselnden Schwanz und riss daran. Der Naga schnellte herum, die Zähne gefletscht und die Arme erhoben, um anzugreifen, wer auch immer es gewagt hatte, ihn aufzuhalten. Zacharel hielt ihn fest am Schwanz gepackt und wand ihn sich der Länge nach um den Unterarm, während er mit der freien Hand den Dämon am Hals packte. Dann drückte er zu.

Blutrote Augen weiteten sich vor Furcht und klauenbewerte Finger schlugen nach ihm. „Nicht Zzzacharel, jeder ausssser Zzzacharel! Ich versssschwinde, ich versssschwinde, ich verssssprech'ssss."

Endlich Respekt vor seiner Autorität.

„Dieser hier wird genügen", beschied er Björn. „Du darfst dich wieder deinen Pflichten widmen."

Mit tiefem Erstaunen im Blick beugte der Engel den Kopf. Dann stürzte er sich wieder in die Schlacht.

„Bitte! Ich versssschwinde!"

Die Dämonen mochten vielleicht, aus welchen Gründen auch

immer, nicht in der Lage sein, in das Gebäude einzudringen. Zacharel hatte damit jedoch keine Probleme. Mit einem knappen geistigen Befehl verwandelte er seinen Körper in einen substanzlosen Nebel – genau wie den des Naga vor ihm. Ohne den geringsten Widerstand sank der Dämon gemeinsam mit ihm durch den Beton des Dachs ins Innere. Sekunden später stand Zacharel im Erdgeschoss des Gebäudes.

Als hätte er vollkommen vergessen, wer ihn da festhielt, seufzte der Naga selig auf und streckte die Hände zur Decke aus. „Zzzeit für meinen Ssspassss …"

Schwungvoll schleuderte Zacharel den Dämon quer über die frisch polierten Fliesen. Zahlreiche Sicherheitsleute patrouillierten und der Empfangsbereich war von mehreren menschlichen Frauen besetzt, doch kein Einziger bemerkte die Eindringlinge mitten unter ihnen.

Flink schlängelte der Naga sich die Wand hinauf, tauchte ungehindert durch die Decke und verschwand aus Zacharels Blickfeld. Die Verfolgung erwies sich als Kinderspiel. Von Stockwerk zu Stockwerk bewegte sich Zacharel, immer bloß einen Schritt hinter dem Dämon. Schließlich hielt der Naga in seinem Aufstieg inne und schoss geradewegs in einen der Räume im vierzehnten Stockwerk.

Im Inneren waren die Wände mit schwarzen Polstern bedeckt. Es gab keine Fenster. Ein einsamer Luftschacht an der Decke brachte die einzige Luftbewegung – und zwar in eisiger Temperatur. Der Raum war leer, bis auf ein einziges Möbelstück. Eine Krankenhaustrage mit … einer jungen Frau, die darauf festgebunden war.

Plötzlich war jeder Muskel in seinem Körper angespannt. Einen Moment lang drohte die Vergangenheit sich aufzubäumen und ihn zu verschlingen.

„Töte mich, Zacharel. Du musst mich töten. Bitte."

Schon vor langer Zeit hatte er in seinem Inneren einen Damm errichtet, um seine Erinnerungen an die Vergangenheit zurückzuhalten. Eine Barriere, die er verzweifelt gebraucht hatte. Und immer brauchen würde, wie es aussah. Jetzt verstärkte er diesen

Damm wieder, wischte aus seinen Gedanken alles außer der Gegenwart fort.

Auf den ersten Blick schien die Frau zu schlafen. Doch dann rollte ihr Kopf zur Seite, all ihre Aufmerksamkeit anscheinend auf den Dämon fixiert, den sie nicht hätte sehen dürfen. Plötzlich gingen Entsetzen, Zorn und Angst in Wellen von ihr aus.

Hatte sie, eine bloße Sterbliche, den Naga auf irgendeine Weise gespürt?

Zacharel betrachtete sie eingehender. Unter einem papierdünnen Nachthemd, das schmutzig und zerrissen war, zitterte ihr schlanker Körper. Langes Haar lag zerzaust um ein zartes Gesicht, die Strähnen so schwarz, dass sie schon fast in einem atemberaubenden Mitternachtsblau schimmerten. Dunkle Schatten zeichneten die durchscheinende Haut unter ihren Augen und ihre Wangen waren eingefallener, als sie sein sollten. Ganz zu schweigen davon, dass sie von grausamen Blutergüssen und Kratzern überzogen waren. Ihre Lippen waren rot und spröde. Ihre Augen waren eisblau, und in ihren Tiefen sah er einen niemals endenden Sturm des Leids toben, den zu ertragen kein Mensch die Kraft besaß.

Nein, diese Augen gehörten keiner Sterblichen, wurde ihm klar. Sie gehörten der Gemahlin eines Dämons.

Irgendwo da draußen gab es einen Hohen Herrn der Dämonen – die gefährlichsten unter all den Ausgeburten der Hölle –, der diese Menschenfrau als sein alleiniges Eigentum betrachtete. Sein, um sie zu besitzen, sie zu foltern … sie auf jedwede Art zu genießen, nach der es ihn verlangte. Der Dämon hatte ihre Augen vergiftet, hatte sie gezeichnet und gleichzeitig dafür gesorgt, dass sie in die Geisterwelt blicken konnte, die parallel zur Ebene der Sterblichen existierte. *Seine* Welt. Und mit dieser Tat hatte er auch andere Dämonen auf sie aufmerksam gemacht.

Sie musste eine willige Partnerin gewesen sein, denn dazu konnten Menschen nicht gezwungen werden. Verführt, ja. Betrogen, absolut. Begierig, mit den dunklen Künsten herumzuspielen, zweifellos. Aber niemals gezwungen.

War der Hohe Herr ihrer müde geworden? War sie deshalb

hier, ohne seinen Schutz? Nein, entschied Zacharel in derselben Sekunde. Ein Dämon wurde seines Menschen niemals müde. Er blieb bis zum bitteren, blutigen Ende – oder bis der Mensch vernünftig wurde und ihn zwang, zu verschwinden.

Warum hatte er sie also nicht einfach umgebracht, um sein Verbrechen zu vertuschen? Verbindungen zwischen Dämonen und Sterblichen waren bei Todesstrafe verboten. Und die Strafe würde über Dämon *und* Mensch ausgesprochen. Nicht dass Zacharel oder einer seiner Männer die hier töten würden. Das stand immer noch nicht auf dem Tagesprogramm. Es würde keinen Kollateralschaden geben.

„Bleib weg von mir“, sagte sie und schreckte Zacharel aus seinen Gedanken auf. Ihre Stimme klang rau, vielleicht durch Medikamente, vielleicht durch Überanstrengung. Oder war das ihr natürliches Timbre? „Mich willst du nicht zur Feindin haben.“

Für jemanden, der sich entschlossen hatte, sein Leben an das eines Dämons zu binden, schien sie nicht besonders zufrieden mit dem Ergebnis zu sein. Er hätte wetten mögen, dass sie verführt oder hereingelegt worden war und es jetzt bereute.

So selten fanden diese Menschen zur Vernunft, bevor es zu spät war. Dabei musste es nicht so sein.

„Wenn du noch einen Schritt näher kommst, tu ich dir weh.“ Offensichtlich hatte sie japanische Wurzeln, doch in ihren Worten schwang nicht die Spur eines Akzents mit – was den Klang ihrer Stimme nur umso exotischer machte. Weich und melodiös, der perfekte Gegensatz zu ihren klaren Gesichtszügen.

„Tu mir weh, Weib. Bitte, tu esss …“ Mit tödlich rasselndem Schwanz glitt der Naga um das Bett herum. Zwischen seinen Fangzähnen züngelte seine gespaltene Zunge hervor. „Dasss gefällt mir – vor jedem Sssnack.“

Der Lakai wollte sie nicht um ihretwillen, sondern weil die Kreaturen der Unterwelt nichts lieber mochten, als ihre Brüder zu bestehlen. Stoff zum Prahlen war Gold wert, genau wie das daraus entstehende Überlegenheitsgefühl. Na ja, deshalb und weil es jeden Dämon erregte, jemandem Schaden zuzufügen, dessen Schutz die Eine Wahre Gottheit befohlen hatte.

Die Frau spannte sich an. „Wag es, mich anzufassen, und ich schwöre dir, ich finde einen Weg, mich von diesen Fesseln zu befreien. Und dann reiße ich dir den Kopf ab. Solche wie dich hab ich schon öfter geköpft, schon gewusst? Hey, vielleicht waren das sogar Freunde von dir, was meinst du?"

Eine interessante Antwort. Das war mehr als bloße Reue.

Auf die tapferen Worte erntete sie ein erwartungsvolles Fauchen. „Du lügsst, du lügsst, und dasss macht sssolchen Ss-spasss. Kössstlich."

„Ich mein's todernst. Du glaubst wirklich, eine Kleinigkeit wie Fesseln könnte mich davon abhalten, dir wehzutun? Dein Hirnschaden ist ja noch größer, als ich dachte. Und nur so zur Info: Ich hatte deinen IQ schon im einstelligen Bereich angesetzt."

Hilfesuchend blickte sie sich um. Auch wenn sie den Naga sehen konnte, Zacharel war für sie unsichtbar. Das war für ihn nicht wirklich überraschend – wenn er nicht wahrgenommen werden wollte, konnte das auch niemand, weder Dämonen noch Gemahle von Dämonen, nicht einmal andere Engel.

Neugierig auf ihre Reaktion, materialisierte er sich in seiner natürlichen Gestalt und erschuf gleichzeitig ein flammendes Schwert aus der bloßen Luft. Ohne den Blick auch nur einmal von der Frau abzuwenden, schwang er die Klinge, köpfte den Dämon und beendete so seine elende Existenz. Ja, so einfach war es für ihn, zu töten. Er ließ die Flammen verschwinden.

„Was – wie …" Ihre kristallenen Augen weiteten sich, als ihr Blick auf ihn fiel. Ihre Zähne begannen zu klappern. „I-Ist das ein Traum? Die Medikamente … Das muss eine Halluzination sein. Oder vielleicht ein Traum. Ja, das ergibt Sinn."

„Das tut es nicht, denn du träumst nicht."

„Bist du dir sicher? Du siehst aus wie dieser Prinz, den ich mal … Ach, egal."

Den sie mal … was? „Ich bin mir sicher."

„Dann … W-wer bist du? *Was* bist du? Wie bist du hier hereingekommen?"

Trotz ihrer Fragen schien sie zu wissen, dass er nicht so war wie die Kreatur, die er soeben getötet hatte. Dämonen taten ihr

Bestes, um Furcht in den Menschen zu wecken. Seine eigene Art gab alles, um ein Gefühl der Ruhe hervorzurufen. Zumindest sollte sie das.

„Was bist du?", fragte die Frau erneut. „Bist du hier, um mich zu töten?"

„*Töte mich, Zacharel. Du musst mich töten. Bitte. Ich kann so nicht mehr leben. Es ist zu viel, zu schwer. Bitte!*"

Wieder drohte die Vergangenheit ihn zu überrollen. Wieder fegte er seinen Geist leer. Obwohl er der Frau keinerlei Erklärung schuldig war, obwohl sie die Gemahlin eines Dämons und in keiner Weise vertrauenswürdig war, hörte er sich sagen: „Ich werde dich nicht töten. Ich bin ein Engel."

Wie bei allen Engeln der Gottheit schwang auch in seiner Stimme ein überwältigender Klang der Wahrheit mit. Und ganz typisch für ihre Art zuckte sie bei dieser Reinheit zusammen, doch sie zweifelte sie nicht an. Das konnte sie nicht.

Hektisch blinzelte sie und sagte dann: „Ein Engel. So in der Art von ‚ein Engel aus dem Himmel, Verteidiger von allem, was gut und rechtschaffen ist‘?"

Vielleicht konnte sie es doch. Ihr Ton war spöttisch gewesen. Doch es war interessant, dass sie ihn nicht mit denselben Hasstiraden überschüttete wie den Dämon. Als Gemahlin eines Hohen Herrn sollte sie Zacharel mehr als jeden anderen verabscheuen. Dass sie es nicht tat … *Definitiv hereingelegt.*

„Und?"

„Ja, ich komme aus dem Himmelreich, auch wenn ich vermutlich nicht die Art Engel bin, mit der du vertraut bist." Zacharel streckte die Flügel. Noch immer rieselten Schneeflocken um ihn herum, doch hier schmolzen sie nicht, wenn sie auf dem Fußboden landeten. In dem kleinen Raum war es schlicht zu kalt dazu. Seine Federn hatten wieder ihr natürliches Perlweiß angenommen, durchzogen von schimmerndem Gold. Er runzelte die Stirn, als er bemerkte, dass das Gold dichter war als je zuvor.

Jahrtausende waren vergangen, in denen seine Federn niemals ihre Farbe geändert hatten. Solch ein Wandel bedeutete üblicherweise, dass ein Aufstieg in einen höheren Rang bevorstand.

Nur die Elite der Sieben konnte sich mit rein goldenen Flügeln schmücken. Glücksboten waren durch rein weiße Flügel gekennzeichnet. Krieger wie Zacharel trugen ebenfalls Weiß mit bloßen Spuren von Gold. Was sich in seinen Federn zeigte, war mehr als eine Spur.

Doch es musste eine andere Erklärung dafür geben, denn sosehr er das auch gehofft hatte, so hatte seine Gottheit ihm gegenüber doch nichts von einem Aufstieg in die Elite der Sieben erwähnt. Und er war wohl kaum in der Position, für eine Beförderung in Erwägung gezogen zu werden, wo er gerade darum kämpfen musste, erst einmal seinen jetzigen Platz im Himmel zu behalten.

„Es gibt mehr als eine Art?", fragte sie, nachdem sie ihn von oben bis unten gemustert hatte. „Egal. Nimm's mir nicht übel, aber du siehst nicht gerade … nett aus. Und ich meine nicht deinen Sexappeal."

„Nein. Ich bin nicht nett." Die Menschen malten sich Engel gern als sanfte, kuschlige Wesen aus, die im Sonnenschein herumtollten, Rosen zum Blühen brachten und Regenbögen an den Himmel malten. Er wusste das. Und manche Engel waren so, aber viele eben auch nicht.

„Also, was kann ich für dich tun, Mr Gemeinheit in Person?"

Er hätte sich nicht von seiner Neugier verleiten lassen sollen. Hätte sich nicht auf dieses Gesprächsthema einlassen sollen.

Das würde jetzt ein Ende nehmen. „Genug, Mensch. Du hast dir schon mehr Ärger eingehandelt, als du im Augenblick wieder loswerden kannst. Ich würde dir nicht raten, noch mehr zu suchen."

„Wer hätte das gedacht?", entgegnete sie mit einem freudlosen Lachen. Mit ihrer rosafarbenen Zungenspitze fuhr sie sich über die Lippen. „Endlich haben die Ärzte mal recht. Ich hab Halluzinationen. Bloß in meinem verdrehten Hirn würde ein Engel jemanden so mies behandeln."

„Ich habe dich nicht mies behandelt, und du hast keine Halluzinationen."

„Dann beeinflussen die Medikamente mein Hirn", beharrte sie.

„Das tun sie nicht."

„Aber hierher kommt nur das Böse."

„Wieder falsch."

„Ich … ich … Okay, ich tu mal so, als ob. Ich meine, wieso nicht. Lass uns sagen, du bist real …"

„Das bin ich."

„… und einer von den Guten, denn du bist nicht hier, um mich umzubringen. Bist du hier, um mich … zu befreien?"

So süß war das Zögern in ihrer Frage gewesen, dass er wusste, sie wagte nicht zu hoffen, es wäre so. Und doch wollte sie mit jeder Faser ihres Seins daran glauben, dass ihre Rettung bevorstand.

Einen anderen Mann hätte ihre Notlage vielleicht zum Helfen bewogen, doch nicht Zacharel. Er hatte Leid in allen Variationen gesehen. Er hatte Leid in allen Formen verursacht. Hatte seine Freunde, Unsterbliche, die für immer hätten leben sollen, sterben sehen.

Hatte seinen Zwillingsbruder sterben sehen.

Hadrenial, sein Zwilling, das Einzige, was ihm je wertvoll gewesen war, ruhte jetzt in einer Urne auf seinem Nachttisch. In seiner Erscheinung war er identisch mit Zacharel gewesen, mit dem gleichen schwarzen Haar, den gleichen grünen Augen, dem gleichen scharf geschnittenen Gesicht und starken Körper. Doch gefühlsmäßig waren sie vollkommene Gegensätze gewesen. Obwohl Hadrenial nur wenige Minuten jünger war als Zacharel, schienen es Jahre zu sein. So unschuldig und lieb war er gewesen, so freundlich und einfühlsam, von allen geliebt.

„Ich kann es nicht ertragen, die Menschen weinen zu sehen, Zacharel. Wir müssen ihnen helfen. Irgendwie, auf irgendeine Weise."

„Das ist nicht unsere Aufgabe, Bruder. Wir sind Krieger, keine Glücksboten."

„Warum können wir nicht beides sein?"

Zacharel ballte die Hände zu Fäusten. *Du musst aufhören, an ihn zu denken.* Über das nachzugrübeln, was geschehen war, würde nicht das Geringste ändern. Es war, wie es war. Wunderschön und hässlich. Herrlich und furchtbar.

Er zwang seine Gedanken zurück zu der Frau und ihrer Misere – beschloss jedoch, die Frage zu ihrer Befreiung nicht zu beantworten. „Kennst du den Namen des Dämons, der dich gezeichnet hat?"

Eine Mischung aus Enttäuschung und verbitterter Resignation blitzte in ihren Augen auf. „Vielleicht bist du ja doch real", murmelte sie. „Um mir jemanden wie dich auszudenken, bräuchte ich eine dunkle Seite, die ich nicht besitze."

„Du hast vergessen, vorauszuschicken ‚Ich will dich nicht beleidigen'."

„Nein, hab ich nicht. Genau das wollte ich."

Was für ein aufmüpfiger kleiner Mensch. „Soll ich meine Frage wiederholen?", hakte er nach – für den Fall, dass sie es beim ersten Mal überhört hatte.

„Nein. Ich erinnere mich. Du willst wissen, ob ich den Namen des …" Ihre Augen wurden groß, Enttäuschung und Resignation wichen Schock. „Dämons", flüsterte sie, und die Enthüllung schien sie weit mehr zu treffen als die über *seine* Herkunft. „So in der Art von ‚ein Dämon, der aus der Hölle kommt'?"

„Ja."

„Ein bösartiges Wesen, dessen einziger Daseinszweck es ist, das Leben von Menschen zu zerstören?"

„Ja."

„Eine abscheuliche Kreatur ohne einen Funken Licht in sich, erfüllt von nichts als Dunkelheit und Bösem?"

„Exakt."

„Ich hätte es wissen müssen", murmelte sie. „Dämonen. All die Jahre habe ich gegen Dämonen gekämpft, ohne es zu begreifen." Erleichterung mischte sich in den Schock, tränkte ihre Worte. „Ich bin nicht verrückt, und wir sind nicht allein. Ich hab's ihnen gesagt."

„Mensch, du wirst mir jetzt antworten."

„*Ich hab's ihnen gesagt*", fuhr sie unbekümmert fort. „Ich hatte bloß keinen Schimmer, dass es Dämonen waren, gegen die ich gekämpft hab. Ich hätte drauf kommen können, aber ich bin bei Vampiren und mythischen Monstern hängen geblieben, und dann bei Halluzinationen, deshalb ...“

„Mensch!“ *Erhebe ihr gegenüber nicht die Stimme.* Auf keinen Fall würde er seiner Gottheit erklären können, dass er sie gar nicht hatte zu Tode erschrecken *wollen.*

Sie schüttelte den Kopf und befreite sich mit der gleichen Entschlossenheit von ihren offensichtlich rasenden Gedanken, wie er es getan hatte. Beeindruckenderweise schien sie allerdings beileibe nicht eingeschüchtert zu sein. „Ich kann dir nicht antworten, weil ich keine Ahnung hab, wovon du redest. Mich hat ein Dämon *gezeichnet*? Wie? Warum?“

Ehrliche Verwirrung. Das wusste er, denn die Lügen anderer schmeckten immer bitter auf seiner Zunge. Doch das Einzige, was er in diesem Moment schmeckte, war ... ihr Duft? Ein zarter Hauch von Rosen und Bergamotte, der von ihrer Haut auszuströmen schien, dieser glatten, sahnig-gebräunten Haut.

Dass er ein so unwichtiges Detail bemerkt hatte, ärgerte ihn. „Du erinnerst dich nicht, zugestimmt zu haben, dich mit einem Dämon zu vermählen, bewusst oder vielleicht unbewusst?“

„Niemals!“ Als sie die Augen verengte, verschmolzen ihre langen dunklen Wimpern miteinander. „Und jetzt bin ich dran mit ein paar Antworten. Bist du hier, um mich zu retten oder nicht?“

Wenn sie stark genug war, auf einer Antwort zu bestehen, obwohl sie die Wahrheit bereits erraten hatte, war sie auch stark genug, sie zu hören. „Nein. Das bin ich nicht.“ Aber nur zu gern wäre er lange genug bei ihr geblieben, um das Rätsel ihrer Vermählung zu lösen. Wann war es geschehen? Wer hatte es vollzogen? Wie hatte man sie hereingelegt?

Die Details spielen keine Rolle. Nur das Ergebnis zählt.

Eine Pause, während sie sein Eingeständnis verarbeitete, und dann ein bitteres Lachen. „Natürlich bist du das nicht. Warum hätte ich je etwas anderes hoffen sollen?“

Scharniere quietschten, als die Stahltür plötzlich ruckartig geöffnet wurde. Zacharel verbarg sich vor neugierigen Blicken, und die Menschenfrau verkrampfte sich. Ein Wachmann mit einem Schlagstock hielt die Tür offen, während ein männlicher Mensch in den Raum trat, eine dicke Akte in der Hand. Für einen Menschen war er durchschnittlich groß, hatte bereits einiges an Haar verloren und trug einen falschen mitfühlenden Gesichtsausdruck zur Schau. Ein weißer Kittel lag um seine schmalen Schultern, der Stoff verunziert von kleinen Spritzern getrockneten Blutes.

„Sie ist eine Kämpferin", sagte der Mensch, „aber sie ist fixiert und kann mich nicht verletzen. Achten Sie nicht auf das, was Sie hören könnten. Diese Therapiesitzung wird einige Zeit dauern, also kommen Sie nicht wieder rein, bevor ich Ihnen das Signal gebe."

Der Wachmann warf der Frau einen mitfühlenden Blick zu, nickte aber schließlich. „Was immer Sie sagen, Doc." Er zog die Tür zu und schloss den Neuankömmling mit dem Mädchen ein.

Zacharel befahl sich, zu gehen. Nicht einmal Glücksboten, die am engsten mit den Menschen in Kontakt waren, durften in deren freien Willen eingreifen. Außerdem waren die wichtigsten Aspekte des heutigen Rätsels gelöst. Die Dämonen waren wegen des Mädchens gekommen, unwiderstehlich von ihr angezogen, begeistert von der Gelegenheit, das Eigentum eines anderen ihrer Art zu beschmutzen.

Was sie anging – sie würde erst im Tod Befreiung finden.

Ja, ich sollte wirklich gehen. Und doch blieb er. Angst, Abscheu und Zorn strömten jetzt aus ihren Poren und verursachten … Sicherlich nicht. Und doch, er konnte seine Existenz nicht leugnen. Ihre Gefühle verursachten einen winzigen Riss in dem Eis und der Dunkelheit in seiner Brust. Verursachten ein leises Flackern von … Schuldgefühlen?

Er verstand es nicht. Warum hier? Warum jetzt?

Warum sie?

Augenblicklich formte sich die Antwort in seinem Inneren, und auch wenn er davor zurückweichen wollte wie schon zuvor, so konnte er es nicht. Sie erinnerte ihn an Hadrenial. Nicht in ihrer Art, dazu war sie zu feurig, aber in den äußeren Umständen.

Hadrenial war an sein Bett gefesselt gestorben.

Das spielt keine Rolle. Du musst gehen. Gefühle waren nichts als Verschwendung. Jahrhundertelang hatte Zacharel um seinen

Bruder getrauert. Er hatte geweint, er hatte gewütet, er hatte selbst den Tod gesucht, doch nichts von alledem hatte seine Schuldgefühle oder seine Scham gelindert. Erst als er sich von jeglichen Gefühlen losgesagt hatte, hatte er Erleichterung verspürt.

Und jetzt ...

Jetzt erwiesen sich die kalten Kristalle, die unaufhörlich aus seinen Flügeln rieselten, als Segen, der ihn an seinen Status erinnerte – Kommandant –, an seine Pflicht – die himmlischen Gesetze verteidigen – und an sein Ziel – den Sieg über die Dämonen ohne Kollateralschäden. Das Mädchen konnte, *würde* keine Rolle spielen.

„Sie sind so vorhersehbar, Fitzpervers", verhöhnte sie ihn. „Ich wusste, dass Sie kommen würden."

„Als könnte ich meiner süßen kleinen Geisha fernbleiben. Wir müssen schließlich über dein Verhalten von heute Morgen reden." Begierde verschleierte den Blick des Mannes, als er ihn über ihren schlanken Körper wandern ließ und an ihren sehr femininen Kurven innehielt.

Hektisch blickte sie zwischen dem Menschen und Zacharel hin und her. Er wusste, dass sie ihn nicht mehr sehen konnte. Dass sie bloß herauszufinden versuchte, ob er noch da war. Und er erkannte den Moment, in dem sie entschied, dass er es war – denn ein Schauer überlief sie, zweifellos aus Scham.

„Warum sprechen wir nicht stattdessen über Ihr Verhalten? Sie sollen Ihren Patienten helfen, nicht ihnen noch mehr Schaden zufügen." Ein Hauch von Verzweiflung in ihrem Ton strafte ihre draufgängerischen Worte Lügen.

Die Erwiderung bestand in einem lüsternen Grinsen. „Was wir miteinander tun, muss nicht wehtun. Wir können einander solche Genüsse verschaffen." Er ließ die Akte zu Boden fallen und zog sich den Kittel aus. „Ich werd's dir beweisen."

„Tun Sie das nicht." Ihre Nasenflügel blähten sich unter ihrem hektischen Atem. „Man wird Sie erwischen, Sie verlieren Ihren Job."

„Süße, wann lernst du's endlich? Dein Wort steht gegen meins." Er holte eine Spritze aus der Hosentasche und ging auf sie zu. „Ich bin ein hochangesehener Mediziner. Du bist ein Mädchen, das Monster sieht."

„Genau wie in diesem Moment!"

Er lachte nur selbstgefällig. „Ich werde deine Meinung schon noch ändern."

„Ich hasse Sie", stieß sie hervor, und Zacharel beobachtete, wie sie noch einmal alle Kräfte zusammennahm. „Begreifen Sie nicht, dass Sie das auf ewig verfolgen wird? Wenn Sie die Saat der Zerstörung säen, werden Sie auch mit der Ernte leben müssen, mit allen Schlingen und Dornen."

„Wie süß. Lebensweisheiten von einer der gewalttätigsten Insassinnen dieser Anstalt. Aber bis meine Ernte reif ist …"

Stumm wandte sie den Blick von dem Menschen ab, ebenso von Zacharel, und starrte irgendwo in die Ferne. Tränen glänzten in diesen Augen aus einer anderen Welt, bevor sie sie fortblinzelte. Heute Abend würde sie nicht zerbrechen; dieser Mann würde sie noch viele Monate oder sogar Jahre lang nicht brechen. Aber sie würde heute Abend Leid erfahren. Furchtbares Leid.

3. KAPITEL

Sobald Zacharel sich in die Lüfte erhob, wurde der Riss in seiner Brust länger, und er hätte schwören können, er hörte Eis knacken. Wären ein paar Worte an den Arzt wirklich eine Einmischung? Er flog langsamer. Danach würde er in seine Wolke zurückkehren, die Frau vergessen und weitermachen, wie er es immer getan hatte. Allein, unbeeindruckt und unbewegt. So, wie er es mochte. So, wie es vermutlich auch seiner Gottheit am liebsten war.

Sehr gut. Er hatte sich entschieden.

Zacharel kehrte in den Raum zurück und materialisierte sich vor den Augen des Menschen. Eines Menschen, der für seine Untaten den Tod verdiente. Doch Zacharel würde ihm keinen Schaden zufügen. Er konnte sich nur mit dem Wissen begnügen, dass der Arzt eines Tages all das Übel ernten würde, das er gesät hatte. Wie es jedem am Ende erging.

Bevor der Mann in Panik geraten konnte, blickte Zacharel ihm tief in die Augen und sagte kalt: „Du hast etwas Besseres zu tun."

Der Arzt erschauderte. Gefesselt vom Klang der Wahrheit in Zacharels Stimme erwiderte er: „Was Besseres. Genau. Hab ich."

Na also. Was Zacharel hier machte, war gar nicht so sehr Einmischung – vielmehr half er dem Arzt, sich zu erinnern an … was auch immer er als wichtiger empfand, als eine seiner Patientinnen zu misshandeln. „Du wirst diesen Raum verlassen. Du wirst nicht zurückkommen. Du wirst dich an diese Nacht nicht erinnern."

Der Arzt nickte, machte auf der Stelle kehrt und klopfte an die Tür.

Während Zacharel sich in einer Luftfalte verbarg, entriegelte die Wache mit überraschter Miene von draußen die Tür und warf einen Blick auf das Mädchen. „Schon fertig, Dr. Fitzherbert? Ich dachte, Sie hätten gesagt, Sie brauchen eine Weile."

„Ja, ich bin schon fertig", ertönte monoton zur Antwort. „Ich werde jetzt gehen. Ich hab was Besseres zu tun."

„O-kay."

Erneut quietschten die Scharniere, und dann war Zacharel wieder allein mit dem Mädchen.

„Ich dachte, du wolltest mich nicht retten", presste sie heiser hervor, während sie immer noch irgendwo in die Ferne außerhalb des Raums blickte. Was sah sie mit diesen Augen?

Schöne Augen, zumindest, wenn er sich für solche Dinge interessiert hätte – was er nicht tat. „Du hast mich gefragt, ob ich gekommen sei, um dich zu retten, und das war ich nicht. Ich bin aus einem anderen Grund hergekommen."

„Oh." Jetzt räusperte sie sich und schluckte. „Na ja, trotzdem danke. Dass du ihn weggeschickt hast, meine ich."

Hm. Es gefiel Zacharel, ein Danke aus ihrem Mund zu vernehmen, denn so eingerostet, wie sie dabei geklungen hatte, hegte er den Verdacht, dass sie das nicht oft sagte. Vielleicht einfach, weil ihr niemand Grund dazu gab – und warum schmerzte seine Brust schon wieder so? „Was hätte er mit dir gemacht?"

Stille.

„Also hätte er dir Leid zugefügt." So viel hatte Zacharel bereits erraten. „Hat er dir schon einmal Leid zugefügt?"

Wieder Stille.

„Das ist ein Ja." Menschen zu töten war nichts, das Zacharel normalerweise genoss, doch er verabscheute es auch nicht. Er konnte jedem alles antun, ohne auch nur einen Funken Reue zu verspüren. Doch diesem Arzt das Herz aus der Brust zu reißen, hätte ihm möglicherweise zu einem kleinen Adrenalinschub verholfen. „Korrekt?"

Noch mehr Stille.

Ich werde mit voller Absicht ignoriert. Winzige Schocks ratterten wie Sprengsätze durch seinen Körper. Noch nie war er einfach nicht beachtet worden. So verwildert seine Männer auch sein mochten, selbst sie hörten ihm zu – bevor sie unverfroren gegen jeden seiner Befehle verstießen. Und sein früherer Anführer, Lysander, hatte jedes seiner Worte in seine Entscheidungen mit einbezogen. Und darüber hinaus hatten ihn sogar die einzigen Wesen außerhalb seiner Art, die er als … was betrachtete? Nicht als Freunde, aber auch nicht als potenzielle Vernichtungsziele.

Die dämonenbesessenen Unsterblichen, die als die Herren der Unterwelt bekannt waren, hatten an seiner Seite gekämpft und sich seinen Respekt verdient für die Kraft und Verbissenheit, mit der sie dem Bösen in ihren Körpern die Stirn boten. Und selbst sie hatten ihn immer voll gebannter Faszination betrachtet. Die wenigen Menschen, die ihn über die Jahrhunderte erblickt hatten, waren vollkommen hypnotisiert gewesen.

Dass dieser Zwerg von einem Mädchen ihn so einfach abservierte, warf ihn völlig aus der Bahn.

Bevor er beschließen konnte, wie er damit umgehen sollte, spazierte Thane durch die gegenüberliegende Wand herein und nahm die Szene mit seinem saphirfarbenen Blick in Sekundenbruchteilen auf. Zorn loderte in seinem Gesicht auf beim Anblick des verletzten Mädchens, das dort an den Tisch gefesselt lag. Doch er stellte Zacharel keine Fragen. Wenigstens etwas.

„Die Dämonen sind eliminiert, Eure Majestät, und der eine, nach dem Ihr verlangt habt, wurde in Eure Wolke gebracht. Lebendig." In seiner rauchigen Stimme flackerten Flammen auf.

Langsam wandte die Frau den Kopf, wobei ihr dicke, zerzauste Locken ins Gesicht fielen und die Sicht versperrten. Sie blies die Strähnen fort und betrachtete Thane.

„Sieh an, ich bin ja echt gefragt heute Nacht. Bist du auch ein Engel?", fragte sie und ließ den Blick über seine immer noch schwarzen Flügel wandern.

Zacharel konnte nicht umhin, zu bemerken, dass Thane nicht solche Zweifel zu wecken schien wie er.

„Ja." Thane schnupperte in die Luft, runzelte die Stirn und richtete dann einen bohrenden Blick auf Zacharel. „Habt Ihr vor, sie zu befreien?"

„Nein." Wie kam er darauf?

Der Blick wurde missbilligend. „Aber warum … Egal. Wenn Ihr Eure Meinung über sie geändert habt, werde ich sie mitnehmen."

Obwohl sie nicht wussten, warum sie hier war oder was sie getan hatte? „Nein", wiederholte er.

Thane verbeugte sich, wie ein Sklave, der von seinem Herrn

auf seinen Platz verwiesen worden war. „Natürlich nicht, Eure Majestät. Wie unerhört von mir, ein so albernes Verlangen zu verspüren. Niemand an einem Ort wie diesem verdient Mitgefühl, nicht wahr?"

Würden seine Männer ihm jemals fraglos gehorchen? „Wurden während des Kampfs Menschen verletzt?", wollte er wissen. Das Mädchen war nicht die Einzige, deren Fragen er ignorieren konnte.

Mit erhobenem Kinn erwiderte Thane durch zusammengebissene Zähne: „Eine der Wachen. Ein Feuerschwert hat ihn in der Mitte durchtrennt."

Zum zweiten Mal an diesem Tag spürte Zacharel, wie seine Hände sich zu Fäusten ballten. Direkter Ungehorsam – schon wieder. „Ein Feuerschwert durchtrennt nicht aus Versehen einen Menschen." Während ein Engel auf der spirituellen Ebene handelte, konnten nicht einmal seine Waffen von Menschen wahrgenommen werden – geschweige denn berührt. Der Engel, der diese Tat begangen hatte, musste also in voller Absicht ins Reich der Sterblichen übergetreten sein.

„Der Wächter war besessen und musste sterben", erklärte Thane.

„Und trotz des Dämons in seinem Inneren war er immer noch ein Mensch. Wer hat meine Befehle missachtet?"

Thane fuhr sich mit der Zunge über die Zähne. „Vielleicht war ich es."

Doch so vertraut, wie Zacharel mit den Tricks zur Umgehung des Klangs der Wahrheit war, wusste er, dass Thane nicht der Schuldige war. „Wer? Du wirst es mir sagen, oder du wirst dabei zusehen, wie ich Björn und Xerxes bestrafe." Die Wahrheit. Er würde es ohne die geringsten Gewissensbisse tun.

Wieder eine Pause, diesmal einen Moment länger. „Jamila."

Jamila. Eine von vier Frauen in seiner Armee, doch sie war diejenige, der er am meisten vertraut hatte. Sie war die Einzige, die niemals seine Autorität infrage gestellt hatte. Und doch würde er jetzt ihretwegen zum neunten Mal ausgepeitscht.

„Du da", meldete sich die Frau auf der Krankenhaustrage, und

Verärgerung klang aus ihrem Ton. „Neuer. Engelchen. Käpt'n Locke, oder wie auch immer du genannt werden willst. Ich hab das Fragen satt, das ist jetzt ein Befehl: Befrei mich."

Zacharel musste allen Ernstes gegen den Drang ankämpfen, zu lächeln. Er. Lächeln. Die Absurdität war nicht zu fassen. Doch soeben hatte sie seinen Krieger mehrfach beleidigt, genau wie dieser Krieger Zacharel immer wieder beleidigte.

Thane entspannte sich, und ihm entschlüpfte ein leises Lachen. „Käpt'n Locke. Das gefällt mir. Aber, mein schönes Menschenkind, du hast mich gebeten, dich zu retten, nicht, dich zu befreien."

„Ist doch dasselbe", gab sie entnervt zurück.

„Da gibt es einen großen Unterschied, lass dir das gesagt sein. Aber was willst du tun, wenn ich deinen Befehl missachte, hm?"

Und sie gurrte ein seidiges „Glaub mir, das willst du nicht wissen".

Zacharel presste die Lippen zusammen. Langsam amüsierte ihn das nicht mehr. Flirteten die etwa? Er konnte nur für sie hoffen, dass dem nicht so war. Er und Thane waren im Einsatz.

„Weil dieses Wissen mich nicht aufhalten würde?", erwiderte Thane ebenso seidig.

„Weil es so widerwärtig ist, dass du allein von der Vorstellung kotzen wirst."

Thane hustete – oder vertuschte ein Prusten. Schwer zu sagen. „Hast du das gehört?", fragte er Zacharel und sprach zum ersten Mal seit Beginn ihrer Bekanntschaft mit ihm, als wären sie Freunde. Als teilten sie einen Moment der Gemeinsamkeit. „Sie hat mir gerade befohlen, ihr zu gehorchen, und dann gedroht, mir wehzutun, wenn ich mich nicht füge."

„Ich habe Ohren", erwiderte er trocken. „Ich habe es gehört." Aber warum hatte sie das nicht auch mit Zacharel gemacht?

„Und sie glaubt tatsächlich, dass sie Erfolg haben wird", fuhr Thane erstaunt fort.

„Du musst nicht gleich so beeindruckt klingen", wies Zacharel den Engel zurecht. Der Gedanke gefiel ihm überhaupt nicht. Wenn Thane beeindruckt war, würde er die Frau begehren …

und vielleicht vor nichts zurückschrecken, um sie zu bekommen.

Thane blickte ihn finster an. „Ich bin einfach nur neugierig. Und wenn's sein muss, frage ich eben doch, obwohl es mich nichts angeht. Warum hast du Anspruch auf sie erhoben, wenn du sie hier zurücklassen willst?"

„Ich habe keinen Anspruch auf sie erhoben." Die Worte konnten gar nicht schnell genug aus seinem Mund purzeln.

„Warum hast du sie dann von oben bis unten mit deiner Essenzia bedeckt?"

„Ich habe sie nicht angefasst."

„Und doch trägt ihre Haut dein Zeichen."

„Das ist nicht meins." Essenzia war eine Substanz, die durch ihre Körper floss. Manchmal drang sie durch die Poren ihrer Hände nach außen und nahm die Form eines feinen Puders an, mit dem sie Besitzansprüche auf jedes Objekt sichtbar machen konnten, das sie als ihr alleiniges Eigentum betrachteten. Dämonen produzierten eine ähnliche Substanz, nur verdorben, besudelt.

Verblüfft musterte Zacharel die Frau. „Ich habe niemals Anspruch auf einen Menschen erhoben." Er hatte noch nicht einmal das Verlangen danach verspürt. „Sie schimmert nicht." Er konnte nichts Ungewöhnliches an ihrer Haut entdecken.

Schamlos erwiderte sie seine Musterung, und er trat von einem Fuß auf den anderen. Er. Herumzappeln. Unfassbar!

„Ganz im Ernst", erklärte Thane, „das Schimmern ist ganz matt, aber es ist da, und eine unmissverständliche Warnung an jeden anderen Mann, die Finger von deinem Eigentum zu lassen."

Seinem Eigentum? Unmöglich. „Du irrst dich, das ist alles."

„Argh!", unterbrach das Mädchen sie. „Ich hab's satt, mir dieses schwachsinnige Gelaber anzuhören. Ihr Flattermänner seid echt das Letzte! Vergesst einfach, dass ich hier bin. Oh, Moment. Habt ihr ja schon. Dann hab ich 'ne andere Idee für euch: Verschwindet."

Sie hatte mehr Temperament, als selbst Zacharel gedacht hatte. Jetzt musste er aufpassen, dass er nicht selbst beeindruckt war. Oder erstaunt. „Geh", befahl er seinem Krieger. „Ich will, dass du mit meinen anderen Ratgebern" – was Jamila einschloss – „in meiner Wolke auf mich wartest. Nein, vergiss das. Du nicht. Geh und finde jedes Detail über diese Menschenfrau heraus, das es zu wissen gibt." An ihm nagte das Bedürfnis, mehr über sie zu erfahren. Besser, er schenkte dem Gehör, als nachher zu bereuen, es nicht getan zu haben.

„Was immer Ihr befehlt. Majestät." Thane stapfte aus dem Raum. Kurz bevor er verschwand, warf er dem Mädchen einen letzten Blick zu, und wieder ballten sich Zacharels Hände ohne sein Zutun zu Fäusten. Wie oft sollte das an einem einzigen Tag denn noch geschehen, wo er es doch zuvor über Jahre nicht getan hatte?

„Wenn du etwas über mich wissen willst", warf sie Zacharel scharf an den Kopf, sobald sie allein waren, „hättest du mich auch einfach fragen können."

„Und dir damit Gelegenheit geben, zu lügen?"

Verletzt sah sie ihn an, aber eine Sekunde später war der Ausdruck verschwunden. An seine Stelle trat Stolz, und der blieb. „Du hast recht. Ich bin eine nichtsnutzige Lügnerin und du bist Mr Wahrheit. Also, warum bist du hier, Mr Wahrheit? Mir ist ziemlich klar, dass es nicht ist, um mich zu retten oder zu befreien."

Es gab keinen Grund, es ihr nicht zu sagen. „Ich wurde beauftragt, die Dämonenhorden zu töten, die versucht haben, in das Gebäude einzudringen."

Ein Moment der Panik. „Horden? So wie eine Armee? Da draußen sind noch mehr?"

„Ja, aber sie stellen keine Bedrohung mehr dar. *Meine* Armee war siegreich."

Langsam atmete sie aus. „Die wollten mich, nicht wahr?"

„Ja."

Und wieder ein Anflug von Panik. „Aber warum? Warum gerade mich?"

Sie hatte keine Ahnung, was mit ihr geschehen war. Nicht im Geringsten. Und doch müsste sie sich erinnern, betrogen … oder verführt worden zu sein. Also wie war es dem Dämon gelungen, sie zu zeichnen?

„Hallo?"

Statt ihr zu antworten, nahm Zacharel die Akte auf, die immer noch am Boden lag – wo sie der Arzt hatte fallen lassen –, und blätterte sie durch.

Sie hämmerte den Kopf auf ihr Kissen, einmal, zweimal. „Meinetwegen. Dann ignorier mich eben wieder. Mir egal. Ich bin's gewohnt. Aber bitte, *Eure Majestät*, erlaubt mir, Euch die Mühe zu ersparen, die kleinen Details zusammenzusuchen. Selbst eine Lügnerin wie ich hätte keinen Grund, die zu fälschen." Ohne ihm Zeit für eine Antwort zu lassen, setzte sie hinzu: „Für den Anfang: Mein Name ist Annabelle Miller."

Die Wahrheit, so stand es in den Notizen. Annabelle. Abgeleitet vom lateinischen Wort für lieblich. „Ich heiße Zacharel." Nicht, dass das eine Rolle spielte.

„Tja, Zachie, ich …"

„Majestät", platzte er dazwischen, als er augenblicklich seine Meinung änderte. Zachie war schlimmer. „Du darfst mich Majestät nennen."

„Auf keinen Fall nenne ich dich Majestät, aber genug von deiner überhöhten Meinung von dir selbst. Ich bin hier, weil ich meine Eltern umgebracht habe. Ich habe sie erstochen, das hat man mir jedenfalls gesagt."

Als er aufblickte, sah er wieder ein Zittern durch ihren Körper laufen. Vielleicht sollte er ihr eine Decke besorgen. *Ihr eine Decke holen?* Ernsthaft? Sein Stirnrunzeln kehrte zurück. Ihr Wohlergehen bedeutete ihm nichts.

„Das hat man dir gesagt? Du erinnerst dich nicht?", hakte er nach und blieb an Ort und Stelle.

„Oh, und wie ich mich erinnere." Die Bitterkeit schlich sich wieder in ihre Stimme, wurde deutlicher. „Ich habe gesehen, wie eine Kreatur … ein Dämon es getan hat. Ich habe versucht, ihn aufzuhalten, versucht, sie zu retten. Und als ich der Polizei erzählt habe, was wirklich geschehen war, wurde ich für geistesgestört befunden und hier auf Lebenszeit eingesperrt."

Wieder wusste er, dass sie die Wahrheit sprach. Nicht nur, weil die Dinge, die sie erzählte, sich überall auf den Seiten in der Akte getippt und gekritzelt wiederholten – auch wenn keiner ihrer

Ärzte ihr geglaubt hatte –, sondern vor allem weil er nur Rosen und Bergamotte in der Luft schmeckte. Beides feine, zarte Gerüche, die ihm gefielen. Seltsam. Für Gerüche oder Geschmäcker hatte er sich noch nie interessiert. Sie waren, wie sie waren, und er hatte keine Vorlieben.

„Warum hatten diese Dämonen es auf mich abgesehen?", wollte sie wieder wissen. „Warum? Und nur dass du's weißt, ich höre erst auf, dich damit zu nerven, wenn du es mir erzählst."

„Das ist nicht ganz richtig. Ich könnte gehen, dann könntest du mich mit nichts nerven." Statt sie jedoch wieder zu ignorieren, entschied er, dass es auch bei dieser Information keinen Grund gab, sie vor ihr zurückzuhalten. Ihn interessierte, wie sie reagieren würde.

Bei allen Feuern der Hölle, irgendetwas konnte nicht mit ihm stimmen. Ihn interessierte *nichts*.

„Irgendwann vor dem Tod deiner Eltern", erklärte er, „hast du einen Dämon in dein Leben eingeladen."

„Nein. Auf keinen Fall." Heftig schüttelte sie den Kopf, und die blauschwarzen Strähnen an ihren Schläfen verfingen sich ineinander. „Diese Dinger würde ich *nirgendwohin* einladen. Außer vielleicht zu 'ner Abrissparty mit anschließender Hausverbrennung."

Wie konnte sie so unbestreitbar Zweifel an etwas äußern, das er gesagt hatte? Obwohl der Klang der Wahrheit in seiner Stimme so klar und rein war wie eh und je? Nur sehr wenige Menschen fühlten so starke Zweifel, dass sie diesem Klang widerstehen konnten. Aber Annabelle passte irgendwie nicht dazu.

„Menschen unterschätzen, wie leicht es ist, einen Dämon willkommen zu heißen. Die negativen Worte, die ihr sagt, die gehässigen Dinge, die ihr tut. Sprich eine Lüge aus, und du winkst sie heran. Spiele mit dem Gedanken, Gewalt auszuüben, und du öffnest ihnen Tür und Tor."

„Mir egal, was du sagst. Ich habe niemals einen Dämon willkommen geheißen."

Wie konnte er es ihr begreiflich machen? „Stell es dir einmal so vor: Dämonen sind die Entsprechung von spirituellen Paketboten. Deine Worte und Handlungen können von ihnen als Bestellung interpretiert werden. Für einen Fluch. Sie kommen an deine Tür und klingeln. Es ist deine Entscheidung, ob du diese Tür öffnest und das Paket annimmst, das sie dir bringen. Du hast es getan."

„Nein", wiederholte sie hartnäckig.

„Hast du jemals bei einem Ouija-Spiel mitgemacht?", versuchte er ihren sturen Kern mit einem anderen Ansatz zu erreichen.

„Nein."

„Eine Wahrsagerin aufgesucht?"

„Nein."

„Einen Zauber ausgesprochen? Irgendeinen?"

„Nein, okay? Nein!"

„Gelogen, betrogen oder einen Nachbarn bestohlen? Jemanden gehasst? Irgendjemanden? Etwas gefürchtet? Irgendetwas?"

Das nächste Zittern, das sie überlief, war stärker als zuvor. Ihr Kiefer verkrampfte sich und zwang sie, zu schweigen. Das Bett ratterte. Als der Krampf nachließ, war auch jeglicher Zorn aus ihr gewichen, und sie strahlte eine Trostlosigkeit aus, die den Riss in seiner Brust irgendwie um eine Winzigkeit vergrößerte.

„Es gibt nichts mehr zu bereden", sagte sie leise.

Also lautete die Antwort auf eine seiner Fragen Ja. Furcht und Zorn hatte er bereits mit eigenen Augen bei ihr gesehen. „Für mich schon. Auf spiritueller Ebene gestatten all die Dinge, die ich aufgezählt habe, deinen Feinden, dich anzugreifen."

„Aber wie soll man sich denn dazu zwingen, keine Angst zu haben?"

„Nicht was du fühlst, ist wirklich wichtig, sondern was du sagst und wie du handelst, während du so fühlst."

Einen Moment lang nahm sie seine Worte in sich auf. Schließlich seufzte sie. „Okay, hör zu. Ich bin müde, und du hast freundlicherweise dafür gesorgt, dass Fitzpervers nicht wiederkommt, also ist das hier meine einzige Gelegenheit, mich auszuruhen, ohne dass sich jemand an mich heranmacht. Kannst du jetzt endlich einfach verschwinden?"

„Wenn du nicht tun kannst, was ich von dir brauche, dann lass mich in Frieden. Ich hasse es, dass du mich so siehst. Geh bitte. Dieses eine Mal, hör mir zu und tu, was ich dir sage. Geh!"

Er knirschte mit den Zähnen. Kein Gedanke mehr an seinen Bruder.

„Ich werde gehen, ja", sagte er. „Aber du – was wirst du tun?"

„Das Gleiche wie immer." Ihr Tonfall war so emotionslos wie der seine, und auch da war er sich nicht sicher, ob ihm das gefiel. Ihren Kampfgeist zog er definitiv vor. „Ich überlebe."

Aber wie lange noch?

Mehrere Minuten lang überlegte Zacharel hin und her, was er mit ihr machen sollte – und kam ins Schlingern ob der Tatsache, dass er überhaupt überlegen musste. Wenn er sie mitnahm, würde sie Ärger machen. Daran gab es keinen Zweifel. Er hätte in ein menschliches Leben eingegriffen, in viele menschliche Leben, und dafür würde er mit Sicherheit bestraft werden. Und schon jetzt hing eine Strafe wie ein Damoklesschwert über seinem Kopf. Die für Jamilas Verfehlung. Doch wenn er Annabelle zurückließ, *würde* sie irgendwann zerbrechen. Die Vorstellung, wie sie weinte und bettelte wie sein Bruder damals, verstörte ihn.

Vielleicht könnte er sie einmal die Woche besuchen. Nach ihr sehen, sie bewachen. Außer natürlich, er würde zur Schlacht gerufen. Oder verletzt. Und in der Zwischenzeit? Während er fort war? Was würde dann mit ihr geschehen?

Schließlich gewann die Logik die Oberhand. Wenn er ihr half, wäre das kein Eingriff. Nicht wirklich. Es wäre zu ihrem Schutz, und dazu war er schließlich hier. Das war es, was seine Gottheit von ihm erwartete: Menschen zu beschützen. Dafür würde Zacharel belohnt werden, nicht bestraft. Ganz sicher.

Na also, da hatte er seine Entscheidung.

Als er an das Krankenhausbett trat, nahm er nun auch den Schimmer wahr, von dem Thane gesprochen hatte. Ein sanftes, weiches Licht in der Farbe von Zacharels Augen ging von ihr aus, überflutete sie, badete sie in einem zarten Strahlen.

Aber … Er hatte sie nicht angefasst. Nicht ein einziges Mal.

„Hattest du schon einmal mit einem anderen Engel Kontakt?", fragte er, obwohl keine zwei Engel eine Essenzia von genau der gleichen Farbe besaßen. Doch ein Dämon hätte das nicht hervorrufen können. Auf keinen Fall konnte das Sinnbild alles Bösen eine so berauschende Farbe erschaffen.

„Nein."

Wieder nichts als die Wahrheit. Es musste eine Erklärung geben. Vielleicht … vielleicht gehörte der Glanz zu ihr, war angeboren. Nur weil er noch nie davon gehört hatte, musste es nicht unmöglich sein.

„Was hast du mit mir vor?" Fordernd hob sie die Augen seinem Blick entgegen und überraschte ihn mit der Wildheit, die dort lauerte, die ihn herausforderte … etwas … zu tun.

„Wir werden es gemeinsam herausfinden." Er streckte die Hand aus, um eine ihrer Fesseln zu lösen. Sie zuckte zusammen.

„Nicht!", rief sie.

Langsam dämmerte es ihm. Sie war misshandelt worden, und von ihm erwartete sie das Gleiche.

Mit dem Versprechen, ihr niemals Schaden zuzufügen, riskierte er, sie zu belügen, und das konnte er nicht. Menschen waren empfindliche Wesen, nicht nur ihre Körper, auch ihre Gefühle waren verletzlich. Unfälle konnten immer passieren. Es war unmöglich, vorauszusehen, was ihr an seinem zukünftigen Umgang mit ihr missfallen mochte.

Wie lange genau willst du mit ihr zusammenbleiben?

„Im Augenblick habe ich nur vor, dich zu befreien und von diesem Ort fortzubringen", erklärte er. „In Ordnung?"

Hoffnung flackerte in diesen kristallenen Augen auf. „Aber du hast gesagt …"

„Ich habe meine Meinung geändert."

„Wirklich?"

„Wirklich."

„Danke", sprudelte es aus ihr hervor. „Danke, danke, danke, tausendmal danke. Das wirst du nicht bereuen, ich versprech's. Ich stelle für niemanden eine Gefahr dar. Ich will bloß irgendwo hingehen und für mich sein. Ich werde keinen Ärger machen."

Er löste die erste Fessel, eilte auf die andere Seite und tat dort dasselbe.

Tränen traten ihr in die Augen, als sie die Hände an die Brust zog und sich die Gelenke massierte. Nicht vor Schmerz, das glaubte er nicht, sondern vor Freude. „Wohin bringst du mich?"

„In meine Wolke, wo du vor den Dämonen in Sicherheit sein wirst."

Ein kurzes Kopfschütteln, als sei sie sich nicht sicher, ob sie ihn richtig verstanden hatte. „Deine … Wolke? So in der Art von Wolke am Himmel?"

„Ja. Dort kannst du baden, deine Kleider wechseln, essen. Was auch immer du willst." Und dann … Noch immer hatte er nicht den geringsten Schimmer.

„Aber – bitte unterbrich mich, wenn das verrückt klingt – ich will lieber auf festem Boden bleiben, wo ich nicht kilometerweit durch die Luft falle und dann beim Aufprall platze wie eine überreife Melone."

Er lockerte die Riemen um ihre Fußknöchel. „Sollte ich dich irgendwo auf der Erde unterbringen, würde dein Volk dich jagen … ganz zu schweigen von weiteren Dämonen. In meiner Wolke wirst du sicher sein, das verspreche ich dir."

Sobald sie frei war, richtete sie sich ruckartig auf, schwang die Beine aus dem Bett und stand auf. Obwohl sie kurz schwankte, gelang es ihr, auf den Beinen zu bleiben. „Bring mich einfach aus dem Gebäude, und dann können wir beide getrennter Wege gehen. Du hast eine gute Tat vollbracht, und ich bleibe auf ewig verschwunden."

Sie weigerte sich, ihm zu gehorchen, und das, wo er sich endlich entschlossen hatte, ihr zu helfen. Versuchte sie, ihn mürbe zu machen, bis er ihr jeden Wunsch von den Augen ablas? „Ich kann dich nicht ohne Aufsicht auf freien Fuß setzen, denn dann würde die Schuld für jeglichen Schaden, den du anrichtest, bei mir liegen."

„Ich werde keinen …"

„Du willst es nicht, ich weiß. Aber das wirst du."

„Gib mir doch wenigstens eine Chance!"

Das versuchte er gerade. „Dir bleiben zwei Möglichkeiten, Annabelle. Hierbleiben oder mit mir in meine Wolke kommen. Etwas anderes kommt nicht infrage."

Sie hob das Kinn, ein Musterbeispiel von Sturheit. „Kann ich dann bei dem anderen Engel wohnen? Dem blonden."

Thane? „Warum?", verlangte er zu wissen.

Und ihr Kinn wanderte noch einen Tick höher. „Versteh mich nicht falsch, aber den mag ich lieber als dich."

Gab es einen Weg, das *nicht* falsch zu verstehen?

Ehrlichkeit war immer zu befürworten, und doch kämpfte er plötzlich mit dem unerklärlichen Bedürfnis, sie zu schütteln. „Du kannst nicht wissen, wen du lieber magst. Du hast bloß ein paar Sekunden in seiner Gegenwart verbracht."

„Manchmal braucht es nicht mehr."

Der Riss in seiner Brust ging immer weiter auf. Diesmal war es nicht Schuld, die er spürte, sondern eine kräftige Prise … Zorn? Oh ja, Zorn. *Zacharel* war es, der den Arzt davon abgehalten hatte, sie zu missbrauchen. *Zacharel* war es, der sie befreit hatte. *Ihn* sollte sie am liebsten mögen. „Ich bin ein ebenso gefährlicher Krieger wie er. Sogar noch gefährlicher."

Ein Beben überlief sie.

Einen Moment lang dachte er nach. „Vielleicht ist Gefahr nicht das, worauf es dir ankommt", setzte er nach, mehr zu sich selbst. Vielleicht sehnte sie sich nach dem, was sie an diesem Ort offensichtlich nicht erfahren hatte. Güte.

„Hör mal, du geflügeltes Wunder. Bring mich hier raus und lass uns die Details meiner Wohnsituation später klären, okay?"

„Geflügeltes Wunder", wiederholte er und nickte bedächtig. „Ich stelle fest, dass ich diesen Namen nicht schlecht finde. Er passt."

„Mr Bescheiden würde es eher treffen", murmelte sie.

„Dem kann ich nicht zustimmen. Geflügeltes Wunder ist offensichtlich der bessere Name für einen Mann wie mich, und die Details werden wir jetzt klären." Er konnte kaum fassen, dass er eine Unterhaltung wie diese überhaupt führte. „Ich will nicht, dass du dich später beschwerst, weil wir uns missverstanden haben. Mit so etwas habe ich schon genug zu tun." Eindringlich hielt er ihren Blick fest. „Sag mir, warum du bei Thane wohnen willst."

Sie schluckte, doch dann gestand sie: „Bei ihm fühle ich mich sicherer, das ist alles. Davon mal abgesehen: Aus seinen Flügeln schneit es nicht. Warum aus deinen?"

„Die Antwort auf diese Frage hat für dich keine Bedeutung. Was deine Sicherheit angeht, habe ich dir bereits versprochen, dass du in meiner Wolke unversehrt bleiben wirst. Deine Bedingungen sind also erfüllt, die Details geklärt. Du wirst bei mir wohnen. Komm. Ich werde keine weitere Zeit mit Diskussionen vergeuden."

Sie konnte nicht fliegen, sich nicht Kraft ihrer Gedanken von einem Ort an den anderen teleportieren, und das bedeutete, er würde sie berühren müssen. Jede Sekunde des Kontakts würde für ihn abscheulich sein, da war er sich sicher, doch trotzdem würde er es über sich ergehen lassen. Er streckte die Hand aus und winkte sie zu sich. „Letzte Chance. Bleibst du oder kommst du mit?"

Bald bin ich aus diesem Höllenloch raus, dachte Annabelle und wollte lachen und weinen zugleich. Am liebsten hätte sie getanzt vor Erleichterung und sich dann panisch irgendwo verkrochen. Die Flucht ... endlich ... aber würde es so himmlisch werden, wie sie es sich erträumt hatte – oder bloß eine andere Version der Hölle?

Spielt das eine Rolle? Du wirst Fitzpervers los sein, diesen Käfig, die Medikamente und die anderen Patienten und die Wärter ... die Dämonen.

Während all der Jahre hatte sie böse Höllenwesen bekämpft. Keiner von ihren Eltern hatte an ein Leben nach dem Tod geglaubt. Auch Annabelle hatten sie zu einer Skeptikerin erzogen. Tja, sie hatten falsch gelegen, genau wie Annabelle, und jetzt gab es für sie eine Menge zu lernen.

„Annabelle", brachte Zacharel sich in Erinnerung und krümmte wieder die Finger.

Dieser Mann konnte ihr vieles beibringen. Dieses Wesen des

Himmels, das so teuflisch wirken konnte; wie ein dunkler, verführerischer Traum, dafür geschaffen, jede Frau zu mitternächtlichen Versuchungen zu verlocken.

Gefährlich … dieser Mann ist gefährlich …

Wie ein leises, erotisches Flüstern strichen die Worte über ihre Haut. Ein Flüstern, das sie gehört und gespürt hatte, seit er hier aufgetaucht war.

Und trotzdem sagte sie: „Ich … entscheide mich fürs Mitkommen." Länger als nötig bei ihm zu bleiben, war jedoch eine ganz andere Geschichte. Sosehr er sie an den dunklen Märchenprinzen erinnern mochte, von dem sie vor so langer Zeit geträumt hatte, in der Nacht vor ihrem Geburtstag – dieser Mann war einfach kein Traumprinz.

Bebend legte sie die Hand in seine. Als sie sich berührten, sog er plötzlich den Atem ein, als hätte sie ihn verbrannt. Fast wäre sie zurückgezuckt. *Ruhig.*

Zacharel behauptete, er sei ein Engel, aber sie hatte keinen Schimmer, was das bedeutete oder was es mit sich brachte – abgesehen von dem üblichen Kram mit ‚gut und rechtschaffen'. Außerdem wusste sie nicht einmal ansatzweise, wohin er sie brachte – in eine Wolke? Im Ernst? – oder was er mit ihr vorhatte, wenn sie dort ankamen.

„Alles in Ordnung?"

„Ich … brauche einen Moment, um mich daran zu gewöhnen", gestand er mit angespannter Stimme ein.

Gut, denn sie würde auch einen Moment brauchen. „Lass dir alle Zeit der Welt, Mr Bescheiden."

„Das werde ich, aber ich bin das geflügelte Wunder. Beweg dich nicht."

„Äh, das könnte schwierig werden." So kalt ihr auch sein mochte, seine Haut war kälter. Bald würde sie am ganzen Leib zittern.

Er gab keine Antwort. Blickte einfach nur aus zusammengekniffenen Augen auf sie hinab, als gäbe er ihr die Schuld an etwas Katastrophalem.

Konnte sie ihm trauen? Vielleicht ja, vielleicht nein. Aber

sie wollte ihre Freiheit, und er konnte sie ihr geben. Und ja, sie wollte außerdem allein sein, auf niemanden sonst angewiesen. Eines Tages wäre es so weit. Fürs Erste würde die Flucht von hier jedoch ausreichen.

Wenn er versuchte, ihr wehzutun, wenn sie ... wo auch immer ankamen, würde sie kämpfen, wie sie es immer getan hatte – dreckig. Ob er nun ein Engel war oder nicht.

„Dieser Kontakt", setzte Zacharel an. Finster blickte er zu ihr hinab. Diese heruntergezogenen Mundwinkel mussten sein Standard-Gesichtsausdruck sein. Als hätte er gar keine Kontrolle mehr darüber. Nicht ein einziges Mal hatte sie ihn lächeln sehen.

Gab es überhaupt irgendetwas, das ihn amüsieren oder wenigstens aus der Reserve locken würde?

„Was ist damit?", zwang sie sich zu fragen.

„Ich hatte erwartet, dass gewisse Empfindungen nachlassen, aber das haben sie immer noch nicht." Sein Griff um ihre Hand wurde fester, als ahnte er, dass sie kurz davorstand, sie zurückzuziehen. Dann zog er sie an sich, immer enger, bis sie von oben bis unten an ihn gepresst war. Als er den freien Arm um ihre Taille schlang, blickte er mit smaragdgrünen Augen auf sie hinunter. Ihr Geburtsstein. Früher ihr liebster Edelstein, bis ihr Geburtstag zum Sinnbild für Tod und Zerstörung geworden war. Seitdem fand sie Smaragde, na ja ... scheiße.

Doch sie konnte nicht leugnen, dass seine Augen betörend waren. Lange, dichte Wimpern rahmten diese juwelenfarbenen Iriden ein, denen jeder Funke von Emotion fehlte, und milderten seine Züge von unglaublich grausam zu vielleicht-bring-ich-dich-nur-ein-bisschen-zum-Schreien-bevor-ich-dich-hinrichte.

Sein seidiges Haar erinnerte sie an eine sternenlose Nacht. Und, oh, wie lange war es her, dass sie in den Himmel geblickt hatte? Seine Stirn war weder zu hoch noch zu breit, seine Wangenknochen wie von einem Bildhauermeister geformt. Und ein einziger Blick auf seine vollen roten Lippen reichte aus, um jeder Frau für den Rest der Ewigkeit heiße Träume zu bescheren.

Wenn er denn wenigstens klein gewesen wäre. Aber nein, er war ein Riese, mindestens eins achtundneunzig, mit breiten

Schultern und den herrlichsten Muskeln, die ihr je unter die Augen gekommen waren. Und seine Flügel? Un-fass-bar. Wie eine Fontäne ragten sie über seinen Schultern empor, um sich rauschend bis knapp über dem Fußboden zu ergießen. Federn in reinstem Weiß schimmerten, als wäre der Regenbogen selbst in ihnen gefangen, und Spuren von Gold bildeten ein hypnotisches Muster darin, das sich bis in zarte Daunen hinein zog.

Der andere Typ, der Blonde, war ebenfalls köstlich anzusehen gewesen. Trotz des verdorbenen Glitzerns in dessen himmelblauen Augen hatte sie gedacht, mit ihm könnte sie umgehen. Jedenfalls besser als mit diesem hier.

Dafür ist es jetzt zu spät. Und vielleicht war es auch besser so. In ihr brodelten so viel Hass, Zorn, Verzweiflung und Hilflosigkeit – anscheinend schon jedes für sich ein Aphrodisiakum für Dämonen aller Art –, dass Zacharels Kälte eine erfrischende Abwechslung sein würde.

„Also, äh, was hast du dir vorgestellt?", fragte sie nach einer Weile.

„Nichts, wovon ich dir erzählen werde. Jetzt leg deine Arme um meinen Hals", befahl Zacharel, und aus seiner Stimme klang raue Erwartung.

Hat ihm je irgendwer etwas verweigert? fragte sie sich, als sie die Finger in seinem Nacken verschränkte.

„Gut. Jetzt schließ die Augen."

„Warum?"

„Du und deine Fragen." Er seufzte. „Ich habe vor, dich durch die Wände in den Himmel zu transportieren. Der Anblick könnte dich beunruhigen."

„Das krieg ich schon hin." Mit geschlossenen Augen wäre sie weit verletzlicher, als sie es so schon war.

Wenn ihre Tapferkeit ihn beeindruckte, ließ er es sich nicht anmerken. Seine Lippen, diese betörenden roten Lippen, wurden schmal, während er mit einer kraftvollen Bewegung die Flügel ausbreitete und sie dann auf und ab gleiten ließ, langsam, so langsam. Fesselnd. „Außerdem möchte ich nicht in deine Augen sehen und das Mal des Dämons erblicken."

Sie hatte die Augen eines Dämons? *Deshalb* war ihre Iris blau geworden? „Aber ich kann kein Dämon sein", platzte es aus ihr hervor. „Das kann nicht sein."

„Das bist du auch nicht. Du bist von einem gezeichnet. Wie ich sagte."

Ein kleines bisschen beruhigte sie sich. Trotz der Tatsache, dass sein Ton schrie: *Hättest du zugehört, wüsstest du das.* „Wo liegt der Unterschied?"

„Menschen können von Dämonen beeinflusst, beansprucht oder besessen werden, aber sie können nicht selbst zu Dämonen werden. Auf dich wurde Anspruch erhoben."

„Von wem?" Von dem, der ihre Eltern getötet hatte? Wenn das stimmte, würde sie … was? Was konnte sie schon tun?

„Ich weiß es nicht."

Wenn er es nicht wusste, gab es für sie keine Hoffnung. „Tja, mir egal, wenn du meine Augen hässlich findest." Es war ihr so was von nicht egal. Sie fand es furchtbar, dass ein Teil von ihr dämonisch aussah. „Damit musst du klarkommen."

Mehrere Sekunden verstrichen unter Schweigen. Dann nickte er und meinte: „Nun gut. Das hast du nur dir selbst zuzuschreiben."

Ein seltsames Gefühl rauschte durch ihren Körper, kühlte ihr Blut noch weiter herunter und schien ihre Haut mit Eis zu überziehen. Die Fliesen unter ihren Füßen verschwanden. Plötzlich befand sie sich in der Luft, sah Raum um Raum an sich vorbeirasen, dann das Dach des Gebäudes, dann den Himmel, übersät von kleinen Lichtpunkten, wohin sie auch blickte.

Grundgütiger. Ihr brannten Tränen in den Augen. Sie war frei. Frei von einem Leben, das ihr wie eine einzige unaufhörliche Folter erschienen war. Wahrhaftig frei. Zum ersten Mal seit Jahren konnte sie sich auf etwas freuen, anstatt sich vor der Zukunft zu fürchten. Eine Freude, wie sie sie nie zuvor gespürt hatte, durchströmte sie, verschlang sie. Das war … es war … zu viel.

Die majestätische Nacht, die sie umgab, überwältigte sie, und die Tränen ergossen sich auf ihre Wangen. Die bezauberndsten Düfte erfüllten die Luft. Wildblumen und Minze, Tau und frisch gemähtes Gras. Milch und Honig, Schokolade und Zimt. Eine bloße Spur von Rauch, die in einer zarten Brise vorüberzog.

„Ich hatte vollkommen vergessen ...", flüsterte sie, während ihr das Haar um die Wangen flatterte. Und selbst das versetzte sie in Entzücken. Sie war frei, sie war frei, endlich war sie frei.

„Was hattest du vergessen?", wollte Zacharel wissen, und in seiner Stimme lag etwas Seltsames. Vielleicht das erste Anzeichen von Emotionen.

„Wie wunderschön die Welt ist." Eine Welt, die ihre Eltern viel zu früh verlassen hatten. Eine Welt, die ihre Eltern nie wieder genießen würden.

Trauer mischte sich in die Freude.

Sie hatte nie Gelegenheit gehabt, um sie zu trauern. Viel zu schnell war sie vom hilflosen Opfer zur Mordverdächtigen und dann zur gefolterten Gefangenen geworden. Automatisch fragte sie sich, wie sie wohl auf diesen Moment reagiert hätten. Ihnen wäre Zacharel vermutlich ein Rätsel gewesen. Nicht bloß aufgrund dessen, was er war, sondern weil sie ein emotionales, aufbrausendes Paar gewesen waren. Sie hatten sich genauso leidenschaftlich gestritten wie geliebt. Seine Kälte hätten sie nicht einordnen können. Aber das hier ... das hätte ihnen gefallen. Ein Flug zwischen den glitzernden Sternen, während sie den Duft der Freiheit tief einsog und auf eine plötzlich hoffnungsfroh leuchtende Zukunft zuschoss.

Fort mit der Trauer. Damit würde sie sich später befassen. Erst einmal würde sie es einfach in vollen Zügen genießen. Zum ersten Mal seit vier Jahren warf Annabelle den Kopf in den Nacken und lachte lauthals.

4. KAPITEL

Zacharel löste sich, so schnell es ging, von dem Mädchen. In der Mitte eines leeren Zimmers setzte er sie ab und trat zurück von ihrer verführerischen Wärme, ihrem süßen Duft und dem sanften Streicheln ihrer Haare auf seiner Haut. Sie zu berühren, hatte ihm gefallen. Das hätte es nicht sollen, ganz und gar nicht, doch so entschlossen er auch auf sich eingeredet hatte – sein Gefallen hatte sich nur vergrößert.

Während des Flugs war er gefesselt gewesen von den Veränderungen auf ihrem ausdrucksvollen Gesicht. Hatte sie von Verzückung zu Trauer und wieder zu Verzückung wechseln sehen. Er, der seine Gefühle vor langer Zeit verzweifelt bekämpft hatte, bis er sie nicht mehr spürte, war zu seinem eigenen Erstaunen neidisch gewesen auf ihre bereitwillige Enthüllung von allem, was sie dachte und fühlte.

So ungehemmt hatte sie ausgesehen, vollkommen aufgegangen im Moment. Und als sie gelacht hatte … oh, süßes Himmelreich. Ihre Stimme war durch ihn hindurchgeströmt, hatte ihn eingehüllt, ihn umarmt.

Sie faszinierte ihn, verblüffte ihn, schlug ihn vollkommen in ihren Bann. Er hatte sich gefragt, was diese quecksilbrigen Veränderungen hervorgerufen hatte, doch er war zu stolz gewesen, um zu fragen.

Sie war die Gemahlin eines Dämons, seines Feindes. Nicht freiwillig, nein, aber trotzdem eine Gemahlin. Außerdem war sie ein Mensch und deshalb unter seiner Würde; ihre Gefühle konnten für ihn keine Rolle spielen.

Ihm wurde klar, dass er sie nicht hätte herbringen sollen. Er hätte es nicht genießen sollen, sie an seinen Körper gedrückt zu halten. Ein Genuss, der ihn ebenso sehr erschreckt hatte wie ihre Reaktion auf den Flug.

Er sollte nicht in diesem Augenblick die Augen auf sie gerichtet haben, während er sich fragte, ob ihr Entzücken über den mitternächtlichen Himmel sich auch auf sein Zuhause erstrecken würde. Er sollte nicht nach ihrer Anerkennung hungern.

„Warum hast du gelacht?", fragte er. So viel zu seinem Stolz. Er musste es wissen.

„Ich bin frei, ich bin frei, ich bin frei", antwortete sie und drehte eine Pirouette.

Schimmernd flogen ihre üppigen Locken um sie herum und trafen ihn im Gesicht. Mit größter Mühe unterdrückte er den Drang, eine der Strähnen zwischen den Fingern zu reiben, nur um sich in Erinnerung zu rufen, wie weich sie waren.

Sie neigte den Kopf und sah ihn an. „Was?"

„Was meinst du?"

„Du guckst mich so finster an."

„Ich sehe jeden finster an."

„Gut zu wissen. Das ist also deine Wolke?" Verwirrt schob sie die Augenbrauen zusammen, als sie die Wände betrachtete, die aussahen wie substanzloser Dunst. Der Boden war wie dichter Morgennebel und schmiegte sich um ihre Füße, hatte aber genauso wenig Substanz.

„Dies ist mein Zuhause, ja."

„Ich muss sagen, es sieht genauso aus, wie ich's mir vorgestellt hab."

War das Spott, was er da in ihrer Stimme hörte? „Was meinst du damit?", hakte er nach und versuchte, seine Gekränktheit nicht durchschimmern zu lassen. Eine weitere Empfindung, obwohl sie einander nicht mehr berührten? Wirklich?

„Nebel, Nebel und noch mehr Nebel. Ich bin bloß überrascht, dass ich festen Boden unter den Füßen habe."

„Auch Wände und Decke sind fest."

Neugierig streckte sie den Arm zur Seite aus. Pure Ehrfurcht erschien auf ihren Zügen, als ihre Finger in dem Dunst verschwanden. „Fest und doch nicht fest. Faszinierend."

Du bist faszinierend.

Nein. Nein! War sie nicht.

Es waren schon andere Frauen hier gewesen. Krieger wie er und sogar einige Glücksboten, die er als Freunde betrachtete. Genau wie die einst menschliche und jetzt unsterbliche Sienna, zufälligerweise zugleich die neue Königin der Titanen – Unsterbliche, die sich als Herrscher der gesamten Welt betrachteten. Die kam auch gern unangemeldet und ohne Erlaubnis vorbei. Und jedes Mal warf er sie raus.

Dann war da noch Lysanders Gemahlin Bianka, eine Harpyie, der sich niemand zu widersetzen wagte. Das Herz ihres Anführers lag in ihrer Hand, ihr Glück war das Seine. Und doch, Annabelle hier zu sehen, hatte eine seltsame Wirkung auf Zacharel. Sie war hier, umgeben von seinen vier Wänden, eingebettet in seine Welt. In Sicherheit, weil er dafür gesorgt hatte. Er und niemand sonst.

Dieser Gedanke sollte ihn nicht mit Befriedigung erfüllen, doch er tat es.

Zeit, sie zu verlassen, beschloss er. Etwas Abstand würde ihm guttun. Ihn wieder zur Vernunft bringen und alle Empfindungen auslöschen, so, wie er es mochte.

„Hier hast du nichts zu befürchten", erklärte er. „Dämonen würden nicht einmal den Versuch wagen, hier hereinzukommen."

Ihre Erleichterung war fast greifbar.

„Ich muss mich um etwas kümmern, aber ich werde nicht weit weg sein. Nur ein paar Zimmer weiter." Er hatte das nicht so schroff sagen wollen, wie es klang. „Wie dem auch sei, du wirst in diesem bleiben."

Von einer Sekunde auf die andere veränderte sich ihr Gesichtsausdruck. Ihre Augen verengten sich, und sie presste die Lippen zusammen. „Willst du damit sagen, ich bin deine Gefangene? Hab ich eine Zelle gegen eine andere getauscht?"

Wenn man über Jahrtausende gezwungen war, die Wahrheit zu sagen, fand man Wege, sein Gegenüber in die Irre zu leiten. „Wie kannst du glauben, du seist eine Gefangene, wenn dir während deines Aufenthalts jeder Wunsch erfüllt werden wird?"

„Das ist keine Antwort."

Misstrauische, kratzbürstige Menschenfrau. Sie war irritierend scharfsichtig. „Und doch hat es einige deiner Sorgen beantwortet, denke ich."

Zornig stampfte sie mit dem Fuß auf, ganz das eigenwillige

Kleinkind. „Ich werde mich nicht einsperren lassen. Nie wieder."

Ihre Worte dagegen … Ein Funken Zorn glomm auf, dort, wo der Riss begann, und brannte in seiner Brust. Zu viele hatten in letzter Zeit seine Autorität hinterfragt. Er war mit seiner Geduld am Ende. „Du würdest lieber sterben, Annabelle?"

„Ja!"

Sie blinzelte, verblüfft über ihren vehementen Ton. Genau wie er.

„Ja", wiederholte sie leiser.

Diese Behauptung konnte nur falsch sein, auch wenn er keine Lüge in der Luft schmeckte. „Dir ist klar, dass ich dich innerhalb von Sekunden zermalmen könnte, nicht wahr?"

„Glaub mir, mittlerweile wäre der Tod eine Gnade. Also zermalm mich ruhig, wenn du nicht damit klarkommst, dass dir jemand die Meinung sagt, denn ich werde niemals eine brave Gefangene sein. Wenn's sein muss, werde ich auf ewig gegen dich kämpfen."

Der Tod wäre eine Gnade. Eine einzige andere Person hatte diese Worte zu ihm gesagt, und in jenem Fall war der Tod tatsächlich eine Gnade gewesen. Für Hadrenial, aber nicht für Zacharel. Er würde ewig leiden für das, was in jener furchtbaren Nacht geschehen war.

Du musst aufhören, Annabelle mit deinem Bruder zu vergleichen.

In diesem Moment hatte er genau zwei Möglichkeiten. Entweder er überzeugte die Frau, dass sie keine Gefangene war, was ihn Zeit kosten würde, die er nicht hatte, oder er ließ sie gehen. Keins von beidem sagte ihm zu. Vielleicht gab es jedoch eine dritte Möglichkeit. Eine, mit der er es noch nie versucht hatte. Höflichkeit.

Einen Versuch ist es wert, überlegte er. „Ich bitte dich höflichst, hierzubleiben. Was auch immer du begehrst, du musst nur darum bitten, und es wird dir gehören." Noch während er das sagte, fiel ihm ein, wie Thane ihr gefallen hatte. Die kleine Zornesflamme wuchs, und er hätte schwören können, in seinem Inneren ein *tropf, tropf* zu vernehmen. „Außer Männern. Du darfst keinen Mann herbeirufen."

Zacharel hatte sie gerettet. Zacharel würde sich um sie kümmern.

Fragend neigte sie den Kopf zur Seite, und das Licht traf ihr Gesicht in einem anderen Winkel. Dunkle Schatten verunzierten die zarte Haut unter ihren Augen, und ihre Wangen wirkten hohl. So zerbrechlich, dieser Mensch. „Das verstehe ich nicht. Hast du Diener, die mir bringen, was ich will?"

„Keine Diener. Ich werde es dir zeigen. Was ist etwas, das du begehrst?" Er fuhr sich mit der Zunge über die Zähne. „Außer einem Mann."

„Eine Dusche." Ohne Zögern. „Ohne dass mir jemand zusieht."

„Eine Dusche mit Sichtschutz", sagte er und wies hinter sie.

Zweifelnd hob sie eine Augenbraue und drehte sich um. Nebel stieg auf und verdichtete sich, nahm Gestalt an, bis eine Duschkabine in voller Pracht vor ihr stand. Die Wände bestanden aus satiniertem Glas, es gab mehrere Drehknöpfe zum Bedienen und einen Abfluss in der Bodenwanne.

Sie schnappte nach Luft, erfreut und ungläubig zugleich. „Essen", stieß sie hervor, und in ihrer Stimme lag unermessliche Begeisterung.

Tropf, tropf. Nur, dass … Mittlerweile war es nicht mehr Zorn, der die Flamme nährte. Er war sich nicht sicher, was es war.

Enttäuscht schürzte sie die Lippen. „Es ist nichts passiert."

„Du musst konkreter werden", erklärte er.

Ihre Zungenspitze erschien, strich über ihre Lippen. „Ich will Nudelauflauf mit Hummerfleisch, Englisches Frühstück, Spargelrisotto, Enchiladas mit Rinderhack, panierte Hähnchenschnitzel, Brownies mit Glasur, Brownies ohne Glasur, Brombeer-Cobbler mit Vanilleeis, gefüllten Truthahn und … und … und …"

Neben ihm materialisierte sich ein großer runder Tisch, dessen Beine geschnitzt waren wie zierliche, langgezogene Flügel. Als Nächstes kam ein edles weißes Tischtuch in genau der passenden Größe. Dann erschienen die verlangten Gerichte, eins nach dem anderen, bis der gesamte Tisch vollstand mit dampfenden Schüsseln und perfekt arrangierten Servierplatten.

Mit zittrigen Knien trat sie vor und klammerte sich an der Tischkante fest. Dann schloss sie die Augen und atmete tief ein, und höchstes Entzücken erstrahlte auf ihren lieblichen Zügen. „Ich weiß nicht, wo ich anfangen soll", gestand sie.

„Beginn an einem Ende und arbeite dich bis zur anderen Seite durch."

Sie leckte sich die Lippen. „Hast du Hunger? Willst du auch was? Dann muss ich noch mehr bestellen."

Mehr? „Nein, danke. Ich werde morgen früh essen." Vor der Schlacht aß er nie, und seinen Auftrag hatte er noch nicht ganz abgeschlossen. Aber wie gern hätte er ihr beim Essen zugesehen. Ihre Freude beobachtet, ihre Leidenschaft … *Was machst du hier eigentlich?* „Niemand wird dich stören."

Sie gab keine Antwort, sondern griff nach dem Vanilleeis.

Hektisch wandte er sich auf der Stelle um und flüchtete sich vor ihr in den Nebel. Als er zurücksah, verdeckte dieser Nebel sie – doch so substanzlos er auch erschien, er würde sie in diesem Raum halten.

Mit ausgestreckter Hand befahl er dem Durchgang, sich zu verschließen. Nur er würde ihn wieder öffnen können. Nur er würde eintreten können – oder den Raum verlassen. Außerdem würde Annabelle nichts hören, was außerhalb ihres Zimmers geschah.

Nachdem das erledigt war, marschierte er den Flur hinunter, während der Boden sich erst unter seinen Füßen verfestigte. Vorbei an seinem Schlafzimmer, seiner Zuflucht, und hinein in die Verhörzelle, wo die fünf Krieger seiner Armee auf ihn warteten, denen er am meisten vertraute. Wobei „Vertrauen" natürlich ein relativer Begriff war.

Thane, Björn und Xerxes standen wie immer zusammen und etwas abseits von den anderen. Anders als die meisten Engel war Xerxes nicht mit körperlicher Perfektion gesegnet. Er hatte langes weißes Haar, das er sich mit einem juwelenbesetzten Reifen aus dem Gesicht hielt. Seine Haut war farblos, als hätte sich gleich unter der Oberfläche der Tod eingenistet, und übersät von kleinen, in Dreiergruppen angeordneten Narben. Drei Linien,

Lücke, drei Linien, Lücke, drei Linien. Aus roten Augen beobachtete er die Welt mit einer Intelligenz – und einem Zorn –, der nur wenige ebenbürtig waren.

In diesem Augenblick starrten diese dämonenhaften Augen hasserfüllt die Lakaiin an, die sich mit Wolkenbändern gefesselt vor ihm wand. Wie Efeu rankte sich der Dunst um ihre knorrigen Hand- und Fußgelenke. Efeu, der unzerstörbarer war als Eisen und sie ohne Hoffnung auf Entkommen an Ort und Stelle hielt.

Neben ihr stand der ebenfalls gefesselte gefallene Engel, den Zacharel schon vor Monaten hergebracht hatte. Der Mann wollte sich einfach nicht benehmen und machte der neuen Königin der Titanen nichts als Ärger. Da Zacharel befohlen worden war, sich gut mit ihr zu stellen, hatte er den Gefallenen eingesperrt.

Zacharels Aufmerksamkeit wanderte zu den anderen Engeln. In der hintersten Ecke war Koldo damit beschäftigt, sein Krummschwert zu reinigen, augenscheinlich vollkommen weltvergessen. Er hatte kupferbraune Haut und schwarze Augen, die so unermesslich tief schienen wie ein Abgrund der Verzweiflung. Sein Haar fiel ihm in zahllosen Zöpfen über den Rücken und war genauso schwarz wie sein Vollbart.

Als er noch ein Kind gewesen war, hatten ihm Dämonen die Flügel ausgerissen. In diesem jungen Alter waren seine Selbstheilungskräfte noch nicht weit genug ausgebildet gewesen, weshalb seine Flügel nicht wieder nachgewachsen waren – und es auch niemals tun würden. Stattdessen waren seine Schultern, sein Rücken und die Rückseiten seiner Beine überzogen mit blutrot tätowierten Federn. Ein Abbild der Flügel, die ihm mit jeder Faser seines Seins fehlen mussten, obwohl er sich nie darüber beschwerte. Koldo war ein Mann weniger Worte, und wenn er sich äußerte, dann mit tiefer, rauer Stimme und auf eine Art, dass es einen bis ins Mark fröstelte.

Direkt vor dem Dämon ging Jamila ruhelos auf und ab. Mit ihrer dunklen Haut, den langen schwarzen Korkenzieherlocken, die sich über ihren Rücken ergossen, und den honigfarbenen Augen war sie eine der allerersten Glücksbotinnen gewesen. Zur Kriegerin war sie aufgestiegen, nachdem sie ganz allein in die

Hölle gegangen war, um einen der unter ihrem Schutz stehenden Menschen zu retten.

Wochen waren vergangen, bevor sie zurückgekehrt war, und auch wenn sie die Seele des Menschen gerettet hatte, war sie selbst nicht unversehrt davongekommen. Etwas dort unten hatte sie verändert. Früher hatte sie viel und gern gelacht und war unbekümmert durchs Leben geflattert. Jetzt nicht mehr. Niemand blickte öfter über die eigene Schulter als Jamila. Als rechnete sie hinter jeder Ecke mit dem Bösen.

Bis zur heutigen Schlacht hatte Zacharel jedoch nicht verstanden, warum sie ihm übergeben worden war. Offensichtlich hatte sie ein Problem damit, Befehle zu befolgen ... ganz zu schweigen davon, dass Menschenleben für sie nicht länger von Wert waren.

Sie würde bestraft werden müssen. Wahrscheinlich würde sie weinen.

Ich hätte Axel als fünften auswählen sollen. Der Mann war respektlos, lachte über alles und jeden, schien besessen davon, möglichst viel Schaden anzurichten – aber wenn Zacharel eine Strafe über ihn verhängte, würde er nicht eine Träne vergießen.

Xerxes bemerkte ihn als Erster und richtete sich auf. Die anderen taten es ihm nach.

„Das Menschenmädchen", sagte Thane. „Ich würde gern zurückgehen und sie holen."

Er dachte also immer noch an sie, ja? „Nicht nötig. Sie ist hier bei mir", antwortete er mit einer unerwarteten Schärfe. „Du darfst mir erzählen, was du über sie herausgefunden hast, wenn wir mit dem Dämonen fertig sind."

In Thanes Augen trat ein befriedigendes Glänzen, was Zacharel noch mehr verärgerte als alles andere, was heute geschehen war. „Noch habe ich nichts herausgefunden. Dafür war keine Zeit."

Ein weiterer nicht befolgter Befehl. „Du wirst dir die Zeit nehmen, wenn du nachher gehst."

Etwas in seinem Ton musste selbst bis zu Thane durchgedrungen sein. Statt eine seiner üblichen respektlosen Erwiderungen loszulassen, nickte er. „Das werde ich."

„Über welches Menschenmädchen reden wir?", fragte Jamila.

Zacharel wischte die Frage mit einer Handbewegung fort. „Der einzige Mensch, der für dich eine Rolle spielen sollte, ist der, den du während der Schlacht getötet hast."

„Na und? Dann hab ich eben einen getötet. Und wenn schon", murrte sie, und er hörte das unausgesprochene *Genau wie du. Genau wie die anderen.*

Er sah sie aus zusammengekniffenen Augen an. „Wie oft habe ich euch in den letzten drei Monaten gesagt, dass ihr keinen Dämonen töten sollt, wenn ihr dadurch einen Menschen verletzt?" Er hätte sie beiseitenehmen können, sie unter vier Augen rügen, aber sie hatte ihre Sünde vor den Augen von anderen begangen. Jetzt würde sie vor den Augen von anderen die Konsequenzen tragen.

Röte stieg ihr in die Wangen. Kurz blickte sie zu ihren Kameraden, dann konzentrierte sie sich wieder auf Zacharel. „Ein Monat hat ungefähr dreißig Tage, und du hast es mindestens einmal am Tag gesagt. Ich würde mal schätzen, um die neunzigmal insgesamt."

Das war keine Übertreibung. „Und trotzdem hast du es getan."

Voller Hochmut und Trotz hob sie das Kinn. Im Schatten ihrer Wimpern wirkten ihre Augen fast schwarz. „Ganz genau. Er hat mich durch den Menschen verspottet."

Zu viele Frauen hatten heute schon ihm gegenüber das Kinn gereckt. Eine war eigentlich schon mehr als genug. Annabelle hatte er es durchgehen lassen, weil sie ein Mensch war und es nicht besser wusste. Sie hatte keine andere Möglichkeit gehabt, ihrem Missfallen Ausdruck zu verleihen. Außerdem war er seltsam … bezaubert von ihr gewesen. Was hier nicht der Fall war.

„Ein guter Soldat weiß die Beleidigungen zu ignorieren, die ihm entgegengeschleudert werden. Deine Auflehnung hat mir eine weitere Auspeitschung beschert. Nicht dir. *Mir.*" Und vielleicht war das das Problem. Jamila hatte keine Angst vor Strafe. Das hatte keiner von ihnen.

„Es tut mir leid", presste sie hervor.

Exakt dasselbe, was er zu seiner Gottheit gesagt hatte – allerdings mit Sicherheit nicht in so aufmüpfigem Ton. „Dir tut nicht deine Tat leid, sondern dass du mein Missfallen erregt hast." Sobald die Worte aus seinem Mund waren, runzelte er die Stirn.

Lachte seine Gottheit ihn in diesem Moment aus? Denn genau diese Worte hatte sie einst zu Zacharel gesagt.

Was für eine seltsame Wendung. Vom Rebellen war Zacharel zum vorbildlichen Soldaten geworden, nur um weiter die Wesen bekämpfen zu können, die für die Folter seines Bruders verantwortlich waren. Tja, seine Krieger würden schon noch herausfinden, dass er weit Schlimmeres mit ihnen anstellen würde, als seine Gottheit es mit ihm getan hatte.

Störrisch presste Jamila die Lippen zusammen und weigerte sich zu antworten.

„Wenn das noch mal passiert, Jamila, werde ich dich dafür büßen lassen, wie du es dir nicht einmal vorstellen kannst. Welche Strafe auch immer mir auferlegt wird, ich werde sie hundertfach an dich weitergeben." Vielleicht auch schon nach dieser nächsten Auspeitschung. Doch fürs Erste musste ein Exempel statuiert werden. „Du wirst jedes Mitglied meiner Armee aufsuchen und dich für dein Handeln entschuldigen. Noch heute Nacht. Du wirst sie um Verzeihung bitten – denn du bist der Grund, dass sie den morgigen Vormittag in menschlicher Gestalt verbringen werden" – die Flügel verborgen vor den Augen der Sterblichen – „um jede Straße und jedes Gässchen in Moffat County, Colorado, zu säubern." Den Ort des Verbrechens.

Demütigend für sie, ein Grund zur Wut für die anderen Krieger. Alle würden daraus lernen.

Sie beugte den Kopf, aber sie weinte nicht.

Gut. „Jeder, der sich diesem Befehl widersetzt, wird in meiner Wolke gefangen gehalten – bis zum Ablauf unseres gemeinsamen Jahres. Ich werde eure Respektlosigkeit nicht länger dulden." Er sah jedem der Krieger in die Augen.

Alle erwiderten seinen Blick mit einem zögerlichen Nicken. Zögerlich, ja, aber ein Nicken war ein Nicken.

„Und jetzt lasst uns nicht weiter über dieses Thema reden", befahl Zacharel.

Xerxes wies mit einem Daumen auf den Gefallenen. „Wer ist der, und warum ist er hier?" Er hielt inne. „Falls ich fragen darf", fügte er dann hinzu.

Der Themenwechsel war Zacharel willkommen. „Sein Name ist McCadden, und von nun an bist du für ihn verantwortlich." McCadden hatte Verbrechen sowohl gegen seine Brüder und Schwestern als auch gegen Menschen begangen, um bei einer Frau sein zu können, die ihn nicht einmal gewollt hatte.

Warum McCadden als des Himmels nicht würdig befunden, seiner Flügel beraubt und auf die Erde verbannt worden war, während Zacharel und die anderen fünf noch hier waren, überstieg Zacharels Horizont. Äußerlich unterschied McCadden sich in nichts von Zacharels anderen Männern. Das helle Haar hatte er sich pink gefärbt. Unter den Augen hatte er blutige Tränen tätowiert, in den Brauen trug er silberne Piercings. Unter der Oberfläche musste abgrundtiefe Schwärze in ihm lauern.

„Wenn wir hier fertig sind, wirst du ihn aus meiner Wolke mitnehmen und bei dir einsperren", befahl Zacharel. Er wollte den ehemaligen Engel nicht am selben Ort wissen wie Annabelle. „Von heute an werde nicht ich für etwaige Verbrechen einstehen, die er unter deiner Aufsicht begeht. Sondern du."

Xerxes knirschte mit den Zähnen, beschwerte sich jedoch nicht.

Von Thane ertönte ein schadenfrohes Kichern, und Björn rammte Xerxes die Fingerknöchel in den Oberarm. „Du Glückspilz."

„Nun zu der gefangenen Dämonin", fuhr Zacharel fort.

Vorfreude strahlte von jedem der Engel aus, ihn eingeschlossen. Wie ein Mann wandten sie sich alle sechs dem betreffenden Wesen zu. Sie wand sich in ihren Fesseln, doch der Dunst zog sich über ihre Stirn, füllte ihren Mund, blockierte ihre Bewegungen, knebelte sie. Auch in ihren Ohren waberte der Nebel und machte sie taub für die Stimmen der Engel.

Sie war eine Lakaiin von *Krankheit*. Ihre Haut war faltig, dünn wie Papier und übersät von Geschwüren. An ihrem skelettartigen Körper fehlte jede Spur von Muskeln oder Fettgewebe. Die paar

Zähne, die sie noch hatte, waren gelb, so faulig wie ihre Haut und gebogen wie scharfe Klauen.

„Lass sie uns hören", befahl Zacharel der Wolke. Die Ohrstöpsel verflüchtigten sich. „Gestatte ihr, zu sprechen." Und genauso schnell wurde der Nebel über ihrem Mund dünner und verschwand.

Augenblicklich stieß sie fauchend einen entsetzlichen Fluch aus.

„Falls dir nicht klar sein sollte, wie das hier abläuft", begann Zacharel und ignorierte ihre Beleidigung als das hilflose Um-sich-Schlagen, das es war, „werde ich es dir erklären."

„Nicht Zzzacharel", stöhnte sie. „Jeder, nur nicht Zzzacharel." Fäulnisgestank stieg von ihrer Haut auf, ein Zeichen ihrer plötzlichen Furcht.

Für seine Schwäche, seine Feinde zu foltern, war er wohlbekannt. „Du wirst heute sterben, Lakai. Dieses Endergebnis steht fest. Das Einzige, worauf du Einfluss hast, ist die Art deiner Hinrichtung." Dämonen, das wusste er, waren dem Klang der Wahrheit in seiner Stimme weit mehr ausgeliefert als Menschen. Diese hier zuckte nach jedem seiner Sätze zusammen. „Ich habe Fragen an dich, und du wirst jede einzelne davon ehrlich beantworten."

„Du weißt, dass wir deine Lügen schmecken würden", schaltete sich Thane ein.

„Schmecken und bestrafen", fügte Björn hinzu.

„Warum bist du heute Nacht außerhalb der Einrichtung für geistesgestörte Straftäter des Moffat County geblieben?" Details waren mehr als wichtig; sie waren essenziell. Ohne genaue Angaben konnte ein Dämon alles in eine Frage hineininterpretieren, was ihm gerade einfiel, und sie entsprechend beantworten.

Ihre Mundwinkel zuckten nach oben. „Ausss demssselben Grund wie die anderen Dämonen, ich ssschwöre esss."

Die Wahrheit, aber ohne ausreichenden Hintergrund, um hilfreich zu sein. Süß.

„Aus welchem Grund sind die anderen Dämonen außerhalb der Einrichtung für geistesgestörte Straftäter des Moffat County geblieben?", bohrte er nach. „Du wirst keine weitere Gelegenheit bekommen, diese Frage zu beantworten."

„Nur zzzu gern beantworte ich dasss. Sssie sssind ausss demsssselben Grund drausssen geblieben wie ich. Dasss issst die Wahrheit, darauf hasssst du mein Wort."

Zacharel griff in eine Luftfalte und holte ein Fläschchen hervor. Seinen letzten Vorrat an Wasser aus dem Fluss des Lebens. Um auch nur einen Fuß ans Ufer des Flusses zu setzen, verborgen in dem Tempel, den der Höchste ihrer Gottheit erschaffen hatte, musste ein Engel der Gottheit die Haut von seinem Rücken opfern – wortwörtlich. Und um einen einzigen Tropfen der kostbaren lebensrettenden Flüssigkeit zu erhalten? Dafür musste dieser Engel noch wesentlich mehr opfern.

Ihm blieben nur noch ein paar Tropfen, aber einen Dämon zu foltern, war den Verlust in seinen Augen wert.

„Deine Wahrheit befriedigt nicht meine Neugier, deshalb werde ich meine Befriedigung auf einem anderen Weg finden müssen. Du wirst von jedem von uns bestraft werden, wie angekündigt." Auf sein Nicken hin wussten seine Soldaten, was er von ihnen wollte. Sie mochten erst seit einer kurzen Zeit zusammenarbeiten, aber in diesem Moment wollten sie alle dasselbe.

Koldo trat hinter die Dämonin, drückte ihren Kopf an seine mächtige Brust und presste die kräftigen Finger auf ihre Stirn. Xerxes und Thane holten metallene Dolche aus der Luft hervor und rammten sie der Lakaiin gleichzeitig in den Bauch. Als ihr schwarzes Blut aus den Wunden quoll, stieß sie einen unheiligen Schmerzensschrei aus. Die Wunden waren nicht tödlich, aber sie würden ihr Qualen bereiten und sie schwächen.

Während Menschen unter allen Umständen zu schützen waren, wurde Dämonen diese Höflichkeit niemals erwiesen.

Björn und Jamila traten an die Stelle von Xerxes und Thane und bauten sich vor der Dämonin auf. Nachdem Björn ihr den Mund aufgezwungen hatte, zog Jamila ein dünnes Skalpell hervor, um alle verbleibenden Zähne der Dämonin zu entfernen.

Als die fünf mit ihr fertig waren, konnte die Lakaiin nur noch um Gnade winseln. Gnade, die sie ihren eigenen Opfern gegenüber nie hatte walten lassen. Gnade, die Zacharel nicht besaß. Die Lakaien von *Krankheit* infizierten absichtlich menschliche Körper und Seelen, um sich dann von ihrer wachsenden Zerbrechlichkeit und Verzweiflung, ihrem Schmerz und ihrer Panik zu nähren. Und sie genossen jeden Augenblick davon.

Zacharel war der Nächste, der sich vor sie stellte. „Ich habe dich gewarnt", erinnerte er sie.

„Ich hab nicht gelogen, hab nur die Wahrheit gesssagt", nuschelte die Dämonin.

„Du hast mit der Wahrheit gespielt. Mit mir."

Da wurde sie plötzlich still, und wieder erschien ein unheimliches Lächeln auf ihrer Visage. „Und du magssst esss nicht, wenn man mit dir ssspielt, Engel? Dasss bezzzweifle ich. Du ssstinksssst in diesssem Augenblick nach Menssschenweib. Hassst du mit ihr gessspielt?" Dank Jamilas notdürftiger Wurzelbehandlung kamen die Worte blubbernd hervor, doch Zacharel war durchaus in der Lage, ihre Bedeutung zu entschlüsseln.

Er sah Thane an und machte eine Geste.

Wieder rammte der Krieger seinen Dolch in ihre Magengrube – und diesmal ließ er ihn dort.

Als ihr Schrei verstummt war, brachte sie japsend hervor: „Okay, okay. Du ssspielsssst nicht gern. Vielleicht kann ich deine Meinung ändern. Gib mir fünf Minuten, und ich werde Ssachen mit deinem Körper ansssstellen … Ssachen, von denen du noch jahrelang träumen wirssst."

Während sie sprach, kippte er das Fläschchen, das er hielt, und ließ einen einzigen Tropfen auf seine Fingerspitze fallen. „Tja, aber in fünf Minuten wirst du Dringenderes zu tun haben, glaube ich. Denn es ist an der Zeit, dass auch meine Strafe dich trifft." Ohne ein weiteres Wort packte er sie, steckte ihr den Finger ins Maul und zwang den Tropfen ihre Kehle hinunter.

Der schrille, brechende Schrei, der darauf folgte, ließ alles Vorhergehende lächerlich erscheinen. Als das Wasser ihren Körper durchströmte, griff es die Krankheit an, die darin hauste, und verbreitete Gesundheit und Lebenskraft. Die Dämonin bäumte sich auf, während der faulige Gestank verschwand. Ihre Zuckungen in Koldos unbarmherzigem Griff waren so heftig, dass sie sich mehrere Knochen ausrenkte und brach.

Als sie schließlich wieder still wurde, rannen Tränen über ihre pockennarbigen Wangen. Ruhig sagte Zacharel: „Ich habe beschlossen, dass ich mich heute wohlwollend fühle. Deshalb werde ich dir eine letzte Chance geben. Warum bist du heute Nacht außerhalb der Einrichtung geblieben?"

Ein winziges Zögern, dann gestand sie schwach: „War ... noch nicht ... dran." Schmerzhaftes Keuchen unterbrach ihre Worte.

„Wer hat das bestimmt?"

Eine längere Pause, während sie abwog, was Zacharel ihr noch antun könnte. Letzten Endes beschloss sie, dass ein Ausweichmanöver die Qualen nicht wert war. *„Bürde."*

Bürde. Ein Dämon, der einst Vizebefehlshaber unter *Gier* gewesen war, weithin bekannt als einer der grausameren Krieger der Hölle. Momentan war er herrenlos. War er es, der Annabelle gezeichnet hatte? „Und wo ist *Bürde* jetzt?"

„Weisss ich ... nicht."

In ihrer Antwort war keine Lüge zu entdecken. „Wie hat *Bürde* dich kontaktiert?"

„Krankheit war zzzu ... bessschäftigt ... mit den Mensssschen. Irgendwem ... mussste ich mich ansssschliesssen. *Bürde* war ... der Ssstärkssste unter meinen Optionen."

„Wie lauteten seine Befehle?"

„Wasss glaubssst ... du denn?"

Ein Nicken zu Thane.

Thane drehte den Dolch herum.

Bei dem frisch aufflammenden Schmerz grunzte die Dämonin. „Wir sssollten ... Ssspasss ... mit einer ... Mensssschenfrau haben. Mit der ... nach der ... dein Gewand jetzzzt riecht."

„Warum?"

„Ich hab ... nicht gefragt. Esss war ... mir egal."

Wahrheit. „Du hast dir deinen Tod verdient, Lakai. Sie gehört euch", sagte er zu seinen Soldaten.

Thane zog den Dolch heraus, Koldo wich zurück und die Dämonin sackte in ihren Fesseln zusammen. Eine Sekunde später erschienen fünf Feuerschwerter und im nächsten Augenblick war die Lakaiin ohne Kopf und Gliedmaßen. Dämonen liebten das Feuer, ja, und konnten in den Flammen bestehen. Doch die Feuer der Hölle waren Feuer der Verdammnis. Die Schwerter der Engel dagegen bestanden aus dem Feuer der Gerechtigkeit, und dagegen konnten die Dämonen *nicht* bestehen.

Seine Krieger hielten die Schwertspitzen an jedes Stück der Lakaiin, bis Fleisch und Knochen in Flammen aufgingen, zu Asche verbrannten und von einem plötzlichen Windstoß davongewirbelt wurden.

Zacharel hatte seine Antworten. Die nächste Frage war, was er damit anfangen sollte.

5. KAPITEL

So viel zur Freude am Umgebungswechsel, dachte Annabelle.

Na ja, das war nicht ganz richtig. Es hatte sie gefreut. Zu Beginn.

Nachdem sie alle ihre Lieblingsspeisen verschlungen hatte, bis sie kurz vorm Platzen stand, hatte sie geduscht. Sie fühlte sich so sauber wie seit vier Jahren nicht. Hätte sie sich doch nur sauberer als je zuvor gefühlt, aber nein. Unter ihrer Haut, in ihrem Blut, lag ein Schmutzfilm, den sie einfach nicht abwaschen konnte.

Uäh, uäh, was soll's. Hier wird nicht geweint. Nicht jetzt. Sie zog das Tanktop und die weiche Hose aus fließendem Stoff an, die sie von der Wolke verlangt hatte. Dann stand sie da. Stand einfach nur da, während die Erschöpfung sie vollkommen überrollte. Sie bat die Wolke – die Wolke! – um ein Bett. Im selben Augenblick materialisierte sich eine Monstrosität in Übergröße mit seidener Bettwäsche, und dankbar kroch sie unter die Decke. Doch ... schlafen konnte sie nicht. Vielleicht, weil sie zu große Angst davor hatte, schutzlos zu sein, sich zu sehr vor Albträumen fürchtete – vielleicht aber auch, weil sie nicht aufhören konnte, an Zacharel zu denken. So oder so, sie wälzte sich die ganze Nacht hin und her.

Wohin war er gegangen? Mit wem war er zusammen? Was machte er gerade?

Warum spielte das für sie eine Rolle?

Als der Morgen dämmerte, machten sich leise Gliederschmerzen und kurze Krämpfe bemerkbar, und sie vergaß ihre Neugier. Bald darauf setzten Schweißausbrüche und Schüttelfrost ein. So viele Jahre lang war sie kontinuierlich unter Drogen gesetzt worden und jetzt ein kalter Entzug ... vermutlich nicht die beste Idee. Sie hätte die Wolke um ein Betäubungsmittel bitten können, aber der bloße Gedanke widerstrebte ihr. Niemals würde sie sich selbst antun, was die Ärzte mit ihr gemacht hatten.

Am zweiten Tag übergab sie sich wieder und wieder, bis nichts mehr in ihrem Magen war außer – so fühlte es sich zumindest an – Glasscherben und rostigen Nägeln. Und vielleicht eine wilde Büffelherde.

Tag drei brachte wieder Schüttelfrost und Schweißausbrüche, und sie war so schwach, dass sie kaum den Kopf heben oder auch nur die Augen öffnen konnte.

Irgendwann durchbrach der Schlaf jeden Widerstand, und sie glitt ins Reich der Träume. Ihre Eltern umarmten und küssten sie, sagten ihr, wie sehr sie sie liebten. Ihr großer Bruder Brax verpasste ihr Kopfnüsse. Sie vermisste ihn so sehr. Seit ihrer Einweisung hatte er unmissverständlich klargemacht, wie sehr er sie hasste.

Früher einmal hatte er jeden Jungen bedroht, der mit ihr ausgehen wollte. Jeden Morgen hatte er sie angelächelt, während er für sie Frühstück machte, weil ihre Eltern schon zur Arbeit gefahren waren. Auf der Fahrt zur Schule hatte er ihr immer eingebläut, noch fleißiger zu lernen und ihre Noten zu halten, damit sie auf ein gutes College gehen und sich die beste Zukunft ermöglichen könnte, die sie sich erträumte.

Das war jetzt nicht mehr möglich. Der Mann, der Brax geworden war, schenkte Annabelles Erinnerung an jenen schrecklichen Morgen keinen Glauben. Er vertraute ihr nicht, und ganz bestimmt liebte er sie nicht. Er wünschte ihr nicht mehr das Beste von allem.

Das Beste? Was war für jemanden wie sie das Beste? Trotz der Euphorie, die sie während ihrer Flucht aus der Anstalt verspürt hatte, trotz ihrer Sehnsucht nach einem Leben für sich allein, glücklich und zufrieden – die traurige Wahrheit war, dass ihre einzig mögliche Zukunft jetzt aus der Flucht vor dem Gesetz bestand.

Der Traum veränderte sich, Brax und ihre Eltern wurden in den Hintergrund gedrängt. An ihre Stelle traten die Dämonen, mit denen sie über die Jahre gekämpft hatte. Blutlachen auf dem Boden, die niemand sehen konnte und in denen ihre Füße wieder und wieder ausglitten, während sie um Hilfe schrie – die sie niemals bekam.

Doch zum Glück veränderte sich auch dieser Traum. Jetzt

lag sie neben Zacharel, der ihr mit seinen kalten Händen sanft das Haar aus der Stirn strich, während er irgendetwas über lästige Menschen vor sich hinmurmelte. Er stopfte ihr süße, saftige Früchte in den Mund, und irgendwie fand sie die Kraft, ihm eine Ohrfeige zu verpassen, weil er dabei so ein hartnäckiges Arschloch war.

Am vierten Tag wandelte sich alles. Ihr Schlaf wurde ruhiger, ihr Geist ließ sich fallen. Dem Himmel sei Dank ließen auch endlich die Schweißausbrüche und der Schüttelfrost nach, und langsam kehrte etwas Kraft in ihre Glieder zurück. Sie streckte sich und kämpfte sich in eine sitzende Position hoch, während am Rand ihres Bewusstseins immer noch der Schwindel lauerte, bereit, sie jede Sekunde zurück in den Abgrund zu zerren.

Erschöpft blickte sie sich um – sie war immer noch in der Wolke – und sah dann an sich hinunter. Sie trug ein weißes Gewand, weich wie Kaschmir, und war von Kopf bis Fuß blitzblank geschrubbt, trotz der langen Zeit, die seit der Dusche vergangen war. Wer hatte sie umgezogen? Und sie gebadet?

Zacharel?

Hitze stieg ihr in die Wangen. Oh ja, Zacharel. Der Teil war kein Traum gewesen, sondern schlichte Realität.

Wie … nett von ihm.

Zacharel wirkte nicht wie der Typ Mann, den das Unbehagen anderer kümmerte, vor allem, wenn das Auswirkungen auf sein eigenes Wohlbefinden hatte. Doch er hatte ein paar Ohrfeigen von einer weggedröhnten Tussi riskiert, nur um sicherzustellen, dass sie etwas aß.

Der Arme. Wahrscheinlich bereute er mittlerweile, dass er sie befreit hatte.

Sie warf die Beine über die Bettkante und erhob sich – schwankend. Es war Zeit, Zacharel aufzutreiben, sich bei ihm zu bedanken und ihren nächsten Schritt zu überlegen.

„Anstrengender Mensch", murrte Zacharel, während er in der Mitte seiner Wolke auf und ab marschierte. Noch nie hatte er für einen kranken Menschen gesorgt – nicht einmal für einen kranken Engel. Offensichtlich. Unter seiner Betreuung war es Annabelle immer schlechter gegangen.

Und sie hatte ihn geohrfeigt! Mehrfach! Nicht einmal seine Gottheit hatte so etwas je gewagt. Auspeitschen, ja. Er erholte sich noch immer von der letzten Runde mit dem Lederriemen. Aber eine Ohrfeige? Niemals. Nicht weil die kraftlosen Klapse wehgetan hätten. Es ging ums Prinzip. Er hatte sich die Zeit genommen, sich um sie zu kümmern, wertvolle Zeit, die er seiner neuen Armee und ihren zahlreichen Missionen widmen sollte, und sie konnte sich nicht einmal bedanken?

„Typisch Sterbliche", grollte er jetzt. Seine Wut auf sie war nicht aus Sorge entstanden, da war er sich sicher. Absolut sicher. Abwesend rieb er sich mit dem Handballen über die Brust und versuchte schmatzend, den sauren Geschmack in seinem Mund zu vertreiben.

Zwar konnte er keine Lügen aussprechen, aber in seinem Kopf konnte er lügen, so viel er wollte.

Annabelle würde es überleben oder sie würde sterben. Und Zacharel würde sich darüber nicht länger den Kopf zerbrechen. Würde er *nicht*.

Er verzog das Gesicht, als der saure Geschmack stärker wurde. Genug! Er würde tun, was jeder andere Mann in seiner Situation täte. Er würde eine andere Frau rufen, damit diese übernahm. Jamila. Jamila würde für Annabelles Sicherheit sorgen.

„Teil Jamila mit, dass ich ihre Anwesenheit verlange", befahl er der Wolke.

Wie lange würde sie brauchen, um herzufliegen? Es würde weniger als eine Minute dauern, ihr Annabelle aufzuladen und die beiden aus seiner Wolke zu schmeißen. Er hatte es satt, über Annabelle nachzudenken, sich zu fragen, wie schlimm ihre Schmerzen waren und ob sie überleben würde, worunter auch immer sie litt. Hatte es satt, ständig in die Luftfalte zu greifen, in der er sein Fläschchen Wasser des Lebens aufbewahrte, nur um sich gerade noch zurückzuhalten, bevor er es herausholte. Schon der bloße Gedanke, ihr den verbleibenden Tropfen zu geben, war grotesk.

„Noch mehr Drohungen?", fragte Jamila, sobald sie in seiner Wolke gelandet war.

Seiner Gottheit sei Dank. Er wirbelte herum und sah sie an. „Du bist zu spät."

In ihren goldenen Augen glitzerte … Zorn? Das konnte nicht sein. Eine gewisse Hitze war zu erkennen, aber nichts Wütendes. Dunkle Locken ruhten auf ihren Schultern, ergossen sich über ihre glatten Arme. Das Gewand tanzte ihr um die Füße. „Wie kann ich denn zu spät sein? Du hast mir keinen Zeitrahmen genannt. Davon abgesehen habe ich nicht unbedingt einen Drang verspürt, meiner nächsten Standpauke entgegenzueilen."

„Ich habe nicht die Absicht, dich weiter zu tadeln. Du hast in der Schlacht meine Befehle missachtet, und ich habe eine Strafe dafür über dich verhängt. Dieses Thema ist abgeschlossen."

Sie wickelte eine Locke um ihren Finger. „Warum bin ich dann hier?"

„Du bist eine Frau."

Einer ihrer Mundwinkel zuckte. „Schön, dass es dir auffällt."

„Ich will, dass du … ich brauche deine …" Er schürzte die Lippen, presste die Zunge an den Gaumen. Wieder versuchte er, zu sprechen. Und versagte. Die Worte weigerten sich, seinen Mund zu verlassen.

Wenn er Annabelle in Jamilas Hände übergab, würde er sie nicht mehr sehen können, ohne um eine Einladung in das Zuhause des Engels zu bitten. Würde niemals erfahren, was aus ihr geworden war. Und Jamila war so impulsiv, so geblendet von ihren Emotionen, von ihnen geleitet, von ihnen kontrolliert. Was, wenn Annabelle sie erzürnte? Annabelle hatte ganz schön Temperament, und nicht immer dachte sie über das nach, was sie sagte. Wie würde Jamila auf einen Rüffel von einem unbedeutenden Menschenweib reagieren? Nicht sehr gut, so viel wusste er.

Ich kann Annabelle nicht an sie übergeben.

Eine seltsame Erleichterung überkam ihn, nahm eine drückende Last von seinen Schultern und erstrahlte in seinem Herzen. Nein, keine Erleichterung. Das konnte nicht sein. Diese

Wendung ärgerte ihn natürlich. Er stand wieder am Anfang, genau da, wo er nicht sein wollte.

Erwartungsvoll starrte der goldäugige Engel ihn an.

„Was brauchen Frauen?", fragte er und weigerte sich, seine Meinung noch einmal zu ändern. Annabelle würde bleiben, Ende der Diskussion.

Jamila trat von einem Fuß auf den anderen und ihr Gewand raschelte. „Brauchen? Wozu?"

„Um ihre Bedürfnisse zu befriedigen."

Ihre Augen weiteten sich, die Pupillen wurden riesig und verschluckten all das Gold. Ein blumiges Rosa erschien auf ihren Wangen, ihre Lippen wurden weich, teilten sich. „Ich hatte ja keine Ahnung, dass du angefangen hast, Begehren zu empfinden, Zacharel. Du hättest schon früher etwas sagen sollen. Ich hätte dir versichern können, dass ich nur deine Mitarbeit brauche."

Während er noch versuchte, ihre Worte zu verarbeiten, trat sie an ihn heran, schlang ihm die Arme um den Hals und stellte sich auf die Zehenspitzen. Dann drückte sie den Mund auf seinen und drängte ihre Zunge zwischen seine Zähne.

O-kay. Der ultrakalte Zacharel war also doch zu Gefühlen fähig. Begierde. Aber deswegen war er nicht weniger ein Arschloch.

Sie hatte wissen wollen, wo er war. Nicht, weil der Mann ihr etwas bedeutete – das tat er nicht –, sondern, weil er etwas mit der Wolke gemacht hatte, das sie daran hinderte, ihr Zimmer zu verlassen. Erbost hatte sie von der Wolke verlangt, ihr zu zeigen, wo er war und was er tat, und sie – es? er? – hatte gehorcht.

Ein aus Luft bestehender Monitor hatte sich vor ihr materialisiert. Die Fäuste geballt, die Augen zusammengekniffen, hatte sie zugesehen, wie eine Sexbombe mit dunklen Locken sich so eng an Zacharel schmiegte, dass ihre Körper beinahe miteinander verschmolzen, um ihm dann einen wollüstigen Kuss zu geben. Ihre wachsende Wut hatte nichts mit Eifersucht zu tun, sondern mit ihrer Situation. Sie war gefangen, während er herummachte.

Jetzt riss Zacharel sich von dem Mädchen los und knurrte: „Was machst du da?"

Erneut überbrückte die Sexbombe die Distanz und versuchte, den Mund wieder auf seinen zu drücken. „Ich küsse dich. Jetzt erwidere meinen Kuss!"

„Nein." Mit finsterem Blick schob er sie auf Armeslänge von sich, und diesmal hielt er sie dort fest. Die Flügel hatte er angezogen, aber nach hinten gereckt, weg von der Frau. Schneeflocken rieselten von den Spitzen, winzige Kristalle, die sich am Boden in kleinen Häufchen sammelten. „*Warum* küsst du mich?"

Und die sinnliche Selbstsicherheit des Mädchens starb einen langsamen, qualvollen Tod. „Weil du mich so sehnsüchtig begehrst, wie ich dich die letzten Monate über begehrt habe?" Eine Frage, die eigentlich als Aussage gemeint gewesen sein musste.

„Ich begehre dich nicht, Jamila."

Autsch. In seinem Ton lag eine so brutale Ehrlichkeit, dass selbst Annabelle zusammenzuckte.

„Aber du hast gesagt …" Jamila geriet ins Stammeln. „Ich dachte …"

Oh, Süße. Dreh dich um und verschwinde, bevor er dir noch mehr antut, als bloß deinen Stolz mit Füßen zu treten, dachte Annabelle. Einen Moment lang überstieg ihr Mitgefühl für das Mädchen sogar ihren Zorn auf Zacharel.

„Ich habe nichts gesagt, aufgrund dessen du glauben könntest, ich würde dich begehren", setzte er mit derselben Kälte an, die immer in seinen Worten lag. „Du hast voreilige Schlüsse gezogen. Deshalb werde ich es dir jetzt klar und deutlich sagen. Ich will dich nicht. Ich habe dich nie gewollt, und ich werde dich niemals wollen."

Okay, wieder falsch gelegen. Der Mann hatte keine Gefühle.

Ein Schluchzen kam über die Lippen der Frau, und sie machte auf dem Absatz kehrt. Mit einem plötzlichen Rauschen breitete sie die Flügel aus. In ihren Federn war weit weniger Gold als bei Zacharel, und trotzdem waren sie bezaubernd. Jamila schoss in die Höhe und verschwand aus der Wolke.

Zacharels Blick war in Richtung des Bildschirms gerichtet, den Annabelle beobachtete, und sie wusste, dass er auf dem Weg in ihr Zimmer war. Weil sie nicht beim Spionieren erwischt werden wollte, wedelte sie den Bildschirm fort. „Verschwinde!" Die Luft wurde dünner, bis wieder nur die Wolkenwand vor ihr lag.

Eine Sekunde später trat Zacharel durch diese Wand, als wäre er aus einem verbotenen mitternächtlichen Traum entsprungen – einem wesentlich schöneren als denen, die sie in letzter Zeit gehabt hatte. Dichtes, seidig schwarzes Haar fiel ihm in die perfekte Stirn und überschattete seinen Blick, der sie mit durchdringender Intensität studierte. Er sah aus wie das blühende Leben, und doch lag in seinen Zügen etwas Uraltes, als sähen seine kalten grünen Augen alles, als entginge ihm nichts.

Die Kleidung, die er in der Anstalt getragen hatte, war fort. Stattdessen trug er ein langes weißes Gewand, das es trotz seiner Formlosigkeit schaffte, seinen unglaublichen Körperbau zu unterstreichen. Aber oh, oh, oh, mit ihm kam eine arktische Kälte. Schutz suchend schlang Annabelle die Arme um ihre Mitte.

Stumm betrachtete er sie von oben bis unten. Irgendetwas zog über sein Gesicht, etwas, das sie nicht deuten konnte, bevor er wieder seine sorgsam unberührte Maske aufsetzte. „Dir geht es gut."

Ich werde mich nicht einschüchtern lassen, und ich werde nicht vor seinem Aussehen in Ehrfurcht erstarren. Annabelle stützte die Hände in die Hüften und ließ dem Ärger freien Lauf, der sich in ihr angesammelt hatte. „Und du bist ein Arschloch. Du hast mich zu deiner Gefangenen gemacht, nachdem ich dir gesagt hatte, dass ich lieber sterben würde!"

„Das ist keine angemessene Art, mit mir zu reden, Annabelle. Ich bin in einer gefährlichen Stimmung."

Sie etwa nicht? „Oh, der mächtige Zacharel hat Gefühle", warf sie ihm schnippisch an den Kopf. „Ein Weihnachtswunder!"

„Es ist nicht Weihnachten, und ich schlage vor, du mäßigst deinen Ton. Anderenfalls könnte es sein, dass ich dich beim Wort nehme und dich töte. Wie wäre das?"

Sie keuchte und wich vor ihm zurück, bis sie an die Bettkante stieß und fast hingefallen wäre. „Das würdest du nicht wagen. Nicht, nachdem du dir so viel Mühe gegeben hast, mich zu retten."

Pure Selbstverachtung verdunkelte seine Augen. „Ich habe meinen eigenen Bruder getötet, Annabelle. Es gibt niemanden, den ich nicht umbringen würde."

Moment, Moment, Moment. Er hatte was? „Du lügst." Er musste lügen.

Drohend schnappte er mit den Zähnen. Dabei erinnerte er sie an ein verwundetes Tier, das zu große Schmerzen hatte, um sich helfen zu lassen. „Ich lüge nicht. Dazu gibt es keinen Grund. Menschen lügen, weil sie die Konsequenzen der Wahrheit fürchten. Ich fürchte nichts. Menschen lügen, weil sie die beeindrucken wollen, die bei ihnen sind. Mir sind alle gleichgültig. Du tätest gut daran, das im Gedächtnis zu behalten."

Wie konnte dies derselbe Mann sein, der sich so rührend um sie gekümmert hatte? „Warum hast du deinen Bruder getötet?"

„Das ist für dich nicht von Bedeutung."

Sie bohrte nach. „Wie hast du deinen Bruder getötet?"

Schweigen.

„War es ein Unfall?"

„Annabelle!"

Ganz eindeutig eine Warnung. Na gut. Fürs Erste würde sie das Thema fallen lassen. Doch das Bild mit dem verwundeten Tier passte. Was auch immer er getan hatte, er litt darunter.

„Warum lässt du mich in deiner Wolke wohnen", wollte sie wissen, „wenn du mich so offensichtlich fürchtest? Und du fürchtest mich. Warum hättest du mich sonst einschließen sollen?"

Einen Herzschlag lang herrschte Stille, und der Ärger schien schlagartig von ihm zu weichen. „Das ist eine Fangfrage, vermute ich. Du hoffst, du könntest mich so beschämen, dass ich mich entschuldige und dir verspreche, dich nie wieder einzuschließen."

„Nein." Na ja, vielleicht ein bisschen.

„Wolltest du meine Wolke verlassen?"

„Ich wollte den Raum verlassen."

„Und hast bei dem Versuch versagt."

„Deine Wolke hat versagt, nicht ich."

„Warum wolltest du hinaus?"

Statt zu lügen – oder ihm die Ohrfeige zu verpassen, die er so dringend nötig hatte –, warf sie ihm seine Worte von vorhin an den Kopf: „Das ist für dich nicht von Bedeutung."

War da ein Funkeln in seinen smaragdenen Augen? „Wolltest du mich sehen? Mit mir reden?"

Mit jedem Wort wurde die Hitze in ihren Wangen stärker. „Auch diese Fragen werde ich nicht beantworten."

„Kluges Mädchen. Du hast schnell gelernt, dass es besser ist, mir die Antworten zu verweigern, als mich anzulügen. Aber mit deinen Nicht-Antworten hast du mir alles gesagt, was ich wissen wollte. Ja, du wolltest mich sehen, mit mir reden. Aber worüber?"

Anstrengender Engel. „Hör zu. Entweder du versprichst mir, dass du mich nie wieder einsperrst, oder ich haue eher früher ab als später. Und mir ist klar, dass das für dich nicht wirklich eine Strafe wäre, aber das sind die einzigen Möglichkeiten, die ich bereit bin in Betracht zu ziehen."

„Also gut. Ich werde dich nie wieder in diesem Raum einsperren."

Der Schwur war so bereitwillig gekommen, dass sie kurzzeitig verwirrt war. „Äh, na dann, okay."

„Du wirst bleiben?"

„Ja." Noch für ein kleines Weilchen, weil sie sich nicht sicher war, wohin sie sonst gehen sollte. Oder wie sie dorthin gelangen sollte, ohne ihre Gedärme über einen Quadratkilometer zu verstreuen. „Aber genug von mir. Musstest du so fies sein zu dieser Frau?" So viel zum Thema Spionage und Unauffälligkeit.

Kurz flackerte sein Blick zu der leeren Wand neben ihr, dann verengten sich seine Augen und kehrten zurück zu ihrem Gesicht. „Du hast mich beobachtet." Die Worte klangen samtig, sanft auf eine Art, die er wahrscheinlich nicht beabsichtigt hatte. Und die ganze Zeit stand ihm der Atem in Wolken vor dem Gesicht und verstärkte noch den Eindruck, das hier sei ein erotischer Traum.

Nichts davon geht dich etwas an, Miller. Und doch nickte sie, um ihn zu ermutigen, weiterzusprechen. „Ja, hab ich." Und sein Duft … Plötzlich hüllte er sie ein, von Kopf bis Fuß … schickte sie fast auf die Knie. Wie hatte sie diesen Duft erst jetzt bemerken können?

Er hob eine Augenbraue, bis sie unter seinem nach vorn gefallenen Haar verschwand. „Inwiefern war ich fies zu ihr? Ich habe ihr bloß die Wahrheit gesagt."

„Klar, du hast ihr die Wahrheit gesagt, aber dabei hast du keinen Gedanken an ihre Gefühle verschwendet." *Jetzt streck bloß nicht die Hand aus und streich ihm diese Strähne aus der Stirn.*

„Ja, und sie hat mich geküsst, ohne sich *meiner* Gefühle im Geringsten sicher sein zu können."

Oh. Okay. Das änderte alles. Annabelle war bereits gegen ihren Willen geküsst worden, und sie hatte jede Sekunde davon gehasst. Als es vorbei gewesen war, hatte sie den Schuldigen ebenfalls verletzen wollen. Insofern war Zacharels Reaktion verständlich.

„Und sollte ich *tatsächlich* gemein zu ihr gewesen sein – ich sage nicht, dass ich das war", fügte er hinzu, „dann war es, um ihre Gefühle in der Zukunft zu *schonen*. Jetzt kennt sie meine Haltung zu diesem Thema ohne jeden Zweifel. Sie wird denselben Fehler kein zweites Mal begehen. Des Weiteren kann die Wahrheit zwar schmerzhaft sein, aber richtig eingesetzt ist sie niemals vorsätzlich grausam."

Welche Art von Frau würde es mit diesem Mann aufnehmen? Mit Sicherheit eine, die sehr mutig war. Aber warum dachte sie überhaupt über so etwas nach? Sein blöder Duft musste ihr das Hirn vernebelt haben.

„Bist du verheiratet?" Der Gedanke sollte ihr nichts ausmachen, doch das tat er – natürlich nur, weil sie sich schuldig fühlen musste, ihn so attraktiv zu finden, wenn er einer anderen Frau gehörte. Natürlich.

„Nein, ich bin nicht verheiratet."

„Mit jemandem zusammen?" Obwohl der Ausdruck „mit jemandem zusammen sein" viel zu banal klang, um auf das himmlische Wesen vor ihr zutreffen zu können.

„Nein."

„Willst du mit jemandem zusammen sein?"

„Nein. Genug gefragt."

„Bist du je mit jemandem zusammen gewesen?"

Entnervt biss er die Zähne so fest zusammen, dass die Muskeln an seinem Kiefer hervortraten. „Ich bin nie mit jemandem zusammen gewesen, noch wollte ich jemals mit jemandem zusammen sein."

Ihre Augen weiteten sich. „Aber das würde bedeuten ..."

„Dass Jamilas Kuss mein erster war, ja."

Auf keinen Fall. Nie und nimmer konnte das der erste Kuss dieses wunderschönen Mannes gewesen sein. Trotz seiner Distanziertheit musste doch vorher schon jemand versucht haben, ihn zu verführen. „Hat's dir gefallen?" Oh nein, nein, nein. Das hatte sie ihn gerade nicht wirklich gefragt.

„Offensichtlich nicht." Er ging um sie herum und befühlte die seidenen Laken auf dem Bett. Sehr beiläufig fragte er: „Bist *du* je geküsst worden?"

Sie seufzte, als Erinnerungen auf sie einstürmten. Die guten, die schlechten und die abscheulichen. Vor der Anstalt hatte sie ihre Küsse nur mit Jungs erlebt, die sie sich ausgesucht hatte. Manche waren süß gewesen, manche leidenschaftlich, aber alle waren willkommen gewesen. Nach ihrer Einweisung ... Ein Schauer des Widerwillens überlief sie. „Ja." Würde er jetzt weniger von ihr halten?

„Hat es dir gefallen?"

In seiner Stimme hatte kein Urteil gelegen, was der einzige Grund war, dass sie antwortete: „Kommt darauf an, über welchen Kuss wir reden."

Er ließ den Stoff fallen und wandte sich ihr zu, eine Hand an den Bettpfosten gelegt. „Mehr als eine Person hat dich geküsst?"

Immer noch kein Urteil, und doch, irgendetwas lag in seiner Stimme. Etwas Hitziges. Und zwar so hitzig, dass allen Ernstes der Schneefall aus seinen Flügeln aufhörte, die Kälte plötzlich wie ausgelöscht war.

Ach, verdammt. Sie änderte ihre Meinung ein drittes Mal. Er konnte nicht gefühllos sein. Was jetzt von ihm ausstrahlte, war purer Zorn vermischt mit Sinnlichkeit. Von den schweren Lidern über seine vollen Lippen, geschwollen und glänzend von Jamilas Kuss, den Puls, der an seinem Hals hämmerte, bis hin zu seinen sich langsam ballenden Fäusten. Diese Intensität ... Wie hatte sie diese Seite an ihm übersehen können?

„Ja", gestand sie. „Aber nur einer davon hat gezählt. Als ich siebzehn war, hatte ich einen Freund. Wir waren über ein Jahr zusammen und haben ein paar Dinge miteinander getan. Diese Küsse haben mir gefallen." Zumindest hatte sie das damals gedacht. „Nach dem Mord an meinen Eltern hat er mit mir Schluss gemacht. Ist mich nie besuchen gekommen." Sie zuckte mit den Schultern, als machte es ihr nichts aus.

Die Wahrheit war: Es hatte ihr mehr als etwas ausgemacht. Sie hatte jemanden gebraucht, der sie kannte und ihr glaubte, *an sie* glaubte, der ihr Unterstützung oder wenigstens Verständnis entgegenbrachte. Heaths Lossagung von ihr hatte mehr geschmerzt als die ihres Bruders. Er hatte sie leer und entmutigt zurückgelassen. Ihm hatte sie ihren Körper, ihr Herz anvertraut, und doch hatte er sich so mühelos von ihr abgewandt.

„Wer noch?", wollte Zacharel wissen.

„Ein paar Leute während meiner Gefangenschaft. Andere Patienten, Ärzte ..." Wieder zuckte sie die Schultern, diesmal ruckartiger, steifer.

Bei diesen Worten wich die Andeutung von Sinnlichkeit von ihm, die Kälte kehrte zurück. Das tröstete sie. Wie sie schien auch er den Gedanken zu verabscheuen, dass jemand zu etwas gezwungen wurde.

„Was hat die Küsse mit deinem Freund so angenehm gemacht?"

„Wir haben uns geliebt. Na ja, ich hab ihn geliebt. Wie es aussieht, hat er mich nur benutzt. Ich frage mich, ob es einfach daran lag, dass er ein Teenager war – oder daran, dass er Heath war." Gedankenversunken knabberte sie an ihrer Unterlippe, immer noch bei Zacharels Enthüllung seiner absoluten, vollständigen Abstinenz. „Wie alt bist du überhaupt?"

„Älter, als du dir vorzustellen vermagst."

Also bitte. „Hundert? Zweihundert?"

Er schüttelte den Kopf.

Ihr fiel die Kinnlade herunter. „Fünfhundert? Ein...tausend?"

Als er wieder den Kopf schüttelte, protestierte sie. „Keine Chance. Auf gar keinen Fall. Du bist niemals älter als tausend Jahre."

Er hob eine Augenbraue.

„Bist du?", japste sie. „Das bist du wirklich."

„Ich bin Tausende von Jahren alt."

Tausende – in der Mehrzahl. Hilflos presste sie die Hände auf den Bauch, wo sich ihr der Magen umzudrehen schien. „Und du hast wirklich noch nie jemanden geküsst? Freiwillig, meine ich."

Er trat vor, drang in ihre Wohlfühlzone ein und sagte leise: „Diese Zweifel an meinen Aussagen, die du immer wieder ausdrückst, sind ebenso beleidigend wie erstaunlich." Kalter Atem strich über ihr Gesicht, rein und süß. „Niemals in all meinen Jahrhunderten habe ich eine Lüge ausgesprochen."

Ich werde nicht zurückweichen. Ich werde keine Schwäche zeigen. „Tut mir leid, es ist bloß … Du hängst hier schon eine ganze Weile rum, hast vermutlich alles gesehen, was Menschen so miteinander tun." Sie hielt inne, wartete auf seine Bestätigung. Die er mit einem knappen Nicken gab. „Ich bin einfach überrascht."

Bedächtig nahm er eine Strähne ihres Haars zwischen die Finger, rieb die Locken aneinander. Der Kontrast zwischen dem Blauschwarz der Strähne und der sonnengeküssten Süße seiner Haut war berauschend, fast magisch.

Wenn sie nicht aufpasste, würde *sie* sich ihm gleich an den Hals werfen. Und Zurückweisung und Scham erfahren.

Sie musste sich in Erinnerung rufen, dass sie momentan in keinster Weise an irgendwelchen romantischen Verstrickungen interessiert war. Nach allem, was sie durchgemacht hatte, war sie sich nicht einmal sicher, wie sie auf die Annäherungsversuche eines Mannes reagieren würde.

Auch wenn sie nie vergewaltigt worden war, waren ihr genügend andere Dinge widerfahren. Wandernde Hände. Reibende Finger. Leckende Zungen. Ihre völlige Hilflosigkeit hatte sie angewidert und entsetzt. Und die Tatsache, dass Fitzpervers Bilder von ihr besaß …

Sie musste würgen. Hatte er sie irgendjemandem gezeigt?

Wahrscheinlich. Lachte er manchmal über den Schmerz, den er ihr zugefügt hatte?

„Was ist los?", fragte Zacharel.

Sie zwang ihre Gedanken zurück in die Wolke und zu dem Engel, der immer noch vor ihr aufragte. Mittlerweile hatte er die Finger aus ihrem Haar genommen, war einen Schritt zurückgetreten. Wie zuvor rieselte wieder Schnee von seinen Flügelspitzen, und die Luft um ihn herum war so kalt, dass Annabelle eine Gänsehaut bekam.

„Nichts", murmelte sie.

Er bewegte die Zunge im Mund, als schmeckte er etwas Unangenehmes. „Du lügst."

„Na und?" *Da hast du's.* Und schon beeinflussten düstere Erinnerungen ihren Umgang mit einem Mann, verdarben alles.

„Na und? Ich erzähle dir die Wahrheit, und du lügst mich an. Das ist inakzeptabel, Annabelle, und ich werde es nicht zulassen."

Und wie genau wollte er sie daran hindern? „Lass uns einfach sagen, wenn doch etwas los ist, dann geht es dich jedenfalls nichts an." In diesem Augenblick war nur eins wichtig. „In der Anstalt hast du zu mir gesagt, ein Dämon hätte mich gezeichnet."

Mit einem leisen „Ja" ließ er den Themenwechsel zu.

„Und das hat er gemacht, um mich als sein Eigentum zu beanspruchen?" Sie erinnerte sich, wie sie mit brennenden Augen aufgewacht war. Erinnerte sich an die Kreatur in ihrer Garage, die ihre Eltern mit ihren Klauen zerfetzt hatte. Erinnerte sich nur zu genau an die Art, wie er sie geküsst hatte – der schlimmste Kuss ihres Lebens.

„Ja. Er muss dich gesehen, dich begehrt und beschlossen haben, dich zu behalten, auch wenn er dich nicht mitnehmen konnte. Hat er irgendetwas zu dir gesagt?"

„Nur so klassische Schundfilm-Ausdrücke. Du weißt schon: *Ärger? Hört sich großartig an.* Und: *Das wird ein Spaß.*"

„Er hat nicht von dir verlangt, dich an ihn zu binden? Du hast nicht Ja gesagt?"

„Wohl kaum. Aber irgendwann wird er kommen, um mich zu holen, nicht wahr?" Diese Angst hatte sie immer gehabt. Und wenn sie Zacharel Glauben schenkte, war Angst ein Magnet für alle Arten von Bösem.

Diesmal kam sein „Ja" etwas zögerlicher.

Von jetzt an würde sie keine Angst mehr haben. Sie würde sich vorbereiten. „Tja, wenn er kommt, werde ich ihn umbringen. Bei der Gelegenheit hab ich noch eine Frage an dich: Würdest du mir eins von diesen Feuerschwertern geben?"

Sprachlos blickte Zacharel auf die Menschenfrau herab, die in den letzten fünf Minuten mehr Gefühle in ihm hervorgerufen hatte als jeder andere in den Jahrhunderten seit dem Tod seines Bruders. Er verstand es nicht, verstand sie nicht, oder was hier überhaupt mit ihm geschah.

In diesen übernatürlichen blauen Augen lagen so viele Geheimnisse, quälende Geheimnisse, dass er ihre Abgründe ausloten und alles entdecken wollte, was sie zu verbergen versuchte. Und er wollte … sie berühren. War ihre Haut so weich und glatt, wie sie aussah? Zwar hatte er sie bereits in den Armen gehalten, aber durch ihre Kleider hatte er die Textur ihrer Haut nicht spüren können. Würde ihre Wärme durch die Schichten der Kälte sickern, die ihn einhüllte, und ihn verzehren?

Er wollte sie küssen, um herauszufinden, ob ihr Geschmack zu ihrem betörenden Duft passte. Wollte wissen, ob ihr Kuss anders wäre als der von Jamila. Wollte wissen, ob sie seinen Kuss ebenso sehr genießen würde wie die ihres ehemaligen Freundes. Und er hasste den Gedanken, dass andere sie ohne ihr Einverständnis berührt und geküsst hatten. Dieses Wissen entzündete in ihm einen unwiderstehlichen Drang, die Täter zu verstümmeln und zu töten.

Mit diesen Dingen hatte er sich nie zuvor befasst, hatte sich nicht darum geschert, wer was mit wem anstellte. Er, der Menschen jeden nur vorstellbaren sexuellen Akt hatte vollziehen sehen, hatte noch niemals eine Frau betrachtet und dabei an Erotik gedacht. Hatte niemals genug für jemanden empfunden, um irgendeine Form von Eifersucht zu verspüren.

Bis jetzt. Bis er Annabelle begegnet war. Dieses Mädchen blieb tapfer stehen, wo sie ängstlich zurückweichen sollte, war verletzlich, wo das Leben sie hätte hart machen sollen, war freundlich, wo es ihr egal sein sollte. Genau wie Hadrenial gewesen war.

Aber auch andere waren tapfer gewesen, verletzlich und freundlich. Und doch hatte Zacharel niemals in einer solchen Art und Weise auf sie reagiert. Dabei hätte die Tatsache, dass sie ihm immer wieder seinen *Bruder* ins Gedächtnis rief, jegliche Flammen der Erregung ersticken müssen.

Doch die Flammen erstickten nicht.

Obwohl es bisher nie einen „Typ" gegeben hatte, auf den er „stand", hatte sich das nun offensichtlich geändert. Und ganz oben auf seiner Liste des Unwiderstehlichen? Blauschwarzes Haar, kristallene Augen und weiche rosa Lippen. Oh, und Haut, die wirkte wie mit Bronze und Diamantstaub überzogen.

Ihre Anziehungskraft auf Zacharel bestimmte all seine Gedanken, und er war ihr wehrlos ausgeliefert. Ihm fehlte einfach die Erfahrung. Doch irgendwie musste er einen Weg finden, ihr zu widerstehen. Speiste ein Mann einmal am Tisch der Versuchung, würde er sich immer und immer wieder daran überfressen.

Aber … Sie war keine der Versuchungen, denen er widerstehen müsste, damit er im Himmel bleiben dürfte, nicht wahr? Und was wäre denn so schlecht daran, sie zu genießen? Zu erfahren, wie es sich anfühlte, ihren weichen Körper an seinen gepresst zu spüren? Sie war nicht ausdrücklich verboten für sein Volk.

Er knirschte mit den Zähnen. Schon war er ihr einen Schritt näher.

Jetzt betrachtete er sie eingehender. Farben waren nichts, womit er sich befasste, wenn es nicht um Tarnung ging, und doch … Rosa unterstrich ihre asiatischen Wurzeln perfekt. Er wusste, was unter diesen Kleidern wartete, hatte sie während ihrer Krankheit ausgezogen. Doch zu jenem Zeitpunkt hatte er ihren weiblichen Kurven keine Beachtung geschenkt. Jetzt fragte er sich …

Noch ein Schritt.

„Woran denkst du?", fragte sie misstrauisch. „Denn offensichtlich geht es nicht um das Schwert."

Schamesröte stieg ihm ins Gesicht, und ruckartig wandte er

sich von ihr ab. Er konnte nicht lügen, aber die Wahrheit würde er ihr auch nicht sagen. Also würde er sie ignorieren.

„Zacharel?"

Selbst ihre Stimme zog ihn an. Weich, melodisch, fest und doch flehentlich. Schon zu Beginn war ihm das aufgefallen, aber jetzt … Ja, jetzt war alles anders. Noch ein Schritt.

„Das Schwert", setzte er an. „Du sagst, du willst eines haben, aber könntest du wirklich ein Leben nehmen?"

„Ja." Kein Zögern. „Das habe ich schon oft genug getan. Dämonenleben, nicht menschliche, nur dass wir uns da verstehen."

Es überraschte ihn, dass sie die Kraft gehabt hatte, gegen einen Feind zu kämpfen, den die meisten ihres Volks nicht sehen konnten und oft verleugneten. „Trotzdem werde ich dir kein Schwert aus Feuer geben. Das kann ich nicht, denn nur Engel dürfen solche Schwerter führen."

„Oh", murmelte sie enttäuscht.

„Aber es gibt andere Mittel und Wege."

Augenblicklich hellte sich ihr Gesicht auf. „Zeigst du sie mir?"

Dafür hatte er nicht die Zeit. Er hatte eine Armee zu trainieren, seine eigenen Schlachten zu schlagen. Und ihm gefiel der Gedanke nicht, dass sie gegen eine Rasse kämpfte, deren Niedertracht keine Grenzen kannte. Doch wer auch immer sie gezeichnet hatte, *würde* sie zurückhaben wollen, ob er sie nun freiwillig allein gelassen hatte oder nicht. Vor allem, wenn er hörte, dass sie bei Zacharel war. Noch mehr, als sich gegenseitig eins auszuwischen, lieben Dämonen es, über Engel zu triumphieren. Und dieser Dämon würde nicht zögern, Annabelle auf grausamste Weise zu verletzen, um das zu erreichen. Das würde keiner von ihnen.

Zacharel war sich nicht sicher, wie sie überhaupt so lange hatte überleben können.

„Ja", hörte er sich sagen. „Ich werde dir beibringen, wie man Dämonen tötet."

6. KAPITEL

CC it einem Dossier über Annabelle Millers sehr kurzes und sehr elendes Leben kehrte Thane zurück zu Zacharels Wolke. Der frisch ernannte Anführer der Unheilsarmee, wie viele ihrer Brüder sie mittlerweile nannten, nahm es mit seiner üblichen Höflichkeit entgegen. Also keiner. Zacharel war kalt wie immer, schenkte ihm nicht einmal einen gemurmelten Dank, nur eine knappe Entlassung.

Und Thane wurde klar, dass er diese Direktheit mochte. Dass er auch Zacharel mochte – und das war eine Erkenntnis, die ihn bis ins Mark erschütterte. Mehr als hundert Jahre lang war er nicht mehr Teil einer Armee gewesen, und hätte seine Gottheit ihm nicht befohlen, das nächste Jahr über Zacharel zu folgen, hätte er sich niemals wieder einer angeschlossen.

Anfangs hatte Thane geschäumt vor Wut. Wie konnte es jemand wagen, ihm vorzuschreiben, wie er seine Zeit zu verbringen hatte? Wenn er im Bett herumfaulenzen wollte, jede Frau verführen, die ihm gefiel, und jeden Dämon herausfordern, dem er begegnete, dann würde er das auch tun. Doch was er entschied, das würden auch seine Jungs entscheiden. Einer für alle und alle für einen, hatte er einmal einen Menschen sagen hören. Genauso war es mit ihm und seinen Jungs. Er, Björn und Xerxes steckten zusammen in dieser Sache drin, und was auch immer „diese Sache" sein mochte: Er konnte nicht zulassen, dass sie bestraft würden. Thane könnte alles ertragen, nur nicht das.

Jetzt, nachdem ihr Arrangement den dritten Monat erreicht hatte, war er plötzlich froh, dass er sich nicht dagegen aufgelehnt hatte. Na ja, gegen Zacharel hatte er sich aufgelehnt, mit einer kleinen Beleidigung hier und da, aber er hatte sich auch der Armee angeschlossen, statt zu fallen. Jetzt wurde ihm klar, dass die fehlende Führung und Struktur ihn aufgerieben hatte. Dass sein Leben nichts als ein chaotischer Haufen Dreck gewesen war und er wenigstens *irgendeine* Art von Ordnung gebraucht hatte.

Thane flog zum *Sündenfall*, einem Freudenhaus im Himmelreich. Über die Jahrhunderte waren mehr und mehr Engel ihrer

Gottheit den Versuchungen des Fleisches erlegen. Sie hatten einen Ort gebraucht, an dem sie ihren Vergnügungen nachgehen konnten, ohne verurteilt zu werden – also hatte Thane ihnen einen gegeben.

Das *Sündenfall* gehörte ihm. Gemeinsam mit Björn und Xerxes wohnte er dort, genau wie die unsterblichen Liebhaberinnen, die sie sich hielten. Liebhaberinnen, die nie lange blieben, denn jeder der Männer hatte es gern immer wieder neu und anders.

Trotz dieser Promiskuität waren sie noch nicht unwiderruflich gefallen – auch wenn Thane wusste, dass sie sich auf dünnem Eis bewegten.

Engel ihrer Gottheit fielen in Ungnade, wenn sie das Böse in ihren Herzen willkommen hießen, indem sie gewohnheitsmäßig logen – ja, es war möglich –, betrogen, stahlen oder kaltblütig mordeten. Indem sie sich zu Torheiten wie Hass, Neid, Angst oder Stolz hinreißen ließen oder indem sie sich weigerten, sich von irgendeiner Art der Verderbtheit abzuwenden.

Sie durften keinem Dämonen helfen, noch andere Engel für ein vermeintliches Verbrechen bestrafen. Jegliche Klagen hatten sie vor dem Himmlischen Hohen Rat anzubringen.

Seit ihrem Entkommen aus einem dämonischen Verlies vor hundert Jahren hatten Thane und seine Jungs gegen fast alle diese Regeln verstoßen – nur einer Kreatur der Dunkelheit würden sie niemals helfen. Warum ihm also diese Chance gegeben worden war, wusste er nicht.

Wenn sie ihr Verhalten nicht änderten, würden ihre Sünden sie irgendwann einholen. Das wusste er. Trotzdem konnte Thane sich nicht überwinden, sich zu ändern. Er war, wozu die Dämonen ihn gemacht hatten.

Sterne funkelten überall um ihn herum, als er auf dem Dach des hoch aufragenden Gebäudes landete. Er hatte sich für solides Mauerwerk entschieden statt für eine Wolke, weil er gefürchtet hatte, zu viele Besucher würden die Vorteile einer Wolke ausnutzen und alle möglichen unerlaubten Dinge ordern. Außerdem waren Wolken teuer. Und auch wenn er sich eine hätte leisten können, um außerhalb des Clubs zu leben – er kannte sich gut genug, um zu wissen, dass auch er die Vorteile einer Wolke ausgenutzt hätte.

Vom Dach waren zwei Türen zugänglich. Eine führte in den Club selbst und die andere in seine Privatgemächer. Zu den Seiten beider Türen standen je zwei Wachen. Er nickte den beiden vor seinem Privateingang zu, und sie traten zur Seite. Auf einen geistigen Befehl hin glitt die breite zweiflügelige Tür vor ihm auf.

Von unten hörte er das langsame, rhythmische Dröhnen von Musik in die Wohnung dringen, während er durch den leeren Flur in sein Wohnzimmer schlenderte, wo Björn und Xerxes ihn erwarteten. Beide hatten es sich in weichen, samtbezogenen Sesseln bequem gemacht und nippten an ihren Drinks.

Thane ging zur Hausbar und goss sich einen Absinth ein. Dann drehte er sich um und lehnte sich an die Kante der marmornen Arbeitsfläche. Diese Privatgemächer sind das Musterbeispiel eines Luxuslebens, dachte er, als er den Blick durch den Raum wandern ließ. Wohin er auch sah, erblickte er Schätze, die ihm von Königen, Königinnen, Unsterblichen und selbst Menschen verehrt worden waren. Kunstvoll geschnitzte, auf Hochglanz polierte Tische. Sofas und Sessel, die mit kostbaren Stoffen in den verschiedensten leuchtenden Farben bezogen waren. Einzigartige handgeknüpfte Teppiche, Kronleuchter, von denen Edelsteine hingen statt bloßer Kristalle.

„Vögelt Zacharel die Menschenfrau schon?", unterbrach Björn seine Gedanken. Er musste einer der schönsten Engel sein, die je geschaffen wurden. Seine Haut war überzogen mit schimmerndem Gold, in seinen Augen strahlte ein Mosaik der erlesensten Amethyste, Saphire, Smaragde und Turmaline.

Doch Thane konnte sich an eine Zeit erinnern, zu der der Krieger nicht so hübsch anzusehen gewesen war. Ihre Folterer hatten Thane am besudelten Boden der Zelle angekettet und Björn über ihm aufgehängt. In den folgenden Tagen hatten die Dämonen Björn die Haut vom Leib geschält, vorsichtig, ganz vorsichtig, um nur ja das Fleisch nicht zu beschädigen. Blut war in einem unaufhörlichen Regen von Björn heruntergetropft, hatte ihn vollkommen durchnässt.

Oh, wie der Krieger geschrien hatte. Anfangs. Am Ende waren seine Lungen zusammengefallen und seine Kehle nichts als rohes Fleisch gewesen. Dann hatten die Dämonen den schimmernden Mantel abwechselnd stolz zur Schau getragen, hatten getan, als wären sie Björn, während sie alle möglichen widerwärtigen Dinge taten.

Xerxes war ihnen gegenüber an die Wand gekettet worden, die Vorderseite an die Wand gedrückt, die Arme über dem Kopf gefesselt, die Beine auseinandergezwungen. Er hatte alles mit anhören müssen, was seinen Freunden angetan worden war, ohne es sehen zu können. Und das war vielleicht noch schlimmer gewesen. Nie hatte er gewusst, was um ihn herum geschah, während er ausgepeitscht wurde und … ihm andere Dinge angetan worden waren.

Das Grauen während ihrer Zeit in dieser Zelle hatte jegliche Farbe in seinem einst kastanienbraunen Haar und der pfirsichfarbenen Haut ausgelöscht, bis er milchweiß war. In seinen früher bernsteinfarbenen Augen waren Blutgefäße geplatzt und hatten die Iris blutrot gefärbt.

Keiner von ihnen sprach je über ihre Gefangenschaft und Folter, doch Thane wusste, wie es seinen Freunden wirklich ging. Björn geriet nach jeder Schlacht außer Kontrolle. Nach jeder sexuellen Begegnung musste Xerxes sich übergeben. Doch keiner von ihnen ließ die Finger vom Kämpfen oder vom Sex.

Thane hatte gelernt, diese Seite von sich zu akzeptieren.

„Da ist aber jemand gedankenverloren", bemerkte Björn. Noch hatte sein Absturz nach dem letzten Kampf nicht begonnen … Doch das würde er. Wie jedes Mal.

„Schlag ihm die Zähne ein", schlug Xerxes vor. „Darauf reagiert er, versprochen."

Sie hatten ihm eine Frage gestellt, oder? … Über Zacharel und die Menschenfrau. „Was glaubt ihr denn?", gab er schließlich zurück. „Zacharel war in seinem Büro, hat über irgendetwas einen Bericht geschrieben. Wahrscheinlich über unsere Leistung."

„Glaubst du, der taut irgendwann noch mal auf?", fragte Björn. Thane schauderte. „Wir sollten hoffen, dass nicht."

Xerxes rieb über die Narben an seinem Hals. Jeder glaubte, Xerxes' Unsterblichkeit hätte ihn im Stich gelassen, sodass er schließlich aussah wie ein schlecht zusammengesetztes Puzzle. Doch in Wahrheit war sein Körper einfach nur ständig damit beschäftigt, die Wunden zu heilen, die er sich selbst immer wieder zufügte.

„Ich hab heute sechzehn Dämonen getötet", erklärte er. Das war eins der wenigen Gesprächsthemen, die ihm zusagten.

„Dreiundzwanzig", entgegnete Björn, und sein Ton klang düster.

Thane zählte seine Bilanz kurz im Kopf zusammen. Einen Tod durch seine Hand vergaß er niemals. „Bei mir waren's nur neunzehn."

Grinsend blickte Björn in die Runde, doch kein Funke Freude lag in seinen Augen. „Gewonnen."

Xerxes zeigte ihm den Stinkefinger.

„Du bist so ein mieser Verlierer", zog Thane ihn auf. „Und jetzt auch noch ein Babysitter. Also, wo steckt der Gefallene, den du neuerdings bewachen darfst? Du hast ihn nicht einmal erwähnt, seit du die Verantwortung für ihn übernommen hast."

Kurz erblickte er ein Aufflackern von Panik in diesen blutroten Augen, doch sofort war Xerxes' Gesichtsausdruck wieder unlesbar. „Er ist in meinem Zimmer angekettet."

Diese Panik brach Thane fast das Herz, denn er wusste, dass Xerxes aus freiem Willen niemals jemand anderes als einen Dämon gefangen halten würde. „Was wirst du mit ihm machen?"

„Eine … Wolke kaufen, nehme ich an. Ihn da einsperren."

„Davon würde ich dir abraten, mein Guter. Wenn du glaubst, er könnte für sich selbst sorgen, wirst du nie nach ihm sehen." Seine Schuldgefühle würden es nicht zulassen.

„Und das Problem ist …?"

„Gefallene sind so gut wie sterblich. Er könnte beschließen, in den Hungerstreik zu treten. Er könnte dahinsiechen." *Und du würdest allein dir die Schuld daran geben.*

Weiße Wimpernkränze verschmolzen miteinander, und der Krieger stieß einen schweren Seufzer aus. Dann sah er Thane geradeheraus ins Gesicht. Klare Entschlossenheit strahlte von ihm aus. „Du hast recht."

„Hab ich das nicht immer?"

„Fürs Erste lasse ich ihn hier. Einmal am Tag werde ich nach ihm sehen. Ihn zwingen, zu essen, wenn es sein muss."

„Wenn du schon dabei bist, rede mit ihm", schlug Björn vor. „Finde heraus, warum er gefallen ist."

Beide von seinen Jungs wussten, dass es nur eine Frage der Zeit war, bis auch sie ihre Flügel und ihre Unsterblichkeit verlieren würden. Sie würden das Unvermeidliche hinauszögern, solange es ging – daher ihre bereitwillige Mitarbeit im Moment –, aber genau wie Thane würden sie niemals von dem Weg abweichen, auf dem sie sich jetzt befanden.

Dafür hatten die Dämonen gesorgt.

Thane kippte den Rest seines Drinks hinunter, goss sich einen weiteren ein und exte auch den. Der harte Alkohol brannte auf dem Weg in seinen Körper, doch bis zur Ankunft in seinem Bauch hatte sich das Brennen zu einer süßen, benebelnden Wärme abgekühlt. Und trotzdem half das angenehme Gefühl nicht gegen die Anspannung in seinem Inneren.

„Habt ihr uns Mädels für heute Abend besorgt?", fragte er niemand Bestimmten.

„Ich habe", antwortete Björn. „Sie warten schon auf uns."

„Was ist meine? Ein Vampir? Eine Gestaltwandlerin?" Eigentlich war es ihm egal. Eine Frau war eine Frau war eine Frau.

„Sie ist ein Phönix."

Okay, vielleicht interessierte es ihn doch. Zu der immer präsenten Anspannung gesellte sich freudige Erregung, setzte ihn von innen heraus in Flammen. So viele Rassen von Unsterblichen wandelten auf der Erde und in mehreren Himmelreichen. Harpyien, Feen, Elben, Gorgonen, Sirenen, Gestaltwandler, griechische und titanische Götter und Göttinnen – zumindest nannten sie sich so, obwohl sie in Wahrheit nichts weiter als Könige und Königinnen waren, denen ihr Stolz erlaubt hatte, ihre Meinung von sich in exorbitante Höhen zu schrauben – und unzählige weitere. Phönixe waren die Zweitgefährlichsten unter ihnen.

Schlangen-Gestaltwandler waren die Gefährlichsten.

Doch auch Phönixe waren blutrünstig und grausam, fanden Vergnügen an Tod und Zerstörung. Sie lebten im Feuer und liebten es, sie konnten die Toten zwingen, sich aus ihren Gräbern zu erheben – und jene, die sich erhoben, mussten ihnen von da an dienen, versklavt für den Rest der Ewigkeit.

Thane stellte sein leeres Glas auf die Theke und richtete sich auf. „Na dann lasse ich sie mal nicht länger warten."

Björn und Xerxes standen auf. Sechs lange Schritte brachten ihn in ihre Mitte. Gemeinsam gingen sie weiter und fächerten sich dann auf, jeder auf dem Weg in sein Schlafzimmer. Aus dem von Thane drang nur Stille. Seine Hände waren erstaunlich ruhig, als er die Doppeltür aufstieß. Und hinter sich schloss.

Während er seine baldige Eroberung betrachtete, hörte er das leise Klicken der Türen seiner Freunde.

Gelassen ruhte die Frau auf dem Bett, einen Berg von Kissen im Rücken. Sie war herrlich nackt und das funkensprühende rotgoldene Haar fiel ihr über eine Schulter. Selbst aus dieser Entfernung spürte Thane ihre Hitze, wie die Wärme an ihm leckte. Dünne Ketten aus der Schmiede eines Unsterblichen wanden sich um ihre Hand- und Fußgelenke. Sie machten sie zu einem Sklaven dessen, der sie in der Hand hatte – auf irgendeine mystische Weise zwang das Metall sie, seinen Befehlen zu gehorchen.

Björn musste sie auf dem Sexmarkt gefunden haben. „Willst du das hier?", verlangte er zu wissen. „Willst du mich? Sag die Wahrheit."

Sie leckte sich die Lippen. „Oh ja."

„Du fühlst dich nicht gezwungen?" Es gab nur eine Grenze, die Thane im Schlafzimmer nicht übertreten würde, und das war, sich einem anderen Wesen aufzuzwingen. „Denn egal, was zwischen uns passiert, du kannst diesen Ort jederzeit verlassen."

„Nein, niemand zwingt mich. Mir wurde gesagt, ich würde bezahlt werden."

Ah. Sie wollte Geld, nicht ihn. Das beruhigte ihn. Diesen Weg hatte er schon öfter gehen müssen. „Das wirst du."

„Warum sollte ich dann gehen, wenn mich doch für mein Bleiben Reichtum erwartet?", fragte sie und strich sich eine Haar-strähne hinters Ohr.

Ein spitzes Ohr. „Eine exzellente Frage."

Sie grinste und entblößte Fangzähne so scharf wie die eines Vampirs. Ihr Körper war unglaublich schön, ein Quell der Sinn-lichkeit. Auch wenn er ihren Rücken nicht sehen konnte, wusste er, die Haut war überzogen mit Tätowierungen ihrer Stammes-zeichen.

„Man hat dir gesagt, was von dir erwartet wird?", fragte er.

„Ja, was bedeutet, dass dieses ganze Herumreden bloß eine Verschwendung meiner Zeit und deines Geldes ist."

„Das wollen wir natürlich nicht." Ein kurzer Ruck, und sein Gewand fiel. Der Stoff war so leicht, dass er lautlos auf den Bo-den sank.

Nackt ließ Thane sich auf die Matratze nieder, der Rand senkte sich unter seinem muskelbepackten Gewicht. Einen Moment später war sie auf ihm. Für lange Zeit spürte er nichts mehr au-ßer dem Brennen ihrer Fingernägel und dem Biss ihrer Zähne. Dann begannen kleine Tropfen flüssigen Feuers aus ihrer Haut zu sickern, ihn auf köstlichste Weise zu verbrennen, ihm ein ums andere Mal lustvolles Stöhnen zu entlocken. Er liebte es so sehr, wie er es hasste.

Jeden abscheulichen Akt, den er von ihr verlangte, führte sie ohne Zögern aus, und er spielte mit dem Gedanken, sie weit län-ger zu behalten als jemals jemanden zuvor. Normalerweise war er nach zwei oder drei Begegnungen mit ihnen durch, wollte nicht sehen, wie Widerwillen statt Verlangen in ihren Augen zu brennen begann. Denn nach einer Weile setzte bei jeder von ih-nen Widerwillen ein. Sie machten sich Gedanken über das, was sie getan hatten, was er getan hatte, und bereuten es. Doch diese Frau lachte voll echtem Vergnügen, während sie ihm zu Willen war, und er würde wetten, sie würde es immer tun. Ihre Geldgier würde nichts anderes zulassen.

Als es vorüber war, lag Thane stumm da, versuchte, zu Atem zu kommen, genoss das Gefühl, er würde von innen heraus ver-brennen.

Durch die Wand zu seiner Linken – extra dünn, damit er und seine Jungs es hörten, wenn sie gebraucht wurden – hörte er das herzzerreißende Geräusch von Xerxes, wie er sich in die Toilette erbrach. So wie immer nach dem Sex.

Er wollte mehr für seinen Freund. Etwas Besseres. Aber er hatte nicht den Hauch einer Ahnung, wie er helfen könnte.

Langsam zog er sich an und ließ die Phönixfrau erschöpft auf dem Bett zurück. Björn saß bereits im Wohnzimmer, allein, und starrte mit leerem Blick in ein neues Glas Wodka.

Stumm ließ Thane sich in einen Sessel fallen. Björn sah nicht einmal auf, zu tief war er in Gedanken verloren. Zu gefangen in der Dunkelheit, die ihn letztendlich eingeholt hatte.

Xerxes trat aus seinem Zimmer, blass und zittrig, und wich Thanes Blick aus. Auch er ließ sich in einen Sessel fallen.

Thane liebte diese Männer. Aus tiefstem Herzen. Für sie würde er bereitwillig sterben – aber *ihren* Tod würde er niemals zulassen. Nicht so. Nicht in solchem Elend.

Gemeinsam waren sie aus diesem Kerker herausgekrochen. Und was immer es kosten mochte, auch aus ihrer selbst auferlegten Hölle würde er sie hervorzerren.

7. KAPITEL

Am nächsten Morgen saß Zacharel nackt am Rand seines Betts und drehte die Urne seines Bruders in den Händen hin und her. Es war ein Glas in der Form einer Sanduhr mit einer dicken Flüssigkeit darin, die genauso klar war wie die Urne selbst. Winzige Lichtflecken tanzten darin und glitzerten in allen Farben des Regenbogens.

Diese Urne war sein kostbarster Besitz. Das Einzige, das ihm wichtig war. Jetzt und bis in alle Ewigkeit würde er diese Urne beschützen, wie er es bei seinem Bruder nicht gekonnt hatte.

„Ich liebe dich, Zacharel."

„Ich liebe dich auch, Hadrenial. So sehr."

„Wirklich?"

„Das weißt du doch."

„Und du würdest alles für mich tun?"

„Alles."

„Dann töte mich. Den Wahrhaftigen Tod. Bitte. Du kannst mich so nicht leben lassen."

„So" bedeutete gebrochen, blutüberströmt und auf unvorstellbare Art misshandelt.

„Alles außer dem Wahrhaftigen Tod. Du wirst dich erholen. Eines Tages wirst du sogar wieder glücklich sein."

„Ich will mich nicht erholen. Ich will einfach nur tot sein, ein für alle Mal. Das ist der einzige Weg, meinen Qualen ein Ende zu setzen."

„Wir werden die Dämonen bezahlen lassen für das, was sie dir angetan haben. Gemeinsam. Dann können wir noch einmal darüber sprechen." Und Zacharel würde es ihm noch einmal verweigern.

„Wenn du mich nicht umbringst, mache ich es selbst. Du weißt, was dann mit mir geschieht."

Ja, das hatte er gewusst. Den Wahrhaftigen Tod konnte man nicht durch die eigene Hand sterben. Hadrenial hätte seinen Körper vernichtet, doch sein Geist, so dunkel, wie er zu jener Zeit gewesen war, hätte weitergelebt und wäre in die Hölle verbannt worden. Auch das hatte Zacharel nicht ins Wanken gebracht. Er hatte sich trotzdem geweigert. Und am Ende hatte Hadrenial sein Versprechen wahr gemacht. Hatte wieder und wieder versucht, sich das Leben zu nehmen, und jedes Mal hatte Zacharel ihn mit dem Wasser des Lebens zurückgeholt.

In jenen Jahren hatte sein gesamtes Dasein daraus bestanden, seinem Bruder zu folgen, seinen Bruder zu retten und ihn letzten Endes doch zu töten, um sein Leid zu beenden. Es war eine Entscheidung, die Zacharel bis heute bereute, denn diese Urne enthielt alles, was von Hadrenial noch übrig war.

Bis auf den letzten Tropfen hatte Zacharel die Essenz all der *Liebe* aus Hadrenials Brust geholt, die er je empfunden hatte. Dann hatte er ihn mit dem Wasser des Todes vergiftet, geschöpft aus dem Gewässer neben dem Fluss des Lebens seiner Gottheit. Jenes Wasser war die einzige Möglichkeit, einen Unsterblichen unwiderruflich zu töten.

Um auch nur ein winziges Fläschchen davon zu ergattern, musste ein Engel denselben Weg gehen wie für das Wasser des Lebens: erst eine Auspeitschung, dann eine Anhörung vor dem Himmlischen Hohen Rat, bei der die Erlaubnis entweder erteilt oder verweigert wurde. Wenn dem Gesuch stattgegeben wurde, musste ein Opfer gebracht werden, das ebenfalls der Rat festsetzte.

All das hatte Zacharel auf sich genommen – nachdem seinem Bruder die Erlaubnis verweigert worden war –, doch im Tempel hatte er gezögert. Die zwei Ströme flossen Seite an Seite, Leben und Tod, Freud und Leid. Bei ihm allein hatte die Wahl gelegen. Er hätte das Wasser des Lebens nehmen können. Hätte es nehmen *sollen*. Doch das hätte nur den Leib seines Bruders geheilt, nicht seine Seele.

Dafür hätte Hadrenial Zeit an der Seite des Höchsten verbringen müssen, denn Er konnte *jeden* trösten und erretten. Doch Zacharels Zwilling hatte sich geweigert, es auch nur zu versuchen. Hatte sich weiter nach dem Tod gesehnt.

„Wie konntest du das von mir verlangen?", krächzte er. „Wie konnte ich es tun?"

Natürlich erhielt er keine Antwort. Die bekam er niemals.

Zacharel hatte seinem Bruder den Tod eingeflößt. Hatte das Leben aus seinem Körper weichen sehen, das Licht in seinen Augen verlöschen. Hatte seinen Leib mit einem Feuerschwert zu Asche verbrannt und davonwehen sehen.

Tagelang war er den Ascheflöckchen gefolgt.

Jetzt blickte er hinab auf den faustgroßen schwarzen Fleck, der sich auf seiner Brust ausbreitete. Am Todestag seines Bruders hatte Zacharel auch seinen eigenen Vorrat an *Liebe*, weit kleiner als der von Hadrenial, aus seiner Brust gelöst und mit den letzten Überresten seines Bruders in die Urne gegeben. Wenigstens dort waren sie noch zusammen.

Eine Woche später war ein winziger schwarzer Fleck an der Stelle erschienen, wo er jene *Liebe* hervorgeholt hatte. Über die Jahre war er langsam, aber stetig gewachsen. Nach Zacharels Gespräch mit seiner Gottheit jedoch, als der Schnee von seinen Schwingen zu rieseln begonnen hatte, war die Geschwindigkeit aufs Vierfache angewachsen.

Er wusste, was das bedeutete, wohin es führen würde, doch er machte sich keine Sorgen. War sogar froh. Wenn er bei seiner Jahresmission versagte und aus dem Himmel geworfen würde, müsste er wenigstens nicht lange leiden.

„Ich frage mich, ob Annabelle auch dich fasziniert hätte."

Er hielt inne, stellte sich die beiden zusammen vor. Ja, Annabelles Mut hätte den sanften Hadrenial begeistert. Hätten sie sich um sie gestritten?

Nein, entschied er. Denn Zacharel hätte sie aufgegeben. Das hatte er auch so vor – wenn er seiner Verantwortung Genüge getan hätte.

Mit großer Vorsicht stellte er die Urne auf seinen Nachttisch zurück und erhob sich. Er hätte das Ding auch in einer Luftfalte verbergen können, es so immer bei sich tragen. Doch andere Engel hätten seinen Bruder gerochen und Fragen gestellt, die er nicht beantworten wollte. Auch Dämonen hätten seinen Geruch wahrgenommen und versucht, ihn noch einmal zu zerstören.

Gedankenversunken zog er eine Robe über, bevor er langsam zu Annabelles Tür schritt. Dort hielt er inne, unsicher, ob er hineingehen sollte. Nachdem er ihr gestern zugesagt hatte, er würde ihr beibringen, wie man gegen Dämonen kämpfte, war er gegangen, zornig auf sich selbst.

Wie versprochen hatte er sie nicht eingeschlossen. Er hatte erwartet, sie würde nach ihm suchen, doch sie war an Ort und Stelle geblieben – und das hatte ihn noch zorniger gemacht.

Was stellte sie nur mit ihm an? Normalerweise war er ein Mann ohne jegliche Emotionen. Seit Jahrhunderten war er bekannt für seine innerliche wie äußerliche Kälte. Doch bei ihr hatte er das Gefühl, ständig an der Kante eines gefährlichen Abgrunds zu schwanken. Selbst jetzt war er angespannt, sein Kiefer schmerzte vom ununterbrochenen Zähneknirschen.

Die ganze Nacht lang hatte er darüber fantasiert, sie zu küssen. Sie tiefer, härter, besser zu küssen als der Mann, der vor ihm gekommen war. Hatte der Versuchung nachgegeben, von der er immer noch versuchte, sich einzureden, es wäre keine. Warum? Sie war nichts Besonderes. Eine lästige Verpflichtung, eine Bürde, die nur für kurze Zeit auf der Welt war. Es gab Tausende wie sie.

Stimmt das wirklich?

Gestern hatte er auf diese vollen rosa Lippen hinabgesehen und … sie begehrt. Noch nie hatte er Begehren verspürt. Vielleicht war es der Geschmack einer anderen Frau in seinem Mund, der sein Interesse am Küssen geweckt hatte, ein wachsendes Verlangen, das Erzwungene mit etwas freiwillig Gegebenem zu vergleichen. Vielleicht auch nicht.

Nach dem Bericht, den Thane ihm gestern gebracht hatte, war sein Verlangen nach Annabelle noch viel größer geworden. Unzählige Male war sie von Menschen wie Dämonen geschlagen worden, und doch war ihr Kampfgeist nicht gebrochen. Ihr großer Bruder hatte ihr furchtbar verletzende Briefe geschrieben, sie für ihre Taten verdammt, und doch hatte sie mit nichts als Güte und Verständnis geantwortet. Ärzte hatten sie eingesperrt, unter Drogen gesetzt, ihr nicht wiedergutzumachenden Schaden zugefügt, doch sie hatte sich mit all ihrer Kraft gewehrt.

Nein, es gab nicht Tausende wie sie.

Er sollte sich von ihr abwenden, solange es noch ging; bevor er beschloss, seinen Plan in den Wind zu schießen, seinen gesunden Engelsverstand zu ignorieren und sie zu behalten – nur um sie später zu verlieren. Bevor er absichtlich einen Kollateralschaden verursachte, nur um sie zu rächen.

Nur noch eine kleine Weile würde Zacharel mit ihr zusammenbleiben müssen. Ein paar Wochen, vielleicht einige Monate – nicht länger als ein Jahr –, dann wäre sie in der Lage, sich dem Bösen im Kampf zu stellen, das sie verfolgte. Dafür würde er sorgen. Danach könnten ihre Wege sich trennen, und er müsste nie wieder an sie denken … Auch wenn er keine Ahnung hatte, wohin er sie bringen oder wie er sich in den Augen seiner Gottheit der Verantwortung für sie entledigen sollte. Doch damit würde er sich an einem anderen Tag befassen.

Entschlossen betrat er das Zimmer.

Sie saß auf der Bettkante. Als sie ihn bemerkte, sprang sie auf und ihr blauschwarzer Pferdeschwanz schwang hin und her. „Ich denke, es ist das Beste, wenn wir unsere Beziehung an dieser Stelle beenden", waren die ersten Worte aus ihrem Mund.

Dann hättest du etwas anderes anziehen sollen, dachte er und sog ihren Anblick berauscht in sich auf. Das Tanktop und die weich fließende Hose waren verschwunden. Stattdessen trug sie ein schwarzes Bustier aus Leder, das mehr zeigte, als es verhüllte, und eine abgewetzte schwarze Lederhose, die sich wie eine zweite Haut an ihren athletischen Körper schmiegte. Sein Puls ging schneller.

Plötzlich verunsichert trat sie von einem Fuß – in Kampfstiefeln – auf den anderen. „Ich hab die Wolke um kampftüchtige Kleidung gebeten und das hier bekommen. Da sind überall Schlitze drin; ich schätze, damit man besser an die Waffen kommt. Aber dieses Oberteil stellt mich vor ein Rätsel. Außer natürlich, die Wolke glaubt, mein Ausschnitt könnte meine Gegner so ablenken, dass sie Fehler machen." Stirnrunzelnd stemmte sie die Hände in die Hüften und schüttelte den Kopf. „Mein Outfit spielt keine Rolle. Bring mich zurück nach Colorado."

„Ja, das tut es nicht, und nein, das werde ich nicht. Ich dachte, wir wären zu einer Einigung gekommen."

„Ja, aber …" Sie senkte den Blick auf ihre Füße, nur um gleich wieder zu ihm aufzusehen und die Augen zu verengen.

„Was?"

„Du bist so was von frustrierend", grollte sie. „Warum kannst du nicht einfach tun, was ich dir sage, statt mich erst mit tausend Fragen zu bombardieren?"

„Ich könnte dich dasselbe fragen."

„Ich stelle keine – argh." Sie hob eine Faust. „Meinetwegen, dann stelle ich eben viele Fragen. Und wenn schon. Das würde jeder an meiner Stelle. Davon abgesehen: Ich bin ein Mädchen, Fragen stellen ist mein Job. Du bist ein Kerl. Deine Aufgabe ist es, dir mit den Fäusten auf die Brust zu trommeln, zu grunzen und dann alles zu tun, um mir zu gefallen."

„Wohl kaum. Der Mann, den du gerade beschrieben hast, würde dir sehr viel wahrscheinlicher einen Knüppel über den Schädel ziehen und dich an den Haaren davonzerren."

Amüsiert funkelten ihre faszinierend blauen Augen.

Dieser Temperamentsausbruch und das folgende Amüsement begeisterten ihn. Natürlich nur ein bisschen. Er hatte keinen Schimmer, was sie als Nächstes tun oder sagen würde. „Wie fühlst du dich?", fragte er und betrachtete sie von Neuem. Unter ihren Augen lagen noch immer Schatten, ihre Lippen waren wundgekaut und sie zitterte leicht am ganzen Leib. „Es geht dir wieder schlechter?"

„Das sind bloß immer noch Entzugserscheinungen, mehr nicht."

In diesem Moment erinnerte Zacharel sich an die lange Liste der Medikamente, die ihr verabreicht worden waren. Entzugserscheinungen in dieser Größenordnung mussten erheblich sein. Er könnte ihr das restliche Wasser aus dem Fluss des Lebens geben, aber – er biss die Zähne zusammen. Während ihrer Bettlägerigkeit war dieser Gedanke noch zu rechtfertigen gewesen. Er hatte nicht gewusst, ob sie leben oder sterben würde, und genau dafür war das Wasser gedacht. Für Situationen, in denen es um Leben und Tod ging. Nicht, um ein paar kleine Wehwehchen zu lindern.

„Ich werd schon wieder", fügte sie hinzu, vermutlich, um die plötzliche Stille zu füllen. „Also. Bringst du mich jetzt bitte zurück? Ohne weitere Fragen?"

„Ich mag zwar frustrierend sein", tatsächlich war er sich sicher, dass das Wort „Zacharel" in mehreren Sprachen „Bastard" bedeutete, „aber bei mir bist du sicherer als bei jedem anderen."

„*Sicher* bei dem Typen, der gedroht hat, mich umzubringen?"

Ah. Jetzt verstand er. Nach einer anständigen Runde Schlaf und mit etwas klarerem Kopf war ihr wieder eingefallen, was er zu ihr gesagt hatte – *Ich könnte dich beim Wort nehmen und töten.* Und jetzt wollte sie weg von ihm. „Ich habe dich nicht bedroht." Es stimmte. Er hatte nur eine Tatsache ausgesprochen. Er könnte sie jederzeit töten.

„Aber du hast gesagt …"

„Ich weiß, was ich gesagt habe. Aber jetzt sage ich dir noch einmal, dass du bei mir sicherer bist als bei jedem anderen." Selbst wenn er sie verletzte, selbst wenn er beschloss, sie zu töten, war sie immer noch bei ihm am sichersten. Jeder andere würde sich dabei weit schlechter anstellen.

Ausnahmsweise schien sie ihn mal beim Wort zu nehmen, atmete tief ein und nickte. „Okay, ich bleibe. Fürs Erste."

Er verspürte einen seltsamen Drang, sich zu bedanken, konnte die Worte aber gerade noch herunterschlucken. „Du bist einfach zu gut zu mir."

Sie verschränkte die Arme. „War das etwa Sarkasmus? Ich glaube, ich habe da Sarkasmus gespürt."

„Bist du dir sicher, dass ich überhaupt weiß, was das Wort bedeutet?"

Tadelnd schnalzte sie mit der Zunge. „Und wieder eine Frage." Dann neigte sie den Kopf zur Seite und betrachtete ihn zum ersten Mal seit seinem Eintreten richtig. Ihre visuelle Bestandsaufnahme strich wie eine flüsternde Berührung über seinen gesamten Körper. „Deine Flügel …"

„Ja?" Er streckte erst einen aus, dann den anderen, und betrachtete sie der Länge nach. Immer noch rieselte Schnee von den Federn herab, doch die glitzernden Kristalle waren kleiner als sonst.

„In den Federn ist mehr Gold als Weiß. Gestern war es noch andersherum."

Sie hatte recht. Der goldene Anteil war erneut größer geworden. Das konnte nur bedeuten … dass er sich tatsächlich in einen Krieger der Elite verwandelte, ob seine Gottheit das nun mit ihm besprochen hatte oder nicht.

Aber … aber … das wiederum konnte nur bedeuten, dass seine Gottheit mit ihm zufrieden war, und dass er Zacharel als Ersatz für Ivar ausgewählt hatte. Keine andere Erklärung ergab einen Sinn.

Aber warum?

Weil Zacharel einen Menschen gerettet hatte, ungeachtet der Risiken für sein eigenes Leben? Weil er endlich Verantwortung für seine Armee übernommen, endlich den Respekt seiner Männer errungen hatte? Vielleicht hatte seine Gottheit gar nicht gewollt, dass er scheiterte. Vielleicht hatte hinter seiner Aufgabe die Hoffnung gestanden, er würde Erfolg haben – und dies sollte seine Belohnung sein.

„Und?", hakte Annabelle nach. „Nicht dass du glaubst, ich würde mich beschweren. Deine Flügel sind wirklich hübsch."

Hübsch? Eigentlich hätte ihn das Wort nicht beleidigen sollen, doch das tat es. Seine Flügel waren prachtvoll, vielen Dank auch.

Zu diesem Thema schuldete er ihr keine Erklärung. Er musste aufhören, so mit Informationen um sich zu werfen. Wenn ihre Wege sich trennten, und das würden sie, könnte sie in die Hände von Dämonen fallen. Könnte die Informationen an seine Feinde weitergeben. Doch er tat es trotzdem. Erzählte es ihr. Nach seinem Training würde niemand sie einfangen können. Ganz sicher nicht.

„Eine B-Beförderung. N-Nicht schlecht", erklärte sie mit plötzlich klappernden Zähnen. Der Atem stand ihr in kleinen Wolken vor dem Gesicht. „Ich will ja nicht das Thema wechseln, aber findest du es kalt hier drin?"

Das erinnerte Zacharel daran, wie er sie zum ersten Mal gesehen hatte – wie kalt ihr damals gewesen war –, und plötzlich war er nicht mehr zufrieden oder gar dankbar um die Kälte, die er mit sich trug. Annabelle litt darunter, und das gefiel ihm nicht.

In dieser Sache würde er seine Gottheit um Milde bitten müssen. Und vielleicht würde sie ihm sogar gewährt werden, jetzt, wo er wusste, dass er wieder Gnade vor den Augen seiner Gottheit finden konnte.

„Einen Mantel", sagte er jetzt, und ein erfreutes Schimmern trat in Annabelles Augen.

„Darauf hätte ich selbst kommen können."

„Ich bin mir sicher, das wärst du noch." Dann streckte er den Arm aus und griff einen weißen Kunstfellmantel aus der Luft. Sie nagte an ihrer Unterlippe, als er ihr das weiche Gewebe um die Schultern legte.

„Danke", erwiderte sie. „Weißt du eigentlich, dass du ein einziger Widerspruch in sich bist? Im einen Moment bist du gemein, dann wieder nett. Mal bedrohst du mich, dann gibst du meinen Beschützer."

„Willst du mich beleidigen, wie vor ein paar Tagen in der Anstalt?"

„Diesmal nicht."

„Aber du klingst, als würden diese Dinge dir nicht gefallen."

„Na ja, tun sie auch nicht. Weil es dadurch so schwierig ist, dich zu lesen."

„Ich bin kein Buch", gab er zurück.

Sie nickte. „Genau."

„Aber ..."

„Bleib einfach bei den Gemeinheiten und Drohungen, okay?", unterbrach sie ihn. „Ich will dich nicht mögen."

Noch nie hatte er eine verwirrendere Unterhaltung geführt. „Warum?"

„Ich verweigere die Aussage."

Diese Ausweichstrategie, die sie da betrieb, gefiel ihm immer weniger. „Du kannst dich nicht weigern, auf all meine Fragen zu antworten."

„Äh, kleiner Irrtum. Und ob ich das kann."

Wie sie soeben bewiesen hatte. „Dann müssen wir irgendeine Art der Belohnung festlegen für jede Antwort, die du mir gibst." Auch wenn das nach Bestechung roch – weil es das war – und den Eindruck erweckte, es würde ihm etwas bedeuten – was es tat. Das konnte er wohl nicht länger verleugnen. Aber dadurch würde sich rein gar nichts verändern.

Sie hob eine Augenbraue, äffte einen Ausdruck nach, den er ihr ziemlich oft gezeigt hatte. „Und einen Popo voll für jedes Mal, wenn ich nicht antworte?"

„Für ein solches Bagatelldelikt würde ich dich niemals körperlich bestrafen, Annabelle." Ihm gefiel ihr Name auf seinen Lippen. Der Klang, das Gefühl. „Vielleicht für … etwas wirklich Schlimmes. Aber ich würde nie etwas tun, das bleibenden Schaden verursacht. Du bist nicht einer meiner Soldaten. Darüber hinaus bist du ein Mensch. Du hältst nicht viel aus."

„Möglicherweise wärst du überrascht von meiner Zähigkeit."

Er wollte antworten, das wollte er wirklich, doch plötzlich packte ihn das Verlangen, mit den Fingerkuppen über ihre Wangen zu streichen, über ihre Lippen, um zu sehen, ob sie ihn verbrennen würde. Ob ihr hämmernder Puls so außer Kontrolle geraten würde, wie seiner es vermutlich täte. Er wollte wissen, ob sie näher rücken oder sich abwenden würde.

Du lässt dich nicht von solchen sterblichen Gelüsten unterwerfen. Er würde sie nicht berühren, und er würde nicht über ihre Reaktion darauf nachdenken. Doch auch wenn er seine körperlichen Begierden bekämpfen – und besiegen – konnte, war er den geistigen machtlos ausgeliefert. Seine Neugier über sie war zu groß, und er hörte sich sagen: „Deine Mutter war Japanerin, aber dein Name ist nicht japanisch."

Erleichtert straffte Annabelle die Schultern und akzeptierte den Themenwechsel. „Sie hat fast ihr ganzes Leben in den Staaten verbracht. Und ich bin nach der Mutter meines Vaters benannt, Anna Bella." Sie zog den Mantel um sich zusammen und gab ihrer eigenen Neugierde nach. „Ich hab mich was gefragt. Bist du wie die Engel in der Bibel? Ich, äh, hab mir letzte Nacht von der Wolke eine geben lassen. Ein bisschen hab ich drin gelesen, und … na ja …"

„Du hast Unterschiede festgestellt zwischen mir und den Engeln, von denen du gelesen hast", beendete er den Satz für sie.

„Genau. Und ich weiß noch, dass du gesagt hast, du wärst von einer anderen Art … oder so was."

Er konnte es sich nicht verkneifen: „Ich könnte mich weigern, das zu beantworten, genau wie du es mit mir gemacht hast."

„Aber das wäre so was wie ein Popo voll", erklärte sie, „und du, der du niemals lügst, wirst das nicht tun."

Ein sehr kluges Mädchen, seine Annabelle. Moment. *Seine* Annabelle? „Was du gelesen hast, ist wahr. In menschlichen Begrifflichkeiten wäre meine Gottheit eher so etwas wie ein König. Sie regiert einen bestimmten Teil des Himmelreichs und dient dem Höchsten, der über das *gesamte* Himmelreich herrscht, selbst über den Teil, den die Griechen und Titanen für sich beanspruchen – aber das ist eine andere Geschichte. Und wir sind nicht wie die Engel des Höchsten, weil wir nicht zu demselben Zweck geschaffen wurden."

Sie warf die Hände in die Luft. „Warum heißt ihr dann Engel?"

„Wir haben Flügel, und wir bekämpfen das Böse. Das Etikett passt, und irgendwann ist es hängen geblieben."

„Argh! Aber wenn ihr alle gegen das Böse kämpft, wo ist dann der Unterschied?"

Mit Menschen hatte er so selten zu tun – noch nie hatte er so etwas erklären müssen. „Alle Menschen sind Lebewesen, nicht wahr, und haben vieles gemeinsam. Aber nicht alle haben dieselbe Aufgabe. Manche sind Handwerker. Manche Unterhalter. Manche Lehrer."

Kaum hatte er den Satz beendet, da wurden die Wände der Wolke dunkler, dichter. In ihrem Inneren zuckten Blitze; zuerst klein, doch schnell wurden sie länger und intensiver. Verwirrt suchte er nach weiteren Veränderungen, fand aber keine.

Forschend streckte Annabelle die Hand nach den Blitzen aus. Er packte sie am Handgelenk und hielt sie zurück.

„Wolke?", fragte er. „Was ist los?"

Dämonen … flüsterte es in seinem Kopf. *Ein Angriff …*

Unmöglich. Oder? Aber … was, wenn es doch möglich war? Zacharel befahl sein Feuerschwert herbei. Nur höchst selten wagten sich Dämonen in dieses Himmelreich, und wenn, dann bestimmt nicht zum Wohnsitz eines Engels. Aber *möglich* war es.

Jegliche Farbe wich aus Annabelles Gesicht. „Was ist los? Was passiert gerade?"

„Wir werden angegriffen." Entweder hatten die Dämonen keinen Schimmer, wem diese Wolke gehörte, oder es war ihnen egal, weil ihre Begierde, Annabelle zu ergattern, zu groß war. Sie mussten ihrer Spur weit besser folgen können, als er geglaubt hatte.

Die Wolke würde sie aufhalten, letzten Endes jedoch nicht standhalten können. Wolken wie diese waren für Bequemlichkeit gemacht, nicht für den Kampf – woran er bisher nicht den kleinsten Gedanken verschwendet hatte. Zu jedem anderen Zeitpunkt hätte Zacharel diese Herausforderung sogar begrüßt, diese Gelegenheit für einen weiteren Sieg. Jetzt verspürte er einen winzigen Stich der Furcht. Annabelle könnte etwas zustoßen. Er hatte nicht die letzten Tage damit verbracht, um ihr Leben zu kämpfen, nur damit sie dem Bösen in die Klauen fiel.

„Zeig sie mir", befahl er der Wolke.

Neben ihm verdichtete sich die Luft, eine Vielzahl von Farben erschien, wirbelte durch die Luft, floss ineinander. Er versteifte sich, während Annabelle aufkeuchte. Mindestens fünfzehn Dämonen belagerten sein Heim, gruben und rissen mit ihren Klauen an den Außenwänden, um ins Innere zu gelangen, genau wie er vermutet hatte. Sie waren wie im Rausch, verzweifelt, hatten Schaum vorm Maul, Gift tropfte ihnen von den Klauen.

„Sie kommen mich holen", murmelte Annabelle ausdruckslos.

Zacharel ließ die freie Hand um ihre Taille gleiten und zog sie an sich. „Halt dich an mir fest und lass unter keinen Umständen los."

„Aber ich kann dir helfen, gegen sie zu kämpfen." Gut. Jetzt lag Entschlossenheit in ihren Worten.

Trotzdem knurrte er: „Kannst du fliegen? Oder würdest du ohne mich bis hinab auf die Erde stürzen?" Die Antwort darauf kannten sie beide.

Ohne weiteres Zögern schlang sie ihm die Arme um den Hals und verschränkte die Finger fest in seinem Nacken. Genau wie er es sich gestern vorgestellt hatte, schmiegten sich weiche Brüste gegen das Hämmern seines Herzens, und ihre Unterleiber pressten sich aneinander. Zischend sog er den Atem ein, erstaunt, dass er die Empfindungen, die sie hervorrief, in einem solchen Moment überhaupt wahrnahm.

Konzentrier dich. „Das reicht nicht", befand er, umfasste mit einer Hand ihren Po und hob sie hoch. „Beine."

Sie schlang die Beine um seine Taille.

Ihre Blicke trafen sich, hartes Grün und dieses übernatürliche Blau – ein Blau, in dem jetzt eine beeindruckende Mischung aus Entsetzen und Entschlossenheit stand. Sie nickte, bereit für die Schlacht.

Tapferes Mädchen.

„Wenigstens schneist du nicht mehr", stellte sie fest.

Tatsächlich? Seine Gottheit musste seinen unausgesprochenen Wunsch erhört haben. Für diese Geste würde Zacharel ihr später ausdrücklich danken.

„Ich wünschte, es gäbe einen anderen Weg", sagte er. In dieser Position wäre Annabelle sein Schutzschild. Dieser Gedanke widerstrebte ihm bis ins Mark, doch es gab keine andere Lösung. Er konnte sie nicht an einen anderen Ort teleportieren und dann zurückkehren, weil er sich nicht teleportieren konnte. Das war nur ein paar wenigen Engeln möglich, wie zum Beispiel dem flügellosen Koldo.

Was Zacharel *konnte*, war, seinen Körper so zu tarnen, dass niemand ihn sehen oder spüren konnte. Doch mit Annabelle war das nicht im gleichen Ausmaß möglich, also fiel auch das aus.

Ich brauche dich, projizierte er zuerst in Koldos Gedanken, denn er wäre jetzt die größte Hilfe, und dann in die jedes anderen Mitglieds seiner Armee. Das hatte er noch nie getan, deshalb war er sich nicht sicher, ob es funktionieren würde, und für beides verfluchte er sich. *Dämonen. An meiner Wolke. Kämpft.*

Es blieb keine Zeit, um auf eine Antwort zu warten – falls seine Krieger überhaupt wussten, wie sie in derselben Art antworten konnten. „Wenn ich dich an einen Mann namens Koldo übergebe, wehr dich nicht gegen ihn. Er wird dich in Sicherheit bringen."

„Und was ist mit dir?"

Gute Frage. „Jetzt", sprach er die Wolke an und überhörte Annabelle, „will ich, dass du diesen Ort verlässt. Geh irgendwohin, wo die Dämonen dich nicht erreichen können, und beschütz die Urne. Ich werde ins Himmelreich zurückkehren und dich finden."

Wuuusch.

Die Wolke war fort und mit ihr der Boden unter seinen Füßen. Annabelle keuchte auf und klammerte sich fester an ihn. Plötzlich befanden sie sich im durchdringenden Schein der strahlenden Morgensonne. Dämonen umringten sie, hektisch mit ihren zerfetzten Flügeln flatternd, während sie noch zu begreifen versuchten, was gerade geschehen war. Im selben Moment schwang Zacharel schon sein Schwert und köpfte den, der ihm am nächsten war. Beim Aufflackern der Flammen, dem gleitenden Geräusch, mit dem sich Knochen von Knochen löste, realisierten die anderen, dass ihre Beute in Sicht war.

Alle zugleich stürmten sie auf ihn ein. Methodisch arbeitete Zacharel sich durch sie hindurch, duckte sich, ließ sich fallen, wand sich. Zwei weitere Körper fielen, gingen in Flammen auf, während sie in die Tiefe stürzten. Blieben noch zwölf. Sie kämpften schmutzig, aber darauf war er vorbereitet und konnte damit umgehen.

„Ich muss dich loslassen", warnte er Annabelle. „Halt dich gut fest."

„Alles klar."

Als ihn vier gleichzeitig angriffen und mit ihren Klauen nach ihm schlugen, drehte er sich um die eigene Achse und nahm den Arm von Annabelles Taille, um die zwei auf der linken Seite abzublocken, während er die zwei Dämonen, die von rechts kamen, mit dem Schwert köpfte.

In derselben Sekunde schockierte ihn Annabelle, indem sie ein Bein von seiner Taille löste und nach den Dämonen trat, die er geblockt hatte – und einem den spitzen Stiefelabsatz geradewegs ins Auge rammte.

„Annabelle!"

„Was? Ich hab mich festgehalten", erwiderte sie. „Zumindest mit den Händen."

Ein anderer Dämon klammerte sich an ihr Fußgelenk, bevor

sie das Bein zurückziehen konnte, und ihr entwich ein erschrockener Ausruf.

Zacharel beschrieb mit dem Handgelenk einen Bogen, schnappte zurück, schwang tief … tiefer … folgte mit dem Schwert dem Dämon an ihrem Bein – und erledigte ihn schließlich. Ein weiterer Kopf trudelte schwarzes Blut verspritzend durch die Luft.

„Hinter dir!", schrie Annabelle.

Schnell wirbelte er herum – aber nicht schnell genug. Dämonenklauen, die auf seine Halsschlagader gezielt hatten, fetzten durch seinen Flügel. Ein stechender Schmerz zuckte durch die Sehne, die plötzlich wie versteinert war und seinen Flügel bewegungsunfähig erstarren ließ.

Zacharel biss die Zähne zusammen, als er durch den sonnenbeschienenen Tag abwärts stürzte. Aus Annabelles Kehle drang ein schriller Angstschrei. Er brauchte all seine Kraft und Entschlossenheit, um den verletzten Flügel zu zwingen, wieder zu schlagen. Anfangs vergeblich. Doch dann traf er auf einen Luftstrom und konnte seinen Fall ruckartig stoppen.

„Das war knapp", brachte sie hervor, während sie offensichtlich dagegen ankämpfte, sich zu übergeben.

Zu knapp. „Nur das Ergebnis zählt."

„Wie kann ich dir helfen?"

„Bleib am Leben." Keine anderen Engel waren in Sicht. Entweder waren sie irgendwo anders in eigene Kämpfe verwickelt oder er hatte bei seinem Versuch, sie zu rufen, versagt.

„Du aber auch."

Und dann hatten die Dämonen sie eingeholt und griffen erneut von allen Seiten an. Lodernd fuhr sein Schwert durch die Luft. Doch weil er nicht mehr so schnell war wie anfangs, pflügte bald eine andere klauenbewehrte Hand mitten über seinen Rücken und durchtrennte die angerissene Sehne vollends.

Und es ging abwärts. Diesmal würde er den Sturz unmöglich abfangen können. Annabelles Pferdeschwanz peitschte ihm ums Gesicht, über die Lippen, in den Mund.

„Zacharel!" Durch die Macht des Windes wurde sie ihm aus

den Armen gerissen, und dann stürzte sie kopfüber neben ihm hinab.

Gackernd und krähend setzten ihr mehrere der Dämonen nach.

Zacharels Gedanken überschlugen sich. Die Engel der Gottheit konnten körperlich sterben, wenn sie zu stark verletzt wurden. Beim Aufprall würden sich Zacharels Innereien über die gesamte Umgebung verteilen, doch vielleicht könnte er es überleben. Annabelle war ein Mensch. Ob sie sterben würde oder nicht, bedurfte keiner großen Überlegung. Sie würde.

Er zog den gesunden Flügel an und raste pfeilschnell auf Annabelle zu. Im Fallen hatte sie ihm den Rücken zugekehrt, ihr Haar flatterte hinter ihr her. Innerhalb von Sekunden hatte er die Distanz überwunden, zog Wurfsterne aus den Luftfalten, wo er sie verwahrt hatte, und schleuderte sie auf jeden Dämon, der nach ihr griff.

Schmerzerfülltes Kreischen erfüllte die Luft, während abgetrennte Hände in die Tiefe fielen, und eins nach dem anderen ließen die Wesen ab von ihr. Fast war er dort … so dicht … Er hatte sie! Zacharel schlang die Arme um sie und zog sie an seine Brust.

Mit Händen und Füßen, Ellenbogen und Knien wehrte sie sich. „Lass mich los, du widerliches, krankes Stück …"

„Ich hab dich", sagte er, und in dieser Sekunde wusste er es. Es gab nur eins, was er tun konnte, um für ihr Überleben zu sorgen.

Augenblicklich beruhigte sie sich. „Zacharel?" Sie wand und drehte sich, legte ihm die Arme um den Hals. „Dem Himmel sei Dank."

„Ja. Ich bin es." Er holte das Fläschchen mit dem Wasser des Lebens hervor. Nur noch ein Tropfen war übrig, doch diesmal ging es um Leben und Tod. Er ließ ihr keine Zeit, Fragen zu stellen oder sich zu weigern. Stattdessen hielt er ihr einfach das Fläschchen an die Lippen und kippte es, sodass der Tropfen in ihren Mund rollte. „Trink."

Die Augen weit aufgerissen, schluckte sie. So. Was auch immer als Nächstes geschehen würde, sie würde es überleben. Möglicherweise würde sie sich wünschen, es wäre nicht so, doch sie würde leben.

8. KAPITEL

Das ist es also, das Ende, dachte Annabelle. Eine köstliche Wärme durchflutete sie, prickelte in ihren Adern wie Champagner und stand im absoluten Widerspruch zu der Hoffnungslosigkeit, die sie empfand. Der Wind peitschte ihr wild durchs Haar, brannte schneidend auf ihrer wunden Haut. Und … und … oh, gütiger Gott, ein stechender Schmerz fuhr ihr durch die Brust, quetschte ihr Herz zusammen wie mit einer grausamen Faust. Vergessen waren die Wärme und das Prickeln. Augenblicklich verkrampft, stieß sie einen Schmerzensschrei aus.

„Ruhig, Annabelle."

„Was ist los … was hast du gemacht … Oh Gott!"

„Das Wasser kann wehtun, während es dich heilt."

Diese verfluchten Dämonen, die für all das verantwortlich waren. „Aber ich … bin nicht verletzt."

„Doch, das bist du. Wahrscheinlich hast du es nur durch den Adrenalinschub nicht bemerkt."

„Kannst du uns … sicher runterbringen?" Oh Gott, sie konnte kaum sprechen vor Qualen. Diese Dämonen mussten mehr getan haben, als sie bloß zu kratzen.

„Nein, nicht kontrolliert und aus eigener Kraft. Der Aufprall wird schmerzen, und ich will ehrlich sein: Dieser Schmerz wird schlimmer sein als alles, was du je erlebt hast."

Ich werde nicht schreien, ich werde nicht schreien, ich werde wirklich, wirklich nicht schreien. „Gibt's auch eine gute Nachricht?"

„Der Schmerz wird nicht lange anhalten. Bald wirst du gar nichts mehr spüren, das schwöre ich."

„Weil ich … tot sein werde." *Atmen, immer weiteratmen.* Doch selbst das verstärkte nur den schraubstockartigen Druck um ihr Herz. Schweiß trat aus ihren Poren und gleichzeitig verwandelte sich ihr Blut in Eiswasser. Dagegen würde der Aufprall die pure Erlösung sein.

„Ich habe dafür gesorgt, dass du überleben wirst." Zacharels Arme um ihren Leib waren stark und tröstlich. Einen seiner Flügel hatte er um sie gezogen, als wollte er den Aufprall dämpfen. Der andere flatterte hilflos im Luftzug umher, als würde er jede Sekunde abreißen.

Sie wünschte, ihr Herz würde endlich Nägel mit Köpfen machen und ihr aus der Brust springen. Was auch immer er ihr da eingeflößt hatte, musste schlimmer sein als jeder Aufprall und … Ohhh, wieder peitschte eine Woge der Qual durch ihren Leib.

So, das war's also. Gleich bist du tot. Nach all den Kämpfen, die sie überlebt hatte, all den schweren Zeiten, war sie wirklich sauer, dass es auf diese Weise enden sollte. *Mit einem solchen Knall, ha ha.* Bis heute hatte sie nicht das Grab ihrer Eltern besuchen können. Hatte den Dämon, der sie ermordet hatte, nicht umgebracht, weil er nie wieder aufgetaucht war; und gefangen in ihrer Zelle in der Anstalt hatte sie ihn nicht jagen können. Nicht dass sie gewusst hätte, wie sie das anstellen sollte. Nicht einmal ihrem Bruder hatte sie Lebewohl sagen können, selbst wenn er kein einziges Wort erwidert hätte.

Immer näher kam die Erde. So grün, so wunderschön. Tränen brannten ihr in den Augen. Die Brust wurde ihr noch enger. Näher … jeden Moment …

„Es tut mir leid", sagte Zacharel und drehte sich im nächsten Augenblick in der Luft, sodass sein Rücken dem Boden zugewandt war und ihr Blick in den Himmel ging. Ein verschwommener Eindruck von hübschem Blau und Weiß. Dicke Wolken, die sich überall türmten. „Der Schmerz, den du gleich erleiden wirst, so kurz er auch dauern wird … es tut mir leid", wiederholte er.

„Das muss es nicht. Du hast alles getan, was in deiner Macht stand …"

Da verspannte er sich, und sie wusste es. Der Aufprall.

Bumm! Sie krachten durchs Geäst, schleuderten von einem Baum in den nächsten; mit jedem Schlag mischte sich ihr keuchender Atem, bis sie keine Luft mehr den Lungen hatten – oh, Moment, da war doch noch etwas gewesen, bewies der nächste Aufprall, der sie dann vollständig ausleerte.

Immer weiter schleuderten sie in die Tiefe, ohne langsamer zu werden, bis … *bumm!* Der zweite Aufprall war weit härter, harscher, ging ihr bis ins Mark. Doch jetzt bewegten sie sich nicht mehr. Einfach so.

Schwärze zog sich wie ein Spinnennetz über ihr Blickfeld. Fürs Erste konzentrierte sie sich darauf, ihre Lungen wieder in den Griff zu kriegen. Einatmen, ausatmen, anfangs zu schnell, doch nach ein paar Minuten wurde sie langsamer, atmete regelmäßiger. Minuten wurden zu Stunden, Stunden zu Ewigkeiten, bevor sie die Kraft fand, sich aufzusetzen. Das war ein Fehler. Eine Woge des Schwindels rollte durch sie hindurch, stellte ihre Welt auf den Kopf. Sie war nass. Vollkommen durchnässt, wenn man es genau nahm. Und, oh Baby, *jetzt* kamen die versprochenen Schmerzen. Eine bunte Mischung aus Brennen, Stechen und Pochen.

Mit zusammengekniffenen Augen blickte sie sich um.

Zersplitterte Äste direkt über ihr machten einen schnurgeraden Weg für die Sonne frei. Heiß lagen die Strahlen auf ihrer Haut und ließen sie glühen wie im Scheinwerferlicht. Vor ihr lag still und wartend ein tiefer Wald. Smaragdgrüne Blätter strichen übereinander, taubedeckt, und der Duft von Wildblumen lag in der Luft.

Neben ihr … neben ihr lag Zacharel hingestreckt, die Augen geschlossen, sein Körper regungslos. Beide seiner Flügel zeigten in seltsamen Winkeln von ihm weg. Sein weißes Gewand war nicht länger weiß, sondern blutrot.

Blut, so viel Blut. *Überall.* An ihrem gesamten Körper – seinetwegen. Es lief ihm aus dem Mundwinkel, tropfte ihm vom Kinn. Dort, wo sein Gewand zerrissen war, quoll es in Massen hervor wie aus einer rostigen Handpumpe. Sein Oberkörper war verstümmelt, einer seiner Oberschenkel aufgerissen. An seinem gebrochenen Fußgelenk war der nackte Knochen durch die Haut gestoßen und ragte zersplittert empor.

Ihre Eltern, aufgeschlitzt, mit leerem Blick.

Ihre Eltern in einer Pfütze aus langsam gerinnendem Blut.

In ihr stieg ein hysterisches Lachen auf. Wieder einmal würde Annabelle aus einer grauenhaften Szene hervorgehen, ohne großen Schaden davongetragen zu haben.

Nein. Nein! So würde sie Zacharel nicht zurücklassen. Sie würde ihn nicht sterben lassen.

Er ist längst tot, schaltete sich ihr gesunder Menschenverstand ein.

Nein! widersprach ihr sturer Kern. Sie kannte ihn noch nicht besonders lange, aber er hatte ihr das Leben gerettet. Zweimal. Hatte für sie gesorgt. Er, der Mann, der behauptete, seinen eigenen Bruder getötet zu haben. Er, der Mann, der gesagt hatte, er könnte *sie* ohne Zögern töten. Er, der Mann, die niemals log.

Sie würde nicht den Fehler begehen, ihn zu vermenschlichen. Zu versuchen, ihm akzeptable Gründe dafür zu unterstellen, dass er sie bedroht hatte. Doch ebenso wenig würde sie ihn verlassen. Er hatte sein Bestes gegeben, um sie zu beschützen.

Schwankend kämpfte Annabelle sich auf die Knie und tastete nach seinem Puls. Sein Herz schlug zwar unregelmäßig, doch es schlug. Es gab noch Hoffnung!

Gott, wenn du zuhörst, ich danke dir! Mit zitternden Händen flickte sie Zacharel so gut wieder zusammen, wie sie konnte – unter Würgen, unter Tränen, unter Schluchzen. *Bleib nur noch ein bisschen länger bei uns. Er braucht Hilfe.*

„Du wirst wieder gesund", versprach sie Zacharel. „Du wirst überleben."

Suchend blickte sie sich im sie umgebenden Wald um. Wenn sie eine Trage baute, eine Art Schlitten, könnte sie ihn … wohin ziehen? Sie hatte keine Ahnung, wo sie sich befanden. *Egal.* Sie würde ihn hinter sich herziehen, bis sie jemanden fand, der Hilfe holen konnte.

„Was hast du mit ihm gemacht?"

Harsch schnitt die Stimme hinter ihr durch die Luft, traf sie so voller Hass und Zorn, dass sie vor Schreck vornüberkippte und sich mit den Händen auffangen musste. Blut spritzte auf. Schnell richtete sie sich auf und wirbelte herum. Wieder packte sie der Schwindel und die Spinnennetze kehrten zurück. Diesmal blitzten blendende Lichtpunkte darin auf.

Keine zwei Meter von ihr entfernt lauerte ein Tier von einem Mann auf sie.

Keuchend fuhr sie mit den Händen in die Schlitze in ihren neuen Kleidern und packte zwei von den Messern, mit denen die

Wolke sie versorgt hatte. Gut. Die hatte sie im Fallen nicht verloren. Sie richtete beide auf den beängstigend aussehenden Neuankömmling, während sie sich auf die Füße kämpfte. „Komm mir nicht näher. Sonst wirst du's bereuen."

Unregelmäßige Schürfwunden zogen sich über seine Wangen, sie sahen an den Rändern aus wie verbrannt, doch beim Anblick seiner übrigen Haut musste sie an polierte Kupfermünzen denken. In seinen schwarzen Augen brodelten Wut und Hass. Das dunkle Haar trug er in langen, perlenbesetzten Zöpfen, und obwohl er ein weißes Gewand trug, war er kein Engel. Er *konnte* kein Engel sein. Über seinen massigen Schultern ragten keine Flügel empor.

Hasserfüllt starrte er erst sie, dann Zacharel an. Als er diese unergründlichen Augen wieder auf sie richtete, verengte er sie, und jetzt knisterten orange-goldene Flammen darin. Irgendwie war dieses Feuer um ein Vielfaches schlimmer als die Emotionen zuvor.

Sie blinzelte, und dann stand er vor ihr – ohne auch nur einen Schritt gemacht zu haben. Lange, kräftige Finger legten sich um ihre Handgelenke und drückten zu. Doch sie klammerte sich weiter an ihre Waffen.

„Lass mich los!", forderte sie und versuchte, ihm das Knie in die Eier zu rammen.

Er wich der Berührung aus. „Lass die Waffen fallen."

Damit sie – und Zacharel – ihm hilflos ausgeliefert waren? „Niemals!"

Sein Griff wurde fester. Noch als ihre Knochen brachen und ihr ein grausamer Schmerz bis in die Schultern fuhr, weigerte sie sich, die Finger von den Messern zu lösen.

Ich habe schon Schlimmeres ertragen. Mit zusammengebissenen Zähnen kämpfte sie gegen die Benommenheit und die immer dichter werdenden Spinnennetze mit den blitzenden Lichtern darin an. Noch einmal fand sie die Kraft, zu versuchen, ihm eins in die Weichteile zu verpassen. Offenbar hatte er angenommen, sie wäre vom Schmerz überwältigt und würde sich geschlagen geben – denn diesmal war er unvorbereitet und sie traf.

Doch statt sich zusammenzukrümmen, schleuderte er sie beiseite, sodass ihr sowieso schon malträtierter Körper gegen einen Baum krachte und nutzlos zu Boden sackte.

„Bleib da." Angespannt behielt er sie im Blick, als er sich neben Zacharel kniete.

„Nein! Ich lass nicht zu, dass du ihm wehtust", schrie sie und rappelte sich wieder auf die Füße. Und *Danke, Gott!* Noch immer hielt sie die Messer in ihren schmerzenden, anschwellenden Händen.

Überraschung leuchtete in diesen gefährlichen Augen auf. Über ihre Worte oder wegen ihrer Hartnäckigkeit? Was auch immer der Grund sein mochte, als Nächstes war *sie* überrascht, als er Zacharel in einer weichen Bewegung vom Boden aufhob. Eine solche Sanftheit hätte unmöglich sein sollen für jemanden, der mehr Monster als Mann zu sein schien.

Trotzdem hielt sie weiter eins der Messer auf ihn gerichtet. „Ich weiß nicht, wer du bist oder was du hier machst, aber wie ich schon sagte, ich werde nicht zulassen, dass du ihm wehtust."

„Ich bin Koldo, und ich würde ihm niemals wehtun."

Vor Erleichterung wäre sie fast in die Knie gegangen. Koldo. An den Namen erinnerte sie sich. Er mochte kein Engel sein, doch er war Zacharels Freund. Ihr Krieger hatte gesagt, sie solle sich nicht gegen ihn wehren, kurz bevor er seiner Wolke befohlen hatte, zu verschwinden. „Wohin bringst du ihn? Was hast du mit ihm vor?"

„Weg. Ihn retten."

Diese harsche Stimme musste bei Zacharel irgendetwas in Gang gesetzt haben, denn flatternd hoben sich seine Lider. Schwach versuchte er, sich zu befreien, und murmelte: „Das Mädchen." Dann hustete er, und Blut blubberte aus seinem Mund.

Er war noch am Leben!

Mit einem erleichterten Seufzen stürzte sie zu ihm. Bloß dass sie ihn nicht erreichte. Beide Männer verschwanden, als wären sie nie da gewesen. Eine Woge der Panik und des Kummers überrollte sie, während sie noch herumwirbelte, nach irgendeiner Spur von ihnen suchte – und nichts entdeckte.

So ist es am besten. Koldo würde Zacharel die Hilfe holen, die er brauchte. Ohne sie würden die Dämonen ihn in Ruhe lassen und …

Starke Arme schlossen sich um sie und zogen sie ruckartig an eine ebenso starke Brust. Instinktiv schlug sie um sich, rammte den Hinterkopf ans Kinn ihres Gegners. Er grunzte, gab jedoch nicht nach. Dann löschte ein Vorhang aus unerträglich blendendem Weiß den Wald aus. Als Nächstes verschwand das Gras unter ihren Füßen. Mehrere qualvolle Sekunden lang konnte sie nicht atmen, sich nicht rühren, und wurde umspült von einem grauenvollen Eindruck des Nichts.

Die Panik kehrte zurück, stärker, überwältigend, doch als sie den Mund zu einem Schrei öffnete, erstrahlte eine neue Welt um sie herum. Ein Märchen. Über ihr erhob sich ein Deckengewölbe aus rosa Kristallen, in dessen Mitte ein diamantenbesetzter Kronleuchter hing. Die Wände waren mit feinstem Samt bezogen, die Fenster aus satiniertem Glas mit kunstvoll drapierten weißen Vorhängen. Dahinter war … Sie war sich nicht sicher, sah nichts als Schwärze durch die Scheiben. Auf dem Mahagoni-Fußboden lagen mehrere dicke Teppiche in Pastelltönen.

Der Raum war so riesig, dass er in mehrere Bereiche aufgeteilt war. Neben einem Schlafbereich gab es eine Sitzgruppe, die aus einer halbkreisförmigen Couch mit Blumenmuster und drei dazu passenden Sesseln bestand, die um einen quadratischen Glastisch herum angeordnet waren. Auch eine Küche gab es. Auf dem Esstisch stand eine Kristallvase mit einem üppigen frischen Blumenstrauß, dessen herrlicher Duft die Luft erfüllte.

Was das Schlafzimmer anging, fasste dort derselbe geraffte Stoff wie an den Fenstern das riesigste Bett ein, das sie je gesehen hatte.

Bett. Düster hallte das Wort in ihrem Kopf wider, eine Erinnerung an all das, was einem dort widerfahren konnte … Und jetzt war sie mit ihrem Gegner allein.

Steh da nicht so blöd rum. Wehr dich!

Mit der Kraft eines erneuten Adrenalinstoßes riss Annabelle den Arm hoch und schlug ihrem Entführer die geschwollene

Faust aufs Auge. Endlich ließ er die Arme fallen, und sie wirbelte herum, um ihm gegen den Kehlkopf zu schlagen und ihn außer Gefecht zu setzen. Ihr gegenüber stand Koldo, doch als seine Identität bei ihr ankam, war es schon zu spät, ihre Bewegung zu stoppen. Schon rasten ihre Hände auf ihn zu, die vergessenen Messer auf seine Halsschlagadern gerichtet. Damit würde sie ihn bis zum Rückgrat durchbohren.

Er musste mit dem Angriff gerechnet haben, denn er bog den Oberkörper zurück, außer Reichweite.

Danke, Gott, schon wieder. Aber so richtig. Schwer ließ sie die Arme sinken. „Tut mir leid, hab ich nicht gewusst und konnte nicht mehr aufhören. Wo ist Zacharel?" In einem einzigen Atemzug sprudelten die Worte aus ihr heraus.

„Steck zuerst deine Waffen weg", befahl er. Noch immer kochte in seiner Stimme eine tief verwurzelte Wut, die er nicht verbergen konnte, wahrscheinlich nicht einmal verbergen *wollte*. Pure Emotion, die für nichts anderes Platz ließ.

„Okay. Ja." Auch wenn sie keine Angst vor ihm hatte – na ja, jedenfalls nicht viel –, hämmerte ihr das Herz gegen die Rippen, als sie versuchte, ihm zu gehorchen. Doch was sie auch versuchte, ihre Finger blieben unbeweglich um die Messergriffe gekrümmt. Sie waren zu geschwollen, um sie zu bewegen.

„Weib! Jetzt."

„Ich kann nicht", sagte sie mit brechender Stimme. Er hatte schon bewiesen, dass er alles tun würde, um seinen Freund zu beschützen. Wie zum Beispiel eine fremde Frau durch den Wald schleudern, nachdem er ihr die Handgelenke gebrochen hatte. „Meine Hände machen da nicht mit."

Vom Bett her ertönte ein Stöhnen, das sofort ihre ganze Aufmerksamkeit auf sich zog. Die reinweißen Decken gerieten in Bewegung, erinnerten sie plötzlich an einen heftigen Schneesturm.

Nein, das waren keine Decken, erkannte sie. Zacharel. Er lag mitten auf dem Bett. Sie hatte ihn übersehen, weil sein Gewand weiß war. Irgendwie war das Blut in den paar Minuten ihrer Trennung verschwunden. Hastig stürzte sie auf ihn zu.

Koldo streckte einen Arm aus und bremste sie.

Kampfbereit hob sie die Messer, ungeachtet der Tatsache, dass sie auf derselben Seite standen, doch er benutzte seine freie Hand, um die Waffen aus ihren Fingern zu schälen. Erst dann trat er beiseite. Sie krabbelte aufs Bett und versuchte, dabei nicht ihre Hände zu belasten. Vorsichtig, ganz vorsichtig, um nur ja nicht die Matratze ins Schaukeln zu bringen.

„Ich bin hier, und ich werde so lange über dich wachen, wie ich kann", versprach sie mit sanfter Stimme, als sie bei Zacharel war. Zu ihrem Erstaunen wurde er wieder ruhig. „Aber ich bin mir nicht sicher, wie lange das sein wird", fügte sie mehr an Koldo gerichtet hinzu. „Ich ziehe die Dämonen an, und offenbar finden sie mich, wo immer ich auch bin. Noch einen Angriff wirst du nicht überstehen. Nicht in diesem Zustand."

Seine Flügel waren immer noch gebrochen, und jetzt, wo das Blut fort war, konnte sie mehrere Stellen sehen, an denen ihm Federn fehlten. Kalkweiß war er, die einzige Farbe in seiner Haut waren die dunklen Schatten unter seinen Augen. In seiner Unterlippe klaffte ein scharf umrissenes Loch. Ein Ast musste sich bis in sein Zahnfleisch gebohrt haben.

„Wieso bin ich ohne einen Kratzer davongekommen und er sieht *so* aus?", fragte sie leise.

Koldo baute sich am Fußende des Betts auf. „Hast du irgendetwas getrunken, bevor ihr auf dem Boden aufgetroffen seid?"

Sie versetzte sich zurück, erinnerte sich, wie Zacharel ihr diesen einen Tropfen Wasser eingeflößt hatte. Die Wärme, die sich in ihrem Körper ausgebreitet hatte, der Schmerz. „Ja. Aber nicht viel."

„Nicht viel war immer noch genug."

Ein sehr guter Einwand. „Was *war* das für ein Zeug?"

Wieder ein Moment des Schweigens. Statt ihre Frage zu beantworten, wechselte Koldo das Thema. Anscheinend machten Engel das so. „Er hat keine Ruhe gegeben, bis ich ihm versichert habe, dass du am Leben bist. Außerdem hat er mich schwören lassen, ich würde dafür sorgen, dass du an seiner Seite bleibst."

Aber … aber … Warum machte Zacharel das? „Gibt es einen Weg, seine Genesung zu beschleunigen?"

„Ja."

Als Koldo nicht weitersprach, warf sie ihm einen aufgebrachten Blick zu. „Ja und? Was wäre das? Das Wasser, das er mir gegeben hat?" Das Wasser, von dem er ihr den letzten Tropfen eingeflößt und dann die Flasche weggeworfen hatte?

Auf Koldos Zügen, hart geworden in vermutlich unzähligen Schlachten, war nicht die Spur einer Emotion zu entdecken. Doch das Feuer in seinen Augen konnte er nicht verbergen. „Diese Information werde ich nicht an einen Menschen weitergeben, erst recht nicht an die Gemahlin eines Dämons."

„Aber das *bin ich nicht*!"

„Selbst an eine Dämonengemahlin, die Zacharel zu beschützen beschlossen hat, werde ich diese Information nicht weitergeben", fügte Koldo hinzu und runzelte die Stirn, als hätte er gerade etwas Seltsames gespürt.

Aus einem Engel Antworten herauszukitzeln, war, als würde man einen Felsbrocken einen Berg hinaufrollen, befand Annabelle – ein verdammter Haufen Arbeit ohne besonders großen Erfolg. „Dieses geheimnisvolle Etwas, das Zacharels Heilung beschleunigen würde. Kannst du das besorgen? Oder hast du es sogar schon?"

„Ja, ich kann es beschaffen. Nein, ich habe es nicht."

Schweigen.

Einen Felsbrocken mit Stacheln. „Ja, dann beschaff es doch!"

„Nein."

Uuund noch mehr Schweigen.

„Es sei denn", setzte er – Wunder über Wunder – ohne eine weitere Frage ihrerseits hinzu, „du leistest einen Eid, Zacharel für einen Monat aus dem Himmel fernzuhalten, *ohne* ihm etwas von unserer Vereinbarung zu verraten. Die einzige Ausnahme wäre im Fall einer Schlacht."

„Warum willst du ihn weghaben?" Und warum glaubte Koldo, *sie* könnte Zacharel zu irgendetwas zwingen? Na gut, der Engel wollte, dass sie bei ihm blieb. Er hatte außerdem versprochen, ihr beizubringen, wie man gegen Dämonen kämpfte, also ja – was das Zusammenbleiben anging, war sie voll dabei. Aber das bedeutete nicht, dass er tun würde, was sie von ihm wollte.

Davon abgesehen: Wagte sie es überhaupt, sich für einen fest-gelegten Zeitraum an ihn zu binden? Wie sie gesagt hatte, folgte die Gefahr ihr im Augenblick auf Schritt und Tritt, und diese Ge-fahr hatte ihn bereits fast umgebracht. Ein anständiges Mädchen würde sich bei der ersten Gelegenheit von ihm trennen.

Koldo nahm die Hände zurück und ballte sie zu Fäusten, die Beine schulterbreit aufgestellt. Eine Kampfhaltung, die sie erkannte, denn sie hatte genau dasselbe getan, jedes Mal, wenn sie in der Anstalt einen Dämon entdeckt hatte. „Alles, was ich brauche, ist ein Ja oder Nein, Weib. Mehr nicht."

Suchend schoss ihr Blick zurück zu Zacharel, dessen Qualen so sichtbar waren wie das Schimmern ihrer Messer auf dem Boden. Die Lippen hatte er zu einer Grimasse verzerrt, und langsam wur-den sie blau. Verdreht krümmten sich seine gebrochenen Finger über der Decke, zu schwach, um daran zu zerren. Er brauchte dieses „Etwas" von Koldo, was auch immer es sein mochte. An-derenfalls würde er sterben.

Lieber sollte er mit ihr und ihrer Gefahr leben als ohne sie zu sterben.

„Ja", erwiderte sie schließlich. *Ich schulde Zacharel etwas, und meine Schulden begleiche ich immer.* Zumindest war das ihr neues Motto. „Meine Antwort lautet Ja." Doch konnte sie Koldo trauen? Würde er sich an seinen Teil der Abmachung halten? Hatte sie überhaupt eine Wahl?

Koldo nickte, ein einziges steifes Beugen seines Kopfes, bei dem die Perlen in seinem Bart leise klickend aneinanderschlugen. „Dann soll es so sein. Noch eine Frage: Wenn ich euch verlasse, was wirst du mit Zacharel machen?"

Sie verlassen? Und damit sie, die Frau ohne Hände, als Zacha-rels einzigen Schutz zurücklassen? „Wie lange wirst du fort sein?"

„Das weiß ich nicht."

Was sechs Stunden heißen konnte oder sechs Tage. Oder sogar sechs Jahre. „Ich werde mich um ihn kümmern, so gut ich kann."

„Der Ausdruck ,um ihn kümmern' kann vieles bedeuten. Ihn töten, retten, rächen. Allein zurücklassen. Ich brauche eine ex-plizitere Aussage von dir."

Natürlich brauchte er das. Genau wie Zacharel verlangte er Details, während er selbst sich weigerte, welche preiszugeben. „Ich meine, ich werde ihn pflegen, für ihn sorgen. Ich würde ihm niemals absichtlich Schaden zufügen, und ich werde ihn nicht hilflos allein zurücklassen."

Er bewegte die Zunge im Mund, als wollte er die Wahrheit ihrer Worte erschmecken, bevor er nickte. „Wüsste er, dass du ihn als hilflos bezeichnest, würde er dich hassen", erklärte er – und verschwand.

Hey! „Koldo? Krieger?"

Nichts, keine Reaktion.

In ihr wuchs die Frustration, und sie knackte mit dem Kiefergelenk. Weder wusste sie, wie lange er fort sein würde, noch wo sie war oder was sie tun sollte, wenn hier Dämonen auftauchten, bevor er zurückkehrte. Denn mit ihm hatten sich auch ihre Messer in Luft aufgelöst. *So was* von misstrauisch.

Doch sie war es gewohnt, dass man an ihr zweifelte oder sie ignorierte, und sie weigerte sich, das als verletzend zu empfinden. Statt sich in ihrem Elend zu wälzen, würde sie über Zacharel wachen. Den Engel, der ihr das Leben gerettet hatte. Den Mann, in dessen Schuld sie stand. Die erste Person, die in ihr mehr als eine Mörderin zu sehen schien.

Sie würde ihn verteidigen – was auch immer dafür nötig wäre.

9. KAPITEL

Wie geht's meiner Kleinen?"

„Gut, gut, ich ssschwöre esss … jedenfallsss, wenn esss Euch nichtsss ausssmacht, dasss sssie bei dem Engel, äh, na ja … Zzzacharel issst." Ein furchtsames Schaudern folgte auf den Namen.

Grinsend lehnte der dämonische Hohe Herr der *Unversöhnlichkeit* sich auf seinem Thron zurück. Einem kunstvoll aus den Knochen der vielen Kriegerengel zusammengebauten Thron, die er über die Jahrhunderte getötet hatte. Bei diesem neuen Gesichtsausdruck erschauderte sein vierbeiniger Lakai ein weiteres Mal. Normalerweise lächelte er immer dann, wenn er gerade dabei war, jemanden umzubringen.

Das hier war fast genauso herrlich. Die Tatsache, dass Annabelle bei Zacharel war, erregte *Unversöhnlichkeit* bis in die Tiefen seiner verdorbenen schwarzen Seele. Darum hatte er sie schließlich gezeichnet. Damit sie die Aufmerksamkeit des Kriegers auf sich zog.

Langsam hatte er begonnen, sich zu fragen, ob der Krieger sie überhaupt je finden würde. Er hatte bereut, nicht dem Wunsch nachgegeben zu haben, sie zu foltern, als er die Gelegenheit dazu gehabt hatte. Jetzt war er froh über seine damalige Zurückhaltung.

Jetzt konnte er sie *und* Zacharel foltern.

Grinsend rieb *Unversöhnlichkeit* sich mit zwei stumpfen Klauen das Kinn. Jeden Tag musste er sich die Krallen abfeilen, damit er seine Beute nicht umbrachte, bevor er so weit war. Denn wenn ihn erst der Blutrausch überkam, vergaß er seine Umgebung, seine Ziele, und fraß sich einfach nur voll. Vergaß, dass seine Kost besser schmeckte, wenn sie ein paar Wochen gereift war oder gar ein paar Monate. Niemals endende Furcht war eine göttliche Marinade.

„Braucht Ihr noch etwasss von mir, Meissster?", winselte der Lakai, der immer noch auf den Stufen vor seinem Thron kauerte.

„Ja."

„U-und wasss?"

„Du wirst vor mir auf die Knie gehen, und ich werde dir den Kopf abhacken. Dein Gestank beleidigt meine Nase." Genau wie die Tatsache, dass er solche Ehrfurcht vor Zacharel gezeigt hatte.

Ein Schluchzen brach zwischen den viel zu dünnen Lippen des Lakaien hervor, doch er erhob keinen Widerspruch gegen den Befehl. Hätte er das getan, wäre ihm damit vor seinem unausweichlichen Tod noch eine anständige Runde Folter sicher gewesen.

„Esss wird mir … ein Vergnügen sssein, Meissster."

Er kniete sich hin.

Unversöhnlichkeit ergriff sein Schwert, und der Kopf des Lakaien purzelte hinunter. *Und ich musste nicht mal aufstehen.* Genüsslich lehnte er die Klinge wieder an die Armlehne seines Throns und winkte einige weitere Lakaien vor. Massen von ihnen säumten die Wände seines Thronsaals, manche riesig, manche Zwerge, doch alle hässlich wie die Nacht und nur dazu da, ihm jeden Wunsch von den Lippen abzulesen.

„Du, wisch das Blut auf. Du, wirf die Leiche meiner Armee zum Fraß vor. Du, bring mir einen Leckerbissen. Aber diesmal einen guten, sonst kannst du dich zu deinem kopflosen Freund gesellen."

Hastig gehorchten sie. Fast wünschte er sich, einer von ihnen – oder gleich alle – würden sich widersetzen. Das würde mit Sicherheit etwas Leben in diesen langweiligen Tag bringen. Oder eher in dieses langweilige *Jahrhundert.* Wenn auch nur für kurze Zeit.

Unversöhnlichkeit war hier unten gefangen. Nur wenn es einem Menschen gelang, ihn herbeizurufen, konnte er diesen Ort verlassen. Doch selbst dann konnte er nur so lange auf der Erde bleiben, wie er brauchte, um die Aufgabe – welcher Art auch immer – zu erledigen, für die der Mensch ihn gerufen hatte. Oder bis der Mensch starb. Was immer früher eintrat.

Auch das hatte begonnen, ihn zu langweilen, bis er schließlich über Zacharels Weib gestolpert war. Oh ja. Er hatte sofort erkannt, wer sie war, für wen sie bestimmt war. Vielleicht würde er Zacharel erzählen, woran er es erkannt hatte … Vielleicht aber auch nicht. So oder so: Zacharel, der Kriegerengel, der einst nichts zu verlieren gehabt hatte, der Soldat, der sich um nichts und niemanden geschert hatte, besaß jetzt etwas, für das es sich zu kämpfen lohnte.

Jetzt würde der Spaß erst richtig beginnen.

Endlich würde er dafür bezahlen, *Unversöhnlichkeit* nach hier unten geschickt zu haben.

Hohe Herren waren gefallene Engel, die das Böse in ihren Herzen willkommen geheißen hatten. Ja, das hatte er getan, aber nicht absichtlich. Wie hätte er wissen sollen, dass sich, sobald man erst einmal das kleinste bisschen davon eingelassen hatte, immer mehr in einem einnistete, bis kein Funken Güte mehr übrig blieb?

Als er begriffen hatte, was mit ihm geschah, hatte er dagegen angekämpft. Doch das Böse war tückisch, eine schleichende Krankheit, die in einem wuchs – manchmal so langsam, dass man nicht die geringste Ahnung von seiner Anwesenheit hatte. Ohne eine Reinigung der Seele jedoch war es dort, bereit zum Losschlagen, und am Ende würde man nachgeben.

Beim ersten Mord weinte man vielleicht noch, aber der zweite, dritte und vierte waren einfacher, und bald vergoss man keine einzige Träne mehr. Bald war einem das Leben in jeglicher Form gleichgültig. Bald war man nur noch eine leere Hülle seines alten Selbst.

All das hatte Zacharel gewusst. Er hätte ihn retten können. Ihn retten *sollen*. Stattdessen hatte er ihn verraten.

„Euer Leckerbisssssen, Meisssster." Über die Stimme des Lakaien legte sich das Schluchzen der menschlichen Frauenseele, die er hinter sich herzerrte.

Unversöhnlichkeit blinzelte und kam wieder zu sich. Grob wurde die Frau die Stufen hinaufgestoßen und dann gezwungen, sich zwischen seine gespreizten Beine zu knien. Sie war Mitte zwanzig, hatte kurzes braunes Haar, ein zartes Gesicht und erinnerte ihn an Annabelle.

Jeder Hohe Herr hatte ein paar Lakaien an den Toren der Hölle stationiert. Wenn neue Seelen hereingebracht wurden, kämpften diese Lakaien darum, sie in ihren Besitz zu bringen. Hier unten galt das Recht des Stärkeren. *Unversöhnlichkeit* wollte nur die

Härtesten und Verbittertsten unter den Frauen und Männern. Und er bekam sie. Niemand wagte es, sie seinen Lakaien streitig zu machen, denn niemand wollte sich mit ihm anlegen. Doch immer mal wieder entdeckte er auch eine brünette Schönheit wie diese hier.

Tränen rannen ihr über die Wangen. Ihre Augen waren dunkelgrün mit goldbraunen Tupfen.

Eine ihrer Tränen fing er mit der Fingerspitze auf, und das Mädchen zuckte vor ihm zurück. Diese Reaktion hatte er erwartet, ja, er genoss sie sogar. Früher war er die Schönheit in Person gewesen. Frauen hatten ihn voller Ehrfurcht betrachtet. Jetzt, mit seinen tiefroten Schuppen, den blutverschmierten Reißzähnen, den tödlich scharfen Hörnern und dem Stachelschwanz, war er ein Abbild des Grauens.

„Schon jetzt kann ich deine Angst schmecken", raunte er.

Ihr schlanker Körper bebte unter gewaltigen Schluchzern. „Bitte. Tu mir nicht weh, ich flehe dich an."

Ihr fehlten das Feuer und die Tapferkeit, die Annabelle besaß. Wie enttäuschend.

Aber ... schon als er den bloßen Namen seiner Annabelle dachte, stieg Erregung in ihm auf. Wie sehr wollte Zacharel sie?

Was würde er tun, um sie zu retten?

Die niederen Dämonen, die *Unversöhnlichkeit* auf sie ansetzte, durften sie nicht vergewaltigen und nicht töten. Dieses Privileg behielt *Unversöhnlichkeit* sich selbst vor. Und Zacharel würde die ganze Zeit zusehen müssen, bevor er ihr schließlich in den Tod folgte. Na ja, den körperlichen zumindest – denn *Unversöhnlichkeit* würde Zacharel nicht den Wahrhaftigen Tod gewähren. Den Tod von Geist, Seele und Körper. Nein, er wollte den Engel hier haben, als dämonischen Hohen Herrn, dem seine Taten wie Säure auf der Haut brannten und den sein Leben lang Verlust und Versagen begleiten würden.

„Bitte", flehte das Menschenweib weiter und holte ihn zurück in die Gegenwart.

Es würde ihn noch das Leben kosten, wenn er seine Gedanken so schweifen ließ. *Unversöhnlichkeit* legte die Finger um die

Kehle der Frau und zog ihr Gesicht näher an seins. „Bitte was?"

„Lass mich gehen", würgte sie hervor.

Wieder verzogen sich seine Lippen zu einem langsamen Grinsen, das diesmal so düster war wie seine Seele selbst. „Warum sollte ich das tun? Ich muss bei Kräften bleiben. Und weißt du, wie ich mich bei Kräften halte, meine Schöne?"

Bebend schüttelte sie den Kopf. „N-nein."

Nein, aber sie hatte einen Verdacht. „Na dann wird es mir ein Vergnügen sein, es dir zu zeigen."

10. KAPITEL

Während ein Tag in den nächsten überging, erinnerte Annabelle sich an die Freuden von Zacharels Wolke und befahl ein paar Waffen herbei. Man musste schließlich vorbereitet sein, vor allem, wenn einem Ärger in Form von bösartigen Monstern auf den Fersen war. Leider war weder in ihren – erschreckenderweise bereits verheilten – Händen noch sonst irgendwo auf magische Weise etwas erschienen, das einer Waffe glich. Immerhin wusste sie so, dass sie sich nicht in einer Wolke befand. Verdammt. Inzwischen hatte sie bereits jeden Winkel, jedes Möbelstück durchsucht. Doch nichts gefunden. Nicht einmal Kleidung zum Wechseln.

Jetzt klopfte sie die Wände ab, suchte nach geheimen Eingängen, durch die die Dämonen versuchen könnten, einzudringen. Nicht ein einziger Spalt war zu ertasten, als wäre die einzige Möglichkeit, diesen Ort zu betreten oder zu verlassen … Teleportation? War es das, was Koldo tat, wenn er so unvermittelt auftauchte oder verschwand?

Und warum wollte der Kerl Zacharel aus dem Himmel fernhalten? Hoffentlich hatte sie mit diesem Handel nicht einen tödlichen Fehler begangen.

Tödlich. Bei dem Gedanken kehrte ihre Aufmerksamkeit zu Zacharel zurück. Schon wieder tränkte frisches Blut sein Gewand, auf dessen reinem weißem Gewebe das Rot fast obszön wirkte. Aus dem Bad holte sie sich die letzten verbliebenen Waschlappen und eine kleine Schüssel, die sie mit Wasser füllte. Doch noch bevor sie die Sachen neben dem verletzten Engel aufgebaut hatte, war das Blut wieder verschwunden.

Wie machte er das? Schon ein paarmal war das passiert, und sie hatte gehofft, seine Wunden wären verheilt. Doch bisher hatte diese Hoffnung sich jedes Mal als falsch erwiesen. Sanft hob sie den Saum des Gewands und entblößte seine Beine – und Enttäuschung brandete in ihr auf. Sie waren immer noch überzogen mit Blutergüssen und an manchen Stellen auf Übelkeit erregende Weise verdreht. Überall hatte er tiefe Schnitte. Und sein

Bauch … oh, armer Zacharel. Nein, seine Wunden waren auch diesmal nicht verheilt.

Ihre Eltern, sterbend … tot. Nicht mehr zu retten, für immer fort.

Oh nein. Damit würde sie sich nicht auseinandersetzen.

Sie zwang sich, an etwas anderes zu denken. Zum Beispiel daran, dass sie zum ersten Mal seit vier Jahren ein Ziel hatte, etwas, das sie erreichen konnte, einen Plan B. Und wenn sie sich selbst gegenüber ganz ehrlich war, fühlte sie sich außerdem in gigantischem Ausmaß angezogen von einem Mann. Zacharels betörende Schönheit hypnotisierte sie. Sein Bestehen auf der Wahrheit begeisterte sie. Seine Stärke faszinierte sie. Er hatte sie beschützt, und während ihrer wenigen Unterhaltungen hatte er ihr Interesse geweckt. Besonders humorvoll war er nicht, aber sie hegte den Verdacht, dass sie ihn ein paarmal fast zum Lächeln gebracht hätte.

Ich will, dass er weiterlebt. Er war … Sie war … Sie …

… war eingeschlafen, stellte sie fest, als sie mit auf die Brust gesunkenem Kinn aufwachte. Vollkommen erschöpft postierte sie sich am Fuß des Betts, bereit, sofort aufzuspringen, sollte jemand auftauchen.

Wo bist du, Koldo? Die Stille im Raum wurde nur von ihrem rauen Atem durchbrochen. Sie verabscheute diese Stille – bis Zacharel ein ums andere Mal gequält aufstöhnte.

Sie kehrte an seine Seite zurück, redete tröstend auf ihn ein, doch sein Stöhnen wurde nur lauter. Ruhelos warf er sich hin und her, und auch wenn sein Gewand sich von allein reinigte, galt das nicht für die Decke unter ihm. Bald schwamm er praktisch in seinem eigenen Blut.

Wie viel davon konnte er noch verlieren?

„Töten", ächzte er. „Muss sie töten."

Die Dämonen? Wahrscheinlich. Sie hatten ihm das angetan.

„Töten."

„Mach dir keine Sorgen. Das hast du. Du hast sie umgebracht", sagte sie leise.

Sie hatte keinerlei medizinisches Fachwissen, keine Ahnung,

wie sie Zacharel helfen sollte. Das Einzige, was sie wusste, war, dass man bei einer Blutung Druck auf die Wunde ausüben sollte. Was in diesem Fall wohl nicht helfen würde. Denn dabei würde sie direkt auf seine … sie würgte … auf seine Organe drücken und ihm womöglich noch mehr Schaden zufügen.

„Töten!"

„Das hast du, Schatz. Das hast du." Annabelle legte den Kunstfellmantel, den Zacharel ihr gegeben hatte, auf das Bett und streckte sich neben Zacharel darauf aus. Mit den Fingerspitzen strich sie ihm über die Stirn. Seine Haut glühte fiebrig, von der Kälte war keine Spur mehr vorhanden. Suchend drängte er sich ihrer Berührung entgegen, und sein verzerrtes Gesicht entspannte sich eine Winzigkeit.

„Muss sie retten."

Sie – Annabelle? Darüber war sie sich nicht so sicher. „Das hast du. Du hast sie gerettet."

„Ich … bin wieder da", ertönte eine gebrochene Stimme vom anderen Ende des Zimmers.

Überrascht zuckte sie zusammen und schrie dann beinahe vor Entsetzen auf, als sie Koldo entdeckte. Oder das, was von ihm übrig war.

Die Hände hielt er an die Brust gedrückt, die breiten Finger schützend um etwas kleines Durchsichtiges geklammert. Vor ihren Augen brach er kraftlos in die Knie und Blut tropfte von seiner jetzt rasierten Kopfhaut. Sein Gewand war fort, ließ ihn oberkörperfrei, nur seine Beine waren von einer weiten, tief sitzenden Hose bedeckt.

Vorsichtig stieg Annabelle vom Bett und hastete dann zu ihm. „Was ist mit dir passiert?"

„Zwing … ihn … zu trinken." Schlaff sackten seine Arme herab und Koldo fiel vornüber zu Boden. Aus seinem gelockerten Griff rollte das kleine durchsichtige Etwas davon – eine Phiole.

Sein Rücken. Oh, gütiger Gott, sein Rücken. Kein Stück Haut war mehr übrig, nur zerfetzte Muskeln und zertrümmerte Knochen.

„Gib es … nicht … mir." Flatternd schlossen sich seine Lider, zu schwer, als dass er sie offen halten könnte. „Nur ihm."

Ihr drehte sich der Magen um. Blut war sie (einigermaßen) gewohnt, wenn man bedachte, womit sie es in den vergangenen vierundzwanzig Stunden zu tun gehabt hatte, und Gewalt sowieso. Aber das ... So viel in so kurzer Zeit ... Wie damals ... Erinnerungen überfluteten sie, ertränkten sie, *vernichteten* sie. Irgendwie fand sie einen rettenden Strohhalm – *rette Zacharel* – und kämpfte sich zurück an die Oberfläche.

Zwing ihn, zu trinken, hatte Koldo gesagt. Zitternd packte sie die Phiole und kehrte zurück zu Zacharel. Sie hatte ein bisschen Probleme mit dem Korken und zog und zerrte wie die letzte Idiotin erfolglos daran herum.

„Ist das dasselbe Zeug, das er mir gegeben hat?" Das Zeug, das ihr vor der Heilung so grauenhafte Schmerzen zugefügt hatte?

„Ja", bestätigte Koldo.

Endlich siegte ihr Bizeps, und der Korken ploppte heraus. Zittrig, wie sie war, verspritzte sie ein paar Tropfen über ihre Hände.

„Es tut mir leid, Zacharel", flüsterte sie. Sie wusste nicht, wie viel ein so großer Mann wie er brauchen würde, vor allem, da er unsterblich und nicht menschlich war. Würde eine Überdosis ihm schaden oder würde zu wenig zu langsam wirken? Schließlich kippte sie ihm das halbe Fläschchen in den Mund.

Ein Moment verstrich, dann ein weiterer, doch nichts geschah.

Na ja, was hast du denn erwartet? Er –

Mit einem markerschütternden Brüllen verkrampfte sich sein Körper, die Schultern und Füße in die Matratze gepresst, der Rest so durchgebogen, dass er nicht einmal mehr die Decke berührte. Hart rammte er die Fäuste an das Kopfteil des Betts, wo das Holz krachend nachgab. Er schlug so wild auf die Matratze ein, dass Annabelle zu Boden geschleudert wurde, wobei noch mehr der Flüssigkeit aus der Phiole spritzte, die sie immer noch in den Händen hielt. Sein Brüllen verwandelte sich in ein langgezogenes Heulen.

Sie rappelte sich auf, erwartete, seine Wunden jede Sekunde

verheilen zu sehen, doch … Er warf sich weiter wild hin und her, blutete, schrie.

Weißglühende Wut loderte in ihr auf. Nichts als Asche blieb zurück. Kein Wunder, dass Koldo ihr gesagt hatte, sie sollte ihm selbst nichts von der Flüssigkeit geben. Es war Gift! Und wie dumm war sie gewesen, ihm zu vertrauen? Dafür würde sie …

So plötzlich Zacharel sich aufgebäumt hatte, so schnell kam er zur Ruhe, sank auf dem Bett zusammen. Er stieß einen leisen Seufzer aus. Vor ihren Augen rückten Knochen zurück an ihren angestammten Platz. Haut fügte sich nahtlos zusammen, bis nicht ein einziger blauer Fleck oder Kratzer zurückblieb. Mit großen Augen blickte sie das Fläschchen in ihrer Hand an. Was *war* das für ein Zeug?

„Das Wasser des Lebens." Ruckartig setzte Zacharel sich auf, musterte seine Umgebung, schien mit einem Blick alles aufzunehmen. „Wo ist es?"

„Du bist geheilt." Ungehindert brachen die Worte sich Bahn, schossen auf den Wogen des Schocks aus ihr heraus.

Smaragdfarbene Augen fanden sie, so klar wie die Flüssigkeit – das Wasser des Lebens? – und ohne die geringste Spur von Schmerz. Wieder besaß er ein Antlitz wie aus Träumen gemacht und von Fantasien verfeinert, so betörend, wie kein Sterblicher es sich je erhoffen könnte.

Ihr stockte der Atem. Jetzt erhitzte etwas anderes als Zorn ihr Blut. Sie wollte vor Freude singen und sich ihm in die Arme werfen. Sie wollte tanzen und jubeln über dieses unglaubliche Wunder. Sie wollte … mehr, als sie sich eingestehen würde.

„Du hast überlebt", stellte er fest.

Jegliche Emotion war wie fortgewischt aus seiner Stimme. Kein Hinweis darauf, wie er sich fühlte. „Ja. Deinetwegen. Also … Danke. Was, das weiß ich, kein angemessener Lohn ist für das, was du für mich getan hast. Du hast mir das Leben gerettet, hast den vollen Aufprall auf dich genommen, um mich zu schützen, und alles, was ich dir geben kann, sind Worte. Es tut mir leid." Sie brabbelte, sie wusste, dass sie brabbelte, aber sie konnte nicht aufhören. „Wenn ich mehr hätte, ich würde es dir sofort geben."

„Ich würde gern sagen, es sei mir ein Vergnügen gewesen. Ja, das würde ich gern sagen, aber der Aufprall hat *wehgetan*."

Gerade so schluckte sie ein Lachen hinunter. „Hast du gerade einen Witz gemacht?"

„Einen Witz, wo ich doch nichts als die Wahrheit ausgesprochen habe?" Er wedelte mit den Fingern in ihre Richtung. „Das Wasser des Lebens", wiederholte er. „Gib es mir."

„Oh. Hier." Hastig hielt sie ihm die Phiole hin.

Er fuhr sich mit der Zunge über die Zähne. Langsam, ganz vorsichtig, befreite er das Fläschchen aus ihrem Klammergriff. „Wer hat dir das gegeben?"

„Koldo."

Ein Aufflackern puren Schocks, das selbst der stoische Zacharel nicht verbergen konnte.

Oh-oh. Hatte der Krieger irgendeine Art Regel gebrochen? „Aber ich übernehme die volle Verantwortung", fügte sie hinzu. „Ich hab ihn darum gebeten. Deshalb sollte jegliche Strafe über mich verhängt werden." Koldo hatte sich mehr als eingesetzt für sie und Zacharel. Sie war ihm etwas schuldig, und ihrem neuen Motto zufolge würde sie es ihm zurückzahlen.

„Wo ist er?"

Sosehr sie Zacharel auch mochte, so viel sie ihm auch verdankte: Sie kannte ihn nicht, nicht wirklich. Sie würde ihm den anderen Typen nicht einfach zum Fraß vorwerfen. „Was willst du mit ihm machen?"

Unter seinem Auge zuckte ein Muskel. „Einem Mann, der mir geholfen hat, würde ich keinen Schaden zufügen, falls es das ist, worauf du hinauswillst."

Hm, ja, darauf hätte sie von allein kommen sollen. Sie schluckte und wies auf den Krieger, der immer noch bewusstlos am Boden lag. „Ich hab ihm auch keinen Schaden zugefügt. Er ist so zurückgekommen."

Zacharel erhob sich, das Gewand fiel ihm wieder bis zu den Füßen. Dann steckte er den Korken zurück auf den Flaschenhals, und einen Moment später war das ganze Ding verschwunden.

Sie konnte sich nicht zurückhalten: „Wie hast du das gemacht?" Und *was* hatte er gemacht?

„Ich habe die Phiole in einer Luftfalte versteckt, die ich nun zwingen werde, mir überallhin zu folgen." Sorgfältig auf Abstand bedacht, als wäre sie plötzlich giftig, trat er an ihr vorbei.

Schon klar. Er wollte nichts mehr mit ihr zu tun haben. *Und meine Gefühle sind nicht verletzt.* Was war schon eine weitere Zurückweisung? Sie war ein Freak, eine Mörderin, ein verrücktes Mädchen, das Monster sah – das hatten ihr zumindest tausend Leute erzählt. Dann hatte sie eben die letzten paar Stunden damit verbracht, sich um das Wohlergehen dieses Mannes zu sorgen, na und? Eines Mannes, der die Wahrheit über sie kannte. Eines Mannes, der sie vorher beschützt hatte. Woher der plötzliche Sinneswandel?

Zischend sog er den Atem ein, als er sich neben dem verwundeten Mann niederkniete und die Hand über seinen frisch geschorenen Schädel gleiten ließ. „Wie konntest du zulassen, dass sie dir dein Haar nehmen, Krieger? Warum?"

Die zweite Frage hätte sie vermutlich beantworten können, doch sie hatte Koldo versprochen, die Einzelheiten ihres Deals niemals offenzulegen. Also schwieg sie. Allerdings hätte sie gern gewusst, warum die plötzliche Kahlheit seines Freundes Zacharel mehr mitnahm als der Zustand seines Rückens.

Weil beide Männer durch und durch Krieger waren? Weil physischer Schmerz für sie von geringer Bedeutung war, weil sie schon so viel davon durchgemacht hatten? Weil es schlimmer als jede Wunde war, etwas zu verlieren, das wertvoll für sie war, wie Koldos Haar es für ihn gewesen sein musste?

Und ja, sie wusste, dass ihm sein Haar kostbar gewesen war. Die kunstfertig eingeflochtenen Perlen waren ein deutlich sichtbarer Beweis für die Zeit und Sorgfalt gewesen, die er jeder einzelnen Strähne gewidmet haben musste.

„Ich kenne ihn erst seit drei Monaten, doch das Erste, was ich über ihn gelernt habe, war, wie teuer ihm sein Haar war. In all den Jahrhunderten seines Lebens hatte er es nicht ein einziges Mal schneiden lassen", erzählte Zacharel, und Trauer färbte seine

Stimme. „Nicht einmal die Spitzen. Ich weiß nicht, warum, aber nach dem, was die Gottheit mir über ihn erzählt hat, vermute ich, es hatte etwas mit seinem Vater zu tun."

So viele Fragen purzelten in ihrem Kopf umher. „Seinem Vater? Engel werden geboren?"

„Manche der Engel unserer Gottheit wurden ... werden geboren, ja, aber einige wurden in voller Lebensgröße erschaffen und ihr vom Höchsten zur Verfügung gestellt."

„Was ist mit dir?"

„Ich wurde geboren." Vorsichtig hob er Koldo auf seine Arme. Mit weichen, genau abgezirkelten Schritten trug er dieses Tier von einem Mann zum Bett und legte ihn bäuchlings hinein. Wieder achtete er peinlich darauf, Annabelle nicht zu berühren. „Sein Haar wird nie nachwachsen, wusstest du das?"

„Aber warum?"

„Ein Opfer wurde dargebracht und akzeptiert. Würde sein Haar nachwachsen, hätte sein Opfer keine Bedeutung."

Und ich habe ihn darum gebeten. Schwer senkte sich die Schuld auf ihre Schultern, zwang sie beinahe in die Knie. „Bist du dir sicher?"

„Nicht vollkommen, nein. Aber ich kenne den Rat. So funktioniert das bei uns."

Also dann. „Trotzdem werde ich das als Grund zur Hoffnung sehen, dass sein Haar wieder nachwachsen wird. Jetzt aber zu etwas anderem: Er hat mir gesagt, ich soll ihm nichts von dem ... Wasser geben", sagte sie, „aber es würde ihm doch bestimmt helfen. Seine Schmerzen lindern."

„Es jetzt zu trinken, würde ihn auf grausamste Art und Weise zerstören. Es ist uns nicht erlaubt, uns selbst mit dem Wasser des Lebens zu heilen, wenn die erlittenen Wunden von einer Mission herrühren, das Wasser zu *erhalten.* Es ist nicht einmal gestattet, dass andere Engel während des Heilungsprozesses in irgendeiner Weise helfen."

Armer Koldo. „Er ist ein Engel?"

„Ja. Er hat seine Flügel schon vor langer Zeit verloren."

„Und jetzt auch noch sein Haar." Tränen brannten ihr hinter

den Augen. Kein Wunder, dass Zacharel nicht den Wunsch verspürte, mit ihr in Berührung zu kommen. Sie war eine Bedrohung. Sie zerstörte jedes Leben, mit dem sie in Kontakt kam. So war es immer gewesen.

Wieder strich Zacharel mit den Fingern über den blutigen Skalp. Koldos Kopf war nicht rasiert worden, begriff sie. Es sah vielmehr so aus, als wären ihm die Haare in einem Stück ausgerissen worden. „Er wird dich hassen, wenn du ihn bemitleidest", erklärte er. Eine Warnung, die für sie beide galt?

Koldo hatte etwas ganz Ähnliches über Zacharel gesagt. Wenn diese beiden nicht aufpassten, würde ihr Stolz sie noch um das schönste Gruppenkuscheln bringen. „Nein, das wird er nicht, denn er wird es nie erfahren. Falls du uns hier rausbringen kannst, meine ich. Ich kann hier nicht bleiben. Ich bin schon so lange hier, und die Dämonen …" Koldo war nicht in der Verfassung, jetzt gegen sie zu kämpfen.

„… werden dich finden, und es wäre besser, wenn sie Koldos geheime Zuflucht nicht entdeckten", beendete er den Satz für sie.

„Genau."

„Egal wie stark deine Anziehungskraft auf die Dämonen auch sein mag, sie hätten dich in meiner Wolke nicht finden dürfen. Hätten nicht kommen dürfen, um dich zu holen."

„Was genau zieht sie denn an?" In der Anstalt hatte er von Hass gesprochen, von Lügen und dem Drang zur Gewalt. Aber seitdem hatte sie ihr Bestes gegeben, sich nur auf die guten Dinge zu konzentrieren.

„Was ich dir bei unserer ersten Begegnung gesagt habe, gilt immer noch", erwiderte er, als hätte er ihre Gedanken gelesen. „Aber du bist ein Sonderfall. Du trägst die Essenzia des Dämons am Leib, der dich gezeichnet hat, und diese Essenzia strahlt von dir aus."

Überrascht blinzelte sie. Eine so einfache Antwort – und gleichzeitig so erschütternd. Es gab nichts, was sie tun konnte, um aufzuhören, eine *Essenzia* auszustrahlen, die sie nicht einmal wahrnahm. „Wie hat er mich gezeichnet?"

Steif ging Zacharel zu einer Kommode und wühlte in den Schubladen herum, bis er schließlich ein Gewand hervorzog.

Alles in ihr schrie nach Antworten, und sie konnte sich gerade so davon abhalten, ihn bei den Schultern zu packen und zu schütteln. „Sag schon! Er hat mich geküsst und abgeleckt, aber ich muss schon vorher mit ihm in Kontakt gekommen sein, denn meine Augen haben sich davor verändert. Und meine Augen, wie du einmal die Güte hattest mir mitzuteilen, sind dämonisch."

Er sagte nichts.

Also fuhr sie fort. „Am Morgen des Mordes haben sie sich angefühlt, als hätte sie jemand blutig geschrubbt und mit Bleiche übergossen. Danach sind meine Eltern ... dieser erste Dämon ..." Sie räusperte sich. „Ich verstehe nicht, warum er aufgetaucht ist. Ich hatte Geburtstag und gerade einen wunderschönen Traum gehabt. Es hätte ein perfekter Tag werden müssen."

Zacharel versteifte sich. „Einen Traum?"

„Ja."

„Erinnerst du dich noch daran?"

„Natürlich. Ich hab ihn mir unzählige Male durch den Kopf gehen lassen." Weil sie hatte herausfinden wollen, was damit nicht stimmte. Anfangs hatte sie ihn herrlich gefunden. Doch je öfter sie die Szene vor ihrem inneren Auge ablaufen ließ, desto mehr war ihr aufgefallen, dass irgendetwas daran ... seltsam gewesen war.

„Erzähl mir davon."

„Ein ultraheißer Prinz Charming hat mich vor feuerspeienden Drachen gerettet und mich gefragt, ob ich ihm helfen wollte. Ich hab Ja gesagt. Er sagte ‚Ich liebe dich und will mit dir zusammen sein', und ich hab geantwortet ‚Wie romantisch'. Dann hat er gefragt ‚Willst du meine Frau werden', und ich hab ‚Ja' gesagt. Darauf kam von ihm ‚Wir sind eins'. Und dann bin ich unter unfassbaren Schmerzen aufgewacht."

Zacharel fuhr sich mit der Zunge über die Zähne. „Der Prinz war der Dämon. Er hat dich hereingelegt, damit du zustimmst, seine Gemahlin zu werden."

„Ach Quatsch. Das war bloß ein Traum." Ein Traum, der sie über Jahre nicht losgelassen hatte ...

„Nein, du hast nur geglaubt, es wäre ein Traum. Er hat deine Gedanken verwirrt, im Schlaf warst du ihm ausgeliefert. Als er dich gefragt hat, ob du seine Frau werden willst, und du Ja gesagt hast, bist du seine Sklavin geworden."

„Aber das ist ... Ich wollte doch nicht ... würde nie ... So was geht?", piepste sie.

„Wenn ein Mensch es mit sich machen lässt, dann ja."

„Aber ... woher hätte ich denn wissen sollen, was wirklich los war?"

„Das hättest du, wäre dir beigebracht worden, Lüge und Wahrheit zu unterscheiden." Als er wieder vor ihr stand, zog er ihr das Gewand über den Kopf. „Damit du warm und sauber bleibst." Unförmig hing der Stoff an ihr herab, die Ärmel flatterten ihr um die Finger und der Saum lag in Falten auf dem Boden.

„Möchtest du die Ledersachen ausziehen?", schlug er vor.

„Ja." Unter dem Schutz der Robe schaffte sie es mit etwas Drehen und Winden, sich aus den dreckigen, unbequemen Kleidern zu befreien.

Als sie fertig war, bemerkte sie, dass ihre Haut prickelte, als würden Hunderte von Schmetterlingen ihren gesamten Körper abtupfen. Ein sehr merkwürdiges Gefühl, und sie war sich nicht sicher, ob es an dem Gewand lag oder an Zacharels Nähe.

Er befreite ihr Haar aus dem Kragen und strich dabei mit den Fingern über ihren Nacken. Ein Schauer überlief sie. Seine Nähe. Definitiv seine Nähe.

Diesmal zuckte er nicht wie erwartet zurück, sondern ließ seine Finger auf ihrer Haut ruhen und murmelte: „Weich."

Tja, wer hätte das gedacht. Er war wohl doch nicht so abgeneigt, sie zu berühren, wie sie angenommen hatte. „Warum hast du vorhin jede Berührung mit mir vermieden?", lenkte sie das Gespräch vom Thema Dämonen fort. Sie brauchte dringend eine Denkpause. „Und versuch jetzt nicht, mir zu erzählen, das wäre nicht absichtlich gewesen. Du hast dich förmlich verrenkt, um Abstand zu halten – den Trick hab ich *erfunden*, um mir die anderen Patienten vom Leib zu halten."

„Wenn du bei mir bist, verliere ich alles Wichtige aus den Augen", grollte er.

Alles Wichtige, hatte er gesagt. Was bedeutete, dass sie es nicht war. *Wie charmant.* „Du bist so romantisch", murmelte sie und wischte seine Hand weg. „Du hast Glück, dass ich nicht eins von diesen Mädchen bin, die gleich in Tränen ausbrechen, wenn man sie beleidigt."

„Das war keine Beleidigung." Er runzelte die Stirn, und auch wenn sie wusste, dass diese pulsierende Sinnlichkeit in seinem Ausdruck nicht seine Absicht war … Die fehlende Kühle löste in ihr genau das aus, ein erotisches Pochen, in dem sich Wollen und Begierde ineinandermischten. „Und ich hege keinerlei romantische Absichten in deine Richtung."

„Glaub mir, das ist mir klar."

Sein Stirnrunzeln vertiefte sich, als er einen Schritt zurücktrat. „*Willst* du, dass ich dich umwerbe?"

Ja. „Nein." *Im Moment bist du auf Männer nicht gerade gut zu sprechen, weißt du noch? Nicht mal auf sexy Engel.*

„Dann also zurück zum Thema." Zacharel räusperte sich, und selbst darin vibrierte seine angeborene Sinnlichkeit. „Wir müssen den Dämon töten, der dich für sich beansprucht hat."

Da waren sie wieder, die Dämonen. Ende der Denkpause.

„Als du zugestimmt hast, seine Sklavin zu werden", fuhr er fort, „hast du ihm die Erlaubnis erteilt, alles mit dir zu machen, was er will. Wenn er jedoch stirbt, wird seine Essenzia sich verflüchtigen. Die anderen, die niederen Dämonen, werden das Interesse an dir verlieren."

„Also … muss die Gejagte zur Jägerin werden?"

„Exakt. Wenn wir das nicht schaffen, wirst du niemals Frieden finden."

Moment. „Du hast gesagt ,wir'."

„Ja."

„Du bist bereit, mir zu helfen?" Er hatte versprochen, sie zu trainieren, ja, aber hier ging es um mehr als Training. Das war echter Einsatz für eine Angelegenheit, die ihn nicht wirklich betraf.

„Ja", wiederholte er.

Tiefe Dankbarkeit ergriff Besitz von ihr. „*Ich* bin *dir* etwas schuldig, nicht andersherum. Warum solltest du …" Sie presste die Lippen aufeinander. Wenn sie so weitermachte, würde sie es ihm noch ausreden. „Danke. Einfach ... danke."

„Gern geschehen. Wenn du erst frei von seiner Essenzia bist, kannst du ein langes, glückliches Leben führen, ganz für dich allein. Ich behaupte nicht, dass es nie wieder stürmisch werden wird; diese Dinge gehören zum Leben dazu. Aber eine Katastrophe wie diese wirst du nicht noch einmal erleben."

Und schon erkannte sie die Antwort auf ihre nicht zu Ende gestellte Frage. *Zacharel* wollte frei von *ihr* sein. Das tat weh, aber sie würde sich nicht beschweren. Hilfe war Hilfe, egal, was der Grund dafür war.

„Ich weiß, dass du schon weit mehr als deine Pflicht tust, aber ich brauche noch etwas von dir", murmelte sie und blickte auf ihre Füße. „Würdest du ... äh, na ja, verbringst du den nächsten Monat mit mir zusammen ... außerhalb des Himmelreichs? Außer natürlich, du musst kämpfen. Ohne weitere Fragen zu stellen?"

Schweigen.

Ein wirklich ausdauerndes Schweigen.

Sie sah auf.

In Zacharels Augen mischten sich Zorn und Lust.

Warum Zorn? Und, wo sie schon dabei war, warum Lust?

Spielt keine Rolle.

„Bitte", fügte sie hinzu.

„Ich werde nicht fragen, warum du mich aus dem Himmel fernhalten willst. Das ist nicht nötig. Ich weiß, wie Engel denken, und kann es mir vorstellen. Aber ich will wissen, ob du verhandelt hast", fügte er scharf hinzu.

„Was denn verhandelt?", fragte sie und versuchte es mit Ahnungslosigkeit. Aber ... Augenblick mal. Eine Sache, die sie sowohl von Zacharel als auch von Koldo gelernt hatte? Wenn man eine Frage nicht beantworten wollte und die Ablenkungstaktik nicht funktionierte, stellte man einfach selbst eine Forderung. „Vergiss es. Du *wirst* den nächsten Monat an meiner Seite verbringen."

„Sonst was?" Einen Herzschlag später stand er vor ihr, die Hand wieder um ihren Nacken gelegt. Genauso schnell zog er sie näher zu sich, bevor sie sich wehren oder protestieren konnte.

„Sonst ... äh ... passiert etwas so Furchtbares, dass ich es nicht mal aussprechen kann!"

„Eine Lüge. Gar nichts wirst du tun. Aber nun gut. Ich werde dir trotzdem antworten – und ich werde dir einen Monat meiner Zeit schenken." Seidenweich sprach er die Worte, nachsichtig und stahlhart zugleich. „Aber es wird dich etwas kosten. Du siehst, *ich* weiß, wie man verhandelt."

11. KAPITEL

Ich werde diese Frau besitzen, dachte Zacharel. *Und wenn es nur das eine Mal ist, ich werde sie besitzen. Endlich werde ich ihren Geschmack kennenlernen, niemals wieder werde ich mir darüber den Kopf zerbrechen müssen.*

Als Annabelle so eng an ihn gedrückt stand, hüllte er sie mit seinen Flügeln ein, zwang sie noch näher an seinen Leib. Seine frisch verheilten Muskeln und Sehnen protestierten mit leisem Ziepen und Zerren, doch das konnte ihn nicht aufhalten. Nichts könnte das.

„Was wird es mich kosten?", fragte sie leise. Ihr süßer Duft stieg ihm in die Nase, erfüllte seine Lungen, zeichnete ihn.

Dass du mich küsst. Dass du dich mir hingibst. Doch sprach er es aus? Nein.

Er hätte Antworten von ihr verlangen können, wie sie es getan hatte. Zum Beispiel darüber, was ihr Handel mit Koldo beinhaltete – ein Handel, der von ihr verlangte, dass sie einen Monat lang an Zacharels Seite blieb. Er wusste, dass es eine solche Abmachung gab. Auf keine andere Weise hätte sie an das Wasser des Lebens kommen können. Was er nicht wusste: Warum wollte Koldo ihn für so lange Zeit aus dem Himmelreich fernhalten?

Doch in diesem Moment war ihm das vollkommen egal. Das Ergebnis gefiel ihm, also würde er keine Antworten von Annabelle fordern, die zu geben sie noch nicht bereit war. Irgendwann würde er sie bekommen, dessen war er sich sicher.

Ja, ich werde sie besitzen. Trotz seiner Vorfreude darauf kochte in seinen Knochen der Zorn. Er wollte sie nicht wollen, und er gab ihr die Schuld an dem, was er geworden war … ein Mann, der bereit war, seine Pflicht beiseitezuschieben und auf seine Ehre zu verzichten, nur um den Geschmack einer Frau kennenzulernen.

„Wir werden die Bedingungen klären, wenn wir unseren neuen Aufenthaltsort erreicht haben", beschied er ihr in harscherem Ton als beabsichtigt. „Je länger wir hierbleiben, desto größer wird die Gefahr für meine Soldaten."

Einen Augenblick lang studierte sie sein Gesicht, suchte

nach … was? „Na gut. Stellen wir unsere kleine Verhandlung für den Augenblick zurück." Dann legte sie ihm die Arme um den Hals und verschränkte die Finger in seinem Nacken.

Immer wieder versetzte sie ihn in Erstaunen. Wenn er damit rechnete, sie würde protestieren, gab sie nach. Wenn er dachte, sie müsste nachgeben, setzte sie sich zur Wehr. Wenn er glaubte …

… entgleiste Gedanken … mühsam wieder auf Kurs gebracht … Jetzt war sie ihm sogar noch näher, als wären sie zwei Hälften eines Ganzen. Schon der bloße Gedanke erhitzte sein Blut, ließ sein Inneres brennen und seine Haut in Schweiß ausbrechen.

Zacharel.

Nur in seinen Gedanken ertönte die männliche Stimme, weder eine Erinnerung noch seine eigenen Worte. *Thane?* fragte er, augenblicklich besorgt.

Ja.

Dir geht es gut? Und den anderen?

Wir wurden nicht angegriffen, aber wir haben die Dämonen in Schach gehalten, die hinter euch her waren.

Gut. Habt ihr einen am Leben gelassen?

Ein zögerliches *Ja.*

Als würde Zacharel Einwände erheben gegen die bevorstehende Folterung, wenn das doch der einzige Grund war, aus dem der Dämon noch lebte. *Findet heraus, wer die Lakaien geschickt hat. Sie wollten Annabelle holen.*

Wie geht es ihr?

Gut. Aber der einzige Weg, ihre Sicherheit zu gewährleisten, ist, sie zu verstecken. Deshalb werde ich eine Weile mit ihr verschwinden. Nimm Verbindung zu mir auf, wenn du die Antwort hast. Und Thane, fügte er hinzu, bevor der Soldat die Verbindung abbrechen konnte, *sieh nach Koldo, wenn du eine Gelegenheit dazu hast.*

Warum? Was ist los?

„Zacharel?", holte Annabelle ihn zurück in die Gegenwart. „Ich will ja nicht rummeckern, aber du stehst da einfach nur rum und starrst mich an."

„Nicht dich, aber ich brauche noch einen Moment", erwiderte

er, doch durch die Ablenkung hatte er die Verbindung zu Thane verloren. Er versuchte, sie wiederherzustellen, doch es ging nicht. „Okay, der Moment ist vorbei."

„Na dann." Obwohl sie vollkommen verwirrt wirkte, fuhr sie fort: „Äh, also noch mal: Was schlägst du vor, wie wir hier verschwinden?"

Schließlich konzentrierte er sich wieder auf sie. „Auf dieselbe Weise, wie wir die Anstalt verlassen haben. Meine Frage an dich ist: Wirst du diesen Flug genauso sehr genießen?"

Und schon verwandelte er ihre Körper in nichts als Rauch und flog mit ihr durch die Decke, dann durch Schicht um Schicht steiniger Erde. Er hasste es, Koldo allein zurückzulassen, doch er war schon an die Grenzen des Annehmbaren gegangen, indem er den Krieger auf das Bett gelegt hatte.

Was auch immer seine Beweggründe gewesen waren: Koldo – ein Krieger, der ihm zugewiesen worden war, weil er seinen letzten Befehlshaber zu Brei geschlagen hatte – hatte ihm geholfen, und damit auch Annabelle. Nie hätte Zacharel damit gerechnet, die Männer und Frauen unter seiner Führung könnten ihm irgendwann etwas bedeuten. Doch er konnte nicht leugnen, dass die Risse in seiner Brust sich erweiterten, Platz machten für mehr als nur Annabelle und Verlangen.

Sie glitten an die Oberfläche, durch Gras und Blumen, hoch aufragende Bäume, hinauf in einen frischen Morgenhimmel. Die Sonne war halb verborgen hinter dicken Wolken. Überall um sie herum flogen Vögel umher und begrüßten sie mit ihren schrillen und doch willkommenen Stimmen.

„An diese Schönheit werde ich mich niemals gewöhnen", brachte Annabelle atemlos hervor, und Ehrfurcht und Erstaunen erfüllten ihre Stimme.

Ja, sie genoss diesen Flug genauso sehr wie den ersten. Wie würde sie auf andere Dinge reagieren, die freien Frauen offenstanden? Dinge wie Shoppen, Tanzen, Verabredungen?

„Findest du es nicht auch wunderschön?", wollte sie wissen.

„Einst glaubte ich das, ja, und ich ging davon aus, diese Schönheit würde niemals vergehen."

„Wir wurden in diese wundervolle Welt hineingeboren, Zacharel. Wir müssen dieses Land und seine Bewohner schützen."

„Alles, was ich sehe, ist das Blut unserer Eltern über all das Gras und die Ozeane verteilt."

„Sie sind im Kampf gegen Dämonen gestorben, eine größere Ehre gibt es nicht. Wie oft schon hast du genau diese Worte zu mir gesagt? Also warum kannst du dich nicht auf die Reinheit und Unschuld konzentrieren, die hier vor uns erstrahlt?"

Weder er noch sein Bruder hatten etwas von den Dingen geahnt, die sich schon wenige Wochen nach diesem Gespräch ereignen würden. Hadrenials Gefangennahme, Folterung, und nach einem Jahr der Suche seine „Rettung" durch Zacharel. Für Hadrenial war die Welt nicht länger ein herrlicher, glorreicher Ort gewesen. Er hatte die Hässlichkeit gesehen, war Hand in Hand mit dem Bösen gegangen. Und er hatte begonnen, Hass zu empfinden.

„Ist mit dir alles in Ordnung?", fragte Annabelle. „Du bist plötzlich so angespannt."

Ausnahmsweise wünschte sich Zacharel, er könnte lügen. Er fürchtete sich vor seiner Reaktion, sollte er den Gedanken, die durch seinen Kopf schwirrten, tatsächlich Ausdruck verleihen. Würde er unkontrolliert wüten? Oder, schlimmer noch, weinen? Vom Tod seines Bruders hatte er Annabelle erzählt, aber nicht von seinen Gründen, ihm jenen Todesstoß zu versetzen. Wenn er es täte, würde sie wüten und weinen? Die Tränen einer Frau gehörten nicht zu den Dingen, mit denen er in diesem Moment umgehen könnte.

„Hallo? Alles in Ordnung?"

„Schhh", erwiderte er. „Ich muss mich konzentrieren." Die Wahrheit. Sonst könnte er etwas tun, das er später bereuen würde.

„Wehe, du sagst noch einmal Schhh zu mir."

Wieder einmal zuckten seine Mundwinkel auf diese Art, die er in ihrer Gegenwart mittlerweile fast erwartete. Suchend spähte er voraus, konnte jedoch keine Dämonen entdecken. Beim letzten Mal hatten sie Annabelle innerhalb von vier Tagen gefunden. Was bedeutete, dass sie für den Augenblick relativ sicher sein sollte.

Trotzdem wollte er nicht riskieren, sie an einen öffentlichen Ort zu bringen. Oft hängten sich niedere Dämonen an ahnungslose Menschen. Er wollte sie auf eine abgelegene Insel im Pazifik bringen, unentdeckt und unberührt von Menschen, wie geplant, aber ... er änderte den Kurs.

Über eine Stunde lang glitt er durch die alles umspannende tiefe Nacht, erst hoch, dann tiefer, dann wieder hoch. Diesem Zickzack könnte niemand folgen.

„Wenn du mir schon nicht verraten willst, was mit dir nicht stimmt, warum sagst du mir nicht wenigstens, wodurch du den Glauben an die Schönheit der Erde verloren hast?"

Wolken in reinstem Weiß kamen in Sicht, türmten sich um Berge, deren Spitzen schneebedeckt waren. Weite Flächen tiefgrünen Grases und Wiesen voller taubedeckter Blumen. Wasser, in dessen blauen Tiefen sich mit jedem Kräuseln ein Geheimnis zu verbergen schien. Mittlerweile stellte er sich nicht mehr vor, wie Stücke seiner Eltern in alle Ecken der Welt verstreut waren. Kein Gedanke mehr an das Grauen der letzten Tage seines Bruders, und doch ...

„Die Umgebung eines Mannes ist oft besudelt durch seine Erinnerungen."

Warm strich ihm ihr Atem über den Hals. „Das stimmt. Nach der Gerichtsverhandlung hat mein Bruder unser Elternhaus verkauft, mit allem, was darin war. Er wollte keine Erinnerungen an das Entsetzliche, das ich dort verursacht hatte."

„Aber dieses Entsetzliche hast nicht du verursacht."

„Nein, aber das wird er mir niemals glauben." Ihre Trauer war wie ein Stromschlag, knisternd und gefährlich.

„Worte, in denen Glauben liegt, haben Macht, Annabelle. Auch negative Worte. Wenn du willst, dass er seine Meinung ändert, fang an, dich zu verhalten und so zu reden, als hätte er es bereits getan."

„Und was ist mit seinem freien Willen? Und wäre eine solche Behauptung nicht eine Lüge?"

„Meinungen können sich ändern – aus völlig freiem Willen. Und nein, es wäre keine Lüge. Du sagst es, und weil Worte Macht haben, macht dein Glaube sie wahr."

„Aber in dieser Hinsicht habe ich keinen Glauben."

„Doch, das hast du, aber er ist klein. Verstehst du, Glaube ist messbar. Er wächst, wenn du über die spirituelle Wahrheit nachdenkst und meditierst. Hör auf, den Kopf zu schütteln. Was ich sage, stimmt. Es gibt Naturgesetze wie zum Beispiel die Schwerkraft, aber ebenso gibt es spirituelle Gesetze wie dieses. Du kannst besitzen, was du sagst, wenn du daran glaubst, dass du es besitzt, bevor du es tatsächlich siehst. Das ist Glaube."

Darüber dachte sie einen Moment lang nach. „Okay, also will er mich wiedersehen."

„Sehr gut. Sag das immer wieder. Denke ständig daran. Jedes Mal, wenn sich dir ein Gedanke aufdrängt, der dem entgegensteht, was du gerade gesagt hast, zwing ihn, zu verschwinden. Und eines Tages wirst du es mit Leib, Geist und Seele glauben."

„Und dann nimmt er Kontakt zu mir auf? Einfach so?"

„Und einfach so wirst du eine spirituelle Kraft freisetzen, die größer ist als alles, was du je erlebt hast." Er wünschte nur, er hätte diese Wahrheiten auch auf sein eigenes Leben angewandt. Doch ein glaubenserfülltes Mantra konnte einige Zeit brauchen, und wenn jemand keine Geduld hatte, konnte er alles verderben.

„Na gut. Okay. Ich denk drüber nach. Meditiere darüber." Sie legte den Kopf an seine Schulter. Es verstrich so viel Zeit, dass er schon dachte, sie hätte ihr Versprechen wahrgemacht und sei eingeschlafen – doch dann fragte sie: „Wo sind wir denn eigentlich?"

„Neuseeland." Am Fuß eines der Berge vor ihnen war der Eingang zu Thanes Höhle. Die meisten Engel hatten überall auf der Welt Unterschlüpfe, denn als Krieger konnte man nie wissen, wo man auf der Jagd nach einem Dämon landen würde oder wann man eine Zuflucht brauchen könnte, um sich von einer Verletzung zu erholen. Wie so viele andere hatte Thane sich für einen Ort mit so wenigen Berührungspunkten zu den Menschen entschieden wie nur möglich.

Dorthin würde Zacharel sie bringen. Später.

„Ich wollte immer durch die Welt reisen", erzählte sie verträumt.

„Und jetzt tust du das auf die stilvollste Art und Weise."

Ihr entfuhr ein leises, warmes Lachen, dessen Klang seine Sinne mit Vergnügen überflutete. „Das kann ich nicht leugnen."

Jetzt flog er an der Höhle vorüber und nahm Kurs auf die Whangaparaoa-Halbinsel und Auckland. Dort landete er in einer menschenleeren Gasse. Unwillig zwang er sich, seine Passagierin loszulassen.

Mit einem stummen Befehl verwandelte er ihre Gewänder in T-Shirts und Hosen, beides schwarz.

„Wie hast du das gemacht?", fragte sie und zupfte an dem Stoff an ihrer Hüfte. „Und wie kann dieser Stoff so weich sein?"

Auf *sich* wollte er ihre Finger spüren, auf seiner Haut. *Bald.* „Das war gar nichts. Ich kann das, weil die Gewänder meinen Befehlen gehorchen, genau wie die Wolke." Während er sprach, verbarg er seine Flügel in einer Luftfalte.

Ihre Augen wurden groß, als könnte sie nicht ganz glauben, was sie da sah – beziehungsweise nicht sah. Vorsichtig streckte sie die Hand aus, hielt inne und biss sich auf die Unterlippe. „Darf ich?"

Ihre Finger an seinen Flügeln … Es wurde immer besser. Plötzlich war seine Kehle zu eng und er konnte nur nicken, während er seine Flügel an den Rand der Luftfalte brachte, damit sie für Annabelle greifbar waren.

Und sie berührte ihn. Butterweiche Fingerspitzen strichen zärtlich über den Bogen seiner Flügel, sandten einen nicht abreißenden Strom winziger Elektroschocks durch den Rest seines Körpers. „Immer noch da", stellte sie ehrfurchtsvoll fest.

Aber nur für sie – sie allein.

Sie streichelte ihn noch einen Moment länger, entlockte ihm beinahe ein genussvolles Stöhnen, bevor sie die Hand zurückzog. „Also, was machen wir hier in diesem Aufzug?"

Verzweifelt vermisste er ihre Berührung. „Wir gehen einkaufen. Kleider, Schuhe und was auch immer du in den kommenden Tagen noch brauchen wirst."

Ihre Hand fuhr zu ihrem Herzen. „Hast du gerade das Wort ‚einkaufen' gesagt, ohne auch nur mit der Wimper zu zucken?"

„Das habe ich. Und?"

„Und? Das ist ein Fall fürs Guinnessbuch. Es ist eine weltweit bekannte Tatsache, dass Männer es hassen, shoppen zu gehen."

„Wie kann ich es hassen, wenn ich es noch nie getan habe?"

Auf ihren Lippen erschien ein bezauberndes Lächeln. „Wenn du nicht schon ein Engel wärst, würde ich dich einen Heiligen nennen. Du Armer. Du hast keine Ahnung, worauf du dich da einlässt."

Annabelle hatte den Spaß ihres Lebens.

Die Gebäude um sie herum waren genauso schön wie die sie umgebenden Berge, lichtdurchflutet, aus Tonnen von Glas und mit unzähligen leuchtenden Schildern. Das Wasser war so blau wie der Himmel, nahtlos ging eins ins andere über, und die Wolken waren das perfekte Spiegelbild der Segelboote auf dem Wasser. Doch was ihre Aufmerksamkeit vollkommen fesselte, waren die Bogengänge und Säulen an den Straßenrändern mit den Menschen, die geschäftig in alle Richtungen unterwegs waren.

Früher einmal war so etwas für sie selbstverständlich gewesen. Wenn sie shoppen wollte, waren ihre Eltern mit ihr ins Einkaufszentrum gefahren. Sie hatte Outfits anprobiert und ihre Eltern hatten ihre Kritiken dazu abgegeben. Diese „Kritiken" hatten ausnahmslos aus Lobpreisungen bestanden.

„Du hast nie schöner ausgesehen, Liebes."

„Die Jungs werden verrückt nach dir sein, Schatz."

„Du hast definitiv die Stilsicherheit deiner Mutter geerbt, Kleines."

Annabelle blinzelte die drohenden Tränen fort. Als sie älter geworden war, hatten sie und ihre Freundinnen mindestens zweimal im Monat einen Ausflug ins Einkaufszentrum gemacht, Milchkaffee getrunken, gequatscht und gelacht und den Jungs hinterhergeguckt.

Eine Woge des Heimwehs überkam sie, gefolgt von Kummer über alles, was sie in den letzten Jahren verpasst hatte, und schließlich Entschlossenheit. Jetzt war sie frei. Sie würde nicht zulassen, dass das, was hätte sein können – was hätte sein *sollen* – ihre Zeit mit Zacharel überschattete. Er selbst war die beste Warnung. Weil er zuließ, dass die Vergangenheit ihn festhielt, konnte er nicht einmal die Schönheit der Welt genießen.

Außerdem hatte Zacharel so etwas noch nie gemacht. Sie würde sich tadellos benehmen müssen, damit er nicht beschloss, sich abzumurksen, um der Erfahrung ein Ende zu bereiten, wie die Freunde ihrer Freundinnen immer angedroht hatten.

„Du hast keinen Spaß?", wollte Zacharel wissen.

„Doch, versprochen."

Er nickte, obwohl er nicht überzeugt aussah.

„Ich beweis' es dir!" Und damit begann die Mutter aller Shoppingtouren. Zuerst war sie sich nicht sicher, ob andere Menschen Zacharel sehen konnten, trotz seiner veränderten Erscheinung. Dann bemerkte sie, wie Frauen egal welchen Alters ihn mit offenem Mund anstarrten.

Oh ja. Der ist mit mir hier. Sie war ziemlich stolz … bis ihr auffiel, wie die Männer Abstand von ihr hielten, selbst die Verkäufer. Aber … aber … warum? Es war schließlich nicht so, als hingen Fahndungsplakate von ihr an jeder Wand. *Oder?*

Unsicher blickte sie über die Schulter zu Zacharel. Der starrte gerade finster einen Mann ein paar Gänge weiter an – der plötzlich eilig den Laden verließ.

Okay, das war also des Rätsels Lösung. Aber einen Vorwurf konnte sie ihm daraus nicht wirklich machen. Er war mehr als bloß ein Bodyguard – er war ein lebender Geldautomat. Wann immer sie etwas entdeckte, das ihr gefiel, ob T-Shirt, Hose oder ein Paar Stiefel, hatte er plötzlich Bargeld in der Hand.

„Und, bereust du's schon?", fragte sie ihn, als er ihre neueste Errungenschaft genauso verschwinden ließ wie seine Flügel.

„Ich …"

„Behalt das im Kopf!" Herr im Himmel, ein Cookie-Stand! In derselben Sekunde hatte sie schon die Richtung gewechselt und stürmte an Zacharel vorbei. Zwei Sekunden später stand sie vor dem Cookie-Stand, während ihr schon das Wasser im Mund zusammenlief.

„Chocolate Chip", sagte sie zu der behandschuhten Dame, die auf ihre Bestellung wartete. „Zweimal."

Hatte sie je damit gerechnet, so etwas noch einmal tun zu können? Nein. Und dass es jetzt tatsächlich so war ... Sie hätte vor Glück weinend in die Knie gehen können. Schon lustig, dass sie seit ihrer Befreiung aus der Anstalt öfter mit den Tränen gekämpft hatte als in den vier Jahren davor.

„Ich möchte keinen", bemerkte Zacharel.

„Oh, äh, ja, weil der zweite natürlich auch nur für dich gedacht war."

Er bewegte die Zunge im Mund, während er bezahlte. „Du bist so eine kleine Lügnerin, Annabelle."

Mit einem vorsichtigen Blick stellte sie fest, dass er nicht wütend zu sein schien. Ein ziemlicher Schock. Sonst plusterte er sich immer gleich auf. Doch diese Hitze, woher sie auch stammen mochte, lauerte immer noch in seinen Augen.

Mit den Cookies in der Hand setzten sie den Einkaufsbummel fort. Schon nach fünf Schritten hatte sie den ersten halb vernichtet. Noch fünf, und er war weg, kein Krümel übrig. Das war das wahre Leben!

An dem zweiten knabberte sie nur, fest entschlossen, jeden Bissen zu genießen. Sie verlangsamte ihre Schritte und zwang Zacharel, neben statt hinter ihr zu gehen.

„Du behandelst dieses Ding, als wäre es ein wahre Kostbarkeit", bemerkte er.

Na ja, klar. Weil es eine war. „Hast du was gegen Cookies?"

„Das kann ich nicht sagen, da ich noch nie einen gegessen habe."

Moment. Wie bitte? „Noch nie? So ... noch gar nicht?"

„Gibt es eine weitere Bedeutung des Wortes ‚nie‘, die mir nicht bekannt ist?"

Haha. „Aber das ist ja kriminell!"

„Wohl kaum."

„Warum ... warum hast du nicht wenigstens mal einen probiert?"

„Weil ich nur Nahrung zu mir nehme, die mich stärkt."

„Ich bin mir nicht sicher, ob dir klar ist, wie lächerlich du gerade geklungen hast. Aber zu deinem Glück ist Annabelle Miller an dem Fall dran und wird dich nicht eine Minute länger in Unwissenheit über die Perfektion der Droge Schokolade leben lassen." Sie blieb stehen, brach ein Stück vom verbleibenden Rest des zweiten Cookies ab und hielt es Zacharel an die Lippen. „Mund auf. Du stehst vor der Erkenntnis der wahren Bedeutung des Wortes *köstlich*."

Die Hitze loderte in seinen Augen auf und seine Lippen wurden weich. Er würde immer wie ein Krieger aussehen – wie könnte es anders sein bei diesen Muskelpaketen –, aber in diesem Moment war er eher ein Verführer. Der Prinz aus ihrem Traum … Bloß dass er kein verfluchter Dämon in Verkleidung war.

„Du bist wie Eva mit ihrem Apfel", behauptete er.

„Ist das eine Beleidigung oder ein Kompliment?"

„Beides."

„Dann bin ich nur halb beleidigt." Sie strich etwas geschmolzene Schokolade auf seine Unterlippe. „Mund auf. Zwing mich nicht, das zu wiederholen."

Er gehorchte.

Dann legte sie das Stück auf seine Zunge, doch bevor sie den Finger zurückziehen konnte, schloss er die Lippen darum und begann zu saugen. Ein Keuchen brach aus ihr hervor, als die Hitze, die sie in seinen Augen gesehen hatte, jetzt durch ihren Körper strömte, sie erbeben ließ.

Für ihn hatte das keine tiefere Bedeutung, das wusste sie. Langsam zog sie ihren Finger zurück. Er hatte keine Erfahrung, keinen Schimmer, was eine solche Handlung andeutete.

Er aß das Gebäck und leckte sich die Lippen, während er sie beobachtete. Was für herrliche Wimpern, dachte sie, was für ein fesselnder Blick.

Was für ein schöner Mann.

Mühsam schluckte sie den Kloß herunter, der sich in ihrem Hals zu bilden drohte. *Das hat für ihn keine besondere Bedeutung. Er versucht nicht, dich zu verführen.*

„Du hast recht", sagte er. Sein Tonfall war undeutbar. „Köstlich."

Im Versuch einer schnippischen Antwort erwiderte sie: „Tja,

Pech für dich, dass du dir nicht auch einen bestellt hast." Dann warf sie sich den Rest des Cookies in den Mund.

Er schockierte sie mit einem Lächeln. Einem Lächeln! Seine Mundwinkel schossen nach oben, volle Lippen enthüllten gerade weiße Zähne, und er hatte Grübchen. Ja, Grübchen. In voller Pracht. Ihr stockte der Atem in der Kehle, brennend heiß. Er war … er war … umwerfend.

„Ich könnte dir die Leckerei wegnehmen, jederzeit. Könnte sie dir einfach aus dem Mund stehlen. Was würdest du dann tun, tapfere kleine Annabelle?"

Sie schluckte, bevor sie noch erstickte. „Mich ekeln?" Eine Frage, die eigentlich eine Feststellung hätte sein sollen.

„Hmph", murmelte er, und das Lächeln verschwand.

Einen Moment lang fühlte sie sich, als wäre die Sonne untergegangen, als herrschte plötzlich eine Dunkelheit, in die nie wieder Licht dringen könnte. „Ich wollte nicht sagen, dass ich es eklig fände, wenn du …"

„Vergiss es. Komm, lass uns deine Shoppingtour zu Ende bringen." Er nahm sie bei der Hand und zog sie mit sich.

Und mit ‚ziehen' meinte sie ‚zerren'. Ach, verdammt. Sie hätte ihn viel lieber noch einmal zum Lächeln gebracht. „Na gut. Aber nur, weil du zahlst", grummelte sie.

„Mach dir keine Sorgen. Du wirst es mir zurückzahlen."

„Werde ich?" Wie?

Der Blick, den er ihr jetzt zuwarf, glühte heißer als je zuvor. „Das wirst du schon sehen."

12. KAPITEL

Zieh den Kopf ein." Zacharel legte die Flügel an und raste durch einen engen, gewundenen Tunnel. Eine knappe Stunde waren sie geflogen, bis er schließlich ihr Ziel entdeckt hatte. Annabelle hielt sich fest und barg das Gesicht in der Kuhle an seinem Hals. Ihr warmer Atem streichelte ihn durch den Stoff hindurch.

Schließlich endete der Tunnel und weitete sich zu einer riesigen kristallbesetzten Höhle. Mit einem Rauschen breitete er die Flügel aus, bremste ihren Flug und setzte Annabelle sanft am Boden ab. Sie schien etwas wacklig auf den Beinen und klammerte sich noch einen Moment lang an ihm fest. Dann ließ sie ihn los und trat ein paar Schritte zur Seite, sodass sie sich nirgends mehr berührten. Wieder erfüllte ihre fehlende Nähe ihn mit Kummer – ein Gefühl, das ihn verärgert mit den Zähnen knirschen ließ.

Den ganzen Tag lang war er wie besessen von ihr gewesen. Jede Berührung, jedes Stocken in ihrem Atem, jeder Blick in seine Richtung hatte die Anspannung in seinem Inneren nur verstärkt. Jeder ihrer Stimmungswechsel hatte ihn verwirrt. Glücklich, traurig, verspielt, mürrisch … Am liebsten hätte er sie in seine Arme gezogen und gehalten, bis sie nichts als Glück empfand. Doch das hatte er sich nicht gestattet. Jedes Mal, wenn sie lachte, hatte sein Blut heißer gebrodelt. Er wäre nicht in der Lage gewesen, sich damit zufriedenzugeben, sie nur im Arm zu halten.

Und als sie ihn mit dem Cookie gefüttert hatte? Als er ihre Finger im Mund gehabt hatte? Mit übernatürlicher Kraft hatte er dagegen ankämpfen müssen, nicht ihr und dann sich selbst die Kleider vom Leib zu reißen, um an Ort und Stelle herauszufinden, welche Freuden die Menschen einander schenkten, wenn sie nackt waren.

Eines nicht allzu fernen Tages würde er sich erlauben, von ihr zu kosten, ihre Kurven zu erforschen und diese Art der Leidenschaft zu erfahren. Doch er würde nicht nach mehr lechzen, würde nicht süchtig werden nach dieser Menschenfrau, dieser Gemahlin eines Dämons, als wäre sie eine Droge. Er würde seine Neugier befriedigen und dann zu dem Leben zurückkehren, das er kannte – und mochte. Vielleicht war das falsch von ihm, aber es war die einzige Möglichkeit, die er hatte.

Ein Kriegerengel konnte nicht mit einem Menschen zusammen sein. Der ewige Kampf zwischen Engeln und Dämonen war für so verletzliche Wesen viel zu gefährlich. Und dazu noch der Krieg, der sich zwischen den Engeln, den Griechen und den Titanen zusammenbraute! Schon jetzt spürte er die Spannung in der Luft, hörte von einer bevorstehenden Revolte flüstern. Außerdem waren ihre Lebensspannen viel zu unterschiedlich.

„Was ist das für ein Ort?" Offenbar beunruhigt erschauderte sie, als sie ihre neue Umgebung in Augenschein nahm.

Auch ohne sich umzublicken, wusste er, was sie sah. Eine Streckbank mit Fesseln für Hand- und Fußgelenke. Ein Bett mit schwarzen Laken, damit nichts Spuren hinterließ, was darauf vergossen wurde. Eine Wand voller Instrumente, die er niemals zu benutzen wünschte.

Er hätte auch eine andere Höhle auswählen können, eine, die einem Engel wie ihm gehörte, einem Mann, der noch nie Begehren verspürt hatte. Stattdessen hatte er sich für die von Thane entschieden, wohl wissend, was er vorfinden würde, denn er war schon einmal hier gewesen. Er hatte gehofft, diese Umgebung würde genug Scham und Abscheu in ihm wecken, um ihn von dem Weg abzubringen, auf dem er sich befand.

Aber nein, er wollte Annabelle immer noch. Wollte Dinge mit ihr anstellen …

Ihr Blick wurde eisig, ließ ihn fast erstarren. Ihn, der er die Kälte kannte wie kein anderer. „Was kostet es mich, dass du bei mir bleibst? Du hast gesagt, du würdest es mir erzählen, wenn wir unseren neuen Aufenthaltsort erreicht haben. Also, hier sind wir – und ich kann nicht behaupten, ich wäre beeindruckt."

Er log niemals, nicht wahr? „Du klingst nicht bloß ‚nicht beeindruckt'. Du bist angewidert. Oder?"

„Ja." Mit einer Hand wedelte sie in Richtung des Arsenals um sie herum. „Kannst du mir daraus einen Vorwurf machen nach dem, was ich erlebt habe? Ich kann mir vorstellen, was du mit mir vorhast."

Er runzelte die Stirn. Ihre Antwort verhieß nichts Gutes. Fürchtete sie die Instrumente – oder ihn? „Erstens: Diese Sachen würde ich niemals an dir ausprobieren. Zweitens: Ich bitte dich nur, dich mir willig hinzugeben."

Lange starrte sie ihn bloß mit offenem Mund an. Dann betrachtete sie ihn von Kopf bis Fuß und schluckte. Sie schüttelte heftig den Kopf und das herrliche lange Haar flog ihr ums Gesicht. „Wenn du meinen Körper als Bezahlung verlangst, wird der Sex nicht einvernehmlich sein, egal wie gefügig ich dir erscheine. Ich werde mich dir nicht hingeben, du wirst dich mir aufzwingen. Genau wie Fitzpervers!"

Zorn brach sich Bahn in seinem Inneren, rauschte durch seine Adern. „Ich habe nicht das Geringste mit ihm gemeinsam." Wenn Zacharel in seinem Verlangen nach ihr ertrinken musste, dann würde er sie mit sich in die Tiefe zerren, koste es, was es wolle. „Begehrst du mich?", verlangte er zu wissen.

Sie befeuchtete sich die Lippen, schluckte erneut. „Ich fühle mich von dir angezogen, ja."

Das dämpfte die schlimmste Hitze seiner Emotionen. „Wie auch … ich mich von dir angezogen fühle." Anziehung. So ein schwaches Wort für die Begierde, die ununterbrochen in ihm aufloderte. „Wo liegt also das Problem?"

Einen Augenblick lang schien ihr Zorn den seinen noch zu übersteigen, leuchtete in ihrem Inneren auf wie die Sonne selbst. „Nie wieder werde ich mich zu irgendetwas zwingen lassen. Ich werde mir nicht die Hände binden lassen – ob bildlich gesprochen oder wortwörtlich."

Da erkannte er seinen Fehler und hätte beinahe laut geflucht. Er hätte sie nicht an einen Ort wie diesen bringen dürfen, auch wenn er seinen Bedürfnissen entgegenkam, ja, er hätte das Thema nicht einmal ansprechen sollen, sondern stattdessen den natürlichen Lauf der Dinge abwarten.

Allerdings … So unerfahren, wie er in diesem Bereich war, hatte er keine Ahnung davon, was „natürlich" wäre.

„Ich habe es dir schon einmal gesagt. Ich bin nicht wie dieser Arzt. Ich bin nicht wie andere Männer, mit denen du zu tun hattest.

Warum sollte ich dich retten, nur um dich dann zu verletzen? Aber gut, wenn du mir nicht vertrauen kannst, werden wir verhandeln. Ich habe dir bereits gesagt, dass ich davon etwas verstehe."

Das versöhnte sie ein wenig. „Also gut. Ich höre."

„Ich werde für einen Monat bei dir bleiben …", und noch wesentlich länger, fügte er stumm hinzu, sollte ich meine Neugier dann noch nicht befriedigt haben. Denn im Moment wollte er sie mehr als bloß einmal. Er wollte alles, was sie zu bieten hatte. Wollte alles mit ihr erfahren. Erst dann würde er sie gehen lassen.

„… wenn du einen Schwur ablegst, mich zu küssen, wann immer du den Drang dazu verspürst." Der Rest würde schon folgen. Dessen war er sich sicher.

„Aber das Mädchen … die, die dich ohne deine Erlaubnis geküsst hat …"

„Bei dir ist die Situation eine andere. Du hast meine Erlaubnis. Du hast eine offene Einladung." Plötzlich klang seine Stimme tiefer, rauer, als er sie je gehört hatte. Aus jeder Silbe schrie sein Hunger.

„Weil du dich von mir angezogen fühlst", wiederholte sie zittrig und spielte mit einer Haarsträhne.

„Ja."

„Aber was ist, wenn ich dich nie küssen will?"

„Dann wirst du es nicht tun." Doch sie würde es wollen; dafür würde er sorgen.

Sie senkte den Blick, sah zu ihm auf, wieder weg und wieder hin. In ihren ausdrucksvollen Augen mischten sich Furcht und Hoffnung und etwas … glühend Heißes. „Gut. Ich erkläre mich mit deinen Bedingungen einverstanden."

Anfangs war es ihr als so gute Idee erschienen, auf seinen Handel einzugehen. Doch jetzt, ein paar Stunden später, war Annabelle erfüllt von nervöser Energie. Würde sie den Mut haben, ihren Teil der Abmachung einzuhalten?

Sie hatte an nichts anderes mehr denken können.

„Du siehst aus, als wäre dir zu warm." Zacharel stand in der Küche und machte ihr ein Sandwich.

„Stimmt." Das Gewand, das sich während des Einkaufsbummels in Form von Shirt und Hose an ihren Körper geschmiegt hatte, war kurz vor ihrem Abflug in seine ursprüngliche Form zurückgekehrt. Es bedeckte sie vom Hals bis zu den Zehen. „Ich könnte eine Dusche gebrauchen. Allein."

„Diese Gewänder reinigen den Träger von innen heraus. In diesem Augenblick bist du sauberer, als du es je warst."

„Oh. Das ist ja … cool." Und diese Antwort so was von lahm. Sie musste sich zusammenreißen. „Ich meine, diese Funktion ist mir schon aufgefallen, als du verwundet warst." Ich war bloß zu blöd, zwei und zwei zusammenzuzählen.

„Vielleicht solltest du etwas von deinen neuen Sachen anziehen."

„Ich glaube, das mache ich." Nur nicht so, wie er sich das wahrscheinlich vorstellte.

Die Einkaufstaschen hatte Zacharel am Eingang abgestellt. Nach ein bisschen Wühlen fand sie alles, was sie suchte. Dann zog sie sich auf dieselbe Weise an, wie sie sich vorher der Ledermontur entledigt hatte – unter dem Schutz des Gewands.

„Unfair", meinte sie Zacharel murren zu hören.

Erst als sie ihre neue Unterwäsche, ein T-Shirt, Jeans und Stiefel anhatte – und erfolgreich Löcher in die Taschen geschnitten, um Zugriff auf die Messer zu haben, die sie an die Oberschenkel geschnallt trug –, zog sie sich schließlich die Robe aus.

Zacharel ließ seinen brennenden Blick von oben bis unten über ihren Körper wandern – und dann noch mal von unten bis oben. „Das findet meine Zustimmung. Und jetzt wirst du essen." Er stellte den Teller auf einen kleinen Holztisch, setzte sich und bedeutete ihr, sich zu ihm zu gesellen.

„Und wir reden", fügte sie hinzu.

„Natürlich."

Eigentlich hatte sie weiter verhandeln wollen, doch er begann augenblicklich, sie auszuquetschen – und sie versuchte dasselbe mit ihm. Warum eine Höhle? Warum die Sexspielzeuge? Die Antwort auf die erste Frage: Darum. Die Antwort auf die zweite: Darum.

So informativ, ihr Engel.

Unbehaglich rückte sie hin und her. Weder ihr noch sein Stuhl hatte eine Rückenlehne, doch während sie ständig das Gefühl hatte, hintenüberzukippen, fühlte er sich sichtlich wohl, weil er ungehindert die Flügel bewegen konnte.

„Der Dämon, der deine Eltern getötet hat", setzte er an und bedeutete ihr mit einer Geste, mehr von diesem unfassbar köstlichen Sandwich zu essen. Weich, saftig und erfüllt von einer Flut süßer und würziger Aromen. „Wie hat er ausgesehen?"

„Was, wenn ich jetzt einfach ‚hässlich' sage und es dabei belasse?"

„Dann hake ich nach."

„Hab ich mir gedacht." Langsam kaute und schluckte sie, während sie versuchte, sich nicht dieses Untier vor Augen zu rufen, das all die Jahre ihre Träume heimgesucht hatte. Mit einem unmerklichen Beben in der Stimme beschrieb sie die roten Augen, das menschenähnliche Gesicht und die Vampirzähne. Die glatte tiefrote Haut, die Hörner, die aus seinem Rückgrat hervortraten. Den Schwanz mit dem hässlichen metallenen Stachel.

Die ganze Zeit über blickte Zacharel finster drein. Das musste tatsächlich sein Standard-Gesichtsausdruck sein.

„Deine Beschreibung passt auf eine Menge Dämonen, aber das war definitiv nicht derjenige, der bestimmt hat, wer wann in die Anstalt eindringen durfte oder nicht. Trotzdem werden wir *Bürde* aufspüren und mit ihm reden."

Bürde. Was für ein schrecklicher Name. „Und er wird dir ehrlich antworten?"

„Mit ein wenig Überzeugungsarbeit – möglicherweise. Manchmal lässt sich die Wahrheit aber auch entdecken, wenn man die Lüge auseinandernimmt."

„Solange du dir da sicher bist. Und nur um das festzuhalten: Ich kann mit Gefahr umgehen, also denk nicht mal dran, mich hier zurückzulassen."

Er verengte die Augen, doch das konnte nicht die erschreckenden grünen Flammen verbergen, die in seinem Blick aufloderten. „Es würde mir keinerlei Schwierigkeiten bereiten, dich hier zurückzulassen, Annabelle, und du könntest nichts dagegen tun."

„Ich könnte dich dafür hassen", fauchte sie zornbebend. „Na ja, vielleicht nicht hassen, da ich ja jetzt niemanden mehr hasse, aber ich könnte *echt* wütend auf dich sein."

„Und du denkst, das würde mir etwas ausmachen?" Er stellte die Frage so ruhig, als spielte die Antwort für ihn nicht die geringste Rolle.

Doch das tat sie, das konnte er nicht leugnen. Nicht mehr. Er wollte ihren Körper, er hatte versucht, ihn als Bezahlung einzufordern – und sich dann mit Küssen zufriedengegeben.

Es gibt keinen Grund für mich, wegen dieses Handels nervös zu sein, begriff sie erstaunt. Ehrfürchtig. Glücklich. Er wollte sie so verzweifelt, dass er alles nehmen würde, was er kriegen konnte. Selbst Almosen.

„Kleiner Tipp, geflügeltes Wunder. Bedrohe niemals die Frau, die du verführen willst." Jetzt hatte *sie* die Situation unter Kontrolle.

Federleicht strich er mit einem Finger über ihr Schlüsselbein. „Wenn ich damit dein Leben retten kann, werde ich mehr tun, als dir nur zu drohen. Ich werde meine Drohung wahr machen. Besser, du begreifst es jetzt, als dass du nachher aufbegehrst."

Diese Berührung, so sanft sie auch gewesen war, dazu noch gedämpft durch den Stoff ihres T-Shirts, elektrisierte sie. Und schon lag die Kontrolle wieder bei Zacharel. „Ich will einen Mann als ebenbürtig sehen, nicht als Boss."

Unwillig zeigte er ihr die Zähne und ließ den Arm schwer sinken. „Wir werden niemals ebenbürtig sein. Ich werde immer stärker und schneller sein."

Und besser?

Tja, wo er recht hat ... Ihre Selbstsicherheit versiegte kläglich. Wie ein Stein lag ihr das eben noch so köstliche Sandwich im Magen. „Mir ist nicht ganz klar, warum du mich überhaupt küssen willst. Nach deiner Beschreibung bin ich ja ein echter Hauptgewinn. Vielleicht sollten wir unseren Deal einfach vergessen."

Hart ließ er die Faust auf die Tischplatte krachen. „Der Deal steht."

Erschrocken über seinen untypischen Ausbruch, starrte sie ihn mit großen Augen an. Auch ihn musste sein Verhalten überrascht haben, denn sobald er realisierte, wie aggressiv er gewirkt hatte, leckte er sich die Lippen und fügte hinzu: „Andernfalls wäre es mir erlaubt, dich jederzeit zu verlassen, nicht wahr? Und das würdest du nicht wollen, Annabelle, oder?"

Nein, denn dann könnte er ins Himmelreich zurückkehren. Und das war der einzige Grund, aus dem sie kapitulierte. Wirklich. „Meinetwegen. Der Deal steht. Aber je mehr du redest, desto weniger mag ich dich. Das ist dir klar, oder?"

„Es wird mir ein Vergnügen sein, das in Ordnung zu bringen. Erstens ist es nicht deine Stärke oder Schnelligkeit, die mich anzieht. Es ist … alles an dir. Dein Lachen, deine Schlagfertigkeit, deine Gefühle und wie wandelbar sie sind. Dein Mut, deine Lieblichkeit und deine fast besessene Begeisterung, wenn es um Cookies geht. Und zweitens bis du wahrhaftig ein Hauptgewinn. Du hast in mir einen Wunsch geweckt, den ich bei niemandem sonst je verspürt habe. Den Wunsch nach einer Vereinigung unserer Leiber."

Nie wieder würde sie diesem Mann an den Kopf werfen, er wüsste nicht, wie man eine Frau verführte. Seine Worte berührten sie unentrinnbar und tief in ihrem Innersten. Eine Vereinigung ihrer Leiber. Seines. Ihres. Als Einheit. Schon beim Gedanken daran bekam sie eine Gänsehaut. Und ihre Nervosität war fort. Vollkommen. In dieser Minute hatte er ihr in Erinnerung gerufen, dass jener Akt etwas Besonderes sein sollte, nichts Beschämendes. Ein Akt zwischen zwei Personen, die füreinander geschaffen waren.

Füreinander geschaffen? Du und Zacharel?

Er legte die Hände flach auf den Tisch und beugte sich vor. „Drittens. Der blonde Engel, Thane – der, von dem du behauptet hast, er wäre dir lieber als ich. Dies ist seine Höhle, und dort siehst du seine Instrumente." Mit dem Kinn wies er auf die Streckbank, die sie so unangenehm an ihr Bett in der Anstalt erinnerte. „Sei dir gewiss, dass er sie an dir verwenden wird, wenn du dich ihm zuwendest. *Du wirst dich ihm nicht zuwenden*", fügte er fast sofort hinzu.

Okay, das hatte definitiv nach Eifersucht geklungen. Und dieser Wandel in ihm, von distanziert und bedrohlich zu besitzergreifend und begierig, war genauso verblüffend wie sein Fausthieb auf den Tisch. Sie wusste kaum noch, wo oben und unten war, und gleichzeitig fühlte sie sich erfüllt von einer geheimnisvollen Macht.

„Du hast recht", fuhr er fort, bevor sie etwas erwidern konnte. „Reden bringt uns nicht weiter. Iss."

Verflucht noch mal. Jedes Mal, wenn sie glaubte, sie würde langsam die Oberhand gewinnen, musste er es wieder ruinieren. „Ja, Daddy", grummelte sie und steckte sich noch ein Stück Brot in den Mund.

Dafür erntete sie einen finster flammenden Blick.

Während sie den Rest aufaß, beobachtete sie Zacharel so unauffällig wie möglich. Seine Stimmung mochte sich verändert haben, doch er hätte geradewegs aus einem Gemälde stammen können, so umwerfend war sein Gesicht. Würde sie sich jemals an seine Schönheit gewöhnen?

Schließlich würde sein Haar auf ewig schwarz bleiben, seine Haut faltenlos. Er würde sich niemals verändern. Für immer würde er so aussehen wie jetzt – während sie alterte. Puh. Sie würde altern, oder nicht?

Das Einzige, was sich an ihm veränderte, waren seine Flügel. Mittlerweile waren sie größtenteils golden mit nur winzigen weißen Flecken, die sich durch die Federn zogen. Wenn er recht hatte und sein Aufstieg in die Elite bevorstand, was auch immer das bedeutete, ging dieser Aufstieg ziemlich schnell voran.

„Nur damit du's weißt", erklärte sie schließlich, als sie bemerkte, dass das Schweigen genauso angespannt geworden war wie das Gespräch. „Ich begehre Thane nicht."

Befriedigt nickte er.

„Also, wie lange bleiben wir hier?"

„Nicht länger als vier Tage. Ich muss wissen, ob die Dämonen dich auch aufspüren können, wenn du unter der Erdoberfläche bist. Die Antwort wird unseren weiteren Kurs mitbestimmen."

Reichlich Zeit für ihn, ihr ein paar Dinge über das Kämpfen mit Dämonen beizubringen. Natürlich würde dieser Unterricht körperlichen Kontakt mit sich bringen, und Körperkontakt würde ihre Hormone wahrscheinlich völlig durchdrehen lassen. Sie würde ihn küssen wollen, was ihrer Abmachung zufolge – die er sie nicht hatte auflösen lassen – bedeutete, dass sie ihn küssen *müsste.*

Würde sie den Mut dazu finden?

Dass diese blöde Frage sie nicht in Ruhe ließ.

Was, wenn sie die totale Null war? Wenn er ihretwegen auf Lebenszeit genug hätte vom Küssen? Was, wenn sie durchdrehte? Aber auch: Was, wenn es ihr gefiel? Wenn sie mehr wollte? Wenn er sich weigerte, ihr mehr zu geben? Was, wenn er sie zurückwies wie diesen anderen Engel? Die wunderschöne Frau mit den schwarzen Ringellocken? Trotz der Tatsache, dass er behauptete, er begehre sie.

Oder aber – was, wenn er mehr wollte als einen Kuss, und Annabelle weigerte sich, ihm mehr zu geben? Würde er dann beschließen, dass sie den Aufwand nicht wert war, und sie irgendwo aussetzen?

Nein, dachte sie dann. So ein Widerling war er nicht. Er mochte kalt und hartherzig sein, aber ein Lügner war er nicht. Er hatte sich bereit erklärt, einen Monat lang bei ihr zu bleiben, und das würde er tun. Was immer auch kommen mochte. Aber würde er dieses Versprechen bereuen? Oder froh darüber sein?

Es gibt nur einen Weg, die Antworten auf all diese Fragen herauszufinden …

Zusatzbonus: Sie hätte das erste Mal hinter sich, und die Nervosität würde sich endlich legen.

Das gab den Ausschlag.

„Zacharel", brachte sie atemlos hervor.

Sein Blick schien bis auf den Grund ihrer Seele zu dringen. „Woran denkst du gerade, Annabelle?" Heiser ertönte die Frage, ein Streicheln für all ihre Sinne.

In diesem Moment konnte sie genauso wenig lügen wie er. Ihre weichen Lippen waren der Beweis. „Daran, dich zu küssen."

Augenblicklich fiel sein Blick auf ihre Lippen; seine Pupillen weiteten sich, verdrängten seine Iris vollkommen. „Warum?"

Weil du mich für einen Hauptgewinn hältst. Weil ich mich unter deinem Blick auf seltsame Weise wie angebetet fühle statt besudelt. „Ich denke, meine Antwort wird dir bekannt vorkommen: darum."

Langsam verzog er die Lippen zu einem Lächeln. „Also, worauf wartest du? Du weißt, was du zu tun hast."

13. KAPITEL

Angespannt wartete Zacharel, als Annabelle langsam aufstand und zu ihm kam. Noch stärker spannte er sich an, als sie schließlich zwischen seine Beine trat. Ein Teil von ihm schrie auf ihn ein, er solle sie aufhalten. Das alles hier aufhalten. Nach der ersten Kostprobe würde es kein Zurück mehr geben. Er würde es wissen, das Wissen wäre ein Teil von ihm, den er nie wieder vergessen würde. Der Rest von ihm schrie nach mehr. Wollte alles.

Der Rest von ihm gewann.

Viel zu groß war seine Neugier, doch es war mehr als das. Viel zu groß war sein Bedürfnis, diese Frau zu befriedigen. Ihr Duft war das süßeste Aphrodisiakum. Ihre Kurven waren für seine Hände gemacht, und nur seine – wie er bald unter Beweis stellen würde. Als sie ihm die Hände auf die Schultern legte, ergriff er ihre Hüften, so klein, so zerbrechlich. Bei der ersten Berührung erfüllte ein heißes Keuchen aus ihrer Kehle die Luft zwischen ihnen.

„Näher", raunte er heiser und zog sie an sich, bis kein Zentimeter mehr zwischen ihnen war. Weil er saß, waren sie jetzt genau auf Augenhöhe. Ihr Mund direkt vor seinem. *Ich muss sie schmecken …*

Doch sie gab ihm nicht, was er wollte. „Wenn's dir nicht gefällt, sag einfach, ich soll aufhören, okay?", flüsterte sie. „Aber kein Höhlenmenschen-Gehabe mit Wegstoßen und Beleidigungen. Mach mir keine Vorwürfe."

„Es wird mir gefallen, und du wirst mir beibringen, was ich tun soll."

„Aber wenn nicht …"

„Hör auf, abzulenken." Langsam ließ Zacharel die Hand an ihrem Rücken hinaufgleiten und schob seine Finger in ihr Haar, schloss die Faust um eine dicke Strähne und zog Annabelle noch näher an sich heran.

„Bist du dir sicher?"

Er presste die Lippen auf ihren Mund. Sie fühlte sich so anders an als er; ihre Lippen waren weich wie Rosenblüten und voller als seine. Von der ersten Berührung an war er wie verzaubert. Staunend löste er sich von ihr, dann beugte er sich wieder vor … staunte von Neuem über das Gefühl ihrer Haut auf seiner … Noch einmal, und diesmal öffnete sie mit einem leisen Stöhnen die Lippen.

Ihre Zunge glitt über seine, brachte den Geschmack von Sommer mit sich: frische Beeren mit Sahne, voll erblühte Rosen, schwüle Mitternacht.

So konzentriert auf sie, wie er war, brachte sie ihm bald bei, wie es ging, und jede neue Lektion versetzte ihn in Entzücken, ließ ihn ermutigend stöhnen.

Zärtlich strich sie mit den Fingern durch sein Haar und löste eine herrliche Empfindung aus, die über seine Kopfhaut tanzte. Es kitzelte an Stellen, die noch nie von jemand anders berührt worden waren. „Ich weiß nicht, wie es dir geht, aber mir gefällt's", hauchte sie. In ihrer Stimme schwang leichte Überraschung mit.

„Ja." So lange war sein Blut eisig gewesen, und einzig die seltenen Hitzeschübe hatten ein Absinken unter den Gefrierpunkt verhindert. Hitzeschübe, die er nur bei ihr verspürt hatte. Jetzt kochte dieses Blut, sengte sich durch seine Adern, heizte ihn auf. Schweiß trat ihm auf die Stirn, zwischen die Schulterblätter, und lief an seinem Bauch hinab.

Selbst sein Atem verbrannte ihn, grillte seine Lungen und stach in seiner Kehle. Für dieses Fieber gab es nur ein Heilmittel, das wusste er. Er musste ihr näher sein, musste alles an ihr berühren. Musste alles an ihr besitzen.

„Hoch." Es war ein Befehl.

Als sie nicht sofort gehorchte, legte Zacharel die Hände um ihren Po und hob sie hoch, setzte sie auf seinen Schoß, ließ ihr Gewicht auf sich wirken. Und oh, süßer Himmel, das war genau, was er gebraucht hatte. Pure Wonne durchströmte ihn, eine wundervolle Folter.

Sie stöhnte an seinem Mund, grub die Fingernägel in seine Kopfhaut, als wollte sie ihn an Ort und Stelle halten. Als hätte sie Angst, er würde versuchen, sich von ihr zu lösen. Niemals würde er so etwas tun. Er war verloren. Nichts hielt ihn in dieser Welt außer der Frau auf seinem Schoß, und er war froh darüber. Nur …

Nur dass ihre neue Position nicht mehr so eine Gnade war, wie er gedacht hatte.

„Annabelle." Er *litt*, er brauchte irgendeine Form der Erleichterung.

„Zacharel."

Seinen Namen von ihren Lippen zu vernehmen, so atemlos hervorgebracht, weckte in ihm einen gewissen Besitzanspruch. *Mein.* „Mach … mehr", flehte er.

„Also dann. Okay. Mehr."

Doch nichts geschah, und er musste die Hände flach auf ihre Hüften legen, um sich davon abzuhalten, sie überall zu berühren.

„Was genau willst du, wenn du ‚mehr' sagst?", flüsterte sie.

„Was auch immer du mir geben willst."

„Ich weiß nicht … vielleicht … Beweg deine Hüften!"

Seine … Oh ja. Und sie küssten, küssten, küssten sich weiter, und er hob ihr die Hüften entgegen. Vor, zurück, suchend, sich zurückziehend. Bei jeder neuen Berührung entrang sich ihr ein Stöhnen, ihm ein Knurren. Die Lust war so intensiv, dass sie schon schmerzte, unerträglich und unerlässlich.

Wie hatte er es so lange ohne das hier ausgehalten? Wie hatte er widerstehen können? Kein Wunder, dass so viele Menschen bereit waren, ihre Brüder zu bekämpfen, nur um die zu bekommen oder zu retten, nach denen sie hungerten. Ein solches Gefühl der Verbundenheit hatte Zacharel noch nie erlebt. Er war nicht bloß Zacharel, er war Annabelles Mann. Und er war froh darüber.

„Zacharel?"

Ihre Brüste pressten sich an seine Brust und lösten ein weiteres schmerzhaftes Verlangen aus. Er musste sie spüren, Haut an Haut, ohne störende Barrieren. Kurz löste er sich von ihr, gerade lange genug, um sein Gewand vom Kragen abwärts aufzureißen und den Stoff abzuschütteln, die Arme aus den Ärmeln zu ziehen und die Fetzen unbeeindruckt fallen zu lassen, sodass sie ihm um die Hüften hingen. Dann zerriss er den Baumwollstoff von Annabelles T-Shirt, sodass es offen herabhing. Sie stieß ein Keuchen aus.

Auch ihren BH zerriss er. Sie war wunderschön. Betörend. Mit bebenden Händen umfasste er ihre Brüste, staunte, dass sie schwer und zugleich so weich sein konnten. *Muss ... schmecken ...*

„Warte", glaubte er sie sagen zu hören.

Nein. Kein Warten. Er würde sie besitzen. *Jetzt.*

Lust vernebelte seine Sinne noch weiter, als er sich hinunterbeugte und ihre Brüste so küsste, wie er ihre Lippen geküsst hatte. Annabelle bog den Rücken durch, lehnte sich von ihm weg, doch das gefiel ihm nicht, also schob er eine seiner Hände hinter sie, um sie festzuhalten.

„Zacharel!"

„Annabelle." Der Nebel in seinem Kopf verdichtete sich, und ihm entgingen die zarten Hände, die jetzt gegen seine Schultern drückten und versuchten, ihn fortzuschieben. Warum hatte er sich diese Art von Berührung so lange versagt? Und wie hatte er sich einreden können, es würde genügen, ein einziges Mal von dieser Frau zu kosten? Das hier, Annabelle, würde er mindestens einmal am Tag genießen, beschloss er, bis er genug gesättigt wäre von allem, was mit Sex zu tun hatte.

Möglicherweise würde das niemals passieren.

Etwas Scharfes fuhr über seine Wange, einmal, zweimal, bis Blut kam. Abwesend ließ er Annabelle los, um fortzuwischen, was ihn da getroffen hatte. *Nicht, dass es ihr wehtut.* Sobald er das tat, fuhr sie zurück, purzelte von seinem Schoß. Als sie auf die Füße sprang, stand auch er auf. Noch immer hing ihm das Gewand um die Hüften, als er die Hände nach ihr ausstreckte. Doch ... kurz bevor er sie berührte, schlug sie ihm mit so viel Kraft auf die Nase, dass der Knorpel riss. Blut strömte ihm über das Gesicht.

Verwirrt zog er die Brauen zusammen und streckte wieder die Hände nach ihr aus. *So schön.* „Annabelle. Küssen."

„Küss das, du widerliche Ratte!" Sie rammte ihm das Knie zwischen die Beine, jagte ihm die Eier praktisch bis ans Zäpfchen.

Schmerz raste durch seinen Körper, nahm ihm den Atem, und er klappte vornüber. Endlich lichtete sich der Nebel in seinem

Kopf. Zacharel blickte auf, perplex über ihre Gewalttätigkeit. In diesem Moment verpasste sie ihm einen doppelten Kinnhaken und seine Knie gaben nach. Hilflos fiel er zu Boden, während Sterne durch sein Blickfeld schwammen. Doch es waren nicht genug, als dass er ihre angstgeweiteten Augen oder die sich hektisch hebende und senkende Brust hätte übersehen können.

„Annabelle", flehte er und hob die Arme, um ihr zu zeigen, dass er ihr nichts Böses wollte.

„Nein!" Offenbar hatte sie seine Absicht missverstanden, denn jetzt ging sie unter die Gürtellinie und – rammte ihm tatsächlich eine Klinge in die Seite. Auch wenn sie die Kleidung gewechselt hatte, war sie offensichtlich immer noch bewaffnet. Er hätte es wissen müssen.

„F-fass mich nie wieder an", fauchte sie.

Er grunzte und wusste in diesem Augenblick, dass sie seine Niere erwischt hatte.

Sie erhob sich und ließ das blutige Messer fallen, als hätte sie sich daran verbrannt. Mit einer Hand hielt sie ihr Oberteil zusammen, die Knöchel weiß vor Anspannung. Mit der anderen rieb sie sich ohne Unterlass den Fleck über ihrem Herzen. Bebend wich sie vor ihm zurück. „Hast du verstanden? Nie wieder!"

Das hat er ihr angetan, begriff er. Er hatte sie in diesen Zustand versetzt.

Scham erfüllte ihn, als er sich erhob. Die Stichwunde an seiner Seite pochte, doch er schenkte ihr keine Beachtung. Bald würde sie verheilen.

„Annabelle."

Immer schneller wurden ihre Schritte, rückwärts floh sie bis zum anderen Ende der Höhle. Doch selbst das reichte ihr nicht. Sie hob einen Arm, um ihn abzuwehren.

„K-komm nicht näher!" Furcht tränkte ihre Stimme, scharf genug, um Knochen zu zerteilen. Einen Augenblick später krümmte sie sich ruckartig und stieß einen Schmerzensschrei aus.

Besorgt eilte Zacharel auf sie zu. Doch als sie ihn bemerkte, richtete sie sich auf und wich nach rechts aus, um eine Berührung zu vermeiden.

„Stopp! Ich mein's ernst." Wild strich ihr Blick über seinen Körper, suchte wahrscheinlich nach seiner verwundbarsten Stelle, und keuchte auf. „Du hast tatsächlich ein schwarzes Herz."

Wie befohlen blieb er stehen und blickte an sich hinab. Seine Brust war nackt, der schwarze Fleck über seinem Herzen deutlich zu sehen. Und er war größer geworden, so viel größer – er ragte jetzt schon über sein Schlüsselbein und bis über seine Rippen hinaus.

Noch mehr von seinem Geist war abgestorben.

Kein Wunder, dass Annabelle nur noch fortwollte aus meiner Umarmung.

Seit er begriffen hatte, was der Fleck bedeutete – dass endlich auch für ihn die Uhr tickte, dass er sterben würde, Stück für Stück –, hatte er sich mit dem Endergebnis abgefunden. Hatte es sogar als eine Art Versicherung gesehen. Doch jetzt war es für ihn nicht mehr in Ordnung. Wenn das Unmögliche geschah und er vor Annabelle starb, hätte sie niemanden mehr, der für ihre Sicherheit sorgen könnte.

Hastig zog er sein Gewand zurecht und der Stoff fügte sich wieder zusammen, verbarg seinen selbst zugefügten Makel. Er hob die Hände, die Handflächen nach vorn, und betete, dass diese Haltung auf Annabelle beruhigend wirkte. Ihr deutlich machte, dass in diesem Augenblick von ihm keinerlei Bedrohung ausging. „Es tut mir leid, dass ich dir wehgetan habe. Das war nicht meine Absicht." Schritt für Schritt, ganz behutsam, näherte er sich ihr wieder.

Heftig schüttelte sie den Kopf, und das Haar, das er eben noch in seinen Fingern gespürt hatte, flog ihr um die Wangen. Und immer noch rieb sie sich die Brust. „Ich habe gesagt, du sollst nicht näher kommen. Bleib weg von mir!"

In diesem Moment hätte er alles für sie getan – nur nicht das. Wenn er jetzt zurückwich, würde sie ihm nie wieder vertrauen, und auf irgendeiner tief verschütteten Ebene wusste er, dass er ihr Vertrauen brauchte. Sonst würde sie Mauern zwischen ihnen errichten, die er niemals überwinden könnte, denn ihre Stärke würde sich nähren aus dem Entsetzen, das sie jetzt verspürte, und einer immer größeren Wut. Das spürte er auf derselben tiefen Ebene, auf der sein Instinkt und sein urtümliches Bedürfnis, sie zu beschützen, zu Hause waren. Er ging schneller, wollte das hier keine Minute länger zulassen.

Doch in der Sekunde, als er sie erreichte, schien sie förmlich zu explodieren und kämpfte mit all ihrer Kraft gegen ihn an. Wenigstens hatte sie sich nicht entschlossen, auch noch ihre restlichen Messer zu benutzen.

Er brauchte länger als gedacht, doch schließlich schaffte er es, ihre Hände zu packen und sie herumzudrehen. Und auch wenn er die Notwendigkeit seiner nächsten Handlungen verabscheute, zog er ihr das zerrissene T-Shirt aus. Mit einer Hand hielt er ihr die Arme über dem Kopf fest und griff in eine Luftfalte, um das Oberteil hervorzuholen, das er für sie zurückgelegt hatte. Jenes, das er aus einer der Taschen genommen hatte, weil es das war, was ihm am besten gefiel. Ein schimmerndes blaues T-Shirt in derselben Schattierung wie ihre Augen.

Schreiend und weinend bäumte sie sich gegen ihn auf, sodass ihr die Tränen vom Gesicht flogen. Unter Schwierigkeiten zog er ihr den Stoff über die Arme, über den Kopf.

Die ganze Zeit über flüsterte er Annabelle ins Ohr. „Ich werde dir nicht wehtun. Bei mir bist du in Sicherheit. Du hast nichts von mir zu befürchten."

Doch sie war viel zu gefesselt von ihrem Entsetzen, um ihn zu hören.

Auch auf diese Weise würde er sie nicht erreichen können, begriff er. In Ermangelung einer besseren Idee breitete Zacharel die Flügel aus und flog Annabelle zum Eingang der Höhle. Zweimal hätte er sie fast fallenlassen, so heftig zappelte sie, doch schließlich gelang es ihm, sie sicher am Boden abzusetzen. Kaum hatte er sie losgelassen, hechtete sie auf den Tunnel zu und rannte davon, fort von ihm.

Erst nachdem er sich unsichtbar gemacht hatte, folgte er ihr, knapp über ihr fliegend. Immer wieder blickte sie panisch über die Schulter, suchte nach ihm. Obwohl sie ihn nicht sah, nicht wahrnehmen konnte, wurde sie nicht langsamer. Sie rannte und rannte und rannte, keuchend und weinend. Als sie die hellen Sonnenstrahlen erblickte, die durch den Tunneleingang ins Innere fielen, wurde sie noch schneller.

Schließlich schoss sie ins Tageslicht – und stolperte über einen großen Felsbrocken. Ein schmerzerfülltes Wimmern brach aus ihr hervor, doch sofort rappelte sie sich wieder auf und lief weiter. Plötzlich war der Geruch ihres Blutes in der Luft und Zacharel wusste, dass sie sich die Knie aufgeschürft hatte.

Vögel erhoben sich schimpfend in die Luft, kleine Waldbewohner huschten davon. Platschend stürmte sie durch eine Pfütze und stürzte erneut, diesmal über eine Baumwurzel. Ihre Hände bekamen das meiste ab, erlitten ebenfalls Schürfwunden, und sie verdrehte sich den Knöchel, doch nicht einmal das hielt sie auf. Zweige peitschten auf sie ein, hinterließen Schnitte auf ihren Wangen. Blätter verfingen sich in ihrem Haar.

Bald würde sie erschöpft sein. Bis dahin würde er sie laufen lassen. Dann, wenn ihre Kräfte aufgebraucht waren, würde er zu ihrer Rettung herabgleiten. Sie würde ihm zuhören müssen. Und er würde alles in seiner Macht Stehende tun, um sie von seiner Reue zu überzeugen. Ihr zu versichern, dass so etwas nie wieder passieren würde.

Obwohl er sich nicht ganz sicher war, was er eigentlich falsch gemacht hatte. Sie hatte seine Küsse und Berührungen genossen. Nicht wahr?

„Genau wie die anderen", schluchzte sie, während sie sich immer noch wie besessen die Brust rieb. „Warum musste er wie die sein? Ich hab ihm gesagt, er soll langsam machen, aber das hat er nicht, und jetzt … jetzt bin ich …"

Auf ihre Worte folgte endlich Begreifen. Nach allem, was sie in der Anstalt durchgemacht hatte, war er viel zu fordernd gewesen, hatte viel zu schnell viel zu viel gewollt. Hatte ihre Kleidung zerrissen wie wahrscheinlich auch die Menschen, die sich ihr aufgezwungen hatten. Hatte ihre Proteste ignoriert und versucht, sich zu nehmen, was er begehrte.

Sie hatte recht – er war genau wie die anderen. Gab es irgendeine Möglichkeit, *das* wieder in Ordnung zu bringen? Sie zu überzeugen, dass er nicht das Monster war, für das sie ihn im Augenblick hielt? Wenn jemand ihm ein so großes Unrecht zufügte, war Zacharel nicht gerade der Typ, der sagte: „Schwamm drüber."

Sie ist nicht wie du. Sie ist zarter. Besser.

Welch eine Ironie. Er war der Engel, sie der Mensch, und doch war er es, der um Vergebung bitten musste.

Von weiter vorn ertönte ein bösartiges Gackern und weckte sofort seine Aufmerksamkeit. Furcht und Zorn ergriffen Besitz von ihm. Zacharel beschleunigte seinen Flug, setzte sich vor Annabelle. Sie war entdeckt worden. Aber wo waren ... Dann sah er sie. In den Bäumen vor ihnen wartete eine ganze Horde von Dämonen, in den Ästen, hinter den Stämmen, auf den Felsen verteilt. Ganz offenbar in der Absicht, Annabelle zu überfallen.

Wie schnell sie sie gefunden hatten ... Und jetzt würde Zacharel sich die Biester vornehmen müssen – bloß dass Annabelle ihm in diesem Moment genauso wenig vertraute wie den Dämonen. Möglicherweise würde sie sogar gegen ihn kämpfen.

Es wäre ein Wunder, wenn er sie hier lebend herausbekäme.

14. KAPITEL

W as ist denn mit dir passiert?" Thane war gerade in Koldos unterirdisches Zuhause bei Half Moon Bay, Kalifornien, geflogen, als er den Krieger entdeckt hatte. Ausgestreckt lag er auf dem Bett, den Kopf geschoren und den Rücken in Fetzen.

Blutstropfen waren auf seinen Wimpern verkrustet und zerbrachen, als dunkle, glasige Augen sich öffneten und versuchten, sich auf Thane zu richten. „Wasser des Lebens", lautete die krächzende Antwort.

Hätte ich mir auch denken können. Nur einmal hatte er den Himmlischen Hohen Rat um Erlaubnis ersucht, zum Fluss des Lebens zu gehen. Sie hatten von ihm verlangt, als Sterblicher zu leben, mitten unter den Menschen, einen ganzen Monat lang. Eine Bedenkzeit hatte er nicht gebraucht. Er hatte sich geweigert, also war ihm die Erlaubnis verwehrt worden. Sterbliche waren hilflos, und nichts war diese Hilflosigkeit wert.

Nachdenklich verschränkte er die Arme vor der Brust und sagte: „Sie haben dir dein Haar genommen." Das war offensichtlich, doch sein Schock war einfach zu groß.

„Ja."

„Und du hast es geschehen lassen."

„Ja."

„Warum?"

Koldo schloss die Augen. „Warum bist du hier, Krieger?"

Das Ausweichmanöver überraschte Thane nicht. Koldo war niemand, der seine Probleme preisgab. Das war keiner von ihnen. Was ihn allerdings überraschte, war die Ungezwungenheit, mit der Koldo zu ihm sprach. Normalerweise bekam man nicht mehr als ein gebelltes „Ja" oder „Nein" aus ihm heraus. „Zacharel hat mir befohlen, herzukommen."

„Du hast ihn knapp verpasst. Er war mit dem Mädchen hier."

Die Tatsache, dass Zacharel *freiwillig* eine Menschenfrau durch die Weltgeschichte schleppte … Was würde wohl als Nächstes kommen? „Ging es ihnen gut?"

„Ja", antwortete Koldo erneut, doch diesmal kam das Wort nur zögerlich. „Er wollte sie bei sich haben, in Sichtweite. Die Tatsache, dass ich sie berührt hatte, auch wenn es vollkommen unschuldig war, gefiel ihm gar nicht."

So viele Wörter auf einmal. Die Schmerzen mussten seine Hemmungen abgebaut haben.

Doch das war nichts gegen das, *was* er gesagt hatte. Zacharel, der noch nie die geringste Emotion gezeigt hatte, war besitzergreifend und eifersüchtig.

Was für menschliche Empfindungen würden noch in Zacharel entfesselt? Vor allem, wenn er das Mädchen verlor? Und er würde sie verlieren. Sterbliche waren empfindlich, so leicht zu zerdrücken wie eine Fliege; Engel nicht.

„Wo sind deine Jungs?", fragte Koldo. „Normalerweise sind sie nicht weit von dir, wo immer du auch steckst."

„Björn ist auf der Suche nach Jamila. Vor ein paar Tagen hat sie Zacharels Wolke verlassen und ist seitdem nicht mehr gesehen worden. Xerxes untersucht die Überreste einer Rotte von Dämonen, die unter genau dieser Wolke gefunden wurden."

„Und du suchst Zacharel, um seinem Befehl zu folgen."

„Nicht ganz." Er hatte in Zacharels Geist gesprochen, genau wie Zacharel es bei ihm getan hatte. Das könnte er wieder tun und fragen, wo Zacharel war, ob es ihm gut ging oder ob er Hilfe brauchte, aber das würde er nicht. Diese Art der Verbundenheit mit irgendjemandem außer Björn und Xerxes verstörte ihn genauso wie vermutlich auch Zacharel. „Hat er gesagt, wohin er wollte? Oder was er vorhatte?"

„Wenn, dann war ich zu sehr damit beschäftigt, hier ohnmächtig herumzuliegen, um drauf zu achten."

Thanes konnte nicht anders. Er grinste. Ein Witz aus dem Mund des stets ernsten Koldo. Das war fast so verblüffend wie Zacharels Besessenheit von diesem Mädchen. Und es bewegte Thane zu etwas, von dem er wusste, dass er es nicht tun sollte.

Er marschierte in die Küche und suchte sich alle Zutaten für ein Sandwich zusammen. Eigentlich sollte er in diesem Augenblick auf der Jagd nach einem weiteren Dämon sein, den sie foltern könnten. Es war ein ziemlicher Schock gewesen, als der letzte, den er gefangen hatte, nicht ein Wort verraten hatte. Was auch immer er ihm angetan hatte, der Lakai hatte es stoisch ertragen. Über diese Neuentwicklung würde er seine Kameraden in Kenntnis setzen müssen. Doch auf irgendeine Weise wollte er Koldos Qualen lindern, wenigstens ein bisschen.

„Du darfst mir nichts zu essen geben", erinnerte Koldo ihn vom Bett aus.

Nein, das durfte er nicht, sosehr er sich auch wünschte, es wäre anders. Bis Koldos Rücken verheilt war, dürfte ihm kein anderer Engel auf irgendeine Weise helfen. Anderenfalls würde derjenige bis in alle Ewigkeit die Schmerzen ertragen müssen, die er zu lindern gehofft hatte. „Ich hab Hunger und brauch was zu beißen. Wenn du meine Reste essen willst, ist das deine Sache." Wie er langsam begriff, konnte man jede Regel irgendwie umgehen.

Genüsslich biss Thane in das Puten-Käse-Sandwich, während er zurück zum Bett schlenderte. Er nahm einen weiteren Bissen und dann noch einen, bevor er den Rest beiläufig auf dem Nachttisch ablegte. Dann ging er wieder in die Küche und goss sich ein Glas Orangensaft ein. Die Hälfte stürzte er hinunter, bevor auch das Glas ein neues Heim auf dem Nachttisch fand.

Für einen langen Moment betrachtete Koldo schweigend das Essen. Dann sah er auf zu Thane. „Ich werde dir sagen, warum ich das Wasser des Lebens wollte, wenn du schwörst, niemals auch nur ein Wort von dem wiederzugeben, was du hören wirst."

Ein Eid war heilig für ihr Volk. Nur zu oft fühlte sich Thane wie ein Mann ohne die geringste Ehre, als gäbe es nichts, was er nicht tun würde. Keine Grenze, die er nicht überschreiten würde. Doch das stimmte nicht ganz. Einen Schwur hatte er noch nie gebrochen, und das würde er auch niemals tun. „Ich schwöre es."

Nach einer bedeutungsschweren Pause setzte Koldo an: „Zacharel lag im Sterben. Das Mädchen hat geschworen, ihn für einen Monat aus dem Himmel fernzuhalten, wenn ich ihn heile. Ich wusste, dass das Wasser des Lebens das Einzige wäre, das ihn heilen könnte, also habe ich etwas davon für ihn beschafft."

Stumm nahm Thane die Worte in sich auf, versuchte, einen

Sinn dahinter zu erkennen, jedoch ohne Erfolg. „Warum einen Monat lang?"

„Ich brauche Zeit, um gesund zu werden. Zeit, um zu suchen ... zu handeln."

Die tiefe Inbrunst in den Worten des Kriegers ließ keinen Zweifel daran, dass das „Handeln" mit Blutvergießen einhergehen würde. „Raus damit."

„Dein Eid der Geheimhaltung erstreckt sich auch darauf?"

Was bedeutete, dass er diese Unterhaltung nicht einmal Björn und Xerxes gegenüber erwähnen würde. „Das tut er."

Ein fast unmerkliches Nicken. „Alle glauben, ein Dämon hätte mir vor all den Jahren die Flügel ausgerissen. Ich lasse sie in ihrem Glauben, weil ich keine Fragen über die wahren Begebenheiten beantworten will."

„Und die wahren Begebenheiten waren ... was?", fragte Thane und wusste, dass Koldo ihm antworten würde. Nicht aufgrund seines Schwurs, sondern weil die Wahrheit wie ein Gift in Koldo brodelte, das er verzweifelt auszumerzen versuchte.

„Ein Engel hat mir meine Flügel genommen, und ich habe vor, sie dafür zu töten."

Schon öfter hatte Thane sich gefragt, warum der stoische Koldo, der unerschütterliche, unbeugsame Krieger, auf den sich jeder verlassen konnte, in diese Armee der letzten Chancen versetzt worden war. Gerüchten zufolge hatte er jemanden zusammengeschlagen, aber noch nie hatte Thane den Krieger in irgendeiner Weise jähzornig erlebt. Jetzt fanden ein paar Puzzleteile an ihren Platz. Ob nun diese Prügelei damit zu tun hatte oder nicht – Koldo war ein Soldat in Zacharels Armee, weil er Rache im Herzen trug.

„Wenn Zacharel auch nur den Hauch einer Ahnung davon hätte, würde er versuchen, dich aufzuhalten."

„Ja."

„Und du glaubst, ich werde das nicht tun?"

Ohne Zögern erwiderte Koldo: „Ja, das glaube ich. Du kennst den Wert von Vergeltung."

Und die Hoffnungslosigkeit. Nach ihrer Rettung aus dem Kerker, als ihre Körper wieder verheilt waren, waren Thane, Björn und Xerxes dorthin zurückgekehrt. Drei Tage und drei Nächte lang hatte ein erbitterter Kampf um die Vorherrschaft in jenem Kerker getobt. Natürlich hätten sie die Dämonen darin einfach töten können, das Gebäude anstecken und allem binnen einer Stunde ein Ende setzen, doch das hatten sie nicht gewollt. Keinem ihrer Folterer hatten sie einen schnellen, leichten Tod gegönnt.

Also hatte ihn auch keiner bekommen. Zu dritt hatten sie den Kerker erobert, jeden darin lebendig in ihre Gewalt bekommen. Bis heute hallten die gequälten Schreie manchmal in Thanes Kopf wider. Doch mit seiner Vergangenheit hatte er dadurch keinen Frieden geschlossen … Und er wusste, dass auch seine Jungs keinen Frieden gefunden hatten.

„Du wirst tun, was du für notwendig hältst", antwortete er schließlich. „Ich werde es Zacharel nicht erzählen." Nachdenklich hielt er inne und neigte den Kopf zur Seite. „Wer ist sie, diese Frau, die dich verraten hat?"

„*Das* werde ich dir nicht sagen."

„Weil du denkst, ich würde sie schützen wollen. Interessant. Ich muss sie kennen. Aber egal. Eine Sache über mich kannst du dir merken: Zwei Männer sind mir wichtig – und niemand sonst." In dem engen Gefängnis seines Herzens war kein Platz für andere. „Deine Engelfrau bedeutet mir nichts."

Schweigen.

Thane seufzte. „Du wirst mich wissen lassen, wenn ich etwas tun kann, um dir bei deiner Mission zu helfen." Eine Forderung.

„Es gibt nichts, was du tun kannst. Das muss ich allein schaffen. Sie versteckt sich vor mir, und ich werde niemand anderem gestatten, sie aus den Schatten hervorzuzerren. Ich will derjenige sein, der sie aufspürt."

Verstanden. „Also gut. Ich lass dich jetzt allein und …" Plötzlich durchzuckte ihn ein Gefühl der Vorahnung, gefolgt von abgehackten Bildern, die in seinem Kopf aufblitzten. Zwischen ihm und Zacharel musste weiterhin eine starke geistige Verbindung bestehen, denn er spürte die Furcht und den Zorn seines Anführers.

Zacharel, projizierte er in dessen Geist. So viel zum Thema seelischer Abstand.

Nichts, keine Antwort.

Zacharel, was ist los?

Wieder kam keine Erwiderung.

Ignorierte Zacharel ihn? Oder war er zu schwer verwundet, um zu antworten?

„Ich muss gehen", sagte er zu Koldo. Er würde den Engel auf die altmodische Art aufspüren müssen.

„Es gibt Ärger?"

„Mach dir keine Sorgen, das ist nichts, was dich betrifft", wich er aus. Er würde nicht zulassen, dass der Mann von Sorgen zerfressen wurde, während er nichts ausrichten konnte. „Ich komme wieder, sobald ich kann."

Annabelle stand in der Mitte des Schlachtfelds, erschöpft und trotzdem noch voller Adrenalin, während schwarzes Blut in Rinnsalen um ihre Füße floss. Abwesend rieb sie sich die Brust, um endlich die Glut zu lindern, die sich in der Höhle dort festgefressen hatte, als Zacharel … als er … Und es wurde noch heißer in ihrer Brust, während sie verzweifelt rieb.

Denk nicht darüber nach. Um sie herum türmten sich die Leichen von Dämonen, und stechend hing der Gestank verfaulter Eier in der Luft – so durchdringend, dass sie würgen musste. Genau. *Darüber* würde sie nachdenken. Das war wesentlich erfreulicher.

Zacharel hatte sein Feuerschwert hervorgezaubert und den Monstern wortwörtlich die Hölle heiß gemacht. Er hatte niemanden entkommen lassen. Zu ihrer Überraschung hatte er auch ihr zwei Messer in die Hand gedrückt, nachdem sie ihr eigenes, ihr letztes, hatte fallen lassen, sodass sie weiterkämpfen konnte.

Und wie sie gekämpft hatte. Immer wieder waren die scharfen Klingen durch Halsschlagadern gefahren, hatten Bäuche aufgeschlitzt und selbst Kniekehlen zerschnitten, damit sie ihre lahme Beute leichter erledigen konnte. Was ihr an Können fehlte, hatte sie wettgemacht durch Kreativität und Entschlossenheit.

„Bist du verletzt?", fragte Zacharel eindringlich, während er über die reglosen, kopflosen Körper hinweg zu ihr stapfte.

Bevor er auf den Gedanken kam, seine Messer zurückzuverlangen, schob sie die Klingen durch die Schlitze in ihren Hosentaschen, hinein in die Scheiden darunter. „Mir geht's gut." Okay, sie war zerschnitten und blutete, und gut, einer ihrer Knöchel war verdreht und pochte fies. Aber Schmerzen dieser Art würde sie auf ewig ertragen, wenn das bedeutete, dass sie ihre Feinde besiegte. „Und du?"

Aufmerksam musterte er sie von oben bis unten, um sich selbst eine Meinung zu bilden. Gleichzeitig betrachtete auch sie ihn genauer. Er war genauso blutbespritzt wie sie, Schweiß lief ihm von der Stirn, und sein Gewand klebte ihm am Leib.

„Ich komme schon zurecht. Komm, wir müssen dich saubermachen." Er streckte ihr die Hand entgegen.

Wenigstens zwang er sie nicht, die Finger mit seinen zu verschränken, sondern wartete, bis sie den Kontakt herstellte. Sie leckte sich die Lippen und wünschte sich, es gäbe einen anderen Weg, diesen Ort zu verlassen. Doch soeben hatte er das einzige Wort ausgesprochen, das sie jetzt noch erreichen konnte. Saubermachen. Das schwarze Blut brannte auf ihrer Haut, ließ sie anschwellen.

Ausdruckslos sagte er: „Es tut mir leid, was ich dir angetan habe, Annabelle. Aus tiefstem Herzen. Ich wollte nicht … Ich hab mich mitreißen lassen … Es tut mir leid", wiederholte er.

Eine solche Ehrlichkeit aus seinem Mund hätte sie überraschen sollen, doch das tat sie nicht. „Das weiß ich doch", erwiderte sie. Und jetzt, wo ihr Geist von den Fesseln der Furcht befreit war, stimmte das auch. Es war sein erster Kuss gewesen, seine Empfindungen hatten ihn vollkommen übermannt, genau wie sie … bis er ihr das Oberteil zerrissen und ihre Brüste entblößt hatte und die Erinnerungen an Fitzpervers und seine Kamera wieder hochgekommen waren. „Aber nur dass du's weißt, ich werde dich nicht noch mal küssen wollen."

Dieser Teil ihrer Beziehung war vorbei. Auch wenn Zacharel ihr nicht hatte wehtun wollen, er hatte es getan. Hatte das überaus zerbrechliche Vertrauen missbraucht, das sie ihm gegenüber aufgebaut hatte. Er hatte nicht aufgehört, als sie ihn darum gebeten hatte, und so etwas konnte sie nicht noch einmal riskieren.

Unter seinen frostig grünen Augen zuckten winzige Muskeln, ein Zeugnis von mit purer Willenskraft im Zaum gehaltener Wut. „Du wirst deine Meinung ändern."

Sollte diese Willenskraft je nachlassen … „Nein, das werde ich nicht, und ich werde nicht mit dir gehen, bis du das akzeptierst. Ach, weißt du eigentlich, dass du wieder schneist?"

Zuerst zeigte er weder auf ihre Worte noch auf ihre Zurückweisung eine Reaktion. Dann breitete er mit einem machtvollen Schulterzucken die Flügel aus und betrachtete eingehend die Federn des einen, dann des anderen. „Ich muss etwas getan haben, das von Neuem das Missfallen meiner Gottheit erregt hat. Und ich kann mir denken, was das war."

Enttäuschung machte seine Züge weicher, ließ ihn so jungenhaft aussehen wie in der Höhle, als er sie so verzweifelt begehrt hatte. *Ich werde nicht weich werden.* Doch langsam, endlich, verblasste das Brennen in ihrer Brust.

„Also darum ging es bei dem Schnee?", hakte sie nach. „Womit hast du denn ursprünglich ihr Missfallen erregt?"

„Ich habe Menschen getötet, um Dämonen zu töten. Menschen, die einer Rettung wert gewesen wären, auch wenn ich das damals nicht erkannt habe. Menschen, die möglicherweise genauso waren wie du. Ich bin froh, dass ich dich nicht einfach ohne Weiteres für schuldig befunden und getötet habe."

Während sie darüber nachdachte, überbrückte Zacharel die restliche Distanz zwischen ihnen und wartete nicht länger darauf, dass sie die Finger in seine Hand legte. Als er mit seinem starken Körper immer näher kam, stolperte sie zurück, verfing sich mit dem Fuß in einer der Leichen und fiel auf den Hintern. „Wäre auch eine ziemliche Schande gewesen."

Sofort sprang sie wieder auf und blieb in Bewegung, um den Abstand zu vergrößern, was ihr jedoch nicht gelang. Schließlich spürte sie in ihrem Rücken einen Baumstamm. Hämmernd schlug ihr das Herz an die Rippen, doch sie hatte keine Angst.

Vielleicht, weil sie wusste, dass er nicht mehr im Taumel der Lust war. Vielleicht auch, weil er so unermüdlich an ihrer Seite gekämpft hatte, nach jedem geschlagen hatte, der an sie heranzukommen versucht hatte, während sie durch den Kampf mit einem anderen abgelenkt war.

Er hatte sogar Verletzungen in Kauf genommen, nur um zu verhindern, dass *sie* verletzt wurde.

„Was machst du da?", fragte sie.

Grünes Feuer loderte auf sie herab. „Du wirst mich wieder küssen, Annabelle, denn ich gebe dir mein Wort, dass ich kein zweites Mal die Kontrolle verlieren werde. Ich habe meine Lektion gelernt, und zwar gründlich."

„Deine positiven, mit Glauben erfüllten Behauptungen wirken bei mir nicht."

„Tatsächlich? Versuch nicht, mir zu erzählen, du würdest mich nicht mehr begehren. Ich weiß, dass es nicht so ist. Ja, das alles ist neu für mich, aber ich bin nicht dumm. Deine Pupillen sind geweitet, dein Puls hämmert wie verrückt dort an deinem Hals, und was ich gemacht habe, hat dir gefallen, bis ich zu weit gegangen bin. Mir klingt immer noch dein Stöhnen in den Ohren."

Sie schluckte, überlegte kurz, zu lügen, dachte *Scheiß drauf* und knallte ihm die Wahrheit vor den Latz. Lügen würden ihr nur Probleme bereiten. „Ja, anfangs hat es mir gefallen. Da hast du recht. Aber dann war es mir wirklich *verdammt* unangenehm."

„Aus deinem Ton kann ich nur schließen, dass du mir meine Chance, mich zu beweisen, verweigern willst." Er lehnte sich ein winziges Stück näher. Zu nah, denn sie spürte seinen Atem wie ein betörendes Streicheln auf ihrer Haut. „Dass du mich bestrafen willst. Nun gut, ich nehme meine Strafe an. Für eine Weile."

Sie schluckte.

„Aber du wirst mir wieder vertrauen, Annabelle. Du wirst mich wieder begehren, und wir werden zusammen sein. Ich werde mich benehmen. Du wirst schon sehen."

Eigentlich hätte seine Arroganz sie auf die Palme bringen sollen. Doch das Wissen, dass er sie so sehr wollte, dass er bereit war, alles zu tun, um mit ihr zusammen zu sein, wirkte wie ein Aphrodisiakum. Und wenn irgendjemand die Willensstärke besaß, sich in letzter Sekunde die Befriedigung zu verweigern – oder sonst etwas –, dann Zacharel. Von jetzt an würde er die Kontrolle behalten.

Vielleicht *hatten* seine glaubenserfüllten Worte bereits gewirkt.

„Ich bin mir nicht sicher, warum wir einander überhaupt wollen", grummelte sie.

„Genauso wenig wie ich, aber es ist trotzdem eine Tatsache, *dass* wir einander wollen."

„Vielleicht bin ich einfach bloß oberflächlich. Du bist ganz hübsch."

„Das reicht fürs Erste."

Der Mann brachte sie zur Weißglut. Nicht eine Beleidigung verstand er so, wie sie gemeint war. Seufzend legte Annabelle ihm die Arme um den Hals. „Na gut, ich komme mit."

Hauptsächlich war es Befriedigung, die in seinem Gesichtsausdruck lag, als er sie an seinen starken Körper zog und mit ihr nach oben schoss.

„Warte! Meine Sachen", rief sie aus, als sie erkannte, dass er nicht zurück zu der Höhle flog.

„Ich will nicht das Risiko eingehen, zurückzufliegen und noch mehr Dämonen vorzufinden. Wir werden dir neue Sachen kaufen."

Noch eine Shoppingtour? „Das klingt irgendwie nach Bestechung."

„Was immer nötig ist."

Fast hätte sie gelacht. Fast. „Zu dem Spiel gehören aber zwei. Stell dich auf Ausgaben im fünfstelligen Bereich ein – ohne Gegenleistung."

„Solange wir nicht nur Kleider, sondern auch Cookies kaufen, ist das für mich in Ordnung."

Cookies. Hinterlistiger Engel, dass er ihr ausgerechnet damit kam; sie an seinen Genuss erinnerte, seine sinnliche Freude.

Dann warnte er sie: „Zeit für dein Bad. Halt die Luft an."

Er glitt hinab, tauchte in einen glasklaren See, bevor sie fragen konnte, warum.

Augenblicklich war sie umgeben von eiskaltem Wasser, sogar noch kälter als seine Flügel, keuchte, würgte und schauderte. Und gerade als sie dachte, sie würde es nicht länger aushalten, durchbrach er wieder die Oberfläche und stieg hinauf in die Wolken.

Dass er so mühelos dahinschwebte, obwohl seine Flügel klatschnass sein mussten, zeugte erneut von seiner unglaublichen Kraft. „Nächstes Mal … ein bisschen … früher warnen", brachte sie unter Hustenkrämpfen hervor.

„Ich bitte um Verzeihung. Wie viel mehr Zeit hättest du gern?"

„Vielleicht eine Stunde. Eher zwei." Auch wenn keine Zeit der Welt sie auf ein so eisiges Bad vorbereiten könnte.

„Sehr wohl. Aber ich muss gestehen, sich um eine Frau zu kümmern ist schwieriger, als selbst ich mir vorgestellt hatte."

„Hey! Ich bin *nicht* anstrengend. Ich hab Feuer."

Sein Blick bohrte sich tief in ihren. „Für einen Mann, der niemals für jemand anderen als sich selbst sorgen musste, bist du in der Tat anstrengend, aber interessanterweise macht mir diese Anstrengung nichts aus."

15. KAPITEL

Bedächtig wog Zacharel seine Möglichkeiten ab. Die Dämonen hatten Annabelle in der Wolke gefunden. Auch in der Höhle hatten sie sie aufgespürt. Offensichtlich lag die Lösung weder darin, sie im Himmel zu behalten, noch darin, sie unterirdisch zu verstecken. Damit blieb ... was?

Sie bewusstlos zu machen? Im Schlaf hatte sie niemand angegriffen. Oder ... Moment. „Wie lange warst du in der Anstalt, bevor dort zum ersten Mal Dämonen aufgetaucht sind?"

„Einen Monat oder so."

Einen Monat. Die Menschen um sie herum mussten ihren Geruch und ihre Anziehungskraft verwischt haben. Menschen also. Sie waren keine Bedrohung, sondern der Schlüssel.

Mit diesem Gedanken im Kopf steuerte er ein gut besuchtes Hotel für Menschen an der Küste von Neuseeland an. Ein Zimmer zu finden war nicht schwer. Er bewegte sich einfach körperlos mit ihr durch das Gebäude, bis er entdeckte, wonach er suchte: ein freies Zimmer, dessen Nachbarräume sowie die darüber und darunter von Menschen belegt waren.

„Geh unter die Dusche, wärm dich auf", riet er ihr und zog dann los, um Essen und Kleider aufzutreiben. Seine sinkende Körpertemperatur hatte ihr mehr zu schaffen gemacht als das provisorische Bad.

In der Küche des Hotels organisierte er für Annabelle Hühnchen mit Reis, für sich etwas Obst. Dann schnappte er sich eine saubere Uniform von einem Stapel in einer Abstellkammer und ließ mehr als genug Geld zurück, um die Kosten für das Essen, die Uniform und das Zimmer zu decken.

Stumm legte er die Uniform ins Badezimmer, während er sich darüber ärgerte, wie rau der Stoff sich an seiner Haut anfühlte. Er würde sie kratzen, und der Gedanke gefiel Zacharel nicht. Er wünschte, er hätte noch eine weitere Robe dabei, doch die letzte hatte er mit ihren Einkäufen in der Höhle zurückgelassen. Er hätte woandershin fliegen können, um etwas Besseres für sie zu besorgen, doch er brachte es nicht über sich, das Hotel zu verlassen.

Als sie in einer dichten Dampfwolke aus dem Badezimmer trat, sah er, dass die Kleider ihr zu kurz waren. Ihr schien es jedoch nichts auszumachen, und wenn er ehrlich war, sah sie bezaubernd aus.

Ohne ein Wort legte sie ein Messer unter eines der Kissen auf dem Bett und eins auf den Nachttisch.

„Hast du Hunger?", fragte er.

„Ich sterbe vor Hunger."

Schweigend aßen sie, während ihr reiner, seifiger Duft ihn unter Strom setzte. Ihr Haar war nass und zu einem straffen Pferdeschwanz zurückgenommen. Die Strähnen glänzten wie blauschwarze Seide. Mit dieser Frisur lenkte nichts von ihrem Gesicht ab, nichts verbarg die schrägstehenden kristallenen Augen, die scharf geschnittenen Wangenknochen mit dem rosa Schimmer oder den herzförmigen Mund. Bezaubernd war nicht das richtige Wort. Sie war die Schönheit in Person.

Wie würde sie wohl aussehen, wenn sie ausgestreckt auf dem Bett läge? Das Haar ein samtener Wasserfall, die Augen mit Schlafzimmerblick, die Wangen gerötet vor Leidenschaft und die Lippen leicht geöffnet, während sie seinen Geruch einatmete?

„Danke für das Essen", durchbrach Annabelle schließlich die Stille. In ihrer Stimme lagen Spuren von Erschöpfung, Euphorie und ... noch etwas. Etwas, das er nicht identifizieren konnte.

„Gern geschehen."

Ihr Blick traf seinen. Ihre Augen wirkten ein wenig glasig. „Also, was kommt jetzt?"

„Jetzt entspannst du dich. Es ist schon zu lange her, dass du dich ausruhen konntest."

„Aber ich hab in Koldos Höhle ein bisschen geschlafen, genau wie auf dem Flug hierher. Wirklich, ich bin nicht müde." Sobald sie die Worte ausgesprochen hatte, musste sie ein Gähnen mit der Hand verdecken. „Okay, vielleicht bin ich müde. Aber in meinem Kopf ist einfach zu viel los, als dass ich jetzt schlafen könnte."

Verständlich. Oder ... bei näherer Betrachtung entdeckte er die Schatten, die sich unter ihren Augen bildeten. So viel würde es vermutlich nicht brauchen, um ihren Kopf zur Ruhe zu bringen, aber vielleicht wollte sie das gar nicht. Nach einem solchen Tag würden sie mit Sicherheit Albträume plagen. Er fragte sich, ob er darin die Hauptrolle spielen würde. „Was machst du normalerweise, um dich zu entspannen?"

„Ich wünschte, das wüsste ich. In der Anstalt haben sie mir einfach Medikamente gegeben."

Und sie gezwungen, alles zu tun, was den Ärzten so in den Kopf gekommen war. Mit diesem Wissen kam er immer weniger zurecht. „Leg dich ins Bett und such dir etwas im Fernsehen. Lenk dich ab." Das hatte er über die letzten Jahrzehnte bei vielen Menschen gesehen.

„Jawoll, Sir." Sie krabbelte aufs Bett, wobei sie ihn aus dem Augenwinkel immer im Blick behielt, und schaltete den Fernseher ein. Stirnrunzelnd schaltete sie durch die Kanäle. Schließlich gab sie es auf, drückte den Ausknopf und warf die Fernbedienung beiseite. „Was hast du vor? Denn ich nehme mal an, du hast etwas zu tun, sonst würdest du nicht darauf drängen, dass ich mich ablenke."

Er musste wachsam bleiben, sie beschützen ... nachdenken. „Ich werde Befehle für meine Armee zusammenstellen." Ja, auch das.

„Brauchst du gar keinen Schlaf?" Sie kuschelte sich in die Decken, schüttelte die Kissen auf und blickte zu ihm herüber. Das Misstrauen schien aus ihr zu weichen. Hatte sie erwartet, er würde sich auf sie stürzen?

„Etwas", antwortete er, „aber nicht viel."

„Glückspilz. Ich hasse es, dass ich schlafen muss."

Weil sie dann verwundbar war. „Ich habe dir gesagt, dass du bei mir nichts zu befürchten hast. Du weißt, dass ich nicht lüge."

Ein kurzes Schweigen. Dann seufzte sie. „Ich weiß."

„Tust du das?", zweifelte er und musterte sie suchend. Jetzt hatte er einen ersten Eindruck, wie sie im Bett aussehen würde, unter ihm – und es war beinahe mehr, als er ertragen konnte.

Steif ging er zum Schreibtisch, verdrängte ihren Anblick am Rand seines Sichtfelds. Der Stuhl erwies sich als Fehler, unangenehm quetschte der hohe Rücken seine Flügel ein ... aus denen es nicht mehr schneite, bemerkte er. Warum?

„Ich weiß es", erwiderte sie schließlich. „Wirklich."

Aus dem Augenwinkel konnte er sie immer noch sehen. Warm, weich, einladend. „Gut." Schon erhob er sich wieder und trat zum einzigen Fenster des Zimmers, blickte durch einen Spalt in den Vorhängen nach draußen.

Im Sonnenuntergang erstrahlte der Horizont in rosa, lila und blauem Licht. Darunter sah er hoch aufragende Bäume, üppiges grünes Gras und unzählige Blumen in allen Farben und Formen. Er war schon einmal hier gewesen, hatte eigentlich vorbeifliegen wollen. Doch dann war er geblieben, um zuzusehen bei der Hochzeit, die in der Parkanlage stattgefunden hatte.

Zwei Menschen, die schworen, einander für den Rest ihres Lebens zu lieben, in Krankheit und Gesundheit. Hatte Annabelle je davon geträumt, das zu tun? Vielleicht mit ihrem Freund aus der Highschool? Zacharel presste die Zunge an den Gaumen.

„Hm ... du führst also eine ganze Armee von Engeln an", murmelte Annabelle und gähnte wieder.

„Ja. Es gibt drei Gruppen unter den Engeln unserer Gottheit. Die Elite der Sieben, die erschaffen wurden statt geboren, die Krieger und die Glücksboten."

„Du bist ein Krieger."

„Ja, aber wie ich dir erzählt habe, glaube ich, ich bin dabei, in die Elite aufzusteigen." Er fragte sich, ob die Verwandlung aufhören würde, wenn seine Taten bei seiner Gottheit nicht weiter Anklang fanden.

Ja. Ja, vermutlich würde sie das. Wahrscheinlich würde man ihm den Titel des Elitekriegers erst nach Ablauf seines Dienstjahres verleihen – wenn er so lange überlebte.

Verwundert runzelte sie die Stirn. „Aber wie kann das sein, wenn du doch geboren wurdest?"

„Vor Kurzem wurde einer der Sieben getötet. Jemand muss seinen Platz einnehmen, ob nun erschaffen oder geboren." Einst hatte er sich für eine weise Wahl gehalten. Doch mittlerweile ... Nicht mehr so sehr.

„Und ihr Jungs macht dann genau was?", wollte Annabelle wissen. „Versammelt euch und zieht in die Schlacht, macht Dämonen kalt?"

„Im Grunde ja. Ich erhalte meine Befehle von der Gottheit, rufe meine Armee zusammen und die Soldaten kommen zu meiner Wolke. Ich gebe die Befehle an sie weiter und wir fliegen los."

„Aber ihr seid nicht die einzige Armee, die das macht, oder?"

„Richtig. Viele Armeen von Engeln stehen unter dem Befehl unserer Gottheit. Die meisten bewachen und patrouillieren in einer bestimmten Stadt und werden zweimal im Monat in einen Kampf geschickt. Meine hat keinen bestimmten Stützpunkt, sondern reist durch die ganze Welt. Wir helfen Menschen, kämpfen gegen Dämonenhorden und tun alles, was man uns sonst noch aufträgt."

Er war sich nicht sicher, was er tun würde, wenn er und seine Krieger zur nächsten Schlacht gerufen würden. Der Gedanke, Annabelle allein zurückzulassen, hinterließ eine unangenehme Leere in ihm. Nicht dass sie hilflos wäre. Ihre erbitterte Art zu kämpfen hatte ihn erstaunt – und beeindruckt.

„Dazwischen", fügte er hinzu, „sollen wir uns erholen, falls nötig, trainieren, einzelne Dämonen jagen oder, wenn es notwendig ist, anderen Armeen aushelfen, die um Verstärkung bitten."

„Warum haben du und deine Männer mehr Aufgaben als die anderen? Weil ihr stärker seid und eher die Chance auf den Sieg habt?"

Oder weil sie weniger zu verlieren hatten. „Das müsstest du meine Gottheit fragen. Die Antwort darauf hat sie mir noch nicht enthüllt."

Sie zog sich das Zopfgummi aus dem Haar und kämmte die Strähnen mit den Fingern durch. Eigentlich hätte er das gar nicht bemerken dürfen, doch er hatte sich ihr zugewandt, suchte unbewusst ihre Nähe. „Vielleicht mache ich das", meinte sie. „Wie findet ihr denn diese Dämonen, die ihr einzeln aufspüren müsst?"

„Wir können der Spur ihrer Bösartigkeit folgen, aber in den meisten Fällen, wie auch bei dir, sagt uns unsere Gottheit, wohin wir gehen sollen."

„Warum hat sie nicht schon früher eine Armee zu meiner Anstalt geschickt?"

„Das hat sie. Viele Male. Aber schon bald nachdem die Dämonen vernichtet waren, sind jedes Mal neue aufgetaucht."

„Wow. Die ganze Zeit über hatte ich Hilfe und nicht den geringsten Schimmer davon. Ich war immer der Meinung, ich wäre auf mich gestellt, dass ich auf niemand sonst zählen könnte."

„Der Höchste, und damit auch meine Gottheit, ist immer bestrebt, euch Menschen zu helfen."

„Es ist schön, das zu wissen. Tröstlich. Aber weißt du, dass du trotz all dieser anderen der erste Engel bist, der zu mir gekommen ist?"

Und niemals würde er für etwas mehr Dankbarkeit empfinden. Er hoffte, dass es ihr ebenso ging.

Die Decken raschelten, als sie sich auf die Seite drehte, und süßer Himmel – er hätte alles gegeben, um jetzt neben ihr zu liegen. „In meiner Gegenwart ist mittlerweile mehrfach das Wort ‚Gemahlin' gefallen, aber niemand hat mir je gesagt, was das genau sein soll. Da du gerade so zuvorkommend und informativ bist und mir außerdem ganz schön was schuldest, erklärst du's mir? Bitte."

Jetzt wandte er sich ihr ganz zu. Die Hände hatte sie unter ihre Wange geschoben und das Haar fiel ihr über den Arm. Sein Verlangen wuchs.

Nein, das konnte er nicht ertragen.

Du wirst dich wie ein Gentleman verhalten. „Wie ich sehe, bist du dir nicht zu schade für Manipulation."

„Kein Stück."

Mühsam unterdrückte er ein Lächeln, bevor es sich auf seine Lippen stehlen konnte.

„Als Frau muss man jede Waffe nutzen, die einem zur Verfügung steht."

Und er würde ihren Gebrauch dieser Waffen genießen. „Es ist das Gleiche, als würdest du einen Ring tragen, weil du einen anderen Menschen geheiratet hast. Es bedeutet, dass du zu deinem Partner gehörst … dass du seinen Namen trägst."

Mit einem Ruck setzte sie sich auf. Zum ersten Mal verdunkelten sich diese eisigen Augen, als dort Wut in einem farbigen Funkenregen erschien. „Ich gehöre zu niemandem!"

„Niemals?"

„Niemals."

Seine Belustigung war wie weggewischt, und er knackte mit dem Kiefergelenk. „Über eins musst du dir im Klaren sein, Annabelle. Für die Dauer unserer … Vereinbarung gehörst du sehr wohl zu jemandem – nämlich zu mir. Du wirst mit keinem anderen Mann schlafen. Ich werde nicht teilen." Er wartete, doch sie antwortete nicht. „Jetzt will ich aus deinem Munde Zustimmung vernehmen."

Sie lehnte sich zurück und stützte sich auf den Ellenbogen ab, um ihn besser betrachten zu können. „Dazu bin ich noch viel zu sprachlos."

Wenn sie sich freiwillig einem anderen Mann hingäbe … Nein. Sie war für ihn bestimmt, und nur für ihn. Ende der Diskussion.

„Ich werde einfach mal so tun, als wärst du kein Höhlenmensch", grummelte Annabelle, „und ich verspreche dir, dass ich mit keinem anderen Mann schlafen werde … aber du auch nicht mit einer anderen Frau."

Dass sie nach allem, was vorgefallen war, Treue von ihm verlangte, versetzte Zacharel in Entzücken. „Versprochen. Und das ist einer der Gründe, warum wir ihn finden und vernichten müssen, diesen Hohen Herrn, der dich für sich beanspruchen will." *Er wird nicht bekommen, was mir gehört.*

„Weißt du, wo er ist?"

„Nein, aber das werde ich, sobald ich herausgefunden habe, *wer* er ist."

„Das wirst du. Werden *wir*."

Ihm gefiel ihr Glaube an ihn. „Ich frage mich, warum er dich verlassen hat, nachdem er dich gezeichnet hat." Zacharel hätte das niemals getan. Er konnte sich nicht vorstellen, warum jemand so etwas je tun sollte. „Kannst du dich noch an irgendetwas sonst von ihm erinnern? Etwas, das du mir noch nicht erzählt hast?"

Die Lider zusammengepresst, als wollte sie die Bilder in ihrem Kopf ausblenden, ließ sie sich in die Kissen fallen. „Ich hab dir schon alles gesagt. Er kam, siegte und verschwand."

„Er hat nicht versucht, dich mitzunehmen?"

„Nein."

„Erstaunlich." Unwillkürlich strich Zacharels Blick über ihren Körper, versuchte durch die Decken die üppigen Kurven zu erahnen, die darunter verborgen waren. *Denk an etwas anderes. Sie ist müde, steht unter Stress, und es ist zu früh.*

Entschlossen erhob er sich und marschierte ins Badezimmer. Dort ließ er ein heißes Bad ein, in das er den vom Hotel bereitgestellten Badezusatz gab. Schon bald stieg nach Wildblumen duftender Dampf vom Wasser auf. Auch wenn sie schon geduscht hatte – Menschen mochten es doch, zu baden, oder? Nicht bloß, um sich zu säubern. Schließlich legte er noch ein Handtuch neben die Badewanne und nickte zufrieden.

Im Zimmer vermied er es sorgfältig, Annabelle zu genau zu betrachten. Sonst würde er sie nur von seinem inneren Auge ausziehen, sich vorstellen, wie sie sich im Badewasser rekelte, und über sie herfallen. Ihre Ängste wahr werden lassen.

„Ich habe dir ein Bad eingelassen."

Wieder raschelten die Decken. „Für *mich*?"

„Natürlich. Ich verspüre nicht den Wunsch, nach Wildblumen zu riechen."

„Wahrscheinlich pellt meine Haut sich nach all dem Wasser komplett ab, aber ein Bad … Das ist einfach unwiderstehlich, wenn man bedenkt, dass ich seit vier Jahren nicht mehr baden konnte!" Schon war sie auf den Beinen und an ihm vorbeigeflitzt. Hinter ihr schloss sich die Tür, und er hörte, wie sie den Schlüssel umdrehte. Er blieb, wo er war, litt süßeste Folterqualen, als er die Geräusche fallender Kleider, klirrender Waffen und spritzenden Wassers hörte. Sie stöhnte vor Genuss.

Vorher mochte er sie gewollt haben – jetzt wollte er sie *wirklich*. Er wollte sie nackt und nass und anschmiegsam und begierig. Wie lange würde es dauern, bis ihr Begehren wieder erwachte? Bis ihr Vertrauen zurückkehrte? Na gut, auf einer gewissen Ebene vertraute sie ihm wieder, sonst wäre sie nicht hier bei ihm. Doch bei Sex, begriff er langsam, ging es um mehr.

Als sie schließlich wieder aus dem Bad kam, duftete sie noch köstlicher als zuvor und trug wieder die Uniform.

„Vielen, vielen Dank", seufzte sie und warf sich aufs Bett. Dann drehte sie sich um, um ihn anzusehen. Ihre Haut war rosig, leuchtend, gesund. Das übernatürliche Blau ihrer Augen glänzte wie schmelzendes Eis in der Sommersonne, und der Duft einer Wiese am frühen Morgen, der sie umgab, verstärkte diesen Eindruck noch. „Mir war nicht klar, wie nötig ich das hatte."

Unter seiner Begierde breitete sich Befriedigung aus, dass er sie in diesen Zustand gebracht hatte: entspannt, erfrischt und begeistert.

„Hast du die ganze Zeit da gestanden?", fragte sie.

Steif nickte er.

„Aber ich war über eine Stunde da drin."

Das wusste er. Er hatte die Sekunden gezählt. Eine Stunde hatte dreitausendsechshundert Sekunden. Dreitausendsiebenhundertundvier Sekunden lang war sie im Bad gewesen.

Sie zögerte und nahm ihre Unterlippe zwischen die Zähne, wie er es schon oft bei ihr gesehen hatte. Eine Geste, die ihre Unsicherheit verriet. Er konnte nicht anders als hinstarren. Sehnlichst wünschte er, er könnte seine Lippen darauflegen, um den Schmerz zu lindern, den sie sich vermutlich zufügte.

„Denkst du daran, mich zu küssen?"

„Ja", gestand er mit rauer Stimme.

Sie schluckte. „Ich kann kaum glauben, dass ich es überhaupt in Erwägung ziehe, nachdem ich mir – und dir! – geschworen habe, das würde nie passieren. Aber Himmel noch eins, du bist so süß, irgendwie kann ich nicht anders."

Plötzlich stand jeder Muskel in seinem Leib unter Spannung. „Du meinst …?"

„Ja, ich meine. Aber vorher hab ich noch eine Frage für dich."

„Frag." Er würde alles tun.

„Darf ich dich … na ja, fesseln?"

Bei diesen Worten begann sein sowieso schon erhitztes Blut zu kochen. „Wenn du es wünschst. Aber du solltest wissen, dass es keine Ketten gibt, die mich halten können. Ich wäre nur zu deiner Beruhigung gefesselt."

„Also ich find's nicht unbedingt beruhigend, zu erfahren, dass du dich ohne Weiteres befreien könntest!" Einen Augenblick später ließ sie sich in die Kissen zurückfallen. „Ich würde es sowieso nicht fertigbringen."

Mit größter Mühe schluckte er einen verzweifelten Aufschrei hinunter. „Mich zu küssen?"

„Nein, dich zu fesseln."

Seiner Gottheit sei Dank. „Weil du selbst es gehasst hast, in Fesseln zu liegen." Eine Feststellung, keine Frage. Langsam lernte er sie kennen.

„Genau." Schweigen, dann ein leises Seufzen. „Na gut. Wir können das mit dem Küssen noch mal probieren. Aber ich hab das Sagen", fügte sie hastig hinzu. „Du musst tun, was ich dir sage, sobald ich es dir sage."

Ein Hochgefühl drängte sich durch den stetig wachsenden Riss in seiner Brust, dicht gefolgt von Entschlossenheit. Diesmal würde er es richtig machen. Er *musste* es richtig machen. Eine weitere Chance würde sie ihm nicht geben. „Ich werde dich nicht enttäuschen."

Durch ihren Leib lief ein Beben.

Ein Beben der Furcht? Obwohl jede Faser seines Körpers danach schrie, die Distanz zwischen ihnen zu überbrücken, stemmte er die Füße in den Boden und blieb stehen. Gab ihr Zeit, sich vorzubereiten auf das, was gleich geschehen würde. „Was hat deine Meinung geändert?"

Ihre Wimpern senkten sich und sie flüsterte: „Das Bad. Ich lag in der Wanne, lang ausgestreckt, und hab die Wärme des Wassers genossen, aber alles, woran ich denken konnte, war, dass ich allein war. Ich hab mich gefragt, wie es wäre, wenn du mit mir in der Wanne wärst, mir die Haare waschen würdest und die Schultern massieren. Mich im Arm halten."

Sie im Arm halten. In dem Geständnis lag so viel Sehnsucht, dass er sich nicht länger zurückhalten konnte.

Zacharel näherte sich dem Bett. Sie betrachtete ihn mit unergründlichem Blick, leckte sich die Lippen, bebte erneut. Verschränkte die Hände über dem Bauch, legte sie auf den Rücken, dann wieder auf den Bauch, als könnte sie sich nicht entscheiden, was nun richtig war. Als er ein Knie auf die Matratze setzte und sich vorbeugte, wurde ihr Atem schneller. *Langsam, vorsichtig.* Auf allen vieren kroch er zu ihr. Ganz sanft umfasste er ihre Taille und drehte sich mit ihr herum. Als er sie auf sich zog, breitete er die Flügel aus. Überrascht holte sie Luft, zuckte jedoch nicht zurück. Aber sie ließ sich auch nicht auf seine Brust sinken, sondern blieb aufrecht sitzen.

Reglos lag er da, wartete, hoffte, sie würde sich entspannen. Flatternd senkten sich ihre Wimpern, warfen lange spitze Schatten über ihre Wangen. Doch anstatt sich zu entspannen, versteifte sie sich mit jeder Sekunde mehr.

„Annabelle.“

„Ja.“

„Sieh mich an“, bat er.

Fest presste sie die Lider zusammen. „Nein.“

„Annabelle. Bitte.“

„*Jetzt* sagst du bitte?“

„Annabelle.“

„Meine Augen“, flüsterte sie. „Du verabscheust das Mal darin.“

Für eine solche Aussage gehörte er in die Tiefen der Hölle verbannt. „Sie sind bezaubernd.“

„Aber du hast gesagt ...“

„Das war ein Fehler. So schwer es ist, sich das vorzustellen, aber auch ich mache Fehler.“

„Also gut.“ Kurz hielt sie inne, dann öffnete sie die Augen und enthüllte dieses wunderschöne Blau.

„Danke.“

Endlich schmiegte sie sich an ihn, und er spürte, wie sie grinste. „Gern geschehen.“

„Ich werde jetzt meine Arme um dich legen“, kündigte er an. Als sie nicht widersprach, ließ er Taten folgen.

Ihr entwich ein leises Seufzen. „Also ... Was machen wir jetzt?“

„Wir gönnen uns einen Moment, einander zu genießen.“ Sanft fuhr er ihr mit den Fingern das Rückgrat hinauf. „Ich jedenfalls. Wie ist es mit dir?“

„Ja. Ich – dein Herz hämmert ja", stellte sie überrascht fest.

„Diesen Effekt hast nur du auf mich."

„Dann sind wir ja quitt."

Minuten verstrichen, vielleicht auch Stunden. Jede einzelne Sekunde war eine entzückende Folter. Tief sog er ihren Duft in sich auf und schwor sich, die ganze Nacht so zu verbringen, wenn das ihr Wunsch war – doch zu seiner Begeisterung begann sie, sich an seinem Körper zu bewegen, ihn zu drängen … irgendetwas zu tun. Ihre Fingerspitzen umkreisten seinen Nabel.

„Zacharel?"

Er ließ sie los, um die Arme nach oben zu strecken und mit den Händen das Kopfteil des Bettes zu greifen. „Ich werde nicht loslassen." Diesmal nicht, sosehr er sich auch danach sehnen mochte, sie zu berühren. „Du hast alles unter Kontrolle, genau wie du wolltest."

Immer noch zögerte sie.

„Ich meine es ernst. Und wenn ich das Bett zertrümmere, ich werde dieses Kopfteil nicht loslassen. Nicht bevor du mir etwas anderes befiehlst."

„Du machst dich gerade verdammt gut." Sie erhob sich auf die Knie und ließ sich dann auf seine Hüfte sinken. Der exquisite, schmerzhafte Genuss dieser Empfindung ließ ihn zischend Luft holen.

Könnte er doch nur sein Gewand verschwinden lassen …

Und dann beugte sie sich vor … tiefer … tiefer …

„Küss mich", bat sie. Ihr Mund ergriff Besitz von seinem, ihre Zunge glitt zwischen seinen Zähnen hindurch, um mit der seinen zu tanzen. Und, oh gütige Gottheit, ihr köstlicher Geschmack berauschte ihn mehr als alles andere.

Eine Ewigkeit verging, in der sie ihn immer weiter küsste und zwischendurch den Kopf hob, um zu prüfen, ob er sich immer noch beherrschte. Was auch immer sie in seinem Gesichtsausdruck sah, schien sie zu beruhigen, denn jedes Mal beugte sie sich wieder vor, um erneut von ihm zu kosten.

Er hatte keinen Schimmer, wie es ihm gelang, das Ausmaß seiner Erregung vor ihr zu verbergen. Es war, als wäre er ein zu straff gespanntes Gummiband, das jeden Moment zerreißen könnte. Wie könnte er sie auch an diesen Punkt bringen? Genauso sanft, wie sie es anfangs getan hatte, begann nun auch er, sich unter ihr zu bewegen, sich an sie zu drängen.

Ihr entwich ein Stöhnen, und dann, endlich, dem Himmel sei Dank, hörte sie auf, immer wieder zu unterbrechen, um ihn anzublicken. Hörte auf, ständig sein Gesicht zu studieren, und gab ihm einen Kuss, der sich in seine Seele brannte. Sie schien ebenso fern von jedem klaren Gedanken wie er.

Mit den Fingern strich sie durch sein Haar, drehte seinen Kopf, um den Kontakt zu vertiefen, noch besser zu machen. Immer weiter ging dieser neue, heißere Kuss, bis sie einander bissen, stöhnend und seufzend und keuchend. Schweiß überzog seinen gesamten Körper, seine Muskeln waren verkrampft von der Anstrengung, sich zurückzuhalten.

Dann begann sie, sich an ihm zu reiben, rhythmisch, wiegend, von oben bis unten. Ihn ergriff ein verzweifeltes Verlangen, ihr noch näher zu sein, so nah, wie ein Mann einer Frau nur sein konnte. Er wollte es, brauchte es so sehr.

„Zacharel, ich will ... ich brauche ...“

Genau dasselbe, was auch er wollte und brauchte, betete er. „Alles. Ich gebe dir alles, was du willst.“

„Dreh dich auf die Seite.“

Sofort erfüllte er ihren Wunsch. Nun lagen sie einander Auge in Auge, Körper an Körper gegenüber. Bei jedem Atemzug mischte sich sein Atem mit ihrem, vereinte sie selbst auf dieser zarten Ebene.

„Deine Hände ... auf mir“, befahl sie. „Aber nur, wenn du willst. Ich meine, wir können auch aufhören, wenn du ...“

„Nicht aufhören“, platzte er heraus und bremste sich dann. „Ich will. Wirklich. Mehr als alles andere. Aber ich habe es nicht eilig.“ Gewissermaßen. Bestimmt. „Ich werde langsam machen, ganz vorsichtig.“ Er würde sich dazu zwingen.

„Okay, gut.“

Bedächtig löste er eine Hand vom Kopfteil und hob den Saum ihrer Bluse. Ihre Haut war von einem betörenden Bronzeton, seine heller, golden; der Kontrast war so dekadent, dass der Funke des Begehren in seinem Inneren zu einem wilden Feuer aufflackerte.

„Du bist so wunderschön, Annabelle."

„Wirklich?"

Ja, oh ja. „Deine Gedanken …"

„Sind bei dir, nur bei dir. Oder wolltest du mir erzählen, wie wunderschön meine Gedanken sind?", fragte sie kichernd.

Ihn durchströmte eine angenehme Mischung aus Erleichterung und Befriedigung. Er hatte sie zum Lachen gebracht. Im Bett. „Was soll ich tun?"

„Was *willst* du tun?", hauchte sie.

Sich ausziehen, sie ausziehen, berühren, schmecken, verschlingen, lernen, erkennen, ohne jede Zurückhaltung – Dinge, für die sie noch nicht bereit war. *Ruhig.*

„Ich werde dich mit meinen Händen berühren, wie du es von mir wolltest." Sanft legte er die Hand an ihre Brust, hielt inne, wartete auf ihre Reaktion. Lustvoll stöhnte Annabelle auf, sandte heiße Erregung durch ihn hindurch. Seine Hand begann zu brennen, so köstlich zu brennen, heißer als alles andere an ihm, als er begann, das zarte Fleisch zu berühren.

Wieder stöhnte sie.

Ja … Mehr.

„Deine Haut ist wie Feuer", stieß sie atemlos hervor.

„Schlimm?"

„Herrlich."

Da umfasste er ihre Brust fester, gönnte sich den Genuss, immer und immer wieder mit den Fingern über die kleine rosa Perle in der Mitte zu streichen.

Bis ihr Atem unregelmäßig wurde und sie ihn drängte: „Ich bin bereit für den nächsten Schritt, Zacharel, versprochen."

Er nahm sie beim Wort. Zentimeter um Zentimeter senkte er den Kopf, und als seine Lippen direkt über ihrer Haut schwebten, hielt er inne, wartete. In Wellen überlief sie Schauer um Schauer, doch sie drehte sich nicht weg, noch versuchte sie, ihn fortzuschieben.

Ruhig. Forschend ließ er seine Zunge hervorschnellen. Süß, oh wie süß war die Berührung. Die Wärme ihrer Haut an seiner Zunge zu spüren … Ihren Geschmack in seinem Mund … Gab es irgendetwas Besseres?

„Ich bin bei dir", versprach sie.

Mit der Zunge umkreiste er ihre Brustwarze. Was er in den folgenden Minuten lernte: Je mehr er mit ihr spielte, desto mehr Flehen erntete er von ihr. Jede ihrer Bitten erregte ihn noch mehr, trieb sein Verlangen in die Höhe. Er war sich nicht sicher, wie viel er noch ertragen könnte.

Unglaublich vorsichtig schob er die Hand über ihren flachen Bauch nach unten und öffnete ihre Hose. Ihre zustimmenden Ausrufe ließen nicht nach, also ließ er die Finger unter den Stoff gleiten … weiter und weiter und … Sie trug kein Höschen.

„Warte", hielt sie ihn mit zitternder Stimme auf und presste die Beine zusammen.

Er erstarrte.

Mit rosigen Wangen fragte sie: „Bist du … Weißt du … was dich erwartet?"

Nicht das Geschehen machte ihr Sorgen, sondern seine Einstellung dazu. „Ja."

„Und es ist in Ordnung für dich?"

„Liebste, es ist mehr als in Ordnung für mich."

Ein kurzes Innehalten. „Du hast mich Liebste genannt", flüsterte sie. Langsam spreizte sie die Beine. „Das gefällt mir."

Dann werde ich es wieder tun. Er setzte seine Reise fort und … oh, sie war … perfekt. So unfassbar perfekt. Seine Küsse und Zärtlichkeiten hatten ihr gefallen – und was er jetzt tat, gefiel ihr ebenfalls, wenn man ihren keuchenden Atem in Betracht zog.

Lange erforschte er sie, und ihre Reaktionen zeigten ihm, was ihr am besten gefiel. Er liebte es, wenn sie sich an ihn drängte, liebte es, wenn sie zusammenhanglose Wortfetzen murmelte. Liebte das Wissen, dass er es war, der diese berauschenden Reaktionen in ihr hervorrief.

„Du bist das herrlichste Geschöpf, das je erschaffen wurde, Liebste", flüsterte er. Als er die Hand zurückzog, eine Hand, die immer noch in Flammen stand wie nie zuvor, stöhnte sie verloren auf. „Ich bin hier", versicherte er ihr, „und ich gehe nirgendwohin. Ich will dich nur anheben, damit ich tiefer eindringen kann."

Dann legte er ihr ein Kissen unter die Hüfte und setzte fort, was er begonnen hatte. Schon bald stöhnte sie atemlos, wiegte ihm den Unterleib entgegen, berührte ihn so intim, wie er sie berührte … trieb ihn in den Wahnsinn … weckte einen unbändigen Hunger nach etwas, das er nicht verstand … so verzweifelt hungerte er …

Er litt größte Qualen, doch er konnte nicht aufhören. *Brauche mehr, muss mehr haben.*

Derselbe Nebel, der schon einmal Besitz von ihm ergriffen hatte, drängte sich in sein Bewusstsein, drohte ihn zu verzehren, doch er wehrte sich. Auch wenn sein Blut sich erhitzte, in Flammen aufging, sich bis in seine Knochen sengte. Auch wenn er mit den Zähnen knirschte, alle Muskeln verkrampfte. Aber *er* war der Herr seines Körpers, nicht das Begehren. Er würde das hier für Annabelle zu etwas Besonderem machen. Er würde es nicht ruinieren.

Zumindest redete er sich das ein – bis sie sein Gewand anhob und seinen Schaft in die Hand nahm. Er zuckte so heftig zusammen, dass er fast vom Bett gefallen wäre. Sie streichelte ihn, auf und ab. Er liebte es. Er hasste es. Er brauchte mehr; könnte nicht mehr ertragen. Musste vor Begierde vergehen.

Je schneller sie die Hand bewegte, desto schneller bewegte er die Finger in ihr. Es war … es …

Geschah. Etwas geschah mit ihm.

Als sie einen spitzen Schrei ausstieß und sich wie besinnungslos an ihn drängte, überdeckte grenzenlose Lust seine Pein, baute sich in seinem Unterleib auf, schoss sein Rückgrat hinauf und durchflutete jede Faser seines Körpers. Hilflos zuckten seine Hüften, hoben sich ihr entgegen, und auch aus ihm brach ein heiserer Schrei hervor.

Er war zu nichts mehr in der Lage, außer Annabelle an sich zu drücken, zu beten, sie würde ihn niemals loslassen, und tausend kleine Tode zu sterben, aus denen er jedes Mal anders, stärker und besser, schwächer und schlechter hervorging. Ein neuer Mann.

Denn in diesen Augenblicken absoluter, nackter Verwundbarkeit, in denen nichts eine Rolle spielte außer der Frau, die ihm so göttliche Freuden bereitet hatte, begriff er, dass er schon jetzt süchtig war nach den Empfindungen, die sie in ihm weckte.

Sie sollte er aufgeben?

Niemals.

16. KAPITEL

Nie zuvor hatte Annabelle eine ganze Nacht in den Armen eines Mannes verbracht. Sie war nicht einmal auf die Idee gekommen – schließlich hatte Heath immer aus dem Fenster steigen müssen, damit ihre Eltern ihn nicht bei ihr erwischten. Doch in der vergangenen Nacht hatte sie sich an Zacharel geschmiegt und war dort geblieben. Warm und stark hatte er sie in den Armen gehalten. Hatte sie getröstet und beruhigt, wenn böse Träume es wagten, ihren Schlaf zu stören.

Frisch und erholt – und frei von Drogen – erwachte sie, bereit für alles, was da kommen mochte. Zumindest hatte sie das geglaubt. Als sie mit dem Zähneputzen und Duschen fertig war und ihre nächste Begegnung mit Zacharel bevorstand, hätte sie fast die Nerven verloren.

Die Dinge, die er mit ihr angestellt hatte … Er war ein Mann, der ihr größere Wonnen bereitet hatte als jeder andere. Er hatte das Grauen der Vergangenheit fortgebrannt und neue, berauschende Erinnerungen in ihrem Inneren verankert. Erinnerungen, bei denen sie noch jahrelang sehnsüchtig seufzen würde.

Das will ich wieder erleben. Aber … will er das auch?

Wohl nicht, dachte sie, als sie wieder in der Hausmädchen-Uniform aus dem Bad kam. Er sah nicht so aus, als würde er sich freuen, sie zu sehen. Obwohl sein Ausdruck der Unzufriedenheit ziemlich genau mit jedem anderen seiner Gesichtsausdrücke übereinstimmte, wenn man mal ehrlich war. Ausgenommen sein Lächeln mit diesen großartigen Grübchen.

Diese Grübchen will ich verdammt dringend wiedersehen.

Er stand mit verschränkten Armen vor dem Bett, das weiße Gewand makellos, ohne eine einzige Knitterfalte. Ein Duft nach Morgenhimmel und Sonnenschein ging von ihm aus, sein Haar glänzte seidig.

„Was ist dir denn für eine Laus über die Leber gelaufen? Kein einziger Dämon hat uns letzte Nacht angegriffen", versuchte sie es auf die vorlaute Tour, anstatt das schüchterne Mäuschen zu geben.

„Mit meiner Leber ist alles in Ordnung", erwiderte er. „Vielleicht bin ich einfach nur überwältigt von meiner ersten sexuellen Erfahrung."

Oh … ach ja. Also gut. Sie spürte Hitze in ihre Wangen steigen. Warm durchrieselte die Erkenntnis sie, dass sie die Erste war, die ihm auf diese Art Vergnügen bereitet hatte. „Wie ein Anfänger hast du dich nicht gerade benommen", stellte sie fest.

„Vielen Dank. Außerdem", fuhr er ruhig fort, „bin ich zufrieden. Ich hatte recht. Du bist schwieriger aufzuspüren, wenn du von anderen Menschen umgeben bist, was bedeutet, dass ich jetzt weiß, wie ich dich beschützen kann."

„Themenwechsel akzeptiert", murmelte sie.

„Das war nicht mein Ziel." Er runzelte die Stirn, und sein Blick ging an ihr vorbei, als wäre hinter ihr jemand aufgetaucht.

Suchend drehte sie sich um, konnte jedoch nichts Ungewöhnliches entdecken. Als sie sich ihm wieder zuwandte, galt sein Stirnrunzeln ihr.

„Der Schimmer auf deiner Haut ist stärker geworden", stellte er fest, „und das liegt nicht am Kunstlicht. Ich habe meine Spuren auf dir hinterlassen. Meine Essenzia."

Mit pochendem Herzen hob sie einen Arm ins Licht, drehte ihn nach links, dann nach rechts. „Ich sehe nichts."

„Du schimmerst bereits seit unserer ersten Begegnung, aber die Tatsache, dass der Schimmer jetzt deutlicher ist, bestätigt für mich, dass er nicht natürlichen Ursprungs ist."

„Mich hat nie ein anderer Engel angefasst, falls du das andeuten willst."

„Das will ich nicht. Keine Essenzia gleicht der anderen, und du trägst eindeutig meine. Ich frage mich … Könnte es sein, dass du mit meiner Essenzia geboren wurdest? Von Anfang an allein für mich bestimmt? Ich habe zwar noch nie davon gehört, dass das Zeichen auftaucht, bevor jemand Anspruch erhoben hat, aber … Alles ist möglich, nehme ich an." Bei den letzten Worten schüttelte er die Flügel aus. „Ich werde mich vergewissern …"

In diesem Moment konnte sie seinen Worten nicht mehr folgen, so gefesselt war sie von der Schönheit seiner Flügel … so stark, so majestätisch, so prächtig golden.

„Ich habe dir bereits gestattet, meine Flügel zu berühren, Annabelle." *Jetzt* klang er verärgert.

„Ich weiß."

„Warum hast du dann die Hände zu Fäusten geballt hinter dem Rücken und nicht auf mir?"

„Weil der Gedanke dich anscheinend in helle Begeisterung versetzt."

Er öffnete den Mund und schloss ihn gleich darauf wieder. „Sarkasmus?"

„Klug erkannt."

Schicksalsergeben seufzte er.

Schließlich streckte sie die Finger aus und strich über den Bogen der goldenen Flügel. An den Kanten waren sie stahlhart und rau – bis man auf die Federn traf. Herr im Himmel, die waren weicher als Gänsedaunen. Mit den Fingerspitzen fuhr sie darüber; staunte, als sich eine Feder löste und in ihre Handfläche segelte.

In diesem Augenblick packte Zacharel sie am Handgelenk, doch er schob sie nicht weg, noch verlangte er die Feder als sein Eigentum zurück. Ohne die geringste Spur seiner vorherigen Belustigung befahl er: „Sieh mich an, Annabelle."

Sie gehorchte, ein schlechtes Gefühl in der Magengrube. Hatte sie etwas falsch gemacht?

„Das wirst du niemals mit einem anderen Engel tun. Verstanden?"

Verwirrt runzelte sie die Stirn. „Ist das gegen die Regeln?" Aber … Sex war nicht verboten. Offensichtlich. Also hätten Berührungen auch kein Problem darstellen sollen.

„Jene von uns, die kein sexuelles Verlangen kennen, lassen sich ungern berühren, vor allem von Menschen. Jene, die bereits Verlangen erfahren haben, werden deine Berührung als Einladung zum Sex interpretieren."

Dahin war die gute Stimmung, die sie sich mühevoll aufgebaut hatte. „Ich fasse niemanden außer dir an, versprochen."

Einen Moment lang herrschte ein bedeutungsschwangeres Schweigen. „Dieser Mann, Dr. Fitzherbert, hat dich ohne deine Erlaubnis berührt. So, wie ich dich letzte Nacht berührt habe?"

Und augenblicklich versuchte sich eine düstere, klebrige Wolke um sie zu legen. Unwillkürlich zog sie die Schultern ein, als all die Emotionen, die sie in der Anstalt erfahren hatte, auf sie einstürmten. Angst, Scham, Hass, Schuld, Hilflosigkeit, Kummer, tiefe Trauer. Doch ebenso schnell, wie sie gekommen waren, verschwanden sie wieder. Entschlossen weigerte sie sich, diese Gefühle zuzulassen, und schoss jedes einzelne mit einer geistigen Kugel ab, machte sie kalt. Diese Emotionen waren für Dämonen wie ein Neonschild, und sie würde diese Biester nicht zu sich locken.

„Ja", antwortete sie.

„Vielleicht wird es Zeit, dass er erntet, was er gesät hat."

„Was ... soll das heißen?"

„Ich werde *ihm* etwas Grauenvolles zufügen."

Statt mit Begeisterung erfüllte sein Schwur sie mit Sorge. Ja, sie wollte Fitzpervers weit entfernt von jeder Verantwortungsposition wissen. Dass es ihm nicht möglich wäre, noch jemandem Leid zuzufügen. Doch noch viel mehr wollte sie Zacharel in Sicherheit wissen. Sie hatte ihm schon genug Ärger bereitet.

„Ist das dein Job?", fragte sie, obwohl sie die Antwort kannte.

„Nein." Ein bloßes Grummeln.

„Dann würdest du dafür riesige Schwierigkeiten bekommen. Und versuch nicht, es abzustreiten. Ich erinnere mich haargenau, wie du mir erzählt hast, dass es euch nicht erlaubt ist, Menschen zu schaden."

„Manche Taten sind die Schwierigkeiten wert, die sie nach sich ziehen."

Wohl kaum! „Ich verstehe ja den Sinn dahinter, Dämonen allen nur möglichen Schaden zuzufügen. Die sind das pure Böse, kennen keine Reue für die furchtbaren Dinge, die sie tun. Die ändern sich nie, werden auf ewig versuchen, Leuten wehzutun. Aber einen Menschen zu verletzen ist nicht notwendig. Damit wärst du nicht besser als, na ja, Fitzpervers. Er hat mich leiden lassen, bloß weil er es konnte." Feuer loderte in seinen Augen auf, doch sie gab nicht nach. „Eines Tages werde ich tun, was nötig ist, damit die Welt erfährt, was für ein Monster Fitzpervers

ist. Also nimm diesen Schwur auf der Stelle zurück, Zacharel …
wie auch immer du mit Nachnamen heißt. Hast du überhaupt
einen Nachnamen?"

„Komm", sagte er und ignorierte ihre Behauptung, ihre Forderung und ihre Frage. Er ließ sie los und trat mehrere Schritte
zurück.

„Zacharel Komm. Das ist ein echt beschissener Nachname.
Solltest du mal heiraten, tut mir deine Zukünftige jetzt schon
leid."

Seine Mundwinkel zuckten, und sie dachte: Das war ich. Irgendwie hab ich ihn gerade ein winzig kleines bisschen zum Lächeln gebracht.

„Wir haben heute viel zu tun, Annabelle."

„Na und? Ich hab's dir gesagt: Ich beweg mich nicht vom
Fleck, bis du das zurücknimmst."

Er strich mit der Hand ihren Rücken hinauf und spielte mit
ihrem Haar. „Gib mir wenigstens etwas Zeit, darüber nachzudenken", forderte er. „Ich werde dich nicht anlügen, was bedeutet, dass du mir Zeit geben musst, all meine Möglichkeiten
abzuwägen."

Klang logisch. Und außerdem nervig und unwiderlegbar.
„Na gut." Aber ich werde hartnäckig bleiben, da kann er ma-
chen, was er will, beschloss sie, während sie sich die Feder ans
Revers steckte. Das Gold schimmerte hübsch auf der blauen
Uniform.

In Zacharels Augen flammte eine andere Hitze auf als zuvor.
Zorn? „Was haben wir denn vor?", fragte sie. Wenn er sauer
war, sollte er eben sauer sein. Er würde schon damit klarkommen.

„Zuerst gehen wir einkaufen." Seine Stimme knisterte förmlich, so eisig war sie.

Okay, offensichtlich war er mehr als sauer auf sie. Woher kamen diese ständigen blitzschnellen Stimmungswechsel? Annabelle trat einen Schritt zurück und verschränkte die Arme vor der
Brust. „Ich hab noch eine Bedingung, damit ich mitkomme", erklärte sie, während sie die Messerscheiden an ihre Knöchel band.
„Du musst mir sagen, was dir so gegen den Strich geht." *Du willst*

also einem Kriegerengel Befehle erteilen, Miller? Na, da bin ich ja mal gespannt, wie du das durchsetzen willst.

„Ich muss dir nicht gehorchen, Annabelle."

Schon einmal hatte er auf die Unterschiede zwischen ihnen hingewiesen. Er herrschte mit der Macht des Schwerts. Sie war eine aufmüpfige kleine Kämpfernatur, die die Klappe aufriss. Für ihn wäre es kein Problem, sie zu zwingen, mit ihm zu kommen – sie könnte nichts dagegen tun.

Aber letzte Nacht hatte er ihr das Recht zugestanden, ihn zu hinterfragen – und ihm die Stirn zu bieten. „Aber das wirst du", erklärte sie mit all der Entschlossenheit, die sie fühlte.

Aufgebracht fletschte er die Zähne und ließ sich auf die Bettkante fallen. Er legte die Hände flach auf seine Oberschenkel. Damit er sie nicht packte und schüttelte? „Dir wird nicht gefallen, was ich zu sagen habe."

Furcht bildete einen Knoten in ihrer Magengrube. „Sag's trotzdem. Ich bin ein großes Mädchen. Ich werd's schon verkraften." Vielleicht. Nein. Nein, würde sie nicht. Er sah viel zu ernst aus.

„Du erwartest jetzt Sanftheit von mir, aber ich kann sie dir nicht geben. Wir müssen einen dämonischen Hohen Herrn aufspüren, und dieser Aufgabe muss ich meine ungeteilte Aufmerksamkeit widmen. Und doch kann ich selbst jetzt, während ich bewusst Abstand zu dir halte, an nichts anderes denken als daran, wie weich du dich anfühlen würdest, könnte ich dich in die Arme schließen. Wie wundervoll deine Lustschreie in meinen Ohren geklungen haben. Wie leicht es wäre, dich jetzt auszuziehen und auf der Stelle zu nehmen."

Grund... gütiger. „Aber Zacharel, das gefällt mir." Es machte ihr weiche Knie.

„Wirklich?" Er begegnete ihrem Blick und sie entdeckte das Feuer, das in seinen Augen loderte. „Denn heute wirst du es nicht mit deinem Liebhaber zu tun haben, sondern mit deinem Ausbilder. Wenn ich dir einen Befehl erteile, erwarte ich, dass du ohne Zögern gehorchst."

„Hallo? Natürlich werde ich ..." Moment. Auf den ersten Blick wirkte seine Forderung vernünftig. Doch wenn sie länger darüber nachdachte, begriff sie, dass die Art, wie sie heute miteinander umgingen, die Weichen für die Zukunft stellen würde. Es würde immer einen Dämon zu jagen geben. Und solange ihr … Gemahl da draußen war, würde sie immer in Gefahr schweben.

Was nicht heißen sollte, dass sie immer zusammen sein würden.

So oder so. Wenn sie heute die brave kleine Soldatin spielte, würde Zacharel das von nun an immer von ihr erwarten. Vielleicht sogar im Bett. Sie wären einander niemals ebenbürtig.

„Okay, hör zu", forderte sie schließlich. „Vier Jahre lang hat man mir gesagt, was ich zu tun habe, was ich anzuziehen oder zu essen habe, welche Medikamente ich zu nehmen habe, wann ich mein Zimmer zu verlassen und wann ich drinzubleiben habe. Wann immer ich nicht gehorchte, wurde ich bestraft und dann gezwungen, das zu tun, wogegen ich mich gewehrt hatte. Diese Art von Beziehung möchte ich mit dir nicht haben. Lieber habe ich überhaupt keine Beziehung."

„Siehst du? Das ist genau das, womit ich gerechnet habe." Seine Knöchel wurden weiß, und sie hatte den Verdacht, dass er noch tagelang Blutergüsse haben würde, so heftig krallte er sich in seine Oberschenkel. Diesem Druck könnten auch seine Selbstheilungskräfte nichts entgegensetzen. „Wenn einer meiner Männer es wagen würde, mir den Gehorsam zu verweigern, würde ich …"

„Was? Ihn schlagen?", fiel sie ihm ins Wort. „Tja, ich bin aber keiner von deinen Männern."

„Schlagen, ja. Das habe ich schon mal getan. Genau wie Schlimmeres. Und du willst einer meiner Männer sein. Du hast mich gebeten, dich auszubilden."

„Und bisher hast du mir nicht das geringste bisschen beigebracht."

Schwer senkte sich Stille zwischen ihnen.

„Also gut. Bringen wir das in Ordnung." Schon war er auf den Beinen, und einen Augenblick später legte er die Arme um ihre Taille und hob sie von den Füßen. Wieder spürte sie diese seltsame Empfindung völliger Schwerelosigkeit, als er sie durch eine Wand nach der anderen bis nach draußen in den Park flog.

Ohne Vorwarnung ließ er sie auf den Hintern plumpsen. Zischend wich die Luft aus ihren Lungen und ihr Gehirn knallte gegen die Schädeldecke. Überall auf den Kieswegen waren Menschen unterwegs, aber niemand achtete auf sie und Zacharel.

„Das ändert nichts daran, wie ich dich behandle", grollte sie leise. „Wenn überhaupt, hast du dir gerade zusätzlich noch eine zähnefletschende Weiberhorde an den Hals geholt."

„Sie können uns weder sehen noch hören", erklärte er.

Konnten sie nicht? „He, Sie", rief sie und blickte sich um. Niemand zuckte auch nur mit der Wimper. Wow, sie nahmen sie tatsächlich nicht wahr.

„Übrigens, sollte ich mich noch nicht klar genug ausgedrückt haben: Ich finde, du bist ein Arsch", murrte sie und sprang auf die Füße.

„Du wolltest trainieren, also trainieren wir." Bei seinen Worten verwandelte sich sein Gewand in eine lockere schwarze Hose. Ohne Oberteil. „Aber zuerst ..."

Seine sonnengebräunte Haut wurde dunkler ... dunkler ... nahm einen tiefroten Ton an. Hörner sprossen aus seinen Schultern hervor, seine Flügel zerflossen zu abstoßenden knotigen Hautlappen, die sich über dürre Knochen spannten, und aus seinem Steißbein trat ein Schwanz hervor, an dessen Ende eine metallisch glänzende Spitze drohend hin und her zuckte.

Ein Schrei brach aus Annabelles Kehle hervor. Aus purem Instinkt zog sie die Messer hervor, die sie sich an die Beine geschnallt hatte, und stürzte sich auf die Kreatur aus den Tiefen ihrer Albträume, hieb mit dem Messer nach ihr. Eine Mischung aus Entsetzen, Verrat und Schock ließ ihr Blut zu einem giftigen Schleim gerinnen. Dieses Ding war ein Dämon, und er hatte sie hereingelegt. Die ganze Zeit über hatte er sein Spielchen mit ihr gespielt, hatte sie sogar ins Bett gekriegt.

„Du widerst mich an!", schrie sie und stach nach seiner Kehle.

Mühelos packte er sie bei den Handgelenken, wirbelte sie herum und presste sie an seinen harten Körper. „Beruhig dich und denk nach, Annabelle."

Trotz seiner abartigen Erscheinung war seine Stimme immer noch die von Zacharel, und bei dieser Erkenntnis wich etwas von ihrer Panik.

„Du fühlst dich immer noch sicher in meiner Gegenwart", fuhr er fort. „Kein Hauch von Bösartigkeit liegt in der Luft. Ich habe mich nicht verwandelt; ich habe einfach nur deine Wahrnehmung beeinflusst."

Immer noch wehrte sie sich, versuchte verzweifelt, freizukommen.

Unentrinnbar hielt er sie fest. „Beruhig dich", wiederholte er. „Denk nach. Du hast gesehen, wie ich mein Gewand von einer Sekunde auf die andere verwandelt habe. Du hast gesehen, wie ich genauso schnell die Erscheinung meiner Flügel verändert habe. Ich bin es, Zacharel. Ich habe dich in meinen Armen gehalten, dich geküsst und berührt."

Der Rest ihrer Panik verschwand, und schließlich dämmerte es ihr. Ihr Zappeln wurde langsamer … hörte auf … Tief holte sie Luft … atmete aus …

Wenn die Dämonen auftauchten, strömte ein widerwärtiger Verwesungsgestank von ihnen aus, dazu eine Bösartigkeit, die sich wie ein klebriger Film auf Annabelles Haut legte, den sie nicht abschrubben konnte. Doch in Zacharels Armen nahm sie nur jenen Morgenhimmel-Duft und die warme Nähe eines Mannes wahr.

„Warum … hast du … dein Aussehen verändert?" Ihr Kopf mochte es begriffen haben, doch ihr Körper hinkte etwas hinterher. Sie atmete immer noch schwer und hektisch.

„Ich kann dir nicht beibringen, nach einem Schwanz Ausschau zu halten, wenn ich keinen Schwanz habe. Und erinnerst du dich, wie ich dir erzählt habe, dass es möglich ist, Angst durch Handeln zu überwinden? Dass es wichtiger ist, was du tust, als wie du dich fühlst? Ich will, dass du lernst, gegen einen Dämon vorzugehen, auch wenn dein Herz hämmert und dir die Knie wackeln."

Okay. Okay, sie konnte das schaffen. „Du kannst mich jetzt loslassen. Ich werde mich benehmen."

„Warum solltest du?" Er stieß sie fest genug von sich, dass

sie ins Stolpern geriet. Blitzschnell drehte sie sich um, sodass sie ihn im Blick hatte, und hielt die Messer weiter in den Händen. In seinen Augen schimmerte immer noch jenes hypnotisierende Grün und half ihr, in der Gegenwart zu bleiben, statt von der hin und her scheppernden Schwanzspitze in die Vergangenheit hinabgezerrt zu werden.

Unwillkürlich senkte sie den Blick und verfolgte gebannt, wie das Ding umherpeitschte. „Hast du gerade einen Witz gemacht, Zacharel?"

„Sag du's mir."

Plötzlich schnellte der Schwanz auf sie zu, schlang sich um ihren Knöchel und zerrte mit einem Ruck daran – seltsamerweise jedoch ohne ihre Haut zu verletzen. Erneut landete sie höchst unsanft auf dem Hintern und starrte wütend zu ihm auf.

„Du hättest augenblicklich aufspringen und einen deiner Dolche auf mich schleudern sollen", erklärte er beiläufig. „Ich könnte dich in diesem Moment angreifen, und du hättest nichts, um dich zur Wehr zu setzen."

Äh, sie könnte ihn abstechen – weil sie immer noch ihre Messer hatte. Ihr die wegzunehmen, darauf war er nicht gekommen. „Erst mal hast du mir nicht gesagt, dass ich dich aufschlitzen darf."

„Und ein Dämon würde dir so etwas sagen? Dich vorwarnen?"

Verdammt, er hatte recht. Peinlich berührt von ihrer Schwäche und Dämlichkeit rappelte sie sich auf und grummelte: „Das ist also deine Unterrichtsmethode? Versuch und Irrtum?"

„Meine andere Methode würde dir nicht gefallen. Wenn du das nächste Mal siehst, dass ich auf dich losgehe, sei schneller."

Alles klar. Sie wartete, beobachtete, wie sein Schwanz nach links schwang … nach rechts … und in ihre Richtung zuckte. Wie befohlen sprang sie in die Höhe, während die Spitze blitzend durch die Luft fuhr. Doch er hatte ihre Reaktion erwartet; erneut schnellte der Schwanz auf sie zu und schlang sich um ihren Knöchel, sandte sie noch einmal zu Boden.

Verflucht noch mal! „Nur dass du's weißt, normalerweise bin ich besser. Die Tatsache, dass ich noch am Leben bin, ist der beste Beweis."

„Nein, die Tatsache, dass du noch lebst, beweist nur, dass die Dämonen nicht ernsthaft versucht haben, dich umzubringen. Und nur damit *du* es weißt: Ich habe dich soeben zweimal getötet", fügte er hinzu. „In der Schlacht kämpft jeder Dämon dreckig. Sie greifen von hinten an, treten auf dich ein, wenn du am Boden bist, schlagen dorthin, wo es am meisten schmerzt."

„Okay." Wieder stand sie auf. „Dämonen können mich mal kreuzweise, also wenn du das nächste Mal auf mich losgehst, wirst du schon sehen, was du davon hast."

„Gut." Ohne weitere Vorwarnung ließ er den Schwanz vorschnellen, verfehlte sie, schwang ihn erneut, verfehlte sie wieder.

Bei ihrem letzten Sprung drehte sie sich gerade genug, dass sie auf seinem Schwanz landete und ihm ein schmerzerfülltes Zischen entlockte. Grinsend erklärte sie: „Auch wenn du ein furchtbarer Lehrer bist, ich glaube, diese Unterrichtseinheit gefällt mir."

Fast unbemerkt zupfte ein Lächeln an seinen Mundwinkeln, blitzte ein Grübchen auf und war sofort wieder verschwunden, bevor er einen dieser widerwärtigen Flügel in ihre Richtung schleuderte. Hüpfen würde ihr diesmal nichts bringen, das abartige Gebilde war zu groß. Also tat sie das Einzige, was ihr übrig blieb. Geduckt wirbelte sie herum, holte mit dem Dolch aus und zog ihn durch das Gewebe.

Zischend atmete er aus und riss den Flügel zurück. Blut rann über goldene Federn – Federn, an deren Stelle schnell wieder schwarze, ledrige Haut trat, als er die Illusion erneuerte. Einen Augenblick lang fürchtete Annabelle, sie sei zu weit gegangen.

Dann nickte Zacharel befriedigt. „Ausgezeichnet. Ich bin also doch nicht so ein furchtbarer Lehrer."

„Eigentlich waren es meine Instinkte, die dir den Treffer eingebrockt haben, nicht deine überwältigende Lehrmeisterschaft."

Wieder die Andeutung eines Lächelns. „Ich werde mich bemühen, es besser zu machen."

„Willst du damit sagen, ich wäre die Erste, die sich beschwert?"

„Nein. Aber deine ist eine von zwei Beschwerden, denen Gehör zu schenken ich bereit bin."

Was für ein romantisches Eingeständnis. *Aber deswegen werde ich in der nächsten Runde nicht sanfter mit ihm umspringen.* „Und die andere kam von …?"

„Meinem Bruder."

Bisher hatte er jedes Mal die Schotten dichtgemacht, sobald die Sprache auf seinen Bruder kam. Doch nach der vergangenen Nacht hoffte sie, er würde ihr Details anvertrauen über das, was geschehen war. „Der Bruder, den du … getötet hast?" Sie wollte mehr über ihn erfahren. Über diesen Mann, den sie in ihr Bett gelassen hatte.

„Ja." Er sprach nicht weiter, doch die Trauer in seinem Ton sprach ihre eigene Sprache.

Wenigstens hatte er nicht das Thema gewechselt. „Warum hast du es getan?" Zuvor hatte sie vermutet, es könnte ein Unfall gewesen sein. Jetzt, wo sie ihn besser kannte, wagte sie das zu bezweifeln. Zacharel war niemand, dem Unfälle passierten. Er war zu wachsam, zu vorsichtig. Er musste einen Grund gehabt haben.

Das Eis kehrte zurück in seinen smaragdenen Blick. „Es war besser so für ihn."

Damit war das Thema offensichtlich beendet. Aber … jetzt fragte sie sich, ob dieser Bruder krank gewesen war. Das bedeutete es doch normalerweise, wenn es ‚besser so' war, wenn jemand starb. Armer Zacharel. „Na ja, dein Verlust tut mir sehr leid."

Noch bevor das letzte Wort ihren Mund verlassen hatte, war er auf ihr, stieß sie mit den klauenbewehrten Händen zu Boden – ohne sie zu verletzen. Überrascht breitete sie im Fallen die Arme aus und lockerte den Griff um eins ihrer Messer.

Von einem Augenblick auf den nächsten drückte sein Gewicht sie herunter. Mit einer Hand hielt er ihre Arme über ihrem Kopf fest. *Argh!* Sie bäumte sich auf, einmal, zweimal, doch sie konnte ihn nicht abwerfen.

„Wenn ich wirklich ein Dämon wäre", knurrte er mit derselben Kälte, die sie in seinen Augen entdeckt hatte, „was würdest du tun, um mir jetzt noch zu entkommen?"

„Dich beißen, wenn du dich runterbeugst." Wie sie es in der Anstalt unzählige Male hatte tun müssen.

„Und riskieren, verdorbenes Dämonenblut zu schlucken?"

Steine schienen in ihrem Magen zu liegen, schwer und scharfkantig. „Was passiert, wenn man verdorbenes Dämonenblut schluckt?"

„Man wird krank."

Sein Tonfall ließ darauf schließen, dass man daran sterben konnte. Panisch dachte sie an die letzten vier Jahre zurück. Doch die wenigen Male, als sie krank gewesen war, hatte es an einer Überdosis Medikamente gelegen, die das Personal ihr aufgezwungen hatte. Also hatte sie bestimmt nichts von dem Blut geschluckt. Oder?

„Hör mir gut zu." Er packte sie bei den Schultern und schüttelte sie. „Um dich zu befreien, musst du auf eins meiner Hörner einstechen."

„Nicht alle Dämonen haben Hörner."

„Und wie man die ungehörnten bekämpft, werde ich dir beim nächsten Mal beibringen. Heute lernst du, wie man mit Hörnern umgeht."

Mit anderen Worten: Konzentrier dich auf das Hier und Jetzt. „Aber du hältst meine Hände fest."

„Und du kannst mich nicht irgendwie dazu verleiten, meinen Griff zu lockern?"

Hm, na ja. Ihn schon. Aber jemand anders? „Sagen wir mal, ich schaffe es. Würde der Dolch nicht einfach steckenbleiben?" In dem Fall stünde sie ohne Waffe da. Zähne standen nicht mehr zur Debatte. Niemals wieder.

„Ja, genau darum geht es. Die harte äußere Hülle schützt ein weiches, verwundbares Innenleben. Wenn du die Nerven richtig triffst, kannst du den Dämon für mehrere Sekunden lähmen, manchmal sogar minutenlang."

Na das war doch mal ein nützlicher Hinweis.

„Okay. Dann lass uns diese Theorie von dir mal auf die Probe stellen."

Doch gerade als sie sich bereit machte, ihn dazu zu bringen, seinen Griff zu lockern, fielen drei beeindruckende Schatten auf sie und Zacharel sprang auf. Hektisch rappelte auch sie sich auf, im Glauben, die Dämonen hätten sie wieder aufgespürt. Statt einer hässlichen Dämonenhorde tauchte jedoch links von ihr der blonde Krieger aus der Anstalt auf – Thane – und landete elegant, die weißen, golddurchwirkten Flügel ausgestreckt.

Zu ihrer Rechten tauchte ein Krieger auf, dessen Haar und narbenübersäte Haut genauso weiß waren wie sein Gewand. Der einzige Farbtupfer an ihm waren die roten Augen, mit denen er sie finster anstarrte.

Direkt vor ihr stand der größte Mann, den sie je gesehen hatte – oder der vermutlich je erschaffen worden war. Seine Haut schimmerte in dem betörendsten Gold, das sie je gesehen hatte, in seinen Augen schimmerte ein Regenbogen aus den herrlichsten Farben.

„Wir haben nach dir gesucht, Zacharel", ergriff Thane das Wort. „Wir haben versucht, dich zu erreichen, aber du hast nicht geantwortet."

Interessant, dass er Zacharel auch in dieser Gestalt erkannte. Ebenso interessant, dass er ihren Engel bei seinem Namen genannt hatte, statt ihn als „Majestät" anzusprechen wie damals in der Anstalt.

„Ich hatte mich jeglicher Kontaktaufnahme verschlossen."

Was auch immer das bedeutete.

„Sollen wir uns auch verkleiden und bei der Party mitmachen?" Kritisch beäugte Thane die dämonisch rote Haut und runzelte die Stirn. „Du blutest." Er wandte sich seinen Begleitern zu. „Er blutet."

„Sie hat ihn geschnitten", stellte der Typ mit den Regenbogen-Augen fest. Die Ungläubigkeit in seiner Stimme kannte keine Grenzen. „Von ihrem Dolch tropft noch das Blut."

Drohend trat der Vernarbte einen Schritt auf sie zu.

Sie stellte sich breitbeinig hin, bereit, sich zu wehren. „Willst du auch 'ne Kostprobe? Kannst du haben, wenn du's wirklich drauf anlegst, mich herauszufordern."

Doch augenblicklich stellte Zacharel sich vor sie. Von jetzt auf gleich waren wieder sein dunkles Haar und die bronzene Haut zu sehen, genau wie sein Gewand. Fort waren die Hörner und der Schwanz. „Niemand fasst das Mädchen an. Unter keinen Umständen. Wer es doch tut, stirbt."

„Oh ja", schaltete sie sich ein und sprang nach vorn – nur um wieder zurückgeschoben zu werden. „Der stirbt." Würde sie denn niemals jemand ansehen und für unschuldig halten?

Mit offenem Mund starrten alle drei Männer erst Zacharel, dann sie an. Dann nickten sie einer nach dem anderen. Und wenn sie sich nicht täuschte, warfen sie einander listige, amüsierte Seitenblicke zu. Dieses Amüsement versetzte sie in Erstaunen.

„Zwei Schocker an einem Tag", bemerkte Thane. „Erst mache ich mir Sorgen um meinen Befehlshaber. Und dann erlebe ich, wie sich ein unbedeutender Winzling als seine Beschützerin aufspielt. Schämst du dich, Zacharel?"

Zacharel warf ihr einen wütenden ‚Das ist deine Schuld'-Blick zu.

Dazu zuckte sie nur mit den Schultern. Es tat ihr nicht im Geringsten leid.

„Tja, da wir jetzt wissen, dass Zacharel in guten Händen ist", schaltete sich der buntäugige Krieger in höhnischem Tonfall ein, „können wir ja zur Sache kommen." Er wandte seine Aufmerksamkeit Zacharel zu. „Wir dachten, es würde dich interessieren, dass die Dämonen, die deine Wolke angegriffen haben, von *Bürde* geschickt wurden. Wir wissen jetzt, wo er sich aufhält."

Zacharel griff nach hinten und packte Annabelles Hand, als müsste er sich vergewissern, dass sie noch da und in Ordnung war.

Der Rotäugige betrachtete Annabelle noch einmal von oben bis unten, bevor er sich scheinbar wichtigeren Dingen zuwandte. „Er ist im *Black Veil*. Als wir ihn aufgespürt hatten, konnten wir ihn nicht angreifen. Er hat uns wissen lassen, dass er Jamila in seiner Gewalt hat und im Austausch ‚die schwache und verwundbare Annabelle' verlangt – und versuch nicht, etwas anderes zu behaupten, Weib", fügte er hinzu, ohne sie eines Blickes zu würdigen. „Das bist du."

„Bin ich nicht", grummelte sie. Doch im Vergleich zu diesen Kreaturen war sie es.

An Zacharel gerichtet fuhr der weiße Krieger fort: „Außerdem hat er gesagt, solltest du mit einer Eskorte von Engeln aufkreuzen, wird er Jamila köpfen. Und wenn du dich weigerst, zu ihm zu kommen, wird er Jamila auch köpfen."

Und Annabelle übersetzte: Alles in allem war Zacharel am Arsch.

17. KAPITEL

Das *Black Veil* war ein Nachtclub für Menschen im pulsierenden Herzen von Savannah, Georgia. In diesen schwülen mitternächtlichen Straßen hatte Zacharel schon viele Dämonen gejagt, deshalb überraschte es ihn nicht, dass *Bürde* sich hier eingenistet hatte. Oder dass er Besitz vom Körper des Clubeigentümers ergriffen hatte, um sich vom Aufruhr seiner Besucher zu nähren.

Zu dieser Jahreszeit war es dort so heiß, dass die stickige Feuchtigkeit einen Film auf der Haut hinterließ – selbst auf der Haut eines Engels. Wäre da nicht Annabelle gewesen, er hätte seine Gottheit um eine Rückkehr des Schnees gebeten.

Hier trug er nicht sein übliches Gewand, sondern ein ärmelloses schwarzes Netzshirt, eine schwarze Lederhose und abgetragene Kampfstiefel. Um den Look zu vervollständigen, hatte er sich das Haar von der Stirn bis in den Nacken zu Stacheln hochgegelt – die Menschen bezeichneten diese Frisur als „Irokesen" – und seine Augen mit schwarzem Kajal umrandet. Seine Arme waren nun überzogen mit Tattoos und seine Flügel erneut vor menschlichen Augen verborgen. Alles notwendige Veränderungen.

Um die Hilfe der einzigen Männer zu gewinnen, die sich zu seiner Unterstützung in einen solchen Club einschleichen konnten, ohne dass *Bürde* etwas davon mitbekam, hatte er schwören müssen, sich so anzuziehen und in der Öffentlichkeit zu präsentieren. Es war unfassbar. Diese Demütigung. Hätte es irgendeinen anderen Weg gegeben, hätte er diesen Männern – diesen Kindern! – allein für den Vorschlag grausamere Schmerzen zugefügt, als sie sich überhaupt vorstellen konnten.

Annabelle spazierte neben ihm her und staunte abwechselnd über sein verwandeltes Äußeres und das goldene Schimmern des Vollmonds. Jegliche Menschen, die ihnen begegneten, machten einen großen Bogen um ihn, pressten sich fast an die Hauswände, um auch bloß genügend Abstand zu halten. Grinsend tänzelte Annabelle um ihn herum. „Darf ich bitte sagen, wie ungeheuer furchteinflößend du gerade aussiehst?"

„Natürlich darfst du das. Du hast es soeben getan."

„Nein, ich meine – ach, egal. Jetzt hast du's versaut." Beleidigt schürzte sie die Lippen.

Und am liebsten hätte er diesen Gesichtsausdruck auf der Stelle fortgeküsst. Schon möglich, dass er furchteinflößend aussah – aber sie war ... zum Anbeißen. Ihr Haar ergoss sich in wilden blauschwarzen Locken über den Rücken. Er hatte sie in ein enges schwarz-weiß kariertes Kleid mit Schleifen an Dekolleté und Schultern und Rüschen am knielangen Saum gesteckt, sodass niemand daran zweifeln würde, dass sie zu ihm gehörte. Darunter blitzten nackte glatte Beine hervor, und an den Füßen trug sie rote Riemchensandaletten. Sie sah aus wie eine sexy Gothic-Hausfrau aus den Siebzigern, die ihren Ehemann mit einem Drink in der Hand erwartete.

Davon abgesehen: Je unschuldiger sie wirkte, desto mehr würde *Bürde* sie unterschätzen. Und ja, das bedeutete, dass Zacharel in der Annahme handelte, *Bürde* und Annabelle würden kämpfen. Ungeachtet der Tatsache, dass Zacharel sie am liebsten nicht einmal dieselbe Luft hätte atmen lassen.

Mehr als alles andere wollte er sie in Sicherheit wissen. Dafür würde er *alles* tun.

Für einen Mann, der so lange nichts empfunden hatte, fühlte Zacharel sich plötzlich, als würde er in Gefühlen ertrinken. Sorge um Annabelles Sicherheit. Begehren, endlich alles zu erfahren, was sie zu geben hatte, bevor es zu spät war. Sorge um Jamilas Sicherheit. Schuldgefühle wegen der Art, wie er sie behandelt hatte. Und so irrational es auch sein mochte, er verspürte Zorn, dass sie sich hatte einfangen lassen.

Schon seit Tagen hatte *Bürde* Jamila in seiner Gewalt. In dieser Zeit konnte einem weiblichen Engel viel angetan werden.

Vor ein paar Stunden hatte er seine Stimme in ihren Geist projiziert, doch sie hatte nicht geantwortet. Dafür hatte die Gottheit sich zu Wort gemeldet.

Das missfällt mir. Sie steht unter deinem Schutz, unter deiner Verantwortung. Du wirst das in Ordnung bringen.

Das würde er, aber ... Er hätte Annabelle zurücklassen sollen. Das könnte er immer noch. Es war noch nicht zu spät.

Doch wenn er das täte, würde sie ihn dafür hassen. Hatte sie ihm nicht gesagt, lieber würde sie sterben, als sich noch einmal einsperren zu lassen? Und um sie zurückzulassen, würde er sie einsperren müssen. Das konnte er ihr nicht antun. Nicht einmal er war so kaltherzig.

Außerdem: Was, wenn *Bürde* genau das wollte? Dass Annabelle allein blieb, schutzlos, sodass er sie sich schnappen konnte? Aber nein, das konnte nicht sein. Der Hohe Herr konnte nicht wissen, was diese Menschenfrau Zacharel bedeutete. Er würde annehmen, dass dieses Treffen eine ganz normale geschäftliche Transaktion war, nichts weiter. Dass Zacharel sein Kriegerengel wichtiger war als der Mensch. Wenn Zacharel also ohne sie auftauchte, würde er ein für alle Mal klarmachen, dass sie ihm mehr bedeutete als seine Pflichten, seine Rache und seine Armee. Und damit würde er sie noch mehr zur Zielscheibe machen, als sie es ohnehin schon war. Andererseits – irgendwann würden sie es sowieso herausfinden.

Die Tatsache, dass Annabelle von Kopf bis Fuß mit seiner Essenzia überzogen war, würde unmissverständlich verkünden, dass er mit ihr im Bett gewesen war. Aber mehr verriet sie nicht, dachte er. Jedenfalls nicht, wie viel sie ihm bedeutete.

Also gut, es war beschlossene Sache. Annabelle würde an seiner Seite bleiben.

„Du hast noch alles im Kopf, was ich dir gesagt habe?", fragte er. „Wie du dich verhalten sollst?"

„So, wie du mir das alles eingebläut hast? Ich soll neben dir bleiben, nichts sagen, nicht die Konzentration verlieren, nicht dies, nicht das, nicht jenes. Ja, alles noch da", erwiderte sie schnippisch. „Was ich *nicht* weiß, ist, wie dein Plan lautet."

Sie vertraute darauf, dass er Jamila retten würde, ohne Annabelle für sie einzutauschen, das würde reichen müssen. Er konnte nicht riskieren, ihr den Rest zu enthüllen. „Hast du noch irgendwelche Fragen? Welche, die sich nicht auf den Plan beziehen?"

„Also eine auf jeden Fall. Jetzt, wo du weißt, wo dieser *Bürde* steckt, warum stürmst du nicht einfach seinen Stützpunkt und kämpfst mit ihm, während deine geheimnisvollen Freunde – und ich warte immer noch drauf, dass du mir mehr über sie verrätst – Jamila da rausholen?"

Die Krieger, die er angeheuert hatte, gehörten zu jenem „Rest", den er nicht preisgeben konnte. Vielleicht würde er ihr nicht einmal davon erzählen, wenn die Schlacht vorüber war und der Staub sich gelegt hatte. „Weil *Bürde*, der Feigling, Besitz vom Körper eines Menschen ergriffen hat. Deshalb sind die Dinge, die ich mit ihm anstellen kann, begrenzt."

„Selbst wenn er euch angreifen würde?"

„Auch dann würde ich ihn nicht verletzen." Jedenfalls nicht sehr.

„Aber das ist ungerecht!"

„Etwas, worin meine Welt und deine sich ähneln. Nichts scheint je gerecht zu sein." Doch mittlerweile begann er zu verstehen, dass alles, egal wie furchtbar es war, sich zu seinem Vorteil verwenden ließ. „Auch wenn wir den Menschen nicht vernichten können, wird er nicht unbeschadet davonkommen. Wer sich mit Dämonen einlässt, wird dafür immer Leid erfahren – das ist ein spirituelles Gesetz, dessen Wahrheit er heute Nacht am eigenen Leib erfahren wird."

„Meinetwegen. Aber wir sind uns sicher, dass dieser *Bürde* nicht derjenige ist, der meine Eltern umgebracht hat – auch wenn er es war, der den anderen Dämonen befohlen hat, mich zu quälen?"

„Ja. Unter den Dämonen gibt es eine Rangordnung, und *Bürdes* Rang ist nicht hoch genug, als dass er sich in der Gegenwart von Menschen manifestieren könnte."

„Okay, dann sag mir mal eins: Wie konnte *Bürde* von diesem Menschen im Club Besitz ergreifen?"

„Der Mensch hat ihn willkommen geheißen, hat ihn auf die eine oder andere Weise eingelassen."

„Wie zum Beispiel … in einem Traum?"

„Manchmal funktioniert es so. Manchmal beobachtet ein Dämon einen Menschen und wartet auf den perfekten Moment, zuzuschlagen. Wenn dieser Moment nicht kommt, versucht der Dämon, sich selbst einen Zugang zu schaffen. Er flüstert dem Menschen Dinge ins Ohr. *Erzähl diese Lüge … Sag jene Ge-*

meinheit … Tu diese Abscheulichkeit … Begehe jene Grausam-keit. Wenn der Mensch den Dämon nicht zurückweist, wächst dessen Einfluss und ermöglicht es der Kreatur irgendwann, sich in den Gedanken des Menschen einzunisten.

„Wie soll man denn einen Dämon zurückweisen? Woher soll man überhaupt *wissen*, dass man ihn zurückweisen muss?"

„Glaub mir, es gibt einen Weg und ich werde ihn dir beibringen. Aber nicht jetzt." Das brauchte Vertrauen, das sie noch nicht besaß. Einen Glauben, der nicht allein durch Worte wachsen würde. Dafür würde sie Zeit brauchen, die sie nicht hatten, um eine göttliche Lehre zu vernehmen – nicht nur mit den Ohren, sondern mit ihrem ganzen Sein. Wenn er versuchte, es ihr trotz-dem beizubringen, würde sie Angst bekommen, und dadurch würde alles nur schlimmer werden.

„Warum ergreifen sie eigentlich von den Engeln deiner Gott-heit keinen Besitz? Ihr Typen scheint genauso viele Fehler zu haben wie wir", grummelte sie.

„Auch uns quälen sie, zweifle nie daran."

Mit der Schulter dirigierte er sie in eine düstere Seitenstraße. Uringestank mischte sich in die schwere Seeluft. Er hätte auch direkt vor die Tür des Clubs fliegen können, doch er zog es vor, *Bürde* wissen zu lassen, dass er im Anmarsch war. Die Spione des Dämons würden ihn ankündigen – allein in den letzten fünf Minuten hatte er drei Lakaien entdeckt, die hinter Ecken her-vorgelinst hatten und dann in Windeseile an den Häuserwänden emporgekraxelt und verschwunden waren.

„Na sieh mal einer an, was haben wir denn hier?" Ein mensch-licher Jugendlicher trat aus den Schatten hervor. Er war dabei, den Reißverschluss seiner Hose zuzuziehen, und Zacharel konnte sich denken, was er gerade gemacht hatte. Ein Gebäude als Toi-lette benutzt. Aus seinen Poren drang der Gestank von Alkohol und Zigaretten. „'ne heiße kleine Chinesin und einen Nervsack, der sich jetzt besser verpisst, wenn er weiteratmen will."

„Ich bin keine Chinesin", fauchte Annabelle.

„Scheiß drauf. Du bist heiß, das ist alles, was mich interessiert." Zwei weitere Teenager bauten sich neben ihm auf.

Keiner von ihnen war besessen, doch jeder Einzelne war gefährlich dumm. Zacharel war doppelt so groß wie sie, aber mit den Waffen in ihren Händen – zwei hatten Messer, erkannte er an einem silbrigen Glitzern im Mondlicht, und der Anführer hielt eine Pistole – fühlten sie sich unbezwingbar.

„Was haste denn unter dem Kleid, hä?"

„Sei 'n braves Mädchen und zeig mal her."

Oh ja. Gefährlich dumm.

Zacharel spürte das Pulsieren von Annabelles Furcht, bevor sie sie zurückdrängte und Entschlossenheit an ihre Stelle trat.

„Ihr macht mich wütend", erklärte sie, „und das wollt ihr ganz und gar nicht."

Alle drei Jungen kicherten spöttisch.

„Warum? Verwandelst du dich dann in ein riesiges grünes Monster?", gab einer zurück.

Noch mehr Gekicher.

Dann knurrte einer der Jungs Zacharel an: „Mach 'nen Abgang, bevor wir dich alle machen."

Ein anderer setzte nach: „Du kannst die Kleine wiederhaben, wenn wir mit ihr fertig sind", und lachte. „Versprochen."

„Oh, das hättest du ganz und gar nicht sagen sollen", sagte Annabelle in einem ruhigeren Ton, als Zacharel es für möglich gehalten hätte. An ihn gewandt fügte sie hinzu: „Zeig's ihnen, Zacharel, nur ein winzig kleines bisschen. Bitte."

„Dein Wunsch ist mir Befehl." Sanft neigte Zacharel den Kopf zur Seite, während er Annabelle vor sich zog und in die Arme schloss, um sie vor dem zu schützen, was gleich geschehen würde. Innerhalb von Sekunden erzeugte er mit seinen Flügeln mächtige Windböen. Einer nach dem anderen fanden die Jungen sich plötzlich auf dem dreckigen Boden wieder.

Mühsam versuchten sie sich aufzurichten, doch der Wind war stärker. Zacharel hätte jedem von ihnen das Genick brechen können, bevor sie überhaupt bemerkt hätten, dass er sich bewegt hatte. Er hätte ihnen den Brustkorb aufreißen und ihre Innereien in der Gasse verteilen können. Vielleicht würde er das auch einfach tun. Er könnte sie immer noch wiederbeleben, bevor der Tod sie in die Fänge bekam, damit er nicht ausgepeitscht würde – oder Schlimmeres.

Immer heftiger schlug er mit den Flügeln, und der Wind wurde stärker und stärker. Bald übertönte sein Pfeifen die Schmerzensschreie der Menschen. Der Druck wuchs, wusste Zacharel, und würde bald Knochen brechen und Organe platzen lassen.

Aber einen Menschen zu verletzen, ist nicht notwendig. Damit wärst du nicht besser als, na ja, Fitzpervers. Er hat mich leiden lassen, bloß weil er es konnte. Plötzlich hallten Annabelles Worte in seinen Ohren wider. *Warum ergreifen sie eigentlich von den Engeln deiner Gottheit keinen Besitz? Ihr Typen scheint genauso viele Fehler zu haben wie wir.*

Nein. So etwas würde er nicht tun. Er würde diese Jungen nicht vernichten, bloß weil er es konnte, und er würde nicht dem Drang erliegen, gewalttätig zu werden. Das wäre ein Fehler.

Annabelle schlang die Finger um seine Handgelenke und drückte sie leicht. „Okay, es reicht. Du kriegst noch Schwierigkeiten, und ich bin heute Nacht ein bisschen auf dich angewiesen. Und eigentlich ist deine Gesundheit auch wichtiger, als diesen Jungs das zu verpassen, was sie verdienen."

„Ich war schon dabei, aufzuhören", gab er zu, hörte auf, mit den Flügeln zu schlagen und ließ den Sturm verstummen.

Schluchzend blieben die Jugendlichen am Boden liegen.

„Habt ihr dieser Frau irgendetwas zu sagen?", forderte er.

„Tut mir leid, Mann, echt." Dem Sprecher lief der Rotz aus der Nase.

„Ich tu's nie wieder, ich schwör's."

„Bitte, lass uns einfach gehen. Ich geb dir auch Geld, ich hab's bei mir."

„Genug!" Zacharel zwang sie, aufzustehen. Zuerst zuckten sie vor ihm zurück, dann kamen sie wacklig auf die Beine. „Ihr werdet geradewegs zur nächsten Polizeistation marschieren und eure Verbrechen gestehen. Tut ihr es nicht … ich werde euch finden."

So oft, wie Annabelle in letzter Zeit an seinen Worten gezweifelt hatte, rechnete er fast damit, dass es den Jungen genauso gehen würde. Doch sie reagierten auf den Klang der Wahrheit, wie er es gewohnt war. Ihre Augen wurden glasig und sie nickten willenlos. Dann musste er wohl nicht noch das Antlitz eines riesigen grünen Ungeheuers über seinem Gesicht aufblitzen lassen.

„Warum seid ihr noch hier?", knurrte er sie an. „Los!"

Panisch stoben sie davon.

Annabelle klopfte ihm auf die Schulter. „Gute Arbeit, Z. Ziemlich beeindruckend."

„Sarkasmus?"

„Diesmal nicht, geflügeltes Wunder."

Er drehte sie zu sich und strahlte sie an. „Danke."

„Gern geschehen."

Selbst in den unmöglichsten Situationen schaffte diese Frau es, ihn zu amüsieren. Das enthüllte mehr als alles andere, wie stark ihre Anziehungskraft auf ihn war. Und diesmal fürchtete er sich nicht davor, es zuzugeben. Langsam gewöhnte er sich an seine Gefühle für sie.

„Du siehst hübsch aus, wenn du lächelst", stellte sie fest und tätschelte ihm die Wange.

„Furchteinflößend, Weib. Ich bin furchteinflößend."

„Wenn du das sagst."

Er zog sie das letzte Stück der Gasse entlang mit sich, erfreut, dass sie sich nicht widersetzte. Am Ende bog er rechts ab, hastete eine andere Gasse entlang und wandte sich dann nach links. Niemand sonst versuchte sie aufzuhalten. Schließlich kam der Eingang des Clubs in Sicht.

Zwei besessene Türsteher bewachten den Eingang, während eine Schlange ahnungsloser Menschen hoffte, bald eingelassen zu werden. Aus den Türritzen dröhnte Hardrock nach draußen, in dem eine verborgene Sinnlichkeit pulsierte. Eine Sinnlichkeit, die er vor Annabelle wahrscheinlich nicht einmal bemerkt hätte. Jetzt wusste er, wie geschmeidig zwei Körper sich zu einem solchen Rhythmus bewegen konnten, sich aneinander reiben würden, bevor sie sich wieder voneinander trennten, schon begierig auf den nächsten Schritt.

Als die massigen Türsteher ihn erblickten, schluckten sie und wichen beiseite, ließen Zacharel ohne Pause hineinmarschieren.

Mit der Schulter stieß er die Doppeltür auf. „Mein Süßer macht sie alle platt", murmelte Annabelle, was auch immer das bedeuten sollte, während aus der Menge jemand rief: „Hey! Wieso kommen die einfach so rein und …" Das Krachen der zufallenden Türen schnitt den Rest der Beschwerde ab.

Eine Kellnerin glitt vorbei, in der Hand ein Tablett voller Drinks. Auf der Tanzfläche rieben sich Männer und Frauen aneinander, genau wie er es sich ausgemalt hatte, mit suchenden Mündern und wandernden Händen. Auf den Schultern mehrerer Gäste hockten niedere Dämonen. Die meisten von ihnen waren kleine, affenähnliche Kreaturen mit dunkelbraunem Fell und langen, schwingenden Schwänzen.

„Kannst du die Dämonen sehen, die auf ihren Schultern sitzen und ihnen in die Ohren flüstern?", fragte er Annabelle. „Wie sie ihre Gedanken und Handlungen beeinflussen und versuchen, sich festzubeißen?"

„Wo?"

„Genau da."

„N-Nein."

Und offensichtlich gefiel ihr das nicht. „Ich vermute, du kannst nur Dämonen ab einer bestimmten Ranghöhe sehen."

„Sollten wir nicht, ich weiß nicht, gegen sie kämpfen? Und was meinst du mit festbeißen?"

„Wir? Nein, das liegt in der Hand der Menschen. Und dieses Festbeißen ist das, wovon ich draußen gesprochen habe. Sie versuchen, sich einen permanenten Platz im Leben eines Sterblichen zu erschleichen, in seinen Gedanken, wo dann jede Boshaftigkeit, die der Dämon sich überlegt, alles Tun und Denken des Menschen einnimmt."

„Ist das diese Sache mit der Zurückweisung? Sie müssen lernen, etwas zu bekämpfen, das sie nicht sehen können?"

„Exakt. Sie müssen die spirituellen Wahrheiten und Gesetze erkennen und danach handeln."

Hinter den Tanzenden waren Tische zu sehen. Fast jeder Zentimeter Tischplatte war mit leeren Gläsern und Bierflaschen vollgestellt. Zacharels Blick durchschnitt die schwüle Dunkelheit. In verschatteten Ecken wechselten Geld und Drogen die Besitzer. Prostituierte betrachteten ihre Fingernägel, während sie sich betatschen ließen. Doch von seinen Helfern entdeckte er nirgends eine Spur.

„Hey, Mann, hast du mal Feuer?", erklang eine Männerstimme.

Hastig richtete Zacharel seine Aufmerksamkeit auf den Mann vor ihm. Zwischen den Lippen hielt der Sprecher eine Zigarette.

Er war ebenso hochgewachsen wie Zacharel, mit so dichtem, glänzendem Haar, dass ihn jede Frau darum beneiden musste. Es schimmerte in einer Sinfonie von Farben, Schattierungen von hellstem Blond gemischt mit Karamell, Schokolade und Kaffee. Das Blau seiner Augen war tief, unergründlich, und sein betörendes Antlitz wie aus einem dieser Kataloge der Menschen – oder des Himmelreichs. Ein krasser Gegensatz zu seinem Körper, der eindeutig einem Krieger gehörte.

Endlich.

Annabelle schnappte nach Luft, als hätte sie gerade etwas unfassbar Kostbares entdeckt, und Zacharel konnte nur wütend mit den Zähnen knirschen. Eifersucht war für ihn genauso neu wie alles andere. Doch mit diesem Mann konnte sich einfach niemand messen. Aus gutem Grund.

„Rauchen tötet", war alles, was Zacharel erwiderte. *Ich darf ihn nicht schlagen. Wirklich nicht. Vor allem, weil ich ihn gebeten habe, herzukommen.*

„Wie so vieles", knurrte der Mann. Doch er nahm die Zigarette aus dem Mund, ließ sie fallen und zertrat sie, während er mit abschätzendem Blick Annabelle begutachtete. „Hübsches Weib. Gehört die zu dir?"

„Ja." In seinem Ton lag ein unmissverständliches *Also Finger weg.*

Paris, Hüter des Dämons der *Promiskuität*, verzog die Lippen zu einem langsamen, befriedigten Grinsen, das Zacharels Nerven nur noch mehr reizte. „Ist sie stumm?"

„Nein." Obwohl sie momentan definitiv so wirkte. Ihr Mund stand offen, kein Ton kam hervor.

Dem dämonenbesessenen Krieger entwich ein rauchiges Lachen, und Zacharel konnte nur staunen, wie sehr dieser Mann sich verändert hatte. Noch vor ein paar Monaten war niemand unglücklicher gewesen als Paris. Aber die richtige Frau konnte wohl jeden Mann ins Leben zurückholen, nicht wahr?

„Versuch's dir nicht zu Herzen zu nehmen. Sie kann nicht anders." Leise pfeifend schlenderte er davon.

„Zu allem musst du einen Kommentar abgeben", wandte Zacharel sich an Annabelle, „und bei ihm bist du plötzlich sprachlos?"

„Aber sein Duft …", murmelte sie und blickte Paris' muskulösem Rücken nach, bis er in der Menge verschwand. „So etwas hab ich noch nie gerochen. Schokolade und Kokos und Champagner, dass einem das Wasser im Mund zusammenläuft."

„Er ist vom Dämon der *Promiskuität* besessen", platzte Zacharel heraus.

„Was?! Nie im Leben."

„Und wie."

„Besessen", wiederholte sie mit hohler Stimme.

Sehr gut. Nie wieder würde sie Paris so sehnsüchtig anhimmeln. Ob das kleinlich von ihm war? Vielleicht. Spielte das für ihn eine Rolle? Nein. „Die meisten der Leute hier stehen unter dem Einfluss von Dämonen, aber ein paar sind tatsächlich besessen. *Bürde* lässt sie für sich arbeiten – die Dämonen, meine ich – und bezahlt sie, um die Gäste in Versuchung zu führen, die dem Bösen noch nicht so zugeneigt sind."

Sie umfasste seine Finger fester, und er wusste, dass sie hoffte, er würde ihr Kraft geben. „Okay, was sollen wir jetzt machen?"

„Jetzt warten wir."

Die gute Neuigkeit war, dass sie nicht lange warten mussten. Eine Frau bahnte sich den Weg durch die tanzende Menge und stolzierte dann lasziv auf Zacharel zu. Eine der schönsten Frauen, die er je gesehen hatte. Seidig ergoss sich helles Haar über ihren Rücken, ihre Haut hatte einen rosigen Schimmer und ihre Augen waren so golden wie das Mondlicht vor der Tür.

Ihr grellrotes Lederkleid schaffte es kaum, ihre riesigen Brüste im Zaum zu halten. Einschnitte an der Taille gaben den Blick frei auf perfekt geschwungene Hüften. Der Saum endete direkt unter ihrem Po und ließ klar erkennen, dass kein Höschen den Zugang zu der Stelle versperrte, wo sich diese ellenlangen Beine trafen.

Wunderschön, ja. Aber auch besessen.

Zacharel spürte die menschliche Seele an die Türen ihres Geistes hämmern, während sie verzweifelt versuchte, den Fängen des Dämons zu entkommen. Das Monster hatte erst vor Kurzem Besitz von ihr ergriffen. Wahrscheinlich innerhalb der letzten Tage.

Sie blieb vor ihm stehen, doch ihr Blick ruhte provozierend auf Annabelle. „Da ist ja meine süße kleine Geisha. Wie hab ich dich vermisst."

Annabelle keuchte auf. „Wie hast du mich gerade genannt?", brachte sie heraus.

Der menschliche Arzt, Fitzherbert, hatte exakt denselben Kosenamen benutzt, erinnerte sich Zacharel. „Süße kleine Geisha". Zacharel glaubte nicht an Zufälle. Der Dämon, der jetzt in der Frau vor ihnen hauste, musste früher einmal jemanden in der Anstalt in seinen Fängen gehabt haben. Nicht Fitzherbert, das hätte Zacharel gespürt, aber jemanden, der im Gebäude wohnte. Vermutlich einen Patienten, das würde Sinn ergeben. Lakaien, die sich in den Gedanken eines Menschen festgefressen hatten, konnten ihre Wirte zu fast allem überreden. Mit Sicherheit hatte *Bürde* einen Spion haben wollen, der zusah, lauschte, wahrscheinlich sogar andere anstachelte, Annabelle Leid zuzufügen – und dann Bericht erstattete.

Glänzende rosa Lippen verzogen sich zu einem verführerischen Lächeln. „Hab ich dir auch gefehlt, kleine Geisha? Ich könnte Fotos von mir machen und sie dir schenken. Dann kannst du sie dir immer, wenn wir uns trennen müssen, ansehen und an mich denken."

Ein Beben überlief Annabelles schlanken Leib an seiner Seite. Sekundenbruchteile später hielt sie zwei Dolche in den Händen. Im nächsten Augenblick jagten diese Dolche durch die Luft und blieben zitternd in der Brust der Frau stecken.

„Genau so hätte ich gern ein Foto von dir", fauchte Annabelle. „Was meinst du?"

Ein Schrei aus einer Mischung aus Schmerz und Schock … auf den eine Flut der schlimmsten Flüche folgte, die in dem Versprechen gipfelten: „Ich bring dich *um*!"

Einige der Tanzenden bemerkten, was geschehen war, und stürzten schreiend zum Ausgang. Andere rieben sich unbeeindruckt weiter aneinander.

„Du wirst nichts dergleichen tun", warnte Zacharel die Frau.

Sie biss die Zähne zusammen und zerrte die blutbesudelten Klingen mit einem Ruck aus ihrer Brust. „Halt deinen kleinen Liebling im Zaum, Engel."

„Anders als du, Dämon, werde ich nie so tief sinken, einem Menschen meinen Willen aufzuzwingen." Und wenn seine Gottheit Annabelle bestrafen wollte, würde er sich vor sie stellen und die Strafe an ihrer Stelle auf sich nehmen.

Schon seltsam, dass er sich noch vor ein paar Tagen über genau so etwas beschwert hatte. Noch seltsamer, dass er es jetzt mehr als bereitwillig auf sich nehmen würde.

„Tut mir leid", murmelte Annabelle. „Da war meine Wut schneller als ich."

Fest umfasste er ihre Hand, drückte sie. „So aufgeladen mit dämonischer Energie, wie die Luft hier ist, passiert das schnell. Behalt deine Emotionen im Auge."

„Genug!", blaffte die Dämonin und verengte die Augen. Darin glühte mittlerweile ein tiefes, loderndes Rot. Ganz offensichtlich gefiel es ihr nicht, ignoriert zu werden. „Hier entlang." Mit diesen Worten wandte sie sich um und führte sie durch den Club, ließ sich jedoch nicht einen letzten selbstgefälligen Blick über die Schulter nehmen. „Aber erwartet nicht, dass *Bürde* euch genauso herzlich empfängt wie ich."

18. KAPITEL

Nur mit großer Mühe gelang es Annabelle, sich äußerlich unbeeindruckt zu geben, als sie in die Stille des Büros eintauchten. Den Weg die Treppe hoch, durch den rauchverhüllten VIP-Bereich, hatte sie mit erhobenem Kopf zurückgelegt, selbst als die Leute innehielten – beim Sex, beim Koksen, beim Anlegen von Aderpressen –, um sie und Zacharel finster anzustarren. Auf ihren Schultern mussten Dämonen gesessen haben, wie Zacharel gesagt hatte, doch sie hatte keinen entdecken können.

Jetzt, in diesem scheinbaren Paradies, drohte ihr Zorn aus ihr herauszubrechen. Alles sah so normal aus, doch tief in ihrem Inneren wusste sie, dass es furchtbar falsch war. Der Raum war weitläufig, mit weißen Wänden und einem weißen Flokati, in den schwarze Quadrate eingearbeitet waren und ein hypnotisches Muster bildeten. An den Wänden hinter einem halbmondförmigen Schreibtisch waren Bücherregale aufgereiht. Von der Mitte der Decke hing ein dreistufiger Kronleuchter herab.

„Hübsch, nicht wahr?" Hinter dem Schreibtisch saß ein wunderschöner goldblonder Mann um die dreißig. Die hohe Lehne seines Lederstuhls überragte seinen Kopf um mehrere Zentimeter. Gekonnt beiläufig saß er da, die Ellenbogen auf die Armlehnen gestützt und die Finger vor dem Mund aneinandergelegt, Dr. Evil in Person. Doch den grausamen Zug um seine Augen konnte er nicht verbergen.

Wer war das? Der letzte Sicherheitscheck, bevor sie zu dem Dämon gelassen wurden?

Das Blau seiner Augen war dunkler als bei Annabelle, matter, seine Wimpern dunkel, aber mit goldenen Spitzen. Auf seinem Kiefer lag ein Bartschatten. Er trug einen dunkelblauen Nadelstreifenanzug und roch nach Geld, Moschus und viel Alkohol.

Auf den Gesichtern der zwei bewaffneten Wachen hinter ihm, angetan mit Lederhosen und Muskelshirts, flackerte ein erwartungsvoller Ausdruck. Keine Frage, die gehörten zur Sorte „erst schießen, dann fragen".

Die blonde Schönheit aus dem Club, die Annabelle durchlöchert hatte, ließ sich auf eine Couch neben der Tür fallen und grummelte irgendetwas über die besten Foltermethoden für widerspenstige Menschen vor sich hin, während sie sich wieder zusammenflickte.

„Hallo, *Bürde*", ergriff Zacharel das Wort.

Bürde. Das war *Bürde*? Der besessene Mann, der all diesen anderen Dämonen befohlen hatte, sie in der Anstalt anzugreifen? *Ich hätte meine letzten zwei Messer nicht an dieses Mädchen verschwenden sollen.*

Dr. Evils Lächeln wurde noch herzlicher – und umso unheimlicher.

„Ah, Zacharel. Ich freue mich so, dass du meine Einladung erhalten hast."

„Ich werde jetzt Jamila sehen", erwiderte ihr Engel, offensichtlich fertig mit den Höflichkeiten.

„Also deine Manieren … Schäm dich", gurrte der Blonde mit einer Telefonsex-Stimme. Pure Befriedigung und mächtiges Verlangen. „Erst das Geschäftliche? Wie unhöflich. Können wir dir einen Drink anbieten? Eine Nutte? Einen Schuss Heroin?"

Schweigen.

„Nein? Und was ist mit dir, meine Liebe?" Der marineblaue Blick wanderte zu Annabelle, schlängelte sich über ihren Körper und riss ihr im Geiste die Kleider herunter. „Hast du einen Wunsch?"

Zacharel versteifte sich, als sie antwortete: „Einen Wunsch hab ich tatsächlich. Fürs Erste hätte ich gern deinen Kopf. Auf dem Boden. Ohne deinen Körper. Danach können wir über meine nächste Forderung sprechen." Dann hatte er ihr eben befohlen, den Mund geschlossen und die Hände bei sich zu behalten, solange sie hier waren, und bis hierher hatte sie bei beidem versagt. Na und?

Du bist sowieso schon ein Ziel. Mach dich nicht noch interessanter, hatte er zu ihr gesagt.

Das wäre ein toller Ratschlag gewesen – wenn es um irgendetwas anderes als Dämonen gegangen wäre. Aber vor denen durfte sie auf keinen Fall schwach erscheinen. Darauf würden sie sich sofort stürzen, es gnadenlos ausnutzen. Doch von jetzt an, das schwor sie sich, würde sie sich zurückhalten. Zacharel hatte einen Plan, das wusste sie. Schweigend hatten er und die anderen drei Engel zusammengestanden, über eine halbe Stunde, mit immer wieder wechselnden Gesichtsausdrücken. Irgendwie hatten sie miteinander kommuniziert. Allerdings hatten sie sich nicht bemüßigt gefühlt, sie danach über den Inhalt ihres Gesprächs aufzuklären.

Das leise Lachen des Dämons erfüllte das Büro. Kalt und schleimig hallte es durch die Luft. „Dein Blutdurst macht mich stolz, Annabelle. Aber ich frage mich ... Hast du noch ein paar Waffen versteckt, hm?" Wieder musterte er sie von oben bis unten. „Oh ja, ich glaube, das hast du."

Hatte sie nicht, aber wie sie sich in diesem Moment wünschte, es wäre anders ...

Mit zur Seite geneigtem Kopf winkte *Bürde* eine der Wachen vor – offensichtlich ein Befehl, sie zu durchsuchen.

In derselben Sekunde war Zacharel bei dem Dämon und hielt ihm ein Feuerschwert an die Kehle. „Niemand fasst sie an."

Die Wachen unternahmen keinen Versuch, ihn aufzuhalten. Entweder hatten sie zu viel Angst vor ihm oder sie hatten andere Befehle.

Bürde setzte sich gerade hin, doch jeglichen Anflug von Unbehagen maskierte er sofort mit einer überheblichen Miene. „Wenn du zustichst, werden meine Leute Jamila sofort töten."

„Ich wäre kein ernstzunehmender Anführer, würde ich einen meiner Schützlinge mehr verteidigen als einen anderen. Deshalb wiederhole ich: Niemand fasst das Mädchen an. Jemals."

Das ist mein Mann.

„Na gut. Niemand fasst sie an, solange du hier bist", gestand *Bürde* ihm zu, anscheinend nicht das kleinste bisschen beunruhigt, dass seine Autorität so infrage gestellt worden war.

„Einverstanden."

Moment mal. Was?

Zacharels Feuerschwert verschwand.

Das Grinsen des Dämons kehrte zurück. „Da ich mich gerade großzügig fühle, lasse ich deiner Frau ihre Waffen."

„Das ist so zuvorkommend von dir", erwiderte Annabelle und tat so, als hätte sie tatsächlich noch ein paar Überraschungen im Ärmel. *Und jetzt wird's Zeit, dass du die Klappe hältst, Miller, damit Zacharel sein Ding durchziehen kann. Klar?*

Bürde ignorierte sie, erklärte jedoch an Zacharel gerichtet in etwas schärferem Ton: „Sie wird feststellen, dass ich nicht so leicht zu verletzen bin wie Driana." Mit einem Nicken wies er auf die Frau, die auf der Couch immer noch ihre Wunden versorgte.

„Diese Unterhaltung ist ermüdend." Zacharel spreizte die Hände an seiner Seite, bevor er sie zu Fäusten ballte. „Lass uns weitermachen."

Müßig nahm *Bürde* einen Stift von seinem Schreibtisch und spielte damit herum. „Ungeduldig wie eh und je, wie ich sehe. Um ehrlich zu sein", behauptete er belustigt, „bin ich ein bisschen überrascht, dass du gekommen bist. Du musstest doch wissen, dass ich mich nicht an meinen Teil der Abmachung halten und dir Jamila übergeben würde."

Unbeeindruckt musterte Zacharel ihn. „Das versteht sich von selbst."

Moment. Er hatte tatsächlich gewusst, dass sie geradewegs in eine Falle marschierten? Was zum Teufel machten sie dann hier?

„Warum also bist du hier, Engel?", fragte *Bürde*.

„Ich werde es dir sagen. Nachdem ich einen Beweis gesehen habe, dass Jamila noch am Leben ist."

Bei dem Klang der Wahrheit in Zacharels Stimme verzog *Bürde* das Gesicht. „Manche Dinge ändern sich wohl nie. Es beruhigt mich, zu wissen, dass du genauso misstrauisch wie ungeduldig bist."

„Du dagegen bist so unzuverlässig wie abstoßend."

Zustimmend neigte der Dämon den Kopf, als hätte er gerade ein Kompliment bekommen. „Danke. Aber warum mache ich das Ganze nicht etwas spannender und tue das Unerwartete? Ich zeige dir deinen Beweis", sagte der Dämon, „wenn ich dein

Wort habe, dass keine anderen Kriegerengel hier oder auch nur in der Nähe sind."

Der ganze Club war voller Wachen, wahrscheinlich gab es sogar Kameras. Eigentlich müsste er die Antwort kennen.

„Warum sollte er dir diesmal glauben, wenn du schon eine Lüge eingestanden hast?", forderte Annabelle ihn heraus.

Bürde lachte. „Kluges Mädchen. Aber er glaubt mir, weil er die Wahrheit in meinen Worten schmecken kann."

Zacharel fuhr sich mit der Zunge über die Zähne. „Das kann ich. Und ich erkläre mich mit deinen Bedingungen einverstanden. Meine Engel sind nicht hier."

„Die von jemand anderem?"

„Nein. Ich bin der einzige Engel, mit dem du dich wirst herumschlagen müssen."

Bürde schürzte die Lippen. Er schien die Situation einzuschätzen und nickte dann. „Das ist alles ein bisschen enttäuschend. Ich hatte erwartet, der mächtige Zacharel würde sich wenigstens ein bisschen zur Wehr setzen. Jetzt muss ich mich fragen, warum du so zuvorkommend bist. Du wusstest, dass du Jamila nicht retten kannst. Du wusstest, dass du die Menschenfrau in die Gefahrenzone bringst."

„Und du weißt, dass ich dir diese Informationen aufgrund des Handels, den wir soeben abgeschlossen haben, nicht geben muss."

„Stimmt, aber versuchen musste ich es. Ich bin mir sicher, dafür hast du Verständnis." Der Dämon beugte sich vor und stützte die Ellenbogen auf den Schreibtisch. „Folgendermaßen wird es ablaufen. Ich werde dir deinen ach so wichtigen Engel zeigen, wie vereinbart. Dann wirst du entweder ohne Blutvergießen aus meinem Club verschwinden oder bleiben und zusehen, wie ich und meine Männer das Menschenweib genießen."

Annabelles verräterisches Herz setzte für einen Schlag aus. *Zacharel wird nicht gehen. Er wird mich nicht zurücklassen, noch wird er diesen Männern erlauben, mir wehzutun. Ich werde diesen Männern nicht erlauben, mir wehzutun.*

Zacharel lächelte, doch es war ein grausames Lächeln, der pure Frost mit einem Versprechen von Schmerz. „Du glaubst wahrhaftig, du und deine Männer, selbst eine Armee von Männern, könnte es mit mir aufnehmen?"

„Vielleicht, vielleicht auch nicht, doch deine Jamila wird sterben, während wir kämpfen."

Unbeeindruckt zuckte Zacharel mit den Schultern. „Zeig mir, was zu zeigen du versprochen hast."

Nur Annabelles Entschlossenheit, das hier durchzustehen, hielt sie an Ort und Stelle, als Panik sie zu überwältigen drohte. Sie vertraute Zacharel. Nicht wahr? In diesem Moment war er so kalt, dass der Schnee wieder aus seinen Flügeln hätte rieseln müssen. *Denk immer dran, er hat ihnen befohlen, dich in Ruhe zu lassen, das muss doch was heißen.*

Bürde gab etwas auf der todschicken Tastatur auf seinem Schreibtisch ein, dann hielt er inne. Befriedigung leuchtete in seinen Augen auf. „Bist du dir sicher, dass du das sehen willst?"

Wenn der genussvolle Ton des Dämons in Zacharel irgendeine Art der Vorahnung auslöste, verbarg er es geschickt. „Ja."

Mit einer geschmeidigen Bewegung drehte der Dämon den Bildschirm herum.

Galle fraß sich durch Annabelles Hals nach oben und sie musste würgen. Dieses Bild auf dem Monitor … Gütiger Gott, dieser Anblick. Jamila war an ein Bett gefesselt, das Gesicht in die blutgetränkte, mit Federn übersäte Matratze gepresst, und ihr Rücken war ein einziges Schlachtfeld aus zerfetztem Fleisch.

Sie war am Leben, wie *Bürde* versprochen hatte, doch jemand hatte ihr die Flügel ausgerissen.

„Die Kleine ist ein richtiger Schreihals", bemerkte *Bürde*, und sein Genuss war fast greifbar. Dann drehte er den Bildschirm wieder zu sich und lehnte sich in seinem Sessel zurück. „Ich glaube, ich lasse sie verheilen, und wenn ihre Flügel nachgewachsen sind, reiße ich sie ihr noch mal aus. Und noch mal."

Oh nein. Nein, nein. Nein! Die Sache mit der Unterwerfung, dem Ausgeliefertsein, hatte Annabelle schon selbst durchgemacht. Sie würde nicht zulassen, dass jemandem unter Zacharels Schutz dasselbe widerfuhr. „Dafür wirst du bezahlen", schwor sie. „Wo ist sie? Sag schon. Sofort!"

Als hätte sie nicht gesprochen, wandte der Dämon sich an Zacharel. „Immer wieder ein Vergnügen, Geschäfte mit dir zu machen, Zacharel. Aber ich glaube, die Bedingungen unseres Deals sind jetzt erfüllt. Du hast einen Beweis gesehen, dass der Engel noch lebt, und im Tausch dafür hast du mir diese entzückende junge Menschenfrau überlassen. Natürlich werde ich mich auch in dieser Sache an unsere Vereinbarung halten und sie nicht anfassen, bis du das Gebäude verlassen hast. Und wenn du ein braver Junge bist und ohne Zwischenfälle abhaust, werde *ich* sie heute nehmen. Wenn nicht, werde ich sie für jeden Mann in diesem Club freigeben." Er wies auf Driana, die immer noch auf der Couch saß. „Bring ihn nach draußen."

„Ich?", fragte die besessene Frau. „Aber ich …"

„Bring. Ihn. Raus." Auch wenn er ruhig gesprochen hatte, blieb kein Zweifel, dass *Bürde* ihr wehtun würde, wenn sie ihm noch einmal widersprach.

„Ja, Sir", kam die eingeschüchterte Antwort.

„Geht mit", befahl er den Wachen. „Wenn er irgendwelche Tricks versucht oder mit irgendwem redet, bringt ihn um."

Doch Zacharel verharrte an Ort und Stelle. „Warum lässt du mich laufen, ohne wenigstens zu *versuchen*, mir zu schaden?"

Moment mal. Darüber, dass er sie hierlassen sollte, sagte er gar nichts? Kein Protest, nicht mal das kleinste bisschen? *Gehört bestimmt zu seinem Plan. Jede Sekunde wird er sich in den Schwerter schwingenden Helden verwandeln, und dann ist* Bürde *der Eingeschüchterte.*

„Versteh mich nicht falsch. Ich würde liebend gern erst dich und dann deine süße kleine Jamila umbringen, aber dann würde es eine Gerichtsverhandlung geben. Wer hat für so was schon die Zeit? Auf diese Weise bleibt dir jedoch nichts übrig, als dich immer wieder an dein Versagen zu erinnern."

Einen Herzschlag lang stand Zacharel stumm und steif da, dann noch einen. Annabelle wartete darauf, dass er zur Tat schritt, diesem Schleimbeutel endlich zeigte, dass ein solches Verhalten Konsequenzen hatte. Doch stattdessen wandte er sich einfach um und … ging.

Gleich wirbelt er herum und greift an. Wart's nur ab.

Driana öffnete die Tür. Zuerst gingen die Wachen hinaus und warteten im Flur auf Zacharel.

Der ihnen auf den Fersen folgte.

Annabelles Panik bäumte sich auf, hämmerte gegen die Tore in ihrem Kopf, versuchte verzweifelt, zu entkommen.

„Zacharel", brachte sie mit zittriger, schwacher Stimme hervor.

Er straffte die Schultern, gönnte ihr jedoch keinen Blick. Er ließ sie tatsächlich hier zurück?

Unmöglich.

„Zacharel", fauchte sie diesmal.

Er hielt inne. Leicht drehte er den Kopf, sodass sie sein Profil sah. Doch er sagte kein Wort.

Driana ging mit wiegenden Schritten hinter ihm durch die Tür. „Ich kümmere mich gut um dich, Süßer. Versprochen."

Tu's nicht, schrie Annabelle innerlich, doch er zeigte keine Regung. Aber … aber …

Ein letztes Mal blickte Driana sie an, grinste und winkte ihr zum Abschied. Mit einem Übelkeit erregenden Klicken fiel die Tür hinter ihr ins Schloss.

Krachend flogen die Tore in ihrem Kopf auf, und die Panik strömte durch sie hindurch. Er hatte es getan. Unter falschem Vorwand hatte er sie hierhergelockt. Sie dem Feind übergeben. Männern, die versuchen würden, sie zu vernichten. Trotz seiner schönen Worte hatte er Jamilas Sicherheit über ihre gestellt. Er hatte sie hereingelegt. Sie benutzt.

Wieder lachte *Bürde* leise, und es war kein schönes Geräusch. „Da waren's nur noch zwei. Was sagst du dazu, Kleine?"

Annabelle hob das Kinn und erwiderte den Blick des Bastards so fest, wie sie konnte. „Ich denke, es ist an der Zeit, das zu Ende zu bringen. Du und ich, hier und jetzt, der Gewinner kriegt alles."

Mit einem zu langen Fingernagel pulte er sich zwischen den Zähnen herum, bevor er entgegnete: „So langsam verstehe ich, warum das Interesse an dir so groß ist. Tatsächlich bewundere ich sogar deinen Mut, so närrisch der auch ist ... Dich zu brechen, wird mir ein Vergnügen sein. Und das werde ich, bevor ich dich zu deinem neuen Herrn und Meister bringe."

„Uuuh, ein neuer Meister, wie unheimlich. Warum behältst du mich nicht einfach selbst?", schlug sie vor. „Du könntest mir eine Führung durch den Club geben." *Und dann ramme ich dir das Knie in die Eier und verschwinde.* „Wir lernen uns besser kennen und ... wer weiß, was geschieht."

„Süße, du kannst mich nicht reinlegen. Ich bin ..."

Die Tür zersplitterte. Flügel legten sich um sie, verbargen den Raum vor ihren Augen. „Ich bin hier", sagte Zacharel. „Ich musste nur die Leibwächter aus dem Büro schaffen."

Fast wäre Annabelle vor Erleichterung in die Knie gegangen. Zacharel hatte nie vorgehabt, sie allein zu lassen, begriff sie. Von Anfang an hatte er nur in ihrem Interesse gehandelt. Sie sollte sich schämen, dass sie je etwas anderes angenommen hatte, doch im Moment war sie einfach zu dankbar.

„Ich dachte ..." Schüsse zerrissen die Luft. Das furchtbare Dröhnen von Metall auf Metall – und dann von Metall, das durch Fleisch jagte und in Knochen stecken blieb. Von überall her ertönte Grunzen und Stöhnen. Schock und Verwirrung rasten durch ihren Kopf, nagelten sie fest. Um sie herum herrschte Krieg, und Annabelle konnte bloß dastehen und sich am Kragen von Zacharels Gewand festklammern.

Gewand? Tatsächlich. Die Goth-Klamotten waren verschwunden, an ihre Stelle war wieder fließender Stoff getreten. „Freunde von dir?", fragte sie.

„Ja. Allerdings lässt ihr Timing etwas zu wünschen übrig. Sie hätten das Büro schon viel früher stürmen sollen", fügte er lauter hinzu.

„Hey!", beschwerte sich jemand. „Wir sind so schnell hier raufgekommen, wie wir konnten."

„Dann braucht ihr mehr Übung", grollte Zacharel.

Annabelle schüttelte ihn. „Wie kann ich helfen?" Das war sie ihm schuldig. All das war ihretwegen geschehen. Sie wollte nicht, dass noch jemand durch ihre Schuld verletzt wurde.

Eine kurze Pause, während Zacharel den Raum absuchte. „Schon gut, du brauchst nichts zu tun. *Bürde* ist schachmatt."

„Absolut. Alles erledigt, Großer. Übrigens: gern geschehen.", ertönte eine rauchige Stimme, die sie wiedererkannte.

Eine Stimme, die sie niemals vergessen könnte, weil sie mit einer unnatürlichen Macht durch sie hindurchrieselte. Dann stieg ihr der Duft nach Champagner und Schokolade in die Nase und sie wusste es.

Der Mann, der vom Dämon der *Promiskuität* besessen war – hier?

Unwillkürlich wollte Annabelle in Kampfposition gehen, doch Zacharel hielt sie zurück.

„Es ist erst alles erledigt, wenn ihr das Chaos beseitigt habt", entgegnete er barsch.

Moment. Die arbeiteten zusammen?

Geh nicht gleich vom Schlimmsten aus. Nicht schon wieder.

Unverständliches Gegrummel. Eine Frauenstimme: „Was immer du befiehlst, Engelchen. Aber nur, wenn ich den anderen sagen darf, was sie saubermachen sollen!"

„Kaia", stöhnte ein Mann. „Du bist so was von anstrengend."

„Du bist bloß neidisch, dass du nicht selbst drauf gekommen bist."

„Stimmt."

Bald drangen seltsame Geräusche an Annabelles Ohren. Etwas wurde über den Boden geschleift. Eine Leiche? Das Rascheln eines Müllsacks. Schwere Dinge, die darin landeten. Murrende Beschwerden.

Sie blendete alles um sich herum aus. „Warum hast du mir nicht von deinem Plan erzählt?"

„Weil Dämonen Angst schmecken können."

„Und er musste meine schmecken, damit er dir glaubt", beantwortete sie ihre Frage selbst.

„Nicht unbedingt. Auch wenn du langsam lernst, deine Gefühle im Griff zu haben, war es nötig, dass deine Reaktionen echt sind." Endlich senkte Zacharel die Flügel.

Annabelle wirbelte herum. Blutspritzer zierten Wände und

Boden, auch wenn sie sehen konnte, dass jemand versucht hatte, sie wegzuwischen. Ein anderes Anzeichen für einen Kampf gab es nicht. Vier blutverschmierte Krieger und drei Frauen standen im Zimmer und betrachteten sie alle höchst interessiert.

Nur zu gern hätte sie die Musterung sofort genüsslich erwidert, doch dann entdeckte sie *Bürde*, der immer noch an seinem Schreibtisch saß, die Wange auf die Schreibplatte gepresst und eine Klinge am Rückgrat, zwischen zwei Wirbeln.

Ein grausam vernarbter Mann hielt die Klinge in seiner ruhigen Hand. „Was soll ich mit ihm machen, Engel?"

„Meine Männer werden kommen und ihn einsammeln", erklärte Zacharel. „Wir haben Fragen und er die Antworten."

„Du hast behauptet, deine Männer wären nicht hier", quetschte *Bürde* hervor.

Zacharel zeigte sein grausamstes Lächeln. „Und das sind sie nicht. Noch nicht. Ich habe dir gesagt, dass ich keine Engel mitgebracht habe, und anders als du bin ich ein Mann, der zu seinem Wort steht. Aber von Dämonen habe ich nichts gesagt, oder? Erlaube mir, dir die Herren der Unterwelt vorzustellen."

hane, Xerxes und Björn kamen in das Büro marschiert, doch sie sagten kein Wort und blieben nicht lange. Sie nahmen nur *Bürde* entgegen und verschwanden. Schweigend sahen die anderen ihnen zu.

Als ihre Schritte verhallten, stellte Zacharel ihr die Truppe vor, die zu ihrer Rettung geeilt war. Die meisten von ihnen waren besessen, und doch kannte Zacharel sie offensichtlich, mochte sie – und wollte nicht zulassen, dass Annabelle ihnen wehtat. Lucien trug den *Tod* in sich. Strider die *Niederlage*. Amun hütete *Geheimnisse* und in Paris, dem Typen, der vorhin nach Feuer gefragt hatte, hauste *Promiskuität*.

Gerade so schaffte sie es, mit einem Nicken zu verstehen zu geben, dass sie ihre Namen gehört hatte. Dämonen waren Dämonen, wie man es auch drehte und wendete. Mit denen wollte sie nichts zu tun haben.

Die Frauen waren nicht besessen, wirkten jedoch genauso gefährlich – wenn nicht sogar gefährlicher. Kaia war eine rothaarige Harpyie, was auch immer das hieß. Die umwerfende blonde Sexbombe hieß Anya und war angeblich die Göttin der Anarchie, und die Frau namens Haidee war ... ganz klar auch irgendetwas, obwohl niemand verraten wollte, was genau.

Haidees gebräunte Haut strahlte vor Gesundheit und Lebenskraft, ein rosiger Schimmer lag auf ihren Wangen und ein Lächeln erhellte ihr Antlitz. Die pinkfarbenen Strähnen in ihrem hellen Haar trug sie, als hätte sie den Look erfunden. Ihre Arme waren mit Tattoos überzogen, und sie trug ein herzallerliebstes Kleid von Hello Kitty. Zacharel schien es sorgsam zu vermeiden, auch nur in ihre Richtung zu blicken; er hatte es kaum über sich gebracht, sie vorzustellen, und trotzdem musste Annabelle den Drang niederkämpfen, zu ihr hinüberzugehen und sie zu drücken.

Warum?

Und noch wichtiger: Harpyien, Titanengöttinnen wie aus einer Mythensammlung entsprungen, menschlich aussehende

Mädchen mysteriösen Ursprungs – was gab es da draußen sonst noch? Wovon hatte sie noch keine Ahnung?

Aus dem Augenwinkel nahm Annabelle ein silbernes Blitzen wahr, beugte sich hinunter und hob einen Dolch auf. Halleluja! Okay, die Schlacht war vorüber, aber Vorsicht war besser als Nachsicht. Vor allem wenn man bedachte, in was für Gesellschaft sie sich augenblicklich befand.

„Du starrst meine Freunde an. Warum starrst du meine Freunde an, Menschen…mädchen…person?" Der Rotschopf stellte sich vor sie und forderte ihre Aufmerksamkeit ein, indem sie sich auf die Zehenspitzen stellte, um Annabelle den Kopf zu tätscheln. „Vergiss es, ich kann's mir denken. Du glaubst, bloß weil sie besessen sind, wären sie das pure Böse. Tja, ich hab Neuigkeiten für dich, China-Barbie. Die Dämonen sind böse, aber die Jungs sind zuckersüß. Der wahre Albtraum bin ich."

Mit ihren eins achtzig überragte Annabelle das Mädchen um mehr als einen Kopf. Sie sah auf zu Zacharel, der fast unbeweglich dastand, und fragte mit einem stummen Blick, ob er Ärger bekäme, wenn sie die Kleine zu Brei schlug. Kannte denn gar keiner den Unterschied zwischen chinesisch und japanisch?

Warnend schüttelte er den Kopf. „Leg dich nie mit einer Harpyie an."

„Ich hab immer noch keinen Schimmer, was eine Harpyie ist."

„Eine Todesmaschine, so!", behauptete Kaia.

„Aber …"

„Kein Aber, Annabelle." Wieder sah Zacharel zu der Rothaarigen. „Und Kaia. Benimm dich."

„Meinetwegen. Aber nur, weil du diesen rabenschwarzen Tag in strahlendsten Sonnenschein getaucht hast – ausnahmsweise werde ich dir mal gehorchen. Willst du wissen, wie du das gemacht hast, na, na? Okay, ich sag's", sprudelte es aus der Harpyie hervor. „Ständig hast du auf Lysander herumgehackt, weil er mit meiner allerliebsten Schwester zusammen ist, aber jetzt sieh dich an. Du machst einen auf Paris und hast was mit 'ner Jägerin, stimmt's? Und das sind die Schlimmsten!"

Einen auf Paris machen? Jägerin?

Zacharel musste ihre Verwirrung gespürt haben. „Die Jäger sind fanatisch darauf aus, alles Paranormale zu vernichten. Sie würden alles tun, selbst eine Stadt voller Unschuldiger niederbrennen, um ihre Ziele zu erreichen."

„Ich bin *keine* Jägerin", fuhr sie Kaia an.

„Das sagen sie alle, Süße."

Zacharel fuhr sich mit der Zunge über die Zähne. An Kaia gerichtet erklärte er: „Annabelle hat noch nicht gelernt, dass ein Mann nicht eins ist mit dem Dämon, der ihn quält. Dass ein Mann das Böse bekämpfen und es besiegen kann und dass zu viele Leute lieber nach dem handeln, was sie fühlen und sehen, anstatt wie die Herren zu glauben, dass sie mehr erreichen und es besser machen können. Und daraus kann ich ihr keinen Vorwurf machen. Diese Lektion habe ich selbst erst vor Kurzem gelernt."

Also hatten die Herren das Böse in ihren Dämonen bekämpft und besiegt? Ein solcher Sieg musste einen grausamen Preis gefordert haben. Nur zu gut erinnerte sie sich an die unzähligen Kämpfe, die sie verloren hatte. Ein gewisser Respekt vor den Herren der Unterwelt begann sich in ihr zu regen, und sie zwang die Hand mit dem Dolch, sich zu entspannen – nur um zu bemerken, dass Kaia ihr Handgelenk umklammerte und ihre Krallen sich in Annabelles Haut gruben, wahrscheinlich sogar bis auf die Knochen. Beißende Hitze ging von ihr aus.

„Du bist zu heiß", presste Annabelle zwischen zusammengebissenen Zähnen hervor. Heißer als selbst Zacharels Hände manchmal waren.

Unverfroren grinste die winzige Frau sie an. „Ich weiß, absolut! Aber meine Zwillingsschwester ist noch heißer, ich schwör's."

Zwillingsschwester? Es gab zwei von der Sorte?

„Kaia", setzte Zacharel an, als Annabelle kommandierte: „Lass mich los, du Zwerg. Sofort."

„Zwerg. Süß. Aber wie heißt das Zauberwort?"

„Kaia!", knurrten Zacharel und Strider wie aus einem Mund.

„Leider falsch."

Mit rauer Stimme quetschte Annabelle hervor: „Oder ich reiße dir die Eierstöcke raus."

„Bingo!" Einen nach dem anderen löste Kaia ihre Fingernägel aus Annabelles Fleisch. Kleine rote Schwellungen erhoben sich auf der massakrierten Haut.

„Du bist die wahrscheinlich seltsamste Person, der ich je begegnet bin", murrte Annabelle.

„Und du die süßeste. Also, erzähl mal", forderte Kaia und ließ eine Kaugummiblase platzen. „Ist Zacharel gut im Bett? Denn ich hab ziemlich viel Geld drauf gesetzt, dass die Antwort Nein lautet. Schon klar, er hat große Hände, und auf dem Schlachtfeld kann er damit auch verdammt gut umgehen, aber hast du mal versucht, mit ihm zu flirten? Der Typ ist hilflos wie ein Baby. Ich geh mal davon aus, dass diese Hilflosigkeit sich auch auf den Matratzensport erstreckt."

„Äh ..." Plötzlich starrte jeder im Raum sie an. Zacharel eingeschlossen. „Er ist, äh, super?" Noch nie hatte sie sich so unwohl gefühlt.

„Och manno." Kaia ließ die Schultern hängen.

Strider, der Hüter der *Niederlage*, jubelte und stieß eine Faust in die Luft. „Ich hab's dir gesagt, Hase. *Ich hab's dir gesagt.*"

Mit finsterem Blick wirbelte Kaia zu ihm herum. „Die Tatsache, dass du eine Wette über die Sexualität eines anderen Mannes gewonnen hast, ist nichts, womit man prahlen kann, du Idiot."

Grinsend warf er ihr einen Handkuss zu. „Du bist sexy als schlechte Verliererin."

Ihre Miene erhellte sich, und sie bauschte sich das Haar in Form. „Natürlich bin ich das, aber ich fordere dich heraus, es zu beweisen."

„Ist mir ein Vergnügen." Und dann sprangen die beiden förmlich aufeinander los und küssten sich, als wäre der andere eine überlebenswichtige Sauerstoffquelle.

Findet das außer mir noch jemand bizarr? Scheinbar nicht. Unter den anderen Männern entspann sich eine Unterhaltung wie ein Kreuzverhör.

Zacharel: „Der Club?"

Der vernarbte Krieger, *Tod*: „Gesäubert."

Zacharel: „Die Menschen?"

Der betörende Hüter von *Promiskuität*: „Unverletzt, wie erbeten."

Zacharel: „Dämonen und Besessene?"

Die Göttin der Anarchie schaltete sich ein, reckte eine Faust gen Himmel wie Strider zuvor. „Ich hab sie alle abgeschlachtet!"

Zacharel: „Was?!"

Anya: „Na gut. Nur in meinem Kopf hab ich sie alle abgeschlachtet. Ich hab Lucien gesagt, er soll sie alle einsperren, wie du's wolltest. Jetzt zufrieden?"

Der große schwarze Krieger mit den dunklen Augen sagte irgendetwas in Zeichensprache, bevor er die pink gesträhnte Mieze an sich zog. Amun und Haidee waren ein Paar ... oder wie auch immer man das bei zwei Nicht-ganz-Menschen nannte.

Zacharel packte Annabelle bei den Schultern und zwang sie, sich zu ihm umzudrehen. Als ihre Blicke sich trafen, verblasste der Rest des Zimmers zu einem Nichts. Es gab nur noch ihren Engel und seine smaragdenen Augen. Er sagte: „Ich übergebe dich in die Hände dieser Krieger und ihrer Frauen. Sie werden dir nichts tun, und du wirst ihnen nichts tun."

Zuerst drohte eine Woge der Panik sie zu überrollen – *Er lässt mich schon wieder allein!* –, dann Zorn – *Ich brauche ihn nicht, ich kannst selbst auf mich aufpassen!* –, dann Entschlossenheit. Wer könnte ihr besser etwas über die verschiedenen Arten von Dämonen beibringen als Dämonen selbst? Hatte Zacharel sich nicht deshalb bei ihrer ersten Trainingsstunde in einen verwandelt? Obwohl ... Konnte sie überhaupt irgendetwas von dem Glauben schenken, was diese Leute ihr erzählten?

„Na gut, von mir aus", erwiderte sie bemüht unbeschwert. „Und wohin willst du?"

Er überging die Frage. „Schwöre es."

Genervt knackte sie mit dem Kiefergelenk. „Ich werde deinen Freunden nichts tun – außer, sie greifen mich an. Ich schwöre es. Also, wohin willst du?"

„Nach unten. Ich werde den Club nicht ohne dich verlassen und niemand in diesem Raum wird dich angreifen", erklärte er lauter, sodass alle ihn hören konnten. „Sie werden auf dich aufpassen, unter Einsatz ihres Lebens, wenn es nötig sein sollte. Auch wenn sie dir nicht trauen. Nicht wahr?"

Schweigen.

„Nicht wahr?", donnerte er.

Wow. Noch nie hatte sie ihn so die Stimme erheben hören. Zustimmendes Gemurmel erklang.

„Nur dass du's weißt, ich bin vertrauenswürdig", grummelte sie.

„Bist du das." Er schüttelte sie leicht. „Zu schade, dass du über mich nicht dasselbe sagen würdest. Du hast geglaubt, ich wollte dich austauschen und hier im Stich lassen. Du hast wirklich geglaubt, ich würde *Bürde* und seinen Männern erlauben, dir wehzutun, um einen anderen Engel zu retten."

Zorn ging in Wellen von ihm aus, und sie schämte sich. „*Sollte* ich nicht genau so was denken?"

„Ja, aber deswegen muss es ja nicht gleich funktionieren."

„Ja. Äh. Vielleicht hat es das ja auch nicht. Ich meine, ich erinnere mich nicht, je etwas über diesen dämlichen Plan gesagt zu haben, den du mir nicht verraten wolltest, bis es zu spät war."

„Du hast es gedacht. Das kannst du nicht leugnen."

Eine Beziehung mit einem Mann, der nicht lügen konnte – was für ein Riesenspaß. „Tut mir leid, okay?", gab sie zurück und hob das Kinn. „Mich hat noch nie jemand beschützt. Das ist neu für mich."

Plötzlich war er direkt vor ihr, und sein warmer Atem strich ihr über das Gesicht. „Tut es dir wahrhaftig leid, dass du etwas Falsches angenommen hast, oder tut es dir nur leid, dass ich die Wahrheit erraten habe? Denk darüber nach, während ich fort bin. Und wenn wir uns das nächste Mal sehen, entschuldige dich noch mal, und diesmal ernsthaft." Damit verließ er mit Amun und Haidee im Schlepptau den Raum.

Annabelle musterte die verbleibenden Anwesenden. Augenblicklich wandten sie alle sich unschuldig ab, manche pfiffen sogar leise vor sich hin, andere begutachteten ihre Fingernägel.

Was für ein Spaß das werden würde.

Und ja, das war Sarkasmus in seiner reinsten Form.

Das habe ich verdient, dachte Zacharel düster. Er hatte es dermaßen verdient, eine Frau zu bekommen, die ihm genauso viel Ärger und Sorgen bereitete wie er seiner Gottheit. Doch diese Lektion sollte ihm eigentlich seine Armee beibringen, nicht seine Geliebte.

Und sie war seine Geliebte, ungeachtet der Tatsache, dass sie ihr Zusammensein noch nicht vollzogen hatten. Nichts anderes kam für ihn infrage. Aber, oh, wie sehnte er sich nach den Tagen seiner seligen Unwissenheit, als er die Freuden noch nicht gekannt hatte, die in einem weichen, warmen Körper zu finden waren. Als er noch nicht die drängende Kraft des Zorns gekannt hatte.

Ja, Zorn.

Zorn war wie Angst, er musste ihm nicht nachgeben. Er konnte ihn ignorieren. *Hatte* ihn weitestgehend ignoriert. Doch der Riss in seiner Brust stand kurz davor, aufzuplatzen. Annabelle hatte an seiner Integrität gezweifelt; am liebsten hätte er sie geohrfeigt. Sie wenigstens angeschrien. Stattdessen war er schon vor der bloßen Vorstellung zurückgeschreckt, ihre Gefühle zu verletzen und sie zum Weinen zu bringen. Also hatte er nichts dergleichen getan.

„Ich hab einen kleinen Rat für dich." Neben ihm ging Haidee. Einst eine Jägerin und Hüterin von *Hass*, wohnte nun die *Liebe* in ihr. Und das nur, weil Zacharel ihr mit jenem Tropfen von Hadrenials Essenzia das Leben gerettet hatte.

Vielleicht war das ein Fehler gewesen. Sie jetzt anzusehen, tat *weh*. Doch er hatte gewollt, dass sie überlebte. Ihr Verlust wäre für Amun nicht zu ertragen gewesen, der Kummer des Kriegers hatte Zacharel an seinen eigenen nach Hadrenials Tod erinnert. „Die Liebe weiterzugeben", wie die Menschen es nannten, war die einzige Möglichkeit gewesen.

„Ich brauche deine Ratschläge nicht", beschied er ihr jetzt.

Gemeinsam stapften sie die VIP-Treppe hinab und in den Hauptraum des Clubs. Dort erwarteten sie Thane, Xerxes und Björn gemeinsam mit Axel.

Axel, ein weiterer von Zacharels Kriegern. „Hab gehört, hier geht die Party steil", begrüßte er Zacharel mit seinem üblichen respektlosen Grinsen.

„Nur, wenn du die Folter eines Lebewesens als Party bezeichnest."

„Äh, ist das nicht die klassische Definition?"

Bis Jamila gefunden war, würde dieser Mann an ihre Stelle treten. Vielleicht nicht unbedingt die weiseste Wahl, dachte Zacharel jetzt.

Konzentrier dich. *Bürde* war mit Dolchen an die Wand genagelt. Jemand hatte ihm ein Stoffknäuel in den Mund gestopft, doch sein wachsamer Blick sprach Bände. Er hasste Zacharel und hätte alles gegeben, um ihn zu töten.

Bald würde *Bürde* selbst sterben wollen. Dämonen konnten nicht getötet werden, wenn sie von einem Menschen Besitz ergriffen hatten, doch einer der Nachteile dieser Daseinsform war, dass sie körperlich waren. Mit allen Verletzlichkeiten, die das mit sich brachte. Nur zu leicht konnte man sie fesseln – und sie spürten Schmerz. Eine Menge Schmerz.

„Moment noch", sagte Haidee und trat vor Zacharel, um seine Aufmerksamkeit auf sich zu ziehen. „Ich hab beschlossen, dir diesen Rat trotzdem zu geben, denn ich bin dir was schuldig. Und bevor du beschließt, an meinen Worten zu zweifeln, was ich auch sage, verrate ich dir, dass Amun Annabelles Gedanken gelesen hat."

Amun, Hüter der *Geheimnisse*. Er konnte sprechen, doch tat er es nicht, weil dann all die Geheimnisse, die er ausgegraben hatte, unaufhaltsam von seinen Lippen strömen würden.

„Du hast Annabelles Geist keinen Schaden zugefügt?", fragte Zacharel drohend. Amun konnte mehr als bloß Gedanken lesen, seien es menschliche oder übermenschliche. Er war in der Lage, Erinnerungen zu stehlen, sie aus ihren Wirten herauszureißen.

Der Krieger schüttelte den Kopf – und zeigte ihm dann den Mittelfinger. Dafür brauchte es keinen Übersetzer. Dem Krieger gefiel es nicht, dass Zacharel seine Ehre infrage gestellt hatte.

„Dann sag, was auch immer du mir sagen willst, Haidee, aber fass dich kurz." Finster sah Zacharel auf sie hinab.

Sie legte ihm die Hände an die Wangen. „Ich kann Amuns Gedanken lesen, was bedeutet, dass ich weiß, was er weiß. Und was er weiß, ist: Deine Frau muss wissen, dass sie zu den wichtigsten Dingen in deinem Leben gehört. Definitiv wichtiger als dein Job. Ihr Bruder hat sich von ihr abgewandt, und ihr Freund hat sie fallen lassen wie eine heiße Kartoffel. Sie hat schon so lange keine bedingungslose Liebe mehr erfahren, dass du sie vernichten würdest, wenn du sie behältst, ohne dich an sie zu binden."

„Ich *habe* mich an sie gebunden", protestierte er. Nach dem, was sie im Bett miteinander getan hatten, hatte er sich mehr als an sie gebunden. Er hatte beschlossen, sie zu behalten. „Außerdem ist sie stark. Niemand könnte …" *Ich könnte*, begriff er. In ihren verletzlichsten Momenten hatte sie ihm vertraut – bis er sie allein gelassen hatte. Das hätte sie nicht getan, wenn nicht ihr Herz dahintergestanden hätte. Sie war dabei, sich in ihn zu verlieben, genau, wie er sich in sie verliebte.

Wenn er nicht vorsichtig mit ihr umging, würde er ihr tieferes Leid zufügen als jemals jemand zuvor, gebunden oder nicht.

„Ich werde über deine Worte nachdenken."

„Gut. Tu's nicht und ich verkuppel sie mit Kane. Oder Torin. Ich mag sie, und die Jungs brauchen beide eine gute Frau, die …"

Zacharel schnappte mit den Zähnen in ihre Richtung, bevor er über die Tanzfläche zu seinen Männern und ihrem Gefangenen marschierte.

Wie ich sehe, haben die Herren sich für dich in die Schlacht geworfen, kommentierte Thane in seinem Kopf.

„Es gibt keinen Grund mehr, unsere Worte zu verbergen", erwiderte er laut. „Amun kann sowieso hören, was wir denken."

Entsetzen senkte sich über die Züge von Thane, Björn und Xerxes. Axel wackelte mit den Augenbrauen und raunte Amun zu: „Gefällt dir, was du hörst? Ich denk extra spezielle Gedanken, nur für dich."

Amun runzelte die Stirn.

Bevor eine neue Schlacht ausbrechen konnte, erklärte Zacharel: „Amun wird nicht spionieren, und solange ihr eure Gedanken leer haltet, wird er nichts hören."

Schließlich nickte Amun, um seine Worte zu bestätigen.

Einer nach dem anderen taten drei der Männer es ihm nach,

auch wenn es nur ein winziges, steifes Neigen ihrer Köpfe war. Axel warf Haidee eine Kusshand zu.

Na toll. „Also. Lasst uns erledigen, wozu wir hergekommen sind." Zacharel streckte die Hand aus und zog *Bürde* den Stofffetzen aus dem Mund.

„Du siehst genauso aus wie er", behauptete der Dämon ohne Einleitung, selbstgefällig, so unglaublich selbstgefällig.

Lass dich nicht ködern. „Wie wer?" Er hatte die Worte nicht zurückhalten können, obwohl er die Antwort kannte. Aber der Dämon konnte es unmöglich wagen, es auszusprechen.

„Wer wohl?"

Sein Bruder. *Bürde* wagte es, durchblicken zu lassen, er wäre dabei gewesen, als Hadrenial gefoltert worden war. *Du weißt es doch besser, als so auf einen Dämon hereinzufallen.* Und jetzt konnte er an nichts mehr denken außer an die Tatsache, dass es möglich war. Hadrenial hatte nie die Namen seiner Folterer genannt.

Funken neu erwachter Wut glommen in seiner Brust auf. Wie leicht es wäre, eine Klinge in diesen verwundbaren Menschenhals zu jagen. Der Körper würde sterben, *Bürde* wäre frei und würde sofort wieder eingefangen und in die Hölle verfrachtet – oder getötet.

Vielleicht war es jedoch genau das, was *Bürde* wollte. Zacharel so lange zu reizen, bis er gewalttätig wurde, sodass der Dämon seine Geheimnisse mit ins Grab nehmen konnte.

Fragend blickte er zu Amun, der die Stirn runzelte. Seine Fähigkeit, die Wahrheit aus jemandem herauszuholen, war einer der Gründe, aus denen Zacharel speziell seine Anwesenheit erbeten hatte. Natürlich konnte Zacharel jede Lüge schmecken, doch auf diese Weise würde er sich nicht mit einem Verhör abmühen müssen. Amun konnte sich einfach in das Hirn des Dämons graben und seine Geheimnisse ans Licht zerren.

Seine Gedanken sind ein einziger Wirrwarr, signalisierte Amun. *Ein wildes Durcheinander aus denen des Menschen und seinen eigenen.*

„Ich muss wissen, wo er Jamila gefangen hält, eine meiner

Soldatinnen. Außerdem muss ich wissen, für wen er arbeitet", erklärte Zacharel. „Jemand hat ihm befohlen, Annabelle zu jagen und zu foltern, und ich will wissen, wer dieser Jemand ist."

Über diesen Engel, Jamila, hat er ziemlich viel nachgedacht. Es tut mir leid, dir das sagen zu müssen, aber sie ist tot.

Obwohl er nichts als Wahrheit schmeckte, wehrte Zacharel sich dagegen. *Vor zehn Minuten hat er uns ein Videobild von ihr gezeigt. Sie war am Leben.*

Das ist früher aufgenommen worden. Amun klopfte ihm bedauernd auf die Schulter. *Es tut mir leid, aber sie haben sie umgebracht. Ihre Verletzungen waren einfach zu schwer.*

Einen Moment lang fühlte sein Herz sich an wie eine Faust, die gegen seine Rippen schlug, statt wie ein lebenswichtiges Organ. Er versuchte sich mit dem Wissen zu trösten, dass Jamilas Leiden vorüber war, doch das half nicht. Sie war tot, für immer fort, weil *er* es nicht geschafft hatte, sie zu beschützen.

Diese Scham, diese Schuldgefühle … das war schlimmer als Kugeln in seiner Brust. Natürlich würde die Gottheit ihn dafür bestrafen, und er würde es klaglos annehmen. Was auch immer ihm auferlegt würde, er hatte es verdient.

Ich werde seinen Kopf nach dem anderen durchforschen, seinem Anführer, bedeutete ihm Amun, *aber dafür werde ich eine Weile brauchen.*

Zeit war das Einzige, was Zacharel nicht hatte. Zu dem Chaos an Gefühlen, die ihn zerfraßen, gesellte sich Frustration. „Tu, was immer nötig ist – alles ist erlaubt, solange er nicht stirbt. Wenn du es herausgefunden hast, schick Lucien zu mir."

„In der Zwischenzeit", sagte Haidee und trat vor. Eiskristalle drangen aus ihren Poren, verwandelten sie in eine lebende Skulptur. „Werde ich meinem Mann mit Rat und Tat zur Seite stehen, darüber mach dir keine Gedanken."

„W-was ist die?", stammelte *Bürde* in plötzlichem Entsetzen.

„Sie ist genau das, was du verdienst", knurrte Zacharel. Haidee konnte einen Dämon bis ins Innerste vereisen, und für Wesen, die in den Flammen der Hölle lebten, war das keine angenehme Erfahrung. Noch tagelang würden die Schreie von *Bürde* widerhallen.

Oder auch nicht.

Als er den Mund zum ersten Schrei öffnen wollte, strich Haidee mit den Fingerspitzen über seine Lippen. Von einem Ohr zum anderen breitete sich Eis aus, brachte ihn zum Schweigen. Zu jedem anderen Zeitpunkt wäre Zacharel geblieben, um zuzusehen. Diesmal entließ er seine Männer und sagte zu Amun: „Wenn du oder deine Brüder je frei von euren Dämonen sein wollt, kommt zu mir. Ich habe herausgefunden, wie ich euch da helfen kann."

Damit marschierte er davon, um seine Frau zu holen.

Ein Ort blieb noch, an dem sie nach Antworten suchen konnten.

20. KAPITEL

Thane und seine Jungs verbrachten den Rest des Tages mit der Suche nach Jamilas Geist, und als das erfolglos blieb, suchten sie nach dem Gefängnis, in dem ihr Leib gefangen gehalten worden war. Bis auf die Grundmauern wollten sie es niederbrennen. Doch *Bürde* hatte es gut versteckt, denn weder im Himmel noch auf der Erde fanden sie eine Spur davon.

Das Bedürfnis, alles zu retten, was von ihr geblieben war, trieb Thane ohne Unterlass voran, genau wie sein Zorn und ein Gefühl der Hilflosigkeit. Jede Minute in den Fängen eines Dämons fügte einer Seele Schaden zu, und er verabscheute den Gedanken, dass Jamila ohne den winzigsten Hoffnungsschimmer gestorben war.

Besonders lange hatte er noch nicht mit ihr zusammengearbeitet, aber er hatte sie gemocht, hatte ihre Stärke bewundert. Hätte sie es überlebt, hätte das Geschehene sie verändert, und zwar nicht zum Guten, doch das tröstete ihn nicht.

Zacharel gab dem Hohen Herrn die Schuld, der *Bürde* befehligte, und war auf dem Weg zu jemandem, der vielleicht wusste, welcher Hohe Herr das war. Was bedeutete, dass es im Moment nichts gab, was Thane unternehmen konnte. Er brauchte Ablenkung.

Er brauchte eine neue Liebhaberin.

Aufmerksam streifte er durch den Hauptraum des *Sündenfall*. Beobachtete, wie Krieger und Glücksboten sich tummelten, tranken und lachten. Doch nicht alles war eitel Sonnenschein. In düsteren Ecken tranken Vampire von willigen Opfern. An der Bar hatten sich ein paar Harpyien breitgemacht. Eine Phönix-Gestaltwandlerin, die der ähnelte, die er zuletzt gehabt hatte, wand sich auf der Tanzfläche, winkte ihn sogar mit gekrümmtem Zeigefinger zu sich, doch er ignorierte sie. Sein Phönix hatte sich noch nicht von ihrer wilden Leidenschaft erholt, doch er wollte lieber sie als eine andere ihrer Rasse. Wenn er sich eine andere nahm, würde er die Erste nicht wieder anfassen dürfen, egal wie viel er bezahlte.

Ja, Phönixe waren tatsächlich so besitzergreifend – und so selbstsüchtig anderen ihrer Rasse gegenüber. Bis sie wieder bereit für ihn war, würde er sich also mit einer anderen Art von Kreatur vergnügen.

Weitere Frauen winkten ihn zu sich, doch er beachtete keine von ihnen. Heute Nacht wollte er eine, die seine Sinne überwältigte und ihn die Fehler des Tages vergessen machen würde. Er wollte etwas anderes als je zuvor.

Diese Frau entdeckte er an einem Tisch, vertieft in ein Gespräch mit einer männlichen Sirene. Thane überbrückte die Distanz und blieb einfach am Tisch stehen, wartete, dass seine hoch aufragende Gestalt wahrgenommen wurde. Schon nach ein paar Sekunden sah der Mann auf.

„Entschuldige – oh, Thane", unterbrach sich der Sänger. Seine Stimme klang so lieblich wie eine Sinfonie. „Gibt's ein Problem?"

Er verschränkte die Arme vor der Brust. „Für heute Abend ist sie vergeben. Du darfst dir jemand anders suchen."

„Aber ..." Wieder fing die Sirene sich gerade noch. Unauffällig blickte er zu den Wachen, die soeben ihre Posten an den Wänden verließen, um an seine Seite zu treten. Selbst wenn der Mann wusste, dass Thane ihn nicht ohne Konsequenzen töten durfte, konnte man das von den Leibwächtern nicht sagen.

„Hast recht. Wollte sowieso gerade weiter."

Quietschend schrammte der Stuhl über den gefliesten Boden, als der Sänger sich erhob und davonging, sorgsam darauf bedacht, Thane nicht zu streifen. Gelassen nahm Thane seinen Platz ein.

Finster starrte ihn Cario an, seit einiger Zeit Stammgast im *Sündenfall* und von zweifelhafter Herkunft. Thane wusste über jeden Bescheid, der öfter hier war.

„Ich mochte ihn", beschwerte sie sich.

Und das, wo sie den Club doch jedes Mal allein verließ? „Der hatte nie eine Chance bei dir, und das weißt du auch."

Statt beim Klang seiner Stimme dahinzuschmelzen, senkte sie die Mundwinkel. „Das kannst du nicht wissen."

„Ich weiß, dass du mich lieber mögen wirst."

„Auch das kannst du unmöglich wissen."

„Augenblick. Es tut mir leid, dass ich mich nicht klarer ausgedrückt habe. Das war keine Aussage, sondern ein Befehl."

Endlich zeigte sie die Reaktion, nach der er gierte. Langsam breitete sich ein Grinsen auf ihren Zügen aus. Sie lehnte sich auf ihrem Stuhl zurück und verschränkte die Arme vor der Brust, ein Spiegelbild seiner Haltung von eben. „Warum sollte ich einen Mann mögen, der meine Herkunft als zweifelhaft bezeichnet?"

„So habe ich dich nicht bezeichnet."

„Nicht laut, aber du hast es gedacht."

Das einzige Wesen, das in der Lage sein sollte, seine Gedanken zu lesen, war Zacharel, denn Zacharel war sein befehlshabender Offizier. Und natürlich der Hüter der *Geheimnisse*, Amun – etwas, das Thane immer noch gegen den Strich ging. Aber eine Frau? Niemals!

Er könnte einfach gehen. Sollte gehen. Zwei Gedankenleser in einem Leben waren zwei zu viel, ganz zu schweigen von einem Tag. Doch er blieb. Niemand sonst hatte sein Interesse geweckt.

Sie war nicht schön im klassischen Sinne. Eigentlich war sie in gar keinem Sinn schön, aber sie war stark, mit kinnlangem, platinblondem Haar, harten Gesichtszügen und schlanken, perfekt definierten Muskeln. Er würde es genießen, sie zu unterwerfen.

„Ich kann einfach deine Rasse nicht bestimmen", sagte er schließlich. „Du siehst aus wie ein Mensch, aber du benimmst dich wie eine Harpyie. Also ist deine Herkunft in der Tat zweifelhaft."

Erneut verdrängte ein Stirnrunzeln ihr Lächeln. „Ihr Engel mit eurer Ehrlichkeit. Das ist so was von nervig."

„Und doch wirst du dich niemals fragen müssen, ob ich wirklich meine, was ich sage." Mit einem Wink bestellte er beim Barkeeper einen neuen Drink für sie. Mit Ambrosia versetzten Wodka, wenn er richtig roch. Keine Minute später kam das randvolle Schnapsglas.

Mit einem Schluck kippte sie den Inhalt hinunter und knallte das Glas auf den Tisch zwischen ihnen. „Mm, gutes Zeug."

„Für meine Gespielinnen nur das Beste."

„Ich bin nicht deine Gespielin."

„Aber du könntest es werden."

Sie verdrehte die Augen.

„Willst du wissen, was noch gut ist, Cario, Frau zweifelhafter Herkunft?"

Sie hob eine ihrer dunklen Brauen, und irgendwie machte der Ausdruck ihre Züge weicher. „Wenn du jetzt sagst ‚mein Penis', kotz' ich auf den Tisch."

Er zuckte mit den Schultern und versuchte, nicht zu lächeln. „Dann sage ich es nicht."

„Tja, ich werd's nicht mit dir aufnehmen, nur dass du Bescheid weißt. Weder mit dir noch mit deinen Freunden. Eure Vorlieben sind legendär – und nicht im Geringsten vereinbar mit meinen."

„Wenn du …"

„Ja, ja, wenn ich es versuchen würde, würde es mir gefallen, bla bla bla, aber meine Antwort ist und bleibt Nein. Doch eine Frage hab ich an dich." Sie neigte den Kopf, als sie ihrem Gedanken nachspürte. „Wenn ich zustimmen würde, mit einem von euch zu schlafen, für wen würdest du dich entscheiden? Dich oder einen deiner Freunde? Vielleicht ändere ich bei der richtigen Antwort meine Meinung."

Augenblicklich schloss er sich selbst aus. Er mochte die Ablenkung brauchen, aber seine Jungs brauchten sie dringender, und ihre Bedürfnisse stellte er immer, ausnahmslos, über die seinen.

Als sie sich bei der Ankunft am Club getrennt hatten, waren Björns Augen rotgerändert gewesen, angespannte Falten hatten um seinen Mund gelegen. Ihm würde es guttun, Dampf abzulassen. Xerxes hatte letzte Nacht auf Sex verzichtet, und auch wenn er die zwangsläufigen Berührungen nicht mochte, brauchte er den Kontakt. Von den beiden fiel es Björn leichter, sich eine Frau auszusuchen – und sie für sich zu gewinnen.

„Also Xerxes. Sehr gut, ich akzeptiere. Ich werde mit ihm schlafen", erklärte Cario mit einem Nicken, und in ihren Augen lag ein seltsamer Glanz, voller Faszination und Vorfreude. Er fragte sich, ob sie von Anfang an diesen Engel begehrt hatte und nur deshalb herkam.

So froh er über ihre vermeintliche Meinungsänderung war, knirschte er doch mit den Zähnen. „Ich würde es begrüßen, wenn du dich aus meinem Kopf fernhältst."

„Das ist schön", erwiderte sie, und er wusste, dass sie dergleichen nicht im Geringsten in Erwägung zog.

Tja, wenn er sie schon nicht aussperren konnte, könnte er sie vielleicht wenigstens dazu bringen, zu bereuen, dass sie zugehört hatte. *Warum willst du Xerxes? Hast du ihn aus der Ferne gesehen und dich in ihn verliebt? Kommst du deshalb so oft her? Ist das der Grund, aus dem du nie mit einem anderen Mann nach Hause gegangen bist? Dir muss doch klar sein, wie hoffnungslos eine solche Liebe …*

„Halt die Klappe", fuhr sie ihn an. „Ich liebe ihn nicht."

„Irgendetwas musst du für ihn empfinden. Zum Sex hast du dich jedenfalls ziemlich schnell bereit erklärt." Das war nicht respektlos gemeint, er sprach nur eine weitere Wahrheit aus und verlieh zugleich seiner Neugier Ausdruck. Davon abgesehen hatte er eine ebenso lockere Moral wie sie. Er würde sich kein Urteil über sie erlauben.

„Ich werde nicht über ihn reden."

„Wirst du versuchen, ihm Schaden zuzufügen?"

„Nein. Niemals."

Die Wahrheit. In einer fließenden Bewegung erhob er sich und streckte die Hand aus. „Dann lass uns gehen." Er würde sie zu Xerxes bringen und dann würden Björn und er sich ins Koma saufen.

Nur einen Augenblick lang zögerte Cario, bevor sie ihre Finger mit seinen verschränkte. Er zog sie auf die Füße und führte sie aus dem Raum, die Treppen hinauf, vorbei an Wache um Wache und weiter in seinen privaten Flur, wo Luxus und Komfort nahtlos ineinander übergingen.

„Hier oben war ich noch nie", stellte sie fest. Wenn sie beeindruckt war, versteckte sie es gut.

„Und du wirst auch nie wieder herkommen."

„Eine einmalige Sache, hm?"

Für sie? „Ja." Eine Gedankenleserin würden sie hier gerade lange genug dulden, dass Xerxes einen Höhepunkt erreichen konnte.

Außerdem waren sämtliche zarteren Empfindungen aus ihm herausgeprügelt worden. Eine Beziehung zwischen zwei so harten Wesen wie Xerxes und Cario konnte nicht funktionieren. Sie würden einander umbringen. Obwohl … Wenn diese Härte bei einem der beiden zerbräche …

Man musste sich nur mal Zacharel ansehen. Einst war er eiskalt gewesen, doch jetzt brannte er heißer als jedes Feuer. Annabelles Wohlergehen stand für ihn über dem seinen.

Der Eingang zu Thanes Gemächern glitt auf, als die Sensoren seine Identität registrierten. Björn musste seinen Anmarsch auf der Wand von Monitoren mitverfolgt haben, denn der Krieger stand mit zwei Drinks in der Hand bereit.

„Wo ist Xerxes?", fragte Thane, nahm eins der Gläser entgegen und kippte den Inhalt hinunter.

Prüfend ließ Björn den Blick über Cario gleiten, dann nickte er anerkennend. „Sieht nach seinem Schützling."

„Ich kümmere mich um McCadden und schicke Xerxes zu euch." Sanft schob er die Frau auf Björn zu, trat zurück in den Flur und schloss sorgsam die Tür hinter sich. Xerxes' Tür am anderen Ende des Flurs war geschlossen, doch hitzige Stimmen drangen durch das Holz.

„… einsperren. Ich hab's so satt!"

Die Stimme war ihm unbekannt, was bedeutete, dass McCadden der Sprecher sein musste.

„Deine Gefühle spielen kaum eine Rolle. Ich wurde nicht angewiesen, für deine Zufriedenheit zu sorgen. Ich sollte dich in Sicherheit schaffen und von jeglichem Ärger fernhalten."

„Ich hab's dir doch gesagt. Ich lass die Herren der Unterwelt in Frieden. Ich bleib weg von meiner Göttin."

„Sie ist nicht *deine* Göttin", schrie Xerxes ihn an.

„Doch, ist sie! Ich bin ihr verfallen. Ich verzehre mich nach ihr, und ich weiß, dass sie sich nach mir verzehrt."

„Und genau das ist der Grund, aus dem du hier in diesem Zimmer bleiben wirst."

Ein zorngeladenes Knurren, dann Kampfgeräusche. Oh nein. Nein, nein, nein. McCadden würde dafür bezahlen, dass er Xerxes herausgefordert hatte. Und wenn der Krieger sich nach diesem Vorfall übergeben müsste …

Mit angespanntem Kiefer stieß Thane die Doppeltür auf – diese öffnete sich nur für Xerxes automatisch –, blieb jedoch sofort stehen, als er das Ergebnis des Kampfs sah.

Xerxes hielt McCadden niedergedrückt, eine Hand an seiner Kehle und die andere über seinem Kopf, wo er die Handgelenke des anderen umklammerte. Schwer atmend, aber entschlossen blickte der Krieger McCadden in die Augen.

„Gibst du auf?"

„Niemals."

„Du Narr."

„Nein, ich beweise dir bloß was. Und jetzt runter von mir", blaffte McCadden. „Los!"

Mit einem tiefen Grollen sprang Xerxes von dem Mann herunter. Aufgewühlt fuhr er sich mit einer Hand durchs Haar – doch er übergab sich nicht. „Was genau wolltest du mir beweisen?"

„Dass du mich zu gar nichts zwingen kannst."

„Doch, ich kann. Ich habe. Und ich werde."

„Wenn du das glaubst, bist du genauso verblendet wie ich angeblich mit meiner Göttin."

Thane war sich nicht sicher, wie Xerxes den Kontakt mit dem Gefallenen ertrug, wo ihn doch sonst jede Berührung aus der Bahn warf. „Darf ich kurz stören?", fragte er.

Xerxes fuhr zu ihm herum und Röte stieg in seine Wangen. „Wenn's sein muss, prügel' ich ihn windelweich", murmelte er.

„Leck mich doch." McCadden stolzierte davon und knallte die Schlafzimmertür hinter sich zu.

Thane hob eine Augenbraue, kommentierte die Aufmüpfigkeit des Gefallenen jedoch nicht weiter. „Ich hab eine Frau für dich gefunden, mein Freund."

Xerxes senkte den Blick, verbarg jegliche Emotion, die in jene blutroten Augen getreten sein mochte. „Nicht heute. Ich bin zu müde."

„Aber …"

„Nein. Ich kann nicht. Ich kann einfach nicht."

Irgendetwas war los mit ihm. Mehr als sonst. „Dann gebe ich sie Björn."

Steif nickte der Krieger.

Er sollte gehen. Thane wusste, dass er gehen sollte, doch er brachte es nicht über sich, seinen besten Freund im Stich zu lassen. Wie gepeinigt Xerxes in diesem Moment wirkte. Es musste doch etwas geben, das er sagen konnte, um seine Qualen zu lindern. „Ich könnte ein bisschen Gesellschaft gebrauchen. Kommst du mit?"

„Ich – ja." Über die Schulter warf er einen Blick auf McCaddens Tür. „In Ordnung."

In letzter Sekunde hatte er sich unterbrochen, bevor er ablehnte. Xerxes liebte ihn zu sehr, um ihm etwas zu verweigern. Auch wenn Thane wusste, am liebsten wäre sein Freund hiergeblieben, um zu versuchen, dem Gefallenen ein Versprechen abzuringen, dass er sich benehmen würde – er war sich nicht sicher, ob das weise wäre. Sie würden wieder aufeinander losgehen, und so angespannt, wie Xerxes war, würde er vielleicht etwas tun, das er später bereute. Zum Beispiel die erste Person ermorden, die … nicht sein Freund geworden war, das war nicht der richtige Ausdruck. Vielleicht … deren Gegenwart er seit der Folter durch die Dämonen hatte ertragen können.

„Ich liebe dich, das weißt du", erinnerte er Xerxes auf halbem Weg den Flur hinunter. „Was immer auch geschieht, ich liebe dich."

„So, wie ich dich liebe."

Als Thane zurück ins Wohnzimmer kam, war er erstaunt über das Bild, das Cario und Björn ihm boten. Stumm standen die beiden einander gegenüber und erdolchten sich mit Blicken.

Von einer hitzigen Szene zur nächsten. Die ersehnte Ablenkung hatte er für den Abend jedenfalls bekommen. „Ist irgendwas?", fragte Thane.

Beide warfen ihm einen finsteren Blick zu, doch nur Cario antwortete. „Nein. Nichts. Mir gefällt bloß die … Schlagfertigkeit … deines Freundes." Dann sah sie noch einmal in ihre Richtung und nahm Xerxes gründlich in Augenschein. Sie leckte sich die Lippen, trat von einem Fuß auf den anderen. „Hallo", wisperte sie mit einem Leuchten in der Stimme.

Sein Freund zeigte keine Reaktion.

Der bittere Geschmack ihrer Lüge legte sich auf Thanes Zunge. Gar nichts hatte sie genossen. Er verzog das Gesicht und marschierte zur Hausbar, wo er drei Gläser Single Malt eingoss. Björn und Xerxes war der üble Geschmack genauso verhasst wie ihm, also kippte er seinen Drink hinunter und brachte die anderen beiden seinen Freunden. Dankbar nahmen sie sie entgegen.

„Ich kann nicht mit dieser … Kreatur ins Bett gehen", erklärte Björn mit deutlicher Abscheu.

„Das stand auch nie zur Debatte", entgegnete sie spitz, den Blick immer noch auf Xerxes gerichtet. So tough sie unten an der Bar auch gewirkt hatte, jetzt sah sie aus wie ein kleines Mädchen unter dem Weihnachtsbaum kurz vor der Bescherung.

„Dann scheint das hier ja doch ein gesegneter Tag zu sein", erwiderte Björn trocken.

„Kleine Jungs wie dich verputz' ich zum Frühstück", fauchte sie. „Glaub mir, du willst dich nicht mit mir anlegen."

Wie aus der Pistole geschossen gab Björn zurück: „Oh nein, nichts würde ich lieber tun, als mich mit dir anzulegen. Und ich wette, du hast diese Jungs nicht zum Frühstück verputzt, sondern dich an ihren verwesenden Leichen sattgefressen."

Plötzlich schien der Kampfgeist aus ihr zu weichen. Sie wirkte tatsächlich beleidigt. „Ich verspeise keine Toten."

„Bist du dir da sicher?"

Blitzartig schnappte ihr Ellenbogen zurück und wieder vor. Hätte Björn nicht so erstaunliche Reflexe gehabt, hätte sie ihm die Nase gebrochen. Doch so konnte er ihre Faust in der Luft abfangen und eine Verletzung vermeiden.

„Was für ein Schwächling", bemerkte Björn in demselben angewiderten Ton, in den sich jetzt auch Selbstgefälligkeit mischte.

„Ach, tatsächlich?" Mit diesen Worten verpasste sie ihm eine Kopfnuss, und diesmal schaffte er es nicht, sie aufzuhalten. Mit einem Grunzen ließ er ihre Faust los und geriet ins Schwanken.

In Thane stieg ein gefährlicher Zorn auf. „Meinen Freunden

fügst du keinen Schaden zu, Weib. Niemals. Du hast mir gesagt, daran würdest du dich halten, und ich habe die Wahrheit in deinen Worten gespürt."

Hochmütig reckte sie die Nase in die Luft. „Da hab ich wohl gelogen."

Nein. Das hätte er bemerkt. Aber offensichtlich hatte sie ihre Meinung geändert. „Du wirst jetzt gehen", befahl Thane. Als hätte das noch einer Erklärung bedurft. Sie konnte sich glücklich schätzen, dass sie noch am Leben war. „Ich werde dich zur Tür begleiten."

„Mich runterbringen wie einen vollen Müllsack? Ich glaube nicht." Auf dem Absatz wirbelte sie herum und durchbohrte ihn mit einem beeindruckenden bösen Blick. „Ich finde allein raus."

„Wie du meinst." Er trat beiseite.

Noch einmal sah sie zu Xerxes, als erwarte sie, dass er etwas sagte oder unternahm. Doch das tat der Krieger nicht. Schließlich stürmte sie an Thane vorbei, dann an Xerxes – sorgsam darauf bedacht, den Krieger nicht zu berühren. Krachend fiel die Tür hinter ihr ins Schloss.

Wie viele Türen würde er denn noch ersetzen müssen, bis diese Nacht vorüber war?

Wachsam beobachtete er die Monitore und vergewisserte sich, dass sie den Club tatsächlich verließ. Ein kurzer Anruf und ihr Name stand auf der Liste derer, die das *Sündenfall* nicht mehr betreten durften.

„Gibt es irgendetwas, das ich für dich tun kann?", hörte er Xerxes an Björn gerichtet fragen.

„Nein." Das schlichte Wort klang, als sei es durch einen Tunnel voller Glassplitter geschleift worden.

„Bitte entschuldigt meine miese Wahl", sagte Thane. „Wenn ihr jemand anderen wollt, kann ich …"

„Nein!", unterbrachen sie ihn gleichzeitig.

Ihm sollte es recht sein. „Was hat sie zu dir gesagt, als ich weg war?", wollte er wissen.

Björn massierte sich den Nacken. „Sie kann Gedanken lesen."

Xerxes' Augen weiteten sich, und er machte einen Schritt nach hinten, auf die Tür zu, als wollte er sie für diese Fähigkeit aufspüren und abschlachten.

„Ich weiß", bestätigte Thane. „Ich habe geglaubt, das wäre ein Preis, der eine Stunde ihrer Zeit wert wäre. Davon abgesehen hätte sie nicht viel von uns gehört. Bloß sexuelle Gedanken."

In Björns regenbogenfarbigem Blick glühte eine übernatürliche Wut, als er fauchte: „Sie hat erwähnt, was uns zugestoßen ist. Sie kannte jede Einzelheit."

„Unmöglich." Nur sie drei kannten die grausigsten Details. Nicht einmal nach wochenlangem ständigem Kontakt hätte sie so viel so tief Begrabenes hervorzerren können.

„Trotzdem ist es passiert."

Ich hätte sie umbringen sollen. Thane griff ein weiteres Mal zum Telefon und erklärte dem Vampir am anderen Ende: „Ich hab meine Meinung geändert. Sollte diese Frau namens Cario hier je wieder aufkreuzen, schickt sie nicht weg. Haltet sie fest." Aufgebracht knallte er den Hörer auf und kämpfte um Gelassenheit. „Was sollen wir mit dem angebrochenen Abend anfangen?" Seit Jahren hatte es keine Nacht gegeben, in der nicht wenigstens einer von ihnen mit einer Frau zusammen war, doch jetzt brauchte er seine Ablenkung mehr denn je.

„Ich möchte mit euch beraten, wie wir Jamilas Leiche retten können, für einen anständigen Abschied", sagte Xerxes.

Mit hängenden Schultern murmelte Björn: „Wenn noch etwas von ihr übrig ist."

„Das werden wir nicht wissen, bis wir sie gefunden haben", befand Thane. „Wir müssen jedes nur mögliche Dämonenversteck durchwühlen."

„Aber damit setzen wir unser Leben für eine Tote aufs Spiel", warf Björn ein. Bei genau so einer Durchsuchung waren sie vor all den Jahren gefangen genommen worden.

„Und was für ein Leben. In allen Bereichen, die eine Rolle spielen, sind wir schon längst tot", erwiderte Xerxes leise.

21. KAPITEL

Unruhig tigerte Annabelle in ihrem neuen Hotelzimmer auf und ab, während Zacharel es sich auf dem Bett gemütlich gemacht hatte. Nachdem sie sich entschuldigt hatte (diesmal ernsthaft), war er mit ihr gefühlt einmal um die Erde geflogen. Tagelang waren sie ununterbrochen in der Luft gewesen, während er sich vergewisserte, dass ihnen keine Dämonen folgten, und er hatte sich eine Pause verdient. Aber jetzt völlig unbeeindruckt zu bleiben, während sie am Durchdrehen war? So was von uncool.

„Wir sind in Denver", wiederholte sie zum hundertsten Mal. „Bloß ein paar Minuten vom Haus meines Bruders entfernt." Sie waren bereits hingeflogen, doch es war niemand da gewesen. Ob das nun ein Fluch oder ein Segen war, wusste sie nicht.

„Ja."

Klar, das war alles, was ihm dazu einfiel. Blödmann. Warum sagte er nicht, dass alles gut werden würde, dass ihr Bruder sie mit offenen Armen willkommen heißen und Annabelle aus dieser Begegnung glücklicher hervorgehen würde, als sie es jetzt war?

„Ich werde mich mit ihm treffen, mit ihm reden." Und ihn über die Tage vor dem Mord an ihren Eltern ausfragen. Kaltes Grauen kroch ihr über den Rücken. Konnte sie das? Hatte sie den Mut dazu? Dämonen konnte sie sich ohne Weiteres entgegenstellen. Aber auch ihrem Bruder?

Immer wieder erschienen die letzten drei Sätze aus seinem letzten Brief vor ihrem inneren Auge.

Ich will dich nie wiedersehen. Du hast mir die einzigen Menschen genommen, die ich geliebt habe, und das werde ich dir niemals verzeihen. Was mich angeht, kannst du in der Hölle schmoren.

„Er wird uns nicht helfen", schob sie kläglich nach.

„Doch, das wird er. Und jetzt wirst du es sagen."

Ich werde nicht stöhnen. „Ist das dieses Glaubensding?"

„Ja."

„Meinetwegen. Er wird uns helfen." Mürrisch warf sie ihrem

Engel einen Seitenblick zu und ... blieb einfach reglos stehen. Er raubte ihr schlicht den Atem mit seinem zerzausten dunklen Haar und diesen grünen Augen, in denen Begierde funkelte.

Begierde. Er will ... mich?

In ihren Adern breitete sich ein köstliches Feuer aus, versengte sie von innen heraus. Sie erinnerte sich noch gut, wie kühl seine Berührungen einmal gewesen waren, und dann so heiß; oh, Herr im Himmel, diese Verwandlung wollte sie noch einmal spüren ...

„Ich werd mich an unseren Deal halten", platzte es aus ihr hervor.

Seine Brust erstarrte, als hätte er aufgehört, zu atmen, und er breitete die Hände flach auf der Decke aus. „Ich kann dich nicht davon abhalten."

Moment mal. „Du willst mich davon abhalten?", fuhr sie ihn fast schreiend an.

„Nein. Aber ich finde, du bist im Augenblick etwas over-dressed."

Ein Lachen perlte in ihr empor. Hinterlistiger Engel, dass er sie so ärgerte. „Tja, wollen wir doch mal sehen, was ich dagegen unternehmen kann."Bebend griff sie nach dem Revers des Hotelbademantels, den sie nach ihrer Dusche angezogen hatte, und schob sich den Stoff von den Schultern. Das Haar fiel ihr auf den Rücken, kitzelnd auf ihrer nackten Haut, und sein Körper auf dem Bett war plötzlich gespannt wie eine Bogensehne.

„Den Rest, Liebste." Pure Erregung schien direkt unter seiner Haut zu vibrieren, lockte sie unaufhörlich. „Zieh den Rest aus."

Er wollte sie nackt haben, begriff sie. Verletzlich. Ganz in seiner Hand. Und in diesem Augenblick war ihr das mehr als recht.

Langsam schob sie die Finger unter den Bund ihres Höschens aus dem Hotellädchen, zögerte noch einen Moment und streifte dann den winzigen Fetzen Stoff über ihre Beine nach unten. Es kostete sie eine bewusste Anstrengung, sich aufzurichten und die Arme an ihren Seiten zu halten, statt ihre Kurven dahinter zu verbergen. Es war okay, aber das Warten auf seine Reaktion machte sie auch etwas nervös.

„Du bist so wunderschön, Annabelle. Ein Meisterwerk." Gemächlich erhob Zacharel sich auf die Knie, die Flügel weit ausgestreckt. Er zog sich das Gewand aus und kroch zur Bettkante.

Oh, Baby. *Er* war das Meisterwerk. Jeder Zentimeter seines Körpers war wie gemeißelt, scharf definierte Muskeln und Sehnen. Auf seiner sonnengeküssten Haut lag ein Schimmern wie von Diamantenstaub. Aber ... der schwarze Fleck auf seiner Brust, direkt über seinem Herzen, war größer geworden. Kleine Rinnsale schienen sich davon ausgehend über die Haut auszubreiten.

Ein Tattoo konnte es nicht sein.

„Zacharel", setzte sie an, als Sorge um sein Wohlergehen ihr Begehren überschattete.

„Du, und nur du, hast nichts von mir zu befürchten."

Offenbar hatte er ihre Sorge missverstanden. „Zacharel ...“

„Komm her, Liebste. Bitte."

Liebste. Wie sollte sie einem solchen Kosenamen widerstehen? Und dann noch das „Bitte"? Na klar. Sie war ihm vollkommen ausgeliefert. Über den Fleck konnten sie später noch reden.

Viel später.

Sie ging einen Schritt auf ihn zu ... noch einen ... Dann hielt sie inne. „Ich weiß, dass es für dich das erste Mal ist. Ich will nicht, dass du dir Gedanken machst, ob ...“

„Wir werden keinen Sex haben", unterbrach er sie, und die absolute Entschlossenheit in seiner Stimme brachte sie aus dem Gleichgewicht. „Nicht heute."

Es war erschreckend, wie enttäuscht sie war. „Aber warum?" *Und hab ich gerade wirklich so weinerlich geklungen?*

„Wenn wir schließlich miteinander schlafen, wirst du mich in keiner Art und Weise fürchten."

„Aber ich bin nicht ... Ich hab mich nicht ...“

Er wedelte mit der Hand durch die vor Spannung knisternde Luft. „Darüber habe ich lange nachgedacht. Ich habe noch nie irgendetwas mit einer Frau getan, aber jetzt werde ich alles tun ... mit dir." Seine Stimme senkte sich, wurde eine rauchige Liebkosung. „Wir werden uns an den Sex herantasten."

Äh, was genau bedeutete eigentlich „alles"?

Na gut, dann *hatte* sie vielleicht ein bisschen Angst. Aber davon würde sie sich nicht aufhalten lassen.

„Ich will dich, Annabelle", raunte er seidenweich.

„Ich will dich auch." Ein Flüstern erfüllt von schmerzhaftem Verlangen.

„Dann komm zu mir."

Noch ein Schritt und noch einer … bis er die Flügel um sie legen konnte und sie an sich zog. Die Federn kitzelten noch herrlicher als ihre Locken, weicher als Seide, üppiger als Pelz.

Schließlich, als könnte er nicht anders, lagen seine Lippen auf ihren, und er gab ihr einen sanften, berauschenden Kuss, den sie niemals vergessen würde.

„Das gefällt mir", bemerkte er.

„Ja."

„Ich glaube, der Rest wird mir noch besser gefallen."

Ihr Herz schlug schneller. „Lass es uns herausfinden."

„Wenn du dir sicher bist …"

„Das bin ich."

Sanft dirigierte Zacharel sie auf die Matratze und rollte sich auf sie, legte sich zwischen ihre Beine.

In den folgenden Stunden … Tagen … vielleicht sogar Wochen … erforschte er jeden Zentimeter ihres Körpers. Prägte sich ein, wie sie aussah, sich anfühlte, was ihr gefiel. Nichts war tabu, es gab keine Fehler. Ihr blieb nichts, als hilflos aufzuschreien bei der unglaublichen Lust, die sie durchströmte. Anfangs war er zögerlich, vorsichtig mit seinen Händen, liebkoste sie unfassbar sanft. Doch bald änderte sich das, sein Griff wurde fester, als er ihre Brüste knetete … als er weiter nach unten vordrang.

Er benutzte seine Finger … und sie erinnerte sich, dass sie mehr tun konnte als vor Lust schreien. Sie konnte sich winden. Sie konnte sich in seinen Rücken krallen, bis Blut kam.

„Tut mir leid", stieß sie atemlos hervor.

„Mir nicht." Wie unglaublich tief seine Stimme klang. Grollend wie ein Erdbeben. „Mach das noch mal."

Sie wollte … sie brauchte … ihn, nur ihn, doch er hatte innegehalten, erkannte sie. Hatte sich vollständig von ihr gelöst.

Kniend saß er vor ihr, blickte auf sie herunter ... und leckte sich die Lippen.

„Zacharel?"

Dann beugte er sich vor, und es war, als hätte er noch einmal von vorn angefangen, ihren Körper zu erforschen – nur dass er dazu diesmal den Mund gebrauchte. Er küsste jeden Zentimeter ihrer Haut, entlockte ihr einen Orgasmus nach dem anderen, bis sie ihn anflehte, aufzuhören.

Und das tat er – um sich neu zu positionieren, sie mit seinem Gewicht in die Matratze zu drücken.

„Ohne Worte ... Kann dir nicht sagen ... *Fantastisch.*" Tief aus seiner Kehle entsprang ein Knurren, als er jetzt von ihrem Mund Besitz ergriff, seinen Kopf mal hierher und mal dorthin neigte, um sie aus jedem nur möglichen Winkel zu kosten. Die Lust wuchs, das Feuer in ihrem Blut loderte noch heißer. Ihre gesamte Welt konzentrierte sich auf den Mann, der so hingebungsvoll ihren Leib liebkoste.

„Anna ... fass mich an. Du bist dran."

Anna. Er hatte ihren Namen abgekürzt, ihn in einen Kosenamen verwandelt, einen Fluch und ein Gebet. Einen Befehl. Einen Befehl, dem sie Folge leisten würde. Genauso langsam und sorgfältig, wie er es bei ihr getan hatte, erforschte sie seinen Körper. Und weil für ihn nichts tabu gewesen war, gab es auch für sie nichts Verbotenes.

Mit jeder Berührung, jedem Lecken stöhnte er auf, spornte sie an. Seine Kraft begeisterte sie. Die glatte Textur seiner Haut faszinierte sie. Er hatte keinerlei Körperbehaarung. Er war wunderschön und perfekt, und jedes Mal, wenn ihre Finger über seinen Leib glitten, wenn sie mit dem Mund seine Haut liebkoste, war es wie eine Erleuchtung. Genau *so* sollte Sex sein, ganz egal, dass sie heute nicht so weit gehen würden. Dies war genau das, wovon er gesprochen hatte. Eine Vereinigung ihrer Leiber.

Schließlich, als er nicht mehr ertragen konnte, schloss er eine Faust um ihr Haar und führte ihren Mund wieder an seinen.

Sie streckte sich neben ihm aus, gab ihm einen Kuss, dann noch einen, blickte auf ihn hinab. So mitgerissen von seiner Lust, war er nicht länger der piekfeine Engel, mit dem sie es sonst zu tun hatte. Er war zerzaust. Er war angespannt. Er knurrte und stöhnte und rieb sich an ihr.

„Du sollst auch wieder diese Lust spüren", presste er hervor.

„Ich bin so kurz davor, aber ich will, dass du … muss wissen, dass du sie auch spürst."

„Werde ich. Tue ich." Heiß spürte sie seine Finger zwischen ihren Beinen, und augenblicklich erreichte sie den Höhepunkt. Sterne funkelten hinter ihren Lidern, ihr fehlte die Luft zum Atmen.

Alles um sie herum verschwand, selbst Zacharel, sie schwebte davon, kehrte langsam zurück, nur um von Neuem fortzugleiten. Doch auch er musste gekommen sein, so hart, wie sie ihn umfasst hatte, denn ein Brüllen tiefster Erfüllung holte sie zurück ins Bett.

Mühsam zwang sie sich, die Augen zu öffnen. Sie atmete wieder, doch zu flach, zu schnell. Sie bebte am gesamten Körper. In ihrer Mitte breitete sich eine köstliche Lethargie aus.

Irgendwie fand sie die Kraft, den Kopf zu heben und auf Zacharel hinabzublicken. Er lag neben ihr, die Wangen gerötet, die Lider halb gesenkt. Seine Lippen waren geschwollen von ihren Bissen, und heftig hob und senkte sich seine Brust, so sehr war er außer Atem. Auch er zitterte.

„Anna … leg dich … hierher …" Matt klopfte er auf den schwarzen Fleck über seinem Herzen.

„Das ist ein Befehl, den ich ohne den geringsten Widerspruch befolgen werde." Genüsslich schmiegte sie sich an ihn.

Haut an Haut lagen sie da, heiß und verschwitzt. In völligem Einklang schlugen ihre Herzen, zu schnell, zu hart, und doch ein tröstlicher Rhythmus.

„Das hat mir gefallen", befand er.

„Welcher Teil?", neckte sie ihn.

„Jeder einzelne. Bis unser Monat fern des Himmelreichs vorüber ist, werde ich deinen Körper besser kennen als meinen. Es wird nichts geben, was ich nicht mit dir gemacht habe, nichts, was wir nicht ausprobiert haben."

Bis unser Monat fern des Himmelreichs vorüber ist, hatte er

gesagt. Augenblicklich ernüchtert, verspannte sie sich. Für ihn war diese Beziehung nicht von Dauer. Das hatte sie von Anfang an gewusst; er hatte kein Geheimnis daraus gemacht. Selbst sie hatte ja all die Gründe erkannt, aus denen es ihnen ohne einander besser ergehen würde. Aber …

Genau. Aber.

Mittlerweile wollte sie mehr.

„Habe ich dir mit meinen Worten Angst gemacht?", fragte er und verstand ihre Reaktion wieder falsch. Beiläufig ließ er die Finger an ihrem Rückgrat hinabgleiten.

„Nein." Und es stimmte. Verletzt hatte er sie, tief in ihre Seele geschnitten, aber Angst hatte er ihr nicht gemacht. Na ja, zumindest hatte sie ihn für den Moment. Das würde reichen müssen. Und wenn die Zeit kam, sich voneinander zu trennen, würde sie es sein, die hoch erhobenen Hauptes ging. Schon viel zu viele Leute hatten sie verlassen, und sie würde nicht tatenlos zusehen, wie es noch einer tat.

Nie wieder.

22. KAPITEL

Noch nie hatte Zacharel etwas so Berauschendes erlebt wie diese letzten Stunden mit Annabelle. Was immer sie auch taten, solange sie zusammen waren, sich berührten, suchten, war er verloren. Ausgelöscht. Neu geboren.

Und danach ergriff eine unbestimmte Furcht vor der Zukunft Besitz von ihm.

Bei ihr empfand er einfach zu viel. Er wollte sie zu verzweifelt. Eine Beziehung zwischen ihnen würde niemals funktionieren, nicht auf die Dauer, wie er es sich wünschte – doch er *würde* eine Beziehung mit ihr haben. Solange es eben ging.

Wenn sein Monat auf der Erde um war, würde er sie bitten, in seine Wolke einzuziehen. Sie würde Ja sagen. Eine andere Antwort würde er nicht akzeptieren.

„Und was jetzt?", fragte sie ihn gähnend.

„Wir schlafen."

„Nein. Tut mir leid, die Antwort kenne ich schon, die wird nicht akzeptiert. Jetzt reden wir. Ich will mehr über dich erfahren."

So weich, so glatt war ihre Haut. Wie ein seidenes Netz umfing ihn ihr leichter, blumiger Duft, und doch schienen die hauchzarten Fäden stärker als alles, was er je gespürt hatte. „Zum Beispiel?"

„Na ja, ein paar Sachen weiß ich schon. Du wurdest geboren, nicht erschaffen. Du hattest einen Zwillingsbruder, aber aus einem Grund, den du nicht weiter ausführen willst, musstest du ihn töten."

Stumm wartete er darauf, dass sie fortfuhr.

Sie seufzte. „Okay, du bist also noch nicht bereit, meinem Wink mit dem Zaunpfahl zu folgen und über ihn zu reden. Was weiß ich sonst noch? Oh, genau. Du hast einen schwarzen Fleck auf der Brust, und das macht mir Sorgen. Du führst eine Armee von Engeln an, und ich glaube, du entdeckst gerade erst, wie sehr du deine Männer respektierst."

„Erstens: Über den Fleck mach dir keine Sorgen. Zweitens:

Was bringt dich auf den Gedanken, dass ich meine Männer respektiere?"

„Netter Versuch. Als würde mir nicht auffallen, dass du gesagt hast, ich soll mir keine Sorgen machen – statt dass es keinen *Grund* zur Sorge gibt. Ich bin dir auf der Spur, Kumpel."

„Dadurch wird sich meine Antwort nicht ändern."

„Argh! Jedenfalls hat sich von dem Tag in der Anstalt bis zu dem, als die drei Engel uns in Neuseeland aufgespürt haben, dein gesamtes Auftreten ihnen gegenüber verändert, selbst dein Tonfall, wenn du mit ihnen sprichst. Na ja, jedenfalls ein bisschen. Aber bei dir ist das schon ein Riesenfortschritt."

Wie aufmerksam seine Annabelle war. „Ja, ich respektiere meine Männer. Sie haben sich für mich eingesetzt, als ich sie am dringendsten gebraucht habe. Mir wurde gesagt, für das Himmelreich wären sie untragbar, zu gewalttätig, zu respektlos, um sich um ihre Pflichten zu kümmern, doch das glaube ich nicht länger. Jeder von ihnen hat auf irgendeine Weise Leid erfahren, und sie haben ihren Schmerz auf die einzige Art zu bewältigen versucht, die sie kannten." Genau wie er.

„Das sehe ich genauso wie du. Ich kenne zwar erst ein paar von den Kerlen, und die wirken zugegeben alle ziemlich gefährlich, aber sie haben etwas Bemerkenswertes an sich. Etwas, für das es sich zu kämpfen lohnt."

Es gefiel ihm, dass sie eine Lanze für seine Männer brach. „Was weißt du noch über mich?"

„Nur noch eins. Dass du mit einer Gruppe von dämonenbesessenen Kriegern befreundet bist."

„Und du willst mehr erfahren?" Sorgfältig wog er die Dinge, die sie genannt hatte, gegen jene ab, die sie von ihm hören wollte. „Was willst du zuerst wissen? Den Unterschied zwischen geborenen und erschaffenen Engeln oder wie ich mit den Besessenen in Kontakt gekommen bin?"

Wieder seufzte sie, warm und süß und wissend. Ihr war aufgefallen, dass er dem Thema seines Bruders erneut ausgewichen war, doch sie bohrte nicht weiter. „Den Unterschied zwischen Geburt und Erschaffung, bitte."

Er sollte seine Geheimnisse nicht preisgeben. Und es bereitwillig, ja sogar gern zu tun, obwohl so viel Gefahr um sie herum lauerte? Noch schlimmer. Doch er wollte, dass sie ihn auch über seinen Körper hinaus kennenlernte. Wollte alles mit ihr teilen, was ihn ausmachte, sodass sie dasselbe tun würde.

In diesem Augenblick schossen ihm Haidees Worte von vor ein paar Tagen durch den Kopf. *Deine Frau muss wissen, dass sie zu den wichtigsten Dingen in deinem Leben gehört. Definitiv wichtiger als dein Job. Ihr Bruder hat sich von ihr abgewandt, und ihr Freund hat sie fallen lassen wie eine heiße Kartoffel. Sie hat schon so lange keine bedingungslose Liebe mehr erfahren, dass du sie vernichten würdest, wenn du sie behältst, ohne dich an sie zu binden.*

Wie er Haidee bereits gesagt hatte: Er fühlte sich gebunden. Er war sich nur nicht sicher, wie er Annabelle zeigen sollte, wie wichtig sie ihm war. Seine Armee *musste* für ihn an erster Stelle stehen. Seine Pflicht.

„Äh, Zachie?"

Wie war es so weit gekommen, dass ihm jetzt schon diese Abkürzung seines Namens gefiel, solange sie nur von den Lippen dieser Frau kam? „Die Geborenen sind nur ein Teil der Truppen meiner Gottheit und müssen für das erste Jahrzehnt ihres Lebens beschützt werden", erklärte er. „Sie sind schwach und müssen vieles erst lernen. Essen, laufen, fliegen."

„*Sieh nur, Zacharel! Sieh, wie hoch ich fliege.*"

„*Du machst das so gut, Hadrenial. Ich bin stolz auf dich.*"

„Genau wie wir Menschen", stellte Annabelle fest. „Bis auf das Fliegen natürlich."

„Ja." Gedankenversunken spielte er mit einer ihrer schwarzen Locken. „Die Erschaffenen waren von dem Moment an stark, in dem sie die Augen öffneten, aber sie haben es niemals wirklich geschafft, die Menschen, für deren Schutz sie sich einsetzen sollen, zu verstehen. Das ist einer der Gründe, warum sowohl die Geborenen als auch die Erschaffenen nützlich sind. Ihre Fähigkeiten liegen auf unterschiedlichen Gebieten, sie greifen einander dort unter die Arme, wo es den anderen an etwas fehlt."

„Wer hat sie erschaffen?"

„Der Höchste."

Trotz seiner Position hatte Zacharel niemals Verständnis oder Sympathie für die Menschen aufgebracht. Er hatte seine Zeit der Schwäche hinter sich gelassen, doch den Menschen schien das niemals zu gelingen. Für ihn waren sie wie Sandkörner – vorhanden, aber allzu schnell in der Masse untergegangen und vergessen.

Was ist mit dem Menschen in deinen Armen? Sie ist nicht schwach, und sie wirst du niemals vergessen.

Nein, das war sie nicht, und nein, das würde er nicht.

Warm liebkoste ihr Atem seine Brust. „Ich versuche gerade, mir den kleinen Zacharel vorzustellen. Durftest du als Kind spielen?"

„Nein. Schon damals hatten Hadrenial und ich Pflichten zu erfüllen. Wenn wir nicht unterrichtet wurden, wurden wir als Botenjungen und Beobachter eingesetzt. Manchmal haben wir sogar menschliche Seelen zu ihrer ewigen Heimstatt geleitet."

Hadrenial hatte diesen Teil ihres Lebens gehasst.

„Sieh nur, wie ihre Angehörigen um sie weinen. So viel Schmerz kann ich nicht ertragen."

„Sie werden einander wiedersehen. Eines Tages."

„Werden sie das? Was, wenn einer in den Himmel kommt und einer in die Hölle?"

„Das wäre nicht unsere Schuld. Es wäre ihre."

„Es muss doch etwas geben, womit wir ihnen helfen können. Um sicherzugehen."

Am liebsten hätte Zacharel die Aufgabe des Totengeleits allein übernommen, doch das hatte er sich nicht erlaubt. Er hatte gehofft, irgendwann würde sein Bruder sich daran gewöhnen, dass er nicht länger jene Sanftmut zeigen würde, die jeden Aspekt seines Lebens überschattet hatte.

Er hatte sich getäuscht.

„Das tut mir so leid", murmelte Annabelle und holte ihn zurück in die Gegenwart.

Erschrocken fuhr er zusammen, fürchtete einen Augenblick lang, er hätte die lange zurückliegende Unterhaltung laut wiederholt. „Warum?"

„Ihr wurdet um eure Kindheit beraubt. Jedes Kind, selbst ein zukünftiger Kriegerengel, hat es verdient, sich entspannen und Spaß haben zu dürfen." Ihr entfuhr ein warmes Lachen. „Mein Bruder und ich haben immer im ganzen Haus Verstecken gespielt, und einmal hab ich mich ein bisschen zu gut versteckt. Über eine Stunde lang hat er nach mir gesucht, und irgendwann bin ich eingeschlafen. Schließlich hat er meine Eltern zu Hilfe gerufen, und ihren Erzählungen nach haben sie bei der Suche nach mir quasi das gesamte Haus auseinandergenommen. Als sie mich auch mit vereinten Kräften nicht finden konnten, haben sie die Polizei gerufen, weil sie dachten, ich wäre entführt worden."

Dieses Vergnügen in ihrer Stimme ... Ich will dieses Gefühl in ihr wecken. „Wo warst du denn?"

„Im Trockner, schön eingekuschelt in die noch warmen Handtücher." Leise kicherte sie, ein Geräusch so prickelnd wie Champagner. „Vielleicht können wir ja irgendwann auch mal zusammen Verstecken spielen. Dann machen wir ...." Sie verstummte. Hörte einfach mitten im Satz auf.

Beunruhigt streckte Zacharel die Hand aus, wollte schon sein Feuerschwert herbeirufen, während er den Raum mit Blicken abtastete. Doch kein Dämon sprang aus den Schatten hervor oder glitt durch die Wände, und er entspannte sich.

„Egal", fuhr sie fort. „Also, weiter im Text, wie bist du an diese besessenen Krieger geraten?"

Sie hatte sich unterbrochen, weil sie über die Zukunft geredet hatte, ihre Zukunft, obwohl sie es besser wusste.

„Du wirst bei mir bleiben, Annabelle", sagte er.

„Fürs Erste", erwiderte sie.

„Und weit länger."

„Ich weiß. Den vereinbarten Monat."

Das klang, als wollte sie ihn abwiegeln. „Du hast vor, mich danach zu verlassen?", presste er hervor.

„Na ja, sicher. Und warum bist du auf einmal so angefressen? Dieser Plan sollte dich glücklich machen."

„Ich bin nicht glücklich."

„Aber du hast gesagt, nach unserem Monat auf der Erde sollten unsere Wege sich trennen."

„Nichts dergleichen habe ich gesagt. Du wirst bei mir bleiben, das steht nicht mehr zur Debatte."

„Tut es wohl, ich …"

Laut sprach er über sie hinweg. „Und jetzt werde ich dir meine Geschichte erzählen." Er machte keine Pause, gab ihr keine Chance, ihn zu unterbrechen. „Einer der Krieger war besessen von Hunderten von niederen Dämonen. Ohne es zu wollen, vergiftete er alle um ihn herum, also wurden wir geschickt, um ihn zu retten – oder ihn zu töten, wenn uns das nicht gelänge. Seine Freunde … waren nicht sehr begeistert. Mit solchen Wesen hatte ich nie zuvor zu tun gehabt, und bald begriff ich, dass sie ihre Dämonen bekämpft hatten, immer noch gegen sie ankämpften, Tag für Tag. Auf seltsame Weise waren sie tapferer, besser, ehrenhafter als andere, die mir begegnet waren. Sie würden niemals zulassen, dass das Böse von ihrem Leben Besitz ergriff."

„Aber du bist auch tapfer und ehrenhaft, Zacharel."

Er schmeckte keine Lüge. Sie glaubte wirklich, was sie sagte. „Warum solltest du mich dann verlassen wollen?"

„Darum", war die einzige Antwort, die er dem sturen Weib darauf entlocken konnte.

Weil sie die Wahrheit über ihn nicht kannte?

Nie hatte er über die Ereignisse gesprochen, die zu Hadrenials Tod geführt hatten. Weder mit einem anderen Engel noch mit seiner Gottheit. Doch Annabelle würde er es erzählen, beschloss er. Alles würde er ihr erzählen. Sie würde endlich die Wahrheit kennen, und von dort aus könnten sie sich gemeinsam eine Zukunft aufbauen.

„Mein Bruder wurde entführt. Wir waren zusammen, eskortierten eine Seele ins Himmelreich, als eine Horde von Dämonen uns angriff. Ich habe mit ihnen gekämpft und dachte, es wäre Hadrenial gelungen, die Seele in Sicherheit zu bringen. Aber …" Er schluckte den bitteren Geschmack der Reue hinunter. „Auch wenn die Seele es in den Himmel geschafft hatte – Hadrenial war das nicht gelungen. Er war einfach verschwunden."

Mit der Fingerspitze zeichnete sie ein Herz auf den schwarzen Fleck über seinem Herzen. „Nicht zu wissen, was passiert war, muss eine Qual gewesen sein."

„Ja. Ich habe nach ihm gesucht. Ein ganzes Jahr lang habe ich nach ihm gesucht, doch nirgends war eine Spur von ihm zu entdecken. Ich nahm jeden Dämon in die Mangel, den ich kriegen konnte, und jeder einzelne behauptete, nie von ihm gehört zu haben. Doch dann, eines Tages, kam ich nach Hause und er war dort. Einfach nur … da, an mein Bett gefesselt. Er war nur noch eine Hülle seiner selbst, denn seine Entführer hatten ihn ausgehungert und geschlagen. Schlimmer noch, sie hatten seinen Überlebensdrang gegen seine moralischen Grundsätze ausgespielt. Für jeden Bissen Nahrung, jeden Tag ohne eine Faust im Gesicht oder in der Magengrube hatte er etwas Abscheuliches tun müssen, wie zum Beispiel einem Menschen wehtun, den sie zu ihm in die Zelle geworfen hatten."

Eine warme Flüssigkeit tropfte dorthin, wo sein Herz schlug, und er wusste, dass Annabelle Tränen über die Wangen liefen. „Es tut mir so leid", sagte sie noch einmal.

„Ich bin nicht derjenige, der solches Elend ertragen musste."

„Aber dir war auch elend."

„Nicht so sehr wie meinem Bruder."

„Schmerz ist Schmerz." Sanft drückte sie einen Kuss auf die Stelle, wo sie das Herz gezeichnet hatte. „Hast du all diese Jahre enthaltsam gelebt wegen dem, was ihm widerfahren ist? Weil er keine Freude im Leben gefunden hat, wolltest du auch keine erleben?"

„Nein. Natürlich … nicht", widersprach er, doch er geriet ins Stocken. So hatte er es noch nie betrachtet, aber so deutlich ausgesprochen ließ es sich kaum widerlegen. „Ich weiß es nicht."

„In der ersten Zeit nach meiner Einweisung hab ich mich nicht gewehrt, wenn die anderen Patienten mich belästigt haben. Ich habe meinen Ärzten nicht widersprochen und jede Tablette geschluckt, die sie mir vorgesetzt haben, weil ich nichts mehr spüren wollte. Und ich hatte meine Eltern leiden sehen, wusste, dass ich auf ganzer Linie versagt hatte, sie im Stich gelassen hatte. Ich glaubte, ich hätte jede einzelne Grausamkeit verdient, die mir widerfuhr."

„Du warst ein Kind. Was hättest du denn noch unternehmen können?"

„So wie du noch ein Kind warst, als dein Bruder gefangen genommen wurde?"

Schmerzhaft verkrampfte sich sein Kiefer. Sie versuchte, ihn von seinen Fehlern freizusprechen. Auch wenn es ihm gefiel, dass sie das wollte, gab es einen großen Unterschied zwischen ihren Geschichten. Sie hatte um das Leben ihrer Eltern gekämpft; er hatte es seinem Bruder genommen.

„Hadrenial hat mich angefleht, ihn zu töten. Doch ich konnte es nicht. Nicht zu Beginn. Ich liebte ihn mit jeder Faser meines Seins, und endlich war er wieder bei mir. Ich glaubte, er würde wieder gesund werden, und körperlich wurde er es. Aber er war fest entschlossen, zu sterben, und fügte sich immer wieder auf grausamste Weise Schaden zu. Fügte auch anderen Leid zu, um sie zu zwingen, die Hand gegen ihn zu erheben. Ich wusste, eines Tages würde es ihm gelingen, und wenn das geschähe, würde seine Seele in die Hölle verbannt. Ich hätte ihn nie wiedergesehen."

„Also hast du es schließlich getan." Tiefe Trauer lag in ihrer Stimme.

„Ja. Ich habe ihn getötet, um ihn zu retten."

Er rechnete mit Abscheu. Mit Entsetzen. Doch stattdessen fragte Annabelle ruhig: „Und so dafür gesorgt, dass ihr eines Tages wieder zusammen sein könnt?"

„Nein", krächzte er. „Er wollte nicht weiterleben, nicht einmal ein Leben nach dem Tod. Ich schenkte ihm den Wahrhaftigen Tod. Ich habe seinen Geist vergiftet."

„Das verstehe ich nicht."

„Wie die Menschen sind wir Geister, die Quelle des Lebens. Wir haben eine Seele, also unsere Logik und unsere Emotionen, und wir leben in einem Körper."

„Aber … Was ist denn dieser Geist genau, wenn er nicht dasselbe ist wie die Seele?"

„Die Seele ist sozusagen ein Mittler, verwoben mit dem Geist und dem Körper. Ohne den Geist könnte der Leib nicht weiter-leben. Stell dir den Geist als Stromquelle vor, die Seele als Stecker und den Körper als das ‚Gerät‘, das dadurch angetrieben wird. Verstehst du, was ich meine?"

„Ja."

„Für einen Wahrhaftigen Tod müssen alle drei vernichtet werden. Ich flößte ihm das Wasser des Todes ein und vergiftete damit seinen Geist und seine Seele. Dann habe ich seinen Leib verbrannt." Und immer noch hegte ein kleiner Teil von Zacharel die Hoffnung, dass Hadrenial nicht wirklich gestorben war, nicht einmal dann, dass sein Geist in das Königreich des Höchsten ge-langt war und dort auf Zacharels Tod wartete. Damit sie eines Tages wieder vereint sein könnten.

„Es tut mir so leid, Zacharel. Eine so qualvolle Entschei-dung … ein so grausamer Verlust …"

Wenn sie noch weiterredete, würde etwas in ihm zerbrechen. Er spürte es, tief in seinem Inneren. Wühlend grub sich der Kum-mer durch seine Brust, kurz davor, aus ihm herauszubrechen. „Schlaf jetzt, Annabelle." Er küsste sie auf den Scheitel. „Morgen musst du dich *deinem* Bruder stellen."

Bis zum Morgen war Zacharels neu entdeckte Begierde durch Annabelle in seinen Armen fast ins Unermessliche gewachsen. Unruhig hatte sie sich hin und her geworfen, ihren Leib an sei-nem gerieben, ihn überall mit ihren Händen berührt.

Er hatte nichts dagegen unternommen. Und das würde er auch nicht, bis er ihr das Versprechen abgerungen hatte, bei ihm zu bleiben.

Während sie duschte – und er gegen den Drang ankämpfte, zu ihr unter die Dusche zu steigen –, rief er Thane herbei und befahl dem Krieger, ein rosa T-Shirt und eine Jeans für sie zu besorgen, und dazu neue Unterwäsche. Auch in Rosa. Zacharel wollte sie in der weiblichen Farbe sehen, also würde er das auch. So einfach war das.

Zu seinem größten Erstaunen trug Thane die gewünschte Kleidung bereits in einer Luftfalte bei sich. Während Zacharel die Preisschilder abmachte, fragte er sich, ob die Sachen für eine der Geliebten des Mannes gedacht gewesen waren.

„Hast du noch eine zweite Garnitur?" Nur für den Fall.

„Natürlich." Thane übergab ihm die Kleider und Zacharel verstaute das zweite Outfit in einer Luftfalte.

„Die hier wird sie auch brauchen, denke ich", setzte Thane nach und hielt ihm zwei juwelenbesetzte Dolche hin.

Als er sie annahm, bat er: „Warte hier." Dann ließ er Thane auf dem Balkon zurück, während er die Kleider ins Bad legte, wo die Luft schwül war vom Wasserdampf und nach einem blumigen Shampoo duftete. Und, noch besser: Annabelle sang leicht schief vor sich hin.

„Loves like a hurricane, hmmhm hmmhm hmmhm hmmhm, bending beneath the weight, hmmhm, hmmhm, mercy."

Sie kannte nicht den gesamten Text, wurde ihm klar, und er musste ein Grinsen unterdrücken. Entzückend. Aber was ihn am meisten ergriff, war, dass sie … glücklich klang.

Er ging, bevor sie ihn beim Zuhören – und Genießen – erwischte, und kehrte auf den Balkon zurück. Durch die offene Tür sickerte die Kühle der Morgendämmerung hinein.

Thane stand auf dem Balkongeländer, bereit zum Abflug. „Deine nächste Mission ist, ihr etwas zu essen zu beschaffen."

„Bin ich jetzt ihr Diener?"

„Nein. Meiner."

„Warum macht mir das alles nichts aus?", murmelte der Krieger. „Warum hab ich allen Ernstes Spaß an der Sache?" Golddurchwirkte weiße Flügel waren plötzlich rauschend in Bewegung und Thane schoss himmelwärts. Er blieb nicht lange fort, höchstens zehn Minuten, doch als er zurückkehrte, hatte er einen zum Bersten gefüllten Sack voller Brot, Käse und Obst im Schlepptau.

„Danke."

Überraschung schimmerte in Thanes saphirblauen Augen auf, gefolgt von einem respektvollen Neigen seines Kopfes. „Jederzeit. Glaub ich."

Knapp ratterte Zacharel eine Adresse herunter. „Vergewissere dich, dass der Eigentümer zu Hause ist. Wenn nicht, warte auf ihn. Sobald du seine Anwesenheit bestätigen kannst und ich an deine Stelle getreten bin, kannst du dir den Rest des Tages freinehmen."

Ein weiteres „Danke", und Thane verschwand.

Fünfzehn Minuten später, gerade als Annabelle aus dem Bad kam, glitt ein gewispertes *Er ist da* in seinen Kopf.

Eigentlich wollte er antworten, doch er war sprachlos. Konnte einfach nur Annabelle anstarren. Der Dampf aus der Dusche hüllte sie in eine Wolke, einen traumartigen Dunst. Dick und seidig hing ihr das glattgeföhnte Haar über die Arme. Rosa Baumwolle spannte über üppigen Brüsten. *Diese Brüste habe ich mit meinem Mund liebkost.* Wie ein erotisches Versprechen schmiegte sich die Jeans an ihre langen Beine. Er war sich nicht sicher, wie er es fand, dass Thane ihre Kleidergröße exakt getroffen hatte.

So jung und frisch sah sie aus, so … unschuldig. „Gefällt's dir?", fragte sie.

„Mehr als das. Du bist bezaubernd."

„Das liegt am Rosa."

„Es liegt an der Frau."

Langsam breitete sich ein Grinsen auf ihrem Gesicht aus. „Da ist aber heute jemand zuvorkommend." Sie warf einen schnellen Blick auf den reich gedeckten Tisch und wieder zurück zu ihm. „Ich bin zu nervös, um zu essen."

„Du musst bei Kräften bleiben. Ich werde keine Ausreden gelten lassen."

„Jawoll, Sir", erwiderte sie und salutierte frech. „Ach ja, das mit dem ‚zuvorkommend' nehme ich zurück."

„Das kannst du nicht."

„Aber so was von."

Jetzt, da er mit jedem Zentimeter ihres Körpers aufs Intimste vertraut war, hatte sich die Art ihrer Beziehung wohl grundlegend verändert. Sie hatte versucht, ihn zu warnen: Niemals würde sie sich seinen Befehlen beugen, daran würde er sich gewöhnen müssen.

Und solange sie bei ihm war, gefiel es ihm sogar.

Eine halbe Stunde lang stocherte sie in ihrem Essen herum, bevor er mit der einen Hand ihren Arm ergriff, mit der anderen eine Banane, und sie mit sich nach draußen zog. Dabei versteckte er sie in einer Luftfalte vor neugierigen Augen. Bis sie am Haus ihres Bruders angelangt waren, hatte sie immerhin die Hälfte der Banane hinuntergewürgt. Nicht gut genug, aber es würde reichen müssen.

Als sie auf der Veranda landeten, sah Zacharel seinen Soldaten davonfliegen. Er wäre lieber körperlos in das Haus geschwebt, doch Annabelle bestand darauf, zu klopfen und zu warten, bis sie hereingebeten wurden. Manieren. Wie ungewohnt. Doch in Zacharel regte sich der Verdacht, dass der Bruder ihr die Tür gar nicht erst öffnen würde, deshalb sorgte er dafür, dass durch den Spion und von den Fenstern aus nur er zu sehen war. Annabelle hielt er weiter in der Luftfalte verborgen.

„Vielleicht sollten wir wieder gehen", murmelte Annabelle und rieb sich das Brustbein.

Das tat sie immer, wenn sie nervös war. Oder sich fürchtete. Warum? „Er wird dir nicht wehtun. Das lasse ich nicht zu."

In ihrem kristallenen Blick lag ein tiefer Ernst. „Es gibt Tausende von Arten, jemanden zu verletzen, Zacharel."

Das wusste er nur zu gut. „Es gibt auch Tausende von Arten, solche Verletzungen zu heilen. Vertrau mir in dieser Sache. Dein Glaube ist da draußen. Du hast gesagt, du erwartest, dass sich zwischen dir und deinem Bruder eine Beziehung aufbaut. Und langsam glaubst du auch daran, ob dir das klar ist oder nicht. Deshalb bist du hier. Also, selbst wenn es nicht danach aussieht, als würde alles nach deinen Wünschen verlaufen, glaub weiter daran. Wenn du nicht aufgibst, wirst du Ergebnisse sehen."

Als er mit den Knöcheln an die hölzerne Eingangstür klopfte, nahm sein Gewand die Gestalt eines schlichten weißen T-Shirts und einer gerade geschnittenen Freizeithose an. Er wartete eine Minute, dann zwei, und klopfte noch einmal. Als das zu keinem Ergebnis führte, klingelte er Sturm. Er wusste, dass Brax Miller da drinnen war. Thane hätte ihn nicht gehen lassen.

Schließlich ertönte eine barsche Stimme: „Ich komm ja schon.

Himmel noch eins." Schnelle Schritte, das leise Quietschen von Scharnieren, dann stand ein hochgewachsener Mann Mitte zwanzig mit schlanken Muskeln vor ihm.

Brax hatte dasselbe blauschwarze Haar wie Annabelle, nur dass seins kurz geschnitten und zerwühlt war. Seine schrägstehenden Augen waren golden statt eisblau. So, wie Annabelles Augen früher ausgesehen hatten, hätte Zacharel wetten mögen.

„Ja?", knurrte der Mann. Er trug nichts außer einer hastig übergestreiften Jeans, die noch offen stand.

An seiner Seite sog Annabelle die Luft ein. Was der Mensch jedoch nicht hörte. Für ihn war sie nicht wahrnehmbar. „Du bist Brax Miller." Ein Mann, der nach dem Tod seiner Eltern eine Menge Geld geerbt hatte. Geld, das er innerhalb des nächsten Jahres vollständig verschleudern würde, wenn es nach dem Bericht ging, den Thane ihm so viele Tage zuvor gebracht hatte. Dem Bericht über Annabelles Leben und das ihrer noch verbliebenen Familie.

„Und?" Um seine rotgeränderten Augen herum zeigten sich angespannte Falten, auf seinem Kinn ein leichter Bartschatten. Doch beides nicht aufgrund von Schlafmangel. Aus seinen Poren sickerte der Gestank von Alkohol und … Zacharel schnüffelte … Heroin. Wundervoll. Er war drogensüchtig, seine Erinnerungen wahrscheinlich verzerrt.

Doch es spielte keine Rolle. Zacharel musste es versuchen. „Und du wirst mich hereinlassen und wir werden über deine Schwester reden."

Plötzlich senkte sich eine erschreckende Starre über den Mann. Vielleicht als Reaktion auf den Klang der Wahrheit in Zacharels Stimme. Bloß dass in jenen goldenen Augen plötzlich eine schreckliche Mischung von Emotionen explodierte und er fauchte: „Ich habe keine Schwester!" Mit einem Ruck versuchte er Zacharel die Tür vor der Nase zuzuschlagen, doch der stemmte einen Fuß in den Türspalt.

„Wir haben es auf deine Weise versucht", sagte er zu Annabelle. „Jetzt wird es Zeit für meine Weise." Flach legte er Brax eine Hand auf die Brust und stieß ihn zurück. Nur ein kleiner Schubs, doch der Mann flog rückwärts und krachte an die Wand hinter ihm.

Zacharel marschierte durch die Tür und warf sie mit dem Fuß hinter sich zu, nachdem er auch Annabelle nach drinnen gezogen hatte. Als der Junkie aufsprang, um sich auf ihn zu stürzen, entließ Zacharel die Luft, die Annabelle bisher vor seinen Augen verborgen hatte.

Stolpernd hielt Brax inne, wankte unsicher vor und zurück. Einen Moment lang konnte er nur immer wieder „Annabelle", „Anstalt" und „hier" vor sich hin stottern.

„Überraschung. Ich bin draußen", erklärte sie sichtlich geknickt.

„Glaub daran", fuhr Zacharel sie an.

Sie schluckte und nickte dann. „Und ich freu mich, dich zu sehen. Eines Tages wirst du auch froh sein, mich zu sehen."

Langsam erholte sich Brax und straffte die Schultern. „Was machst du hier? Dein Ausbruch ging durch alle Medien, aber ich hätte nicht gedacht, dass du so bescheuert bist, ausgerechnet zu mir zu kommen."

Augenblicklich packte Zacharel den Mann bei der Kehle und drückte ihn an die Wand, sodass seine Füße in der Luft baumelten. Bis Annabelles Glaube sich manifestierte, würde er dafür sorgen müssen, dass Brax sich benahm. „Du wirst dich in Acht nehmen, wie du mit ihr redest, oder du wirst leiden."

Eine weiche Hand auf seiner Schulter, eine flehende Stimme an seinem Ohr: „Zacharel. Bitte lass ihn runter. Trotz allem liebe ich ihn so sehr wie du Hadrenial. Ich will nicht, dass ihm Leid zugefügt wird."

Goldene Augen wurden immer größer – traten aus purer Luftnot hervor, um ehrlich zu sein –, als Zacharel den Druck verstärkte. „Nur noch einen Moment. Er war respektlos zu dir."

„Aber überleg mal, was er durchgemacht hat. Er hat die Leichen in unserer Garage gesehen, all das Blut. Dann musste er das noch einmal durchleben, als die Polizei ihm Fotos vom Tatort gezeigt hat. Er glaubt, ich hätte unsere Eltern ermordet."

Brax' Lippen verfärbten sich bläulich. Und immer noch gab Zacharel nicht nach.

„Also gut, wie wär's hiermit", schlug sie vor. „Wir haben Fragen und er könnte Antworten haben, weißt du noch? Und wenn du ihn umbringst, nimmst du meinem Glauben jede Möglichkeit, noch wahr zu werden."

„Also gut, wenn du meinst." Unvermittelt löste Zacharel die Finger vom Hals des Mannes, sodass der auf dem gefliesten Boden zusammensackte.

„Ich werde ... dir nicht helfen ... zu fliehen", schwor Brax zwischen röchelnden Atemzügen.

Sie hob das Kinn, das Musterbild der Sturheit, mit dem er mittlerweile so vertraut war. „Ich brauche deine Hilfe nicht."

Brax entwich ein bitteres Lachen und er rappelte sich auf. „Bist du dann hier, um mir wieder zu erzählen, irgendwelche Monster hätten Mom und Dad umgebracht?"

Ihr Kinn hob sich einen weiteren Zentimeter. „Nicht *irgendwelche* Monster. Ein einziges. Aber nein. Ich will nur wissen, was du in den Tagen vor ihrem Tod so gemacht hast. Irgendetwas Ungewöhnliches wie zum Beispiel einen Besuch bei einer Hellseherin? Oder hast du mit einem Ouija-Brett gespielt?"

Wütend starrte er sie an. „Ist mir egal, was dein Freund mit mir macht. Du bist noch abgedrehter, als ich dachte, wenn du glaubst, ich würde darüber mit dir reden."

„Ich habe dich gewarnt", knurrte Zacharel, bevor Annabelle reagieren konnte. Er lächelte, doch es war nicht das schöne Lächeln, das ihm Annabelle entlocken konnte. In voller Pracht breiteten sich seine Flügel hinter ihm aus, während er auf den jetzt mit offenem Mund dastehenden Menschen zuschritt. „Dir ist egal, was ich mit dir mache? Na dann lass uns doch herausfinden, ob ich dich dazu bringen kann, deine Meinung zu ändern."

23. KAPITEL

Von einer Sekunde auf die andere waren Zacharel und Brax verschwunden.

Annabelle wartete und wartete, doch keiner der Männer tauchte wieder auf. Sorge nagte an ihr, denn sie wusste, dass sie irgendwann zurückkehren würden – doch was sie nicht wusste, war, ob ihr Bruder dann tot oder lebendig wäre, und sie wollte ihn lebendig. Er *würde* sich wieder nach einer Beziehung zu ihr sehnen, wie Zacharel es versprochen hatte. Basta.

Er hatte ihr so sehr gefehlt. Trotz seiner momentanen Haltung ihr gegenüber war er immer noch ihr großer Bruder. Der, der ihr Kopfnüsse verpasst hatte, bis sie in Tränen ausgebrochen war. Der, der sie durchgekitzelt hatte, bis sie sich vor Lachen in die Hose gemacht hatte. Und der, der sie sofort in den Arm genommen hatte, wenn jemand ihre Gefühle verletzt hatte.

Doch als sie ihn jetzt wiedergesehen hatte, hätte sie im ersten Moment weinen mögen. Nicht aus Heimweh, auch wenn das ebenfalls mit voller Macht auf sie eingestürmt war, sondern aus tiefer Trauer. Nach all den Jahren schien der lockere, fröhliche Junge von damals zu einem gepeinigten Mann herangewachsen zu sein.

Er war zwei Jahre älter als Annabelle, und immer hatte sie zu ihm aufgesehen, ihn bewundert. In der Highschool waren alle Mädchen hinter ihm her gewesen und alle Jungs hatten sich an seine Stelle gewünscht. Für ihn hatte es keinen Tag ohne Verabredung gegeben, jeder hatte gehofft, etwas mit ihm unternehmen zu können. Mehr als einmal hatte er Ärger gekriegt, weil er sich nachts rausgeschlichen hatte. Zwei Autos hatte er zu Schrott gefahren. Dann war er aufs College gegangen und es hatte ausgesehen, als käme er zur Ruhe, nähme das Leben langsam ernst.

Jetzt … wirkte er wie eine leere Hülle seines alten Ich.

Ziellos wanderte Annabelle durch das Haus, ein rustikales zweistöckiges Gebäude aus Holz und Naturstein. Nach hinten raus bot es einen atemberaubenden Ausblick auf die Berge. Als Erstes fiel ihr auf, dass er schlampig war. Überall lagen Klamotten, leere Essensverpackungen und Bierflaschen herum. Es gab wenig Nippes und kein einziges Bild von ihr oder ihren Eltern.

Nein, Moment. Auf dem Nachttisch neben seinem schmalen Doppelbett lag ein Bilderrahmen mit einem Foto ihrer Eltern, mit dem Rücken nach oben. Warum hatte er das Bild umgedreht? Ihr zog sich die Brust zusammen und Tränen traten ihr in die Augen, als sie es in die Hand nahm.

„Was willst du werden, wenn du mal groß bist, Annabelle?", wisperte die sanfte Stimme ihrer Mutter in ihrem Kopf.

Sie schloss die Augen, stellte sich vor, wie ebenso sanfte Finger ihr das Haar aus dem Gesicht strichen und die widerspenstigen Strähnen hinters Ohr steckten. *Ich weiß nicht. Ich kann mich nicht entscheiden. Ich will um die Welt reisen. Ich will Menschen helfen. Ich will wunderschöne Kleider anziehen und tolles Essen essen und rauschende Feste geben.*

Ein warmes Lachen erfüllte die Luft zwischen ihnen. „Du willst ja ziemlich viel. Hmm, wie wär's mit … Stewardess, verheiratet mit einem Prinzen?"

Mühsam schluckte Annabelle ein Schluchzen hinunter und stellte das Bild richtig herum auf. Dann zwang sie sich, das Zimmer zu verlassen. Die Tür zum Bad neben dem Schlafzimmer stand offen und sie trat ein, nur um wie angewurzelt stehen zu bleiben. Vor ihr lagen eine leere Spritze, ein Löffel, ein Feuerzeug, ein dickes Gummiband, ein Plastiktütchen mit mehreren kleinen bräunlichen Kügelchen darin … Mit Sicherheit eine Droge, doch welche, wusste sie nicht.

Sie dachte zurück an Brax, wie er in der Tür gestanden hatte. Er hatte kein Oberteil angehabt. Waren da Einstiche in seinen Armbeugen zu sehen gewesen? Sie … wusste es nicht. Sie war zu sehr damit beschäftigt gewesen, von einer Emotion in die nächste katapultiert zu werden. Freude, Schuld, Nostalgie, Zorn und wieder Schuld, dann Bedauern und schließlich jene Trauer, die ihr fast die Tränen in die Augen getrieben hatte.

Vielleicht war er gar nicht drogensüchtig. Vielleicht hatte er einen Mitbewohner und …

Aber nein. Mit diesen blutunterlaufenen Augen, den eingefallenen Wangen und der wächsernen Haut war eindeutig er der Junkie, nicht sein potenzieller Mitbewohner. Kein Wunder, dass er das Foto ihrer Eltern umgedreht hatte. Er hatte nicht gewollt, dass sie sahen, was er hier tat. Mit Macht kehrten die Schuldgefühle und die Trauer zurück, schnürten ihr die Kehle zu.

Ihre Schultern sackten herab, als die Verantwortung für das alles sich schwer auf sie legte. Wahrscheinlich hatte er angefangen, sich zuzudröhnen, um dem Schmerz des Verlusts zu entkommen.

„Schatz, ich bin zu Hause", erklang von unten eine Frauenstimme.

Schatz? Einen Augenblick lang hob sich die Last von ihren Schultern. Wie schlimm konnte seine Abhängigkeit schon sein, wenn eine Frau bereit war, es hinzunehmen? Dann ergriff eine entsetzliche Starre Besitz von Annabelle. Diese Stimme kannte sie. Aber … woher?

Erst vor Kurzem hatte sie sie gehört, da war sie sich sicher.

„Schatz? Hast du mich nicht gehört?"

Wie ein Schlag traf sie die Erkenntnis. Driana, die Frau aus dem Club. Besessen von einem Dämon. Böse. Die Luft in Annabelles Lungen schien zu gefrieren, kristallisierte, schnitt in ihr Fleisch. Eine Waffe. Sie brauchte eine Waffe. Natürlich hatte sie die neuen Messer, die Zacharel ihr gegeben hatte, aber Klingen hatten Driana schon einmal nicht aufhalten können. Hektisch suchte sie das Bad nach etwas Besserem ab, dann das Schlafzimmer. Unter einem Kissen fand sie schließlich eine Pistole.

Sie hatte noch nie eine Waffe abgefeuert, war sich nicht einmal sicher, ob das Ding geladen war, aber vielleicht würde schon die bloße Drohung, auf sie zu schießen, Driana Beine machen. Breitbeinig stellte sie sich hin, hob den Arm und richtete den Lauf der Waffe auf die geöffnete Tür.

„Brax?" Schritte hallten im Flur, kamen immer näher. „Schatz, antworte. Ich weiß, dass du da bist. Außer, du bist tot?" Ein hässliches Kichern. „Das wäre aber traurig."

Ein paar Sekunden später kam Driana um die Ecke und betrat das Zimmer. Als die wunderschöne Blondine Annabelle bemerkte, keuchte sie auf und erstarrte. Sie verengte die Augen, doch nicht bevor Annabelle ein Funkeln der Befriedigung und des Triumphs darin entdeckte. „Sieh an, sieh an. Du hast beschlossen, dich zu uns zu gesellen."

Mit ruhiger Hand zielte Annabelle weiter auf ihre Gegnerin, während sie sie einer schnellen Musterung unterzog. Das nuttige Kleid war verschwunden. Heute trug Driana ein konservatives Kostüm in Anthrazit, wie maßgeschneidert schmiegten sich Hose und Blazer an ihre üppigen Kurven. Ob ihre Wunden noch verbunden waren, konnte Annabelle nicht erkennen. „Du bist die Freundin meines Bruders?", verlangte sie zu wissen.

„Freundin?" Ein Grinsen, während Driana ihre Handtasche öffnete und einen Lippenstift hervorholte, mit dem sie sich die Lippen nachzog. *Schmatz, schmatz.* „Nein. Ich bevorzuge es, mich als seinen Ruin zu bezeichnen. Aber hey, nenn es, wie du willst. Mir ist es egal."

„Pass lieber auf, was du sagst. Ich bin die mit der Waffe."

„Oh, tu dir keinen Zwang an. Drück den Abzug. Verletz mich, töte mich. Lock die Bullen her." Achtlos warf Driana den Lippenstift zurück in ihre Handtasche. „Sie sind gleich da draußen, nur zu deiner Info. Beobachten das Haus, warten darauf, dass du Kontakt zu deinem Bruder aufnimmst. Ein Schuss und sie werden glauben, dass du gekommen bist, um den Job zu beenden, den du vor vier Jahren angefangen hast. Die vollständige Auslöschung deiner gesamten Familie."

Zeig keine Reaktion. Du bist hergekommen, um Antworten zu finden, also hol sie dir. „Warum hast du es auf meinen Bruder abgesehen?"

„Abgesehen? Ich? Also, ich würde doch niemals …"

„Und wie du würdest, Dämon. Ich hab keine Lust auf deine Lügen."

Kurzes Schweigen. Dann wieder ein Grinsen. „Ich vergesse immer, dass du die Wahrheit kennst – dass du weißt, was ich bin, dass ich mich nicht verstellen muss. Driana war schon über ein Jahr mit ihm zusammen, als ich dazukam, aber er hat ihr einfach keinen Antrag gemacht. Ich hab ihr zu der Erkenntnis verholfen, dass es eben ein kleines bisschen mehr brauchte, um ihn von seiner ewigen Liebe zu überzeugen. Mit Freuden hat sie sich von mir helfen lassen."

„Warum hast du dir die beiden ausgesucht? Sie haben dir nichts getan."

„Ihr Menschen immer mit euren Fragen, wo die Antworten doch überhaupt keine Rolle spielen. Ich bin hier, um jeglichen Kontakt deines Bruders zu dir zu überwachen, dafür zu sorgen, dass er dich auf ewig hasst und dass du bei ihm keine Zuflucht findest. So, das langweilt mich langsam. Lass uns das Ganze ein bisschen aufpeppen, was meinst du?" Während sie sprach, zog Driana einen kleinen Revolver aus der Tasche und feuerte, bevor Annabelle begriff, wie ihr geschah.

Krach! Krach!

Scharfe Stiche in ihren Schultern rissen sie nach hinten, gefolgt von nasser Wärme, die an ihrem Oberkörper hinablief. Kraftlos fielen ihr die Arme an die Seite, zu schwer, um sie länger oben zu halten, doch irgendwie schaffte sie es, die Waffe in der Hand zu behalten. Sie musste nur die Kraft finden, auf Driana zu zielen und den Abzug zu drücken, und alles wäre vorbei.

„Keine Sorge", meinte Driana. „Das waren keine tödlichen Treffer. Aber die Bullen sollten die Schüsse gehört haben, dürften in diesem Augenblick aus ihrem Auto springen und jede Sekunde hier reinstürmen."

Aufwärts … aufwärts … Zentimeter für quälenden Zentimeter … *Atme durch den Schmerz.* „Danke, Dämon, denn jetzt spielen ein dritter und ein vierter Schuss auch keine Rolle mehr." Endlich hatte Annabelle die Pistole in der Luft, betete, dass sie ihr Ziel treffen würde, und schoss.

Krach! Krach!

Diesmal riss es Driana zurück, während Blut über die Flurwände spritzte. Ihr Hals war zerfetzt, nur noch eine blutige Masse nass glänzenden Fleisches. Ihr Kopf rollte zur Seite, den Blick in unbestimmte Ferne hinter Annabelle gerichtet.

Tot. Sie war tot.

Annabelle hatte doch nicht … Wollte doch nur … *Was hatte*

sie getan? Das pure Böse hatte ihr ihre Eltern gestohlen, und jetzt hatte sie einem anderen dieses Mädchen gestohlen – Brax.

Ein grünlich schwarzer Dunst begann von ihrer Leiche aufzusteigen, der schnell die Gestalt eines Monsters annahm. Rubinrote Augen, eine Visage wie ein Totenschädel und gekrümmte Schultern. Wütend zischte es Annabelle an, fletschte nadelspitze Zähne, von denen eine dicke gelbe Flüssigkeit herabtroff.

Hätte sie noch die Kraft dazu gehabt, hätte sie geschrien. Unten flog krachend die Eingangstür auf. Männliche Stimmen hallten durch das Haus, brüllten einander Befehle zu, schrien dem unbekannten Eigentümer der Waffe Warnungen entgegen. Harte Schritte polterten. Mit einem weiteren Zischen schoss der Dämon durch die Decke und war verschwunden.

Annabelle ließ die Pistole fallen und arbeitete sich mühsam hoch, suchte nach einem Fluchtweg. Unter der Schärfe ihrer Emotionen verspürte sie eine schwindelerregende Übelkeit.

Vor ihr erschien Zacharel, das Gesicht vor Sorge angespannt. Er mochte zwar nicht hier gewesen sein, doch er war definitiv in der Nähe gewesen und hatte die Schüsse gehört. Er nahm Annabelle auf die Arme, und in Sekundenschnelle waren sie aus dem Haus und hoch oben in der Luft.

Sie lehnte die Wange an seine starke Schulter und schloss die Augen. „Mein Bruder?"

„Ist am Leben. Ich hätte dich nicht allein lassen sollen. Es tut mir leid. So leid."

„Ich hab sie umgebracht."

„Ich weiß."

„Ihr Dämon ist entkommen."

„Auch das weiß ich." Sanft drängte er sie auf etwas Kaltes, Flaches. Ein Bett, erkannte sie und öffnete blinzelnd die Augen. Wieder waren sie in einem Motelzimmer, und auf dem Bett gegenüber saß ihr Bruder.

Obwohl ihr Blick getrübt war, sah sie, dass seine Augen vom Weinen geschwollen waren, seine Wangen zerkratzt und blutig. Er zitterte unkontrolliert. Sie versuchte sich aufzusetzen, doch Zacharel drückte sie zurück aufs Bett.

„Was ist mit ihm passiert?", brachte sie hervor.

„Ich habe ihm gezeigt, dass Monster tatsächlich existieren."

„Und der B-Bastard hat mich m-mitten aus dem H-Himmel f-fallen lassen", schob ihr Bruder unter Schaudern nach. „Z-zweimal."

Mit einem einzigen Ruck riss Zacharel ihr das blutdurch-tränkte T-Shirt vom Leib. Dann, wesentlich sanfter, schob er die BH-Träger von ihren Schultern. Wie die das überlebt hatten, würde sie wohl nie erfahren.

„Wie dir aufgefallen sein dürfte, habe ich ihn auch zweimal aufgefangen." Im selben Atemzug stellte er fest: „Es ist ein glat-ter Durchschuss."

Hoffentlich war das etwas Gutes.

Brax rieb sich die Schultern, als fühlte er mit ihr. „W-Wer hat auf dich geschossen?"

„Deine Freundin", gab sie zurück, während ihre Lider schwe-rer wurden. Eine Woge der Kälte toste durch ihren Körper, aus-gehend von ihrer verwundeten Schulter und dann bis in die Ze-henspitzen hinab, ließ sie erschaudern, hielt sie wach.

„Driana?"

„Hast du noch eine andere Freundin?", fuhr Zacharel ihn an. Dann blieb es lange Zeit still, während er auf sie hinabstarrte, harte Entschlossenheit in den verengten Augen.

„Aber sie würde nie … Sie ist …" Purer Schock stand auf Brax' Zügen und sein Zittern wurde noch stärker. „Geht es ihr gut?"

Sag's nicht. Halt den Mund. „Es tut mir leid, aber sie ist tot." Er hatte es verdient, die Wahrheit zu erfahren. „Ich hab sie er-schossen."

Mit wachsendem Entsetzen starrte er sie an. „Was für ein Monster bist du eigentlich? Ach ja, ich weiß wieder. Du bist die Schlächterin von Colorado."

Zacharel tauchte vor dem anderen Bett auf, verpasste Brax eine schallende Ohrfeige und renkte ihm damit den Kiefer aus, bevor Annabelle auch nur blinzeln konnte. „Deine Frau war besessen von einem Dämon und hat versucht, deine Schwester zu töten. Annabelle hat nur versucht, sich zu schützen."

Frische Tränen rannen Brax' Wangen hinab. „N-nein. Das glaube ich nicht. Sie kann nicht besessen gewesen sein, das ist einfach unmöglich! In letzter Zeit war sie vielleicht nicht ganz sie selbst, aber … aber …" Unter herzzerreißendem Schluchzen krümmte sich sein ganzer Körper zusammen. Und endlich, dem Himmel sei Dank, erreichte der Klang der Wahrheit sein Innerstes und er akzeptierte, was Zacharel gesagt hatte. „Es … tut mir leid, Annabelle. Wäre sie sie selbst gewesen, hätte sie niemals versucht, dir wehzutun."

„Mach dir keine Gedanken darüber", erwiderte sie, während Zacharel wieder an ihre Seite trat.

„Geht's dir gut?", fragte Brax.

„Ich werd schon wieder", erwiderte sie. Hoffte sie. Annabelle hatte Schmerzen. Höllische Schmerzen. Ihre Muskeln brannten, ihre Knochen ächzten, aber eisern hielt sie ihre Miene neutral. „Ich hab Schlimmeres überlebt, stimmt's, Zacharel?"

Der Engel nickte. „Ich werde sicherstellen, dass du auch dieses Mal wieder gesund wirst." Mit zusammengebissenen Zähnen holte er eine klare Phiole aus den Falten seines Gewands hervor. Das Wasser des Lebens. „Mund auf."

„Nein, ich …"

Ohne viel Federlesens schob er ihr eine Hand unter den Nacken und hob ihren Kopf an, während er mit der anderen die Phiole kippte und dafür sorgte, dass ein Tropfen auf ihre Zunge fiel, bevor sie ihren Widerspruch zu Ende führen konnte. Kühl und frisch glitt der reine Geschmack ihre Kehle hinunter und raste durch den Rest ihres Körpers. Als neue Zellen erschaffen wurden, Muskeln und Gewebe wieder zusammenwuchsen, vervielfachten sich ihre Qualen und grausame Hitze verdrängte die Kälte.

Doch dann, ein paar Minuten später – nein, es musste eine Ewigkeit gewesen sein –, trat Kraft an die Stelle ihrer Schwäche und der Großteil der Schmerzen verblasste, ließ sie als schwer atmendes Häufchen Elend auf dem Bett zurück.

Nein, das stimmte nicht. Der Schmerz war nicht verblasst, sondern hatte sich bloß auf eine Stelle konzentriert. Ihre Brust, genau über ihrem Herzen, brannte unerträglich, schlimmer als je zuvor.

„Was ist denn jetzt wieder los mit ihr?", wollte Brax wissen.

Stirnrunzelnd überging Zacharel seine Frage und wandte sich an Annabelle. „Du hast immer noch Schmerzen?"

„Ja." Sie rieb sich die Brust, musste sich immer wieder daran erinnern, einzuatmen, auszuatmen und sich auf irgendetwas anderes als ihren Körper zu konzentrieren. Doch das war leichter gesagt als getan, denn Himmel, nein, nein, nein, sie fühlte sich, als würde ihr Inneres in Flammen stehen. „Hilfe", ächzte sie.

Mit starken Händen zog Zacharel ihre Arme von ihrer Brust, presste sie nachdrücklich auf die Matratze, bevor er vorsichtig über die Haut strich. Zuerst in zarten Kreisen, dann verstärkte er den Druck, bis er sie sanft massierte. „Atme, Liebste. Atme."

„Ich versuch's."

„Ein. Aus. Ein. Los, besorg Eis", bellte er.

„Kann nicht."

„Nicht du. Du atmest weiter. Aus. Ein. Braves Mädchen."

Irgendwann musste sie in Ohnmacht gefallen sein, denn als sie wieder zu sich kam, lag sie in einer Pfütze kühlen Wassers und ihre Brust fühlte sich langsam wieder normal an. Sie atmete leichter, auch ohne dass es ihr jemand befehlen musste.

„Besser?"

„Ja, danke, aber pass mal auf." Mit den Fingerspitzen strich sie sich über die nasse, eiskalte Haut über ihrem Brustbein. „Ich will nichts mehr von diesem Wasser. Mit der Zeit hätte ich mich auch von allein von der Schusswunde erholt, und dieses Brennen ertrage ich nicht noch mal."

„Deine Schmerzen sind jetzt vollständig fort. Das sehe ich nicht als Verschwendung an."

„Tja, du bist ja auch nicht soeben durch die Hölle gegangen."

„Du bist am Leben, oder etwa nicht?"

Ungläubig blinzelte sie zu ihm auf. „Du diskutierst mit mir? Jetzt?"

„Was sollte ich denn tun?"

„Mir jeden Wunsch von den Lippen ablesen, du Idiot."

Kurz blitzte ein Grinsen auf seinen Zügen auf. „Gönn mir den Anfängerfehler." Er holte ein T-Shirt aus der Luft hervor und half ihr, es anzuziehen. Dann deutete Zacharel auf ihren Bruder. „Erzähl ihr, was du mir erzählt hast."

Ihr Blick wanderte zu Brax. Entsetzt sah er zu ihr und Zacharel herüber, als hätte er erst jetzt bemerkt, wie nah sie ihm waren. Wenigstens hatte sein Zittern etwas nachgelassen. „Du bist geheilt." Er schnippte mit den Fingern. „Einfach so."

„*Erzähl es ihr.*" Ein schroffer Befehl, dessen nochmalige Nichtbeachtung eine Strafe nach sich ziehen würde.

„Wenn du mir erzählt hast, warum du Driana nicht geheilt hast."

Mittlerweile hatte Zacharel die Hände zu Fäusten geballt. „Das Wasser kann niemanden von den Toten zurückholen. Jetzt rede."

Brax schluckte. „Zu deinem Geburtstag bin ich nach Hause gekommen. Du, Mom und Dad seid essen und dann ins Kino gegangen, um deinen Geburtstag ein bisschen vorzufeiern, weil du am nächsten Tag mit deinen Freundinnen feiern wolltest. Ich hab behauptet, mir geht's nicht so gut. Als ihr weg wart, ist dann ein Freund aus der Highschool rübergekommen. Der ein Buch mitgebracht hat und … einen Joint. Ich hatte schon so ewig nicht mehr gekifft und hab mich so mies gefühlt, darum …"

Ein leises Grauen schlich sich in ihre Magengrube. „Wie hieß das Buch?"

„Ich weiß es nicht mehr."

„Was für ein Buch war das?"

„So, 'ne Art … äh … Zauberbuch."

Ihr Blick huschte zu Zacharel. Unbeirrbar hatte er versucht, ihr zu erklären, dass irgendetwas den Hohen Herrn in ihr Leben eingeladen hatte. Sie hatte ihm nicht geglaubt und nicht wirklich damit gerechnet, dass die Antwort bei ihrem Bruder liegen könnte.

Zacharel nickte, bestätigte stumm, dass tatsächlich dieses Buch die Ursache war.

„Warum hat er dich nicht umgebracht?", wollte sie wissen.

„Warum warst du einfach nicht wachzukriegen an diesem Morgen, als … als … Ich hab geschrien, ich hab dich geschüttelt, aber du hast nicht mal geblinzelt."

„Ich war noch total zugedröhnt vom Gras. Ich hab einfach …
Es tut mir leid, Annabelle. Wirklich."

„Warum ist er nicht umgebracht worden?", fragte sie Zacharel.

„Ein Dämon bringt den, der ihn gerufen hat, in den seltensten Fällen sofort um. Sie sind immer auf der Suche nach einem Wirt, von dem sie Besitz ergreifen können, sodass sie auf der Erde bleiben dürfen. Aber ich würde wetten, dieser Dämon hat nicht von deinem Bruder Besitz ergriffen, weil er dich entdeckt und sofort begehrt hat – und weil sein Drang, dich zu zeichnen, ihn abgelenkt hat. Deine Eltern sind ihm wahrscheinlich nur in den Weg geraten. Warum er dich danach allein zurückgelassen hat, weiß ich nicht."

Tief einatmen … Ausatmen … Endlich waren die Gründe für den Tod ihrer Eltern offengelegt. Doch in der Antwort lag kein Trost. Nichts, womit sie abschließen könnte.

Angewidert blickte Zacharel auf Brax hinab. „Ist dir langsam klar, dass *du* für die Situation deiner Schwester verantwortlich bist? *Dein Handeln* hat eure Eltern getötet, und *du* hast Annabelle für deine Untat leiden lassen. Du hast sie im Stich gelassen, als sie dich am dringendsten gebraucht hätte. Du."

Heftig schüttelte Brax den Kopf. „Das – das war ich nicht. Oder wenn doch, dann hab ich's nicht gewusst. Ich schwöre, ich wusste es nicht. Ihr müsst mir glauben."

So wie er ihr geglaubt hatte, als sie genau dieselben Worte zu ihm gesagt hatte?

„*Deine Fingerabdrücke sind überall auf dem Messer, Annabelle! Deine. Nur deine. Niemand anders hat dieses Messer angefasst. Hältst du uns wirklich für so bescheuert? Denkst du wirklich, irgendjemand würde glauben, dass ein Monster diese schreckliche Tat begangen hat? Oh, es war ein Monster, definitiv, aber dieses Monster bist du.*"

Natürlich waren ihre Fingerabdrücke auf einem Messer gewesen. Sie hatte sich eins gepackt, für den Fall, dass das Monster zurückkam.

„Und du erinnerst dich an sonst nichts über diesen Tag?" Seelisch erschöpft schob sie die hässliche Erinnerung fort. „Vielleicht einen Traum, in dem jemand, der auf den ersten Blick wundervoll wirkte, etwas Schreckliches von dir verlangt hat?"

„Nein. Es tut mir leid", wiederholte er, und Tränen rannen ihm übers Gesicht. „Es tut mir so leid."

Sie konnte ihm ihre Vergebung einfach nicht verweigern, und so schenkte sie ihm ein trauriges Lächeln. „Ist schon gut. Wir stehen das durch." Er war alles, was ihr an Familie noch blieb.

Bei ihren Worten schloss er die Augen, als sei der Beweis ihrer Vergebung zu viel, um es zu ertragen.

„Was machen wir jetzt?", fragte sie und sah wieder Zacharel an. Dann schnappte sie nach Luft und stolperte einen Schritt zurück. „Deine Flügel."

„Was …" Er streckte einen aus, dann den anderen. Ein Fluch brach aus ihm hervor.

Wieder einmal fiel Schnee aus seinen Flügelspitzen.

24. KAPITEL

Er hatte das Missfallen seiner Gottheit auf sich gezogen. Ein weiteres Mal. Wenigstens wusste er diesmal ohne jeden Zweifel, warum seine Gottheit enttäuscht war, ohne eine Erklärung zu brauchen. Die Tatsache, dass er die Verantwortung für Annabelle übernommen und sie dann einen Menschen getötet hatte, besessen oder nicht, war Grund genug für den Schnee.

Nicht dass er ihr daraus einen Vorwurf gemacht hätte. Lieber nahm er das Missfallen seiner Gottheit auf sich, als sie zu verlieren, und hätte sie nicht reagiert und sich verteidigt, wäre genau das geschehen. Die Schuld lastete auf ihm allein. Zwar hatte er ihr ein wenig von der Kunst des Kampfes gegen Dämonen beigebracht, aber auf eine solche Situation hatte er sie nicht vorbereitet.

„Die Polizei wird mit dir reden wollen", wandte er sich an ihren Bruder. „Erzähl ihnen, was wir hier besprochen haben, und du wirst dich in derselben Anstalt wiederfinden wie Annabelle damals."

Sämtliche Farbe wich aus dem Gesicht des Jungen. Und er war ein Junge, ganz egal, wie viel älter als Annabelle er war. Ihm fehlte ihr Mut, ihr Feuer. „Ihr lasst mich allein? Aber die Monster …"

„Wir lassen ihn allein?", fiel Annabelle ein.

„Ja. Du bist es, die sie anlockt, nicht er – was bedeutet, dass du ständig in Gefahr schwebst. Und das wiederum bedeutet, dass du deinen Bruder ebenfalls dieser Gefahr aussetzt, wenn du bei ihm bleibst. Sobald du nicht mehr bei ihm bist, dürfte er in Sicherheit sein."

„Dürfte?", hakte sie nach, und er wusste, dass das für sie nicht gut genug war.

„Er *wird* in Sicherheit sein", verbesserte er sich. Er würde einen seiner Soldaten herschicken, um Brax unbemerkt zu beschützen. „Ich werde dafür sorgen."

Stumm blickten die Geschwister einander an, beide unsicher, was sie jetzt tun oder sagen sollten. Eine Schwester wie Annabelle hatte Brax sicherlich nicht verdient, aber trotzdem war Zacharel neidisch auf ihn und diesen Moment. Er hätte alles gegeben, um Hadrenial wiederzusehen.

„Also dann." Annabelle räusperte sich. „Pass auf dich auf, Brax."

„Du auch. Und, äh, Annabelle?"

Durch Zacharels Gedanken strich eine warme Brise, das erste Anzeichen, dass seine Gottheit mit ihm sprechen wollte. Er versteifte sich, konnte den Geschwistern und ihrem stockenden Abschied nicht länger folgen.

Zacharel, mein Soldat. In seinem Kopf hallte eine vertraute Stimme wider, die tröstend und befehlend zugleich war. *Ich brauche deine Dienste. Du wirst deine Armee sammeln und die Dämonen aufhalten, die versuchen, in meinen Tempel einzudringen. Da diese Schlacht im Himmelreich stattfinden wird, muss ich mir keine Sorgen um Kollateralschäden machen, nicht wahr?*

Das war keine Frage gewesen, sondern definitiv ein Seitenhieb zu seinem Handeln in der Vergangenheit. Und außerdem ein Befehl von seiner Gottheit und sein nächster Auftrag.

Solange er gebraucht wurde, wie lange das auch sein mochte, würde er nicht nach Jamilas Folterern suchen, würde nicht Annabelle beschützen, sondern mit Dämonen kämpfen. Vor einem solchen Moment hatte er sich gefürchtet, und jetzt fraß sich nagende Sorge mit rasiermesserscharfen Zähnen in ihn hinein.

Aber war es nicht immer so? Was auch immer ein Mann fürchtete, widerfuhr ihm auch. Ein spirituelles Gesetz, das nicht weniger bindend war als die anderen.

„Zacharel?"

Er zwang sich, in die Außenwelt zurückzukehren. Annabelle und ihr Bruder blinzelten ihn verwirrt an.

„Komm", sagte er. „Wir müssen fort."

„Äh, Zacharel? Was war da gerade los? Du hast irgendwie geflackert, als wärst du hier und doch nicht hier", fragte Annabelle mit Ehrfurcht in der Stimme.

„Das liegt daran, dass ich zugleich hier und doch nicht hier *war*. Ein Teil von mir war bei meiner Gottheit, in ihrem Tempel im Himmelreich. Dieser Tempel wird angegriffen, und ich bin mit seiner Verteidigung beauftragt worden."

Ihr wich die Farbe aus den Wangen.

„Keine Sorge. Ich werde das Himmelreich wieder verlassen, sobald der Tempel gesichert ist, und dann kehren wir gemeinsam auf die Erde zurück." Nicht nur wegen Annabelles Vereinbarung, sondern weil die Furcht um sie ihn in den Wahnsinn treiben würde, solange er sie nicht in Sicherheit gebracht hätte.

„Ich ..." Sprachlos klappte sie den Mund auf und zu. „Danke."

„Gern geschehen. Jetzt komm."

Mit einem letzten Winken zu ihrem Bruder legte Annabelle die Arme um seinen Hals. Er machte ihre Körper gegenstandslos und schoss senkrecht mit ihr in den Morgenhimmel. Unter ihnen rief Brax noch: „Pass auf dich auf, Anna", und plötzlich musste Annabelle eine Träne fortwischen.

Die Sonne war hinter düsteren Gewitterwolken verborgen, vor ihnen erstreckte sich das Himmelreich wie dunkler Samt. Höher und höher stiegen sie auf, bis die einzigen Farbtupfer Engel waren; Krieger außer Dienst eilten hierhin, Glücksboten dorthin, alle entschlossen, irgendeine Aufgabe zu erfüllen.

„So viele", staunte Annabelle atemlos.

Geschickt manövrierte er sie durch die Massen, sich windend und Saltos schlagend, bis sie endlich ein freies Stückchen Luft erreichten. „Wolke!", bellte er. „Komm zurück zu mir."

Fünf Sekunden verstrichen, dann zehn ... zwanzig ... Aber schließlich tauchte sein Zuhause um sie herum auf. Doch die Wände waren nicht länger aus zart pastellblauem Dunst, sondern schwarz; zäh und glitschig wie Öl, triefend vor Dämonengift. Ihm drehte sich der Magen um. Mit so etwas hatte er nicht gerechnet, hatte nicht gedacht, dass es überhaupt möglich wäre. Nie hatte eine Wolke sich so schnell so drastisch verändert.

„Was ist passiert?", fragte Annabelle.

„Ich weiß es nicht. Vielleicht liegt sie im Sterben." Irgendwie mussten die Dämonen die Wolke bei ihrem Angriff vergiftet haben. „Mein Schlafzimmer. Zeig es mir."

Vor ihnen erschien sein Bett, daneben sein Nachttisch. Hastig griff er in die Luftfalte darüber und ertastete … Vor Erleichterung wäre er beinahe in die Knie gegangen. Die Urne war in Sicherheit.

„Folge mir zum Tempel und bleib in Sichtweite", befahl er der Wolke. „Bewache sie, gib ihr alles, worum sie bittet, und wenn ich zurückkomme, werde ich deinem Leid ein Ende machen." Ihm fuhr ein Stich durch die Brust. Bedauern? Dieses Zuhause war für sehr lange Zeit sein einziger … Freund gewesen.

Drängend packte Annabelle ihn beim Kragen. „Lass mich dir helfen."

Er wappnete sich gegen ihr Bitten. „Du hast keine Flügel, und wenn ich dich trage, wird mich das behindern."

„Aber ich kann doch …"

„Du hilfst mir schon, indem du hierbleibst und meinen kostbarsten Besitz bewachst."

Sie zog ihn noch näher zu sich heran und fragte trocken: „Deine Schlafzimmereinrichtung?"

„In dieser Urne ist alles, was mir von meinem Bruder geblieben ist." Bevor sie beginnen konnte, Fragen zu stellen, die zu beantworten er nicht bereit war, presste er die Lippen auf ihre. Drängte die Zunge in ihren Mund und kostete jeden warmen, feuchten Winkel aus, stahl sich einen letzten Kuss vor der kommenden Schlacht.

Als er schließlich den Kopf hob, wollte er nichts lieber als bei ihr bleiben. Doch von Anfang an hatte er gewusst, dass es diese Verlockung war, sich mehr zu nehmen, die sie so gefährlich machte. Mit einer Fingerspitze strich er über ihren Wangenknochen, wisperte: „Vielleicht ist die Urne nicht mein *kostbarster* Besitz", und ließ sie allein.

Annabelles erster Gedanke: Hat er gerade angedeutet, was ich denke, dass er angedeutet hat?

Der zweite: Das brave Frauchen bleibt zu Hause und der große starke Kerl zieht in den Krieg.

Würde ihre Beziehung immer so aussehen?

Nachdenklich musterte sie die Urne, die sie beschützen sollte. Im Inneren schwappte träge eine klare Flüssigkeit umher, dicker als das Wasser des Lebens, durchzogen mit winzigen violetten Perlen, die darin glitzerten. Die Asche eines Engels?

Was auch immer es sein mochte, sie würde das Zeug beschützen wie erbeten, und damit hoffentlich ihre Schuld Zacharel gegenüber abtragen. Er hatte sie mit ihrem Bruder wiedervereint, Brax von der Wahrheit überzeugt, und auch wenn die Beziehung längst nicht entspannt war, blieb sie jedoch auch nicht länger hasserfüllt. Es gab eine Chance auf mehr, etwas Besseres.

„Ich brauche neue Kleider und Waffen. Und Flügel wären auch nicht schlecht", fügte sie mit einem sehnsüchtigen Seufzen hinzu. „Dein Bruder hat einen fantastischen Job gemacht als mein Beschützer und Versorger, aber ich würde ihm nur zu gern zeigen, dass ich auch selbst auf mich aufpassen kann, weißt du?"

„Wie du wünschst", ertönte eine unheimliche Stimme und lachte – eine Stimme, die nicht von der Urne ausging. Eine Sekunde später erbebte der Raum so heftig, dass sie einen Bettpfosten packen musste, um sich auf den Beinen zu halten.

„Was ist hier los? Wer ist da?" Niemand war zu sehen, sie war immer noch allein.

Als das Beben nachließ, blickte sie sich um, wollte den Schaden abschätzen. Alles schien zu sein wie immer – bis sie an sich hinabblickte. Anstelle ihres T-Shirts und der Jeans war ... Was zum Geier?! Ein sexy Teufelskostüm?

Ein kurzes rotes Seidenkleidchen mit großen Aussparungen an der Taille schmiegte sich an ihren Leib; der Saum endete direkt unter ihrem Hintern. Ein ausgestopfter Stoffschwanz mit gespaltener Spitze baumelte ihr bis an die Fersen. Ihre Füße steckten in Zwölf-Zentimeter-Stilettos. Und an den Beinen trug sie rote Netzstrümpfe, die ihr bis zur Mitte der Oberschenkel reichten und mit Strumpfhaltern an ... einem passenden roten Höschen befestigt waren. Super. Und ihre Messer waren auch weg.

„Findest du das lustig?", fragte sie drohend. „Du verrätst mir auf der Stelle, wer du bist und wo du dich versteckst. *Jetzt.*"

Wieder dieses Lachen, erneut bebte die Wolke, und dann erschien eine verrostete Mistgabel auf dem Bett. „Wollen ja nicht den Rest deiner Wünsche vergessen."

Ihre Waffe, begriff sie – die, nach der sie verlangt hatte. Konnte *die Wolke* neuerdings sprechen? „Was soll ich denn mit …"

Noch mehr Gelächter schnitt ihr das Wort ab. Von Neuem begann das Rütteln, noch stärker als zuvor. Ihre Gedanken überschlugen sich. Sie hatte um neue Kleider gebeten und *das hier* bekommen. Sie hatte um eine Waffe gebeten und *so etwas* bekommen. Grauen zog sich wie eine Schlinge um ihren Hals zusammen. Sie hatte sich Flügel gewünscht. Was würde sie bekommen?

Als das Gelächter schließlich verstummte und das Beben aufhörte, schoss ihr ein scharfer Schmerz das Rückgrat hinauf. Aber das war alles. Da und wieder fort. Eine ganze Weile lang geschah nichts weiter. Sie begann, sich zu entspannen.

„Wolke", sagte sie. „Ich hab meine Meinung geändert, was die Kleider, die Waffen und die Flügel angeht. Okay?"

„Tut mir leid, du böses Mädchen, aber ich bin nicht die Wolke – und zurückgenommen wird nichts. Warte nur einen Moment. Es könnte dir gefallen."

Wie auf ein Stichwort rann langsam Wärme über ihre Schulterblätter, zuerst angenehm. Doch diese Wärme wurde stärker … heißer … bis sie ihr die Haut versengte. Ihr Rücken musste in Flammen stehen, es konnte gar nicht anders sein.

„Hör auf damit", verlangte sie. „Was auch immer du da machst, hör sofort auf."

Heißer und heißer … Ihr trat Schweiß auf die Haut, flach und hektisch ging ihr Atem. Aber okay. Sie konnte es aushalten. Sie konnte … Dann spürte sie das Fleisch zwischen ihren Schulterblättern reißen, fühlte Blut ihren Rücken hinabrinnen, während etwas Scharfes durch ihre Muskeln fetzte.

Ihre Knie gaben unter ihr nach und sie brach zusammen. „Hör auf! Bitte."

„Warum sollte ich jetzt aufhören? Ich hab auf dich gewartet. Ich wusste, du kommst zurück."

Diesmal ertönte die Stimme vom anderen Ende des Zimmers, und sie konnte den Kopf gerade weit genug heben, um zu beobachten, wie ein grinsender Dämon aus der triefenden schwarzen Wand hervortrat. Also doch nicht die Wolke.

Bleib ruhig. Lass nicht zu, dass er sich von deinen Emotionen nährt.

Schwindlig kämpfte sie gegen den Schmerz an, taumelte auf die Füße und packte den Dreizack. „Wie hast du ... dich vor ... Zacharel versteckt?"

„Dein Engel ist nicht allmächtig, und er kann nicht alles sehen. Nach unserem Angriff bin ich der Wolke gefolgt und habe sie belagert." Groß und spindeldürr war die Kreatur, mit Schuppen, die glänzten wie glattes schwarzes Eis. Seine Augen waren rot – nicht das hübsche Rubinrot wie bei so vielen seiner Brüder, sondern mit einem rostigen Einschlag. „Die Wolke gehört jetzt mir. Ich kann mit ihr machen, was ich will ... sie verderben und besudeln."

„Eine Wolke ... kann einem Menschen ... keine Flügel verleihen."

„Tja, aber du bist mehr als ein Mensch, nicht wahr, mein böses Mädchen? Du gehörst einem Dämon."

Ruhig ... „Ich gehöre mir allein." Mit aller verbliebenen Kraft stach sie mit der Mistgabel nach ihm.

Er duckte und wand sich aus dem Weg, ließ ihren Angriff nutzlos verpuffen. Wieder blitzten seine viel zu scharfen Zähne auf, als er lachte. „Es gibt keinen Grund, gleich so unfreundlich zu werden. Ich tu dir nicht weh ... jedenfalls nicht sehr."

Wieder holte sie mit der Mistgabel nach ihm aus, und diesmal war er nicht schnell genug. Getroffen. Tief gruben sich die Zinken in seinen Oberschenkel und der lange Griff vibrierte von der Macht des Aufpralls auf den Knochen. Bloß dass nicht er es war, der schreiend in die Knie ging und sich vor Qualen wand. Das war sie, und es gab kein Entrinnen. Die Muskeln an ihrem Bein fühlten sich an wie zerfetzt.

Sein Kichern hallte von allen Wänden wider. „Hast du wirklich geglaubt, ich wäre so blöd, dir eine Waffe zu geben, mit der du mich verletzen kannst?"

„Ja", stieß sie atemlos hervor. „Genau das."

Die Beleidigung glitt von ihm ab. „Das Herrliche an dieser Mistgabel ist, dass der, der sie führt, die Verletzungen zu spüren bekommt, die sie verursacht. Sag doch mal – tut das weh?" Mit diesen Worten riss er sich den Dreizack aus dem Bein.

Wieder brach ein Schrei aus ihrer Kehle, während sich ein schwarzer Nebel über ihr Blickfeld legte. Nicht wegen *ihres* Beins – obwohl das mit Sicherheit mehr als grausam war –, sondern wegen ihrer Brust. Wo auch immer sie sonst verletzt wurde, jedes Mal schienen zugleich Rasierklingen durch das Brennen dort zu kratzen, als hätte Zacharel ihr gerade das Wasser des Lebens eingeflößt.

„Und?", bohrte er.

„Gibt ... Schlimmeres", keuchte sie.

„Wenn er mir doch bloß nicht verboten hätte, von dir zu probieren." Er kam näher, kniete sich vor sie, und sein widerlicher Gestank drohte sie zu überwältigen. „Mein Meister hat Zacharels andere Frau, schon gewusst?" Er öffnete die Faust, enthüllte eine Locke pechschwarzen Haars. „Die hübsche Schwarze."

„Du meinst, er hat ihre Überreste."

„Nein. Sie ist am Leben."

„Du lügst."

„Tatsächlich? Willst du dieses Risiko wirklich eingehen?"

Nein. Nein, das konnte sie nicht. Mit größter Mühe unterdrückte sie die Dringlichkeit in ihrem Ton, die körperliche Unruhe. „Wer ist denn dein toller Meister, dass er etwas fertigbringt, was nicht einmal Zacharel kann, hm? Jemanden von den Toten wiederauferstehen lassen?"

„Ich darf es dir nicht sagen. Ich soll dich ihm vorstellen. Und wenn du ihn ganz lieb darum bittest, wette ich, er lässt den Engel frei. Oder auch nicht. Höchstwahrscheinlich nicht. Aber das heißt nicht, dass du's nicht versuchen kannst."

Sein Meister musste der Hohe Herr sein, der ihre Eltern ermordet hatte, der Dämon, der sie gezeichnet hatte, besudelt ... ruiniert. Wie lange hatte sie davon geträumt, ihn zu stellen.

Also, ja, sie war versucht, nachzugeben und mitzukommen. Aber würde sie dieser Kreatur gestatten, die Wolke lebendig zu verlassen? Nein. Niemals. Ihre Messer mochten fort sein, der Dreizack stand außer Debatte – aber sie hatte ihre Fäuste, und sie wusste damit umzugehen.

Jener rostige Blick wanderte zum Nachttisch. „Natürlich nehmen wir Zacharels Bruder mit." Offensichtlich begeistert über die Wendung, die die Dinge genommen hatten, klatschte er in die Hände. „Ich bin mir nicht sicher, was ihm mehr Qualen bereiten wird. Der Tod seiner Frau oder der Verlust der letzten Überreste seines Bruders." Er erhob sich und griff nach der Urne. „Lass es uns herausfinden."

Obwohl es sich schon jetzt anfühlte, als würde sie gleich zerspringen, stach Annabelle zu.

25. KAPITEL

Zacharel und Thane schwebten über dem Tempel der Gottheit und beobachteten, wie Hunderte von geflügelten niederen Dämonen durch den dunkler werdenden Abendhimmel darauf zurasten. Erst als sie die Flüsse erreichten, die sich um das Bauwerk schlängelten, wurden sie langsamer. Jene Flüsse strömten zu den Rändern der Wolke, ergossen sich in atemberaubenden, von Sternen umrahmten Wasserfällen über die Kanten.

Die meisten der Dämonen kämpften sich erfolgreich durch die Strömung und schafften es, durch die Gärten zu den alabasternen Eingangsstufen zu kriechen, an den efeubehangenen Säulen vorbei und zu dem hoch aufragenden Tor, das ins Innere führte. Einem Tor, das sie nicht überwinden konnten, egal, mit wie viel Gewalt sie darauf einstachen, einschlugen und eintraten.

Einen Moment lang fühlte Zacharel sich zurückversetzt in die Nacht, in der er Annabelle begegnet war. Auch damals hatten die Dämonen blindwütig angegriffen, während sie verzweifelt versuchten, zu ihr zu gelangen. Doch in diesem Gebäude war sie nicht, also … Was mochten die Dämonen diesmal wollen?

„Auf eine solche Weise haben sie unsere Gottheit noch nie angegriffen", bemerkte Zacharel. Seine Flügel waren schwerer als sonst, immer noch rieselte Schnee aus ihnen herab. „Warum jetzt? Zu welchem Zweck?"

„Ich kann nur annehmen, dass sie irgendeinen Befehl befolgen", meinte Thane.

„Ja, aber wessen Befehl?"

„Keinen von *Bürde*, so viel wissen wir. Der ist außer Gefecht."

„Vielleicht der, der ihn kontrolliert?"

„Vielleicht."

„Wer sonst würde eine ganze Horde für eine Selbstmordmission opfern? Und noch mal, zu welchem Zweck?"

„Es gibt nur einen Weg, es herauszufinden."

Ja. Verhöre.

„Das hier gefällt mir nicht." Er fuhr sich mit der Zunge über die

Zähne, musterte seine eigene Wolke – ein entsetzlicher schwarzer Fleck in der tiefblauen Weite – für einen langen, stillen Moment.

Obwohl Annabelle im Inneren war, versuchten die Dämonen nicht, in die Wolke einzudringen. Oh, sie warfen sehnsüchtige Blicke in ihre Richtung, bewegten sich sogar auf sie zu, doch jedes Mal fingen sie sich und wandten sich wieder der Entweihung des Tempels zu.

Thane seufzte. „Sagen wir mal, die Dämonen sind nur hier, um uns abzulenken. Sagen wir, irgendwo anders ist noch eine Horde, die nur darauf wartet, dass wir in die Schlacht verwickelt sind, um loszuschlagen. Trotzdem könnten wir hier nicht weg. Wir haben unsere Befehle von der Gottheit, die müssen wir befolgen."

Mit zwei Fingern rieb Zacharel sich das Kinn. „Du hast recht. Das müssen wir. Aber das bedeutet nicht, dass dafür meine gesamte Armee nötig ist."

Vor seinem inneren Auge beschwor er die Hälfte seiner Truppen herauf und projizierte seine Stimme in ihre Köpfe: *Patrouilliert durch den Himmel in der Umgebung, haltet nach verdächtigen Dingen Ausschau, jegliche Art von Aufruhr durch Dämonen.* Wenn sein neuer Kommunikationsweg sie überraschte, verbargen sie das gut. So ging es leichter, schneller, und er wünschte, er hätte schon früher damit angefangen.

Ein *Jawoll, Sir* nach dem anderen erreichte ihn.

Auf mein Zeichen, sandte er an die andere Hälfte, *greifen wir an.*

An Thane gerichtet fügte er hinzu: „Du, Björn und Xerxes werdet drei Dämonen zu Koldo bringen. Lebendig." Kämpfen konnte Koldo zwar noch nicht wieder, aber er war auch nicht mehr ans Bett gefesselt. „Versucht, so viel wie möglich aus ihnen herauszubekommen. Ich werde dazukommen, wenn der Tempel vollständig gesäubert ist."

Thane schlug ihm auf die Schulter. Es war die erste Berührung zwischen ihnen, die außerhalb des Trainings stattgefunden hatte. „Schon erledigt." Mit diesen Worten verließ der Engel seinen Anführer, um seine Freunde zusammenzurufen.

Wieder schnellte Zacharels Blick zu seiner Wolke, er konnte

einfach nicht anders. Noch immer versuchte kein einziger Dämon, sich Zutritt zu verschaffen. Was machte Annabelle wohl gerade? Regte sie sich auf, dass er sie zurückgelassen hatte? Sorgte sie sich um ihn?

Du bist ein Krieger. Jetzt benimm dich auch so. Er konzentrierte sich auf das Hier und Jetzt und erschuf sein Feuerschwert. Einen Augenblick später hielten auch seine Soldaten die Schwerter erhoben. Niemand stürmte voran, ging vor dem Startschuss auf die Feinde los. Auch das war neu.

Dann hallte Zacharels Kampfschrei durch das Himmelreich. „Jetzt!"

Wie tödliche Geschosse fuhren die Engel hinab, Zacharel unter ihnen. Die Dämonen erstarrten, manche erbebten, doch keiner wich zurück. Und als er sich hauend und stechend durch die Lakaien kämpfte, schwarzes Blut über reinsten Alabaster und zartestes Perlmutt spritzte, Köpfe rollten und davonholperten, in die Tiefe fielen, starben seine Gegner … mit einem Lächeln, erkannte er. Als würden sie ein Geheimnis kennen, das ihm verborgen blieb.

Wieder linste er zu seiner Wolke hinüber, doch noch immer hielten die Dämonen sich fern davon. Vielleicht sollte er nach Annabelle sehen. Sie …

Hart raste etwas Schweres in ihn hinein, wirbelte ihn durch die Luft. Sein Griff um das Schwert lockerte sich, und flackernd verlosch es. Krachend landete er auf der untersten Stufe und sämtliche Luft wich ihm aus den Lungen. Nein, nicht bloß durch den Aufprall – durch Löcher. Bei seiner Landung hatte sich ein Paar Hörner in seine Brust gebohrt, die Spitzen fetzten durch das Gewebe seiner Lungen und vergossen ein lähmendes Gift in seine Blutbahn.

Ablenkung tötet. Das wusste er. Und wie er das wusste. Und jetzt würde er den Preis dafür zahlen. Seine Muskeln zuckten, als er seinen Armen befahl, zu schlagen, seinen Beinen, zu treten. Doch die Gliedmaßen verweigerten ihm den Dienst. Der Dämon riss die Hörner aus seiner Brust und gackerte bösartig, während er seine Freunde herbeirief. Nur zu bald strömten Lakaien auf ihn ein, bissen ihn, schlugen ihre Klauen in sein Fleisch, und er konnte nichts dagegen tun.

Bist du noch beim Tempel? sandte er in Thanes Geist.

Ganz in der Nähe. Die Antwort des Kriegers klang atemlos, trug eine Ahnung davon mit sich, wie schnell er sich bewegte, während er sprach.

Ich bin am Fuß der Treppe. Hilf … mir. Nie zuvor hatte er um Hilfe bitten müssen, und dass er es hier und jetzt tun musste … Es war demütigend.

Eine Ewigkeit schien zu verstreichen, bevor um ihn herum Schmerzensschreie und Stöhnen erklangen. Zähne wurden aus seinem Fleisch gerissen, Hörner abgetrennt, und einer nach dem anderen fielen die Dämonen, die ihn belagerten.

„Keine Sorge. Das hab ich auch schon durchgemacht." Wachsam blieb Thane neben ihm, erschlug jeden Lakaien, der sich in ihre Nähe wagte. „In ein paar Minuten sollte das Gift seine Wirkung verlieren."

Zacharel konnte bloß daliegen, während er sich fühlte, als hätte man ihn in die Feuer der Hölle geworfen. Wenigstens konnte er jetzt wieder seine Wolke beobachten … in deren Zentrum plötzlich drei Farbtupfer aufblühten. Düsteres, sich ausbreitendes … Rot?

Rot. Blut. Annabelles Blut.

Dann fiel ein Dämon aus der Wolke, schoss pfeilschnell auf die Erde zu.

Die Wolke, schrie er Thane in seinen Gedanken an. *Meine Wolke. Drinnen. Annabelle. Hilf ihr!*

Thane hielt sich nicht mit Fragen auf, sondern flitzte davon. Augenblicklich wurde Zacharel wieder überrannt von den Dämonen, die ängstlich Abstand gehalten hatten, solange der Krieger an seiner Seite gewesen war. Er biss sich fast die Zunge durch, so verbittert kämpfte er darum, sich wieder bewegen zu können. Es überraschte ihn nicht, als sein Schultergelenk sich auskugelte. Doch konnte er sich von der lähmenden Wirkung des Gifts befreien? Nein.

Klauen und Zähne schlugen sich in sein Gesicht, seine Brust, seine Beine. Zu begeistert waren die Dämonen bei der Sache, um zu bemerken, wie Zacharels Muskeln zuckend wieder zum Leben erwachten. Zuerst bewegte er die Finger, dann die Zehen, und dann, endlich, seiner Gottheit sei Dank, verlor das Gift seine Wirkung vollends. Mit einem Ruck renkte er sich die Schulter wieder ein und wandte sich blitzschnell gegen seine Angreifer. Brüllend erschuf er ein neues Feuerschwert und schwang es im Kreis, zerteilte jeden, der sich in seiner Nähe befand. Köpfe flogen, Körper brachen zusammen.

Er breitete die Flügel aus und schoss in die Höhe. Fast da ... „Annabelle!" Als er versuchte, ins Innere der Wolke zu fliegen, wurde er zurückgeschleudert und seine Knochen dröhnten vom Aufprall.

Von der anderen Seite der Wolke kam Thane herbeigeflogen. „Da ist irgendeine Art Barriere. Ich komme nicht durch, ohne deine Wolke zu töten."

Es tut mir leid, sandte er der Wolke zu, als er sein Flammenschwert durch den schleimigen schwarzen Nebel stieß. Das war nicht der gnädige Tod, den er im Sinn gehabt hatte, doch immerhin war es ein Tod. Er musste zu Annabelle gelangen. Augenblicklich öffnete sich ein Loch, der ölige Dunst zog sich zurück, am Rand brutzelnd und vor der Hitze fliehend. Zacharel ließ sich ein Stück fallen und schoss hindurch.

Tiefes Entsetzen ergriff Besitz von ihm. Von den Wänden tropfte Blut, überzog das Bett und den Nachttisch, sammelte sich in kleinen Pfützen überall am Boden seines Schlafzimmers – doch es gab keine Leiche. *Und keine Urne.*

Thane gesellte sich an seine Seite. „Sie ist stärker, als sie aussieht. Was auch immer geschehen ist, sie wird es überstehen."

„Ja." Aber würde sie das wirklich? Hier hatte offensichtlich ein erbitterter Kampf getobt. „Annabelle", schrie er.

Keine Antwort.

Zimmer um Zimmer durchsuchte er, während er versuchte, nicht in Panik zu geraten, und die Wolke langsam weiter verbrannte. Bald würde sie für immer verschwunden sein, doch von Annabelle war nirgends eine Spur zu finden. Sie war schlicht verschwunden. „Sie ist nicht hier. Wie kann sie nicht hier sein?"

„Könnte sie … gefallen sein?" Mitgefühl lag in Thanes Ton.

Nein. Nein! Pfeilschnell schoss Zacharel aus der Wolke und abwärts, Thane direkt hinter ihm. *Ich habe gesehen, wie ein Dämon die Wolke verlassen hat*, projizierte er. *Es könnte sein, dass dieser Dämon sie mitgenommen hat und ich sie bloß übersehen habe.*

Wenn es wirklich so war, würde sie sich während des gesamten Wegs nach unten zur Wehr setzen. Lieber würde sie sterben, als sich gefangen nehmen zu lassen. Wenn es dem Dämon irgendwie gelang, sie festzuhalten, würde er ihr Leid zufügen, furchtbares Leid, aber Zacharel wäre es lieber, sie litte Schmerzen, als dass sie stürbe.

Verletzt könnte er sie retten. Tot nicht.

Doch jetzt kannte er die Antwort auf seine Frage von vorhin. Die Dämonen *hatten* ein Ziel verfolgt mit ihrem Angriff auf den Tempel. Nur dass dieses Ziel lautete, ihn abzulenken und dafür zu sorgen, dass Annabelle allein zurückblieb, darauf war er nicht gekommen. Schäumend vor Wut über die Dämonen, über sich selbst, bremste er seinen Fall viel zu dicht über der Erde, indem er die Flügel ausbreitete – fast wären sie gerissen. Die Landung sandte einen harten Stoß durch seinen Körper und ließ ihn vorwärts stolpern.

Als Erstes bemerkte er einen weiteren Dämon, der zerstückelt am Boden lag. Erst vor Kurzem war er getötet worden, das Blut war noch frisch, kaum geronnen, und stammte nicht vom Aufprall, sondern von Klauen. Zwei Dämonen, die einander bekämpft hatten? Vielleicht um ihre Besitzansprüche auf Annabelle. Mit verengten Augen blickte Zacharel sich um, suchte nach irgendeinem Hinweis auf sie. Meilenweit in alle Richtungen nur Wald und eine unnatürlich stille Tier- und Insektenwelt.

Zu seiner Linken blitzte etwas im Mondlicht auf. Eine Spur von Annabelle? Er eilte hinüber, eine Spur aus Eis hinterlassend, und griff nach … der Urne seines Bruders. Sie war leer.

Das Glas zerbrach in seiner Hand.

„Was ist?", fragte Thane, als auch er landete.

Zacharel beugte sich hinab, betastete den Boden. Trocken.

Also war die Essenzia seines Bruders nicht hier vergossen worden. Möglicherweise war das schon in der Wolke geschehen, und in diesem Fall wäre die Essenzia für immer fort, mit Zacharels Heim zu Asche verbrannt. Von seiner Hand zerstört, genau wie damals Hadrenial. Vielleicht hatte auch einer von Annabelles Angreifern die Urne auf dem Weg nach unten ausgeschüttet. Aber er roch keine …

Augenblick. Doch, tatsächlich. Er nahm den Geruch seines Bruders wahr: Morgenhimmel, Tautropfen und ein Hauch von Tropenduft. Jemand hatte seine Essenzia in sich aufgenommen.

Mit dem nächsten Atemzug stellte Zacharel fest, dass der Geruch bereits verflog. Wer auch immer die Essenzia seines Bruders in sich trug, war auf der Flucht. Annabelle? Oder ein Dämon? Oder beide?

„Zacharel?", bohrte Thane nach.

„Geh. Hilf deinen Jungs, die Dämonen zu verhören", befahl Zacharel. Wenn er die Welt zerstören müsste, um Annabelle zu retten, würde er es tun, doch er würde nicht zulassen, dass sein Soldat da in irgendeiner Weise mit hineingezogen würde.

Ohne die Antwort abzuwarten, rannte er los und befahl sich immer wieder, nicht noch mehr Angst oder Zorn zuzulassen. Nicht jetzt und nicht später. Auch wenn seine Brust bereits in Flammen stand, mit Sicherheit blutete. Jene Risse, die er schon seit so vielen Tagen spürte, waren jetzt klaffende Wunden, durch die ein Sturm von Emotionen auf ihn einpeitschte.

Zweige peitschten ihm ins Gesicht, zerrten an seinem Gewand. Scharfkantige Felsen schnitten in seine bloßen Füße – die Dämonen mussten ihm die Schuhe ausgezogen haben. Auf dem Weg kam er an zwei weiteren Dämonen vorbei, einer tot, der andere im Sterben begriffen. Er hielt nicht an, schuf ein neues Schwert und hieb den Körper des Überlebenden im Vorbeilaufen entzwei.

Am Waldrand wartete ein Elektrozaun auf ihn. Annabelle, ein Mensch, hätte es nicht über die stacheldrahtbewehrte Oberkante geschafft, doch wer immer die Essenzia seines Zwillings in sich trug, war auf die andere Seite gelangt. Also jagte er einen Dämon.

Blieb nur noch die Frage, ob dieser Dämon Annabelle mit sich schleppte oder nicht.

Die Urinstinkte, die ihn dazu getrieben hatten, bei Annabelle Lust zu suchen, veränderten sich zu etwas Dunklem, Tödlichem. Sein Zorn verzehrte ihn, war unmöglich aufzuhalten, wuchs heran zu der zerstörerischsten Macht, die er je erlebt hatte. Mit einem Rauschen breitete er die Flügel aus, wollte über den Zaun fliegen, doch im letzten Augenblick fing ein kleiner dunkler Fleck auf dem Draht des Zauns seinen Blick ein und er hielt inne.

Blut. Rot, nicht schwarz. Frisch. Gesättigt mit *Annabelles* Duft.

Also dann. Keine weiteren Fragen. Sie *war* da draußen und sie brauchte ihn. Was auch immer er tun musste, er würde sie retten. Und wenn es ihn das Leben kostete.

ühsam versuchte Annabelle, zu atmen. Ihre Kehle war furchtbar geschwollen, die Atemwege teilweise blockiert. Der wenige Sauerstoff, den sie einzusaugen vermochte, scheuerte ihr den Hals auf und machte die Schwellung noch schlimmer.

Wie die Fliegen kamen Dämonen vom Himmel gestürzt, spürten sie auf wie Wärmesuchraketen. Wo sie sich auch versteckte – in Büschen, in Baumkronen, in Löchern im Boden –, jedes Mal fanden sie sie, als blinkte über ihrem Kopf ein Neonschild. *Hier. Sie ist hier.*

Sie hatte mehr Verletzungen, als sie zählen konnte, und die Flügel … Diese abartigen Flügel, nichts als dürre Knochen mit schlaffer, blasiger Haut statt Federn, brachten sie aus dem Gleichgewicht. Dazu hielt sie auch noch der Dämonenleichnam auf, den sie über der Schulter schleppte. Aber ohne ihn konnte sie nicht weiter.

„Wasss du machssst? Meissster ruft."

Annabelle zuckte zusammen, als sie den Sprecher entdeckte. Auf einem Ast direkt über ihr lauerte ein Dämon, der halb Mann, halb Schlange war, wie der, den Zacharel in der Nacht ihrer ersten Begegnung getötet hatte. In hypnotischen Schlingen wand sich sein Schwanz um den Baum, während er vorwärts glitt.

Immer wieder machten die Dämonen das – sie sprachen mit ihr, als wäre sie eine von ihnen. Andererseits … Vielleicht war sie das auch. Anstelle von Haut hatte sie jetzt Schuppen, Klauen statt Fingernägel, und was mit ihrem Gesicht geschehen war, konnte sie nicht einmal erahnen, spürte nur die grotesk verformten Knochenstrukturen.

Die Verwandlung hatte begonnen, als sie mit dem Dämon in der Wolke gekämpft hatte, eine Veränderung nach der anderen hatte sich von dem Brennen in ihrer Brust ausgebreitet. Einem Brennen, das mit ihrer Angst gewachsen war, mit ihrem Zorn schärfer geworden war. Sie hatte versucht, sich zu beruhigen, auch noch nachdem sie den Dämon besiegt hatte. Doch als sie schließlich auf den Zusammenhang zwischen ihrer Gestalt und ihren negativen Emotionen gekommen war, war es zu spät gewesen.

„Komm. Und warum du ssschleppssst Kadaver?" Ungeduldig streckte er den Arm nach ihr aus. „Zzzum Essssen? Ich helfe esssssen."

„Wag es ja nicht, noch näher zu kommen", schrie sie, und für eine Sekunde wurde die Welt schwarz. Eigentlich sogar weniger als eine Sekunde.

Doch als sie wieder zu sich kam, besudelte frisches Blut ihre Hände, tropfte aus ihrem offenen Mund. Sogar ihre Zunge war von dem widerwärtigen Geschmack überzogen. Und die Schlange ... Sein Körper lag in Stücken zu ihren Füßen verstreut.

Ruckartig krümmte sie sich zusammen und übergab sich. Immer wieder passierte ihr so etwas. Dämonen näherten sich ihr und sie hatte einen winzigen Blackout – nur um ihre Leichen vorzufinden, sobald sie ihre Umgebung wieder wahrnahm. *Ich sehe nicht bloß wie ein Dämon aus, ich werde zu einem.*

Was würde geschehen, wenn Zacharel sie so fand? Würde er sie von sich stoßen? Töten? Oder würde sie das Bewusstsein verlieren und *ihn* umbringen?

Ein Schluchzen verstopfte ihr die Kehle, als sie ihre Last wieder auf ihre Schultern hievte. *Ich kann keine von denen sein, ich kann einfach nicht.*

Eine dicke Baumwurzel verfing sich in ihrem Fuß, und ihr Fuß verlor den Kampf. Bäuchlings stürzte sie auf den mit Zweigen und Dreck übersäten Boden und beim Aufprall erschienen Sterne vor ihren Augen. Irgendwie schaffte sie es trotzdem, ihre Last festzuhalten.

Hastig rappelte sie sich auf. Hart klatschte der kopflose Torso des Dämons gegen ihren Rücken, drückte auf neu gewachsene Sehnen und verbog ihre Flügel, entriss ihr einen Schmerzensschrei. Sie war sich nicht sicher ...

Etwas anderes rammte sie, etwas Härteres. Sie verlor den Boden unter den Füßen und landete klatschend im Dreck. Diesmal entglitt der Dämonenleichnam ihrem Griff und wurde Hals über Kopf davongeschleudert. Krachend prallte er gegen einen Baumstamm.

Bevor Annabelle reagieren oder sich auch nur aufrichten konnte, gruben sich ebenso harte Finger in ihre Kopfhaut, rissen sie hoch, wirbelten sie herum. Dann starrte sie in glühende smaragdene Augen, ein so wutverzerrtes Antlitz, dass die Züge tatsächlich aussahen, als wäre er jemand anders. Seine Wangenknochen schienen schärfer, seine Lippen schmaler. Selbst sein Körper wirkte größer, das Gewand spannte über seinen Muskeln.

„Zacharel, bitte. Lass mich los, bevor ich …"

„Schweig." Er schlug sie so heftig ins Gesicht, dass sie in den nächsten Baum gekracht wäre, hätte er sie nicht mit der anderen Hand am Kleid gepackt. „Du sprichst nur dann, wenn ich es dir befehle. Verstanden?"

Tausend weitere Sterne wirbelten durch ihre Sicht. Er schüttelte sie und sie schrie auf.

„Was hast du mit dem Menschenmädchen gemacht?" Er brachte sein Gesicht direkt vor ihres, Nase an Nase. „Ich weiß, dass du irgendetwas mit ihr gemacht hast, denn du riechst nach ihr."

Bleib ruhig. „Ich – ich bin sie. Ich bin Annabelle." Schon jetzt war ihr Kiefer angeschwollen, Ober- und Unterkiefer griffen nicht mehr richtig ineinander. Konnte er sie überhaupt verstehen? „Ich bin Annabelle."

Mit gefährlich verengten Augen starrte er sie an. „Bist du nicht."

Oh ja, er konnte sie verstehen. Er glaubte ihr bloß nicht.

Mit einem grausamen Würgegriff hob er sie von den Füßen, dass ihre Beine in der Luft baumelten. Mehrere furchtbare Augenblicke lang hielt er sie so hoch, während sie verzweifelt nach ihm trat. Er würde sie töten. Hier und jetzt würde er ihr den Garaus machen, weil er glaubte, sie sei ein Dämon. Und er würde es nicht kurz und schmerzlos machen, würde es ihr nicht erleichtern.

„Schmeck …", röchelte sie. *Schmeck die Wahrheit.*

Ein paar Meter hinter ihm knackte ein Zweig. Als er herumwirbelte, ließ er sie fallen. Nach Luft schnappend krabbelte sie rückwärts von ihm weg. Wenn sie es schaffte, aufzustehen, könnte sie weglaufen. Wenn sie weglief, könnte sie sich irgendwo verstecken, bis sie einen Weg gefunden hatte, zu ihm durchzudringen. Doch ihre Beine ließen sie im Stich, die Muskeln fühlten sich an wie tonnenschwere Felsbrocken.

Hilflos beobachtete sie, wie Zacharel sein Feuerschwert hervorholte und zuschlug, eine Flammenschneise durch einen Strauch schlug. Ein scharfer Aufschrei ertönte – und verstummte dann abrupt. Eine plötzliche kalte Brise trug den Gestank von verbranntem Laub und verwesendem Fisch mit sich. Ein Plumpsen, ein rollender Dämonenkopf, gefolgt von einem weiteren Plumpsen, als die Leiche vornüber kippte.

Er fuhr zu ihr herum, das Schwert noch immer in der Hand. Kam auf sie zu, einen Schritt, noch einen.

„Zacharel. N-nicht. Ich. Annabelle. Schmeck. Wahrheit."

Immer noch schritt er auf sie zu.

Annabelle blinzelte, als sich an den Rändern ihres Blickfelds Dunkelheit sammelte. „Bitte … koste …"

„Ich werde niemals einen Dämon kosten."

„Worte … koste … Worte …" Suchend hielt sie seinen Blick fest, solange sie konnte, wartend, hoffend … bis sie in die Dunkelheit sank.

Zacharel sah zu, wie die Dämonin sich auf plötzlich sicheren Beinen erhob. Als sie die Augen nach dem nächsten Blinzeln wieder öffnete, war ihr Blick glühend rot statt eisblau. Das lange blauschwarze Haar stand ihr zu Berge, als sei sie gerade von einem Blitz getroffen worden. Fingernägel wurden zu dolchartigen Krallen und …

Eisblaue Augen. Wie Annabelle.

Blauschwarzes Haar. Wie Annabelle.

Ich bin's, Annabelle.

Er hielt inne, musterte die Kreatur noch intensiver. Sie trug ein rotes Kleid, ähnlich wie das, was Driana in dem Club angehabt hatte. Der Stoff war zerfetzt, hing blutbesudelt an ihr herab.

Dunkelgrüne Schuppen bedeckten ihren Körper – dessen Kurven seinen Händen aufs Intimste vertraut waren. Ihre Schultern waren gekrümmt und monströse Flügel ragten aus ihrem Rücken hervor, an den Spitzen zu scharfen kleinen Knoten und Spitzen verdreht.

Schmeck die Wahrheit.

Dämonen waren Lügner und Betrüger, doch als er die Zunge an den Gaumen drückte, waren es nicht Lüge und Betrug, die er schmeckte. Herrlich strömte der süße Geschmack der Wahrheit durch seinen Mund.

Das Wesen vor ihm *war* Annabelle.

Wie hatte das passieren können? Und, oh Gottheit, was hatte er getan? Sie fortgeschleudert. Geschlagen. Gewürgt. Zacharel ließ sein Feuerschwert los, das sofort verlosch. Scham breitete sich in ihm aus, drückte ihn in die Knie.

Kein Wunder, dass er Annabelles Duft an ihr wahrnahm. Sie *war* Annabelle. Und er hatte ihr wehgetan. Furchtbar wehgetan. Das würde er sich niemals verzeihen können.

Wie festgewachsen blieb er stehen, als sie auf ihn zukam. „Es tut mir leid, so furchtbar leid, Annabelle." Würde er denn niemals in der Lage sein, vernünftig für sie zu sorgen? Würde er ihr immer Leid zufügen?

Sie neigte den Kopf zur Seite, als hörte sie ihn, verstünde ihn, doch das Glutrot ihrer Augen brannte nur heller, als wären ihr seine Entschuldigungen egal. Und in den folgenden Minuten stellte sie genau das unter Beweis. Mit ihren Krallen schlug sie nach ihm, mit ihren kleinen Fäusten prügelte sie auf ihn ein. In ihren wirbelnden Bewegungen lag eine Geschicklichkeit, die sie zuvor nicht besessen hatte. Hart trafen ihn ihre Flügelspitzen, schnitten in sein Fleisch.

Kein einziges Mal versuchte er, sie aufzuhalten. Er hatte es verdient. Das und so viel mehr. Und wenn sie seinen Kopf wollte, würde sie ihn kriegen.

Ich bin schlimmer als jeder Dämon.

Doch dann wich sie mit einem Satz fort von ihm und hörte auf. Blieb einfach stehen und blinzelte.

„Annabelle?"

Sie schwankte, schloss die Augen. Es dauerte einen Moment, doch als sie die Lider hob, erkannte er, dass ihre Iris wieder in diesem erstaunlichen Eisblau schimmerte.

„Annabelle!" Er sprang auf.

„Zacharel?" Jedenfalls glaubte er, dass sie seinen Namen gesagt hatte. Das Wort war vernuschelt gewesen, fast unhörbar.

„Ich bin hier." Mit langsamen, vorsichtigen Schritten ging er auf sie zu. Er wollte sie nicht verschrecken.

Als hätte ein plötzlicher Windstoß sie gepackt, stolperte sie zurück, fiel hin.

Blitzartig war er bei ihr, fing sie auf, bevor sie auf den Boden traf, und legte sie sanft hin. „Es tut mir so leid, Liebste. Ich wusste nicht, dass du es bist."

Tränen traten in ihre Augen und strömten über. „Zacharel", wiederholte sie, und ihre Stimme wurde schwächer.

„Ja, Liebste. Ich bin hier."

Ein panisches Gurgeln drang aus ihrer Kehle. Hatte sie jetzt Angst vor ihm?

Fest presste sie die Lider zusammen. „Hab ich … dich umgebracht?"

Ihr gebeutelter Geist konnte Realität und Albtraum nicht mehr unterscheiden. „Nein, Liebste." Zärtlich strich er mit einer Fingerspitze über den Bluterguss, der sich über ihren Kiefer zog. Hadrenial hatte ihn um seinen Tod angefleht. Annabelle hatte um ihr Leben gefleht. *Ich bin ein Monster.*

Wie viele Stunden, wie viele Tage und Wochen hatte er sich mit der Entscheidung herumgequält, den Wunsch seines Bruders zu erfüllen und ihm den Todesstoß zu versetzen? Und danach, als die Entscheidung getroffen und die Tat ausgeführt war, wie furchtbar hatte er geweint? So sehr, dass er sich fast sämtliche Rippen gebrochen hatte. So sehr, dass er Blut gekotzt hatte. Doch selbst damals hatte er nicht selbst sterben wollen. Er hatte leben und Rache nehmen wollen. Jetzt hätte er den Todesstoß dankbar angenommen.

„Du hast mich nicht umgebracht. Ich lebe."

Sie hustete, und aus ihrem Mundwinkel lief ein schmales Rinnsal Blut. Als der Hustenanfall sich legte, flüsterte sie beschämt: „Etwas … stimmt nicht … mit mir.“

Mit leiser, sanfter Stimme erwiderte er: „Ich weiß, Liebste, aber wir werden einen Weg finden, dich wieder in Ordnung zu bringen.“

„Dämon … in deiner Wolke … hat gewartet, wollte deinen Bruder … Aber ich …“

„Schhh. Mach dir darüber jetzt keine Sorgen.“

Doch sie ließ nicht locker. „Hab ihn nicht … gelassen. Hab … gekämpft.“

„Ich weiß, Liebste, ich weiß, also erzähl mir später, was passiert ist, in Ordnung? Im Moment möchte ich, dass du schläfst, ja? Ich werde dich beschützen, das schwöre ich.“

„Nein! Hör zu!“, drängte sie mit einem plötzlichen Energieschub. „Du darfst den Dämon nicht zurücklassen …“ Kraftlos sackte ihr Körper zusammen. „Musst ihn … mitnehmen …“ Sie erschlaffte. „Seine Leiche … bitte.“

Und schließlich begriff er. Der getötete Dämon musste Hadrenials Essenzia in sich tragen. Und sie hatte diese schwere Last mit sich herumgeschleppt, versucht, zu entkommen, um ihr Leben gekämpft, weil sie geschworen hatte, Zacharels kostbarsten Besitz zu beschützen.

„Ich werde ihn nicht zurücklassen, Liebste. Schlaf jetzt“, bat er sie wieder. Im Schlaf würde sie die Schmerzen nicht spüren. Sie würde heilen.

Sie *sollte* lieber heilen.

„Danke“, sagte sie seufzend, bevor ihr Kopf zur Seite rollte. Doch mühsam blinzelnd hielt sie die Augen offen, als vertraute sie nicht darauf, dass er wirklich tun würde, was sie gesagt hatte.

Danke, hatte sie gesagt.

Danke.

Ein Wort, das ihn bis in alle Ewigkeit verfolgen würde. Durch nichts hatte er sich ihren Dank verdient, und er war sich sicher, dass er ihn nicht noch einmal erhalten würde, wenn sie erwachte und erst wieder bei Sinnen war.

Er tat das Einzige, was ihm übrig blieb; drückte ihr die Halsschlagader ab und unterbrach die Sauerstoffzufuhr zu ihrem Gehirn, zwang sie, in Ohnmacht zu fallen. Eine Gnade, und doch drohte die Scham ihn zu ersticken.

Wie sehr wollte er ihr das verbleibende Wasser des Lebens einflößen. Alles tun, um sie zu retten. Doch das konnte er nicht. Er war sich nicht sicher, was ihr angetan worden war, und hatte zu große Angst davor, die Flüssigkeit könnte sich als Gift für sie erweisen, wie es bei anderen Dämonen der Fall war.

Sie ist kein Dämon! schrie sein Instinkt ihm entgegen.

Vorsichtig legte er sie gerade lange genug auf dem Boden ab, um sich den Dämon auf den Rücken zu binden. Als er zu ihr zurückkehrte, nahm er sie auf die Arme, hielt sie an seine Brust gedrückt und erhob sich, wobei er aufpasste, ihre Flügel nicht noch weiter zu beschädigen. Ihr Gewicht nahm er kaum wahr, sie war so ein schlankes Ding.

Mit bedächtigen Bewegungen flog er zur Wolke seines ehemaligen Anführers und verlangte nach Einlass. Während er wartete, begann Annabelle zu zittern. Ihre Körpertemperatur war zu niedrig – weil sie so viel Blut verloren hatte?

Vor ihm öffnete sich die Wolke, und er glitt hinein. Zu seiner Verzweiflung war es nicht Lysander, der ihn in Empfang nahm, sondern Bianka, Lysanders Frau – eine Harpyie mit einer Vorliebe für Ärger und Durchtriebenheit.

Kaugummi kauend musterte sie ihn und Annabelle von oben bis unten, während sie sich eine Strähne ihres langen schwarzen Haars um den Finger wickelte. „Wird auch Zeit, dass du mir ein Geschenk bringst, um mich in der Nachbarschaft zu begrüßen. Aber musstest du dir unbedingt einen der hässlichsten Dämonen aussuchen, die ich je gesehen habe?"

„Du bist *so was* von unhöflich, das Geschenk dieses Kriegers so runterzumachen", ertönte eine weitere Frauenstimme. Lässig stolzierte Biankas Zwillingsschwester Kaia herüber, in der Hand eine halb leere Flasche billigen Apfelwein. Als er sie vor einer gefühlten Ewigkeit in *Bürdes* Büro gesehen hatte, war sie in voller Kampfmontur aufgetaucht. Jetzt trug sie ein Engelsgewand und sah aus wie die Entspannung in Person. „Außerdem hab ich schon wesentlich hässlichere gesehen."

„Genug", knurrte er. Normalerweise faszinierte es ihn, den Zwillingsschwestern bei ihrem Wir-zwei-gegen-den-Rest-der-Welt-Geplänkel zuzuhören, weil es ihn an das erinnerte, was er mit seinem Bruder hätte haben können. In diesem Augenblick jedoch zählte nur Annabelle.

Die Mädchen blickten einander an und kicherten, und da begriff er. Sie waren betrunken.

„Warum legst du's nicht da hinten hin", schlug Bianka vor und deutete unbestimmt über ihre Schulter, dann neben sich und schließlich auf den Boden zu ihren Füßen. „Gleich neben den Teppich aus Dämonenhaut, den ich dir wahrscheinlich zu Weihnachten schenken werde. Oder unter den Tisch. Oder, noch besser, auf die Veranda, wo es zufällig absichtlich mit einem Tritt auf die Erde befördert werden könnte."

Wie hielt sein Anführer es mit ihr aus? „Wo ist Lysander?"

Warnend bleckte sie die Zähne. „Jemand, und ich werde nicht deinen Namen erwähnen, Zach, hat seinen Posten am Tempel der Gottheit verlassen, was bedeutet, dass mein Mann einspringen und die Kuh vom Eis holen musste. Also hab ich beschlossen, einen Mädelsabend zu veranstalten."

Ein weiteres Verbrechen, für das Zacharel sich würde verantworten müssen, doch damit würde er sich später befassen. „Meine Frau braucht Hilfe. Wenn ihr mich zu einem Schlafzimmer bringen würdet …"

„Ich hab's dir doch gesagt", fuhr Kaia dazwischen. „Unser großer böser Z ist verknallt."

„Und ich hab dir gesagt, du kannst mich mal. Ich wette, er hat sich gerade bloß unglücklich ausgedrückt." Bianka stemmte die Fäuste in die Hüfte. „Sag meiner Schwester, dass du nicht in eine Frau verknallt bist. Oder einen Dämon. Oder überhaupt irgendwas mit einem Herzschlag."

„Sie ist kein Dämon", brüllte er, und die Wolke erbebte bei der Intensität seines Zorns.

Die schwarzhaarige Harpyie zuckte zusammen und hielt sich

die Ohren zu. „Äh, möchtest du vielleicht deine Lautstärke run-
terschrauben, bevor ich dir die Zunge herausreiße und um die
Ohren haue? Man hat mir gesagt, drinnen reden die Leute tatsächlich leiser als auf dem Schlachtfeld. Ich bin da noch skeptisch,
aber tu mir den Gefallen und probier's mal aus."

Er zwang sich, ruhiger zu sprechen. „Annabelle ist ein Mensch.
Mein Mensch. Sie braucht Hilfe. Jetzt."

„Und jetzt noch mal ganz von vorn. In meinem überwältigen-
den Meisterhirn hat sich soeben etwas zusammengefügt. *Das* ist
Annabelle?" Kaia trat vor, offenbar in der Absicht, Annabelles
Haar zur Seite zu streichen und ihre Züge zu betrachten.

Er schnappte mit den Zähnen nach ihr. Auch wenn er keine
Reißzähne hatte, an drohenden Absichten mangelte es ihm nicht.
„Du fasst sie nicht an."

Kaia benahm sich, als hätte sie ihn nicht gehört, und tat genau,
was sie vorgehabt hatte. Typisch Harpyie. „Okay, wow. Sie ist es
wirklich. Was ist mit ihr passiert?"

„Ich bin mir nicht sicher." *Aber ich werde es herausfinden, und
ich werde es in Ordnung bringen. Wie versprochen.* „Schlafzimmer. Jetzt. Bitte", fügte er hinzu und hoffte gegen alle Hoffnung,
das würde funktionieren. Bei Harpyien standen die Chancen
immer fünfzig zu fünfzig, dass man bekam, was man wollte –
oder starb.

„Mach lieber, B", riet Kaia ihr und seufzte. „Du weißt doch,
wie Lysander immer gleich rumjammert, wenn du dir auch bloß
das Knie aufschürfst, oder? Tja, unser Zach hier ist noch viel
schlimmer mit seiner kleinen Prinzessin. Vielleicht weil sie 'n
Mensch ist und somit unterlegen oder so. Obwohl – ich glaube,
das Wort ‚Mensch' können wir aus ihrer Beschreibung streichen."

„Sie ist nicht unterlegen", brüllte er. „Und sie *ist* ein Mensch."

Für einige lange Minuten musterte Bianka ihn stumm. „Hast
recht, Kye. Zach ist schlimmer. Also gut, komm schon, Engelchen. Hier lang." Sie tänzelte in einen Flur.

Er folgte ihr und zog eine Spur aus Schnee hinter sich her.

„Hey, Zach", rief Kaia. Dann folgten eine kurze Pause, ein

feuchtes Gluckern und Schluckgeräusche. Sie musste direkt aus der Flasche trinken. „Dir ist schon bewusst, dass du einen kopflosen Dämon auf dem Rücken trägst, oder?"

„Natürlich. Ich habe ihn dort festgebunden."

Bianka blieb stehen und wedelte mit der Hand durch den pastellblauen Nebel neben ihr, in dem jetzt eine Türöffnung erschien.

Schnell schob Zacharel sich an ihr vorbei und ging hinein.

In der Mitte wartete ein riesiges Bett, perfekt für einen Krieger mit überdurchschnittlicher Flügelspannweite, und jetzt auch perfekt für Menschen mit Dämonenschwingen. Vorsichtig legte er Annabelle auf die Matratze, strich ihr das Haar aus dem Gesicht und deckte sie zu. „Wir bleiben nicht lange. Dämonen spüren ihre Gegenwart, wo sie auch ist, und greifen jedes Mal an."

„Kye und ich brauchen zufällig sowieso gerade mal wieder einen anständigen Kampf. Bleibt, solange ihr wollt."

So war das mit den Harpyien. Sie mochten ihm auf die Nerven gehen, aber sie würden sich immer hinter ihn stellen. Um dem Ganzen die Krone aufzusetzen, waren sie auch noch unfassbar gute Kämpferinnen. Und trotzdem, Bianka und Kaia einer gefährlichen Situation auszusetzen – und zwar betrunken –, war eine Garantie, sich den Zorn von Lysander und jedem einzelnen Herrn der Unterwelt zuzuziehen.

„Danke, aber wir werden noch vor Ablauf einer Stunde verschwinden."

„Mann, du verpasst die besten Nunchaku-Moves, die du je gesehen hast, aber wie du meinst. Ich hab's angeboten, mehr kann ich nicht tun – bevor ich so tue, als hättest du nichts gesagt, und genau das mache, was ich will." Dann hörte er Schritte, ein gegrummeltes „Lass mir auch noch was über, du Luder" und schließlich nur noch Annabelles schweren Atem.

Er band den Dämon von seinem Rücken los und leblos purzelte der Leichnam zu Boden. Der Bastard musste die Urne geöffnet haben, und als er ins Innere gegriffen hatte, war die Essenzia in seine Haut eingedrungen.

Zacharel ließ seine Hand körperlos werden, griff in die Brust der Kreatur und – ja, warm fühlte er die Essenzia seines Bruders unter seiner Handfläche dahinströmen, das Prickeln von etwas, das mehr als bloß Blut war, das nach ihm suchte und fortwollte aus der körperlichen Hülle des Dämons.

Einen Moment lang war Zacharel wieder in jener Nacht, als er in die Brust seines Bruders gegriffen hatte. Damals wie heute griff er fest zu, und als er die Hand aus dem Dämonenkörper zog, bedeckte eine klare, dicke Flüssigkeit seine Haut. Die letzten Überreste seines Bruders. *Darauf werde ich nicht reagieren.*

Bevor auch nur ein Tropfen davon in *seinen* Leib eindringen konnte, befahl er der Wolke, eine Urne zu erschaffen. Mit der freien Hand hielt er die Urne bereit, und mit der anderen streifte er die Flüssigkeit am Rand ab, von den Fingerspitzen bis zum Ellenbogen, bis jeder Tropfen in das Behältnis geglitten war. Nachdem er den Deckel versiegelt hatte, versteckte er die Urne in einer Luftfalte. Engel und Dämonen gleichermaßen würden ihm folgen, angezogen von diesem Wunder, doch nie wieder würde er jemand anderem die Verantwortung dafür übertragen.

Schließlich wandte er seine Aufmerksamkeit wieder Annabelle zu. Er machte sie sauber, verband ihre Wunden und hüllte sie in ein warmes pelzgefüttertes Gewand. Währenddessen drohten ihn immer wieder Emotionen zu überwältigen. Noch mehr Scham, noch mehr Zorn, Hilflosigkeit und Hoffnungslosigkeit. Er konnte sich nicht vorstellen, was ihr angetan worden war, um sie so zu verwandeln. Selbst wenn ein Dämon Besitz vom Körper eines Menschen ergriff, veränderte sich niemals das Erscheinungsbild dieses Menschen.

Annabelle war die Gemahlin eines Dämons – theoretisch, nicht wirklich, dachte er, als eine besitzergreifende Hitze durch sein Inneres strömte –, doch hätte das Einfluss auf ihre Gestalt haben sollen, wäre die Verwandlung schon vor vier Jahren eingetreten. Also … Was blieb dann noch? Nicht dass ihr Aussehen für ihn eine Rolle spielte. Vorher war sie wunderschön gewesen, doch das war sie auch jetzt. Sie war einfach seine Annabelle. Doch sie würde es stören, und den Gedanken konnte er nicht ertragen.

Zacharel glitt neben sie und strich mit dem Daumen über ihren geschuppten Wangenknochen. Ein leises Seufzen wich von ihren

Lippen, als sie sich seiner Liebkosung entgegenreckte. Wenn sie aufwachte, würde sie das vielleicht nicht mehr tun. Sie würde sich an das erinnern, was er mit ihr gemacht hatte, wie er sie verletzt hatte. Wahrscheinlich würde sie sogar vor ihm fliehen.

Ein Protestschrei stieg in ihm auf, doch er schluckte ihn hinunter. Wenn sie vor ihm fliehen wollte, würde er sie lassen müssen. Was er ihr angetan hatte, könnte er nie wiedergutmachen. Niemals. Doch er würde ihr folgen und sie beschützen, für den Rest seiner Tage. Wenn das bedeutete, seinen Platz im Himmel aufzugeben, dann sollte es so sein.

Sie würde einen bedeutenden Platz in seinem Leben einnehmen müssen, hatte Haidee gesagt.

Und das tat sie. Sie war um ein Vielfaches bedeutender als seine Arbeit, sein Zuhause.

Unwillkürlich berührte er sie, wollte ihre Nähe genießen, solange er konnte. Und je länger er sie streichelte, desto – himmlische Gottheit, ihre Wunden begannen zu heilen, die Schuppen zu verblassen, bis nichts zurückblieb als gebräunte Haut. Die Flügel verwelkten, verschwanden schließlich.

Seine menschliche Annabelle war wieder da. Wie oder warum, wusste er nicht, doch er sandte ein Dankgebet nach oben, etwas, das er seit Jahrhunderten nicht mehr getan hatte.

Hinter ihm ertönte das Rascheln von Kleidung. Er fuhr herum und zog sein Schwert.

Lucien, jener der Herren der Unterwelt, der den *Tod* in sich trug, hob die Hände, Handflächen nach vorn. Schwarzes Haar hing ihm in die Stirn und seine Mundwinkel waren herabgezogen, an einer Seite von einer breiten, gezackten Narbe verzerrt. „Hey, ganz ruhig, Engel. Ich bringe Neuigkeiten." Erschöpfung klang aus jedem Wort.

Zacharel ließ das Schwert los, nahm kaum wahr, wie es verschwand. Angespannt wartete er. „Sag schon."

„Amun hat sich durch die Geheimnisse von *Bürde* gewühlt. Der Hohe Herr, den ihr sucht, der, der Annabelle gezeichnet hat, heißt *Unversöhnlichkeit*."

Unversöhnlichkeit. Der Name hallte durch seinen Kopf. Endlich eine Antwort, und doch brachte sie keine Erleichterung. „Ich habe nie mit ihm gekämpft." Von ihm gehört, ja. Wer hatte das nicht? Der Böseste der Bösen, der Schlimmste der Schlimmen. Die paarmal, als der Dämon von einem Menschen auf die Erde gerufen worden war, hatte Zacharel Jagd auf ihn gemacht, doch jedes Mal hatte *Unversöhnlichkeit* es schon vor seiner Ankunft geschafft, unterzutauchen.

„Danke", sagte er zu Lucien, während er die Information schon an Thane weitergab.

Wir konnten drei weitere Lakaien gefangen nehmen, ertönte Thanes Stimme in seinem Kopf. *Sie hatten sich am Tempel versteckt. Wir werden herausfinden, was sie über diesen* Unversöhnlichkeit *wissen.*

Höflich beugte Lucien den Kopf. „Gern geschehen. Und jetzt hoffe ich, wir sind quitt und müssen nie wieder zusammenarbeiten." Mit diesen Worten verschwand Lucien.

Zacharel wickelte Annabelle in die Decke und hob sie vom Bett. Noch weniger als die Dämonen zu Biankas Wolke zu locken wollte er, dass Annabelle aufwachte und auf irgendjemanden außer ihm losging.

Oh, Annabelle. Wirst du mir je verzeihen können, wenn ich mir nicht einmal sicher bin, ob ich es kann?

27. KAPITEL

Panisch schreckte Annabelle hoch. Ihr Atem ging hektisch, Schweiß rann ihr über die Brust und den Rücken. Ein furchtbarer Traum hatte sie verfolgt. Wie sie sich in einen Dämon verwandelt hatte, durch einen Wald gehetzt war, mit Zacharel gekämpft hatte.

Zacharel.

Als sie seinen Namen dachte, durchfuhr sie eine Woge der Angst, die sie sich nicht erklären konnte. Aber sie wusste, dass sie solche Gefühle niederkämpfen musste. Gefährlich, dachte sie.

Was war gefährlich? Ihre Angst? Oder Zacharel?

Suchend flitzte ihr Blick umher. Sie war wieder in einem Hotelzimmer, diesmal allein. *Ich sollte fliehen. Ich muss fliehen.* Sie stellte den Gedanken nicht infrage, warf einfach die Beine über die Bettkante. Bevor sie aufstehen konnte, erschien Zacharel vor ihr, seine Miene unlesbar.

Hoch loderte ihre Furcht auf.

Bleib ruhig. Du musst ruhig bleiben. Verwirrt und unsicher erstarrte sie. „Was machst du da?", fragte sie.

Mit einem gepeinigten Stöhnen fiel er auf die Knie, und plötzlich konnte sie seine Züge lesen. Gequält, beschämt, voll Reue, Schmerz und Entsetzen … In diesem Augenblick kniete ein gebrochener Mann vor ihr, die Einzelteile so weit verstreut, dass ihn niemand je wieder zusammensetzen könnte.

„Ich … ich … Zacharel?"

„Es tut mir leid, Annabelle. So furchtbar leid."

Im nächsten Moment traf die Wahrheit sie wie mit einem Baseballschläger. Woran sie sich erinnerte, war kein Traum. Sie *hatte* sich in einen Dämon verwandelt. Sie *war* durch den Wald gehetzt. Sie *hatte* mit Zacharel gekämpft.

Mit entsetzt geweiteten Augen streckte sie die Arme vor sich aus, doch ein Gewand verhüllte ihre Haut. Sie traute sich erst wieder, zu atmen, als sie die Ärmel hochgerollt hatte und das helle Braun ihrer Haut erblickte.

Die Arme hinter ihren Rücken zu verrenken, erwies sich als

schwieriger, doch sie musste es wissen, musste – keine Flügel! Dem Herrn sei Dank! Ihr Rücken war so glatt wie eh und je.

Ohne ein Wort beobachtete Zacharel sie. Immer noch auf Knien, demütig zu ihren Füßen.

Schwer fielen ihre Arme an ihre Seiten. „Du hast mich geschlagen", stellte sie fest. Von der Furcht war nichts mehr zu spüren. An ihre Stelle war bodenlose Enttäuschung getreten.

Sein Kopf sackte nach vorn, bis sein Kinn auf sein Brustbein traf. „Ich weiß."

„Und du wusstest nicht, wer ich bin."

„Nein, ich wusste es nicht."

Er versuchte nicht einmal, sich zu verteidigen. Er hätte sagen können, dass er von einer solchen Verwandlung bei einem Menschen noch nie gehört hatte. Dass er es für unmöglich gehalten hätte. Er hätte sie an ihre eigene Reaktion auf ihn erinnern können, als er die Gestalt eines Dämons angenommen hatte.

„Warum hab ich mich verwandelt? Wie hast du mich wieder normal gemacht?"

Nicht ein einziges Mal sah er auf. „Erzähl mir zuerst, was in der Wolke geschehen ist. Dann werde ich dir alles sagen, was ich weiß oder auch nur vermute. Ich werde dir kein Detail vorenthalten."

„Also gut."

Aufmerksam lauschte er dem, was sie ihm erzählte, und nickte ab und zu. Am Ende ließ sie die Schultern hängen, als läge eine schwere Last darauf.

„Wolken können vieles", sagte Zacharel, „aber sie können keinen Menschen in einen Dämon verwandeln. In der Hinsicht hat der Dämon gelogen. Und auch er selbst hätte das mit seinem niederen Rang nicht vollbringen können."

„Aber wie konnte ich mich denn dann verwandeln, wenn es weder die Wolke noch der Dämon waren?" Eine grauenhafte Furcht breitete sich in ihr aus, glitt kalt bis in ihre Fingerspitzen. „Bedeutet das, ich bin … nicht länger ein Mensch, und dass mein Äußeres sich letztendlich nur meinem Inneren angepasst hat?"

„Ich glaube, dass damals, als du gezeichnet wurdest, mehr mit dir geschehen ist, als irgendjemandem von uns bewusst war.

Ich glaube, der Hohe Herr hat einen Teil seines Geistes mit dir ausgetauscht."

Nein, bestimmt nicht. Das hätte sie gewusst. Nicht wahr? „Wie kann das sein?", krächzte sie.

„Dazu hätte er mit einer Geisterhand in deinen Körper greifen und einen Teil deiner Seele herausreißen müssen, als würde er einen Arm amputieren. Wahrscheinlich nur ein winziges Stück, so groß wie eine Münze. Dann hätte er an diese Stelle ein Stück seiner eigenen Seele gesetzt und sich so mit dir verbunden ... sich mit dir vermählt."

Weißglühende Rage rauschte durch ihr Inneres, löschte die Furcht vollkommen aus, und plötzlich war sie dabei, auf Zacharels Schultern einzuschlagen. „Zum letzten Mal, ich bin *nicht* mit dem Dämon verheiratet, der meine Eltern getötet hat! Bin ich *nicht*!"

Er hob nicht einmal eine Hand, um sie abzuwehren. „Wenn es tatsächlich das ist, was er mit dir gemacht hat, ist dein Leben mit seinem verschmolzen. Solange er lebt, überlebst auch du. Solange du lebst, bleibt er am Leben. Diese Möglichkeit hatte ich noch nicht in Betracht gezogen, aber jetzt scheint es völlig klar."

Fragen prasselten auf sie ein und ihre Schläge verlangsamten sich ... hörten auf. „Aber ... aber ... Warum hat er dann andere Dämonen auf mich gehetzt? Wäre ich gestorben, hätte es auch ihn erwischt."

„Irgendetwas hat die Dämonen davon abgehalten, dich zu vergewaltigen. Ich denke, dasselbe Etwas hat sie auch davon abgehalten, dir eine tödliche Verletzung zuzufügen."

„Aber ich ... ich kann einfach nicht mit ihm verbunden sein." Und schon wieder flammte das Brennen in ihrer Brust auf, wie jedes Mal, wenn ihre ... negativen Emotionen ... Besitz von ihr ergriffen.

Natürlich! Aus dem Brennen war ihre Verwandlung entstanden, und ihre Emotionen hatten das Brennen hervorgerufen.

Sie erklärte ihre Erkenntnis auch Zacharel und er nickte. „Das ergibt Sinn. Bleibt nur noch die Frage, warum der Dämon das getan hat. Ohne dein wissentliches Einverständnis, und in diesem Traum war es definitiv nicht wissentlich, verstößt ein solcher Akt gegen das höchste aller himmlischen Gesetze. Den freien Willen."

Ihr Herz setzte einen Schlag aus. Etwas in seinem Tonfall ... „Und du bist für die Einhaltung dieser Gesetze zuständig, nicht wahr?" Das hatte er ihr bei ihrer ersten Begegnung erzählt, da war sie sich sicher. Und *das* konnte nur bedeuten ...

„Nein!", glaubte sie zu schreien, doch das Wort kam nur als Flüstern heraus. „Nein."

„Ja", bestätigte er.

„Also wirst du die Strafe dafür überbringen?"

Diesmal nickte er nur.

Noch ein Herzschlag stockte, als ihr die Antwort dämmerte. „Und diese Strafe ist?"

Es gab eine lange, angespannte Pause. Er sah auf, er sah hinunter, nach links und rechts, als wollte er überall sein, nur nicht hier. Schließlich hörte sie ihn flüstern: „Der Tod."

Mit jeder Faser ihres Seins lehnte sie sich gegen den Gedanken ihres eigenen Todes auf. Mit dieser gesetzmäßigen Strafe würde Zacharel den Dämon töten, ja – aber gleichzeitig auch Annabelle. „Wie sollte diese ... Verschmelzung", würgte sie hervor, „dazu führen, dass ich mich in einen Dämon verwandle – vier Jahre nach dem Vollzug?"

„Ich habe gesehen, wie die Herren der Unterwelt körperlich ihren Dämonen zu ähneln beginnen, wenn negative Empfindungen sie überwältigen. Es ist genau, wie du beschrieben hast. Sie verlieren die Kontrolle über ihre Menschlichkeit, lassen jede Vernunft fahren. Der Dämon in meiner Wolke wusste, was dir widerfahren war, also war es für ihn ein Leichtes, die Reaktion heraufzubeschwören, die er wollte."

„Stimmt schon; ich meine, die Sache mit den Emotionen war ja auch meine Idee. Aber ich verstehe nicht, warum ich mich über vier grauenhafte Jahre nicht ein einziges Mal verwandelt habe und dann *bumm*, auf einmal passiert's."

„Du vergisst, dass du vier Jahre lang unter Medikamenten gestanden hast. Diese Medikamente sollten dazu dienen, das Ausmaß deiner Gefühle einzuschränken. Selbst als du begonnen hast, wieder stärkere Emotionen zu spüren, waren diese Medikamente vermutlich noch in deinem Körper und haben deinen Empfindungen die Schärfe genommen."

„Meine Entzugserscheinungen hab ich aber schon eine Weile hinter mir", wandte sie ein, klammerte sich an die Hoffnung, sie könnten falsch liegen.

„Dafür warst du immer wieder verletzt oder gerade dabei, dich zu erholen. Geschwächt."

Das war nicht von der Hand zu weisen. „Aber was ist mit dem Wasser des Lebens?"

„Es hat den menschlichen Teil von dir geheilt, dem dämonischen aber geschadet. Auch das hätte eine Verwandlung unterdrückt."

Und geschadet hatte es ihr definitiv. Beide Male, als er es ihr gegeben hatte.

Alle Hoffnung war verloren. Ihr zitterte das Kinn und in ihren Augen brannten Tränen, die zu vergießen sie sich weigerte. *Ich bin zum Teil ein Dämon.* Wispernd bahnte die Wahrheit sich einen Weg in ihren Kopf. *Ich bin zum Teil ein Dämon!* Diesmal war es ein Schrei der Entrüstung und der Hilflosigkeit.

Ruhig, du musst dich beruhigen. „Werde ich mich wieder verwandeln?", brachte sie mühsam hervor, obwohl sie die Antwort bereits kannte. Das Brennen in ihrer Brust schon wieder erwachen spürte.

„Unter extremen negativen Empfindungen … Ja. Ich glaube, das wirst du."

„Kann man dieses Stück Dämon nicht aus mir rausholen? Etwas anderes an seine Stelle setzen?" Wieder erwachte ein Funken Hoffnung …

„Nein. Es ist zu viel Zeit vergangen."

… und wurde vernichtet. *Ich werde nicht weinen. Werde ich nicht.*

„Der Dämon, den du durch den Wald geschleppt hast, hatte die Essenzia meines Bruders in sich aufgesaugt. Auch ein Stück von mir war da drin. Doch ich bin nicht gestorben, als es den

Dämon erwischt hat, weil sich nichts in ihm festgesetzt hatte. Und ich konnte alles aus seiner Leiche zurückholen, ohne auf Widerstand zu treffen, weil diese Essenzia mich wiedererkannt hat. Was in dir ist, *hat* sich festgesetzt und *würde* Widerstand leisten. Es würde mich nicht erkennen, noch irgendetwas mit mir zu tun haben wollen."

Auch seine unausgesprochenen Worte hörte sie. Wenn er versuchte, sie zu befreien, würde sie Qualen leiden und wahrscheinlich trotzdem sterben. „Die Schmerzen sind mir egal, selbst wenn ich sterbe. Hol diesen Dämon aus mir raus." Jetzt!

„Dir mag dein Tod egal sein, aber mir nicht", sagte er schlicht. „Das werde ich dir nicht antun. Niemals. Verlang das nicht von mir."

Sie brauchte nur einen kurzen Augenblick, um die Vehemenz seiner Reaktion zu verstehen. Immer noch litt er darunter, dass er dasselbe mit seinem Bruder gemacht hatte, und mehr könnte er nicht ertragen. Nein, sie konnte, sie würde es nicht von ihm verlangen. „Was soll ich dann tun?"

„Ich werde den Hohen Herrn aufspüren. Ich werde ihn wegsperren." Zacharel legte den Kopf in ihren Schoß, schlang ihr die Arme um die Taille. Sein Leib begann zu beben. „Das tut mir so leid, Annabelle. So unglaublich leid."

Sie fühlte etwas Warmes, Feuchtes durch ihr Gewand dringen und zog die Brauen zusammen. Tränen? Nein. Nein, dieser starke, stolze Kriegerengel konnte unmöglich weinen. „Du würdest ihn wegsperren, statt ihn zu töten, trotz eurer Gesetze und deiner Befehle?"

„Für dich werde ich alles tun." Mit glänzenden Augen und feuchten Wimpern sah er zu ihr auf. Er weinte tatsächlich. „Und ich gelobe dir hier und jetzt, Annabelle, dass ich dich nicht töten werde. Ich werde keinem anderen Engel gestatten, dich zu töten."

Und wahrscheinlich würde man ihn dann für seine eigenen Verbrechen bestrafen oder sogar ebenfalls töten. „Tu das nicht."

Hastig sprach er weiter. „Irgendwie werde ich den Dämon finden, der dir das angetan hat. Ich werde ihn wegsperren." Er packte sie fester. „Ich werde immer alles in meiner Macht Stehende tun, um für deine Sicherheit zu sorgen. Und wenn du meinen Anblick nicht ertragen kannst, werde ich es im Geheimen tun."

„Nein, ich …"

„Endlich verstehe ich, was meine Gottheit mich zu lehren versucht hat", fiel er ihr ins Wort. „Was ich all diese Jahrhunderte über nicht begriffen habe. Ich dachte, ich hätte es gelernt, aber ich hätte trotzdem noch jederzeit getan, was ich für nötig gehalten hätte."

„Wovon sprichst du?"

„Kollateralschaden. Die Menschen, die ich getötet habe oder deren Tötung ich zugelassen habe, waren besessen oder liebäugelten mit Dämonen, deshalb hielt ich ihren Tod für gerechtfertigt. Aber was, wenn sie waren wie du? Unschuldig? Was, wenn ich am Ende nicht sie verletzt habe, sondern die Menschen, die sie geliebt und immer noch auf ihre Rettung gehofft haben? Was, wenn es *Grund* zur Hoffnung gab? Nein, es gibt immer einen Grund. Das weiß ich jetzt."

Drängend blickte er zu ihr auf, während seine Tränen immer schneller flossen. „Es tut mir leid, Anna. Nicht, weil du von meiner Sünde weißt, sondern weil sie dir so große Pein bereitet hat."

Ihn so leiden zu sehen, beruhigte sie auf eine Art, wie nichts anderes es geschafft hätte. Sie war ihm wichtig. Er fühlte Reue. Halleluja, er *fühlte*.

Nun strich sie ihm doch mit den Fingern durch das seidige Haar. Die Tatsache, dass er einen guten Grund hatte, Dämonen ebenso sehr zu hassen, wie sie es tat, und sie doch nicht zurückwies, jetzt, wo er wusste, dass sie … dass sie … Sie konnte die Worte nicht noch einmal denken. Mit dieser Wahrheit würde sie sich später auseinandersetzen müssen. Fürs Erste wollte sie nur diesen Augenblick genießen, und den Mann, der sie liebte.

Und das tat er. Er liebte sie. Es mochte ihm noch nicht bewusst sein, so lange, wie er jegliche Gefühle verdrängt hatte, aber sie war sich sicher – genauso, wie sie wusste, dass sie ihn ebenfalls liebte. Er hatte sie gerettet und beschützt. Er hatte das Gute in ihr gesehen und half ihr, dasselbe zu tun. Niemandem erlaubte er, sie respektlos zu behandeln, und er wollte nur das Beste für sie. Er würde sie niemals verlassen – und *sie* würde *ihn* niemals verlassen.

Ja, er war ein schwieriger Mann, ein komplexer Mann, und er war Emotionen oder Sanftheit nicht gewohnt. Doch beides schenkte er ihr, und sie würde ihm ebenso beides schenken.

Er war jetzt ein Teil von ihr, viel mehr als … Egal. Er war ein berauschender Teil, ein willkommener Teil, stark und mutig, und es machte Spaß, ihn zu ärgern. Er war zärtlich und behutsam, und gleichzeitig hart, wenn sie es brauchte.

Sanft murmelte sie tröstende Worte, bis er sich beruhigte, und auch wenn sie es nur mit größtem Widerwillen tat, löste sie sich aus seiner Umarmung. Er ließ keinen Widerspruch hören, hielt den Kopf gesenkt, weigerte sich von Neuem, ihren Blick zu erwidern.

„Ich bin sofort zurück, okay. Bleib genau hier."

So schnell es ihr möglich war, erledigte sie alles Nötige, putzte sich die Zähne und zog das Gewand aus. Darunter war sie nackt und blitzsauber. Wie auch immer dieses Engelsgewand funktionieren mochte, sie war dankbar dafür.

Und jetzt zurück zu Zacharel. Er brauchte sie, und sie brauchte ihn. Sie mussten beide vergessen, was geschehen war, was noch kommen würde, und wenn es nur für einen kurzen Moment war.

Die Badezimmertür quietschte, als sie hindurchging. Kühle Luft küsste ihre bloße Haut, sandte eine Gänsehaut über ihre Arme und Beine.

Zacharel saß auf dem Bettrand, die Ellenbogen auf die Knie gestützt, das Gesicht in den Händen verborgen. Herrlich golden waren seine Flügel hinter ihm ausgebreitet, ohne eine Spur von Weiß. Auch nicht in Form von Schnee, bemerkte sie. Erneut hatte er aufgehört, zu schneien.

„Unserer Abmachung zufolge soll ich dich küssen, sobald mich der Drang überkommt, und du sollst den Kuss annehmen, richtig?"

Ruckartig sah er zu ihr auf. Die Tränen hatte er getrocknet, doch das Glänzen in seinen smaragdenen Augen konnte er nicht verbergen. „Annabelle", murmelte er heiser und ließ den Blick über ihren Leib wandern. „Nach allem, was geschehen ist, kannst du nicht ernsthaft …"

„Doch, genau das." Langsam ging sie auf ihn zu. Als sie zwischen seinen Beinen stand, legte sie die Hände auf seine Schultern. Seine Muskeln waren vollkommen verspannt. Er traf ihren Blick, als dürfte er sich nicht weiter erlauben, die Augen auf den Rest von ihr zu richten.

„Ich will mit dir schlafen", sagte sie und runzelte die Stirn, als ihr ein Gedanke kam. „Außer, du darfst nicht mit einer Frau schlafen, die verschmolzen ist mit einem …" Sie presste die Lippen aufeinander. Sie wollte es nicht einmal denken, geschweige denn aussprechen. „Es ist okay, wenn du nicht kannst. Ich geh einfach …"

Plötzlich spürte sie Zacharels Arme um ihre Taille, gleichzeitig zog er sie von den Füßen. Sie fiel nach vorn, und er positionierte sie auf seinem Schoß. Um das Gleichgewicht zu halten, musste sie die Beine spreizen.

„Du bist mein", grollte er mit rauer Stimme. „Mein allein. Ich nehme dich an, mit allem, was du bist, und wir *können* miteinander schlafen."

Pure Erleichterung durchströmte sie. „Ich werd dich so glücklich machen, weil du das gesagt hast, geflügeltes Wunder." Ganz vorsichtig drückte sie die Lippen auf seine, eine sanfte Verschmelzung, eine zärtliche Erforschung.

„Du verzeihst mir?"

„Es gibt nichts zu verzeihen."

„Danke, Anna. Ich danke dir. Und ich weiß, Worte reichen nicht aus. Ich werde dir *zeigen*, was ich empfinde. Lass es mich dir zeigen."

Sie öffnete den Mund leicht, woraufhin er die Zunge über ihre gleiten ließ. Sein köstlicher Geschmack überwältigte sie; er war ein großartig gereifter Wein, Erdbeeren mit dunkelster Schokolade, so erfrischend wie ein Fluss an der Quelle.

Liebevoll und süß dauerte der Kuss an – bis Zacharel sich auf die Matratze zurücksinken ließ und sie mit den Händen erforschte. Unter der Intimität seiner Berührungen erwachte eine tiefe Glut in ihr. Ihre Zungen tanzten wilder, die Lippen drückten fester und sie tranken, tranken, tranken voneinander.

Er leckte und saugte an ihren Brüsten, ertastete ihren Bauch, küsste jeden Zentimeter ihrer Beine, bis sie sich unter seinen Händen wand. Bis *er* sich unter *ihr* wand. Bis sie beide verzweifelt waren. Dann drehte er sie um und saugte und leckte ihre Schultern, liebkoste ihren Rücken und küsste von Neuem jeden Zentimeter ihrer Beine.

Als sie es nicht mehr aushielt, die Lust zu groß wurde, zog sie ihm das Gewand aus, drängte ihn wieder auf den Rücken und übernahm das Ruder. Jetzt leckte und saugte, liebkoste und küsste *sie seinen* Körper. Und oh, der Geschmack seiner Haut ... Er war ebenso berauschend wie seine Küsse. Die herrlichste Süßigkeit, wie eine Droge ... Und sie wusste, dass sie ihr Leben lang danach süchtig sein würde.

„Anna, ich brauche ...“

„Mehr, immer mehr.“ War sie das, die so unverständlich nuschelte?

„Ja.“

Ja. Ein Wort voller Hoffnung. „Dann nimm es dir.“

Er nahm sie unter den Achseln, hob sie hoch und zog sie neben sich, an seinen langen, starken Leib, legte sich auf sie. Mit seinem Gewicht drückte er sie hinab.

„Ich nehme es mir, wie du gesagt hast, aber vorher brauche ich noch einen Kuss.“ Er senkte den Kopf und sie streckte sich ihm entgegen, und dann trafen ihre Zungen sich von Neuem.

Sanft ... fest ... hart ... wild ... Der Kuss geriet außer Kontrolle. Er knetete ihre Brüste und spielte mit ihren Brustwarzen, seine Haut war wie Feuer. So anders als die Hitze, die in ihr brannte. Eine Hitze, die bis in ihre Knochen sank, die jede Erinnerung an den Dämon ausmerzte.

„Noch mal“, verlangte er, und er nahm und gab, er forderte und schenkte. Mit den Fingernägeln kratzte sie ihm über das Rückgrat, zwischen seinen Flügeln entlang, und ihre Hüften hoben sich, als sie versuchte, ihm noch näher zu kommen. Sie war absolut überwältigt von diesem Mann und hätte sich nichts Besseres wünschen können.

„Ich liebe es, dich so zu sehen", raunte er.

„Unter dir?"

„Ganz die Meine." Er schob eine Hand zwischen ihre Leiber, zwischen ihre Beine. Und oh, wie er gelernt hatte, mit ihr umzugehen. Er wusste, wann er langsam in sie eindringen und wann das Tempo anziehen musste. Er wusste, wenn sie mehr brauchte … und noch mehr … „Ich kriege einfach nicht genug von dir."

„Zacharel", wisperte sie atemlos. „Bitte. Alles."

Er hielt inne, ein Schweißtropfen rann ihm an der Schläfe hinab. „Du sollst mich niemals um etwas anbetteln, Anna."

„Dann musst du … Ich brauche …" Sie biss sich auf die Lippe und drängte sich an ihn. „*Bitte.*"

Hart spürte sie seine Hand an ihrem Kiefer, als er sie zwang, ihm in die Augen zu sehen. „Mich, du brauchst mich."

„Ja." Immer.

Er rieb seine Nasenspitze an ihrer. „Darf ich dich nehmen?"

„Alles", wiederholte sie.

„Alles? Wirklich? Denn ich hatte mir vorgenommen, nicht mit dir zu schlafen, bis ich dir das Versprechen abgerungen hätte, bei mir zu bleiben. Ein solches Versprechen verdiene ich nicht mehr."

„Vermutlich nicht, aber ich gebe es dir trotzdem." In diesem Augenblick war ihr klar geworden, wie sehr sie ihn liebte. Als würde sie ihn je wieder gehen lassen. Gut, früher hatte sie vorgehabt, ihn zu verlassen, bevor *er sie* verließ. Aber so handelte nur jemand, der in Angst lebte, und Angst war genauso ein Gefängnis wie die Anstalt … und zugleich so viel schlimmer. „Kannst du mir dasselbe versprechen?"

Erfüllt von tiefer Freude, blickte er auf sie herunter und erklärte: „Das kann ich. Und das werde ich. Du bist meine erste, letzte und einzige Liebhaberin, Annabelle Miller. Ich werde niemals mit einer anderen schlafen."

„Oh, Zacharel." Waren je schönere Worte ausgesprochen worden? „Für mich bist du auch der letzte und einzige Liebhaber."

„Und jetzt mache ich dich zu der Meinen." Zentimeter für köstlichen Zentimeter versenkte er sich in sie, nahm sie, zeichnete sie. Als er vollständig in sie eingedrungen war, hielt er inne, und um seine Augen erkannte sie die Anspannung, unter der er stand. „Ich bin … Wie konnte … *Ich liebe es.*"

„Mmmh", schnurrte sie. „Ja."

„Du gehörst mir", sagte er.

„Dir."

„Niemandem sonst."

„Niemandem sonst", stimmte sie zu.

Seine Lippen fanden ihre, in einem wilden Tanz trafen sich ihre Zungen. Mit den Händen erforschte er von Neuem ihre Brüste, knetete, zupfte.

„Du fühlst dich so gut an."

„Ja, aber …"

„Mehr?"

„So?" Anfangs bewegte er die Hüften langsam.

„Ja, bitte, ja, genau so."

Er bewegte sich schneller. Und noch schneller. Irgendwann konnte sie nur noch die Beine um seine Hüften schlingen und sich festhalten. Wieder und wieder sprach er ihren Namen aus, ein Gebet, ein Fluch, ein Stöhnen, das er nicht ganz unterdrücken konnte. Heiser stöhnte sie ihre Lust hinaus. Jeder Augenblick, jede Bewegung war perfekt, veränderte sie bis auf den Grund ihrer Seele.

„Anna … Ich muss … Ich …"

„Gib mir alles."

Ein Schrei brach aus seiner Kehle, sein ganzer Körper spannte sich an. Er rammte in sie, so tief er nur konnte, so herrlich tief, und trotzdem bog sie sich ihm entgegen und versuchte, ihn noch tiefer in sich aufzunehmen. Als ein Schauer der Vollendung durch seinen Körper lief, ergriff die Erlösung auch sie; und sie schrie, presste sich an ihn … als wollte sie nie wieder loslassen.

Noch Minuten später, als er auf sie sank, schwer und entspannt, weigerte sie sich, ihn loszulassen. Als er sich von ihr rollte, nahm er sie mit sich, und sie landete an seiner Brust, willenlos auf ihm ausgebreitet.

„Mir fehlen die Worte, Anna", sagte er leise.

„Gut." Ihr ebenfalls. Alles, was sie wusste, war: Sie würde nie wieder dieselbe sein. Das hier würde sie für immer verändern.

Es würde *ihn* für immer verändern.

Andächtig drückte er ihr einen Kuss auf die Schläfe. „Ein Wort ist mir doch noch eingefallen … Danke."

Ihr entwich ein weiches Lachen. Vielleicht tat ihnen ein bisschen Veränderung gut.

28. KAPITEL

Zacharel liebte Annabelle die ganze Nacht lang. Er bekam einfach nicht genug von ihr. Würde *niemals* genug von ihr oder von der Lust bekommen, die sie ihm schenkte. Er liebte ihre Brüste, so herrlich üppig, mit diesen perfekten zarten Spitzen. Er liebte ihren Bauch, eine weiche Senke mit diesem verführerischen Nabel. Er liebte ihre Beine, so glatt und lang und voll teuflischer Verlockungen.

Und er liebte alles dazwischen.

Er liebte die Geräusche, die sie machte, die Art, wie sie sich bewegte, die Weichheit und Süße und die Leidenschaft, die er mit ihr erlebte. Er liebte, was sie mit ihm machte, wie sie ihn umarmte, ihn küsste, ihm das Gefühl gab, er wäre das Kostbarste auf Erden.

Aber was er am meisten liebte, war, in ihr zu sein, eins mit ihr. Ein Teil von ihr. Mit ihr verflochten, sodass ihr Atem sich mischte. Natürlich, die körperlichen Empfindungen, die dieser Part mit sich brachte, berauschten ihn, aber die geistigen … die emotionalen … waren sogar noch besser.

Liebe. Er war es, der niemals die wahre Bedeutung dahinter verstanden hatte, das begriff er nun. Es war nicht nur ein nettes Wort. Wahre Liebe war ein Geschenk. Etwas Besonderes. Etwas Notwendiges. Das war eine Lektion, die sein Bruder ihm hatte beibringen wollen, doch er hatte sie ignoriert. Bis jetzt.

Jetzt … wo Annabelle überzogen war mit dem Schimmer von seiner Essenzia, einem zarten Glühen, das aus ihren Poren sickerte, als wohnte die Sonne selbst unter ihrer Haut. Auch das liebte er.

Mein, dachte er. Sie ist mein. Ich werde sie niemals teilen.

„Wenn du mal eine kurze Pause aushältst, du unersättliches Tier, gibt es da etwas, was ich tun will", erklärte sie und kletterte aus dem Bett, ließ ihn für einen endlosen, abscheulichen Moment allein zurück.

Sie griff sich einen Stift vom Schreibtisch, bevor sie ihn von seinem Elend erlöste und sich über seine Hüfte kniete. Er stopfte sich ein Kissen in den Rücken, während eine Befriedigung ganz anderer Art Besitz von ihm ergriff. Sie waren zusammen, was auch immer ihre Leiber gerade taten. Noch etwas, das er liebte.

„Das soll übrigens keine Anspielung auf mehr sein", sagte sie. „Diesmal nicht."

„Du schamloses Weib." Wie sie ihn begeisterte, alles an ihr. Eine Mähne blauschwarzen Haars um die Schultern, die Wangen gerötet und taufrisch. Funkelnde eisblaue Augen, die Lippen geschwollen von seinen Küssen.

„Wozu brauchst du den Stift?", fragte er.

„Dazu kommen wir gleich. Zuerst: Krieg ich Schwierigkeiten, weil ich einem Engel die Tugend geraubt hab?" Sie nagte am Ende des Stifts, während sie auf seine Antwort wartete.

Eine unschöne Angewohnheit, dachte er und zog das Ding sanft zwischen ihren Zähnen hervor. „Bist du dir sicher, dass du mir die Tugend geraubt hast? Denn ich bin noch nicht überzeugt davon. Vielleicht solltest du es noch mal versuchen."

Warm erfüllte ihr Lachen den Raum, erfüllte ihn mit Freude. Er wollte sie mindestens hundertmal am Tag so lachen sehen.

„So typisch männlich! Aber heute Nacht gibt es keine weiteren Angriffe auf deine Tugend. Irgendwas muss ich mir doch für morgen aufsparen."

Dass sie einen weiteren Tag mit ihm verbringen wollte, dass sie ihm gerade etwas gegeben hatte, worauf er sich freuen konnte, dass sie ihm wahrhaftig vergeben hatte … Hätte er gestanden, wäre er in die Knie gegangen, hätte sich ihr zu Füßen geworfen, zutiefst dankbar. Jetzt lächelte er. Ein echtes Lächeln voller Freude.

Sie streckte die Hand aus und zeichnete mit einer Fingerspitze seine Lippen nach. „Ich liebe es, wenn du so lächelst." Ihr Finger wanderte weiter auf seine Wange, zu dem Grübchen, das Hadrenial ihm immer gezeigt hatte. „Du bist … um ehrlich zu sein, es gibt keine Worte dafür, wie du bist. ‚Wunderschön' ist nicht angemessen, und ‚betörend' kratzt gerade mal an der Oberfläche."

Sein Aussehen hatte ihm nie etwas bedeutet. Bis jetzt. „Danke?"

Wieder perlte ein Lachen aus ihr hervor, und ihr Gesicht und ihre Haut leuchteten vor Gesundheit und Lebendigkeit. Sie war es, die jeder Beschreibung spottete. „Ja, das war ein Kompliment. Also. Die Sache mit den Schwierigkeiten."

„Nein, du wirst keine Schwierigkeiten bekommen. Weißt du noch? Die Gesandten meiner Gottheit haben einen anderen Daseinszweck als die Engel des Höchsten. Deshalb gelten für sie dieselben Regeln wie für die Menschen. Ja, meine Art wurde vom Höchsten erschaffen und der Gottheit unterstellt, aber wir sind eher wie ihr. Was natürlich niemand von uns vor dir zugeben würde."

„Na gut, also dann. Der Stift. Ich will ein Spiel mit dir spielen." Sie setzte den Stift direkt über seiner Brust an, runzelte die Stirn und blickte auf zu ihm. „Moment. Vorher hab ich noch eine Frage, oder eher: Ich verlange eine Antwort. Sag mir, was es mit diesem schwarzen Fleck auf sich hat. Er ist noch größer als beim letzten Mal – und da war er schon groß!"

Sein Blick zuckte zu besagtem Fleck. Schwarz und schon wieder ein paar Zentimeter größer als noch vor ein paar Tagen. „Als mein Bruder gestorben ist, habe ich seine Essenzia bewahrt. Seine *Liebe*."

„Seinen Geist", vermutete sie. „Oder seine Seele?"

„Ja, Liebe ist eine Emotion, aber sie ist auch eine Kraft. Also nahm ich sie aus seinem Geist. Ich nahm auch ein Stück von meiner, damit ein Teil von uns immer zusammen wäre. Damit habe ich diesen Teil von mir getötet", er tippte auf den Fleck, „weil ich keinen Ersatz für ihn gesucht habe."

Ein Moment der Furcht verstrich, während sie seine Worte in sich aufnahm. „Warum wird er größer? Und versuch nicht, mir auszuweichen oder die Schotten dichtzumachen oder mir zu sagen, ich soll mir keine Sorgen machen, wie letztes Mal. Dann spiele ich eine Karte aus, von der du ganz sicher nicht willst, dass ich sie ausspiele. Ja, so manipulativ kann ich sein, und dann fühlen wir uns beide schlecht."

Niemals würde er zulassen, dass sie sich schlecht fühlte. „Das Wachstum war langsam, aber stetig, bis meine Gottheit mich mit dem Fluch des Schnees strafte, weil ich es gewagt hatte, ihre Befehle zu missachten. Seitdem wächst der Fleck *schnell* und stetig."

„Du hast meine Frage nicht beantwortet." Sie verschränkte die Arme vor der Brust. „*Warum* wächst er?"

„Es ist … der Tod."

Ihr fiel die Kinnlade herunter, doch augenblicklich fing sie sich wieder. „Setz das Stück wieder ein, das du weggenommen hast. Sofort! Das sollte seine Ausbreitung aufhalten."

„Das kann ich nicht. Der Inhalt dieser Urne ist eine Mischung aus Hadrenial und mir. Ich kann es nicht mehr trennen. Es ist schon zu eng ineinander verschmolzen." Wie der Dämon sich mit *ihr* verschmolzen hatte. Unwillkürlich ballten seine Hände sich zu Fäusten.

Sie hob das Kinn und er wusste, dass jetzt ihre sture Seite aufbegehrte. „Tja, betrachte es mal so. Ich bitte dich nicht, die zwei zu trennen. Ich spreche davon, dass du die Mischung benutzen sollst."

Oh ja. Die sture Seite. „Ich habe sein Leben nicht retten können. Habe ihm sogar den Todesstoß versetzt. Ich verdiene es nicht, von ihm zu leben."

„Du hast ihm gegeben, was er wollte. Du hast seiner Qual ein Ende gesetzt. Du verdienst es."

„Annabelle …"

„Zacharel. Du bist so viel besser, als du dir zugestehst. Wie oft hast du mich gerettet? Was hätte ich ohne dich getan? Was würde mit mir geschehen, wenn du … wenn du … Ich kann nicht mal das Wort sagen! Tu es. Bitte."

Wie könnte er ihr irgendetwas verweigern? „Ich … werde darüber nachdenken", versprach er, und das würde er, doch tief in seinem Inneren wusste er, dass das seine Meinung nicht ändern würde. Wenn er tat, was sie wollte, würde er für immer ein Stück seines Bruders in sich tragen. Er, ein Mann, der eines solchen Segens mehr als unwürdig war.

„Ich danke dir."

Schuldgefühle stiegen in ihm auf, doch er schob sie beiseite. „Also, zeigst du mir jetzt endlich, was du mit dem Stift vorhast?", wechselte er das Thema.

„Ist mir ein Vergnügen", behauptete sie, und ihr Lächeln

leuchtete nur noch halb so stark. „Hast du schon mal Drei gewinnt gespielt?"

„Ich habe noch nie etwas gespielt."

„Tja, dann bereite dich darauf vor, niedergemäht zu werden. Ich bin eine Meisterin in diesem Spiel. Ich gewinne jedes Mal gegen mich selbst."

Er schnaubte.

Mit ruhiger Hand senkte sie den Stift auf seine Haut, verwendete seine Brust wie ein Stück Papier und begann, gefühlt Hunderte Drei-gewinnt-Spielfelder aufzuzeichnen. Er hatte Kreuz, sie hatte Kreis, und jedes Spiel ging unentschieden aus.

Na ja, jedenfalls bis sie ein Feld um seine Brustwarze herum aufmalte und diese zum Mittelkreis erklärte, womit sie die köstlichste Empfindung in seine Lenden sandte, von denen er eigentlich erwartet hatte, sie würden noch tagelang in erschöpfter Totenstarre verharren. Als sie es bemerkte, musste sie lachen, und natürlich lenkte dieses Lachen ihn ab. Zum ersten Mal gewann sie.

Am Ende war er von Kopf bis Fuß bemalt, genau wie sie. Doch er hatte keine Spielfelder auf ihre Haut gemalt – er hatte seinen Namen geschrieben. Und plötzlich verstand er den Reiz von Tattoos. Es gefiel ihm, seinen Namen auf ihrem Leib verewigt zu sehen, und er vermutete, andersherum würde es ihm ebenso gefallen.

Annabelle formte einen Kreis mit ihren Fingern und blickte hindurch, als sei sie eine Wissenschaftlerin und ihre Hände ein Vergrößerungsglas. „Ich will ein Foto von dir, genau … so. Du bist …" Auf einmal verdunkelten ihre Augen sich zu einem gequälten Marineblau, und sie ließ ihre Hände schwer an ihre Seiten sinken.

Jeder seiner Muskeln erstarrte, doch er kämpfte dagegen an und legte eine Hand an ihre Wange. „Was ist los?"

„Er hat mir die Sachen ausgezogen und Fotos von mir gemacht." Sie senkte die Wimpern, brannte praktisch ein Loch in seine Brust mit ihrem Blick.

„Wer?", flüsterte Zacharel scharf, doch er kannte die Antwort bereits. Schon vorher hatte das Wissen, dass ein Mann sich dieser lieblichen Frau aufgedrängt hatte, ihn erbost, nein, ihn erzürnt und empört. Doch jetzt, nach allem, was Annabelle und er miteinander geteilt hatten, nachdem er sie unter seinen Händen gespürt hatte und ihre Hände auf seiner Haut, nachdem er die Freuden einer solchen Nähe kennengelernt hatte, spürte er rasende Wut.

„Dr. Fitzherbert. Er hat nicht nur Fotos gemacht. Er hat mich auch angefasst." Scham tränkte ihre Stimme, tropfte, tropfte auf seine Haut, überzog seinen Leib wie eine Schicht schwarzen Öls, wie das in seiner Wolke.

„Wo hat er dich angefasst? Erzähl mir alles, Annabelle."

Nur zu bald fühlte sich Zacharel, als atmete er Feuer, als verbrannte sein Körper unter einem wahnsinnigen Fieber. Während Annabelle sediert an ein Bett gefesselt gewesen war, hatte der Mensch, der für ihr Wohlergehen sorgen sollte, an ihr herumgedrückt und sie geleckt, sie an Stellen berührt, die für ihn verboten waren. Und dass dieser Widerling sich Erinnerungsfotos von seinem Missbrauch mitgenommen hatte, dass er sich höchstwahrscheinlich noch jetzt daran aufgeilte …

„Es tut mir leid, dass du das ertragen musstest." Dass er sie nicht früher gefunden hatte.

Sie hob die Wimpern und darunter loderte das Feuer, das auch er in sich spürte. „Wenn ich stärker bin, gehe ich noch mal zu ihm."

Schon jetzt war sie stark genug, doch Zacharel hörte die Angst in ihrer Stimme. Ein Überbleibsel aus ihrer Vergangenheit, das sie noch nicht überwunden hatte. Er wusste, dass ein Teil von ihr damit rechnete, der Arzt würde sie unter Drogen setzen und einsperren, sie von Neuem hilflos machen.

Stumm erhob Zacharel sich vom Bett und zog sich an. Er zog Annabelle auf die Beine, half ihr, die neuen Kleider anzuziehen, die Thane an der Tür hinterlassen hatte, zog ihr Gewand über den Kopf und nahm sie in die Arme. Immer noch schweigend flog er mit ihr aus dem Gebäude und in den Nachthimmel, wo kühle Luft mit ihren Haaren spielte. Auch sie sagte kein Wort. Zweifellos wusste sie, wohin er sie brachte.

In Thanes Bericht über Annabelles Leben war die Adresse eines jeden Menschen aufgelistet, mit dem sie in Kontakt gekommen war. Je näher sie Colorado kamen, desto kälter wurde die Luft, und selbst mit dem Pelzfutter in ihrem Gewand begann Annabelle bald zu zittern.

„Dafür haben wir jetzt keine Zeit", murmelte sie.

Das einstöckige Haus des Arztes kam in Sicht. „Die Zeit nehmen wir uns." Um ehrlich zu sein, hätte Zacharel das schon viel früher tun müssen. „Es gibt Momente der Gnade und Momente, in denen man sich zur Wehr setzen muss."

Er flog hinein, landete und ließ Annabelle los. Am liebsten hätte er sie weiter festgehalten, außerdem wollte er dem Mann, der sie gequält hatte, größtmögliche Schmerzen zufügen, doch hier ging es nicht um ihn und seine Wünsche, begriff er. Es ging um das, was Annabelle brauchte. Wenn er Fitzherbert folterte, würde Zacharel sich besser fühlen, aber was würde es Annabelle bringen? Höchstens ein flüchtiges Gefühl der Befriedigung.

Aufmerksam streifte er durch das Haus, Annabelle auf seinen Fersen.

„Was wirst du tun?", fragte sie leise.

„Ich? Nichts", erwiderte er in seinem normalen Tonfall. Dies war ihr Kampf, ihr lang erwarteter Sieg. Ihm fiel auf, wie ordentlich alles war, wie schlicht. Fitzherbert legte mehr Wert auf Komfort als auf Luxus, und doch stellte er ästhetische Gesichtspunkte über praktische. Eine seltsame Kombination. „Außer, du wünschst, dass ich etwas tue."

„Schhh! Was, wenn er hier ist?"

„Das ist er. Ich kann ihn atmen hören. Aber er kann uns nicht wahrnehmen." Noch nicht.

Sie entspannte sich, aber nur ein bisschen.

Die Lichter waren aus, doch Zacharels Blick durchdrang die Schatten ohne Probleme. Er machte das Schlafzimmer ausfindig und stellte sich an das Fußende des schmalen Doppelbetts. In der Mitte lag ein kleiner Haufen, Fitzherbert, und schnarchte friedlich.

Annabelle an seiner Seite verspannte sich.

„Er ist geschieden und hat zwei Kinder", erklärte Zacharel. „Teenager. Sie leben bei ihrer Mutter, er ist also allein."

„Denkst du, ich sollte ihn … umbringen?"

Wenn sie das tat, würde man Zacharel die Schuld dafür zuweisen. Wie schon bei der besessenen Driana machte ihm die Vorstellung nichts aus. Mit Freuden würde er die Konsequenzen tragen. „Wird dir das Frieden schenken?"

Ein Moment des Schweigens. Dann sackten ihre Schultern herab. „Nein. Für den Rest meines Lebens würde ich mich an das erinnern, was ich ihm angetan habe, statt an das, was er mir angetan hat. Ich hätte einen Menschen getötet, genau wie dieser Dämon meine Eltern umgebracht hat."

„Ich werde ihn töten, wenn es das ist, was du willst, und ich verspreche dir, ich kann sein Leiden in die Länge ziehen. Oder, wenn dir das lieber ist, ich kann ihm ein schnelles Ende bereiten. Mich würde beides zufriedenstellen."

Wieder schwieg sie einen langen Moment, während sie die Hände rang. „Nein. Ich werde nicht zulassen, dass du für so etwas fällst."

Dann würde er ihr niemals verraten, dass ihre Taten in dieser Hinsicht waren, als hätte *er* sie ausgeführt.

„Würdest du … ich weiß nicht … ihn aufwecken und festhalten?"

Darum musste sie ihn kein zweites Mal bitten. Mit einem bloßen Gedanken erlaubte Zacharel ihren Gestalten, sich zu verfestigen. Er breitete die Flügel aus und stieg auf, schwebte über Fitzherbert, packte ihn bei der Kehle und schleuderte ihn an die Wand. Unter seinem Aufprall knackte der Putz und kleine Staubwolken stiegen empor. Augenblicklich war Zacharel wieder bei ihm, hielt ihn erneut bei der Kehle, hob ihn von den Füßen und presste ihn an die Wand.

Der Aufprall hatte Fitzherbert geweckt, und jetzt strampelte er wild, um sich zu befreien.

Annabelle drückte den Lichtschalter, und als der Mensch sah, wer ihn festhielt – und wer dabei zusah –, erstarrte er, und sein Gesicht verfärbte sich kränklich grün. Ihm fiel die Kinnlade herunter und ein Tropfen Spucke lief ihm von der Unterlippe.

„Sag ihr, wo die Fotos sind", verlangte Zacharel und lockerte seinen Griff gerade genug, dass der Mann antworten konnte.

Das Grün wurde dunkler. „Ich w-weiß nicht, w-wovon – okay, okay, ich weiß es", schwenkte er hastig um, als Zacharel ihn wieder fester packte. „Ich h-hab sie gelöscht. Natürlich. Ich schwöre es."

In diesem Augenblick legte sich ein widerwärtiger Geschmack auf Zacharels Zunge. „Eine Lüge. Und ich kann Lügner nicht leiden, Dr. Fitzherbert." Er verstärkte seinen Griff, fesselte Fitzherbert wie mit einem Schraubstock und spürte die Knochen des Mannes unter seinen Fingern knacken.

Du sollst ihn nicht töten, denk dran.

„Er hätte nicht riskiert, sie entwickeln zu lassen", bemerkte Annabelle mit unmerklich bebender Stimme. „Ich wette, sie sind immer noch auf seinem Handy. Oder vielleicht auf seinem Computer."

Augenblicklich begann Fitzherbert sich zu wehren, schlug und kratzte nach Zacharels Armen.

„Ich wette, so ist es", stellte Zacharel fest.

Immer blasser werdend nahm Annabelle das Mobiltelefon, das auf dem Nachttisch lag. Sie drückte ein paar Knöpfe und runzelte die Stirn. „Was das Handy angeht, lag ich falsch. Hier sind keine Fotos gespeichert."

Der Arzt wurde ruhiger. „Hab ich doch gesagt", brachte er quäkend hervor.

„Du hast etwas von einem Computer gesagt. Sieh doch mal auf dem in seinem Arbeitszimmer nach. Zwei Türen weiter."

Uuund das Gezappel fing wieder an.

Annabelle verließ das Zimmer und ihre Schritte wurden leiser. Angewidert ließ Zacharel den Arzt los, und der Schleimbeutel plumpste zu Boden, japsend und keuchend. Bevor er davonkrabbeln konnte, hockte Zacharel sich vor ihn und drückte ihm das Knie auf die Brust.

„Du gehst nirgendwohin. Du hast meiner Frau wehgetan."

Die Unschuld in Person, hob der Mensch abwehrend seine Hände. „Ich weiß nicht, wer Sie sind, aber eins weiß ich: Sie ist eine Mörderin. Wahnsinnig und gewalttätig. Ich bin ihr Arzt. Ich würde niemals …"

Zacharel schlug ihm in die Visage, brach ihm den Kiefer und sorgte so für Ruhe. „Ich sagte es bereits. Ich kann Lügner nicht leiden. Du hast ihr wehgetan, und auf die eine oder andere Weise wirst du dafür büßen."

Röchelnd, mit angstgeweiteten Augen, sackte der Arzt auf dem Boden zusammen. Er wusste es. Er wusste, dass er das Ende der Fahnenstange erreicht hatte.

„Männern wie dir bin ich schon öfter begegnet. Ihr seid schwach, aber ihr tut gern so, als wärt ihr stark. Darum sucht ihr euch Opfer aus, die sich nicht wehren können." Er hob eine Augenbraue. „Ich frage mich, ob deine Frau weiß, was für ein widerwärtiger Feigling du bist. Hat sie dich deshalb verlassen? Wissen deine Kinder es auch?" Zacharel brachte sein Gesicht direkt vor das des Mannes. „Keine Sorge. Wenn nicht, werden sie es bald erfahren."

In dem Moment schoss Annabelle wieder ins Zimmer, mit tränenüberströmten Wangen und bebendem Kinn. „Du kranker Perversling! Du … du … Monster!" Mit einem zornerfüllten Kreischen warf sie sich auf Fitzherbert, schlug und trat auf ihn ein.

Zacharel trat beiseite und wartete darauf, dass sie aufhörte. Schon schimmerten stellenweise Schuppen auf ihrer Haut, ihre Fingernägel verwandelten sich in scharfe Krallen. Das Gewand hatte sie ausgezogen, und er sah, dass der Rücken ihres T-Shirts zerrissen war, wo kantige Flügel hervorzutreten versuchten.

Schließlich verließ auch der letzte Rest Energie ihren Leib. Sie warf sich fort von dem jetzt blutüberströmten Mann und schluchzte.

„Erzähl es mir", befahl Zacharel sanft.

Nach ein paar keuchenden Atemzügen bekam sie heraus: „Die Bilder waren auf seinem Computer. Außerdem hat er sie in einen digitalen Bilderrahmen geladen, zusammen mit denen von anderen Frauen, die er missbraucht hat. Er benutzt das als permanente Diashow, wenn er am Schreibtisch sitzt."

„Hast du die Fotos gelöscht?"

„Nein. Zuerst wollte ich es, hatte es schon fast getan, aber …
Ich will ihn und die Beweise für seinen Missbrauch zur Polizei
bringen. Ich will, dass er den rechtmäßigen Preis bezahlt für das,
was er getan hat."

Von Neuem verstärkte sich Fitzherberts Gegenwehr, seine
Panik war fast greifbar.

„So soll es sein."

Auch wenn es einiger Überzeugungsarbeit bedurfte – in Form
von Zacharels Fäusten –, wählte Fitzherbert schließlich den Notruf und gestand seine Verbrechen. Als das erledigt war, knebelte
Zacharel ihn, zog ihn aus und fesselte ihn an den Fahnenmast in
seinem Vorgarten, damit er dort auf seine Festnahme wartete.
Seine Nachbarn kamen aus ihren Häusern und sahen zu. Die
Tatsache, dass niemand versuchte, sich einzumischen, machte
deutlich, dass Annabelle nicht die Einzige war, die den guten
Doktor verabscheute.

Bis die Polizei erschien, hatte Annabelle vollständig dämonische Gestalt angenommen, deshalb verbarg Zacharel sie vor
neugierigen Blicken. Nicht nur mit seinen Fähigkeiten, sondern
auch, indem er sie an seine Seite gedrückt hielt und die Flügel
um sie legte.

Zuerst wehrte sie sich dagegen. „F-fass mich nicht an, wenn
ich so aussehe. Das kann ich nicht ertragen."

Eine Lüge. Sie konnte es ertragen, brauchte den Kontakt
ebenso sehr wie er. Als sie zuletzt in dieser Gestalt gewesen war,
hatte er ihr wehgetan, also glaubte sie, er fände sie hässlich oder
gar abstoßend. Er musste ihr das Gegenteil beweisen.

„Komm näher." Er zwang sie, sich an seinen Körper zu schmie-
gen. „Ich will dir etwas zeigen."

Ihre Krallen gruben sich in seine Brust, und bebend stieß sie
den Atem aus. „Lass mich raten. Die Spitze eines Dolchs?"

Ein Blitz des Zorns, nicht mehr gefangen in seinem Herzen,
sondern wie ein Schock durch seinen gesamten Leib. „Ich habe
dir gesagt, ich würde dich nie wieder verletzen, und das habe ich
auch so gemeint."

Stille.

„Du hast recht", seufzte sie. „Es tut mir leid. Ich komme mit, wohin du mich auch bringen willst."

„Braves Mädchen. Und wie du einst zu mir gesagt hast: Ich werde dich so glücklich machen, dass du das gesagt hast."

29. KAPITEL

Dämonische Schmerzensschreie und das Winseln um Gnade weckten Koldo aus seinem Nickerchen. Er richtete sich auf, und der Schorf auf seinem Rücken brach auf, frisches Blut strömte hervor. Von Thane, Björn und Xerxes zu seiner Linken strahlte purer Genuss aus, während sie die drei Dämonen verhörten, die an seine Wand gekettet waren. Schwer lag der Gestank von Fäulnis und krankem Blut in der Luft.

Eine Woge der Enttäuschung überkam ihn, gefolgt von Zorn. Damit war sein Zuhause ruiniert. Das Zuhause, das er sich über Jahrhunderte aufgebaut hatte, sorgsam versteckt und geschmückt. Der einzige Ort, an dem er sich vollkommen entspannen und alles loslassen konnte. Das luxuriöse Gefängnis, in dem er die Himmelsgesandte hatte einsperren wollen, die ihm die Flügel genommen hatte. Doch dieser Plan war schon hinfällig geworden, als er Zacharel und das Mädchen hergebracht hatte, also … Wenn er jemandem die Schuld geben wollte, dann sich selbst.

Mit der Hand strich er sich über die Kopfhaut, über die Stoppeln, die ihm geblieben waren. Von jetzt an war er kahl. Würde es vermutlich für immer sein. Ein Spiegelbild des Volkes seines Vaters.

„Irgendwas rausgefunden?", fragte er niemand Bestimmten.

Thane hörte gerade lange genug damit auf, seinem Opfer die Krallen zu ziehen, um zu antworten: „Sie standen unter dem Befehl des Hohen Herrn *Unversöhnlichkeit*."

Unversöhnlichkeit. Ein wahrer Albtraum, mit dem zu kämpfen er noch nicht das Vergnügen gehabt hatte – obwohl er es schon oft gewollt hatte. Der Kerl machte mehr Ärger als jeder andere Dämon in diesem oder jedem anderen Reich. „Und dieser Befehl lautete?"

„Daran arbeiten wir noch."

Koldo ließ den Blick über die Lakaien schweifen. Gebrochen, zerschnitten und blutend waren die drei zusammengesackt, rangen nach Atem, weinten gar. Wären Menschen dort gewesen, sie hätten Mitleid für die Kreaturen empfunden. Vielleicht sogar an ihrer Stelle um Gnade gefleht. Koldo empfand kein solches Mitgefühl. Wie könnte er? Er wusste, wozu diese Wesen fähig waren. Wusste, dass sie die Zerstörung, die sie über die Welt gebracht hatten, nur schlimmer machen würden, wenn sie je wieder freikämen.

Einen Dämon für läuterbar zu halten, war ein tödlicher Fehler.

Ihm zitterten die Knie, als er sich erhob. Das Zittern wurde stärker, als er zu Thane hinüberging, der auf einem Hocker vor seinem Lakaien saß. Er klopfte dem Mann auf die Schulter, wobei er darauf achtete, seine Flügel nicht zu berühren.

Stirnrunzelnd blickte der Krieger mit dem bezaubernd gelockten Haar und den verdorbenen himmlischen Augen zu ihm auf. „Willst du es selbst versuchen?"

Seine Stimme klang gepresst, und Koldo erkannte, dass Thane mit dem Drang kämpfte, ihn für die unerlaubte Berührung anzufahren. Doch dies war Koldos Zuhause und Thane war ebenso unerlaubt hier. „Nein. Ich will, dass du den Lakaien freilässt. Lebendig."

Thane sprang auf und der Hocker polterte zur Seite. Seine Jungs taten dasselbe und waren in Sekundenschnelle an seiner Seite. Wie eine Wand aus Muskeln und Bedrohlichkeit waren sie, eine Einheit, die niemand je überwinden könnte. „Du musst noch im Delirium sein, dass du so was auch nur vorschlägst. Das Ding würde sofort auf die Menschen losgehen; Besitz von ihnen ergreifen, sie vergewaltigen und ermorden."

Wie wenig diese Männer ihm zutrauten. Doch anders als Zacharel würde er nicht von seiner Fähigkeit Gebrauch machen, in den Gedanken seiner Kameraden zu sprechen, um sie vom Gegenteil zu überzeugen. Das war schlicht und einfach ein Eingriff in die Privatsphäre, und er würde nicht darauf vertrauen, dass die Männer nur seinen Worten lauschen und nicht versuchen würden, seinen Geist und seine Erinnerungen zu durchwühlen.

Er drängte sich zwischen Thane und Björn hindurch und packte den Lakaien beim Kinn, zwang ihn, ihm in die Augen zu sehen. Einer der grellroten Augäpfel fehlte und Blut tröpfelte über seine knochige Wange.

„Nur einer dieser drei Dämonen wird hier rauskommen", kündigte er an.

Hinter ihm zischten die Engel empört. Doch sie widersprachen ihm nicht, und wenigstens dafür war er dankbar.

„Ich habe eine Nachricht für deinen Hohen Herrn. Wirst du es sein, der sie ihm überbringt?"

Augenblicklich hellte sich die Miene des niederen Dämons auf. „Ja, ja, natürlich. Wäre mir ein Vergnügen, euch auf diese Weise zu Diensten zu sein."

Mit größter Wahrscheinlichkeit eine Lüge.

„Nein, nein. Ich überbringe die Botschaft", fiel der Dämon neben ihm ein. „Lass mich."

„Nein, ich", platzte der Dritte hervor. „Ich tu alles. Egal was!"

Koldo hielt den Blick auf seinen Gefangenen gerichtet. „Ich traue dir nicht. Und deshalb behalte ich ein Stück von dir hier. Wenn du das wiederhaben willst, wirst du wiederkommen und einen Beweis mitbringen müssen, dass du deine Aufgabe erfüllt hast." Und ohne viel Federlesens riss Koldo der Kreatur den rechten Arm aus.

Ein durchdringendes Aufheulen, rau und gequält. Ein Schwall schwarzen Blutes.

Angewidert warf Koldo den Arm beiseite. So gierig und selbstsüchtig, wie Dämonen waren, ertrugen sie es nicht, wenn jemand anders etwas besaß, das ihnen gehörte.

„Ich mach's", versprach der Dämon japsend. „Ich gehe zu ihm und komme zurück. Ich schwöre es."

Lüge oder Wahrheit? Andere Gesandte der Einen Wahren Gottheit hätten es gewusst, aber wegen seines Vaters war Koldo nicht in der Lage, den Unterschied zu erkennen. „Wenn du *Unversöhnlichkeit* siehst, sag ihm, dass sein feiges Versteckspiel ihn nicht vor unserem Zorn bewahren wird."

Koldo löste die Ketten.

Einen Sekundenbruchteil später war der Dämon aufgesprungen und durch die Wand verschwunden. In der Ferne verhallte sein hämisches Gelächter.

„Und was jetzt?", fragte Thane wütend.

„Jetzt", erwiderte Koldo, „folge ich ihm zu dem Hohen Herrn. Ich habe mich auf seine spirituelle Spur eingestellt." Eine Fähigkeit, über die der Dämon ebenfalls nichts wissen sollte, deshalb hatte er so getan, als wollte er einen Beweis. „Sobald ich weiß, wo *Unversöhnlichkeit* und seine Horde hausen, kann ich Zacharel hinführen. In der Zwischenzeit: Tötet diese zwei. Wir brauchen sie nicht länger und sie besitzen Informationen, die sie nicht haben sollten."

Unter dem Protestgeschrei der Dämonen und zustimmendem Grollen der Krieger schlüpfte Koldo in eine Luftfalte. Nicht einmal die anderen Engel konnten ihn darin noch spüren. Dann folgte er der Spur, die der fliehende Dämon für ihn hinterlassen hatte. In diesem schimmernden, Aura-artigen Nebel erblickte er Funken von Rosa – Erleichterung. Ein Übelkeit erregendes Grün und schleimiges Schwarz wie verseuchtes Öl, das aus einem Auto leckte – der Drang, jemandem Schmerzen zuzufügen, vermischt mit Angst.

Der Lakai überraschte ihn, indem er Koldos Befehl buchstabengetreu befolgte und sich ohne Umwege zu seinem Hohen Herrn begab. Durch Schichten von Erde und Fels, durch lange, gewundene Tunnel und hinein in die Hölle, ein Land aus Feuer, Asche und unentrinnbarer Verdammnis. Verdorrte Prärien und Hügel waren bis zur Unkenntlichkeit verbrannt. Asche wirbelte durch die Luft, machte jeden Atemzug zur Qual. Mit grausamer Intensität leckte die Hitze an seiner Haut, bis sie schweißüberströmt und geschwollen war. Schmerzensschreie prasselten auf seine Ohren ein, gefolgt von unheimlichem Gelächter.

Engel durften nicht ohne Erlaubnis herkommen. Die Hölle war nicht ihr Reich, noch stand es unter ihrer Kontrolle oder war ihren Regeln unterworfen. Koldo wiederum war nicht irgendein Engel. Sein Vater war … Nein, er würde nicht über diesen Mann nachdenken, noch darüber, warum genau er sich frei zwischen Himmel und Hölle bewegen konnte. Als Nächstes würde er an seine Mutter denken.

Koldo entdeckte den Lakaien, wie er über eine knöcherne Brücke flitzte. Darunter floss nicht Wasser, sondern Blut. So viel Blut. Spitze Pfähle verbanden die Brückenteile miteinander, und auf jedem wand sich eine Seele. Am anderen Ende erhob sich ein düsterer Folterpalast, erbaut aus nichts als menschlichen Schädeln. Tausende leerer Augenhöhlen schienen ihn zu beobachten.

Als Koldo dem Dämon hineinfolgte, stellten sich ihm die Nackenhaare auf. Würde ihre Gottheit Zacharel erlauben, herzukommen? Oder müsste Zacharel vorher fallen? Wann immer ein Engel fiel, wurde er seiner Flügel beraubt und in die Hölle geworfen, schwach, verwundet. Wenn das geschah, hätte Zacharel nicht die geringste Chance.

Vielleicht kann ich das Ganze hier und jetzt beenden. Für einen einzelnen Krieger war es nicht unbedingt weise, es mit einer Horde aufzunehmen, vor allem, wenn dieser einzelne Krieger verletzt war. Aber wenn es eine Chance gab …

Koldo fand den Lakaien im Thronsaal. Sein Blick wanderte ans andere Ende des Saals, die Stufen hinauf bis zu dem Riesen, der sich seitlich auf dem Thron fläzte. Der Lakai verbeugte sich.

Das musste *Unversöhnlichkeit* sein.

Die Knochenstruktur seines Gesichts war überzeichnet, seine Stirn zu breit, höckerig. Seine Zähne waren zu spitzen Fängen gefeilt, seine Haut eine glatte tiefrote Fläche. Knotige, scharfkantige Flügel ragten hinter seinem Rücken hervor, kratzten an seinen Unterschenkeln und am Thron. Auf seinem Schoß ruhte ein langer, dünner Schwanz, und mit den Fingern spielte er mit der Metallspitze an seinem Ende.

„… gesagt, er würde mir meinen Arm wiedergeben, wenn ich ihm einen Beweis liefere, dass ich Euch diese Nachricht überbracht habe."

„Hat er das."

„Ja, ja. Gebt Ihr mir einen Beweis?"

Unversöhnlichkeit gab einem der vielen Dämonen hinter seinem Thron ein Zeichen. Der Gefolgsmann trat vor – und köpfte den einarmigen Lakaien.

Sein Publikum kicherte.

Unversöhnlichkeit hob die Hand, um sie zum Schweigen zu

bringen. „Der Tag, auf den ich gewartet habe, ist endlich gekommen. Jetzt hat die Schlacht wahrhaft begonnen."

Koldo blickte sich um, prägte sich jedes Detail ein. Über zweihundert Dämonen allein in diesem Raum. Niemand konnte sagen, wie viele noch unter dem Befehl des Hohen Herrn standen. Nein, gegen diese Armee konnte er nicht einsam und allein antreten. Nicht in seinem Zustand.

Hier und da verstreut standen Säulen, und an jede einzelne war eine menschliche Seele gekettet.

Hier unten hatten Seelen eine körperliche Gestalt und unterlagen deshalb den Naturgesetzen dieses Reichs. Blut troff von den bewusstlosen Gefangenen herab.

Tot waren sie nicht, so viel wusste er. Wenn ein Geist getötet wurde, verging er – nur um wenige Tage später wiederaufzuerstehen, immer noch gefangen in diesem verfallenden, feurigen Reich der Qualen.

Koldo wünschte, er könnte ihnen helfen, und das war der Hauptgrund, aus dem Engel niemals hierhergelassen wurden. Sie wollten helfen, konnten es aber nicht, und die Schuldgefühle darüber würden sie bis in alle Ewigkeit verfolgen. Koldo zwang sich, den Blick abzuwenden. Doch nicht, bevor er … Nein, bestimmt nicht … Das konnte nicht sein … Er schritt zu der einzigen Säule auf dem Thronpodest.

Es stimmte.

Jamilas schwarzes Haar hing ihr strähnig und verknotet vom Kopf, verdeckte das meiste von ihrem Gesicht. Von Kopf bis Fuß war sie übersät mit Blutergüssen, Schnitten und Kratzern, ihre Flügel waren verschwunden, doch sie war am Leben, ihre Brust hob und senkte sich. Aber …

Sie war gestorben. Nicht wahr? Oder war das auch ein Trick gewesen?

Ihre Augen waren geschlossen, ihr Atem unregelmäßig, zu schnell und zu flach. Jeden Augenblick lauerte der Tod auf sie, bereit, durch ihre Haut in ihr Inneres zu dringen und sie zu verzehren.

„Sieh an, sieh an." Aus dem Augenwinkel sah Koldo *Unver-*

söhnlichkeit tief einatmen, als wollte er einen süßen Geruch auskosten. Das Wesen erhob sich. Alle Anwesenden verstummten. „Ich kann dich riechen, Engel. Ich weiß, dass du hier bist."

Jeder Soldat in der Armee des Dämons spannte sich an, ging in Kampfstellung.

Fast hätte Koldo automatisch ein Flammenschwert erschaffen. *Ruhig. Er kann nicht wissen, wo du bist.* Doch jene blutroten Augen waren auf ihn gerichtet, als folgten sie jeder seiner Bewegungen.

„Wir haben sie umgebracht. Immer und immer wieder haben wir deine Kriegerin getötet, nur um sie wiederzubeleben, bevor es zu spät war."

Ruhig. Wenn er jetzt antwortete, würde er seine Anwesenheit bestätigen und seine Position preisgeben. Auch wenn *Unversöhnlichkeit* bereits zu wissen schien, wo er war, wäre das ein Fehler. Die Kreatur mochte seine Gegenwart spüren, doch sehen konnte sie ihn nicht. Es war ein Trick, und wenn er sich zeigte, würden auch die anderen Dämonen ihn entdecken.

„Du bist Koldo, stimmt's?"

Er presste die Lippen aufeinander, unterdrückte mit Mühe ein überrachtes Grollen.

Unversöhnlichkeit kam einen Schritt näher und blieb stehen. „Du brauchst es nicht zu bestätigen, ich weiß, dass du es bist. Ich habe Zacharels neue Armee ausgiebig studiert. Warum, glaubst du, hätte ich sonst so viele Lakaien auf die Erde geschickt? Einige sollten kämpfen, aber einige sollten nur beobachten und mir berichten. Du, Koldo, bist der einzige seiner Soldaten, der sich teleportieren kann. Du bist der Einzige mit der Fähigkeit, einem Dämon in die Hölle zu folgen."

Koldo knirschte mit den Zähnen.

„Oh ja, ich weiß alles über dich. Über jeden von euch. Von Anfang an habe ich gewusst, dass du es sein würdest, der den Weg hierher finden würde, in der Hoffnung auf Antworten, und ich muss gestehen, ich bin froh, dass du es warst." *Unversöhnlichkeit* winkte einem anderen Dämon, der direkt hinter seinem Thron stand. „Hol sie her."

Beschwingte Schritte, die davonpolterten, dann eine furchtbare Stille. Und als der Lakai eine kurze Weile später zurückkam, schleifte er einen wild um sich schlagenden Engel hinter sich her.

Koldos Engel. Die Frau, nach der er gesucht hatte, die, deren Tod durch seine Hand ihm wichtiger war als sein eigenes Leben. Schock und Wut vermengten sich in seinem Blut zu einer giftigen Mixtur.

„Ah, ich spüre, dass mein Willkommensgeschenk Wirkung zeigt. Du hast nach ihr gesucht, nicht wahr?", wollte *Unversöhnlichkeit* wissen.

Stumm ballte Koldo die Hände zu Fäusten. Sie war genauso wie in seiner Erinnerung. Wunderschön auf die grausamste aller Arten, denn sie sah so unschuldig und liebreizend aus, wie eine Frau nur aussehen konnte, während in ihrem Inneren das schwärzeste aller Herzen schlug. Ihr Haar war so lang und dunkel wie früher auch seins, nur dass in ihrem noch goldene Strähnen schimmerten. Ihre Augen … ein so bezauberndes Lavendelblau. Ihre Nase sprenkelten ein paar Sommersprossen, der einzige Makel auf ihrer sahnig hellen Haut.

Ja. Seine Mutter war wahrhaft wunderschön.

So sehr drängte es ihn danach, die Entfernung zu überbrücken, sie sich zu schnappen und zu verschwinden. Doch da sie an den Dämon gekettet war, würde Koldo sie beide mitnehmen müssen. Unterwegs könnte der Dämon sie töten, und er könnte nichts dagegen unternehmen.

„Ich schlage dir einen Handel vor", erklärte *Unversöhnlichkeit* mit seidiger Stimme. „Du wirst tun, was ich dir sage, und als Gegenleistung gebe ich dir die zwei Engel. Diese hier und Jamila. Wenn du beschließt, dich mir zu widersetzen, töte ich beide hier und jetzt und sorge dafür, dass sie nie wieder zurückgeholt werden können."

Der Lakai zwang die zweite Frau auf die Knie. Koldo musterte sie, doch sie hielt den Blick auf den Boden gerichtet. Hatte sie auch nur den Hauch einer Ahnung von den Dingen, die er mit ihr vorhatte?

Dann sah er zurück zu Jamila. Ihre Augen waren jetzt offen,

verschleiert, aber voller Hoffnung und Reue. Stumm öffnete und schloss sie den Mund, als wollte sie etwas sagen, brächte die Worte aber nicht heraus. Oder vielleicht fürchtete sie, sie würde schreien und flehen.

„Hör gut zu, Krieger." *Unversöhnlichkeit* führte aus, was er von Koldo wollte, überließ kein Detail dem Zufall. „Du hast einen Tag, um das zu vollbringen. Einen Tag. Nicht genug Zeit, um irgendeinen eigenen Plan zu fassen, aber gerade genug, um zu tun, was ich von dir verlange. Danach werde ich die Frauen töten. Und glaub nicht, du könntest mit weiteren Soldaten zurückkommen und sie befreien. Diese Soldaten müssten durch das Tor kommen, und darüber würden meine Spione mich sofort unterrichten. Denk gar nicht erst daran, dich allein zurückzuschleichen, denn ich würde deine Anwesenheit spüren. Komm nicht auf die Idee, Zacharel zu warnen, denn von jetzt an wirst du mit meinem Lakaien unterwegs sein. Schüttle ihn ab und die Frauen sterben."

Bleiernes Entsetzen senkte sich in Koldos Magengrube, als jede seiner Optionen ihm systematisch entrissen wurde.

„Wie du siehst, habe ich mir das alles sehr gut überlegt." Wieder grinste *Unversöhnlichkeit*. „Haben wir einen Deal?"

30. KAPITEL

Zacharel zog Annabelle an sich. Endlich kehrte sie zu ihrer menschlichen Gestalt zurück. Allerdings hatte er auch viel getan, um sie zu beruhigen. War mit ihr so nah wie möglich zu den Sternen geflogen, ohne dass die kalte Luft sie erstarren ließ. Hatte ihre Arme liebkost, ihren Bauch, ihren Hals geküsst. Als die Schönheit dieser Erfahrung sie hatte erbeben lassen, hatte er die Richtung gewechselt und war mit ihr zu einem Strand geflogen, um den Sonnenaufgang zu betrachten und die Wärme zu genießen, während er sie weiter streichelte, weiter küsste.

Die erste Stunde war sie verschlossen. In der darauffolgenden war sie steif wie ein Brett. Und die ganze Zeit über schwieg sie. Er hatte sich inzwischen so sehr daran gewöhnt, dass sie immer sagte, was sie dachte. Das fehlte ihm, und er wollte es zurückhaben.

Jetzt waren sie wieder in einem Hotelzimmer, und schließlich legte er sich zu ihr aufs Bett und tat nichts, als ihren Duft zu genießen und ihr dasselbe zu gönnen. Wenn es sein musste, würde er sein Leben in gemieteten Zimmern verbringen, um ihre Sicherheit und Zufriedenheit zu gewährleisten. Dieses war größer als die bisherigen, sauberer, schöner.

„Liebste", setzte er an.

„Ja."

Endlich ein Wort aus ihrem Mund.

„Du weißt, dass ich dich begehre, in welcher Gestalt auch immer."

„Ich … ja."

„Erinnerst du dich daran, wie ich dir gesagt habe, dass ich alles mit dir machen will?"

Wieder ein „Ja", diesmal jedoch ein fast unhörbares Flüstern.

„Auch das hat sich nicht geändert. Und jetzt werde ich damit anfangen."

Schock blitzte in ihren Augen auf. „Aber wir haben doch schon alles gemacht! Und du willst mich wirklich? *Jetzt?*"

Sie wusste es tatsächlich nicht. „Jetzt. Und immer."

Das brachte sie ins Stocken. „Aber ich ... sehe abscheulich aus."

Ja, an ein paar Stellen waren immer noch Schuppen auf ihrer Haut. „Du bist bezaubernd, ganz egal, wie deine äußere Erscheinung ist, und manche Dinge bedürfen der Wiederholung." Das zu beweisen, war eigentlich Ziel ihres Ausflugs heute Nacht gewesen. Da musste er sich wohl etwas mehr anstrengen.

„Wie kannst du sagen, ich wäre bezaubernd? Du hasst Dämonen genauso sehr wie ich."

„Du bist kein Dämon." Er griff sie beim Handgelenk und zog sie auf die Beine, zwang sie dann, sich umzudrehen, sodass sie mit dem Rücken zu ihm stand. Dann führte er sie zur Wand, drückte sie an sich. Ihr zittriges Luftholen war mehr der Hitze geschuldet, die von ihm ausstrahlte, als dem kalten Putz, vermutete er.

Zärtlich ließ er die Hände an ihren Seiten hinabgleiten, an ihren Hüften, und ergriff von Neuem ihre Handgelenke. Er hob ihre Arme und legte ihre Hände flach an die Wand über ihrem Kopf.

„Bleib so." Es war ein Befehl; und als er sie losließ, gehorchte sie.

Er zog sie aus. Dann liebkoste er sie, bis sie zusammenhanglos wimmerte, bis sie sich geschmeidig und warm an ihn drängte. Irgendwann fiel ihr Kopf nach hinten auf seine Schulter, sodass ihr Atem sein Gesicht streifte. Die Hitze, die von ihr ausging ... weit intensiver als seine und genau das, was er brauchte. Sie trieb ihn in die Leidenschaft, wie nur sie es konnte.

Dicht an ihrem Ohr flüsterte er: „Hat es dir gefallen, mit mir zu schlafen?"

„Ja." Ein Stöhnen mit brechender Stimme. „Hat es."

„Und du willst es noch mal."

„Oh ja."

Federleicht zeichnete er jede ihrer Rippen nach, bevor er in ihren Bauchnabel tupfte. „Ich habe dir gesagt, du müsstest mich niemals um etwas anbetteln, aber ich habe meine Meinung geändert. Bevor ich dich nehme, wirst du mich anflehen, Anna. Du wirst flehen und schreien und noch mehr flehen." Er brauchte die Gewissheit, dass ihr Verlangen genauso verzehrend war wie seins.

Über die Jahrhunderte hatte er jeden nur vorstellbaren sexuellen Akt beobachtet, jeder aus ganz eigenen Gründen vollzogen. Lust, Dominanz, Neugier, Demütigung, Erniedrigung, Berechnung, Rache, Hoffnung, der Wunsch nach Kindern, der Wunsch, Schmerzen zuzufügen. Liebe hatte er immer abzutun versucht.

Doch genau das wollte er mit Annabelle erleben. Liebe. Er wollte ein Geben und Nehmen, eine geteilte Erfahrung.

„Zaaachareeeel", sang sie leise vor sich hin.

„Schon mal ein guter Anfang." Süß stieg ihm der Duft ihrer Erregung in die Nase, ein Geruch, der ihn von innen liebkoste, ihn aufheizte, ihn heißer brennen ließ, immer heißer.

„Was, wenn ich mich weigere, zu betteln?"

„Das wirst du nicht."

Lange quälte er sie beide, streichelte sie, ohne je die Stellen zu berühren, wo sie ihn am meisten brauchte. Ihre Finger an der Wand krümmten sich. *Bumm, bumm.* Verzweifelt hämmerte sie mit ihren kleinen Fäusten an die Wand, sehnte sich nach Erlösung. Doch bettelte sie? Nein.

Sie begann zu reden, ihm all die Dinge zu erzählen, die er mit ihr machen sollte ... All die Dinge, die *sie* mit *ihm* machen wollte ...

... ihn anfassen ...

... ihn streicheln ...

... ihn leeeecken ...

Als sie schließlich wieder verstummte, war auch er so überreizt, dass er sich kaum noch auf den Beinen halten konnte. Und definitiv nicht stillstehen konnte. Er rieb sich an ihr, immer wieder; ihre Haut auf seiner zu spüren, war die pure Ekstase ... Sehnsüchtig stellte er sich ihre Hände auf seinem Leib vor, überall. Malte sich aus, wie sie ihn mit dem Mund liebkoste, von oben bis unten.

Nackte Begierde hatte ihn unerbittlich in ihrem Griff.

„Diese Dinge wirst du mit mir machen." Fast wären das Feuer, das Eis, die pure Entschlossenheit in ihrem Stöhnen ihm entgangen. „Nächstes Mal."

Ihre Lippen formten sich zu einem herzallerliebsten Schmollmund. „Und jetzt?"

„Jetzt widme ich mich weiter meiner Mission, dich zum Betteln zu bringen." Er lachte leise, als sie einen noch größeren Schmollmund machte. „Du hast geglaubt, das hätte ich vergessen, oder?"

Dann machte er ernst, gab sich nicht länger damit zufrieden, sie nur zu necken. Er verwöhnte sie, bis jeder ihrer Atemzüge ein Keuchen oder ein Stöhnen war, spielte mit ihren Brüsten, streichelte sie, wo sie ihn am meisten brauchte, bis ihre Hände nicht länger an der Wand, sondern in seinem Haar waren, ihre Fingernägel köstlich über seine Kopfhaut fuhren. Oh, wie herrlich sie sich an ihn drängte. Sie schnurrte. Sie stöhnte. Sie wand sich. Und ohne Unterlass rieb er sich an ihr, gierte verzweifelt danach, sich in sie zu versenken.

„Bitte", flehte sie endlich. „Ich geb auf. Bitte, bitte, bitte!"

„Zu dir werde ich niemals Nein sagen."

Über die Schulter grinste sie ihm zu, und in ihren Augen leuchtete der Schalk um die Wette mit der Glut der Leidenschaft. „Gut, denn jetzt will ich, dass *du mich* anbettelst."

Keine Sekunde lang zögerte er. „Bitte, bitte, bitte, Annabelle." Endlich schob er sein Gewand hoch, brachte sich in Position, glitt hinein in ihre himmlische nasse Wärme. „Bitte."

„Zacharel", stöhnte sie. „Schneller. Bitte."

„Oder ..." Er verlangsamte das Tempo, bevor er ganz innehielt. Ihm zitterten die Beine, drohten jeden Augenblick unter ihm nachzugeben, doch er würde jeden Moment genießen, würde so unglaublich vorsichtig umgehen mit seiner Frau.

„Zacharel."

Millimeterweise begann er sich wieder zu bewegen ...

... ein bisschen schneller ...

„Bitte."

Und noch etwas schneller ... Die Lust war qualvoll, doch er liebte es, liebte jede Sekunde ... schneller ... schneller ...

Hart trommelte sie mit den Fäusten gegen die Wand, als ihr Orgasmus sie mit sich riss. Und er folgte ihr sofort, brüllte ihren Namen, zeichnete sie mit allem, was er war.

Einige Minuten später, als sie beide etwas zur Ruhe gekommen waren, hob er sie auf die Arme und trug Annabelle in die Dusche. Sie sprach kein Wort, während er erst sie und dann sich säuberte. Von ihrer dämonischen Gestalt war keine Spur mehr zu sehen, und darüber war er froh. Sie war gelassen, befriedigt.

Und ... kein einziges Mal hatte er sie geküsst, fiel ihm plötzlich auf.

Zacharel betrachtete sie von oben bis unten. Klatschnass klebte ihr das Haar am Kopf, an den Wangen und an den Schultern. Mit eisblauen Augen beobachtete sie ihn unter feuchten Wimpern hervor, an denen noch winzige Tropfen hingen. Rosig schimmerten ihre Wangen, ihre Lippen waren geschwollen und wund. Sie musste sich gebissen haben. Ihr Körper war rot, wo er ihr Fleisch geknetet hatte, und zittrig, so köstlich zittrig vor Befriedigung.

Er legte die Hand an ihr Kinn. Einen langen Augenblick stand er einfach nur da, sah sie weiter an, erlaubte ihr, ihn zu mustern, und verbarg nichts. Er fragte sich, ob sie die Lieblichkeit erblickte, die er in ihr sah, ob sie die Verehrung und das verzehrende Begehren erkannte. Ob sie die Hoffnung auf etwas Größeres bemerkte. Auf alles. Sie musste es gesehen haben, denn das alles warf sie wie ein Spiegel zurück.

Für so lange Zeit hatte er gar nichts gehabt – und irgendwie war sie zu seinem Alles geworden.

Ohne seine Gefühle in Worte zu fassen, senkte er seine Lippen auf ihre. Er wollte den Kuss für sich sprechen lassen, sie damit auf sein nächstes Geständnis vorbereiten. Gleitend trafen ihre Zungen aufeinander, kämpften, tanzten; ein Kuss, der nicht erregen, sondern schenken sollte.

Als er schließlich den Kopf hob, blickte er zu ihr hinunter und ließ seinen Taten Worte folgen. „Ich liebe dich, Annabelle."

Sie war mehr als seine andere Hälfte, sie war das Beste an ihm. „Ich weiß."

Das war alles?! „Sag mir, woher du es weißt." Obwohl er selbst es nicht einmal geahnt hatte bis heute, bis zu diesem Moment. *Und dann sag, dass du mich auch liebst!*

So sanft, so strahlend war ihr Gesichtsausdruck. „Durch die

Art, wie du mit mir umgehst. So bist du bei niemandem sonst. Und nicht zu vergessen mein zwischenzeitliches Erscheinungsbild und die Tatsache, dass du mich nicht abgestochen hast."

Er wartete, doch sie sprach nicht weiter. Nachdenklich spielte sie mit seinem Haar, verdrehte die Strähnen zu Locken. „Wie gehe ich mit dir um?" Manche Männer konnten Liebe geben und nichts dafür erwarten. Zacharel gehörte nicht dazu. Er erwartete alles. Würde alles verlangen.

„Sanfter, liebevoller. Ein Beschützer." Warm lachte sie auf. „Unersättlich."

Er vergötterte die Art, wie ihre Stimme am Ende rauer geworden war. „Wie gehe ich mit anderen um?"

„Schroff, sachlich, fordernd. Du bist ein Tyrann."

„Gut. Meinen Männern gegenüber muss ich so sein. Ich bin alles, was zwischen ihnen und der Verbannung aus dem Himmelreich steht."

„Wie das?"

„Mein Schicksal ist ihr Schicksal, denn als eine Strafe hat meine Gottheit mich an sie gebunden. Doch so sehe ich es nicht länger", fügte er hinzu.

„Ich bin mir nicht sicher, wie ich das finde."

„Mach dir keine Sorgen. Ich bringe sie schon auf Trab. Aber letzten Endes stehen sie unter meinem Schutz, genau wie du. Der Verlust ihrer Flügel, ihrer Unsterblichkeit, selbst ihrer Seelen, würde mich heimsuchen. Ein solches Leben wünsche ich keinem von ihnen. Es sind gute Männer."

„Auch sie liebst du", sagte sie.

Zu einer solchen Sichtweise würde er sich noch lange nicht hinreißen lassen, doch er empfand großen Respekt und große Bewunderung für sie. „Was ist mit dir? Liebst du mich?" Auf die subtile Art hatte es nicht funktioniert; würde er mit direkten Fragen mehr Erfolg haben?

Stirnrunzelnd blickte sie zu ihm auf. „Willst du, dass ich dich liebe?"

„Ja." Sie musste. Sonst würde er … was?

„Würdest du wissen, wenn ich lüge?"

„Ja. Aber du wirst nicht lügen!"

Langsam wich ihr Stirnrunzeln einem Lächeln. „Du bist *so* leicht zu ärgern."

„Annabelle", knurrte er.

„Ach, schon gut. Ich liebe dich", erlöste sie ihn endlich. „Ich liebe dich von ganzem Herzen." Beim ersten Mal hatte es zögernd geklungen, doch beim zweiten Mal … hatte pure Anbetung in ihrer Stimme gelegen.

Wie eine Lawine strömte reinste Befriedigung durch ihn hindurch, füllte ihn aus, überwältigte ihn. „Du wirst immer bei mir bleiben."

Doch da kehrte ihre ernste Miene zurück, und diesmal hätte er schwören können, dass sie echt war. „Natürlich. Ich werde mein Versprechen nicht brechen, aber wir müssen einen Weg finden, diesen Hohen Herrn einzusperren, der mich für sich beansprucht. Sonst werden mich für den Rest meines Lebens Dämonen jagen und du wirst ständig in Gefahr sein."

„Manche Dinge sind *jede* Gefahr wert."

„Zacharel", ertönte eine harte Männerstimme von außerhalb der Duschkabine. „Es ist etwas passiert."

Erschrocken schrie Annabelle auf.

Augenblicklich erlosch Zacharels Befriedigung, an ihre Stelle trat Zorn. Auf sich, auf Koldo. Wie hatte er überhören können, wie sein Soldat ins Badezimmer gekommen war? „Geh nach nebenan. Jetzt."

Keine Antwort. Auch kein Geräusch von der Tür. Doch der Krieger war nicht mehr hier.

Er riss das Handtuch von der Haltestange an der Oberkante der Duschkabine und wickelte sie darin ein. Es war ihm egal, dass das Wasser es bald durchnässt hätte.

„Bleib hier", befahl er ihr und stieg dann aus der Dusche, um sich um das neue Desaster zu kümmern. Und er wusste, dass es ein Desaster war. Nichts anderes hätte seinen Krieger bewegen können, hierherzukommen.

31. KAPITEL

Gedämpft hörte Annabelle Männerstimmen durch die Tür, während sie das Badezimmer nach irgendetwas zum Anziehen durchsuchte. Was sie fand, waren zwei Waschlappen und noch ein Handtuch. Nicht unbedingt ein angemessenes Outfit für eine Unterhaltung mit Engeln. Aber wenn sie so tun müsste, als wären Waschlappen die neueste Mode, wäre es eben so. Auf keinen Fall würde sie wie ein schmutziges kleines Geheimnis hier drinnen bleiben.

Zacharel musste ihre wachsende Frustration und Entschlossenheit gespürt haben, denn er öffnete die Tür, lugte herein, musterte sie von oben bis unten, zwinkerte und warf dann ein Gewand herein.

Verträumt seufzte sie, als sie es überzog, völlig aus der Bahn geworfen von dem, was sie und Zacharel miteinander getan und einander gesagt hatten. Natürlich hatte sie längst gewusst, dass er sich in sie verliebt hatte, aber es ausgesprochen zu hören, war etwas so Berauschendes ... Zu wissen, dass sie, Annabelle Miller, dieses seltene Exemplar gezähmt hatte. Einen eiskalten Krieger, erfüllt von einer Fleischeslust, die, einmal aus dem Käfig gelassen, nie wieder Ruhe geben würde.

Mit zitternden Händen zupfte sie den Stoff zurecht, bevor sie aus dem Bad ging.

„... habe *Unversöhnlichkeit* ausfindig gemacht", erklärte Koldo gerade.

Augenblicklich suchte ihr Blick nach Zacharel. Auch er trug ein Engelsgewand. Golden lag das Kunstlicht auf seiner Haut, als sei er eine Skulptur der Perfektion und Macht.

Auch Zacharel hatte den Blick auf sie gerichtete anstatt auf seinen Soldaten. Er winkte sie zu sich. Offenbar reichte es jedoch nicht, neben ihm zu stehen, denn er legte den Arm um ihre Taille und zog sie so eng an sich, als wollte er mit ihr verschmelzen.

Als deutlich wurde, dass keiner der Männer bereit war, die Unterhaltung wieder aufzunehmen, beschloss sie, es selbst zu tun. „Also, wo ist *Unversöhnlichkeit* und wie lautet der Plan?"

Drückende Stille. „In der Hölle", verkündete Koldo schließlich. „Er ist in der Hölle, und er behauptet, er würde dich freigeben, wenn Zacharel sich bereit erklärt, zu fallen."

Eis machte Annabelles Blut träge, scheuerte stechend durch ihre Adern. „Keine Chance. Absolut keine Chance." Er würde seine Unsterblichkeit verlieren. Seine Fähigkeit, Dämonen zu sehen – und zu bekämpfen. Aber *sie* könnten *ihn* immer noch sehen und angreifen. „Er wird nicht fallen." An Zacharel gerichtet fügte sie hinzu: „Du wirst nicht fallen. Warum will der Dämon das überhaupt?"

„Weil ich dann leichter zu töten bin, nicht mehr so ein Dorn im Auge. Aber diese Entscheidung wirst du nicht für mich treffen, Annabelle."

„Du wärst der dümmste Mann aller Zeiten, wenn du dich damit einverstanden erklärst. Er lügt. Du weißt, dass er lügt. Er wird mich niemals freiwillig gehen lassen." Das war nur geraten, aber eins wusste sie: Dämonen waren nicht in der Lage, die Wahrheit zu sagen.

„Für eine Chance, dich zu befreien, würde ich alles tun."

„Nein!" Dass Zacharel auch nur in Erwägung zog, zu fallen, verstörte sie. Jedes andere Mädchen hätte wahrscheinlich vor Begeisterung Luftsprünge veranstaltet, weil ein solches Opfer der ultimative Beweis seiner Liebe wäre. Doch Annabelle war nicht irgendein Mädchen, und sie wusste von all dem, was sein Fall nach sich ziehen würde. Nicht bloß Zacharels Ruin, sondern auch den seiner Männer.

Das könnte er sich niemals verzeihen. Er hatte bereits seinen Bruder verloren, und die Tatsache, dass er selbst ihm den letzten Stoß versetzt hatte, war ein ständiger Stachel in seiner Seite, rieb ihn wund, ließ ihn niemals heilen.

„Wir verschwenden nur Zeit", befand sie. „Ich will, dass du zu deiner Gottheit gehst – und nicht fällst!"

„Und was soll ich deiner Meinung nach tun?"

„Bitte ihn, etwas, ich weiß nicht, Mächtiges zu unternehmen. Etwas Großes."

Er schüttelte den Kopf und das schwarze Haar tanzte ihm um

die Schläfen. „Mir steht eine Strafe zu, nicht Hilfe. Außerdem ist alles, was er tun kann, mir den Zutritt zur Hölle zu erlauben, und das wird uns gar nichts helfen."

„Eine Strafe?" Ihr Herz setzte einen Schlag aus. „Wofür?"

Sein Griff um ihre Hand wurde fester – seine Art, zu sagen: *Nicht jetzt, Weib. Später.* Zur Antwort kniff sie ihn. Ihre Art, zu sagen: *Das werde ich nicht vergessen, Engel.*

Sie drehte sich, um die Hände an seine Wangen zu legen und ihn zu zwingen, sie anzusehen. „Weißt du noch, worüber wir gesprochen haben?", fragte sie und sprach nicht aus, was sie meinte: *Unversöhnlichkeit* einsperren. „Warum es so wichtig ist, dass wir genau diesen Weg wählen? Also sprich mit deiner Gottheit, in Ordnung? Bitte. Er hat dir eine Armee gegeben, hat dich befördert. Ob er nun wütend auf dich ist oder nicht, es muss doch noch mehr geben, was er tun kann."

Er öffnete den Mund – um zu protestieren, sie wusste es genau.

„Wenn du es nicht tust, wird irgendwann jemand anders mit *Unversöhnlichkeit* kämpfen und ihn besiegen." Wenn das geschah, würde sie sterben – und Zacharel würde sich die Schuld daran geben.

In seinen Augen flackerte Unschlüssigkeit, verwandelte das Grün in einen stürmischen Ton von Jade. Sie manipulierte ihn und wusste es, doch sie wusste nicht, was sie sonst tun sollte. Er sollte *Unversöhnlichkeit* bekämpfen, nicht alles verlieren.

„Ich will dich nicht allein lassen", wich er aus.

„Bitte, Zacharel. Tu es für mich. Für uns. Koldo wird bei mir bleiben."

Er massierte sich den Nacken. „Also gut. Ich werde mit der Gottheit reden, aber ich kann nicht versprechen, dass etwas Gutes für uns dabei herauskommt." Suchend blickte er den großen, starken Krieger an ihrer Seite an. „Bleib hier. Bewach sie. Ich werde nicht lange fort sein."

Ja!

Koldo nickte.

„Ich liebe dich", sagte Zacharel und küsste sie.

„Ich liebe dich auch. So sehr."

Einen Moment lang hielt er inne, als könnte er es nicht ertragen, sie zu verlassen. Dann breitete er die Flügel aus und sprang in die Luft, schoss durch die Decke, war nicht mehr zu sehen.

„Hoffst du, dass ich dich umbringe, solange Zacharel fort ist?", fragte Koldo. „Hast du ihn deshalb fortgeschickt? Du bist mit *Unversöhnlichkeit* verbunden, und durch deinen Tod würdest du auch ihn töten – und Zacharel retten."

„Bisher hatte ich nicht daran gedacht."

„Warum nicht?"

„Weil Zacharel sich die Schuld daran geben würde – und dir."

„Es gibt Wege, dafür zu sorgen, dass er niemals erfährt, was vorgefallen ist."

„Drohst du mir?"

Er zuckte nur mit den breiten Schultern.

Um Zacharel vor dem Fall zu bewahren, würde sie so ziemlich alles tun. Sogar sterben. Zacharel würde sich die Schuld geben, egal was Koldo sagte, und er würde um sie trauern. Doch er würde ein langes Leben haben. Alles in allem schien das ein fairer Tausch zu sein. Er würde weiterhin seine Männer anführen. Irgendwann würde er einer anderen Frau begegnen – Annabelle verabscheute sie schon jetzt – und wieder Liebe erfahren.

„Woher weißt du überhaupt, dass ich mit ihm verbunden bin?", fragte sie. Erst vor Kurzem hatte sie es selbst herausgefunden, und sie hatte niemandem davon erzählt. Genauso wenig wie Zacharel.

Er überhörte ihre Frage. „Nur damit du es weißt, mit einem bloßen Dolchstich ist es nicht getan, Weib. Davon wirst du nicht sterben."

„Hey, niemand redet hier von Dolchen!", bremste sie ihn stirnrunzelnd. Aber wenn sie es tat, wie würde sie vorgehen?

„Aber du bist bereit, dich für Zacharel zu opfern?"

„Natürlich."

„Selbst dazu, gegen *Unversöhnlichkeit* anzutreten?"

„Das vor allem. Warum willst du das wissen?"

Wieder ignorierte er ihre Frage. „Selbst wenn *Unversöhnlichkeit* dir Schmerzen zufügt, bevor du stirbst?"

„Ja, aber ich könnte ihn auch plattmachen, nur um das mal festzuhalten."

„Nein, das könntest du nicht."

Sie hob den Arm und zeigte ihm ihren Bizeps. „Hast du den hier gesehen? Und wie ich das könnte."

„Damit könntest du nicht gewinnen. Dazu bräuchte es noch etwas. Etwas, von dem ich mir nicht sicher bin, ob du es besitzt. Also warum bist du bereit, dein Leben aufs Spiel zu setzen?", bohrte er nach. „Ich verstehe das nicht."

Das war leicht. „Ich liebe Zacharel, und ich will ihn vor jeglichem Leid bewahren – auch vor Leid, das er sich selbst zufügen könnte. Ich weiß nicht, ob er dir von seinem Bruder erzählt hat …?"

Mit einer scharfen Kopfbewegung verneinte Koldo. „Er hat es mir nicht erzählt, aber wir alle wissen von Hadrenials Tod."

Aber wusste irgendeiner von ihnen, wie Hadrenial *genau* gestorben war? Wenn nicht, würde sie nicht diejenige sein, die es ausplauderte, also beließ sie es bei: „Sein Verlust hat Zacharel fast vernichtet, und noch immer kämpft er mit Scham und Schuldgefühlen. Wenn er fällt, wird seine Armee – dich eingeschlossen – mit ihm fallen, und damit wird er nicht leben können."

Finster starrte Koldo sie an. „Nein. Das hätte er uns gesagt."

Das würde sie verraten *müssen*, denn es war der einzige Weg, es Koldo verständlich zu machen. „Ihm wurde die Verantwortung für euch übertragen, und sein Schicksal wird auch eures sein. Euer *aller* Schicksal."

„Woher willst du das wissen?" Zorn ging pulsierend von ihm aus, scharf wie ein Messer.

„Er hat es mir gesagt, und du weißt, dass er niemals lügt."

Ein Augenblick verstrich in Stille. Dann nickte er, als hätte er gerade eine Entscheidung getroffen. „Du bist sehr tapfer. Annabelle." Es war das erste Mal überhaupt, dass er ihren Namen ausgesprochen hatte, und der tiefe Respekt in seiner Stimme verschlug ihr die Sprache. „Vielleicht besitzt du tatsächlich dieses besondere Etwas."

Aus dem Augenwinkel nahm sie eine Bewegung wahr, blickte

auf und hätte fast geschrien. Ein Schlangendämon lauerte in der gegenüberliegenden Ecke des Zimmers und beobachtete sie.

Einen Sekundenbruchteil schwebte sie zwischen Kampf und Flucht, doch ihr Kampfinstinkt gewann die Oberhand. Breitbeinig stellte sie sich hin und ballte die Hände zu Fäusten, machte sich bereit.

Doch der Dämon fauchte nur in ihre Richtung, dann in die von Koldo, und schlängelte sich davon.

„Warte hier. Ich werde zurückkommen und dir deinen Wunsch erfüllen", grollte Koldo – und verschwand.

32. KAPITEL

Zacharel war erstaunt über die Leichtigkeit, mit der ihm eine Audienz bei seiner Gottheit gewährt wurde. Vor allem, wenn man den jüngsten Aufruhr im Himmelreich bedachte. Normalerweise mussten selbst Engel, die hergerufen worden waren, warten.

Der Tag seiner Bestrafung war gekommen.

Aber er hatte schließlich gewusst, dass sein Verhalten der letzten Zeit ihm Ärger einbringen würde, und es hatte ihn nicht interessiert. Tat es immer noch nicht. Annabelle war in seinem Leben das Wichtigste geworden, und für sie würde er selbst die schlimmste Strafe auf sich nehmen.

Wenigstens war ein Großteil der Schäden durch den Dämonenangriff bereits beseitigt, Gras und Blumen waren wieder gepflegt, die Flüsse gereinigt. Nicht länger besudelte Blut die Mauern und Stufen. Lysanders Armee bildete einen Schutzgürtel um die Wolke herum, seine Soldaten hielten jeden an, der sich dem Tempel nähern wollte.

Außer ihm. Mit einem bloßen bestätigenden Nicken segelte er durch sie hindurch. Er landete auf der untersten Stufe und ging vom Flug nahtlos in den Aufstieg zu Fuß über. Zu seiner Überraschung wartete Lysander an der riesigen Flügeltür auf ihn und trat an seiner Seite ins Innere. Mit seinem hellen Haar, den dunklen Augen und Flügeln in berauschendem Gold war Lysander quasi der Prototyp, an dem sich alle anderen Himmelsgesandten messen lassen mussten. Die Schönheit in Person, einst aus einem ebenso emotionslosen Holz geschnitzt wie Zacharel.

„Du wirst bereits erwartet", eröffnete ihm sein Freund, und seine Stimme hallte in dem riesigen Foyer wider. Die Gewölbedecke zeigte nicht ein Fresko des Nachthimmels, sondern enthüllte den Nachthimmel selbst. Sterne funkelten von ihren samtenen schwarzen Sitzen herab, so nah, dass Sternenstaub durch die Luft tanzte wie Diamantenstaub.

Er versuchte, sich von dieser Ankündigung nicht aus der Bahn werfen zu lassen. Den Blick auf eine massige Säule aus schimmerndem Kristall gerichtet, die geschliffen und poliert war, bis sie alle Farben des Regenbogens reflektierte, sagte er: „Es … tut mir leid, dass ich dich mit der Verteidigung des Tempels allein gelassen habe."

Lysander schlug ihm auf die Schulter. „Wenn deine Frau dich braucht, spielt nichts sonst eine Rolle. Das weiß ich nur zu gut."

Er konnte nur hoffen, dass seine Gottheit das ebenso sah. Gemeinsam bogen sie um mehrere Ecken und standen schließlich vor einer weiteren Doppeltür. Vor den riesigen gotischen Türflügeln standen Wachen, denn dies war der Eingang zum Thronsaal selbst.

„Hast du einen Rat für mich?", fragte er.

„Du bist ein guter Anführer, hast ein scharfes Gespür", erklärte Lysander. „Trau deinen Instinkten und du wirst das hier unbeschadet überstehen."

Dann öffneten die zwei Wachen, größer und breiter als die meisten anderen Engel, die Türen, und Zacharel schritt allein hindurch. Der Saal war fast vollkommen leer, keine Wachen, kein Orchester, keine Dekorationen, nur ein massiver goldener Thron auf dem Podest am anderen Ende.

Auf dem Thron saß seine Gottheit, und wie jedes Mal war Zacharel erstaunt über ihr Erscheinungsbild. Sie sah so unschuldig und zerbrechlich aus wie ein alter Mann, ein Mensch mit tiefen Falten, silbernem Haar und zittrigen Händen.

Zacharel beugte den Kopf und fiel auf die Knie, die Flügel angezogen. Von all seinen Begegnungen in diesem Raum war dies die wichtigste, und doch wusste er nicht, wie er anfangen sollte.

„Ich bin überrascht, dich hier zu sehen, ohne dass ich dich gerufen habe." Leise und sanft erklang die unaufdringliche Stimme.

Und hast mich trotzdem erwartet. „Ich brauche deine Hilfe."

„Und du erwartest, dass ich sie dir zuteilwerden lasse?"

„Ich weiß, dass ich mich falsch verhalten habe, aber ich werde mich nicht entschuldigen." Nie wieder würde er eine halbherzige Entschuldigung vorbringen. Genau wie Annabelle würde er für das einstehen, woran er glaubte, und niemals einen Rückzieher machen. „Ich habe getan, was ich tun musste, um meine Frau zu beschützen, und ich würde es jederzeit wieder tun."

Tiefe Schwärze wirbelte in den Augen seiner Gottheit, wie Öl, das in der Sonne glänzte. „Habe ich dich richtig verstanden? Du würdest alles tun, um einen *Menschen* zu beschützen?"

Er nickte. „Meinen Menschen."

Zittrige Finger tippten an ein wettergegerbtes Kinn. „Das sagst du jetzt, aber ich frage mich … Du hast geglaubt, du würdest herkommen, deine Situation erklären, um das bitten, was du brauchst, und damit wäre die Sache erledigt. Und früher einmal hätte ich das auch durchgehen lassen. Aber jetzt nicht mehr. Ich kann dich nicht ewig verhätscheln."

Verhätscheln? „Ich bin ein Krieger", sagte Zacharel und straffte die Schultern. „Ich weiß, dass ich zuerst eine Menge Peitschenhiebe verdient habe, aber diese Strafe nehme ich bereitwillig auf mich."

„Die hast du tatsächlich verdient. Du hast Verantwortung für Annabelle übernommen, und doch hast du zugelassen, dass ihr Leid widerfährt. Mehr als einmal. Du selbst hast ihr Leid zugefügt. Dann hast du keinen Finger gekrümmt, als *sie* anderen Leid zugefügt hat."

„Ja. Und ich akzeptiere, was auch immer du zu tun beschließt, aber ich bitte auch um deine Hilfe."

Eine Pause.

So unglaublich lastende Stille.

Dann: „Du willst, dass ich dir bei Annabelle helfe, obwohl sie die Gemahlin eines Dämons ist?"

„Sie ist nicht die Gemahlin eines Dämons", brachte er gepresst hervor. „Sie ist mein."

Unbeeindruckt fuhr seine Gottheit fort. „Und du wünschst meine Hilfe dabei, den Dämon herauszufordern, der sie dir wegnehmen will."

„Einen Dämon, der auf seiner Jagd nach ihr vielen Menschen Schaden zugefügt hat."

Noch mehr Schweigen, diesmal so drückend, dass Zacharels Schultern unter der Last nachzugeben drohten.

„Vieles hat sich für dich verändert, seit wir uns zuletzt unterhalten haben", stellte seine Gottheit fest.

„Ja", erwiderte er. Sein Herz hämmerte unregelmäßig.

„Erzähl mir, was du gelernt hast, Zacharel."

Da musste er nicht weiter überlegen. „Ich habe den Wert menschlichen Lebens erfahren. Den Wert von Liebe und Hingabe. Ich habe gelernt, die Bedürfnisse eines anderen über meine zu stellen."

„Hast du das wahrhaftig?"

„Ja."

„Lass uns das gemeinsam herausfinden. Sag, Zacharel. Würdest du dich für deine Annabelle opfern?"

Eine so beiläufige Frage, doch bei seiner Gottheit gab es immer einen Hintergedanken. „Das würde ich." Ohne Frage.

„Und würdest du etwas noch Kostbareres opfern? Würdest du das Leben deines Bruders opfern, um sie zu retten?"

Zacharel runzelte die Stirn. „Mein Bruder hat kein Leben mehr zu geben. Er ist tot."

„Nein. Er lebt."

Darauf … hatte Zacharel keine Antwort parat. Wie auch seine Gesandten würde seine Gottheit niemals lügen. Das bedeutete … Das konnte nicht bedeuten … Konnte *nur* bedeuten …

„Der Wahrhaftige Tod ist nicht das, was du denkst, mein Bote. Ein Geist kann nicht sterben."

„Aber das Wasser des Todes …"

„Ist auch nicht das, wofür du es hältst. Dein Bruder ist am Leben. Er hat es überlebt."

Hoffnung stieg in ihm auf. Freude perlte in ihm empor. Wie inbrünstig hatte er um so etwas gebetet. „Aber ich habe ihm nicht nur das Wasser gegeben, sondern auch seinen Körper verbrannt."

„Und sein Körper wurde erneuert."

Hadrenial war am Leben!

Sie könnten wieder zusammen sein. Könnten gemeinsam fliegen. Reden und lachen. Sein Bruder könnte Annabelle kennenlernen, sie könnten eine Familie sein. Sie *würden* eine Familie sein.

„Ich frage dich noch einmal", sagte seine Gottheit. „Wenn Annabelle und dein Bruder in diesem Moment beide vor dir stünden, wessen Leben würdest du wählen?"

Seine Hoffnung verdorrte. Die Freude verflog.

„Warum stellst du mich vor eine solche Entscheidung? Zur Strafe für meine Vergehen?", wollte er wissen, während sein Magen sich schmerzhaft verkrampfte.

„Du hast mehreren Menschen geschadet, obwohl du es besser wusstest. Du hast einen Menschen gerettet, im Tausch gegen dein eigenes Leben. Dir stehen eine Strafe *und* eine Belohnung zu."

Eine Strafe und eine Belohnung. Er konnte seinen Bruder haben oder Annabelle, aber nicht beide. Hadrenial, den meistgeliebten unter den Engeln, so reinen Herzens, so mitfühlend und gütig, dass es Zacharel beschämt hatte. Oder Annabelle, die ebenso mitfühlend und gütig war. Hadrenial, den er aus tiefstem Herzen vermisst hatte. Annabelle, nach der er sich mit Leib und Seele sehnte. Hadrenial, dessen Leben in Folter und Tragik ein frühes Ende gesetzt worden war. Annabelle, die ihn immer aufs Neue herausforderte und verblüffte.

„Und wenn ich nicht wählen kann?"

„Dann werde ich für dich wählen, denn es gibt kein Leben ohne Tod, keine Handlung ohne Folgen. Das weißt du."

Er ballte die Fäuste. „Was ist mit mir? Nimm mein Leben und erlaube ihnen beiden, weiterzuleben."

„Obwohl den Menschen, deren Tod du zugelassen hast, keine solche Wahl offenstand?"

Das war keine Frage, sondern eine Feststellung. Es bestand keine Chance, die Meinung seiner Gottheit zu ändern. Die bestand nie. „Darf ich ihn sehen?", brachte er mit heiserer Stimme hervor. „Erzählst du mir, wie du ihn gerettet hast? Ich habe ihm seine Liebe genommen."

„Ein Mann besteht aus mehr als einer einzigen Eigenschaft, Zacharel. Seine Güte hast du ihm genommen … und zurückgelassen, was in ihm schwärte."

„Ich habe nichts zurückgelassen."

„Du hast *Unversöhnlichkeit* zurückgelassen."

Wollte er damit sagen … Nein. Nein! Doch selbst das Wort war wie ein Schlag in die Magengrube. „Wo ist er?"

Vor Zacharel erschien ein Licht, schimmerte heller … noch heller … bis er fürchtete, den Rest der Ewigkeit blind verbringen zu müssen. „Schau her und siehe. Dein Bruder und deine Frau."

Fünf Minuten verbrachte Annabelle allein. Das war alles. Nur fünf Minuten. Sie hatte keine Ahnung, dass ihre gesamte Welt sich verändern würde, bevor die sechste verstrichen war – als Koldo wieder in dem Hotelzimmer auftauchte.

An seiner Seite stand ein grinsender Dämon.

„*Unversöhnlichkeit*", erklärte Koldo und stieß ihn in ihre Richtung.

Instinktiv taumelte sie zurück. Sie griff hinter sich und packte … eine Lampe, erkannte sie, als sie die „Waffe" vor sich hielt, das Kabel aus dem Sockel gerissen. Ihre Messer lagen auf dem Nachttisch, und der war außer Reichweite.

„Was soll das werden, Koldo?", fuhr sie ihn an. „Was geht hier vor?"

„Hallo Annabelle", begrüßte die Kreatur sie. „Erinnerst du dich denn gar nicht mehr an mich?"

„Mit dir hab ich nicht geredet, Dämon. Koldo?"

„Er kann diesen Raum nicht verlassen, genauso wenig wie du", sagte Koldo. „Dafür habe ich gesorgt."

„Auf meine Anweisung", fügte der Dämon hinzu und grinste noch breiter.

„Ich habe dich zu ihr gebracht, wie du verlangt hast, aber Zacharel werde ich nicht herbringen."

„Das ist nicht …"

„Teil deines Plans, nein. Glaub nicht, du könntest hier aus eigener Kraft verschwinden. In diesem Augenblick schließt meine Wolke dieses Zimmer ein. Sie wird dafür sorgen, dass du hierbleibst."

Aus der Brust des Dämons drang ein tiefes Grollen. „Was für ein Spiel spielst du hier? Ein Wort von mir und meine Lakaien reißen die Frauen in Stücke. Hast du gehört? In Stücke!"

„Das ist eine Lüge. Bevor das geschieht, wird man sie retten. Du hast nicht an alles gedacht", gab Koldo gelassen zurück.

„Aber ich schon. Annabelle, er gehört ganz dir." Und damit verschwand er und verließ Annabelle ein zweites Mal.

Einen Moment lang orientierte sie sich, versuchte, über ihre Angst und ihre Verwirrung hinauszublicken. Und über das plötzliche Brennen in ihrer Brust. Als ihr klar wurde, wem – und was – sie gegenüberstand, stieß sie einen schrillen Schrei aus. „Du!"

Da stand er, der Mörder ihrer Eltern, genau wie sie ihn in Erinnerung hatte. Riesig, muskelbepackt, mit dem Gesicht eines Barbaren und den Fangzähnen eines Vampirs. Hörner auf den Schultern, aus denen mit Sicherheit Gift troff, und ein Schwanz, der zuckend zwischen seinen Beinen hin und her fuhr.

„Keine Sorge, mein teures Weib. Noch werde ich dich nicht leiden lassen. Für den Anfang spiele ich nur ein bisschen mit dir. Der richtige Spaß fängt dann an, wenn Zacharel zu deiner Rettung eilt. Und das wird er. Koldo wird ihn nicht aufhalten können."

„Ich bin nicht *dein Weib*." Ein heftiges Beben ergriff Besitz von ihr, und das Brennen in ihrer Brust wurde intensiver. *Ruhig. Bleib gelassen. Du darfst nicht zulassen, dass deine Emotionen die Oberhand gewinnen.* „Du bist also *Unversöhnlichkeit*, der Feigling, der Lakaien an seiner Stelle vorschickt, hm." *Besser.*

Seine Fangzähne wurden länger. „Dafür wirst du büßen, genau wie Zacharel. Wo ist der eigentlich? Ich hoffe, nicht zu weit weg." Langsam umkreiste er sie, ganz ähnlich wie einst Zacharel, musterte sie von oben bis unten. Wie ein hungriges Raubtier, das gerade Beute gesichtet hatte.

Wie in einem komplizierten Tanz drehte sie sich mit ihm, wandte ihm nie den Rücken zu. „Der hat etwas Wichtiges zu tun." Subtext: Und du bist nicht wichtig. „Das ist eine Sache zwischen dir und mir." *Und ich werde als Siegerin daraus hervorgehen. Ich muss.*

„Hier ging es nie um dich und mich. Jahrhundertelang habe ich gewartet, um Zacharel an seiner empfindlichsten Stelle zu treffen, ohne zu wissen, ob ich je die Chance dazu kriegen würde. Dann hat dein wertloser Junkie von einem Bruder mich in euer Haus gerufen, und ich habe dich gerochen. Stell dir nur meine Überraschung vor. Ich wusste augenblicklich, was du für mich warst – was du für Zacharel sein würdest. Also habe ich ein Stück meines Geistes mit einem von dir ausgetauscht und dann andere auf dich angesetzt, um dich zu foltern, bis seine Aufmerksamkeit geweckt war. Ich bin ein sehr geduldiger Mann." Bei seinen letzten Worten schoss sein Schwanz nach vorn, um ihre Fußgelenke zu treffen und sie so zu Boden zu werfen.

Durch ihr Training mit Zacharel war sie auf den Angriff vorbereitet, sprang hoch und schleuderte ihm gleichzeitig die Lampe ins Gesicht. Hart schlug ihm der Sockel auf die Wange und seine Haut platzte auf, bevor die Lampe am Boden zersplitterte.

Er blieb stehen, rieb sich über die Wunde und verschmierte das dunkle Blut. „Das war nicht besonders nett."

„Genau wie deine Lüge. Auf keinen Fall kannst du gewusst haben, was ich Zacharel später einmal bedeuten würde."

Wieder kroch ein breites Grinsen über sein Gesicht. „Wirklich nicht?" In seiner Stimme lag gerade genug Bösartigkeit, um an ihren Zweifeln zu kratzen.

„Nein." Immer noch schlich er um sie herum. Sie wollte sich auf ihn stürzen, ihn angreifen und das Ganze endlich hinter sich bringen, aber erst musste sie es bis zum Nachttisch schaffen.

„Was, wenn ich dir verraten würde, dass ich Zacharels Bruder bin? Sein Zwilling? Seine andere Hälfte?"

Zehn Zentimeter … fünfzehn … „Da könntest du mich noch eher davon überzeugen, dass du der Weihnachtsmann bist." Auch wenn diese Behauptung die Sache mit der Essenzia erklären würde – warum es so ausgesehen hatte, als hätte Zacharel sie berührt, bevor er sie überhaupt das erste Mal gesehen hatte.

„Vielleicht bin ich das ja. Es macht mir so viel Spaß, kleine Geschenke zu verteilen … Wie die Leichen, die ich dir bereitgelegt hab vor all diesen Jahren. Deine Eltern, nicht wahr? Die umzubringen war einfach umwerfend."

Mir wird schlecht. Aber wenigstens schaffte sie wieder ein paar Zentimeter.

„Eigentlich hätte ich sie auch in Frieden lassen können, aber ich wollte, dass du an einem Ort festsitzt. Ich wusste, dass sie dir die Schuld geben und dich wegsperren würden, wo dich dann ein wunderschöner dunkelhaariger Engel retten könnte. Und das hat er ja dann auch."

Nicht schluchzen. „Und was hast du von alledem?"

„Rache. Zacharel hat den Mann getötet, der ich einmal war. Und in der Hölle bin ich wieder aufgewacht. Ich war gezwungen, mit denselben Wesen Seite an Seite zu leben, die für meine Folter verantwortlich waren."

„Nein", wiederholte sie. „Du lügst!" Wieder schlug dieser Schwanz nach ihr, einmal, zweimal, doch beide Male konnte sie ausweichen. Auch das hatte Zacharel mit ihr geübt, deshalb sprang sie rückwärts, bevor er zu einem dritten Schlag ausholen konnte.

Einer Verletzung konnte sie entgehen, aber die Messer waren weiter weg denn je. Verdammt noch mal. Es musste doch einen anderen Weg geben. Dieses Brennen …

Das Brennen! Sie konnte mehr als bloß Hände haben. Sie konnte Krallen haben. Und wenn sie Krallen haben konnte, war es auch nicht mehr weit bis zu ihren eigenen Fangzähnen, Flügeln und Hörnern. Allesamt tödliche Waffen.

Vielleicht hatte sie tatsächlich eine Chance, ihn zu besiegen.

Ein Teil von ihr wollte damit aufhören, ihre Angst und ihren Zorn zu unterdrücken. Dieser Teil wollte ihren Emotionen einfach freien Lauf lassen. Na gut, mehr als bloß ein Teil. Aber sie würde es nicht tun. Sie würde nicht Böses mit Bösem bekämpfen. Das war nicht sie. Nicht die Frau, die sie sein wollte.

Ich kann das. Ich kann es schaffen. Ohne Vorwarnung warf sie sich auf den Dämon.

Er ging zu Boden, rollte sich herum, zerdrückte sie, doch ihre Hände waren frei und sie rammte ihm die Faust an den Kehlkopf. Wieder rollte er sich herum, brachte sie über sich, doch da ließ er sie nicht. Er packte sie beim Handgelenk und schleuderte sie hinter sich. Sie prallte an die Wand, Putz rieselte um sie herum zu Boden und ein scharfer Schmerz schnitt durch ihren Oberkörper.

Noch bin ich nicht erledigt.

Sie sprang auf und rannte auf ihn zu. Er kam ihr entgegen. Sie biss ihn. Sie kratzte ihn. Sie hob Scherben der zersprungenen Lampe auf und schnitt ihn damit. Sie trat nach ihm. Sie kämpfte mit jedem Funken Stärke, den sie besaß – mehr, als sie je zuvor eingesetzt hatte. Dagegen war er wie ein tollwütiges Tier, ungehindert durch irgendwelche Regeln, ohne Zögern, ohne Skrupel. Keine Sekunde lang zog er einen besseren Weg in Erwägung. Und trotzdem zeigte sie es ihm ganz schön.

Er versuchte, sie zu küssen, und einmal gelang es ihm sogar. Er begrapschte sie, nur um sie zu verhöhnen. Jedes Mal gelang es ihr, ihre Emotionen unter Kontrolle zu behalten, was ihn in Raserei versetzte.

Und diese Raserei kam ihr zugute. Er vergaß, ihre Schläge abzublocken, war zu sehr darauf fixiert, sie am Hals zu packen und zu erwürgen.

„Sieh dich nur an", verhöhnte er sie und umkreiste sie von Neuem.

„Guck mal in den Spiegel", gab sie zurück.

Mittlerweile blutete sie, blutete noch ein bisschen mehr und hatte Schmerzen am ganzen Leib. Doch er war genauso blutüberströmt und musste ebensolche Qualen leiden.

„Gib endlich auf! Zacharel hat mir nichts als Leid und Schmerz gebracht, und jetzt werde ich ihm dasselbe antun. Von dir werde ich mich nicht aufhalten lassen."

Sie würde, sie *konnte* nicht nachgeben. „Wenn du wirklich sein Zwillingsbruder bist", *unmöglich, es kann einfach nicht sein*, „dann hast du ihn darum gebeten, dich zu töten. Es von ihm verlangt."

„Er hätte doch nicht gehorchen müssen!"

„Was hast du denn von ihm erwartet? Du hast immer wieder versucht, dich umzubringen."

„Er hätte sich mehr anstrengen können, mich zu retten. Er hätte einen Weg finden können, in der Dunkelheit zu mir durchzudringen."

Einen Moment lang, nur für einen Moment, erhaschte sie einen Blick auf den Mann, der er gewesen war: gequält, schmerzerfüllt, zerstört. Eine dunklere Version von Zacharel.

Er ist wirklich Hadrenial, begriff sie. Zacharels Zwillingsbruder. Er hatte seiner Herkunft als Engel den Rücken zugewandt und war ein Dämon geworden.

Wie könnte sie den Mann töten, den Zacharel so lange so sehr vermisst hatte? Selbst, wenn er derart böse war? Zacharel könnte ihr niemals vergeben.

Vergebung.

Unversöhnlichkeit.

Als ihr die Ironie bewusst wurde, lachte sie ohne echtes Amüsement. In ihrem Kopf entbrannte eine Diskussion, ihr gesunder Menschenverstand stritt mit ihrer Liebe zu Zacharel.

Du musst es tun. Das ist der einzige Weg. Außerdem wirst du genauso tot sein, also kriegst du Zacharels Reaktion gar nicht mit.

Aber sie würde sterben in dem Wissen, dass sie dem Mann, den sie liebte, grenzenlose, ewige Pein zugefügt hatte.

Wenn du's nicht tust, wird Unversöhnlichkeit *immer weitermachen, wird Zacharel quälen, dich, vielleicht sogar andere Familien. Zacharel ist ein guter Mann. Er wird es verzeihen.*

Aus dem Augenwinkel sah sie, dass Koldo zurückgekehrt war. Er war genauso abgerissen und blutüberströmt wie sie. Und er war nicht allein. Neben ihm stand Thane, blutend wie alle anderen auch. Koldo verschwand und Thane blieb an Ort und Stelle.

In einer seiner Hände erschien ein Flammenschwert und er trat vor. Blieb stehen, runzelte die Stirn. Dann tastete er mit der freien Hand durch die Luft, als sei da irgendeine Art Barriere vor ihm.

„Thane!", rief sie.

Ihre Blicke trafen sich – und seine Augen wurden groß. Mit der Faust hämmerte er auf … nichts ein, er bewegte den Mund, doch sie konnte nicht hören, was er sagte.

Unversöhnlichkeit nutzte die Ablenkung aus und unterlief ihre Deckung, zielte auf ihren Hals. Als er die Zähne in ihre Haut schlug, verkrampfte sich ihr gesamter Körper vor Schmerzen. Hart hämmerte sie ihm auf die Schläfe, wurde ihn jedoch nicht los. Über ihre Brust ergoss sich ein warmer Strom, während *Unversöhnlichkeit* gierig saugte und schluckte. Schwäche schlich sich in ihren Körper, glitt durch sie hindurch, tückisch und unwiderstehlich.

„Thane", schrie sie noch einmal, obwohl sie wusste, dass auch er sie nicht hören konnte. Er prügelte weiter auf die Luft ein.

Ich muss allein klarkommen. Aber das war in Ordnung. Sie war bereit, zu sterben und diesen Dämon mit sich zu nehmen, denn sie wusste, das war die einfachste Lösung. Doch sie wusste auch, dass der Dämon sie nicht auf diese Weise töten würde. Er wollte sie nur schwächen.

Es wurde Zeit, ihn eines Besseren zu belehren. Sie zwang ihre Muskeln, sich zu entspannen, sank in seine dunkle Umarmung. Sie ließ den Arm fallen, auf sein Bein – und durchtrennte mit der Scherbe in ihrer Hand seine Oberschenkelarterie.

Sie würde nicht schwächer werden.

Mit einem wütenden Brüllen schleuderte er sie von sich. Benebelt rappelte sie sich auf, wankte auf ihn zu.

Er tat sein Bestes, außer Reichweite zu bleiben. „Zacharel!", schrie er und drehte sich, drehte sich … Flammen schossen aus seinen Klauen hervor, schufen einen Kreis aus Feuer um sie herum. „Wenn du nicht bald in diesem Zimmer auftauchst, verbrenne ich sie darin, das schwöre ich dir."

„Er kann dich nicht hören", sagte sie. „Hier sind nur du und ich." Sie sah, dass sich jetzt auch Xerxes und Björn zu Thane gesellt hatten, und auch wenn Koldo immer mal wieder auftauchte, war er momentan verschwunden.

„Zeig dich endlich. Zacharel! Ich will, dass du alles durchmachst, was auch mir angetan wurde. Ich will, dass du dich auf ewig in der Erinnerung suhlst, wie du sie im Stich gelassen hast. Wie du die Frau im Stich gelassen hast, die du liebst. Ich will, dass du leidest und leidest und leidest."

Rauch kroch an ihr empor, drang ihr in die Nase, brachte sie zum Husten.

Es tut mir leid, Zacharel, dachte sie und entdeckte eine weitere Scherbe der Lampe zu ihren Füßen. *Ich muss das tun.*

„Zacharel!", schrie er, als sie die Scherbe packte und auf ihn losging. Wie ein warmes Messer durch Butter glitt das Glas durch die Kehle des Dämons, Blut strömte hervor, tropfte, sammelte sich auf dem Boden. Er brach in die Knie, umklammerte die

Wunde, rang nach Atem. Doch als sie zum Todesstoß ausholte, erwischte er sie kalt. Mit einer unfassbar schnellen Bewegung packte er sie beim Handgelenk und riss sie hinab, neben sich. Und wieder lachte er.

„Als ob du jemanden wie mich besiegen könntest." Während er sprach, kratzte er mit einem Horn über ihren Hals, ritzte die Haut an. Nicht tief, aber tief genug, dass es brannte.

Hilflos sackte sie zusammen, zuckte unkontrolliert, spürte endlich Kühle in ihre Glieder sickern, bis … sie gar nichts mehr fühlte. Weder heiß noch kalt, weder Wonne noch Schmerz. Schlimmer noch: Sie konnte sich nicht mehr bewegen.

Grinsend schwebte *Unversöhnlichkeits* Gesicht über ihr, während um sie herum die Flammen tanzten. „So lange habe ich mit dir gespielt, habe gehofft, er würde kommen. Wenn er es nicht tut, wenn er sich weiter weigert, nehme ich dich eben hier und jetzt und bringe dich trotzdem um. Soll er deinen verstümmelten Leib finden, deinen Folterer tot an deiner Seite."

Ich habe noch nicht verloren, versuchte sie mit ihrem Blick zu sagen. *Ich werde es schaffen.*

„Zacharel!", schrie der Dämon wieder, den Kopf zurückgeworfen, den Rücken durchgebogen. „*Willst* du deine Frau überhaupt retten? Das ist deine letzte Chance."

Da trat Koldo in den feurigen Kreis. „Ich. Ich will sie retten."

„Wie hast du den Schild durchbrochen?", rief Thane, der direkt hinter ihm in den Kreis stürmte.

„Ganz einfach. Der Schild war meine Wolke", erklärte Koldo und streckte den Arm aus, um den Krieger aufzuhalten.

„Annabelle …"

„Noch nicht."

Blitzschnell schlug *Unversöhnlichkeit* mit dem Schwanz aus und riss Koldo die Wange auf. „Wo ist Zacharel? Bring ihn her. Jetzt."

„Er ist im Himmelreich. Er wird nicht kommen."

Über das Gesicht des Dämons huschte eine dunkle Mischung von Gefühlen. „Also gut. Diese Sache endet hier und jetzt. Aber ich werde nicht zulassen, dass ihr mich einfangt und sie rettet."

Sein Schwanz schnappte zurück und die Spitze richtete sich auf ihren Hals, drückte sich scharfkantig in eine der Bisswunden. „Wenn ihr wollt, dass sie überlebt, lasst ihr mich mit ihr verschwinden."

Erledige ihn, Koldo. Bitte.

Blut tropfte von Koldos Wange herab. „Nein, du wirst nicht verschwinden. Und ich weiß, dass dich zu töten auch bedeutet, sie zu töten, aber das ist ein Opfer, das zu bringen sie bereit war. Ich werde mich mit dem Wissen zufriedengeben müssen, dass ich die Welt von deiner Bösartigkeit befreit habe."

„Wenn du das machst, werden die Engelfrauen sterben."

„Das ist nicht mehr möglich. Sie wurden bereits gerettet."

„Wie ... ach, das spielt keine Rolle." Immer tiefer grub sich der Stachel in Annabelles Hals, während *Unversöhnlichkeit* gepresst behauptete: „Zacharel wird nicht wollen, dass ich sterbe."

„Was wir wollen, ist nicht immer das, was wir brauchen."

Koldo streckte die Hand aus, erschuf ein Schwert aus Flammen und schlug zu, köpfte den Dämon im selben Moment, als dessen Schwanz Annabelles Hals durchtrennte.

Augenblicklich strömte Schwärze in ihre Gedanken. Sie schwebte ... schwebte davon ... schwebte ins Nichts. Für einen flüchtigen Moment glaubte sie, Zacharels Schreie zu hören.

33. KAPITEL

Neeeein!", hallte Zacharels Schrei durch den Thronsaal der Gottheit.

Er hatte versucht, zu entkommen, und war gescheitert. Ergebnislos hatte er auf die Flügeltüren eingehämmert. Er hatte zusehen müssen, wie seine Frau mit seinem Bruder gekämpft hatte. Zu erkennen, was für ein Monster sein Bruder geworden war, hatte ihn fast vernichtet, doch seine Angst um Annabelle hatte sich als stärker erwiesen, hatte ihn weiter um seine Freiheit kämpfen lassen. Und trotzdem hatte er versagt und schließlich zusehen müssen, wie seine Frau sich für alle in die Schlacht warf, die sie liebte, während sein Bruder um Vergeltung kämpfte; wie sie beide bluteten und Hadrenial fluchte. Hatte zusehen müssen, wie sie beide starben.

Zum zweiten Mal sah er den Kopf seines Bruders von seinen Schultern rollen. Nur dass es diesmal schlimmer war, weil Zacharels Frau mit ihm starb.

„Nein!" Mit den Händen versuchte er, sich durch die Wände zu graben, und plötzlich wühlte er in der Luft, der Thronsaal war verschwunden, an seine Stelle trat das Hotelzimmer. Er stand in der Mitte eines verkohlten Kreises, der Rauch hatte sich verzogen und zwei Leichen lagen zu seinen Füßen.

Annabelles Gewand war in Fetzen gerissen, ihr Hals eine einzige klaffende Wunde.

Koldo stolperte aus dem Kreis, als wäre er gestoßen worden, und vielleicht war er das auch. Er versuchte, wieder hineinzugelangen, doch es gelang ihm nicht. Vergebens hämmerten Thane, Björn, Xerxes und er auf eine unsichtbare Mauer ein.

Zacharel fiel auf die Knie, Tränen glitten seine Wangen hinab. „Ist einer von ihnen noch zu retten?"

„Ja." Auch wenn die Gottheit nicht hier war – ihre Stimme hallte durch den Raum. „Du musst dich nur entscheiden."

„Wie kannst du mir das antun? Wie kannst du von mir verlangen, zwischen den einzigen beiden Personen zu wählen, die ich je geliebt habe? Und als Strafe für die Sünden eines anderen! Bist du wirklich so grausam?"

„Grausam? Eines hast du noch immer nicht gelernt. Die Tode, die du verursachst, schmerzen mich auf eine Art und Weise, die du niemals wirst nachempfinden können – und ich bin froh, dass du es nicht kannst. Eine solche Bürde könntest du nicht tragen. Also, bin ich grausam, indem ich dir eine Wahl lasse, anstatt dir beides zu nehmen?"

Ja, hätte Zacharel ihm am liebsten entgegengeschrien. Doch er wusste, dass es eine Lüge wäre. „Es tut mir leid", sagte Zacharel. „So unendlich leid. Nimm mich an ihrer Stelle. Für ihrer beider Leben gebe ich meins bereitwillig hin."

„Würde ich das tun, gäbe es für die zwei, die du so liebst, nichts als Qualen. Für den Rest der Ewigkeit würden sie einander bekämpfen."

Seine Schultern sackten herab, jegliche verbliebene Hoffnung verwelkte, starb. Wie könnte er das tun?

Seine Gottheit fuhr fort: „Du glaubst, ich wüsste nichts über die Liebe, aber in Wahrheit entdeckst *du* gerade erst, was Liebe wirklich ist. Dein Bruder würde mit Vergnügen all das nehmen, was du gelernt hast, und dich damit zerstören. Deinen Männern würde er großes Leid zufügen. Den Männern, für die du die Verantwortung übernommen hast. Den Männern, die dich brauchen, jetzt mehr denn je. Und trotzdem biete ich dir an, ihm sein Leben zu schenken, wissend, wie viel *ich* verlieren würde, wenn du annimmst."

Zacharel öffnete den Mund, schloss ihn wieder. Er war gefangen in einem Wirbelsturm der Gefühle; jede Empfindung, die er jemals unterdrückt hatte, bäumte sich auf, um ihn mit sich fortzureißen.

Und noch immer war seine Gottheit nicht fertig. „Ich weiß, du willst mit deinem Bruder reden. Du willst ihn fragen, warum er diese Dinge getan hat. Willst ihn um Vergebung anflehen für das, was du ihm angetan hast, was er erleiden musste. Du willst hören, wie er dir Vorwürfe macht, wie er Zeter und Mordio schreit, wie er dir gibt, was du zu verdienen glaubst. Du willst einen Abschluss. Du willst, dass er das Leben bekommt, das *er* einst verdiente."

„Ja." *Ich will ihn umarmen. Ich will an seiner Seite fliegen und seine Züge aufleuchten sehen. Ich will ihn lachen hören, voller Freude statt Grausamkeit.*

„All das kannst du haben. Nimm einfach das, was in der Urne ist, und setze es in Hadrenials Körper ein. Nach einer Weile wird er sich von seinen Wunden erholen – ja, selbst von der Enthauptung –, und alles, was du dir wünschst, wird dein sein. Auch wenn es eine Weile dauern wird – er wird wieder der Mann sein, der er war, bevor er zum Dämon *Unversöhnlichkeit* wurde."

Neben Zacharel erschien die Urne. „Und wenn ich das tue, was geschieht dann mit Annabelle?"

„Ihr Geist wird seine Reise in die Ewigkeit antreten."

So sollte es sein. Zwei Körper, reglos zu seinen Füßen, immer langsamer blutend. Mit jeder Sekunde wurden sie kälter. Seine wunderschöne Annabelle, die einzige Freude, die er je gekannt hatte. Sein Bruder, der Mann, den er verraten hatte, dem er etwas schuldig war. Er sah zu seinen Männern, immer noch außerhalb des Kreises, immer noch einhämmernd auf Mauern, die sie nicht sehen konnten.

Sie wollten ihm helfen.

Sie konnten ihm nicht helfen.

Er streckte die Hand in die Urne, warm umschloss die Flüssigkeit seine Finger, kam ihm entgegen. Langsam hob er den Arm ins Licht. Leben und Tod, in seiner Hand vereint.

Nachdenklich wandte er sich den Leichen zu. Was auch geschehen würde, er wusste, seine Gottheit würde ihn nicht einen auswählen lassen und dann den anderen auf wundersame Weise ebenfalls wieder zum Leben erwecken. Ein Opfer war ein Opfer, und genau wie bei Koldos Haar hätte es keinerlei Bedeutung, wäre es leicht zu ersetzen. Zudem reichte der Inhalt der Urne nur aus, um ein Leben zu retten, nicht zwei.

„Ich habe meine Entscheidung gefällt." Und eine Entscheidung war es nicht wirklich gewesen, mehr ein Abschied von einer geliebten Person. Zacharel hielt die Hand über Annabelles Herz. Noch etwas, das er gelernt hatte, seit er ihr begegnet war: Nicht Schuld und Scham sollte man erlauben, die Entscheidungen für einen zu treffen. Nur die Liebe sollte einen Mann leiten, und diese Frau liebte er wie niemanden sonst.

Die Flüssigkeit ergoss sich über sie, sank sachte in ihren Leib … ihre Seele … ihren Geist. In ihre totenblasse Haut kehrte Farbe zurück, ihre Wunden begannen zu heilen, ihre Haut fügte sich wieder zusammen.

„Es tut mir leid, Hadrenial", wisperte er. Genau diese Worte hatte er schon oft gesagt, so viele Male, unzählige Male. Damals wie heute hatte er einen tiefen Schmerz verspürt. Es spielte keine Rolle, wozu sein Bruder geworden war. Trotzdem liebte er Hadrenial immer noch. Würde es auf ewig tun.

Genauso würde er sich immer an den Jungen erinnern, der Hadrenial einst gewesen war. Würde niemals das Band vergessen, das sie miteinander geteilt hatten.

„Was wird mit ihm geschehen?", fragte er seine Gottheit.

„Es wird dich trösten, zu hören, dass ein Teil von ihm in deiner Annabelle weiterleben wird. Nicht durch das Stück seiner dämonischen Seele, denn jenes Stück ist mit ihm gestorben, sondern durch die Essenz seiner Liebe. Und weil du ihr etwas von dir hinzugefügt hast, wird sie an dich gebunden sein, jetzt und für immer, dein Leben für ihres. Sie muss dir nur noch einen Teil von sich geben, um die Verbindung zu vollenden und deinen spirituellen Tod aufzuhalten."

„Danke", hörte er sich sagen. „Für diese Chance mit ihr danke ich dir."

„Sie war immer für dich bestimmt. Die Frage, deren Antwort ich wissen musste, war, ob du dieses Geschenk auch wertschätzen könntest."

„Das kann ich. Aus tiefstem Herzen."

„Ich weiß."

Mit einem tiefen Luftholen schreckte Annabelle hoch. Während sie noch ihre Brust betastete, vielleicht nach ihrer tödlichen Verletzung fahndete, suchte sie das Zimmer mit Blicken ab. „Was ist passiert?", fragte sie krächzend. „Warum lebe ich noch?"

„Mir wurde eine Wahl gegeben, und ich habe dich gewählt. Ich werde immer dich wählen."

„Zacharel?" Ihr stiegen Tränen in die Augen und sie warf sich ihm in die Arme. „Ich muss dir etwas Schreckliches sagen! Ich hab mit deinem Bruder gekämpft. Er war noch am Leben. Ich … er … Es tut mir so leid. Ich hab ihn umgebracht. Es gab keine andere Möglichkeit und …"

„Ich weiß." Er schob sie ein Stück von sich und zog ihr Gewand zurecht, bedeckte ihre Brüste, dann drückte er sie wieder fest an sich. Sie klammerte sich an ihn und weinte, und die ganze Zeit über bebte er bis ins Mark. Wie nah er daran gewesen war, sie zu verlieren … wie viel ihm geschenkt worden war. Ihm war völlig egal, wer ihn in diesem Moment der Schwäche sah.

„Oh, Zacharel. Ich muss dir so viel erzählen."

„Es gibt nichts, was ich noch nicht weiß, Liebste. *Unversöhnlichkeit* ist, war, mein Bruder."

Heiser und zittrig ging ihr Atem, als sie sich aus seiner Umarmung löste, um ihn stirnrunzelnd anzusehen. „Woher weißt du das?"

„Ich musste eurem Kampf zusehen. Ich habe versucht, zu dir zu gelangen, ja, ich hätte alles dafür gegeben. Es tut mir leid, dass es mir nicht gelungen ist." Zärtlich legte er die Hände an ihre Wangen, so froh, die Wärme ihrer Haut zu spüren. „Es tut mir so unglaublich leid, was du alles erdulden musstest."

„Wag es ja nicht, dich unter Schuldgefühlen zu begraben. Es gibt nichts, was dir leidtun müsste."

„*Versuch* wenigstens, ein bisschen sauer zu sein." Er drückte einen sanften Kuss auf ihre Lippen. „Damit ich mich besser fühle."

Liebevoll lächelte sie zu ihm auf. „Ich glaube, das ist die erste Lüge, die du je ausgesprochen hast. Also, äh, warum bin ich geheilt?"

„Ich gab dir die Liebe, die einst mein Bruder in sich trug."

Das Lächeln verblasste. „Deinen kostbarsten Besitz. Das hättest du nicht …"

„*Du* bist mein kostbarster Besitz, Annabelle. Daran darfst du niemals zweifeln."

Wieder füllten ihre Augen sich mit Tränen. „Wie kannst du

das sagen? Ich habe geholfen, deinen Bruder umzubringen. Deine andere Hälfte."

Mit dem Daumen wischte er eine Träne fort. „Wie es auch geendet haben mag, ich habe ihn getötet, damals wie heute. Auch daran zweifle niemals." Den Abschluss, nach dem er sich sehnte, würde er niemals bekommen, doch das war in Ordnung. So war das Leben. Er hatte Annabelle, das war alles, was wichtig war. „Ich liebe dich."

„Ich liebe dich auch. Und danke. Für mich bist *du* mein kostbarster Besitz."

„Gut, denn jetzt musst du eine Wahl treffen. Du darfst dich an mich binden, mit mir verschmelzen, deine Lebensspanne an meine binden."

Ein hoffnungsvolles Glänzen in diesen eis… nein, nicht länger eisblauen Augen, bemerkte er. Augen von der Farbe tiefsten Goldes sahen zu ihm auf, eine kostbarere Nuance als alles, was er je gesehen hatte. „Oder?"

„Oder nichts. Das ist deine einzige Wahl."

Sie drückte einen Kuss auf seine Lippen, genauso sanft und liebevoll, wie er es zuvor getan hatte. „Ich dachte, du hättest mal gesagt, du wüsstest, wie man handelt. Aber ich bin gerade viel zu glücklich, um dir das anständig beizubringen. Du hast dir soeben eine Frau zugelegt. Oder eine Gemahlin. Oder einen Anhang. Oder wie auch immer du mich nennen willst!"

„Ich denke, du bist von Anfang an meine Frau gewesen. An jenem ersten Tag hast du mich gelehrt, wieder etwas zu empfinden. Du hast mich an meinem persönlichen Tiefpunkt gesehen und mir geholfen, mich zu erholen. Was wir als Nächstes tun werden, schafft ein wesentlich stärkeres Band."

Um sie herum brach Jubel aus und er wandte sich um. Seine gesamte Armee war im Zimmer. Thane und Koldo mussten den Rest seiner Männer herbeigerufen haben.

Thane ging auf ein Knie, den Kopf gebeugt.

Koldo tat dasselbe.

Björn und Xerxes ebenfalls, dann Axel, und dann, einer nach dem anderen, tat der Rest es ihnen gleich, bis all seine zwanzig Soldaten ihm gemeinsam ihren Respekt erwiesen.

Zacharel stand auf und half auch Annabelle auf die Beine. Sie schmiegte sich an ihn, den Kopf an seine Schulter gelegt.

„Und denk nicht mal dran, Koldo zu bestrafen", sagte sie. „Auch wenn er mich rein… Äh, er hat dafür gesorgt, dass alles gut wird. Und er und die unheimlichen Drillinge haben Jamila gerettet, glaube ich."

Ein Teil von ihm wollte den Mann dafür erwürgen, dass er es gewagt hatte, Annabelle in eine so gefährliche Situation zu bringen, doch ein anderer Teil von ihm verspürte Anerkennung für den waghalsigen Zug, der sie zum Sieg geführt hatte. „Ist das wahr?"

Stumm nickte Koldo.

„Ich glaube, er hat auch noch einen anderen Engel gerettet", fügte Annabelle hinzu.

Diesmal nickte der Krieger nicht, sondern brach sein Schweigen. „Sie geht niemanden etwas an. Ich werde mich um sie kümmern."

In seinem Ton lag etwas … Eine Härte, eine Kälte, die auch Zacharel einmal besessen hatte. Wie er, wie auch Hadrenial, befand Koldo sich auf einem Weg der Zerstörung.

Zacharel ließ den Blick über das Meer von Engeln wandern, weiß-goldene Flügel, Haare in einem Kaleidoskop von Farben, von tiefstem Pechschwarz bis zum leuchtendsten Schneeweiß. All diese Krieger waren genau wie einst er. Haltlos, verloren. Sie brauchten einen Anführer.

Einen besseren Anführer, als er es gewesen war.

Von diesem Augenblick an würde er dieser Anführer sein. Mit Annabelle an seiner Seite konnte er alles sein, alles schaffen.

„Erhebt euch", befahl er, und sie gehorchten. „Wir sind nicht wie andere Armeen, deshalb werde ich euch nicht länger wie eine solche behandeln. Wir balancieren auf der Grenze zur Verbannung, und ich werde niemandem von euch gestatten, zu fallen. Ihr gehört mir. Es wird Veränderungen geben, und ich hoffe, sie werden euch gefallen, aber wenn nicht, wird das für mich keine Rolle spielen."

Stille.

„Ihr alle spürt den Krieg nahen, der sich im Himmelreich zusammenbraut. Es wird der größte Krieg sein, den wir je erlebt haben – und wir haben viel erlebt. Wann er letztendlich ausbrechen wird, weiß ich nicht. Ich weiß nur, was man sich zuflüstert. Die Engel der Gottheit werden gegen die Titanen und Griechen kämpfen – mehr und mehr von ihnen fliehen aus ihrem Gefängnis der Unsterblichen. All das wird geschehen, trotz der Tatsache, dass eine neue Königin auf dem Thron der Titanen sitzt und auf unserer Seite ist. Vielleicht auch gerade, *weil* sie auf unserer Seite ist. Fürs Erste: Geht nach Hause. Ruht euch aus. Denn morgen werde ich eure gesamte Welt auf den Kopf stellen."

Thane, Björn und Xerxes warfen sich nervöse Blicke zu, bevor sie durch die Decke flogen. Koldo sah finster drein. Dann war jedes Mitglied seiner Armee fort und Zacharel war allein mit Annabelle.

Gemeinsam mit ihr glitt er durch die Wand in ein anderes Zimmer, das nicht aussah wie ein Schlachtfeld. „Und dich stelle ich jetzt auch auf den Kopf." Er drängte sie rückwärts zum Bett.

Als ihre Kniekehlen an die Bettkante stießen, fiel sie mit einem erschrockenen Luftholen und einem leisen Lachen. Um ihre Schultern fächerte sich ihr blauschwarzes Haar auf. Ihr Gewand klaffte auf und enthüllte eine seiner Lieblingsstellen an ihr.

„So was von unartig, mein Engel. Und schau mal! Deine Flügel sind jetzt durch und durch golden. Und kein Flöckchen Schnee!"

Neugierig betrachtete er den linken, dann den rechten Flügel. „Von jetzt an gehöre ich zur Elite der Sieben." Er stützte ein Knie auf die Matratze, dann das andere, dann kniete er über ihren Oberschenkeln. „Aber das werden wir später feiern. Jetzt haben wir eine Verschmelzung zu vollziehen."

Langsam richtete sie sich auf, ein sinnliches Festmahl für seine Augen. Urplötzlich packte sie ihn bei den Schultern und drückte ihn nach hinten, bis sie oben war.

Träge grinste sie ihn an. „Zu der Hochzeit kommen wir noch. Nachdem du gebettelt hast." Ein feierlicher Schwur.

Ein Schwur, den sie hielt. Überall spürte er ihre Hände, wie sie ihn auszog, ihn berührte, ihn streichelte, und nur zu bald bettelte er, konnte einfach nicht anders.

Kurz bevor sie über ihm zusammensackte, barsten weiße Flügel aus ihrem Rücken hervor.

Sie keuchte auf und richtete sich wieder auf, besah sich ihre Flügel. „Was zum ... Ich hab ... Wie ist das ...“

Aus ihm brach ein aufrichtiges Lachen hervor, das seinen ganzen Leib schüttelte. „Als du die Essenzia des Dämons in dir getragen hast, ist mit deinen negativen Emotionen deine dämonische Gestalt zum Vorschein gekommen. Jetzt trägst du die Essenzia von Engeln in dir, also rufen positive Emotionen diese Gestalt hervor. So, genug mit der Ablenkung. Ich will dich, Anna.“

„Und ich glaube, jetzt bin *ich* dran mit Betteln ...“

Stunden später, als sie beide ausgiebig Befriedigung gefunden hatten, kuschelte sie sich in seine Arme, strahlend vor Schönheit und sein, sein allein. Dies war das Leben, das er sich nie zu erträumen gewagt hatte. Eines, das er für immer zutiefst wertschätzen würde, weil er wusste, wie kurz er davorgestanden hatte, es zu verlieren.

„Jetzt zu dieser Verschmelzung“, setzte sie an. Ihre Flügel waren verschwunden, doch sie würden wiederkommen.

„Du musstest nur dein Leben dem meinen anversprechen, und das hast du – als ich *dich* zum Betteln gebracht habe. Für den Rest habe ich gesorgt.“

„Dafür gesorgt – also sind wir schon verschmolzen?“

„Jetzt und in alle Ewigkeit. Sobald ich wusste, dass du es wolltest, und du abgelenkt warst, habe ich ein kleines Stück deines Geistes an mich genommen. Das kann schmerzhaft sein, und ich wollte nicht, dass du leidest.“ Niemals wieder.

„Mein liebevoller Prinz.“ Sie küsste die Stelle, wo sein Herz schlug. „Hey, dein schwarzer Fleck ist weg!“

„Du hast mich gerettet.“

„Ich schätze mal, das heißt, du schuldest mir was. Kommen wir also zum zweiten Punkt auf der Tagesordnung. Ich will dir helfen im Kampf gegen die Dämonen.“

„Daran habe ich nie gezweifelt.“

„Wirklich? Du lässt mich? Ohne zu schmollen wie ein Kleinkind?“

„Erstens: Ich schmolle nie. Ich grüble – und sehe dabei wahrscheinlich ziemlich sexy aus. Zweitens hast du mich einmal auf etwas hingewiesen: Du hast schon zu viel von deinem Leben in einem Käfig verbracht. Ich werde dich nicht von Neuem einsperren." Aber das bedeutete nicht, dass er sich zurücklehnen und irgendeinen Dämon seine Annabelle verletzen lassen würde. Zacharel würde bis an seine Grenzen gehen, um sie zu beschützen, in jeder einzelnen Schlacht. Davon abgesehen: Wenn einer von ihnen starb, würde der andere ihm folgen. Nie würde er ohne sie an seiner Seite leben müssen.

„Ich glaube, das ist das Liebste, was du je zu mir gesagt hast."

„Ich bin ein lieber Mann."

Jetzt war sie es, die voller kindlicher Begeisterung lachte. Er liebte den Klang und war fest entschlossen, sie jeden Tag für den Rest ihrer gemeinsamen Ewigkeit zum Lachen zu bringen.

„Was denn?", neckte er sie. „Ich *bin* ein lieber Mann."

„Und was sind die Pläne dieses lieben Mannes für seine Armee, hm? Was für Veränderungen willst du auf sie herabhageln lassen?"

„Disziplin, Dominanz und Konsequenzen. Natürlich."

Wieder lachte sie. „Wie recht du hast. So was von lieb."

„Das nicht, aber meine liebe Seite ist dir allein vorbehalten. Dir ganz allein."

– ENDE –

Eve Silver

Feuersünde

Ab September 2013 im Buchhandel

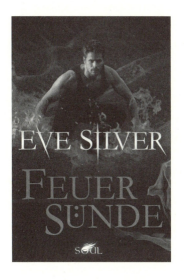

Band-Nr. 65079
8,99 € (D)
ISBN: 978-3-86278-755-5

1. KAPITEL

Erlöse mich von dem Gott, der die Seelen raubt,
Der sich von Kot und Unrat ernährt,
Von dem dämonischen Wesen, das in der Finsternis lauert
Und vor dem die Schwachen erzittern.
Wer ist er? Es ist Seth.
Es ist Sutekh.

Nach dem Ägyptischen Totenbuch

Chicago, Illinois, elf Jahre zuvor

In der hintersten Ecke eines kahlen Raums im Kellergeschoss einer verlassenen Fabrik lag eine Frau zusammengekauert auf einer verdreckten Matratze. Sie war an Händen und Füßen mit einem gelben Nylonstrick gefesselt und hielt den Kopf gesenkt, sodass die dunklen Locken ihr Gesicht verdeckten. Der harte Schein einer nackten Glühbirne, die an einem Kabel von der Decke hing, fiel auf ihren gebeugten Rücken.

Normale Sterbliche hätten in einer solch hilflosen Lage gewimmert oder geschrien.

Dagan Krayl wunderte sich, warum diese Frau das nicht tat.

Er trat ein Stück näher, um besser durch den fingerbreiten Türspalt spähen zu können. Ein kleiner, kahler Raum. Fußboden aus Zement. Unverputzte Spanplattenwände. Keine Fenster.

Auf der Matratze waren dunkle, rostrote Flecken. Sie waren eingetrocknet und schon älter. Jemandes Blut.

Nicht das dieser Frau.

Noch nicht.

Irgendwer hatte sie hier zurückgelassen, um später wiederzukehren. Die Frau hatte also allen Grund, sich zu fürchten, um Hilfe zu rufen, zu schreien oder zu weinen. Menschliche Wesen heulten sonst bei so einer Gelegenheit, besonders Frauen. Männer manchmal auch. Aber diese Frau nicht.

Das und die merkwürdigen Bewegungen, die sie vollführte, machten Dagan neugierig.

Was trieb sie da? Ihr Kopf ging rauf und runter wie ein Korken, der auf den Wellen tanzt. Ganz schwach hörte Dagan ein Geräusch. Es klang wie ein Kratzen oder Schaben.

Die Gefangene legte eine Atempause ein. Mit der hochgezogenen Schulter versuchte sie, sich die langen, lockigen Strähnen aus dem Gesicht zu streifen. Dann senkte sie wieder den Kopf und fuhr fort mit dem, was immer sie da veranstaltete. Wieder hörte er das leise Schaben, und allmählich dämmerte ihm, was sie da tat. Sie versuchte, mit den Zähnen die Fesseln zu zerbeißen und sich so zu befreien.

Interessant. Trotz der jämmerlichen Lage, in der sie sich befand, war ihr Kampfgeist nicht gebrochen. Das verdiente Bewunderung.

Bewunderung? Dagan stutzte. Die Frau ging ihn nichts an. Er war hierher gekommen, um zu töten. Um seine Ernte einzufahren.

Aber nicht sie.

Die Beute, der er nachstellte, war eine andere, eine mit dem widerwärtigsten Dreck besudelte Seele, die Summe eines verbrecherischen, durch und durch verdorbenen Lebens. Genau das waren die Leckerbissen, nach denen Sutekh, sein Vater, verlangte. Sutekh, auch Seth genannt, der Herr über das Chaos. Er ernährte sich ausschließlich von dem, was gemein und lasterhaft war.

Die Seelensammler, die Soul Reaper, von denen eine ganze Armee Sutekh unterstand und zu denen auch Dagan gehörte, hatten dafür zu sorgen, dass er satt wurde. Dagan war allerdings nicht irgendein Seelensammler. Er war Sutekhs Sohn, der älteste von vieren. Entsprechend hoch waren die Ansprüche, die Sutekh an ihn wie auch an seine Brüder stellte.

Dagan blickte über die Schulter zurück in den dunklen, engen Korridor, durch den er gekommen war. Er hatte die weitläufigen leeren Hallen oben in diesem verkommenen Gemäuer im Süden von Chicago schon durchkämmt. Nur hier, im unterirdisch verborgenen Innenleben der alten Fabrik, war er noch nicht gewesen. Aber er wusste, dass der, den er suchte, hier irgendwo sein musste. Und deshalb wusste Dagan auch, dass er in diesem Augenblick Wichtigeres zu tun hatte, als heimlich diese Frau zu beobachten.

Trotzdem konnte er sich nicht von dem Anblick losreißen und sich nicht dazu entschließen, weiter der Schwarzen Seele nachzujagen, auf deren Fährte er sich befand. Er kannte das Gefühl nur zu gut, in namenloser Wut darum zu kämpfen, sich aus Fesseln zu befreien. Ihm war es schließlich gelungen, die Fesseln abzuwerfen und die Freiheit zu erringen. Aber wie sagten die Sterblichen immer? Es ist nicht alles Gold, was glänzt. Auch Freiheit hat ihren Preis.

Dagan griff in die Gesäßtasche seiner abgetragenen Jeans und zog einen Lolli heraus. Das durchsichtige Einwickelpapier knisterte, als er ihn auspackte. Er steckte den Lutscher in den Mund. Ananas – nicht gerade seine Geschmacksrichtung. Nächstes Mal sollte er genauer hinschauen. Mit fast übertriebener Sorgfalt faltete er das Zellophan in der Mitte, dann noch einmal und steckte es zurück in die Hosentasche. Nicht im Traum wäre ihm eingefallen, Abfall achtlos wegzuwerfen, nicht einmal in diesem elenden Drecksloch.

In diesem Augenblick fuhr der Kopf der Gefangenen in die Höhe. Sie musste das leise Geräusch gehört haben. Sie drehte ihr Gesicht der Tür zu und spähte wie erstarrt angestrengt in seine Richtung. Dagan war nicht sicher, ob sie ihn entdeckt hatte. Gehört hatte sie ihn jedenfalls. Erstaunlich.

Er sah einen langen Kratzer an ihrem Hals. Ihre rechte Wange war leicht geschwollen, und trotz ihrer dunklen, karamellfarbenen Haut konnte man deutlich eine Rötung erkennen. Jemand musste mit ihr nicht eben zimperlich umgegangen sein, obwohl es schon deshalb, weil sie noch vollständig bekleidet war, nicht danach aussah, als ob sie vergewaltigt worden wäre. Bis zu diesem Zeitpunkt noch nicht. Glück im Unglück, dachte Dagan.

Auch geknebelt war die junge Frau nicht. Entweder hatte ihr Peiniger sich die Mühe gespart, weil ohnehin niemand sie hören konnte, oder er wollte sich an ihrem Schreien sogar ergötzen. Nur hatte ihm seine Gefangene diesen Gefallen nicht getan. Ein weiterer Punkt, den Dagan bemerkenswert fand.

Dagan öffnete die Tür ein Stück weiter und trat ein. Gleichzeitig legte er den Finger auf die Lippen, um ihr zu signalisieren, dass sie still bleiben sollte. Dann zog er die Tür hinter sich zu. Eigentlich war die Geste überflüssig. Denn wenn sie jetzt schrie, lockte sie höchstens ihren Entführer, Dagans Beute, an und ersparte Dagan so die weitere Suche. Warum wollte er dann, dass sie still war? Weil er einen Augenblick mit ihr allein sein wollte? Um – was mit ihr zu tun? Fuck – so genau wollte er das gar nicht wissen.

Sie riss die Augen auf, kniff sie aber gleich wieder zusammen und sah Dagan drohend an. Wunderschöne Augen. Für einen Moment sah Dagan nichts anderes als die mandelförmigen, in ihrem ebenmäßigen dunklen Gesicht leicht schräg stehenden Augen, ein Farbenspiel von Bronze und Grün, umrahmt von dichten, schwarzen Wimpern. Er verlor sich geradezu darin. Etwas rief dieser Anblick in ihm wach, aber er hatte keine Ahnung, was das sein konnte.

Der Augenblick ging vorüber. Dagan spürte, wie sein Puls sich währenddessen beschleunigt hatte und sein Atem schwerer gegangen war. Mit sexuellem Interesse allein war das nicht zu erklären. Da war noch etwas – etwas anderes.

Sein Blick fiel auf ihren Mund, auf ihre vollen, sinnlichen Lippen, und glitt dann weiter zu der Silberkette, die sie um den Hals trug. Der Anhänger verschwand unter dem schmutzigen Top zwischen dem Ansatz von zwei wohlgerundeten Brüsten. Dagan nahm sich Zeit und genoss den Anblick. Im Raum herrschte eine ähnliche Temperatur wie im Kühlschrank, und Dagan erkannte an den sich unter dem dünnen Stoff ihres Tops abzeichnenden Brustspitzen, dass sie fror.

Ich könnte sie ein wenig wärmen, dachte er und wunderte sich im selben Moment darüber. Normalerweise kam er nicht auf so menschenfreundliche Ideen. Er musste aber zugeben, der Gedanke hatte seinen Reiz.

Er riss den Blick von ihren Brüsten los, die sich unter ihren raschen Atemzügen hoben und senkten, und betrachtete sie von oben bis unten. Ihre Haut war glatt, straff und makellos. Es war die Haut eines Mädchens. Wie alt mochte sie sein? Neunzehn. Wenn es hoch kam, zwanzig. Noch ein halbes Kind. Wie konnte er ihr da auf die Brüste starren?

„Wie alt bist du?", fragte er.

„Neunzehn." Sie strafte ihn mit einem bitterbösen Blick. „Neunzehneinhalb", korrigierte sie sich schnell.

Neunzehneinhalb. Nichts für ihn. Eindeutig zu jung. Und obendrein eine Sterbliche. Mit Sterblichen gab sich Dagan für gewöhnlich nicht ab. Sie waren ihm zu – menschlich. Wenn es ihn juckte, hatte er unter den Genies und Halbgöttinnen der Unterwelt genug Auswahl.

Offenbar hatten seine Blicke ihn schon verraten. Sie hatte seine Gedanken erraten.

„Jedenfalls alt genug, um es mit dir aufzunehmen, *white boy.* Wenn du mir näher kommst, kannst du was erleben."

Er zeigte auf die gelben Stricke um ihre Handgelenke. „Ich stehe nicht auf Fesselsex. Es sei denn", fügte er boshaft lächelnd hinzu, „ich werde ausdrücklich darum gebeten."

„Darauf kannst du lange warten."

Sie blickte ihn mit funkelnden Augen an. Wie sie dort kauerte – sprungbereit, erinnerte ihn an eine Katze, die in die Ecke gedrängt bereit war, sich mit Zähnen und Krallen und allem, was sie hatte, zu verteidigen. Kampflustig und unerschrocken. Dazu eine ausgesprochene Schönheit. Eine sehr anziehende Mischung. Und neunzehn – neunzehneinhalb. Großartig.

„Fuck", sagte er laut, ärgerlich über sich selbst. Ihretwegen war er nicht gekommen. Er hatte etwas zu erledigen, eine Schwarze Seele zu holen. Je eher er damit fertig war und wieder verschwand, desto besser. Dagan biss ein Stück von seinem Lolli ab und zermalmte die Zuckermasse zwischen den Backenzähnen.

„*Fuck*", wiederholte das Mädchen höhnisch. „Das sagt natürlich alles. Typisch für so ein blödes Weißbrot."

Dagan ließ sich nicht leicht aus der Fassung bringen. Aber diese Bemerkung traf ihn unvorbereitet. Da lag dieses Mädchen, in dieses miese Loch verschleppt, gefesselt und auf eine verdreckte Matratze geworfen, und hatte allen Grund, ihre missliche Lage zu beklagen. Und was tat sie stattdessen? Sie nannte Dagan Krayl, den Sohn Sutekhs, des mächtigen Königs der Unterwelt, ein *blödes Weißbrot.* Dagan hatte schon schlimmere Schimpfnamen zu hören bekommen, und das nicht ohne Grund.

„Steckst du mit dem Kerl unter einer Decke?" Trotz ihrer Kühnheit zitterte ihre Stimme verräterisch.

„Mit dem *Kerl* meinst du vermutlich deinen Entführer?"

Sie nickte.

„Nein, ich stecke nicht mit ihm unter einer Decke."

Ein Hoffnungsschimmer. Ihre Züge entspannten sich ein wenig. „Bist du gekommen, um mich zu befreien?"

„Dich befreien?" Rührend. Dagan hätte fast gelacht. „Nein, wie kommst du denn darauf?" Wenn sie einen Retter brauchte, musste sie sich jemand anderen suchen. Und wenn sich niemanden fand, hatte sie Pech gehabt.

Das Mädchen erbleichte bei seiner Antwort. Dann nahm sie ihren Mut zusammen und fragte geradeheraus: „Was willst du dann? Mich töten?" Sie kniff die Augen zusammen. „Wenn es so ist, musst du dich hinten anstellen. Ich glaube, das Arschloch da draußen hat dasselbe vor und hat sich vor dir angestellt."

Kein Haar sollte dieser Bastard ihr krümmen.

Kaum war ihm dieser Gedanke gekommen, verwarf Dagan ihn wieder. Was war nur in ihn gefahren? Es war nicht seine Aufgabe, ein Mädchen zu beschützen, mochte es auch jung und verführerisch sein. Er war gekommen, um zu töten und Sutekh Nahrung zu beschaffen. Die Seele dieses Mädchens war sicher so weiß wie frisch gefallener Schnee. Sutekh würde sich an ihr den Magen verderben.

„Niemand wird dich heute Nacht töten", erklärte er.

„Echt?", fragte sie und versuchte, mit einer herausfordernden Geste die Unsicherheit zu überspielen.

„Echt?", wiederholte Dagan verständnislos. Dann erst dämmerte ihm, dass sie damit fragen wollte, ob er ehrlich meinte, was er gesagt hatte. „Ja, *echt*. Ich bin nicht deinetwegen hier, sondern um eine Schwarze Seele zu holen."

Offensichtlich konnte sie mit dem Begriff nichts anfangen, fragte aber auch nicht nach. Im Augenblick war ihr etwas anderes wichtiger. „Meinetwegen." Sie streckte ihm die gefesselten Handgelenke entgegen. „Könntest du mir vorher noch hiermit helfen?" So weit sie konnte, spannte sie den Nylonstrick, der ihr kaum einen Zentimeter Spiel ließ und ihr tief in die schon wund geschuerte Haut schnitt. Es war ersichtlich, wie schmerzhaft es sein musste. „Hast du zufällig ein Messer dabei?"

Dagan beschlich ein ungewohntes Gefühl, als er ihre Verletzungen betrachtete. Er hatte schon Wunden aller Art gesehen, nicht wenige davon hatte er anderen zugefügt. Aber ihre schöne, dunkle Haut derart zugerichtet zu sehen, bereitete ihm … Unbehagen. Er unterdrückte auch dieses Gefühl rasch wieder. Was hatte er mit ihren Schwierigkeiten zu tun?

„Was ist?", fragte sie ungeduldig. „Ein Messer – hast du eins oder nicht?"

„Brauch ich nicht." Er trat an sie heran und ließ den abgenagten Stiel des Lutschers in einer der hinteren Hosentaschen verschwinden. Mit weit aufgerissenen Augen starrte sie ihn ungläubig an, als er sich herunterbeugte und den Strick zwischen seine Daumen und Zeigefinger nehmen wollte.

In diesem Augenblick hörten sie Schritte vom Flur.

„Nun mach schon", zischte sie ihm zu.

„Später", antwortete er, ließ sie los und trat einen Schritt zurück.

„Was heißt später?" Ihr Blick ging zur Tür, und ihr rascher Atem verriet, dass sie dabei war, in Panik zu geraten. Dagan wunderte sich, wieso sie vor einem Sterblichen solche Angst hatte, während sie ihm gegenüber ziemlich dreist auftrat.

Wieder legte er den Zeigefinger auf die Lippen und bedeutete ihr, sich still zu verhalten. Anschließend stellte er sich an die Wand neben die Tür, sodass sie ihn verdeckte, wenn sie sich gleich öffnete. Er hoffte, dass das Mädchen schlau genug war, ruhig zu bleiben und ihn nicht zu verraten. Sonst wurde sein Job nur noch schmutziger und blutiger.

Das Mädchen ballte die Hände so krampfhaft zu Fäusten, dass sich ihr die Nägel in die Handballen bohrten. Dabei ließ sie Dagan nicht aus den Augen und deutete mit einem knappen Nicken an, dass sie verstanden hatte. Die Tür schwang auf, und eine blonde Frau in engen Jeans und Stilettos trat ein. Ihr folgte ein ganz in Schwarz gekleideter, groß gewachsener Mann, dessen dunkelblondes Haar in ungepflegten Strähnen bis auf die Schultern reichte.

Er stieß die Tür ganz auf und hielt seine blonde Begleiterin mit der anderen Hand am Handgelenk fest. Die Gefangene richtete sich auf der Matratze halb auf und rief: „Marcie! Du lebst? Gott sei Dank."

Sieht ganz so aus, als wolle dieser Bastard gleich zwei Mädchen vernaschen, dachte Dagan angewidert. Er selbst war weiß Gott kein Waisenknabe, trotzdem hatte Dagan seine Prinzipien. Er beglich pünktlich seine Schulden, hielt sein Wort und verabscheute Lügen. Und eines war glasklar: Niemals käme er auf die Idee, es mit Mädchen zu treiben, die frisch von der Highschool kamen, um ihnen anschließend die Kehle durchzuschneiden.

Neugierig betrachtete er die Blonde. Marcie warf sich das Haar in den Nacken und stand ganz entspannt da. Sie schien nicht im Geringsten beunruhigt zu sein, fast schien es, als würde sie die Situation genießen. Sie warf dem Mädchen auf der Matratze einen flüchtigen Blick zu.

Das war alles.

Nur ein Blick.

Fast gleichgültig.

Kein Entsetzen. Keine Angst. Kein Mitgefühl.

Dagan kniff die Augen zusammen. Schlagartig durchschaute er, was gespielt wurde.

Die junge Frau, die von der anderen Marcie genannt worden war, war weder gefesselt, noch machte sie den Eindruck, als wäre sie unfreiwillig hier. Sie schien auch keine Berührungsängste dem Mann gegenüber zu haben, der sie hergebracht hatte. Im Gegenteil. Die Andeutung eines Lächelns umspielte ihre Lippen, wenn sie ihn ansah.

Oh, verfluchte Scheiße.

Der Kerl hatte keine zwei Gefangenen. Er hatte ein Mädchen, das er wahrscheinlich vergewaltigen und ermorden wollte. Und eine Komplizin.

Lesen Sie auch von Gena Showalter:

Deutsche Erstveröffentlichung

Gena Showalter
Die Herren der Unterwelt 9:
Schwarze Verführung
Band-Nr. 65074
8,99 € (D)
ISBN: 978-3-86278-712-8
eBook: 978-3-86278-767-8
544 Seiten

Deutsche Erstveröffentlichung

Gena Showalter
Die Herren der Unterwelt 8:
Schwarze Niederlage
Band-Nr. 65067
8,99 € (D)
ISBN: 978-3-86278-486-8
eBook: 978-3-86278-555-1
480 Seiten

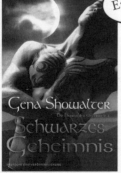
Deutsche Erstveröffentlichung

Gena Showalter
Die Herren der Unterwelt 7:
Schwarzes Geheimnis
Band-Nr. 65056
8,99 € (D)
ISBN: 978-3-86278-325-0
eBook: 978-3-86278-412-7
464 Seiten

Für Fans von Kresley Cole und Gena Showalter!

Deutsche Erstveröffentlichung

Stephanie Chong
Im Bann der Dämonin

Der Excop Brendon Clarkson ist ein Engel auf geheimer himmlischer Mission: Er soll die gefährliche Dämonin Luciana Rossetti gefangen nehmen, während sie beim alljährlichen Erlöserfest in Venedig auf ihr nächstes Blutopfer lauert. Getarnt als Tourist, lockt Brendon die grünäugige Femme fatale in die Falle. Doch sie entfacht ein leidenschaftliches Verlangen in ihm, dem er nicht widerstehen kann ...

Band-Nr. 65076
8,99 € (D)
ISBN: 978-3-86278-730-2
eBook: 978-3-86278-777-7
368 Seiten

Stephanie Chong
Die Sehnsucht des Dämons

Die Yogalehrerin Serena hat eine Mission: Als jüngst ernannter Schutzengel soll sie über den aufsteigenden Hollywoodstar Nick Ramirez wachen. Ihr erster Auftrag führt sie in den Nachtclub Devil's Paradise, wo sie ausgerechnet die Aufmerksamkeit des charismatischen Clubbesitzers Julian Ascher erregt. Zu spät erkennt sie, dass er ein Erzdämon ist, der Vergnügen suchende junge Menschen mit dem Bösen infiziert - da hat sie ihn längst geküsst und seinen Jagdinstinkt geweckt ...

Band-Nr. 65063
8,99 € (D)
ISBN: 978-3-86278-466-0
eBook: 978-3-86278-529-2
320 Seiten

Deutsche Erstveröffentlichung